KAMPENWAND
VERLAG

Die Autorin

Wie in den ersten Bänden erzählt Emilia Flynn auch in »Ascheland« die dramatische Geschichte einer Familie, die sich allen Hürden des Schicksals widersetzt, bis sie daran zu zerbrechen droht.
Geboren wurde Emilia im Rheinland. Bereits als Kind vertonte sie Hörspiele, schrieb erste Kurzgeschichten und gewann einige Schreibwettbewerbe.
Als Teenager kam ihr die Idee zu »Morgan's Hall«. Nach mehreren Berufsjahren beschloss Emilia die facettenreiche Geschichte der Familie Morgan niederzuschreiben, die sich über mehrere Jahrzehnte und Generationen erstreckt.
Emilia lebt mit ihrem Mann in ihrer Heimatstadt Monheim am Rhein.

Lesen Sie auch:
Morgan's Hall – Herzensland (Die Morgan-Saga Band 1)
Morgan's Hall – Sehnsuchtsland (Die Morgan-Saga Band 2)
Morgan's Hall – Niemandsland (Die Morgan-Saga Band 3)

Mehr Informationen finden Sie unter:
www.emiliaflynn.com
www.kampenwand-verlag.de

EMILIA FLYNN

MORGAN'S *Hall*

ASCHELAND

(DIE MORGAN-SAGA BAND 4)

ISBN: 978-3947738458

Raiffeisenstr. 4 · D-83377 Vachendorf
www.kampenwand-verlag.de

Versand & Vertrieb durch Nova MD GmbH
www.novamd.de · bestellung@novamd.de · +49 (0) 861 166 17 27

Text: Emilia Flynn
Lektorat: Jil Aimée Bayer
Korrektorat: Jona Gellert
Covergestaltung: Laura Newman – design.lauranewman.de
Bilder: © Trevillion Images © marti157900 / 123rf.com –
© AnnelyBlooms / canva.com © Pixabay
Druck: PRINT GROUP Sp. z o.o.
ul. Cukrowa 22, 71-004 Szczecin (Polen)

Heute ist
der Himmel leer.
Keine Wolken,
keine Worte.
Wie ein Blatt Papier,
das bald beschrieben wird,
mit rosafarbenen Streifen
und Abendrot
und Gedanken
an dich.

Johanna Kramer, Autorin

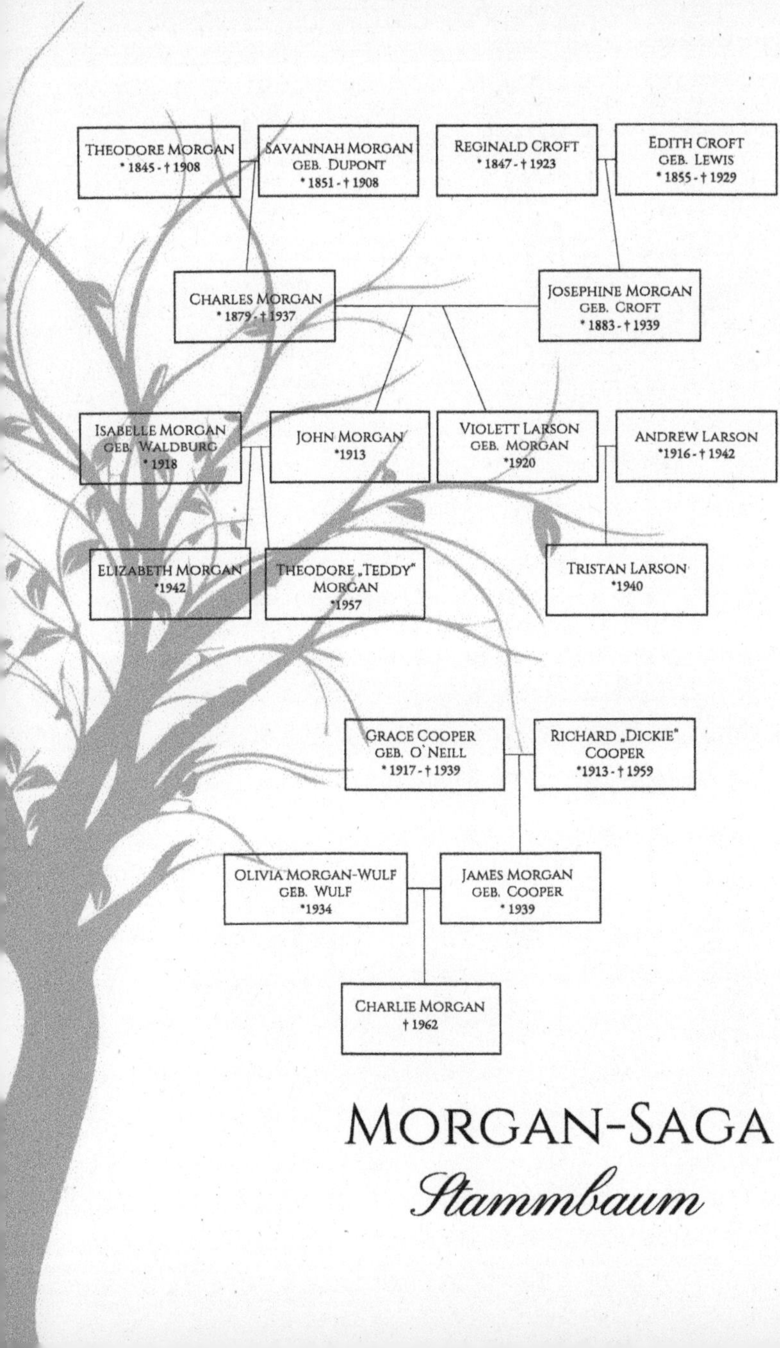

Morgan-Saga

Stammbaum

Das Sterben der Lilie

Morgan's Hall, April 1957

Es wird Zeit für dich!«, rief Phil ihm zu, als James an diesem Nachmittag auf dem Holzgeländer der Veranda saß und ohne Unterlass zu den Wäldern hinaufblickte.

Da war dieses furchtbare Wispern, ein Murmeln, ein Raunen, das James seit jenem seltsamen Vorfall an der Lichtung, Greystoke Grove, immer dann begleitete, wenn er Morgan's Hall besuchte. So wie jetzt, in den Frühjahrsferien. Lieber wäre er in New York geblieben, doch der Professor, bei dem er während der Schulzeit lebte, war mit seiner Frau verreist. Demzufolge war dem Jungen nichts anderes übriggeblieben, als nach Hause zurückzukehren. Ungeachtet dessen hätte er seiner Stiefschwester das Herz gebrochen, wenn er die Ferien nicht mit ihr verbracht hätte.

Bis heute hatte er nicht verstanden, was sich vor wenigen Monaten an jener Lichtung zugetragen hatte. Als er Elizabeth in die Tiefen des Waldes gefolgt war, nachdem Isabelle aus Wien zurückgekehrt und das Mädchen in ihrer Aufgebrachtheit kopflos davongeritten war. Warum war das Pferd Bonita damals so sehr in Panik geraten, dass es seine Reiterin vom Rücken geworfen hatte? Er würde nie vergessen, wie das Tier an ihm vorbeigeprescht war. Wie vom Teufel getrieben.

Verschwindet!, hatte ihm irgendjemand oder irgendetwas in den Nacken gehaucht, während von einem auf den anderen Moment ein Sturm aufgezogen war. *Verschwindet!* James war sich sicher, dass er sich keinesfalls verhört hatte. Mit der verletzten Elizabeth war er dieser … ja, dieser Hölle entflohen.

Zurückgeblieben war dieses fürchterliche Unbehagen.

»Wofür wird es Zeit?«, fragte er Phil.

»Für einen Ausflug in die Nacht.«

Der unheimliche Schrei einer Eule ließ James zusammenzucken. Das Lied der Nacht, vielleicht auch ein Warnruf jenes gefiederten Raubvogels, hoch über seinem Kopf. Eine Gänsehaut überzog seine Arme.

Wenn diese Bäume sprechen könnten, grübelte er, als er den Blick hob und in die silbergrünen Baumkronen hinaufsah. Gegebenenfalls verstand er ihre flüsternde, knisternde Sprache nicht. Vielleicht musste er nur lernen, offen zu sein für das ... Er wusste es auch nicht so genau. Ja, vielleicht musste er einfach besser hinhören.

Der würzige Nadelduft der Douglastannen und feuchter Baumrinde stieg ihm in die Nase. Über seiner rechten Schulter hing ein Jagdgewehr, das John ihm zum vierzehnten Geburtstag geschenkt und dabei den stolzen Gesichtsausdruck eines Vaters getragen hatte, als wollte er mit diesem Geschenk zum Ausdruck bringen, James sei nun ein richtiger Mann. Er selbst konnte einer Waffe nichts abgewinnen. Im Gegensatz zu Tristan, der ihm diesen *Todbringer* staunend aus der Hand gerissen und ihn anschließend fasziniert unter die Lupe genommen hatte. Mit seinen großen Händen hatte er zart über den Holzschaft gestreichelt wie über das Fell eines Kaninchens.

Phil, der einige Schritte vor ihm herstiefelte und mit einer Petroleumlampe den weiteren Weg ausleuchtete, hatte bislang nicht einen Ton von sich gegeben. Der dichte Wald, der beiderseits an ihnen vorbeizog, erschien im Mondlicht geisterhaft, beklemmend und eigenartig surreal, als hätten sie eine fremde Welt betreten.

James seufzte leise. Furcht machte sich in seiner Brust breit. Er horchte auf jedes Knistern, jedes Rascheln, versuchte, aller Geräusche Ursprung zu eruieren. Jeder weit entfernte Busch oder abgebrochene Baumstamm nahm in seiner Fantasie eine andere Gespenstergestalt an. Er ärgerte sich selbst über seinen inneren Bammel. *Hasenfuß.* Doch im Kontrast zur immer lauten Großstadt war er das sonst ruhige Landleben nicht mehr gewohnt. Hier kamen ihm die Geräusche der Natur überlaut und fremd vor.

Phil war wieder an seiner Seite. Ein Mann, knapp zwei Meter gewachsen, ein Koloss, als wäre er geradewegs einer Gladiatoren-Sage entsprungen. Er würde sich allem und jedem in den Weg stellen, darauf konnte James vertrauen, ungeachtet alledem war Unbehagen sein wahrer und steter Begleiter.

Neben James trottete die Beagle-Dame Alma, die John im vergangenen Jahr als Welpe von einer seiner Geschäftsreisen in Spokane mitgebracht hatte. Die Hündin hatte sich mit ihrer liebenswürdigen Gelassenheit schnurstracks in die Herzen der gesamten Familie geschlichen. Nur Freddie, der faule Hauskater, machte immerzu einen monströsen Buckel, sobald Alma seine Nähe suchte. Und das tat sie ständig. Tristan behauptete, Alma wüsste stets ganz genau, was sie tat, um ihr Revier zu markieren, während Elizabeth der festen Überzeugung war, der Beagle wolle einzig und allein Freundschaft schließen. Wie immer glaubte dieses Mädchen nur an das Wohlwollen in Mensch und Tier.

Bemerkenswert war jedoch, dass die Hündin vor allem Isabelle niemals von der Seite wich. Beinahe schien es so, als würde sie die Hausherrin beschützen wollen. Sobald John auch nur seine Hand auf die Schulter seiner Frau legte, ertönte ein warnendendes Knurren, was Isabelle zu einem verschmitzten Lächeln bewegte. Jetzt war James dankbar, dass Alma an seiner Seite war, um ihm den gleichen Schutz zu bieten.

Phil verlangsamte seinen Schritt und drehte sich langsam zu James um und sprach: »Wir sind gleich da.« James nickte nur.

Sie stiegen über einen niedrigen Felsbrocken, quetschten sich daraufhin durch einen verengten Pfad, durchkreuzten dichtes Gestrüpp, dessen Äste an James′ Kleidung rissen und die ihm eine Schramme im Gesicht verpassten. Er fluchte über den kurzen Schmerz. Inzwischen hatte er die Orientierung verloren, weil er in seinen von Angst getriebenen Gedanken gefangen gewesen war. Dann gelangten sie schließlich auf eine kleine Lichtung. James atmete erleichtert aus, denn Phil hatte ihn nicht, wie befürchtet, nach Greystoke Grove geführt. Unter den ausladenden Ästen einer alten Platane scharrten sie mit den Füßen Laub zusammen, bis die Schicht hoch genug war, um die Feuchte des Bodens davon abzuhalten, weiter zu ihnen durchzudringen. Phil ließ sich darauf nieder und James tat es ihm gleich.

»Kein Feuer?«, fragte er erstaunt und als Antwort erhielt er ein Kopfschütteln.

»Zu gefährlich. Wir wollen doch keine hungrigen Waldbewohner anlocken.«

Ein erneutes Schaudern überkam James.

Alma legte sich dicht neben James und er streichelte über das glatte Fell der Hündin, deren langsamer Atem ihn ebenfalls beruhigte. Tiere würden jegliche Bedrohung wittern und solange sie friedlich blieb, war auch für ihn die Welt in Ordnung. Es musste so sein. Zwischen den hohen Bäumen, die sie umzingelten, schaffte es nur ein winziges Stückchen Himmel hindurch.

Fragend blickte er zu Phil, dessen Gesicht vom trüben Schein des Mondes erhellt wurde, während James im Dunkeln saß.

»Du wärst heute lieber zu Hause geblieben, nicht wahr, Lancelot?«

Darauf kannst du wetten, war James' stumme Antwort.

»Warum sind wir hier?«

Phil winkelte die langen Beine an, umschlang diese mit seinen Armen und faltete die Hände zusammen. »Ich dachte, dieser Ausflug wäre eine günstige Gelegenheit, um uns in Ruhe zu unterhalten. Von Mann zu Mann.«

James krauste die Stirn. »In Ordnung, aber mussten wir dafür hierherkommen?«

Beschwörend sah Phil ihn an, als würde er ihn durchleuchten. »Du fürchtest dich vor diesen Wäldern, habe ich recht? Du hast hier etwas erlebt, das du nicht verstehst. Etwas, das dich in deinen Träumen wieder und wieder einholt, dich geradezu verfolgt.«

»Ähm …« James hielt den Kopf gesenkt. »… ja, das stimmt. Seit Elizabeths Reitunfall lässt mich Greystoke Grove nicht mehr los. Manchmal denke ich, ich hätte diese Geschichte nur geträumt. Du weißt schon, einer dieser Albträume, aus denen man nicht erwachen kann, egal, wie sehr man es versucht. Man will fliehen, weglaufen, kann es aber nicht, weil irgendetwas einen an Ort und Stelle festhält. Kennst du dieses Gefühl?«

»Dieses Gefühl kennt wohl jeder, Junge. Die Frage ist allerdings, war es wirklich nur ein Traum, eine Art Hirngespinst, oder war es Realität?«

»Wenn ich heute darüber nachdenke, kommt es mir wie eine alberne Einbildung vor. Aber als ich mit Liz dort war, wirkte es nicht so. Ich hörte Stimmen und für einen Augenblick hatte ich den Eindruck, irgendjemand würde seine Hände um meinen Hals legen und fest zudrücken. Ich bekam es mit der Angst zu tun und mich trieb nur der Gedanke an, mit Liz schnellstens aus dem Wald zu flüchten. Was zudem seltsam war und was ich bis jetzt nicht begreifen kann: Weshalb es schlagartig so stürmte und regnete, während ringsherum die Sonne schien.«

»Das ist wahr. Ihr beide wart bis auf die Haut durchnässt, als ihr Morgan's Hall erreicht hattet.«

»Liz hat es auch gespürt.«

James erinnerte sich an den Abend jenes Tages zurück, als er an ihrem Bett gesessen und eine Notenabfolge auf den Gips ihres verletzten Beines gekritzelt hatte. ›Die Ballade von Misae und Lancelot‹. Mit eindringlichen Worten hatte er sie darum gebeten, nie wieder diese Lichtung zu betreten. Doch jetzt kam ihm eine andere Erinnerung in den Kopf, die das Gespräch mit ihr offenbart hatte, ihn nun aber genervt Luft ausstoßen ließ.

»Woran denkst du?«, fragte Phil.

»Ach, an nichts.«

»Los jetzt! Raus mit der Sprache! Ich sehe doch, dass dich noch etwas anderes beschäftigt. Du weißt, mit mir kannst du über alles reden.«

»Es ist irgendwie so albern, aber Liz glaubt felsenfest, ich würde sie eines Tages heiraten.«

Phil lachte leise. »Ach, glaubt sie das?«

»Ja, aber wie kommt sie nur auf einen solch verrückten Gedanken? Das wird nie, nie geschehen.«

»Was macht dich da so sicher?«

James riss die Augen auf. »Phil, sie ist wie eine Schwester für mich. Seit ich sie kenne, fühle ich mich für sie verantwortlich, weil sich niemand in dieser Familie wirklich um sie geschert hat. Du ahnst nicht, wie sehr es mir in der Seele wehtut, wenn Liz davon spricht, sie würde nicht geliebt.«

»Das ist dein Beschützerinstinkt.«

»Aber nur weil ein Mensch auf jemand anderen achtet, muss man ihn nicht heiraten. Glaub mir, ich wünsche mir für sie eines Tages einen Mann, der sie glücklich macht. Aus tiefstem Herzen.«

Phil sah ihn lange mit leuchtenden Augen an und verfiel wieder einem Grinsen, das James weder verstand noch als besonders passend empfand. »So ein Mann wird an ihrer Seite sein. Da bin ich mir ganz sicher.«

»Gut«, antwortete James verdrossen, weil er sich nicht ernst genommen fühlte. »Ist ja auch unwichtig.« Gedankenverloren ließ er seine Finger durch das feuchte Laub streifen. »Ich hätte heute Abend üben müssen.«

»Du sitzt doch stundenlang an deinem Klavier und übst. Ein bisschen frische Luft schadet dir nicht.« Phil entnahm seiner Umhängetasche zwei in Pergament gewickelte Sandwiches, die Suzie für ihre Nachtwanderung zubereitet hatte, und warf ihm eins davon zu. James entfernte die Verpackung des mitgebrachten Proviants und nahm nur einen kleinen Bissen, denn wirklichen Hunger hatte er nicht.

»Du bist unglaublich talentiert«, sprach Phil weiter. »Das ist gut. Jeder Mensch braucht etwas, in dem er aufgehen kann. Ein schöner Zeitvertreib für die Seele.«

»Das ist kein Zeitvertreib«, antwortete James mürrisch. Irgendwie fühlte er sich durch Phils Geringschätzung seines Traumes und seiner Leidenschaft beraubt. Gerade von ihm hatte er stets gehofft, bedingungslose Unterstützung zu erfahren.

»Was ist es dann? Was passiert tief in dir, wenn du musizierst?«

»Ich fühle mich befreit«, antwortete er voller Überzeugung. »Wenn ich spiele, dann habe ich das Gefühl, in eine andere Welt einzutauchen. Eine Welt, in der ich mich von allem lösen kann und die Realität ausblenden darf. Es ist, als würde ich durch die Musik schwimmen, schwerelos und erleichtert sein. Phil, es ist nicht leicht für mich, diese Emotionen in Worte zu fassen. Ich glaube, dass das Klavierspiel das Einzige ist, was ich wirklich beherrsche, ohne mich anstrengen oder verbiegen zu müssen.«

Phil nickte. »Diese Empfindung kann ich nachvollziehen. Dennoch frage ich mich, was oder wem du im realen Leben entfliehen willst.«

Das war eine gute Frage, die James sich selbst des Öfteren gestellt hatte. Vielleicht fühlte er sich dem realen Leben nicht zugehörig.

»Ehrlich gesagt, weiß ich es nicht genau. Phil, ich habe immer das Gefühl, in dieser Familie als undankbarer Gast zu gelten, wenn ich meine Musik allem anderen vorziehe. Ich weiß, dass John von mir erwartet, eines Tages die Morgan's Company zu leiten, aber das kann ich mir nicht vorstellen. Das bin einfach nicht ich. Mir ist bewusst, wie viel Glück ich im Leben hatte, damals von den Morgans aufgenommen worden zu sein. Wirklich. Ich liebe diesen Ort und ich liebe diese Familie, aber die meiste Zeit beherrscht mich die Angst, hier nicht herzugehören. Nur zu Besuch zu sein. Und irgendwie bin ich das ja auch nur.«

»Darf ich ehrlich zu dir sein?«

James zerbrach einen dünnen Stock, den er aus dem Laub gefischt hatte, und er war sich nicht sicher, ob er hören wollte, wie der weise Mann darüber dachte.

»Natürlich«, erwiderte er zögerlich.

»Ich bin der felsenfesten Überzeugung, dass du den Verlust deines Vaters nicht verkraftet hast. Du fühlst dich von Dickie verraten, was absolut verständlich ist. Um diesem Gefühl, im Stich gelassen worden zu sein, zu entkommen, flüchtest du dich in die Musik. Sie tröstet deine Seele und das ist wundervoll, denn es gibt nicht viele Menschen, die ein Ventil finden, um ihren Schmerz hinauszulassen. Doch der wahre Grund, weshalb du anstrebst, ein großer Pianist zu werden, besteht einzig und allein darin, dass du nicht so enden willst wie dein Vater. Als erfolgloser Pub-Besitzer, der sich von seinem Leben mehr versprochen hatte und nun sein Dasein in einer Gefängniszelle fristet. Die Heilung der Wunden durch dein Musizieren ist die eine Sache, aber der Wunsch nach Erfolg und Anerkennung steht auf einem völlig anderen Blatt geschrieben. Verliere dich nicht darin, dich beweisen zu wollen.«

James fühlte sich auf den Schlips getreten und verzog den Mund. »Das ist Unsinn! Mit Dickie hat das nichts zu tun, ich bin ein eigenständiger Mensch.«

»Und ob es das hat«, widersprach Phil mit einem trockenen Räuspern. »Nichts wirst du mit deiner Musik erreichen, James, wenn du nicht ehrlich zu dir selbst bist. Überhaupt nichts. So bitter es klingt. Und ich versichere dir, dass diese Gewissheit vielleicht an deinem Künstlerego nagen wird, aber umbringen wird sie dich nicht, ganz im Gegenteil, sie wird dich zum Wesentlichen deiner Existenz führen, dich letztlich retten, auch wenn du es jetzt noch nicht wahrhaben willst.«

»Was?« Er traute seinen Ohren nicht. Wie konnte Phil nur so etwas behaupten? Es war grausam und ungerecht, was wusste der alte Mann schon von ihm? Am liebsten wäre er aufgesprungen und davongelaufen, doch James blieb sitzen. Tränen der Wut verwischten seine Sicht. »Wenn ich die Musik nicht habe, dann habe ich gar nichts mehr. Ist es das, was du für mich willst?«, war seine trotzige Antwort, vermengt mit einer ordentlichen Portion Furcht, weil er wusste, dass dieser Mann mit seinen Vermutungen meist ins Schwarze traf.

»Du verstehst mich nicht, mein Junge. Die Musik wird dir immer bleiben, nur wirst du damit nicht zu dem Menschen werden, der du eines Tages sein möchtest. Sie ist ein Teil von dir, aber du bist mehr als das.«

»Woher willst du das wissen?«

»Ich weiß es eben.« Offenbar merkte Phil, wie sehr er ihn mit dem Gesagten verärgert, mehr noch, ihn verletzt hatte, und sein Gesichtsausdruck wurde weich. »Ich bin der festen Überzeugung, dass du in deinem Leben eine andere Aufgabe hast, eine weitaus bedeutendere, als von einer Bühne zur nächsten zu reisen und andere Menschen mit Glück zu erfüllen.«

»Wenn sich dieser Traum nicht erfüllt, dann ist mein Dasein sinnlos, das weiß ich. Denn mein Traum ist es, der mich glücklich macht.«

Phil lehnte sich an den Baumstamm und musterte ihn.

»Wer bist du eigentlich, James? Weißt du es selbst? Die meisten von uns glauben, sie seien so unbedeutend wie ein Sandkorn am Meer, das ab und an mit einer Welle von einem zum nächsten Ort gespült wird, ohne eine Spur zu hinterlassen. Sie denken, nicht alle von uns würden etwas zum Geschehen unserer Welt beitragen. Das ist aber nicht wahr. Jeder Einzelne von uns ist für den weiteren Verlauf unser aller Leben mitverantwortlich. Manchmal mehr, manchmal weniger. Aber das Handeln des einen erzeugt immer eine Reaktion des anderen – so subtil sie auch sein mag. Es sind die Entscheidungen, die wir treffen, Scheidewege, die das Schicksal entweder in die eine oder in die entgegengesetzte Richtung lenken. Ein Sandkorn hat niemals eine Wahl, besteht es doch ausschließlich aus widerstandsfähigem Quarz und sein Weg ist vorherbestimmt durch die Gezeiten, wir Menschen wiederum verfügen über Verstand, einen moralischen Kompass und das Wichtigste – über ein Herz. Wir können entscheiden, wir haben die Wahl.« James hörte Phil aufmerksam zu, begriff allerdings nicht, worauf dieser hinauswollte. »Du, James, hast ein zutiefst ausgeprägtes Gewissen, ein übergroßes Verantwortungsbewusstsein und ein Herz, von dem du leider glaubst, es könnte für nichts anderes als für die Musik schlagen. Und du stehst dir selbst im Weg. Aber eines Tages wirst du bemerken, dass dieses Herz für etwas schlägt, das größer ist als das, wonach du im Moment strebst.«

»Und was soll das bitte sein?«

»Die Liebe.«

James lächelte schief und sagte mit einer gehörigen Portion Sarkasmus in der Stimme: »Klar. Was sonst?!«

»Du verachtest mich nun für das, was ich dir soeben an den Kopf geworfen habe, und das ist verständlich. Niemand will von platzenden Lebensträumen hören. Ich möchte dich nur auf das vorbereiten, was dich später in all deinen Manifesten erschüttern wird. Du wirst an deinem persönlichen Scheideweg stehen. Dein Gewissen wird auf eine harte Probe gestellt. Wenn du jedoch sogleich den rechten Weg einschlägst, wirst du weitaus mehr für die Menschheit bewirken können, als du es jemals mit deiner Arbeit als Musiker erreichen würdest. Du hast eine innere Stärke, von der du selbst überhaupt nicht ahnst, sie in dir zu tragen.«

»Ich soll also diesen Traum begraben? Einfach so, weil du es sagst?«

Phil antwortete nicht, sah ihn nur mit mitleidigem Blick an. Es vergingen ein paar Sekunden des Schweigens.

»Kennst du die Geschichte der kleinen Lilie und dem Vogel?« James horchte auf, ein weiteres Gleichnis, wie sie es so oft von Phil zu hören bekamen?

»Nein.«

»Die Erzählung handelt von einer wunderschönen Lilie, die an einer abseits gelegenen Stelle an einem Bachlauf wuchs. Dort lebte sie in netter Gesellschaft mit ein paar Nesseln und einer Vielzahl anderer Blümchen, die ebenfalls in ihrer Nähe gediehen. Eines Tages besuchte ein Vogel das Blümlein, und es verliebte sich in ihn, weil er so schön war, und er beherrschte etwas, was sie nicht konnte: Er setzte sich an viele Orte und flog zwischendurch hin und her. Er sah mehr als nur das Immergleiche. Der Vogel war redelustig. Er erzählte ihr von allem Möglichen. Er sprach Wahres und Unwahres. Eines Tages berichtete er von weit prächtigeren Lilien, die an anderer Stelle stünden, an der große Freude und Munterkeit herrschte. Das Vögelchen hatte ihr verraten, unter den Lilien gelte die Kaiserkrone als die schönste und würde von allen anderen beneidet. So plauderte der Vogel und jede seiner Erzählungen brachte die Lilie dazu, sich kleiner und unbedeutender zu fühlen. Trauriger und weniger wertvoll. Einmal sagte er sogar, sie sei so belanglos, dass er sich fragte, mit welchem Recht sie sich überhaupt eine Lilie nannte. Der Blume ging es immer schlechter, sie verlor ihren Lebenswillen und wollte doch auch zu einer Kaiserkrone werden, und eines Tages bat sie das Vögelchen: »Kannst du mich mitnehmen zu den anderen Lilien?« Der Vogel pikte sie mit der Wurzel aus dem Boden und noch während des Fluges verwelkte und verblasste sie. Sie verlor ihre Einzigartigkeit: ihr Leben. Wäre es der betrübten Lilie genug gewesen, dass sie war, was sie war, so wäre sie nicht vollkommen verkümmert. Hätte der Kummer in ihr keine Nahrung gefunden, so wäre sie stehen geblieben, wo sie gestanden hatte – wo sie in all ihrer Schönheit geblüht hatte. Wäre sie doch nur stehen geblieben. Verstehst du?«

James sah Phil mit fragenden Augen an. Er verstand gar nichts. Sollte es heißen, dass man nicht träumen durfte? Das konnte nicht sein.

»Was soll mir diese Geschichte sagen?«

»Sicherlich wollte ich dir nicht vermitteln, dass es besser sei, in seinem Leben und in seinem Denken stehen zu bleiben. Doch nach Höherem zu streben, irgendwo anders auf der Welt, muss nicht gleichzeitig bedeuten, auch ein glücklicherer Mensch zu werden. Irgendwann wird der Wunsch, hierher zurückzukommen, sehnlicher sein als dein Verlangen nach Anerkennung und Erfolg. Glaube mir, dein Traum, eines Tages der größte Pianist der Welt zu sein, wird dir so klein vorkommen im Gegengewicht zu dem, was du verloren hast, wie die Größe eines unbedeutenden Sandkorns.«

James versuchte wirklich, die Worte zu verstehen, aber er sträubte sich gegen Phils Prophezeiung.

»Nein, ich kann mir das nicht vorstellen.« Er hielt kurz inne, schloss für eine Sekunde die Augen, atmete tief durch und sah schließlich wieder zu Phil auf. »Du hast gerade gesagt, ich würde in einen Gewissenskonflikt geraten. Was wird das sein? Was meinst du damit? Ich …« James sprach nicht weiter, denn Alma hob ruckartig den Kopf und knurrte. Der Mond wurde abermals von Wolken umhüllt. Und urplötzlich herrschte eine weitaus gespenstischere Atmosphäre als bei ihrer Ankunft.

»Scht«, kam es von Phil und er löschte sofort das Licht der Petroleumlampe.

Jetzt umgab sie völlige Dunkelheit. James versuchte, das Rascheln zu orten, das seit wenigen Augenblicken wieder und wieder erklang. Seine Hand streichelte über Almas Fell, um die Hündin, vielleicht aber auch sich selbst zu beruhigen, doch es gelang ihm nicht. Alma stellte sich auf und bellte aufgebracht. Mehrmals drehte sie sich dabei um die eigene Achse.

»Alma!«, heischte Phil.

»Was hat sie denn so angestachelt?«

»Vielleicht ist es nur ein Dachs.«

Ein Dachs? Sicher nicht. James konnte das nicht glauben. Alma war bislang zu einem Jagdhund erzogen worden, begleitete sowohl John als auch Phil auf diversen Waldausflügen. Würde sie immer so anschlagen, wenn sich ihnen bloß ein harmloses Tier näherte, wäre sie den Männern kaum von Nutzen. Andererseits war sie noch recht jung und so übte James sich in Gelassenheit, doch das schnelle Pochen seines Herzens ließ sich nicht ignorieren.

Bange sah er wieder zum Nachthimmel und sehnte sich nach dem Licht des Mondes. Es war plötzlich so stockfinster geworden, als wäre der Welt alle Farbe entzogen worden. Aus der Nähe ertönte ein dunkles Aufbrüllen, das James durch Mark und Bein ging. Phil griff zu seinem Gewehr, erhob sich langsam und blickte sich um.

Alma bellte wieder lautstark. Und James wurde mit einem Mal ganz anders zumute. Nein, das war sicher kein Dachs.

»Halte sie fest!«, befahl Phil dem Jungen.

Soeben wollte er nach ihrem Halsband packen, da rannte sie schon davon.

»Alma!«, brüllte James der Hündin nach und schoss ebenfalls empor, um ihr hinterherzustürmen, doch Phil griff nach seiner Schulter und hielt ihn fest.

Noch hörten sie Almas Gebell, aber auch das fürchterliche Brüllen des unbekannten Wesens, das sich nur einige Meter vor ihnen in einem Gebüsch verbergen musste. Tränen schossen James in die Augen, weil er Grausames ahnte. Nur wenige Sekunden später vernahm er das wehleidige Winseln des kleinen Beagles, bis es ganz verstummte.

Phil schluckte hörbar, während in James alles schmerzte. Er stellte sich dicht neben ihn, suchte seinen Schutz. »Ist sie etwa …?«, fragte er mit einem Schluchzen.

»Ich fürchte ja. Sei bitte still.«

Unaufhörlich starrten sie in den pechschwarzen Wald hinein.

Plötzlich wurde das Rascheln im Gebüsch lauter. Ein furchtbar grelles Licht blendete James nur wenige Sekunden später so sehr, dass er den rechten Arm hob und mit seinem Ellbogen seine Augen schützte. Er hörte nur, wie dieses Ding auf sie zustürmte und anschließend das Einrasten des Abzugs von Phils Schrotflinte.

»Verdammt! Es klemmt, James!«, brüllte er und riss ihm den Arm herunter.

Noch immer konnte James nichts sehen, doch ohne einen weiteren Gedanken zu verschwenden, brachte er sein Gewehr in Position, führte seinen Zeigefinger zum Abzug und als sich seine Augen wieder an die Lichtverhältnisse gewöhnt hatten, erkannte er, was mit blutrünstigem und knurrendem Maul vor ihnen stand.

Eine Bestie von einem Bären, wie er noch nie zuvor eine gesehen hatte, türmte sich vor ihnen auf, war hoch wie ein Stockwerk.

James' Hände zitterten, ebenso auch seine Knie. Das Monster begab sich wieder auf alle viere zurück und schnellte direkt auf ihn zu. Er blickte genau in die Fratze des Ungeheuers, war plötzlich wie paralysiert.

»Nun schieß doch endlich!«, drang Phils verzweifelter Ruf zu ihm durch, aber es hörte sich an, als wäre dieser meilenweit von ihm entfernt. Der widerliche Geruch von Schwefel stieg James in die Nase. Es war der gleiche Gestank, den er schon bei Greystoke Grove wahrgenommen hatte. War das der Duft des Todes?

Kurz kniff er die Augen zu, den Finger immer noch am Abzug des Gewehrs. Als er sie wieder öffnete, schrak er für eine Sekunde zusammen beim Antlitz eines Mannes, der nun vor ihm stand und abscheulicher grinste, als es der Teufel aus James' Vorstellung jemals vermocht hatte.

Kalte Augen spähten ihm entgegen.

Wieder hörte er Phil wie von weit entfernt brüllen: »Du musst es tun! *Tu es! Tu es! Tu es!*« James reagierte aber immer noch nicht, sein Körper war wie versteinert. Beine, Arme, Hände unbeweglich wie Zement. »Lancelot, *er* ist das Böse. Ihn gilt es, aus deinem Leben zu verbannen. Vernichte Joseph Wulf.«

Und er drückte ab. Der Schuss dröhnte in seinen Ohren wie ein Donnerschlag.

James riss die Augen auf, glaubte schon fast, in seiner Todesangst ersticken zu müssen. Sein Körper vibrierte.

Er versuchte, sich aufzusetzen, kam aber nicht hoch, als hätten sich zwei Hände um seinen Hals gelegt, die ihn gnadenlos in das Kopfkissen hinunterdrückten.

Der Druck wollte nicht verschwinden. *Beruhige dich! Das war alles nur ein Traum. Du bist im Hier und Jetzt. Die Klauen, sind pure Einbildung. Lass den Traum los. Nun mach schon!*

Atemlos fuhr er in die Höhe, packte nach seinem Hals, um sich zu vergewissern, dass er sich die würgenden Flossen tatsächlich nur eingebildet hatte. Sein Hemd, das er bereits am Vortag getragen hatte, war vollkommen durchnässt. Orientierungslos blickte er sich in dem düsteren Raum um. Er brauchte eine Weile, um zu realisieren, wo er war und ob er wirklich noch lebte.

Die Polizeisirenen des New York City Police Departments dröhnten durch die Scheiben der geschlossenen Fenster. Die Vorhänge waren nicht zugezogen und die ewig blinkenden Lichter der Stadt durchbrachen die Finsternis des Zimmers wie eine defekte Lampe. New York schlief nie. Selbst in der Nacht waren die Straßen hell erleuchtet, als hätten die Bewohner Angst vor der Dunkelheit.

Er lag auf dem Futon in seinem Schlafzimmer. Trug sogar noch seine Schuhe.

Ihm war das alles bewusst, dennoch schien etwas seinen Geist zwischen Traumwelt und Realität umherwandern zu lassen. In seinen Händen spürte er noch immer das Holz und Metall des Jagdgewehrs sowie die Schwere der Waffe. In seiner Nase lag nach wie vor der Geruch feuchten Laubs, der sich mit Schwefel und Schwarzpulver vermischte. All das erzeugte den widerlichsten Gestank, den er jemals wahrgenommen hatte.

Nein, er war nicht mehr im nächtlich schwarzen Wald, er war zu Hause, sofern dieses New Yorker Apartment überhaupt jene anheimelnde Bezeichnung verdient hatte. James setzte sich auf die Bettkante, strich sich den Schweiß von der Stirn.

»Was zur Hölle war das?«, flüsterte er sich selbst zu. Endlich war er im Jetzt angekommen. Im Dezember 1962.

Es war ein *verdammter* Albtraum gewesen. Nur ein Streich seines Unterbewusstseins, eine Folge des Stresses der vergangenen Tage. Seit er Joseph Wulfs' Geheimzimmer entdeckt hatte, ließ ihn das, was er darin vorgefunden hatte, nicht mehr los. Aber dieser Traum eben hatte so real gewirkt, als hätte er tatsächlich noch vor wenigen Minuten an Phils Seite gesessen, und zwar so lange, bis diese Bestie auf sie beide zugestürmt gekommen war.

Niemals war er mit Phil bei Nacht im Wald gewesen. Nie. Und eine Hündin namens Alma hatte es im Hause Morgan auch nicht gegeben.

Oder hatte James dieses furchtbare Erlebnis verdrängt? Es fiel ihm schwer, seine Gedanken zu ordnen. Was war real und was nicht? Phil, der gute Geist der Familie, der ewige Begleiter, hatte sich mit einer Botschaft in seine Träume geschlichen, die ihm als siebzehnjähriger Junge sicherlich nicht gefallen hätte.

Doch nun, Jahre später, begriff James, was Phil ihm zu erklären versucht hatte. Dabei war es völlig irrelevant, ob dieses Gespräch nur einem Traum entsprungen war oder sich wahrhaftig ereignet hatte. Die Geschichte der vorerst zufriedenen Lilie und dem spottenden Vogel, der ihr wiederholt zuzwitscherte, woanders auf der Welt sei es schöner und bedeutender als dort, wo sie verwurzelt war. Dabei war sie doch glücklich gewesen – an Ort und Stelle. Dieses Gleichnis hatte James nun verstanden, glich seinem Leben wie nichts anderes. Er war die Lilie, ein Mensch, der erst an seinem Dasein zweifelte, nachdem ihm das böse Vögelchen, in seinem Fall der übermächtige Ehrgeiz, weisgemacht hatte, er bliebe eine unbedeutende Blume, wenn er nicht nach etwas Höherem strebte.

Seine Besessenheit hatte ihn in diesen Albtraum katapultiert – und er begann zu welken. Jeden Tag ein bisschen mehr. Bis nichts mehr von ihm übrig sein würde, wenn er nicht sofort etwas änderte.

Doch in dieser Nacht war es nicht die Erkenntnis über das Scheitern eines an sich marginalen Traumes, die ihn aufgewühlt durchs Schlafzimmer wandern ließ, nein, es waren jene Worte, die Phil ihm aus der Ferne zugerufen hatte:

Vernichte Joseph Wulf.

Die schwarzen Gedanken sowie die Angst, die ihn soeben mit eiskalter Hand gepackt hatte, verschwanden von Sekunde zu Sekunde ein bisschen mehr, denn da war Licht am Ende des Tunnels. Das Ziel lag klar vor ihm: Rückkehr an den Ort, von dem er sich selbst entwurzelt hatte.

Zurück zu ihr. Zurück zu Elizabeth. Seiner Liz.

Vernichte Joseph Wulf.

TEIL I

Zwischen Wahn und Wahrheit

Das lächelnde Mädchen

New York City, Dezember 1962

In dieser Nacht hatte James kein Auge zugetan, wartete er doch ungeduldig auf das Erwachen des Tages, um den Plan, den er seit Stunden in seinem Kopf durchspielte, in die Tat umzusetzen. Ein riskantes Vorhaben, keine Frage. Waghalsiger als seine Vorgehensweise im vergangenen Jahr, als er Joseph wegen Geldwäsche ans Messer hatte liefern wollen, was ihn fast die Hand gekostet hatte. Gefährlicher als alles, was er bislang in seinem Leben gewagt hatte. Bedrohlicher als eine Nacht in den Wäldern von Morgan's Hall.

Das wahrhaftig Böse in dieser Welt war kein flüsterndes Geisterwesen, das durch die Dunkelheit der Schattenwelt geisterte, es war ein realer Mensch aus Fleisch und Blut – und dieser war sein eigener Schwiegervater.

Gegen acht Uhr in der Früh verließ James das Apartment und blieb erschrocken vor Joseph stehen, der mit einer gepackten Reisetasche ebenfalls aus der Tür seines Penthouses trat.

»Unser Mozart ist aber schon früh auf den Beinen.«

Diese eiskalten Augen, das widerlich selbstgefällige Lächeln in dem Gesicht dieses Ungeheuers. James wünschte sich das Jagdgewehr aus seinem Albtraum herbei, um dieser

Ratte den Kopf wegzublasen und dem allen endlich ein Ende zu setzen. Er durfte aber nicht hitzig werden.

Fieberhaft suchte er nach einer plausiblen Ausrede, denn fürwahr, es war tatsächlich früh für einen James Morgan.

»Ich bin auf dem Weg zum Musikladen. Dem in der 37th Street. Ich benötige neue Notenblätter.«

In Josephs Ausdruck zeichnete sich die für ihn signifikante Herablassung ab. »Wofür denn bitte?« Abfällig schüttelte er den Kopf und krönte diesen mit einem schwarzen Hut, sah jetzt aus wie ein Mafiaboss. »Unglaublich, dass du immer noch glaubst, irgendjemand auf dieser Welt würde sich für deine Arbeit interessieren. Wach endlich auf, du bist ein Nichts.«

Lass dich nicht aus der Reserve locken!, mahnte James' innere Stimme ihn zur Vorsicht. *Dieser Mann ernährt sich von deiner Unzulänglichkeit.*

»Das stimmt. Dank *Ihnen*, Sir.«

Er hatte es kaum ausgesprochen, da biss er sich schon auf die Lippe, aber seine Abscheu vor diesem Mann war stärker als die Vernunft.

Vielleicht war seine scharfzüngige Antwort auch genau das Richtige. Ein wortloses Hinnehmen der vernichtenden Kränkung des anderen hätte ihn am Ende vermutlich nur verdächtig gemacht.

»Der Mensch sucht immer einen Schuldigen für sein eigenes Versagen. Der einzige Grund, weshalb du ein brotloser Pianist bist, liegt allein darin, dass du für dieses Geschäft keinen Biss hast. Mag sein, dass du über ein überdurchschnittliches Talent verfügst, aber Erfolg bedeutet Kampfgeist, Courage und Rückgrat – all das besitzt du nicht.« Innerlich kochte James vor Wut, auch wenn er nach außen hin um eine kühle Fassade bemüht war. »Zudem fehlt es dir an der nötigen Weitsicht und Geschäftstüchtigkeit. Erfolg kommt nicht von allein, der wird keinem geschenkt.«

Stell auf Durchzug.

Gespannt sah Wulf ihn an und wartete ganz offensichtlich auf ein Gegenfeuer, das ihm jedoch verwehrt blieb.

»Ich muss los.«

Joseph hielt ihn zurück. »Ach, wo warst du gestern Abend?«

James zog die Augenbrauen zusammen. Warum wollte er das wissen? Das interessierte diesen Mann sonst auch nicht. Er war zu Hause gewesen und hatte sich nach seiner abscheulichen Entdeckung in Wulfs Geheimzimmer einen Whiskey gegönnt. Vielleicht waren es auch zwei oder drei gewesen, das spielte keine Rolle. Die Erinnerung an den gestrigen Abend war verschwommen. Irgendwann musste er es geschafft haben, die Wendeltreppe zum Schlafzimmer hinaufzusteigen, und war daraufhin samt Hemd, Hose sowie Schuhen ins Bett gefallen und eingeschlafen. Bis ihn der Albtraum aus dem Schlaf gerissen und er seither kein Auge mehr zugemacht hatte.

»Ich wüsste nicht, was dich das angeht.«

»Es ist mir persönlich auch egal, wo du dich rumtreibst. Wer weiß, wie viele Stiefschwestern du noch hast. Olivias Arzt, Doktor Anderson, hat versucht, dich zu erreichen. Und das wiederum ist mir nicht gleich.« Dunkel erinnerte James sich an das klingelnde Telefon, das er in seinem Whiskey-Rausch ignoriert hatte. »Sie wird in den kommenden Tagen aus dem Sanatorium entlassen. Falls dich das überhaupt interessiert.«

James verlor in diesem Moment die Gesichtsfarbe, so sehr traf ihn diese Nachricht. Nicht nur die Tatsache, dass Olivias Rückkehr ihm bei seinem Vorhaben nicht unbedingt in die Karten spielte, nein, ihm graute sogar vor seiner eigenen Ehefrau.

Aus Mitleid und Schuldgefühlen heraus hatte er Olivia nicht verlassen wollen und sie nach der Totgeburt ihres gemeinsamen Sohnes nicht mit ihren inneren Dämonen alleingelassen. Es war die moralische Entscheidung eines fremdgehenden Mannes gewesen. Denn genau das war er, ein Ehebrecher, der nun wusste, wie töricht er gewesen war, sich jemals auf diese Frau eingelassen zu haben. Olivia war sein Untergang gewesen, die ihm nichts als Schmerz und Unglück gebracht hatte.

Doch dieses Verantwortungsgefühl war in dem Moment gestorben, als er gestern die Schwelle zu Wulfs wohlbehütetem Geheimzimmer übertreten hatte.

»Ist es nicht etwas früh für eine Entlassung?«, fragte er betreten und in der stillen Hoffnung, das Blatt doch noch einmal wenden zu können. »Glaubst du nicht auch, dass Olivia noch weitere Hilfe benötigt?«

»Doktor Anderson sieht das anders. Er ist der Arzt. Meine Tochter ist zäher und stärker, als du denkst.«

Das glaubte er diesem *Widerling* aufs Wort.

Joseph war gerade im Begriff, in Richtung des Aufzugs zu gehen, da rief James ihn zurück. »Wann wirst du wieder in New York sein?« Mit einem argwöhnischen Blick drehte der Alte sich wieder zu ihm um. »Nun ja, falls Olivia heimkommt und nach dir fragt.« Er spielte seine Frage herunter, um seinen Schwiegervater nicht misstrauisch zu machen.

»Sonntag.«

Heute war Freitag. Das bedeutete, James blieben knapp zwei Tage. In verzweifelter Hoffnung betete er, Olivia würde ihm währenddessen nicht dazwischenfunken. Dass sie jetzt schon aus dem Sanatorium entlassen werden sollte, gefiel ihm nicht. Was dachte sich dieser Doktor Anderson nur? Seiner Meinung nach schien Olivia alles andere als genesen, wenn diese Frau überhaupt eines Tages als ein psychisch gesunder Mensch gelten konnte. Ganz klar, sie hatte diesen Arzt nach Strich und Faden manipuliert.

Joseph trat in den Aufzug und verschwand. James ließ sich noch einige Minuten Zeit, bis auch er das Apartmenthaus verlassen wollte. Zunächst musste er sich jedoch sammeln.

Als er wenig später in der Lobby aus dem Lift trat, blieb er wie angewurzelt vor der Wandmalerei zu seiner Rechten stehen. Eine Darstellung des Schwanenritters Lohengrin. Wulfs Hommage germanischer Legenden, die für James nun eine völlig neue Bedeutungskraft ausstrahlten. Wie festgewachsen besah er sich dieses Bildnis. Als Bewunderer des Komponisten Richard Wagner hatte Joseph seine Tochter und James zu sämtlichen Aufführungen in der Stadt gezerrt. So hatten sie in den vergangenen Jahren regelmäßig Opern wie ›Der Fliegende Holländer‹, ›Tannhäuser‹ und eben auch ›Lohengrin‹ besucht, was stundenlanges Sitzen und Ausharren bedeutet hatte. Als Pianist war James selbstredend ein Freund klassischer Musik und natürlich faszinierten ihn die dramatischen Mammutstücke Wagners, vor allem, wenn der begnadete Herbert von Karajan sie dirigierte, doch Wulfs frenetische Begeisterung war schon beinahe unheimlich. James erinnerte sich noch gut an den Anblick seines Schwiegervaters während der Inszenierung von ›Tristan und Isolde‹, Wagners wohl radikalste und sinnlichste Arbeit. Joseph hatte damals die Augen geschlossen, als die düsteren, ja sinistren Klänge des dritten Aktes den Opernsaal erfüllt hatten. Sein Geist schien sich in eine weit entfernte Welt verabschiedet zu haben. Er hatte die Hände auf seinen Knien derart stark geballt, bis die Knöchel weiß hervorgetreten waren. Als er sie wieder geöffnet hatte, hatten sie für einen Moment wie scharfe Klauen gewirkt. Ein Sinnbild für die bedrohlich wirkende Musik, der sie gelauscht hatten.

James war nun bewusst, wohin Josephs Gedanken ihn geführt haben mussten. In eine Zeit eigener Abscheulichkeiten, in eine Ära vollkommener Dunkelheit. Diesem Menschen war einiges zuzutrauen, aber das, was er über diesen Mann herausgefunden hatte, sprengte jegliche Vorstellungskraft.

Alles ging in ihm durcheinander, denn ein Bild, ein Indiz jagte das nächste.

Jetzt nickte James sich selbst zu, als wolle er sich Mut zusprechen.

»Ich werde dich vernichten, Joseph Wulf«, flüsterte er und dankte Phil im Stummen für den Traum der vergangenen Nacht. Manchmal fragte er sich, ob sein guter alter Freund in der Lage war, sich in die Traumwelt anderer hineinzuschleichen. Das war natürlich völlig absurd, aber Phil war eben Phil. Ein Mann voller Geheimnisse. Bei ihm schien irgendwie alles möglich.

»Mr. Morgan, kann ich Ihnen helfen?«, fragte Gordon, der Concierge, und zerrte James aus seinen Überlegungen.

Verwirrt drehte er sich zur Rezeption um. »Oh. Nein, Gordon. Vielen Dank. Sagen Sie, seit wann arbeiten Sie für die Wulfs?«

Der Mann runzelte die Stirn. »Seit 1951, Sir. Dieser Penthousekomplex wurde erst im selben Jahr nach einer Kernsanierung und Renovierung fertiggestellt. Seitdem bin ich hier angestellt. Wieso fragen Sie?«

»Ach, nur interessehalber.«

Was hatte er gehofft, von diesem Mitarbeiter zu erfahren? Die dunkelsten Machenschaften Wulfs? Weitere Steinchen im düsteren Mosaik seines Schwiegervaters?

»Soll ich Ihnen einen Fahrer rufen?«

»Nein, vielen Dank. Ich gehe zu Fuß.«

James verließ das Hochhaus und begab sich auf den Weg, um sein Vorhaben in die Tat umzusetzen. Ständig drehte er sich um, weil er Angst hatte, von Wulfs Männern verfolgt zu werden. Doch im Getümmel der Menschen konnte er niemanden ausmachen und inzwischen fürchtete er, paranoid zu werden. Der Winter senkte sich über die Stadt mit der üblichen Mischung aus Nebel, Graupelschauer und unangenehm feuchter Kälte, die durch jedes Kleidungsstück drang. Er zog seinen schwarzen Mantel zusammen, weil er fror. Die vielen Wolkenkratzer schienen ihn förmlich zu erdrücken. Schleichend war verschwunden, was die Faszination dieser Metropole einst ausgemacht hatte. Die Musik und die Aussicht auf eine aufregende Karriere hatten ihn hierhergeführt, doch diese Ambitionen waren wie weggeblasen vom Wind der Großstadt. New York hatte sie schlichtweg in eine nie gedachte Bedeutungslosigkeit gestoßen. Die vielen Schaufenster, die seinen Weg säumten, waren weihnachtlich geschmückt. Aus dem Kaufhaus Bloomingdale's ertönte Bing Crosbys >White Christmas<. James blieb vor der Eingangspforte des berühmten Geschäftes stehen, weilte inmitten der umtriebigen Menschen, die sich mit vollgepackten Einkaufstüten an ihm vorbeischlängelten, doch er nahm sie kaum wahr. Das wehmütige Weihnachtslied erzeugte eine schmerzende Sehnsucht nach seinem wahren Zuhause: Morgan's Hall. Er schloss die Augen, sah das unendliche Weiß der schneebedeckten Landschaft, spürte die Eiseskälte auf seinen Wangen, hörte das Knirschen seiner Schritte auf dem Pulverschnee, atmete den frischen Duft der Tannennadeln. Doch das Atmen fiel ihm schwer, weil sich dieser klebrige Kloß in seiner Kehle festmachte.

Was würde er dafür geben, Weihnachten mit seiner Familie und vor allem mit seiner Elizabeth verbringen zu dürfen? Alles. Das war das Ziel. Sie war das Ziel.

Er wollte einfach nur nach Hause – zurück nach Morgan's Hall.

Schon oft hatte ihn in den vergangenen Jahren das Heimweh gepackt, aber dieses Mal ergriff ihn jener Heimatschmerz so eiskalt, so unverhofft, dass er am liebsten an Ort und Stelle auf die Knie gefallen wäre, das Gesicht in seinen Händen vergraben hätte, um sich den Kummer von der Seele zu weinen.

James ließ den Kopf hängen und erwachte erst aus seinem inneren Leiden, als ihn eine übergewichtige Passantin anrempelte.

»Können Sie nicht aus dem Weg gehen?«, maulte sie und er drehte sich zu der Frau um, wollte gerade um Verzeihung bitten, da traf es ihn wie ein Blitzschlag. Dotty stand vor ihm. Mit einem genierlichen Lächeln biss sie sich auf die Unterlippe. Er musste sich dazu zwingen, die Fassung zu bewahren. »Oh, James. Ich habe dich im ersten Moment gar nicht erkannt. Entschuldige, ich wollte dich nicht von der Seite niedermachen.«

Er bewegte sich nicht, blieb nur stumm vor ihr stehen, was sie anscheinend irritierte, denn sie lächelte eingeschüchtert und lüftete somit den Vorhang der Verunsicherung. Sie trug einen mondänen Hut aus schwarzem Samt und ihr Gesicht war stark geschminkt, als würde sie gleich die Opernbühne betreten wollen, um im Licht der Scheinwerfer die Violetta aus Verdis >La traviata< zum Besten zu geben.

»James, ist alles in Ordnung? Du siehst mich an, als wäre ich ein Geist.« Immer noch war er nicht in der Lage, ihr zu antworten. »Ich wollte mich schon viel früher bei Steven und dir melden, aber ich bin gestern erst aus Paris zurückgekehrt.«

»Hast du die Rolle bei Jean-Luc Godard ergattern können?«

Jetzt sah sie ihn erstaunt an und er bemerkte, dass sie kräftig schluckte.

»Woher weißt du das mit dem Vorsprechen?«

James verschränkte die Arme vor der Brust, signalisierte mit erboster Miene seine Ablehnung, die er für sie empfand.

»Lassen wir die Spielchen, Dotty Hayward, große Opernsängerin und baldige Muse eines französischen Filmemachers. Hast du die Rolle erhalten oder nicht?«, fragte er mit deutlicher Feindseligkeit in der Stimme. Beklommen sah sie von rechts nach links, schien zu keiner Äußerung fähig zu sein. Er knirschte mit den Zähnen, ließ die Hände in die Manteltaschen sinken, wo sie sich zu Fäusten formten. Er verlor die Geduld und wurde lauter. »Hast du die Rolle erhalten? So schwer kann es doch nicht sein, mir zu antworten!« Er wusste, dass er unhöflich war, aber das war ihm egal.

»Nein«, flüsterte sie beschämt. Sie machte sich klein, zog die Schultern an und ließ den Kopf hängen. Er betrachtete sie genauer. Ihre künstlichen schwarzen Wimpern warfen Schatten auf ihre Wangen und wie sie so eingefallen vor ihm stand, wirkte sie einfach ... erbärmlich.

James schnaufte und lachte freudlos. Abermals traf sein finsterer Blick auf Dottys, als diese sich endlich traute, ihn wieder anzusehen. »Zu schade, Madame Hayward. Und für diese Pleite hast du Liz und mich verraten. Dass du dich nicht schämst. Ich dachte wirklich, eine Freundin in dir gefunden zu haben. So oft haben wir beide nach unserer Vorstellung zusammengesessen. Mehr als einmal habe ich dir mein Herz ausgeschüttet und dir Dinge offenbart, die ich vorher noch niemandem anvertraut habe. Und was machst du? Erstattest unverfroren Rapport bei Joseph Wulf persönlich. Hast du eine Ahnung, was du Liz und mir damit angetan hast?« James wurde von Silbe zu Silbe aufbrausender, dabei vergaß er, dass er sich an einem belebten Ort befand. Manch vorbeigehender Passant betrachtete ihn und Dotty schon mit verwunderten Blicken an, sodass er sich zügelte und stattdessen versuchte, seine Wut hinunterzuschlucken.

»Du weißt, wie er ist, James. Joseph Wulf akzeptiert kein Nein.«

»Aber die Aussicht auf eine Filmrolle hast du nicht ausgeschlagen. Die kam dir entgegen, nicht wahr? Du bist ein elendes Miststück.«

Dotty machte nun einen sehr bekümmerten Eindruck. »Glaube mir bitte, dass sich alles in mir dagegen gesträubt hat, Joseph regelmäßig Bericht zu erstatten. Doch …«

»Doch was?«

»Seit einiger Zeit nimmt meine Karriere als Opernsängerin an Fahrt auf, nach vielen Jahren der Entbehrlichkeit, James. Du weißt, wie hart umkämpft unsere Branche ist. Ich hatte nicht das Glück, wie deine Frau aus einem reichen Elternhaus zu stammen und das Geld für einen Studienplatz an der Juilliard aufwenden zu können, um direkt nach dem Abschluss ein Engagement an der Metropolitan Opera zu ergattern, und wir wissen beide, dass Olivia nicht halb so talentiert ist wie ich.«

»Soll ich nun Mitleid empfinden? Komm auf den Punkt!«, fügte er schroff hinzu.

»Joseph kontaktierte mich, kurz nachdem er gehört hatte, dass du dich unserem Orchester in Europa anschließen würdest. Ich versuchte natürlich sofort, ihm klarzumachen, dass ich Sängerin sei und keine Spionin, aber er ließ nicht locker. Wenn ich ihm diesen Gefallen nicht tun würde, dann bräuchte ich zukünftig für keine Opernstücke vorzusingen, drohte er mir. Er würde schon dafür sorgen, dass mich niemals mehr ein musikalischer Leiter als Besetzung auch nur in Betracht zieht. Da … da habe ich es mit der Angst bekommen.«

Diese Art Drohung kam James leider mehr als bekannt vor.

Solltest du Olivia nicht zu deiner Frau nehmen, sie nicht von dir abhängig machen, dann wird dir jegliche Tür verschlossen bleiben und du endest am Klavier in irgendeiner heruntergekommenen Bar. Das waren Josephs Worte gewesen, die dieser damals unverfroren James an den Kopf geworfen hatte, wie er sich gerade erinnerte. Bis heute kannte er den Grund nicht, weshalb dieser Mann solch ein reges Interesse daran gezeigt hatte, ihn mit seiner Tochter zu verheiraten. Er hatte die Erpressung damit begründet, dass ihm Olivias freizügiges Leben, ihre – wie Wulf es ausgedrückt hatte – Promiskuitivität gegen den Strich gegangen war.

Alles Quatsch, wie James inzwischen wusste. Dennoch konnte er sich keinen Reim darauf machen, weshalb gerade *er* als der auserwählte Schwiegersohn herhalten musste und warum Wulf ihm seither das Leben zur Hölle machte, ihn auf Schritt und Tritt bespitzeln ließ.

Warum? Warum? Warum?

James begriff, dass die Frau, die ihm gerade wie ein verunsichertes Rehkitz gegenüberstand, das gleiche Schicksal ereilt hatte wie ihn. An beiden Händen klebte das dickflüssige Pech, Joseph Wulf begegnet zu sein. Sie hatte sich das sicher nicht ausgesucht. Doch wie James, so hatten sich auch ihre und Wulfs Wege zum falschen Zeitpunkt gekreuzt. Olivias Vater hatte diese Chance gewittert und genutzt, sie unter Druck gesetzt und seine Machtspielchen mit ihr getrieben. New York und die Bühnen der Welt waren ein hart umkämpftes Pflaster und Dotty eben nur Dotty. Wie hätte sie sich ihm widersetzen können? Ja, sein Zorn verebbte. Er fühlte sich angeschlagen, verwirrt und betrogen.

Dotty trat in ihren schwarzen Lackpumps von einem Fuß auf den anderen. »Ich weiß, mein Wort zählt sicher nicht mehr viel, aber es tut mir wirklich schrecklich leid.«

Lange sah er sie an, wusste, dass ihre Bitte um Verzeihung ehrlich gemeint war. Kurz schloss er die Lider und probierte, seinen Groll hinunterzuschlucken, doch es gelang ihm nicht ganz, denn die Enttäuschung, die er empfand, überschattete einfach alles. Er holte tief Luft.

»Deine Entschuldigung hat keine Bedeutung. Es ändert nichts an der Tatsache, dass du Liz und mich verkauft hast. Ich weiß, wie Wulf sein kann, aber man darf ihm deswegen nicht alles gestatten.«

Er sah ihre feuchten Augen und sie nickte geknickt. »Ich weiß.«

»Belassen wir es dabei. Lebe wohl.«

Dotty packte ihn am Arm und hielt ihn somit vom Gehen ab. »Warte!«

»Was ist denn noch?«, fragte er zermürbt. Er war des Gesprächs müde und musste weiter.

»Ich hoffe von ganzem Herzen, dass du dich aus Wulfs Klauen befreien kannst und zu Liz zurückkehren darfst. Ich weiß, sie ist deine wahre Liebe.«

James ließ ihre Worte unkommentiert und Dotty an Ort und Stelle stehen. Er beschleunigte seine Schritte, lief den Broadway entlang und bog in die nächste Straße ein. Nach einigen Metern erreichte er ein unscheinbares Ladengeschäft für elektronische Geräte und er hoffte, hier alles zu erhalten, was er benötigte. Er öffnete die Tür, das Bimmeln des kleinen Glöckchens über dem Eingang erklang und schallte durch den düsteren Raum. Es roch nach Pfeifentabak. Der Dunst des Rauches lag wie eine schwere Wolke in der Luft. Das bebrillte Gesicht eines schmächtigen Mannes lugte durch einen braunen Vorhang hinter dem Verkaufstresen.

»Guten Morgen, Sir«, begrüßte er James freundlich.

»Guten Morgen.« Er ging zum Tresen und trat dem Verkäufer gegenüber.

»Was kann ich für Sie tun?«

»Ich benötige eine Fotokamera sowie Zubehör für die Entwicklung von Bildern. Ich habe leider wenig Ahnung von Fotografie und hoffe, Sie können mir vielleicht die einzelnen Schritte erklären?«

»Da sind Sie bei mir genau richtig, Sir. In Ordnung. Beginnen wir mit dem Fotoapparat. Ich könnte Ihnen dieses Modell anbieten.« Aus einer großen Schublade unterhalb der Kasse kramte er eine Kamera hervor. »Das ist eine Agfa Isola 1, sie wird in Deutschland hergestellt. Mit das Beste, was dieser Markt zu bieten hat, wenn Sie mich fragen.«

James begutachtete den Apparat.

»Haben Sie vielleicht auch ein etwas kleineres Modell in Ihrem Sortiment?« Der Inhaber zog die linke Augenbraue hoch, tippte daraufhin mit dem Zeigefinger auf seine schmalen Lippen, sah zu seinem Warenregal hinüber und schien angestrengt zu überlegen.

»Kleiner …«, murmelte er. Dann tat er einen Schritt zurück und entnahm dem untersten Fach eine tatsächlich sehr winzige Kamera, um sie James zu präsentieren. »Das ist eine Minolta 16. Die wird in Japan hergestellt und meist zu Spionagezwecken eingesetzt. Vermutlich der meistverkaufte Apparat in der Sowjetunion«, sagte er mit einem Lachen. »Benötigen Sie vielleicht noch ein Abhörgerät? Sie sind doch kein kommunistischer Doppelagent?«

»Selbstverständlich nicht.« James wusste, der Ladeninhaber wollte witzig sein, aber für solche Späße hatte er weder Zeit noch Nerven. »Ich nehme die Minolta.«

Der Verkäufer begriff wohl, dass James auf keine Plauderei aus war. »Für die Kamera benötigen Sie einen 16-mm Film. Die Entwicklung des Bildmaterials sollte in einem lichtundurchlässigen Raum gemacht werden. Ich habe noch eine Rotlichtlampe. Zudem werde ich Ihnen die Chemikalien mitgeben. Ich schreibe Ihnen die einzelnen Entwicklungsschritte auf.«

»Das wäre sehr nett.«

Der Mann nickte ihm zu, verschwand daraufhin hinter dem schweren Samtvorhang, der zu einem kleinen Arbeitszimmer führte, wie James vermutete. Durch einen Spalt des dunklen Stoffes erkannte er, wie sich der Ladenbesitzer an einen Tisch setzte und zu schreiben begann. All das dauerte eine halbe Ewigkeit, allerdings war er dem Händler dankbar, dass dieser sich die Mühe machte, ihm eine Anleitung aufzuschreiben. James war unruhig. Er wollte nur eine Kamera kaufen, aber ihm kam es vor, als würde er in diesem Laden ein illegales Geschäft abwickeln. Immer wieder sah er über die Schulter zurück.

Wenn der Verkäufer wüsste, was er mit dieser Minolta-Spionagekamera abfotografieren würde … Zweifel kamen in ihm auf. Hätte er vielleicht doch lieber seine Entdeckung der Polizei melden sollen, anstatt es auf eigene Faust zu versuchen?

Nein! Joseph Wulf bestach ganz New York. Alles und jeden. Vom Senator bis hin zum kleinsten Sexkino-Betreiber.

Nach einer geschlagenen halben Stunde trat der Inhaber wieder in den Verkaufsraum zurück und hielt dabei eine prall gefüllte Tüte in seinen Händen, die er ihm überreichte. Einhundertzwanzig Dollar musste James aufbringen, doch das sollte es wert sein. Schließlich bedankte er sich bei dem alten Herrn, nahm die schwere Papiertüte entgegen und verließ das Ladenlokal.

Den Weg zum Penthouse der Wulfs legte er im Laufschritt zurück. Ausgestattet mit all dem Equipment, das er für die Durchführung seines Schlachtplans benötigte, war ihm schon wohler zumute als noch vor wenigen Stunden und auf irgendeine Weise verspürte er sogar eine gewisse Zuversicht.

Im Apartment angekommen, kam nur die Speisekammer als geeigneter Ort für einen lichtundurchlässigen Raum infrage. Er war heilfroh, dass sich die haltbaren Lebensmittel nicht wie bei den Morgans bis unter die Decke stapelten. In dieser Kammer fanden sich lediglich ein paar teure Flaschen Rotwein, Hochprozentiges und insgesamt vier Büchsen Bohnen sowie zwei Konserven Corned Beef.

Nur zehn Minuten später hatte er den Raum leer geräumt. James blickte mehrmals auf die handschriftlich verfasste Anleitung des Verkäufers. Mit einer Wolldecke, die er hatte, dichtete er den Türspalt ab, damit wirklich kein Tageslicht hineinschien. Das Rotlicht hängte er an die Glühbirne, die an einem Kabel von der Decke baumelte. Auf einem leeren Regal richtete er alles genau so an, wie es ihm der Mann aufgeschrieben hatte. Er positionierte den gekauften Vergrößerer, in den er das Negativ einsetzen musste. Unter dem Rotlicht sollte das ebenfalls erworbene Fotopapier belichtet werden. Danach würde James es kurz nacheinander in drei Chemiebäder tauchen. Hierfür nutzte er schwere Auflaufformen aus Edelstahl. Etwas Besseres war ihm nicht eingefallen.

Nachdem alles gemäß der Anleitung eingerichtet war, machte er in der Küche Ordnung und räumte die Flaschen sowie die Büchsen in den leeren Schrank unterhalb der Spüle – für den Fall, dass Olivia unangekündigt beziehungsweise verfrüht aufkreuzen würde. Er wusste, die meisten Patienten verließen montags das Sanatorium und so würde ihm noch das ganze Wochenende bleiben. Sicher war er sich jedoch nicht und deshalb verschloss er vorsichtshalber die Tür zur Speisekammer. Hierfür gab es nur einen einzigen Schlüssel, der nun in seiner Hosentasche verschwand. Sollte seine Ehefrau tatsächlich in den kommenden Stunden heimkehren, so führte ihr erster Weg gewiss nicht in den kleinen Abstellraum neben der Küche. Vermutlich würde sie ihm freudestrahlend um den Hals fallen und daraufhin für einige Zeit verschwinden, um ein langes Bad zu nehmen, das *er* ihr empfehlen würde. Der Strapazen wegen, die sie sicherlich in den letzten Stunden gehabt hatte.

Er blickte auf seine Armbanduhr. Inzwischen war es früher Nachmittag geworden.

Der wohl schwierigste Part seines Vorhabens stand unmittelbar bevor. Irgendwie musste er es schaffen, unbemerkt in die Residenz der Wulfs zu gelangen. Joseph war unterwegs, was ihm in die Karten spielte. Zurzeit hielten sich in dem Penthouse nur seine Schwiegermutter Margot sowie Gabriella auf, die sich nicht nur um den Haushalt, sondern auch um die psychisch kranke Frau kümmerte – sehr aufopferungsvoll, wie James in den vergangenen Jahren erlebt hatte.

Margot würde ihm wohl ein ewiges Rätsel bleiben und in all der Zeit, die er schon hier lebte, war er ihr nur selten begegnet. Sie war nicht einmal auf James' und Olivias Hochzeit anwesend gewesen, weil sie niemals die Schwelle zur Außenwelt übertreten würde. Angeblich litt sie an Schizophrenie und Olivia betonte immerfort, dass man in den Seltsamkeiten, die diese bemitleidenswerte Frau äußerte, keinen tieferen Sinn suchen sollte.

Wenn Margot hin und wieder das Schlafzimmer verließ, in dem sie wie ein Tier im Käfig gehalten wurde, dann geisterte sie in einem langen weißen Nachtkleid und mit offenen schwarzen Haaren über die Gänge des Wulf-Palastes. James erinnerte sich noch an die Gänsehaut, die ihn überkommen war, als er einmal einen Blick auf sie hatte erhaschen können. Wie ein seelenloser Geist war sie am oberen Treppengeländer entlanggewandert, die Augen starr nach vorne gerichtet, als hätte sie verlernt, nach links oder nach rechts zu schauen. Ein schauriges Bild. Bei der Erinnerung fröstelte es ihn prompt.

Arme Frau, dachte er und straffte die Schultern. Nur zu gern hätte er gewusst, was Margot Wulf erlebt haben musste und was sie in diesen apathischen Menschen verwandelt hatte.

James saß inzwischen am runden Frühstückstisch in der Küche, wartete ungeduldig darauf, dass es endlich Abend wurde. Gegen zwanzig Uhr wurde Margot von Gabriella *bettfertig* gemacht, wie es in dieser unsagbar schrecklichen Familie immer genannt wurde. Als wäre sie ein zweijähriges Kind. Olivia hatte sich nie viel um ihre Mutter geschert, sie sogar ignoriert, ihr James als Verlobten oder Schwiegersohn nicht einmal vernünftig vorgestellt, was ihm von jeher ein Dorn im Auge gewesen war. Doch als noch furchtbarer empfand er das gleichgültige Verhalten der Tochter gegenüber ihrer verwirrten Mutter. Sie nannte sie stets nur *die verrückte Alte* oder *die verdammte Irre*. Fürwahr, Olivia konnte der herzloseste Mensch auf der Welt sein. Das hatte er selbst viel zu oft am eigenen Leib erfahren müssen.

Eine Weile saß er schweigend an dem Tisch, kaute auf seiner Unterlippe und ließ den Blick durch das urbane Apartment gleiten, in dem er sich noch nie wohlgefühlt hatte. Geschweige denn: zu Hause.

Bei Gott, wie hatte er dieser Frau nur je verfallen können? Schon damals in den ersten gemeinsamen Wochen, nachdem er Olivia auf der Weihnachtsparty seiner ehemaligen Freundin Paula kennengelernt hatte, hatte er das großspurige Verhalten dieser Upperclass-Prinzessin zu hassen gelernt – und hatte doch nicht genug von ihr bekommen können. Er war ihr sexuell hörig gewesen, schien wie ausgehungert, wenn er sie einige Tage nicht gesehen hatte. Das Feuer zwischen ihnen hatte heftig gelodert. Dabei hatte der gemeinsame Akt niemals aus Liebe bestanden, sondern eher etwas Tierischem geglichen. Für seine einstige animalische Fleischeslust verabscheute er sich heute selbst. Er war von seinen Trieben beherrscht gewesen, einfach durch und durch Mann. Doch diese Leidenschaft war bereits nach wenigen Monaten abgeflaut, erst recht, als er begriffen hatte, wem sein Herz wirklich gehörte.

Und nach all dem Wissen, nach der bitteren Erkenntnis, dass er Elizabeth liebte, war er dämlich genug gewesen, Olivia zu schwängern. Wie es zu dieser Unvorsichtigkeit gekommen war, wusste er nicht mehr. Es war ein Abend des Rausches gewesen, zwei Flaschen Gin und ein fast nahezu gefährlicher Mix verschiedenster Stimmungsaufheller. Als er jetzt darüber nachdachte, seufzte er schwer und schlug in Gedanken die Hände über dem Kopf zusammen. Es war nicht nur dumm, sondern auch absolut unverantwortlich gewesen.

Was zur Hölle war damals mit ihm losgewesen? Er hatte sich selbst zugrunde gerichtet. Ein Wunder, dass er es überhaupt wieder aus dieser Abhängigkeit herausgeschafft hatte.

Phil hatte ihn vor den Drogen gewarnt und ihm beteuert, dass er sein inneres Leid niemals mit diesem Teufelszeug würde bekämpfen können. Eine Warnung, die damals von James abgeperlt war wie Tautropfen von einem Lotusblatt. Im Nachhinein betrachtet, hatte er selten auf das gehört, was ihm dieser weise Mann angeraten hatte.

Dieses Mal nicht. Dieses Mal würde er auf Phil hören.

Vernichte Joseph Wulf! Es stand laut in seinen Gedanken und er würde es tun.

Um kurz nach zwanzig Uhr verließ James seine Wohnung und schlich auf Zehenspitzen zum Penthouse der Wulfs, das gegenüber seinem und Olivias Apartment lag. Unbeholfene Einbruchskünste mit einer gebogenen Haarnadel, Brechstange oder einem Dietrich-Set blieben ihm zum Glück erspart, denn Olivia verfügte über einen Ersatzschlüssel, den sie, zusammen mit ihrem kostbaren Schmuck in einem Tresor im Ankleidezimmer aufbewahrte. Der Zahlencode war denkbar simpel: 6202 – das Jahr und der Monat ihrer Hochzeit.

Bevor er sich Zutritt zur Wohnung der Wulfs verschaffte, lauschte er an der Tür, konnte aber nichts hören. Langsam steckte er den Schlüssel ins Schloss und drehte ihn sachte, bis sich die Tür mit einem leisen Knarren öffnete. James kniff die Augen zusammen und hoffte inständig, dass Gabriella dieses Geräusch nicht gehört hatte. Noch ein letztes Mal holte er tief Luft und betrat dann den Eingangsbereich. Niemals würde man meinen, sich in einem Wolkenkratzer zu befinden, denn das Penthouse wirkte wie ein herrschaftlicher Palast. Ausgestattet mit siebeneinhalb Bädern und sechs Schlafzimmern, einer gut bestückten Bibliothek mit auserlesenen Werken und angrenzender Hausbar, in die sich Joseph nach pompösen Dinner mit seinen Geschäftspartnern zurückzog. Ein Inbegriff verschwenderischen Luxus' mit einer unverkennbaren Art-déco-Opulenz. Jedes Element, jedes Möbelstück war entweder nach höchsten Standards entworfen und gefertigt worden oder entstammte aus Versteigerungen alter Antiquitäten und war perfekt zusammengestellt worden. Von der Dachterrasse aus hatte man einen eindrucksvollen Blick auf den Central Park und die Skyline von Manhattan. Zwischen den dunklen Holzvertäfelungen des Atriums, in dem James gerade stand, fanden sich ähnliche Malereien der Nibelungensage wie auch in der Empfangshalle unten. Die ganze Atmosphäre dieser drückenden, ja finsteren Einrichtung hatte ihn schon immer mit Unbehagen erfüllt. Als stünde er in einem Museum der Scheußlichkeiten, denn hier war in seinen Augen wirklich nichts ästhetisch oder elegant. Alles war schlichtweg zu viel. In diesen Hallen gab es nicht den Hauch familiärer Gemütlichkeit, das Ganze diente nur dem Zweck des vorzeigbaren Prestiges.

Frei nach dem Motto: *Sieh, was ich habe und du nicht.*

Plötzlich hörte er Tritte aus der oberen Etage. Mit einem Satz drängte er sich an einen Balken der Holzvertäfelung, drückte seinen Rücken gegen das Abbild von Parzival und richtete seinen Blick zur Empore.

Gabriella, die in ihrem typisch schwarzen Hausdress gekleidet war, schritt gemächlich von einem Zimmer des Obergeschosses ins nächste. Ihre Arglosigkeit ließ James erahnen, dass sie das Knarzen der Tür nicht gehört hatte.

Ein Glück. Leise atmete er aus. Er musste sich jetzt beeilen, denn er hatte keine Ahnung, wie lange die Haushälterin mit der abendlichen Routine beschäftigt sein würde. Das konnte mit Margot eine Stunde dauern oder eben nur zehn Minuten. James wusste, dass Wulfs Frau abends eine ordentliche Dosis Schlafmittel verabreicht wurde. Vor allem immer dann, wenn Joseph eine seiner berühmt-berüchtigten Dinnerpartys veranstaltete, konnte es sich dieser Mann nicht leisten, dass seine irrsinnige Ehefrau im weißen Nachtkleid überraschend vor seinen Geschäftspartnern auftauchte. Hinter vorgehaltener Hand wusste jeder, dass Margot an einer Geisteskrankheit litt, die angeblich erst nach der Auswanderung der Familie in die Staaten zutage getreten war. Olivia hatte einmal behauptet, starkes Heimweh hätte die Psychose und all den anderen Rest bei ihrer Mutter ausgelöst.

James jedoch konnte inzwischen begreifen, weshalb Margot diese für sie fremde Welt verstört haben musste.

Behutsam schlich er nun durch einen schmalen Flur, der zu Wulfs Arbeitszimmer führte. Er merkte, wie seine Handflächen feucht wurden, und betete, dass die Tür nicht verschlossen war. Das würde alles zunichtemachen. Mit zitternder Hand berührte er den goldenen Türknopf, drehte daran und Zweifel machten sich in ihm breit. Würde Joseph diese Tür unverschlossen lassen, wenn er nicht zugegen war? Ein durchtriebener, gefährlicher Mann mit einem solchen Geheimnis? Fühlte er sich in seinen eigenen vier Wänden so sicher? James konnte es nicht glauben.

Doch tatsächlich öffnete sich die Tür und der Geruch kalten Zigarrentabaks stieg ihm in die Nase.

Ihm fiel ein Stein vom Herzen, als er dieses verfluchte Zimmer betrat und die Tür hinter sich wieder leise schloss. Er lief zu der bestens bestückten Bücherwand und seine Augen fanden sofort das Buch ›Gullivers Reisen‹. Das Lieblingsbuch seines Vaters – welch ein Paradox, das ihm erneut eine Gänsehaut bescherte. Er erinnerte sich, dass Dickie ihm einige Abende vor dem Schlafengehen daraus vorgelesen und diese Geschichte ihn stets überall hin begleitet hatte.

Nur zu gerne wollte James wissen, wer ihm diesen Hinweis hinterlassen hatte.

Gulliver ist der Wegweiser. Er kennt die Wahrheit.

B. H.

Lange hatte er gegrübelt, wer sich hinter diesen Initialen verbarg, doch des Rätsels Lösung hatte sich ihm nicht offenbart. Er kannte niemanden, zu dem das Kürzel B. H. passte. Niemanden.

Wie schon am gestrigen Tag, zog er auch heute das Buch aus dem Regal. Mit einem Knarren bewegte sich die Regalwand zur Seite und verschaffte ihm Zutritt in den Geheimraum. Seine Knie schlotterten genauso, wie sie es beim ersten Mal getan hatten, als er diese Kammer entdeckt hatte.

Alles war stockfinster und seine Hände tasteten nach der Tischlampe, von der er jetzt ungefähr wusste, wo sie sich befand. Er berührte den Lampenschirm und wanderte vorsichtig mit den Fingern zum Schalter. Der eher trübe Schein der Lampe bereitete ihm etwas Sorge, als er sie angeknipst hatte. Würde das Licht für das Abfotografieren verschiedener Dokumente und Bilder ausreichen? Er war sich nicht sicher, doch vorerst musste es genügen.

Der Raum war nicht größer als eine Besenkammer, doch an der Wand gegenüber der automatischen Schiebetür war ein Regal aufgebaut, in dem Aktenordner chronologisch nach Geschäftsjahren einsortiert waren. Das waren die schwarzen Bücher, die Joseph seit 1947 parallel und vor allem illegal zum offiziellen Geschäft führte. Geldwäsche, Glücksspiel, Prostitution und Steuerhinterziehungen im großen Stil. James hatte in seiner Naivität geglaubt, Wulf genau deswegen hinter Gitter führen zu können, aber er hatte nicht mit einer geschmierten Steuerbehörde und einer bis in die Haarspitzen korrumpierten Regierung des Staates New York gerechnet.

Dass es Joseph mit seiner Vergangenheit geschafft hatte, zu einem der einflussreichsten Männer in dieser Stadt zu werden, konnte James sich weiterhin nicht erklären. Menschen wie sein Schwiegervater gehörten vor ein Gericht und dann hinter Gitter.

Die schwarzen Bücher, die all die Schurkereien Josephs bewiesen, waren nicht der Grund für James' Rückkehr in diesen Raum. Wieder musste er tief Luft holen und er bereitete sich innerlich auf das vor, was ihn schon beim ersten

Anblick bis in die Tiefen seiner Seele erschüttert hatte: die Wahrheit über diese Upperclass-Familie. Die Wahrheit über Olivia.

James öffnete die oberste Schublade einer schmalen Anrichte, entnahm eine breite und längliche Blechbüchse, die er auf das kleine Tischchen legte, auf dem sich die Lampe befand. Er presste die Lippen zusammen und entfernte sachte den Deckel der Büchse.

Zuoberst lagen drei Schwarz-Weiß-Fotografien. Die erste zeigte die Wulfs an einer reichlich gedeckten Kaffeetafel. Joseph saß am Kopf. Auf seinem Schoß hockte ein kleines Mädchen mit zwei Zöpfen, das eine Stoffpuppe in die Luft hielt. Zweifelsohne musste es sich dabei um Olivia handeln, denn James erkannte sie an den stechend blaugrauen Augen, die sie von ihrem Vater geerbt hatte. Ringsherum saßen uniformierte Männer mit ihren Ehefrauen. Sie rauchten oder nippten an ihren Cognacgläsern. Im Hintergrund sah man das lodernde Feuer eines Kamins. James legte die Aufnahme zur Seite und wühlte sich durch einige andere private Abbildungen der Familie, bis ihm endlich die Fotoaufnahmen zwischen die Finger gerieten, weshalb er den heutigen Aufwand auf sich genommen hatte.

Ein junger Joseph Wulf, den James sofort durch dessen unverwechselbaren strengen Blick identifizierte. Ein spindeldürrer Mann, der eine Tellermütze trug, in deren Mitte deutlich der Reichsadler zu erkennen war, dazu eine schwarze SS-Uniform.

Er legte die Fotografie unter den Lichtkegel der Schirmlampe, entnahm die Minolta-Kamera aus seiner Hosentasche. Den Film hatte er bereits eingesetzt. Nun schob er die beiden Komponenten des silbernen Gehäuses auseinander und betätigte den Auslöser. Daraufhin drückte er die Elemente wieder zusammen und wiederholte den Vorgang, weil er auf Nummer sicher gehen wollte, falls ein Bild zu verschwommen geraten war.

Zwischen den Fotografien fand er auch drei ausgeschnittene Artikel aus alten Zeitungen, jedoch auf Deutsch, sodass James den Inhalt nicht verstand.

Man musste dieser Sprache allerdings nicht mächtig sein, um zu begreifen, dass Joseph Wulf ein hochrangiges Mitglied der SS gewesen war. Dies bewies vor allem ein weiteres Dokument mit einem Lichtbild, das einem Ausweis gleichkam.

Schutzstaffel der N.S.D.A.P.
SS-Führer-Ausweis-Nr. 323 093
Partei-Mitglieds-Nr. 920 061
Konrad Dietrich
geboren am 10.05.1908
ist SS-Obersturmbannführer–.
Stv. Lagerkommandant Schutzlager Ravensbrück

Sekundenlang starrte James auf dieses möglicherweise wichtigste Beweisstück, schluckte die hochkommende Magensäure wieder hinunter und schoss ganze drei Bilder. Hier durfte auf keinen Fall etwas schiefgehen.

Konrad Dietrich. SS-Obersturmbannführer. Ravensbrück.

Alles Worte, die sich in sein Hirn eingebrannt hatten und die er wie eine ewige Tätowierung niemals loswerden würde. Ihm war aufs Bitterste bewusst geworden, mit welch menschlichem Abschaum er in den vergangen Jahren Tür an Tür gelebt hatte. Nein, er hatte sogar das Bett mit einem solchen Scheusal geteilt. Das zeigte die letzte Aufnahme, die für ihn niederschmetterndste von allen. Ihm lief ein Schauer über den Rücken.

Ein kleines Mädchen, eine kleine Olivia, die vor der Kulisse einer Berglandschaft vergnügt in die Kamera lächelte. Auf dem Arm des abscheulichsten Monsters, das die Weltgeschichte je hervorgebracht hatte. Die kleine Olivia – auf dem Arm von Adolf Hitler. Auf der Rückseite war das Bild handschriftlich datiert: *Anna-Maria, Berghof, 1941.*

James fühlte, wie der Schmerz ihn betäubte, und er verspürte auf einmal das schreckliche Bedürfnis, laut zu lachen. Nicht aus Belustigung, sondern aus Wut. Für einen Moment gestattete er es sich. Ein Lachen, das schnell wieder verklang und in Schluchzen überging, weil er diese Wahrheit kaum ertrug.

Natürlich war Olivia noch ein Kind gewesen, aber dennoch litt sie nicht an Gedächtnisschwund. Diese Frau war ganz genau im Bilde darüber, wo sie herkam, was ihr Vater gewesen war und getan hatte. James teilte sein Leben mit dieser Frau, war mit ihr verheiratet, schlief mit ihr in ein und demselben Bett und in all dieser Zeit hatte sie ihm ihre wahre Herkunft verschwiegen. Möglicherweise war eben diese Vergangenheit Grund für ihren heutigen psychischen Zustand. Er wusste es nicht. Er wusste überhaupt nichts über diese Frau. Ja, James war sich sicher, sie kannte die Gräueltaten, die dieser Mann anderen Menschen zugefügt hatte. Joseph war auch gut zwanzig Jahre später noch ein Unmensch, der anderen Leid zufügte, mit dem einen Unterschied, dass er hier keinem grausamen Regime angehörte, das ihm den Rücken freihielt.

War dem denn so?

Wie hatte es ein ehemaliger Nazi geschafft, ungehindert in die USA einzureisen, um hier – fast schon rücksichtslos – ein riesiges Imperium aufzubauen? James konnte sich noch ganz genau an die zahlreichen Berichte der Nürnberger

Prozesse zwischen 1945 und 1949 erinnern, und daran, wie ein Funktionär nach dem anderen zum Tode verurteilt worden war. Auch wenn er damals noch ein Kind gewesen war, hatte er noch heute die Bilder der Angeklagten vor Augen. Göring, Heß, von Schirach, Kaltenbrunner, die sich für all ihre abscheulichen Verbrechen hatten verantworten müssen und dies niemals wirklich getan hatten. James kamen die ganzen Erzählungen der einzelnen Hinrichtungen in den Sinn und ihn schauderte. Wilhelm Keitel, der Chef des Oberkommandos der Wehrmacht, hatte gerufen: »Alles für Deutschland!«, bevor die Falltür, auf der er gestanden hatte, entriegelt worden war. Oder Julius Streicher, Gauleiter der NSDAP und als *der Judenhetzer* bekannt, hatte auf dem Weg zum Galgen die Nerven verloren und unentwegt geschrien: »Heil Hitler!«

Hätte sich ein Joseph Wulf oder, besser gesagt, Konrad Dietrich nicht ebenfalls dieser Schuld stellen müssen, auch wenn er nicht unbedingt zu den Hauptfunktionären gehört hatte? Nein, dieser raffinierte Schurke hatte es irgendwie geschafft, sich rechtzeitig aus der Affäre zu ziehen. Die Abzeichen des SS-Sturmbannführers hatte er sicherlich nicht erhalten, weil er im Sinne der Nächstenliebe und im Zeichen der Barmherzigkeit gehandelt hatte.

Josephs Flucht war genauso erbärmlich gewesen wie das Ableben Hermann Görings, der sich in seiner Zelle mit einer hineingeschmuggelten Zyankalikapsel selbst getötet hatte, um dem *unehrenhaften* Tod durch Hängen zu entkommen. Dabei hatte er die eigene Feigheit eines Regimes verkörpert, in dem Hinrichtungen zum Alltag gehört hatten.

Offenbar hatte Joseph über hervorragende Kontakte verfügt, Abgeordnete, die in der Lage gewesen waren, ihm und seiner Familie eine neue Identität zu verschaffen. Eine Menge

Geld und zweifelsfrei auch die ein oder andere Information waren sicherlich ebenfalls Teil dieses Deals gewesen.

Unbegreiflich.

Als James die Wulfs kennengelernt hatte, hatte niemand einen Hehl aus ihren deutschen Wurzeln gemacht, doch man hatte ihn nach Strich und Faden betrogen und belogen. Joseph sei der Sohn eines angesehenen Anwalts und einer Künstlerin aus München gewesen, hatte man ihm weismachen wollen. Und er sei mit seiner Frau Margot und der gemeinsamen Tochter Olivia bereits Ende der Dreißiger in die Vereinigten Staaten ausgewandert.

Alles Lüge.

Das Ausstellungsdatum des Dienstausweises war auf den 20.04.1941 datiert, was bewies, dass die Wulfs Deutschland erst viel später verlassen haben mussten.

Nein, James, wir sind keine Juden, hatten Josephs Worte während des ersten gemeinsamen Abendessens gelautet, wie sich James gerade erinnerte. Sein Schwiegervater hatte ihm dies mitgeteilt, nachdem James seine Erleichterung darüber ausgesprochen hatte, dass die Familie dem Deutschen Reich noch rechtzeitig entkommen sei. Schon damals hatte ihn Josephs Betonung des Wortes *Juden* irritiert. Fast so, als wäre er über James' Annahme, die Wulfs seien aufgrund ihrer jüdischen Herkunft geflohen, verärgert gewesen.

Wie hätte er da ahnen sollen, dass dieser Mann an der Vernichtung der jüdischen Bevölkerung massiv beteiligt gewesen war. Wie nur?

So ein elender Mistkerl, dachte James jetzt und in ihm brodelte es. Mit einem raschen Blick auf seine Armbanduhr stellte er erschrocken fest, dass er schon viel zu lange im wulf'schen Geheimraum war. Noch einmal betrachtete er das Bild von Olivia und *ihrem* Führer. Hier ging es um

Joseph. Einem Kind durfte er keinen Vorwurf machen, was allerdings nichts daran änderte, dass er jeglichen Respekt vor und das Vertrauen in seine Frau verloren hatte. Das letzte Quäntchen Zuneigung und Mitleid war völlig erloschen. Nein, er verurteilte sie nicht für die Fehler ihrer Eltern, aber sicher dafür, dass sie ihn belogen und ihre Geschichte nicht mit ihm geteilt hatte.

Er wollte die Scheidung. Er wollte gehen. Er wollte frei sein – von dieser Familie. Mehr nicht.

Die Minolta verschwand wieder in seiner Hosentasche. Er legte die Beweismittel hinsichtlich Josephs wahrer Identität in die Blechbüchse zurück und verstaute alles wieder an seinem Platz. Es durfte nicht auffallen, dass er hier gewesen war. Danach knipste er die Tischlampe aus.

Mit trockenem Mund verließ James die Kammer und blieb wie erstarrt in Wulfs Arbeitszimmer stehen. Seine Nackenhaare stellten sich auf und sein Atem stockte.

Vor ihm stand Margot in ihrem weißen Spitzennachtkleid. Sie regte sich nicht und sah ihn bloß mit übergroßen, beinahe schwarzen Augen an. Ihre Wangenknochen waren eingefallen, was sie wie dem Tode näher als dem Leben erscheinen ließ, und das lange pechschwarze Haar hing an ihrem Gesicht in Strähnen herunter. Wie er wusste, lehnte Margot regelmäßige Mahlzeiten ab, musste sogar hin und wieder zwangsernährt werden, was ihre ausgehungerte und dürre Statur nun in aller Schonungslosigkeit offenbarte. Er war zu erschrocken, um irgendetwas äußern zu können, traute sich nicht einmal, sich zu bewegen oder zu atmen.

Sie ließ ihren leeren Blick zu Josephs verlassenem Schreibtischstuhl wandern. Nur eine Sekunde später sah sie James wieder an, öffnete langsam die schmalen Lippen und sagte etwas, das er nicht verstand.

Margot sprach mit heiserer Stimme auf Deutsch.

Das Einzige, das er zu einhundert Prozent auffasste, war eine Frage, die sie plötzlich immerzu wiederholte und die sie schon fast erbost wirken ließ: »Wo ist Hannah?«

Wer zum Henker war Hannah? James hatte keine Ahnung.

Er musste nun einen kühlen Kopf bewahren, auch wenn er in seiner Spionageaktion aufgeflogen war. Was, wenn sie ihn verriet? Was hatte sie überhaupt mitbekommen? Würde man ihr Glauben schenken, wo ihr Geist doch verwirrt war? Doch die viel wichtigere Frage: Konnte er das riskieren? Er musste sich etwas überlegen.

»Margot, weißt du, wer ich bin?«, fragte James mit kreidebleichem Gesicht und mit schreckgeweiteten Augen.

Die Frau sah ihn ratlos an, als würde sie nicht im Geringsten verstehen, was er sie soeben gefragt hatte. Unbeirrt redete sie wieder auf Deutsch weiter. Durch seine österreichische Stiefmutter Isabelle, die gelegentlich in ihre Muttersprache verfiel, kannte er ein paar Wörter, die ihm hier aber nicht weiterhelfen würden. Bestanden sie doch eher aus Flüchen wie »Verdammt«, »Deppata« oder »Schleich di«, also nichts, was ihm jetzt nutzte. Vorzugsweise verwendete Isabelle diese Kraftworte, wenn es um John ging.

Warum hatte sich James niemals die Mühe gemacht, diese Sprache zu lernen? Nicht so Elizabeth, die inzwischen ein fast akzentfreies Deutsch beherrschte. Vielleicht hätte ihm das aus dieser Situation geholfen.

Margot kam auf ihn zu und legte ihm ihre zarte Hand auf die Brust, was ihn kaum merklich zurückweichen ließ. Er musste sich zusammenreißen, aber das Gesicht seiner armen Schwiegermutter strahlte plötzlich so stark, dass weiteres Unbehagen in ihm aufstieg. Unverblümt redete sie auf ihn ein und in James erhärtete sich der Verdacht, dass diese Frau ihn anscheinend mit irgendjemandem verwechselte. Etwas sagte ihm, dass sie nicht begriff, im Hier und Jetzt zu sein. Es war fast so, als irrte ihr Geist auf einem völlig anderen Planeten, in einer vergangenen Zeit umher.

Geh das Risiko ein!, ermutigte er sich selbst. Was hatte er inzwischen noch zu verlieren?

»*Frau Dietrich*, möchten Sie einen Tee?« Das war das Einzige, was ihm auf Deutsch neben all den Schimpfworten sonst noch einfiel, weil es ihm wegen einiger Besuche mit Elizabeth in Wiener Kaffeehäusern in Erinnerung geblieben war.

Margots Augen leuchteten auf und sie nickte.

Langsam drehte sie sich um. Er nutzte die Gelegenheit, um das Buch ›Gullivers Reisen‹ ins Regal zurückzuschieben und damit den Schließmechanismus der Geheimtür auszulösen. Margot wandte sich wieder James zu und erhaschte einen kurzen Blick auf die sich schließende Tür, doch er hakte sich schnell bei ihr ein und begleitete sie aus dem Arbeitszimmer. Sein Herz schlug bis zum Anschlag und er spürte, wie sich Angstschweiß auf seinem Rücken bildete.

Er führte Margot in die Küche, füllte einen Teekessel mit Wasser und stellte diesen auf den Gasherd. Mit einem Streichholz entzündete er ihn, setzte sich daraufhin zu Margot an den Küchentisch. Sie lächelte ihm entgegen.

Nein, diese arme Frau hatte wirklich keinen blassen Schimmer, dass er ihr Schwiegersohn war. Jeden Moment würde Gabriella in den Raum stürmen und ihn fragen, was er hier zu suchen hätte. Was sollte er ihr sagen?

James überlegte noch, da traf genau das auch schon ein. Gabriella – vielleicht Anfang fünfzig, gebürtige Puerto-Ricanerin, aber mit dem strengen Wesen einer rigiden britischen Gouvernante – betrat jetzt die Küche, presste die Hände in die Taille und stand mit eiserner Miene vor dem Küchentisch. Der Teekessel pfiff laut und alle zuckten vor Schreck zusammen. James sprang von seinem Stuhl auf und zog den Kessel von der Gasflamme.

Als er Gabriella den Rücken zukehrte, schloss er die Augen und betete, dass sie ihm seine flink zurechtgelegte Geschichte abkaufen würde.

»Mrs Wulf, ich habe Sie doch gerade erst zum Schlafen gelegt«, mahnte sie und er wandte sich ihr wieder zu. Lange und mit einem deutlichen Fragezeichen im Gesicht sah sie ihn durch ihre Brille an. »Mr Morgan, was machen Sie denn hier?«

James stellte den Teekessel auf den Tisch. Gelassen ließ er einen brodelnden Wasserstrom in Margots leere Tasse fließen. Aus einer Dose entnahm er einen gehäuften Löffel Kräutertee, befüllte einen Teebeutel, verschloss diesen und tauchte ihn in Margots Becher. Sofort griff diese danach und führte ihn direkt zum Mund.

»Stopp!«, schrie Gabriella und eilte auf Margot zu, um sie vom Trinken abzuhalten. »Mr Morgan!«, schimpfte sie aufgebracht, »Sie können ihr nicht einfach ein heißes Getränk geben.« James' Herz polterte.

Margot war wie ein Kleinkind, das Tag und Nacht bewacht werden musste. Furchtbar, wirklich furchtbar. Er seufzte tief.

»Gabriella, bitte verzeihen Sie, das wusste ich nicht.«

Die Haushälterin riss ihrer Hausherrin die Teetasse aus der Hand und stellte diese wütend auf die Küchenzeile, sodass das Wasser überschwappte.

»Also, Mr Morgan, was machen Sie hier?«

Er erzählte seine Lüge in wenigen Worten. »Jemand klopfte an die Tür meines Apartments und Margot stand plötzlich vor mir. Ich begleitete sie hierher zurück und dachte mir, dass ihr vielleicht ein Tee guttun würde.«

Gabriella musterte James durch ihre kleinen runden Brillengläser. Ob sie ihm dieses Märchen abkaufte, konnte er nicht sagen, denn sie verzog keine Miene. Er hoffte es inständig. Margot schien jetzt wie ausgeknipst, als hätte tatsächlich irgendjemand einen Schalter umgelegt. Sie saß teilnahmslos auf ihrem Stuhl und schwankte leicht vor und zurück.

Gabriella streichelte über die blasse Wange ihres Schützlings, eine Geste, die sehr liebevoll auf ihn wirkte. Dann nahm sie Margots Hand und bewegte diese dazu, aufzustehen und mit ihr mitzugehen.

»Mrs Wulf, ich werde Sie wieder in Ihr Schlafzimmer begleiten«, flüsterte sie und richtete abermals ihren strengen Blick auf James. »Und Sie sollten jetzt besser gehen.«

Er nickte und stand ebenfalls auf, da riss sich Margot von Gabriella los, ging mit stolzem Schritt auf ihn zu und blieb vor ihm stehen.

»James«, sprach sie mit fester Stimme und er zuckte zusammen, weil sie – *verdammt noch mal* – genau wusste, wer er war, »finde Hannah!«

Gabriella nahm wieder Margots Hand, die sie allerdings gnadenlos wegschlug.

»Lass das! Ich kann ohne Begleitung in mein Zimmer hinauf.«

James runzelte die Stirn und sah der schlanken Frau hinterher, die wie eine Königin mit erhobenem Haupt die Küche verließ.

Er war schon auf dem Weg zur Tür, da rief ihn Gabriella, die mit Margot vor der Treppe stehen geblieben war, zurück.

»Mrs Wulf, bitte warten Sie einen Moment«, flüsterte sie.

»Nicht nötig. Ich sagte doch bereits, dass ich es allein in mein Schlafzimmer schaffe«, antwortete Margot zornig und stieg die Stufen hinauf. Gabriella sah ihr besorgt nach, wie

James mit einem prüfenden Blick erkannte. Dann kam sie mit flinken Schritten auf ihn zu.

Sie blieb etwas kurzatmig vor ihm stehen.

»Ich arbeite nun seit über zehn Jahren für die Wulfs und Margot würde niemals diese Türschwelle übertreten. Dafür hat sie viel zu große Furcht vor dem, was sich außerhalb dieser Mauern befindet.«

Kaum merklich ließ er die angespannten Schultern hängen. Er war aufgeflogen und starrte sie mit leicht geöffnetem Mund an.

Gabriella nahm die Brille ab. »Was auch immer Sie hier zu suchen hatten«, sagte sie und schwieg einen kurzen Moment, um sich zu sammeln, »ich hoffe, dass Sie es gefunden haben.«

James wusste nicht, wie sie das meinte. »Ich verstehe nicht recht.«

Sie lächelte gequält. »Sie verstehen mich ganz genau. Ich habe in diesem Haus sehr viel gesehen und erlebt. Es wird Zeit, dass sich hier etwas ändert. Mr Wulf ist ein sehr, sehr gefährlicher Mann.«

James war vollkommen überrascht.

»Ich weiß«, erwiderte er verdrossen.

Gabriella nickte mit einem kleinen Lächeln auf den Lippen, das zum einen besorgt, aber auch hoffnungsvoll auf ihn wirkte. »Deshalb hoffe ich, Sie haben das gefunden, was Sie gesucht haben«, wiederholte sie noch einmal resoluter.

»Das habe ich.«

»Gut. Bitte gehen Sie jetzt.«

»Passen Sie auf Margot auf.« James war schon auf dem Weg hinaus, als er sich nochmals zu der Haushälterin umdrehte. »Wissen Sie, wer diese Hannah ist?«

»In Margots Kopf wohnen viele Geister der Vergangenheit. Sie lassen diese arme Seele nicht zur Ruhe kommen.«

James stutzte. Phil könnte hier vor ihm stehen und das gesagt haben. Gabriellas Worte ähnelten seinen in all ihrer Bedeutungskraft auf erschreckende Weise. Sie nickte zum Abschied, schlug ihm dann jedoch die Tür vor der Nase zu.

Hatte James in der letzten halben Stunde vergessen, wie man atmete? Es musste so sein, denn jetzt rang er nach Luft, als wäre er minutenlang unter Wasser getaucht. Sein Mund war völlig ausgetrocknet.

Beinahe hatte er sich sein eigenes Grab geschaufelt. War Margot wirklich so geistesabwesend, wie alle immer glaubten?

Allmählich spürte James, wie die Anspannung von ihm fiel.

Mit bebender Hand vergewisserte er sich, dass sich die Minolta noch in seiner Hosentasche befand. Sie war noch an Ort und Stelle.

Noch heute Nacht würde er die Beweisbilder in der selbst gebauten Dunkelkammer entwickeln. Einen Abzug für sich und einen weiteren für jemand anderen. Diesen *Jemand* musste er morgen um ein Treffen bitten. Dieser Jemand sollte seine Lebensversicherung sein.

Als James wieder in seine Wohnung ging, dachte er nur an eine einzige Person.

Elizabeth.

Er handelte nur aus Liebe zu ihr – er musste kämpfen, durchhalten und all diese Wagnisse auf sich nehmen. Für sie, für ihn, für sie beide.

Da draußen ist nichts

Monroe, 21. Dezember 1962

John parkte den Rolls-Royce am Seitenstreifen und blieb noch einen kurzen Moment hinter dem Steuer sitzen. Er blickte zu der hohen Backsteinmauer, die mit Stacheldraht versehen war. Alles in ihm sträubte sich, dieses Areal zu betreten, doch er hatte keine andere Wahl. Diesen Schritt musste er gehen, ob er nun wollte oder nicht. Dicke Schneeflocken landeten auf seiner Windschutzscheibe, bis sie die karge Erscheinung des Gefängnisses in Monroe vollends verbargen.

Tief seufzend sah er auf seine Armbanduhr. Halb elf Uhr am Vormittag. Mit einem flauen Magen war er vor knapp zwei Stunden von Morgan's Hall losgefahren, dabei wäre er lieber in seinem behaglichen Zuhause geblieben. Gerade jetzt in der Vorweihnachtszeit gab es keinen herrlicheren Ort, doch diesen schweren Gang musste er endlich hinter sich bringen, es half nichts, es aufzuschieben. Außerdem hatte er Elizabeth versprochen, sie heute vom College in Seattle abzuholen, denn die Winterferien starteten.

Seine Schwester Violett hatte ihm einen schönen burgunderroten Schal gestrickt, den sie ihm am Morgen zwischen Tür und Angel zugeworfen hatte, damit er während der langen Fahrt nicht fror. Als er losgefahren war, hatte er völlig vergessen, ihn anzulegen, lag völlig vergessen auf dem

Beifahrersitz. Mit einem dankbaren Lächeln wickelte er sich das Strickstück um den Hals, denn Wärme hatte er inzwischen mehr als nötig. Wenn Violett oder irgendjemand anderes aus der Familie gewusst hätte, dass er diesen Zwischenstopp einlegen würde, sie hätten ihm davon abgeraten.

John stieg aus seinem Wagen und beinahe rutschte er auf einer vereisten Fläche aus. Im letzten Moment konnte er sich noch am Türgriff des Rolls-Royce festhalten. In den vergangenen Tagen waren die Temperaturen vor allem in der Nacht unter den Gefrierpunkt gesunken und die Autofahrt war auf den glatten Straßen nicht ungefährlich gewesen. Einige Male hatte John gegenlenken müssen, um nicht in einen Abhang oder gegen einen Baum zu schlittern.

Am Pförtnerhaus angekommen, klopfte er an die Scheibe. Ein Wachtmeister, der sich gerade einen dampfenden Kaffee aus einer Thermoskanne einschüttete, blickte überrascht auf und öffnete das Fenster einen Spaltbreit. Der arme Mann saß bei diesem Wetter in Schal, Mütze und Handschuhe gehüllt in dem offenbar nicht beheizten Häuschen. Auf seinem Schreibtisch stand eine winzige künstliche Tanne, deren Lichterkette wild aufblinkte, als hätte sie einen Wackelkontakt. Weihnachtliche Stimmung konnte man das nun wirklich nicht nennen.

»Guten Morgen«, begrüßte John ihn mit einem entgegenkommenden Lächeln. »Mein Name ist John Morgan. Ich habe mich gestern telefonisch bei der Verwaltung angekündigt.«

»Guten Morgen, Sir«, erwiderte der Wachmann, nahm eine Kladde zur Hand und durchforstete das Verzeichnis mit suchenden Augen. »O ja, Sie stehen auf der Liste. Besuchsantrag für den Häftling Clark Harrington.«

»Das ist korrekt.« Johns Stimme war belegt.

»Gehen Sie bitte durch die Pforte.« Er drückte auf den Knopf der Schaltanlage und das automatisch gesteuerte Tor öffnete sich mit einem metallischen Ächzen.

»Vielen Dank. Ich wünsche Ihnen frohe Weihnachten«, verabschiedete er sich und überquerte anschließend die Schwelle des Gefängnisareals mit bleiernen Füßen. Er fühlte sich, als würde er selbst eine Fessel tragen, an deren Ende eine schwere Eisenkugel hing, die er hinter sich her schleifen musste. Abermals hörte er das Knarzen des Stahltors, das sich wieder schloss. John blickte ein letztes Mal über seine rechte Schulter zum Pförtnerhaus – nun gab es kein Zurück mehr.

Der Weg zur Eingangstür war freigeschaufelt worden und Johns Schuhsohlen knirschten auf dem Streusalz.

Als er das mehrstöckige Hauptgebäude betrat, musste er sich erneut bei einem Wärter vorstellen. Dieser eskortierte John in einen anderen Trakt des Gefängnisses, entlang an lauten Gemeinschafts- sowie an ein paar unbewohnten, unbeleuchteten Zellen, deren Türen sperrangelweit offenstanden. An jeder Ecke war ein Aufseher postiert, allesamt mit schwarzen Schlagstöcken bewaffnet. Eine bröckelnde Treppe führte in die erste Etage und der widerliche Gestank nach Fäulnis, Schimmel und Schweiß wehte durch die Flure.

Welch ein furchtbarer Ort, dachte John, als der Wärter ihm die Tür zum Besucherraum öffnete und ihn bat, auf einem der Stühle vor den Gitterfenstern Platz zu nehmen.

John wollte noch fragen, wie viel Zeit ihm mit Clark gewährt wurde, doch in diesem Moment schloss sich die Tür wieder und er blieb allein zurück. Die Glühbirne war defekt, flimmerte unruhig und erzeugte dabei ein permanentes Surren. Aus einer Ecke kam ein lautes, ja nervtötendes Tropfen und bei genauerem Hinsehen entdeckte John einen riesengroßen Schimmelfleck, der sich so stark durch die Decke fraß, dass man ihm beim Größerwerden zuschauen konnte.

Morgan, was zum Teufel machst du hier?

Vorgestern erst hatte Cole Harrington ihm mitgeteilt, dass sein Vater in der vergangenen Woche einen Schlaganfall erlitten hätte, was John innerlich doch mehr aufgewühlt hatte als befürchtet. Er konnte nicht genau sagen, weshalb er seit dieser Nachricht das Bedürfnis hatte, Clark hier in diesem Gefängnis aufzusuchen, in dem dieser nun seit seiner Verhaftung einsaß.

Rachel kam ihm in den Sinn. Diese bildhübsche Frau, die viel zu jung hatte sterben müssen – weil ihr Clark zum Verhängnis geworden war. Noch heute dachte John oft an Sheriff Grants Ausführungen, die dieser ihm hinter vorgehaltener Hand mitgeteilt hatte. Demnach hatte Rachel ein sexuelles Verhältnis mit Harrington geführt, denn durch die gerichtsmedizinische Untersuchung hatte ein Fund von Spermarückständen an und in ihr dokumentiert werden können. Aus einem bislang nicht geklärten Grund war es nach dem Sex in Clarks Wagen zu einem heftigen Streit gekommen, der so eskaliert war, dass Rachel enorme Misshandlungsspuren, vor allem im Gesicht, davongetragen hatte. Diese waren offenbar derart beeinträchtigend gewesen, dass sie anschließend auf dem Heimweg die Kontrolle über ihr Cabriolet verloren hatte und den Felsabgrund hinabgestürzt war. Einen solch schrecklichen Tod hatte kein Mensch verdient.

Erst recht nicht sie.

Wie Sheriff Grant ihm damals mitgeteilt hatte, waren all diese Informationen von einem anonymen Anrufer ausgegangen, der bis heute nicht ermittelt werden konnte. Die Polizei hatte Fingerabdrücke gefunden, die nach diesem entscheidenden Hinweis mit Clarks abgeglichen worden waren und ihm zweifelsfrei hatten zugewiesen werden können. Daraufhin war er festgenommen und wegen gefährlicher

Körperverletzung mit anschließender Todesfolge verklagt worden.

Nur zu gerne wüsste John, wer der entscheidende Tippgeber gewesen war. Wer hatte all das beobachtet, ohne einzugreifen?

In diesem Moment wurde auf der anderen Seite der Fenstergitter die Stahltür geöffnet und John hielt den Atem an. Nun würde er dem Mann gegenübertreten, den er schon sein Leben lang aus tiefstem Herzen verabscheute. Ein Mann, der ihm die Hölle auf Erden bereitet hatte, ihm mit Erpressung das Land gestohlen und seine Geliebte umgebracht hatte.

Aber als er Clark nach all dieser Zeit wiedersah, blieb John die Spucke weg. Eine kleine und kränklich anmutende Gestalt betrat den modrigen Raum. Als hätte auch ihn der Schimmel befallen, der in diesen Gefängnismauern wütete, um ihn Stück für Stück aufzufressen. Harrington erschien dünn, fast schon hager. Die Sträflingskleidung schlotterte um den kurzwüchsigen Mann. Inzwischen waren ihm beinahe alle Haare ausgefallen. Die hängenden Schultern wirkten, als würden sie gnadenlos von Ziegelsteinen hinuntergedrückt.

John erhob sich von seinem Stuhl, hatte Angst, seinem Widersacher in die Augen zu schauen, und neigte daher den Kopf.

Als Clark sich hinsetzte, nahm auch John wieder Platz. Jetzt wurden die ewigen Rivalen nur noch durch schwere Eisenstangen voneinander getrennt – keine Mauern mehr. John wagte einen Blick in Harringtons Gesicht und ihm wurde schlagartig bewusst, weshalb er sich vor diesem Anblick gefürchtet hatte.

Nein, das war nicht mehr der immerzu geschniegelte und gestriegelte Hotelier, der einst eine Eliteuniversität besucht hatte. Ein Junge, der von klein auf zu einem ausgefuchsten Geschäftsmann erzogen worden war, drei Fremdsprachen beherrschte und – wenn er nicht immer so ein Scheusal gewesen wäre – beinahe als humorvoller Kerl hätte durchgehen können. Jetzt saß John einem uralten Wrack gegenüber. Leblos und kalt, des Seins müde.

Clark saß mit gebeugter Haltung vor ihm, wirkte hilflos, hob schließlich schwerfällig den Kopf. Und der Blick, der einst so funkeln und blitzen konnte, war tatsächlich wie tot.

Seine Augen!, fiel es John auf. Was war mit Clarks Augen geschehen? Milchig-trüb wie die eines sterbenden Hochlandrinds, blickten sie ihm entgegen und er schauderte.

John hatte diesen leeren und trüben Ausdruck schon einmal gesehen.

Warren Harrington, Clarks Vater, der infolge eines Schlaganfalls gestorben war. John erinnerte sich, als wäre es erst gestern gewesen, wie dieser halb tote Greis auf Isabelles und seiner Hochzeit erschienen war und dabei ausgesehen hatte, als wäre er innerhalb weniger Wochen um Jahrzehnte gealtert. Denn zuvor war er das blühende Leben gewesen. Dieselbe Bestürzung empfand er nun für Clark, der sich ebenfalls in ein Fossil verwandelt hatte.

»Hallo, Clark«, sprach er mit gedrückter Stimme.

»Schön, dich zu sehen, Morgan.« Harrington lächelte und John glaubte zu träumen, denn dieses Lächeln und seine Begrüßung steckten voller Ehrlichkeit, als würde er sich tatsächlich freuen, ihn wiederzusehen. Oder war es bloß das bittere Lächeln eines gebrochenen Menschen, der darum flehte, endlich sterben und mit diesem Leben abschließen zu dürfen. Es war schwer zu deuten.

Cole hatte John vorgewarnt. Seit Clark aus seinem komatösen Zustand erwacht war, glaubte er manchmal, in einer längst vergangenen Zeit umherzuirren. Mehrere Jahrzehnte zurück. In solchen Phasen erkannte er weder Cole noch seine Tochter Charlotte. John wunderte sich allerdings nicht, dass Clark ihn sofort wiedererkannte, schließlich kannten sie sich aus Kindertagen.

Clark strich sich mit der Hand über den kahlen Kopf. »Ich bin ein bisschen froh, dass man sie mir hier geschoren hat. Läuse, wenn du verstehst. Man sagt, dieser Juckreiz sei schlimmer als die Pest.«

»Wie geht es dir sonst?«, fragte John leise und zuckte nur mit den Schultern. Er wollte kein Mitleid mit ihm haben.

»Gut. Ich darf morgen wieder an meine Arbeit zurück.«

»Was für eine Arbeit?«

»In der Kantine. Ich bin für das Schälen des Gemüses eingeteilt. Manchmal auch für den Abwasch.« Er beugte sich ein wenig vor, so weit es eben möglich war. »Das Gute an dieser Beschäftigung ist, dass für das Küchenpersonal immer etwas übrig bleibt.« Clark flüsterte, als hätte er Angst, von einem der Wächter belauscht zu werden.

»Das freut mich sehr.«

»Ich weiß, warum du hier bist. Cole hat mir bei seinem letzten Besuch berichtet, dass du das Great Mountain kaufen willst.« John erkannte, wie sehr sein Gegenüber sich anstrengte, die Tränen zurückzuhalten.

Ihn fröstelte es, denn die verriegelten Fenster waren alles andere als dicht. Der Wind pfiff durch die Eisengitter, wieder war er Violett für den Schal dankbar, und sagte dann: »Interessant. Dein Sohn hat mir wiederum erzählt, er würde zurück nach Boston wollen, um sein Studium weiterzuführen. Außerdem hat er kein Interesse an dem Hotel. Charlotte besucht das College und ist noch nicht geschäftstüchtig genug. Zudem …« John stockte einen Augenblick. »Ach, Clark, deine Familie ist seit deiner Inhaftierung hoch verschuldet. Wenn ich das Unternehmen nicht kaufe, wird all euer Besitz vom Staat veräußert. Ich biete deinen Kindern den Wert, den das Great Mountain tatsächlich hat. Fünf Millionen Dollar. Von diesem Geld können sich Cole und Charlotte etwas Neues aufbauen.« John wusste nicht warum, aber er versuchte mit allen Mitteln, sein Vorhaben zu rechtfertigen. »Das ist eine Menge Geld.«

Clark zuckte kurz zusammen, als würde ihm irgendetwas große Schmerzen bereiten. Gegebenenfalls waren es Nierensteine oder die Galle, überlegte John. So wie er sich mit der Hand in die Seite packte, schien es wahrscheinlich. Sein alter Rivale stöhnte leise, gab sich jedoch alle Mühe, das körperliche Leiden zu unterdrücken. Er litt stumm und seine Hände verkrampften sich.

John wartete geduldig und wusste, Clark wollte weder sein Mitgefühl noch weitere Fragen zu seiner Befindlichkeit.

»Schon gut«, erwiderte er. »Schon gut. Ich weiß, dass es ein faires Geschäft ist. Ich werde diese Gefängnismauern nie wieder verlassen und Cole war schon immer für etwas anderes bestimmt, als das Hotel zu managen. John«, sprach er mit eindringlichen Worten, »ich weiß es sehr zu schätzen, dass du heute hergekommen bist, um persönlich mit mir über die Angelegenheit zu sprechen. Das hättest du nicht tun müssen.«

»Ich hielt es für meine Pflicht.«

Zunächst war der Kauf des Great Mountains eine nicht wirklich ernst gemeinte Idee Isabelles gewesen, nachdem der Familie ein lang verborgenes Testament von Johns Vater Charles in die Hände gefallen war. In jenem Nachlassschreiben äußerte der alte Patriarch gehörige Zweifel an der Geschäftsfähigkeit und Loyalität seines Sohnes, etwas, das bis heute an Johns Ehre nagte. Beinahe hätte er all seine Verantwortung auf seine noch viel zu junge Tochter Elizabeth übertragen müssen. Doch dieses Mädchen war ein außergewöhnlicher Mensch, eine Kämpferin, die um des Friedens willen auf das vorzeitige Erbe verzichtet hatte. Charles' Testament hatte allerdings auch ein bedeutsames Privatvermögen von acht Millionen Dollar offenbart, das seit seinem Tod im Jahr 1937 auf einem Bankkonto in Seattle hinterlegt war.

Die Morgans hatten das Vorhaben, das Hotel zu kaufen, damals jedoch schnell verworfen, denn in jener Zeit hatten sie sich ausschließlich auf Johns Bürgermeisterposten konzentriert – seinen Lebenstraum – bis eines Tages ein unglücklicher Cole Harrington an seiner Bürotür geklopft und um Hilfe gebeten hatte. Der junge Harrington war schlichtweg nicht in der Lage, das Hotel zu führen. In den letzten Jahren hatten sich die Beschwerden der Gäste gehäuft, weil der Bursche mit dem Hotelmanagement maßlos überfordert war. Mit der Zeit waren viele Stammgäste ferngeblieben, Personal hatte gekündigt, weil Cole mehrmals vergessen hatte, Löhne pünktlich auszuzahlen. Der langjährige Koch, der dem feinen Klientel die exquisitesten Speisen zubereitet hatte, war aus seinem diesjährigen Urlaub nicht wieder zurückgekehrt. Der Schuldenberg wurde von Monat zu Monat monströser. Gemeinsam mit dem Harrington-Sohn, der John in der letzten Zeit beinahe ans Herz gewachsen war, wurde beschlossen, das ehemalige Grandhotel nun doch zu kaufen. Hauptsächlich würde dies aus purem Eigennutz geschehen, um diese verfeindete Familie endlich loszuwerden, allerdings fühlte John so etwas wie Verantwortung für Clarks Kinder. Er wusste selbst nicht, weshalb er so empfand. Die Geschwister würden jeweils zweieinhalb Millionen Dollar erhalten und hätten somit für immer ausgesorgt, sofern sie nicht ein allzu verschwenderisches Leben anstrebten. Die Kaufverträge wurden gerade von den Anwälten beider Familien geprüft und der Termin zur Vertragsabwicklung war auf den 2. Januar datiert, also in gut zwei Wochen.

»Clark«, sagte John mit nachdenklichem Blick und suchte nach den richtigen Worten, »noch ist nichts in trockenen Tüchern. Das Great Mountain ist und bleibt das Erbe deines Vaters, auch wenn man dir jeglichen Besitzanspruch genommen hat. Wenn du den Wunsch äußerst, dann werden Cole und ich versuchen, einen anderen Weg aus dieser Misere zu finden. Aber du bist immer der weitaus bessere Geschäftsmann gewesen als ich, und du wirst wissen, dass es keine geeignetere Alternative geben wird. Egal, was einst zwischen uns vorgefallen ist, ich will nicht über deinen Kopf hinweg entscheiden. Die Verträge sind noch nicht unterzeichnet, es ist also nicht zu spät.«

»Was glaubst du, Morgan? Was würde *ich* tun, wenn du an meiner Stelle wärst und hier in Gefangenenkluft sitzen würdest?«, fragte er mit einem ironischen Lächeln.

John zuckte mit den Achseln. »Ich weiß es nicht.«

»Ich weiß es schon«, hielt Clark dagegen. »Ich hätte dich hier bis in alle Ewigkeit schmoren lassen, weil ich glauben würde, du hättest es nicht anders verdient. Ohne Skrupel hätte ich mir Morgan's Hall unter den Nagel gerissen und dabei nicht einmal mit der Wimper gezuckt. Auch deine Kinder wären mir herzlich egal gewesen.«

John stöhnte leise.

»Ach, komm schon. Du weißt es und ich weiß es.« Jetzt wurde Harrington sehr ruhig, blickte auf seine gefalteten Hände und sah dann wieder zu ihm auf. »Du hast gewonnen, John. Du hast den jahrzehntelangen Krieg zwischen unseren Familien für dich entschieden und mit deinem heutigen Besuch Größe bewiesen.«

»Aber hier geht es doch nicht ums Gewinnen.«

»Es geht *immer* ums Gewinnen. Das ist die Quintessenz unseres Lebens. Jeder muss versuchen, nicht als Verlierer zu enden, ganz gleich, worum es geht. Egal, ob in der Liebe, im Geschäft oder eben im Krieg. Versager sind nie glücklich. Also, Morgan, sei glücklich.«

John fühlte sich in seiner eigenen Haut mehr als unwohl. Als er hergekommen war, hatte er mit vielem gerechnet, doch ganz gewiss nicht mit einem schon fast unheimlich besonnenen und abgeklärten Harrington, der völlig anders agierte, als er erwartet hatte. Dieses Gefängnis hatte ihn maßgeblich verändert – oder auch gebrochen.

»Ich bin aber nicht glücklich«, erwiderte er flüsternd.

»Ich weiß, ich werde diese Hölle nie wieder verlassen. Ich muss die Gewissheit ertragen, meinen letzten Atemzug in diesem Elend zu machen. Aber alles hat irgendwann ein Ende, so auch die Harrington-Dynastie. Wenn Cole das Hotel an dich verkaufen will, dann hat er meinen Segen. Allerdings solltest du dich vor Charlotte hüten.«

Er starrte Clark verwundert an. »Wie kann ich das verstehen?«

»Dieses Mädchen war schon immer von einer kolossalen Boshaftigkeit getrieben. Sogar ich habe mich manchmal vor ihr gefürchtet. Oftmals sagt man doch, ein Mensch würde niemals schlecht geboren werden.« Er schwieg einen Moment. »Ich bin mir nicht sicher, ob das auf jeden zutrifft.«

John zuckte bei diesen Worten zusammen. Phil hatte einige Male verlautbaren lassen, dass Charlotte *den bösen Blick* tragen würde.

Allerdings rechnete John nicht mit allzu massivem Widerstand, denn die Verkaufsentscheidung oblag einzig und allein Cole, der das Erbe für sie verwaltete, bis sie einundzwanzig war.

John fragte sich, wie viel Zeit man ihm mit Clark noch gewähren würde, denn in ihm brannte eine Frage, deren Beantwortung er sich von diesem Besuch erhoffte.

Er zögerte, richtete sich dann aber kerzengerade auf. »Bist du tatsächlich für Rachels Tod verantwortlich?«

»Der Richter hatte keinen Zweifel«, antwortete Clark trocken.

»Ich frage aber nicht den Richter, sondern dich. Was ist in dieser Nacht wirklich geschehen? Wie kam es zu all dem? Harrington, ich kenne dich. Du bist ein Schurke, aber gewiss kein skrupelloser Mann, der eine Frau halb totschlägt und sie dann schwerverletzt ihrem Schicksal überlässt.«

Clarks Lippen zuckten. »Eines Tages stand Rachel in meinem Arbeitszimmer. Sie war völlig aufgelöst und bat mich darum, dir das Leben zur Hölle zu machen, weil du dich letztlich doch für Isabelle entschieden hattest und nicht für sie. Ich wusste, nichts von dem, was sie sagte, meinte sie ernst. Sie war schlicht und ergreifend eine verletzte Frau, aber ich fand endlich eine Gelegenheit, dich den Behörden ans Messer zu liefern. Gemeinsam heckten wir einen Plan aus, der vorsah, dass wir dich der Vergewaltigung bezichtigen würden.« Harrington sah sich in dem Besucherraum um und brach nur einen Augenblick später in polterndes Gelächter aus. »Eigentlich hättest du hier sitzen sollen. Tja, so ist das Spiel des Lebens – nicht wahr?«

John versuchte, ruhig zu bleiben, aber in ihm tobte es. »Und weiter?«

»Die süße Rachel bekam kalte Füße, aber ich wollte meinen Plan dennoch durchziehen. Ich bestieg sie in meinem Wagen, verpasste ihr zwei harte Faustschläge. So sollte sie bei Sheriff Grant aufschlagen und dich als Verantwortlichen ihrer Misshandlungen nennen. Das war der Plan, John. Ein Plan, mit dem sie zuvor einverstanden gewesen war.« Er unterbrach seine Schilderungen und schluckte hart. »Dass ich sie geschlagen habe, bereue ich zutiefst. Ich schwöre dir, ich habe nicht geahnt, dass sie lebensgefährlich verletzt war, als ich sie im Wald zurückgelassen habe. Was dann passiert ist, weiß ich nicht. Ich nehme an, sie wählte eher den Tod, als dich zu zerstören. John, diese Frau hat dich wahrlich geliebt. Die Nachricht von ihrem Unfalltod hat auch mich sehr mitgenommen. Dass sie stirbt, habe ich niemals gewollt.«

John musste diese Beichte zunächst sacken lassen.

Auch wenn in ihm ein Orkan der Wut und Trauer toste, glaubte er Clark, dass ihr Ableben nicht beabsichtigt war.

Oh, meine Rachel, dachte er. Vielleicht war er der einzig wahre Schuldige an ihrem Tod. Jedoch war er seinem Herzen gefolgt und dieses gehörte Isabelle. Konnte man ihm das wirklich vorwerfen? Konnte er sich dies selbst vorwerfen?

Clark hustete erbärmlich. Es war ein Keuchen, erfüllt von einem tiefen Röcheln und Pfeifen.

Johns Gefühle waren völlig durcheinandergeraten und in ihm wütete ein furchtbares Chaos. Der Hass war wie vom Wind weggetragen. Zurück blieb nun doch Mitleid. John war so betroffen, dass er für eine Weile gar nichts sagte.

»Ich weiß, dass ich nicht mehr allzu lange zu leben habe«, unterbrach Clark das ewige Schweigen. »Ich muss oft an meinen Vater denken. Kennst du das? Erinnerungen und Gedanken, die ganz plötzlich auftauchen – wie aus dem Hinterhalt. Dann erwischt es dich eiskalt, sodass du stehen bleiben musst und dich nicht bewegen kannst? Ist dir so etwas schon passiert?«

John bejahte. »Das kenne ich nur zu gut. Ich denke sehr viel an meine Eltern.«

»Ich fürchte mich vor dem Tod«, sagte Harrington schließlich kaum hörbar. »Ich habe Angst vor dem Ort, an den wir gehen werden, wenn wir sterben. Mein Vater starb kurz nach seinem Schlaganfall. Vielleicht kannst du dich daran erinnern?« John nickte. »Ich fand ihn damals in seinem Arbeitszimmer. Weinend und zitternd lag er auf dem Fußboden, und er sprach unentwegt von einem Licht. Einem grellen Licht.« Clarks hageres Gesicht war von Furcht gezeichnet, er neigte den Kopf weiter vor. »John, auch ich habe dieses furchtbare Licht gesehen. Ich sah in sein giftiges Leuchten. Blau und violett schimmerte es und war dabei so gleißend, dass ich glaubte, es würde mir die Netzhaut zerfressen. Doch das war nicht das Schlimmste, denn als es wieder erlosch, war alles dunkel und geräuschlos. Einfach tot.« Er sah ihn mit tränenverschleierten Augen an. »John, auf der anderen Seite befindet sich weder das Paradies noch die Hölle – es ist ein toter Raum, in der alle verlorenen Seelen landen. Keine Freude, keine Träume, keine Farben, keine Hitze, keine Kälte. Nur man selbst geistert dort herum, völlig mit seiner Angst allein. Dort draußen ist nichts. Nichts. Nur man selbst – von Gott und allen guten Geistern verlassen.«

John fröstelte es bei Clarks unheilvollen Schilderungen. »Das darfst du nicht denken.«

Clark hielt inne und sein Ausdruck war verbittert. »Ja, wer weiß, vielleicht ist diese Dunkelheit nur Strafe für Menschen wie mich.« Mit blassem Gesicht starrte er John an und plötzlich huschte ein bitteres Lächeln über seine Lippen. »Kannst du dich noch an den einen warmen Sommer in unserer Kindheit erinnern? Wir beide trafen unten am Golden Lake aufeinander und gerieten sofort in eine Rauferei.«

John nickte, denn natürlich entsann er sich an diesen Ferientag. Er hatte versehentlich die imaginäre Grundstücksgrenze übertreten, als er am See auf Goldsuche gewesen war. Als Kind hatte er Stunden damit verbracht, diesen Bereich abzulaufen, um nach der glänzenden Kostbarkeit Ausschau zu halten. Clark stolzierte wie ein Pfau auf ihn zu und stellte sich ihm in den Weg, um ihn vom Weitergehen abzuhalten. Nach einem kurzen Wortgefecht gerieten sie in die gerade erwähnte Rauferei. Sie packten sich gegenseitig am Hemdkragen, zerrten daran und fielen zu Boden. Dort setzten sie ihre Schlägerei fort, suhlten sich im Matsch zwischen Ameisen, Käfern, Tausendfüßlern und anderem Insektengetier, bis Clark sich an einem scharfkantigen Stein den Oberarm aufschnitt und blutete. John ließ sofort von ihm ab, zerriss den Ärmel seines Hemds und befeuchtete den Fetzen mit seiner Spucke. Er säuberte die Wunde und versuchte, den weinenden Clark zu beruhigen, der inzwischen kreidebleich geworden war. Noch heute hatte John den sanften Klang von Clarks Stimme im Ohr, als dieser sich bei ihm bedankte. Als Friedensangebot schlug er John damals vor, gemeinsam den See nach Gold abzusuchen. Nachdem die Wunde versorgt war, Clark wieder eine gesunde Gesichtsfarbe hatte, verbrachten die beiden den ganzen Nachmittag miteinander, lachten sogar und für einen kurzen Moment schien jegliche Rivalität zwischen ihnen in Vergessenheit geraten zu sein.

Nach jenem Sommertag hätte sich das Blatt wenden können. Ewig hatte John am nächsten Tag auf Clarks Erscheinen am Seeufer gewartet, um ihre Suche fortzusetzen, doch er war nie erschienen. Warren Harrington hatte dem Jungen den Kontakt mit John verboten.

Die Tür schwang auf und der Wärter, der Clark zuvor hereinbegleitet hatte, trat ein.

»Die Besuchszeit ist vorbei!«, rief er schroff.

John wusste, er würde Clark nie wiedersehen. So gerne wollte er ihm noch ein paar aufbauende Worte mit auf den letzten Weg geben, aber seine Lippen waren wie zugenäht. Clark erhob sich schwerfällig von seinem Stuhl und auch John stand auf, nickte ihm nur knapp zu. Der Wärter führte ihn ab, doch drehte Clark sich noch einmal zu ihm um.

Eine Träne verließ sein Auge und fiel auf den Steinboden. Es geschah wie in Zeitlupe und John verfolgte ihren Fall.

»Ich wünschte, wir wären Freunde gewesen, John.«

Absolute Stille trat ein. Clarks Worte, die er so aufrichtig an ihn richtete, trafen John mitten ins Herz.

»Das wünschte ich mir auch.«

Komm zu mir zurück!

Seattle, 21. Dezember 1962

In der Nacht hatte Elizabeth kaum ein Auge zugetan. Irgendwann zwischen drei und vier Uhr war sie voller Sorge eingenickt. Der Wecker klingelte um halb sieben und ihr erster Gedanke glich dem, bevor sie eingeschlafen war.

Warum hatte James gestern nicht angerufen? Als sie sich am Wiener Flughafen voneinander verabschiedet hatten, hatten sie sich versprochen, jeden Donnerstag um zehn Uhr am Abend miteinander zu telefonieren. Im Wohnheim verfügte Elizabeth über keinen eigenen Telefonanschluss, teilte sich aber einen Apparat im Flur mit Dutzenden weiteren Studentinnen. Ab neun Uhr war Nachtruhe angeordnet und so konnte sie sichergehen, nicht von den anderen Mädchen gestört zu werden, auch wenn sie aufpassen musste, nicht von der Heimleiterin ertappt zu werden.

Fast zwei Monate waren vergangen, seit sie James in Wien zuletzt gesehen hatte, und ihre Sehnsucht nach ihm wurde von Tag zu Tag größer. Sie hangelte sich seither von einem Donnerstag zum nächsten, war an diesen Abenden immer sehr aufgeregt und konnte es kaum erwarten, endlich seine Stimme zu hören. Elizabeth wusste, dass die Heimleitung erst gegen ein Uhr eine Kontrollrunde machte, und so blieben den beiden knapp drei Stunden. Sie hatte schon Minuten vorher die Hand am Hörer, um beim ersten Ton sofort abzunehmen, damit niemand das Bimmeln hörte, das allerdings ohnehin nicht sehr laut war.

James bestand darauf, dass ausschließlich er sie kontaktierte. Es wäre einfach zu gefährlich, wenn Elizabeth ihn in seinem New Yorker Zuhause anrief, da er nicht wusste, wann Olivia aus dem Sanatorium entlassen werden würde. So recht verstand sie seine Sorge nicht und sie hatte ihm versichert, sofort den Hörer aufzulegen, wenn Olivia doch überraschend zurückkehren und abnehmen würde, aber James hatte sich nicht auf diesen Vorschlag eingelassen. »Nein, zu risikobehaftet.«

Oftmals hatte Elizabeth das Gefühl, er würde sich vor seiner eigenen Ehefrau fürchten, wollte nichts riskieren. Auch in Wien hatte er merkwürdige Andeutungen bezüglich seines Schwiegervaters, Joseph Wulf, gemacht. Er sei ein gefährlicher Mensch, ein Monster, hatte James ihr erzählt. Dieser Mann würde alles unternehmen, um eine Scheidung zwischen ihrer großen Liebe und Olivia zu verhindern. Oft fragte Elizabeth sich seither, in was er da hineingeraten war. Aber immer, wenn sie ihn darauf ansprach, wich er ihr aus. Schließlich gab sie es auf, ihn mit ihrem Wissensdurst zu bedrängen. Sie kannte ihn nur allzu gut und wusste, dass es einen triftigen Grund geben musste, wenn er in Bezug auf seine familiären Umstände schwieg. Obwohl oder gerade weil diese Ungewissheit sie quälte und sie sich um sein Wohl sorgte, klammerte Elizabeth sich an sein Versprechen. James würde alles dafür tun, um zu ihr zurückzukehren. Er hatte es ihr hoch und heilig versprochen. Und sie glaubte ihm. Sie glaubte an ihre Liebe.

Der gestrige Anruf war aber ausgeblieben und das beunruhigte sie zutiefst. Fast zwei Stunden hatte sie auf dem eiskalten Fußboden im Flur gehockt und zum schweigenden Telefon gestarrt. Mehrmals war sie aufgestanden, unruhig den Gang auf und ab gewandert und letztlich kurz davor gewesen, eine Verbindung nach New York herstellen zu lassen. Im letzten Moment hatte sie sich jedoch jedes Mal beherrschen können. Sie musste sich mit der Vorstellung trösten, dass James einfach etwas dazwischengekommen war und er keine Gelegenheit gefunden hatte, ihr Bescheid zu geben. Möglicherweise ein kurzfristiges Engagement oder er war versehentlich eingeschlafen. Er arbeitete viel an seinen Kompositionen, vergaß darüber hin und wieder die Zeit, das wusste sie.

Elizabeth saß auf der Bettkante in ihrem Wohnheimzimmer und ihre Hände fielen schlaff in ihren Schoß.

Sicherlich war Olivia zurückgekehrt. Sie spürte es wie einen Dorn im Herzen.

Die Vorstellung, dass die andere Frau wieder bei ihm war, machte sie verrückt. Was, wenn James jetzt doch bemerken würde, dass die gemeinsamen Liebesnächte ein furchtbarer Fehler gewesen waren? Noch eine Zurückweisung würde sie nicht verkraften.

Immer wieder musste sie sich seine Worte in Erinnerung rufen: *Ich liebe dich. Und ich werde zu dir zurückkommen.*

Bitte, James, komm zurück zu mir!, schrie ihr Herz nach ihm. Elizabeth seufzte, stand von ihrem Bett auf, faltete ihr Nachtkleid, das sie anschließend in ihren Koffer packte. Unschlüssig sah sie sich in dem Zimmer um und überlegte, ob sie etwas vergessen hatte.

Die Bücher, fiel es ihr sofort ein, als sie zu ihrem Schreibtisch blickte. Die Weihnachtsferien auf Morgan's Hall wollte sie mit Lernen verbringen. Die zweiwöchige Reise nach Europa während der Kubakrise hatte sie im Studium ein wenig zurückgeworfen. Aufgrund der brisanten politischen Lage, einem drohenden Atomkrieg zwischen der USA und der Sowjetunion, hatten die Professoren ein Auge zugedrückt und davon abgesehen, sie mit Disziplinarmaßnahmen zu bestrafen. Dennoch hatte sie einiges nachzuholen. Deshalb wanderten drei Lehrbücher sowie ein Notizblock ebenfalls in den Koffer.

Wehmütig schaute sie daraufhin aus dem Fenster. Seit gestern Abend schneite es hier in Seattle und sie beobachtete die dicken Schneeflocken dabei, wie sie draußen unbeschwert umhertanzten.

Wieder ein Weihnachten ohne ihn.

Lautes Türknallen erscholl und munteres Geschnatter drang plötzlich vom Flur in ihr Zimmer, das sie sich zum Glück hier mit niemandem teilen musste. Ein Privileg reicher Töchter, für das sie von vielen ihrer Kommilitoninnen beneidet wurde. Heute war Abreisetag und wie Elizabeth, so verbrachten alle Studierenden der University of Washington das Weihnachtsfest bei ihren Familien. Ab und an sehnte sie sich jedoch nach einer netten Mitbewohnerin, der sie ihr Herz ausschütten konnte, aber sie fand kaum Anschluss, da sie als eine der wenigen Frauen ein betriebswirtschaftliches Studium absolvierte. Hier im Wohnheim studierten die meisten auf Lehramt oder besuchten die Schwesternschule. Nur vereinzelt fanden sich Studentinnen der Medizin oder der juristischen Fakultät ein. Somit gab es kaum Berührungspunkte oder gemeinsames Lernen im Aufenthaltsraum. Mary Thompson, eine Literaturstudentin, war Elizabeths einzige Bezugsperson, doch auch dieses Verhältnis war eher von Oberflächlichkeiten geprägt. Eine Freundin wie Meggie hatte sie hier nicht gefunden. Sie gestand sich allerdings ein, dass es ihre eigene Schuld war und nicht die der anderen Mädchen, bei denen sie eher als scheu und introvertiert galt. Von Anfang an hatte sie sich in ihr Schneckenhaus zurückgezogen. Die ersten Wochen über hatte sie mit großem Heimweh zu kämpfen gehabt, was sie nicht recht verstand, denn sie war durch ihre Kindheit im Internat an die ewige Abwesenheit von zu Hause gewöhnt. Trotzdem war Elizabeth untröstlich gewesen, als sie dieses kleine Zimmer bezogen hatte. Wieder fernab der Heimat, dabei gefiel ihr die Universität ausgesprochen gut. Die vielen Gebäude bildeten ein architektonisches Gesamtkunstwerk des vergangenen Jahrhunderts, und die prunkvolle Bauweise stand englischen Eliteunis wie Cambridge oder Oxford in nichts nach. Ebenso zählte die Hochschule zu einer der forschungsstärksten und besten der ganzen Welt, verfügte über eine Vielzahl an Bibliotheken, einen kathedralen-ähnlichen Lesesaal, in dem sich Elizabeth unglaublich gerne aufhielt, sowie einen weitläufigen Park, in dem im Frühjahr Dutzende japanische Kirschbäume mit ihrem rosafarbenen Kleid florierten. Eine Zeit, in der nicht nur die Natur erblühte, sondern auch die Hormone ihrer Kommilitoninnen, die an sonnigen Nachmittagen mit aufgehübschten Frisuren und in ihren besten Roben die Wiese auf und ab schlenderten – immer in der Hoffnung, einer der Footballspieler der Huskys oder ein Mitglied des Ruderteams würde auf sie aufmerksam werden. Gerne beobachtete Elizabeth dieses Balzverhalten, wenn sie auf einer Wolldecke saß und über den Seiten ihrer Lehrbücher hing. Dabei ertappte sie sich oft, den Wunsch zu verspüren, ebenfalls so unbeschwert und unverblümt mit anderen männlichen Studenten flirten zu können. Verzehrte sich gar nach ein bisschen Liebe und Zuneigung. Aber da war dieses gebrochene Herz, das schier nicht mehr zusammenwachsen wollte, wenn James nicht bei ihr war, und einer neuen Liebe den Zutritt verweigerte. In solchen Zeiten verbarg sich auch die Schönheit der rosa Kirschblüten hinter dem Mantel des tristen Kummers.

Und Elizabeth war hier oft sehr traurig und einsam gewesen.

Bis man ihr vor einigen Wochen wieder Hoffnung geschenkt hatte. Nein, nicht *man.* Sondern ein ganz bestimmter Jemand.

Die Zuversicht, das Schicksal würde ihr doch einen Platz an James' Seite schenken, nachdem es ihr bislang so viel Leid beschert hatte, war in ihr erblüht. Endlich glücklich sein, das war ihr einziger Wunsch.

Langsam ließ sie sich auf ihrem Schreibtischstuhl nieder, beobachtete abermals die tanzenden Schneeflocken, die sich wie beim Wiener Walzer umeinander drehten. Sie schloss die Augen und bekam eine Gänsehaut, als sich James' weiche Lippen in ihre Erinnerung zurückküssten. Wieder spürte sie seine Hände auf ihrer nackten Haut und auch in diesem Augenblick strömte jene prickelnde Wärme durch ihren Körper, die sie schon damals empfunden hatte. Wie benommen sie sich in jener Nacht gefühlt hatte, als sie mit ihm geschlafen hatte, nach all den sehnsuchtsvollen und öden Jahren. Vorbeijagende Stunden, in denen sie sich wegen seiner Aufmerksamkeiten selbst vergessen hatte. Ein Vergessen von Raum und Zeit. Für sie hatte sich eine neue Welt aufgetan. Bis dahin ungekannte Gefühle der absoluten Nähe hatten sie erfüllt – und waren seit ihrer Intimität tausendfach gewachsen. Niemals hätte sie gedacht, dass es so sein konnte, mit einem Mann zu schlafen.

Elizabeth lächelte selig und da war er wieder, der Optimismus.

James würde zu ihr zurückkommen. Vielleicht nicht heute und auch nicht morgen, vielleicht nicht im nächsten Jahr, doch er würde zurückkommen. Ganz sicher.

Komm zu mir zurück, schickte sie ihm noch einmal einen Gedanken.

Zaghaftes Türklopfen riss sie aus ihren Tagträumen. Es war John, der sie wie verabredet abholte.

Jetzt ging es nach Hause.

»Ist alles in Ordnung?«, fragte Elizabeth ihren Vater, als sie mit dem Wagen das Unigelände verließen. Schon als sie ihm die Tür geöffnet hatte, war sie über sein aschfahles Gesicht zutiefst erschrocken. Und auch jetzt schien er noch immer in sich gekehrt und nicht wie er selbst.

Eisern umklammerten seine Hände das Lenkrad und seine Augen waren starr auf die Straße gerichtet.

»Kann ich dir etwas anvertrauen?«, fragte er mit unbeweglicher Miene.

»Natürlich.« Sie war beunruhigt und rutschte nervös auf dem Beifahrersitz vor und zurück.

»Ich habe gerade Clark Harrington im Gefängnis in Monroe besucht.«

Elizabeth sah ihn erstaunt von der Seite an, damit hatte sie nicht gerechnet. »Wirklich? Warum?«

»Ehrlich gesagt, ich wusste selbst nicht, weshalb ich zu ihm wollte.« Kurz kniff er die Augen zusammen, als wollte er die Welt um sich herum für den Bruchteil einer Sekunde ausknipsen. Zumindest kam es Elizabeth so vor. Geduldig wartete sie auf weitere Schilderungen. »Nachdem Cole mir erzählt hatte, sein Vater habe einen Schlaganfall erlitten, brodelte es in mir. Ich habe keine Ahnung, warum ich plötzlich das Bedürfnis verspürt habe, ihn sehen zu wollen. Glaub mir.«

»Ich verstehe«, sagte sie sanft. »Zumindest irgendwie.«

»Ich wollte, dass Clark von mir persönlich über unsere Kaufpläne informiert wird. Womöglich habe ich gehofft, er würde mich zum Teufel jagen, eben so, wie ein Clark Harrington früher reagiert hätte. Ja, ich hoffte sogar auf Beleidigungen und perfide Drohungen, um ihn bis zum Ende meiner Tage hassen zu dürfen. Vielleicht wollte ich mit diesem Hassgefühl den Kauf des Hotels vor mir selbst rechtfertigen.«

»Aber?«

»Vor mir saß ein gebrochener, kranker und einsamer Mann, Lizzy. Ein Mensch, der mit sich und seinem Leben abgeschlossen hat. Es war einfach niederschmetternd.«

»Das kann ich mir vorstellen.« Elizabeth überlegte einen Moment und biss sich auf die Unterlippe, als sie ihren Vater wieder ansah und seine feuchten Augen bemerkte. »Aber Dad, Clark hat es verdient, in diesem Gefängnis zu sitzen. Er hat Rachel umgebracht. Eine Frau, die du geliebt hast.«

Vehement schüttelte er den Kopf. »Ich liebe deine Mutter.«

Sie seufzte leise. Warum gestanden es sich die wenigsten Männer ein, eine andere Frau zu lieben? Was war so schwer daran?

»Ich weiß, Dad.«

John verzog das Gesicht zu einer verbitterten Grimasse, ballte seine rechte Hand zu einer Faust und schlug hart gegen das Lenkrad. »Ach, verdammt, fort mit dieser Heuchelei. Ja, ich habe Rachel geliebt. Aber nicht so, wie ich für deine Mutter fühle, dennoch habe ich sie geliebt. Mag sein, dass Clark eine Mitschuld an ihrem Tod hat, aber er hat sie nicht umgebracht.«

Fragend hob sie eine Augenbraue. »Das Gericht hat ihn aber doch verurteilt.«

»Ja. Und seither sitzt dieser Mann im Gefängnis. Rachel starb durch einen Unfall, Kleines. Vielleicht war es auch Selbstmord, niemand weiß das so genau.«

Elizabeth schwirrte der Kopf und sie musste Johns Worte zunächst verdauen, bevor sie nachhakte: »Aber man hatte doch Clarks Fingerabdrücke an ihrem Leichnam gefunden.«

»Das ist richtig, und er streitet nicht ab, dass er sie geschlagen hat, aber er schwört, nicht für ihren Tod verantwortlich zu sein. Clark glaubt, Rachel habe Selbstmord begangen. Ich weiß nicht warum, aber irgendwie glaube ich ihm und auch seiner Annahme, dass sie sich selbst das Leben genommen hat.«

»Weshalb geht Clark nicht in Berufung?«

»Weil er sich aufgegeben hat. Das war die schlimmste Erkenntnis meines heutigen Besuchs. Clark weiß, dass er nicht mehr lange zu leben hat, und ich glaube, den Tod in seinen Augen bereits gesehen zu haben. Mit dem gleichen Blick hatte mich auch damals mein Vater angesehen, bevor er uns für immer verließ.« Johns Lippen bebten und er lachte gequält, während Elizabeth ihre Hand auf seine legte. »Ich weiß nicht, warum, aber ihn so zu sehen, hat mir richtig wehgetan.«

»Oh, Dad«, flüsterte sie ihm zu. »Können wir irgendetwas für ihn tun?«

John wischte sich eine Träne aus dem Gesicht. »Nein, mein Schatz, wir können nichts tun. Selbst wenn er einen Berufungsantrag stellen würde, wird er die Verhandlungen vermutlich nicht mehr miterleben, so leidend und schwach, wie er ist. Weißt du, anfangs wollte ich das Great Mountain aus Rachsucht kaufen, bloß, um es diesem Harrington heimzuzahlen, aber all der Hass und Zorn sind heute im Wind verflogen. Wir müssen das Hotel erwerben, damit Cole und Charlotte nicht in ihren immensen Schulden versinken. Mit dem Geld, das wir ihnen zahlen, werden sie sich ein sorgenfreies Leben aufbauen können.«

»Wirst du das Great Mountain als Hotelbetrieb weiterführen?«

»Nun, ich wüsste nicht, welch andere Verwendung wir für solch ein großes Anwesen mit all den vielen Zimmern haben könnten. Ich werde einen Hotelmanager einstellen müssen. Noch mehr Arbeit!«, sagte er stöhnend. »Aber es ist das Richtige.« Es klang für Lizzy so, als wollte er sich selbst Mut zusprechen. Plötzlich lächelte er beseelt. »Wer weiß, vielleicht fällt uns in den nächsten Jahren irgendetwas Besseres ein, was wir daraus machen könnten. Etwas Schönes und Gemeinnütziges. Etwas, das den Menschen zugutekommt. Ja, das wäre mein Traum.«

In seinen Worten lag so viel Hoffnung, dass sie auch Elizabeth zu Tränen rührten. »Ich werde dir dabei helfen.«

Er wandte ihr sein Gesicht zu und die dunklen Wolken hatten sich aus seinen grauen Augen verzogen. Jetzt funkelten die braunen Sprenkel darin. »Ich wüsste niemanden, den ich bei all meinen Vorhaben lieber an meiner Seite hätte als dich.« Das Funkeln in seinen Augen erlosch wieder, als habe sich abermals eine Schlechtwetterfront vor die Sonne geschoben. »Lizzy«, sprach er mit sehr resolutem Unterton, »wir müssen über deine Schwärmerei für deinen Stiefbruder reden.«

Elizabeth fühlte sich wie vor eine Wand gestoßen. Sie hatte sich auf dieses Gespräch eingestellt, aber gehofft, es noch ein wenig vor sich herschieben zu können. Nachdem sie aus Wien zurückgekehrt war, hatte sie mit ihren Eltern nur telefonisch Kontakt gehalten, denn ihr direkter Weg hatte sie zur Universität und nicht zurück nach Morgan's Hall geführt.

Schwärmerei? Diese Wortwahl, die ihrer Liebe zu James keinesfalls würdig wurde, kränkte sie.

John blickte kurz auf seine Armbanduhr. »Wir werden in der Stadt etwas essen.«

Sie wusste, dass sie gegen sein Vorhaben nicht protestieren konnte, nickte stattdessen und bereitete sich innerlich auf ziemlich unangenehme Fragen vor.

»In Ordnung.«

John sah in den Rückspiegel und krauste die Stirn. »Seltsam«, murmelte er.

»Was ist denn?«

»Irgendwie habe ich das Gefühl, der schwarze Wagen hinter uns verfolgt uns, seitdem wir das Unigelände verlassen haben.«

Elizabeth blickte über ihre linke Schulter und tatsächlich fuhr ein dunkler Cadillac mit größerem Abstand dem Rolls-Royce ihres Vaters hinterher. Sie schärfte ihren Blick, konnte aber den Fahrer am Steuer nicht erkennen.

»Ach«, sagte John, »ist vermutlich nur Zufall.«

Sie nickte und drehte sich wieder um.

John und Elizabeth betraten ein sehr elegantes Restaurant in der Union Street, das zu einem der vornehmsten Hotels der ganzen Stadt gehörte. Sie sah an sich hinunter und war heilfroh, ein adrettes dunkelblaues Kleid mit hohem Kragen, Knopfleiste und langen Ärmeln zu tragen. Ihr Vater war stets ordentlich gekleidet, denn ihre Mutter legte immer sehr viel Wert auf ein gutes Erscheinungsbild, nicht nur bei sich selbst.

Bevor John den Rezeptionisten um einen Tisch bat, begab er sich an das Wandtelefon, um Isabelle ausrichten zu lassen, dass es etwas später werden würde. Elizabeth blieb angespannt in der Hotellobby stehen und wartete auf ihren Vater. Im Moment wünschte sie sich nichts sehnlicher, als dieses Gespräch eilends hinter sich bringen zu können.

Eine Minute darauf kam John wieder zurück und führte seine Tochter in das gut besuchte Restaurant. Die runden Tische waren mit weißen Deckchen aus Damast und edlen Stoffservietten eingedeckt. Der Rezeptionist wies ihnen einen schönen Platz am Fenster zu.

John blätterte in der Speisekarte und bestellte beim Kellner Suppe, Sandwiches sowie einen Tee für Elizabeth und einen doppelten Scotch für sich selbst.

»Ein sehr vornehmes Restaurant«, bemerkte sie mit einem zarten Lächeln. »Bist du öfter hier?« Mit ihrem Interesse hoffte sie, ihn milde stimmen zu können.

»Immer nur dann, wenn ich mich mit Geschäftspartnern treffen muss. Außerdem beliefern wir dieses Hotel seit Jahrzehnten mit unserem Wein.«

Lizzy überlegte, ob sich ihr Vater hier auch für die ein oder andere Nacht mit Rachel einquartiert hatte. Dabei kam ihr in den Sinn, wie sehr sie diese Frau immer verflucht und verabscheut hatte, weil Rachel die Frechheit besessen hatte, sich mit einem verheirateten Mann einzulassen. Ganz zu schweigen von ihrem Stelldichein mit James vor einigen Jahren. Ihr schauderte.

Bitter musste Elizabeth nur einen Moment später feststellen, dass sie kein Stück besser war als die ehemalige Geliebte ihres Vaters. Welch schlimme Erkenntnis: Sie selbst war zu der Liebhaberin eines Ehemannes geworden. Sie unterdrückte einen Seufzer. Gerade ekelte sie sich vor sich selbst.

Mit großen Augen beobachtete sie, wie John den hochprozentigen Drink in einem Schluck hinunterkippte und direkt den nächsten bestellte. Es war nicht mal *zwei Uhr* am Nachmittag! Aber Elizabeth schwieg, denn noch immer schien er wegen seines Treffens mit Clark durch den Wind zu sein. Langsam und bedächtig stellte er das leere Glas auf den Tisch zurück.

»Also, junges Fräulein«, begann er mit seiner Moralpredigt, »erkläre mir doch bitte, wie du dir dein weiteres Leben so vorstellst?« Er stützte seine Ellbogen auf der Tischplatte ab und beugte sich zu ihr vor. »Und damit meine ich nicht deine Zukunft in der Morgan's Company, wie du dir sicherlich denken kannst.«

Natürlich wusste sie, worauf er hinauswollte, sie würde ihm aber keine Antwort geben können, die ihm gefiel. »Dad, ich weiß, dass du dich meinetwegen sorgst, aber das musst du nicht.«

Mehr brauchte John nicht zu wissen. Zum Glück servierte der Kellner gerade eine Cremesuppe mit Shrimpeinlage. Danach reichte er beiden mit einer Servierzange ein Stück Weißbrot. Alles in unerschütterlicher Seelenruhe und mit einem gefälligen Lächeln auf den Lippen. Mit ungeduldigen Augen wartete ihr Vater auf das Ende der Prozedur, wünschte sich bestimmt, er hätte seine Tochter besser in ein Schnellrestaurant ausgeführt. Elizabeth hingegen freute sich über den kleinen Aufschub, um sich ihre nächsten Worte zurechtzulegen.

»Dürfte ich den Herrschaften noch einen leichten Weißwein zu der Suppe anbieten?«, fragte der Kellner, der ein blütenweißes Jackett mit Fliege trug und mit kerzengerader Haltung vor ihnen stand.

»Nein, nein«, antwortete John ungehalten und wedelte hektisch mit der Hand, was einem stummen *Verzieh dich endlich!* gleichkam. Elizabeth konnte sich ein dezentes Grinsen nicht verkneifen. »Lizzy, ich habe dir deine überstürzte Reise zu James erlaubt, weil unsere Welt kurz vor dem Abgrund stand und ich dir diesen *letzten* Gefallen tun wollte. Aber nun sitzen wir Wochen später hier, in diesem Restaurant, und erfreuen uns bester Gesundheit. Unser Leben, wie wir es kannten, geht weiter. Ich will nicht wissen, was zwischen euch vorgefallen ist, auch nicht, wie lange das schon andauert, trotzdem bitte ich dich inständig, deine Gefühle für ihn … aufzugeben. Ein für alle Male. Und lüg mich nicht an.«

Elizabeth, die gerade den ersten Löffel Suppe zum Mund geführt hatte, legte diesen ruhig auf den Unterteller zurück und begradigte ihre Haltung.

»Das kann ich nicht«, sagte sie entschieden.

Sichtlich verzweifelt ließ John die Schultern hängen. »Aber, mein Kind, er ist ein verheirateter Mann. Außerdem – und das ist fast noch verwerflicher – ist James dein Stiefbruder. Wie in Gottes Namen stellst du dir das vor? Wenn das die Runde macht …« Sein Gesicht wurde tiefrot. »Die Leute haben sich doch schon genug das Maul über dich zerrissen, nachdem du deine Verlobung mit Tony O'Reilly gelöst hast.«

Nun wurde auch Elizabeth ein wenig wütend. »Egal, ob Betty Brown, Erma Shumway, Alice Bingley – und wie sie alle heißen wollen –, keine von ihnen hat das Recht, über mein Leben und meine Entscheidungen zu urteilen. Was interessiert mich das Gewäsch dieser Tratschweiber?«

»Es interessiert aber *mich*«, erwiderte John mit polternder Stimme, sodass die anderen Gäste des Restaurants empört zu ihnen herüberschauten. Er schnappte laut nach Luft, versuchte, sich hiermit zu bremsen. »Mädchen, was tust du dir damit an? Was tust du uns damit an? Ich bin Bürgermeister unserer Stadt und Vorgesetzter vieler Menschen. Was macht das für einen Eindruck? Ich habe eine Vorbildfunktion in Woodwall. Wie soll ich diese erfüllen, wenn ich mein eigenes Haus nicht unter Kontrolle habe und dort in gewisser Weise *inzestuöse* Verhältnisse herrschen?«

Elizabeth drängten sich Tränen in die Augen. Sie war zutiefst enttäuscht von ihrem Vater.

»Das ist also das Einzige, was dir wichtig ist? Dein Ruf? Das Gerede? Mein Glück ist dir vollkommen egal?«, fragte sie flüsternd und sah John niedergeschlagen an.

Er presste die Lippen zusammen. »Um Himmels willen, nein, mein Ruf und das Gerede sind nicht *das Wichtigste*. Und genau darum geht es, Elizabeth. Ich wünsche mir für dich nichts sehnlicher als einen Mann, der dich glücklich macht. James ist aber eben nicht dieser Mann. Er hat seine Musik dir immer vorgezogen, eine andere Frau geheiratet. Kein Mensch würde so handeln, wenn er jemand anderen über alles liebt.«

Die Waagschale neigte sich nicht unbedingt zugunsten Elizabeths, aber sie musste ihrem Vater jetzt unmissverständlich zu verstehen geben, dass James und sie zusammengehörten und sie sich niemals von ihm etwas Gegenteiliges einreden lassen würde. Von niemandem. Gerade wollte sie in den Verteidigungskampf ziehen, da trat ein hochgewachsener Mann an ihren Tisch. Graue Augen fixierten Elizabeth und sie zuckte zusammen, weil er so unvermittelt aufgetaucht war.

John blickte ebenfalls zu dem Mann, setzte kurz einen grüblerischen Ausdruck auf und verzog für den Hauch einer Sekunde das Gesicht. Dann täuschte er ein unverkennbar falsches Lächeln an und erhob sich von seinem Platz. Er reichte dem Unbekannten die Hand.

»Mr Wulf? Was hat Sie denn an die Westküste verschlagen?«

Elizabeth brauchte einen Moment, um zu begreifen, wer da vor ihr stand. Kurz setzte ihr Herzschlag aus und sie sank langsam auf ihren Stuhl zurück.

»Ich habe hier in Seattle einen Geschäftstermin mit zwei Investoren.« Wulf blickte sich zu einem anderen Tisch um, an dem zwei Männer im Anzug saßen, die John augenblicklich zunickten. In ihrer schwarzen Aufmachung glichen die beiden eher Totengräbern als Finanziers. »Mr Morgan, es freut mich, Sie nach so langer Zeit wiederzusehen. Als wir uns zum ersten Mal in New York begegnet sind, war der Anlass ein eher trauriger.«

John kratzte sich an der Schläfe. »Das stimmt. Der Tod von James' Vater hat uns allen damals ganz schön zu schaffen gemacht.«

Elizabeth wäre am liebsten im Erdboden versunken oder hätte die Flucht ergriffen. Diesem Mann, der auf sie den Eindruck eines übergroßen Colonels machte, hatte sie nie im Leben über den Weg laufen wollen. Johns Augen verrieten ihr, dass auch ihm diese Situation höchst unangenehm war. Vielleicht, weil sie gerade über den Schwiegersohn dieses Hünen gesprochen hatten. Doch ihrem Vater blieb nichts anderes übrig, als Wulf das werte Töchterchen vorzustellen.

»Sie kennen noch gar nicht meine Tochter.« John hielt ihr die Hand entgegen und ermutigte sie, sich von ihrem Stuhl zu erheben. »Das ist unsere Elizabeth.«

Sie atmete tief ein und machte einen Knicks, wie sie es in den vielen Stunden des Benimmunterrichts auf St. Benedict gelernt hatte.

Joseph Wulf lächelte breit und sie wurde das Gefühl nicht los, von oben bis unten gemustert zu werden. »Wie schön, Sie einmal kennenzulernen, Miss Morgan. James hat mir bereits *viel* über sein kleines und bezauberndes Schwesterchen erzählt.«

Elizabeths Blick traf auf Johns. Es war nicht das Gesagte, was vermutlich beide in diesem Augenblick besorgte, sondern die Art, wie er sie begrüßt hatte – herablassend, dünkelhaft.

»Ähm …« John rang sichtlich nach Worten. »… möchten Sie sich vielleicht für einen Moment zu uns gesellen?«

»Überaus gerne. Davon wird mich nichts und niemand abhalten können«, antwortete Wulf prompt und setzte sich auf einen freien Stuhl des runden Tischs.

John sah wieder Elizabeth an und verzog flüchtig den Mund, nickte ihr dann aber aufbauend zu. Sie fühlte sich plötzlich wie eingepfercht. Wie eine Maus in der Falle, die weder nach links noch nach rechts, geschweige denn vor oder zurück konnte.

»Welch ein Zufall, Sie beide hier zu treffen«, sagte Wulf beim Anblick ihrer offensichtlich angespannten Gemüter.

Zufall? Wohl eher ein übler Scherz des Schicksals. Soeben hatten sie noch über den Mann gesprochen, der die Tochter Wulfs mit Elizabeth betrogen hatte. Gerade John, der mit leicht bebender Hand den nachgefüllten Scotch zum Mund führte, wirkte peinlich berührt.

Elizabeth sah ihm sein Unvermögen an.

»Ich muss schon sagen, dass ich Seattle weit eindrucksvoller finde als New York. Eine Metropole nahe schneebedeckter Berggipfel, tiefblauem Wasser und immergrünen Wäldern. Einfach atemberaubend. Aber als Mensch von der Ostküste muss man sich an die Rauheit des Pazifiks erst einmal gewöhnen. Ebenso an die Lage. Das Meer scheint auf der falschen Seite zu liegen.« Bei seinen Ausführungen lachte er aus voller Kehle.

»Das kann ich mir vorstellen. Genauso ergeht es mir, wenn ich geschäftlich in New York zu tun habe«, erwiderte John und wirkte dabei irgendwie unbeholfen auf Elizabeth. Sie betete inständig, dass ihrem Vater noch mehr Belanglosigkeiten einfielen, um ein bereits drohendes Schweigen zu verhindern. Der Kellner trat wieder an den Tisch und fragte Wulf nach seinem Wunsch. Olivias Vater überlegte und John reagierte prompt. »Sir, bringen Sie Mr Wulf doch bitte ein Glas Morgan's. Den hellen, bitte.«

Josephs Augen funkelten bei dieser Bestellung. »Eine ausgezeichnete Wahl. Ich habe schon sehr viel über die Morgan's Company gehört. Da haben Sie sich ein beeindruckendes Imperium aufgebaut. Ich freue mich, Ihren Wein kosten zu können.«

John stützte seine Ellbogen abermals auf dem Tisch auf und faltete seine Hände. »Nun ja, Mr Wulf …«

»Oh, bitte, John, nennen Sie mich Joseph. Schließlich sind wir doch so etwas wie eine Familie, oder etwa nicht?«

Familie. Das kann der Kerl nicht ernst meinen, schoss es Elizabeth durch den Kopf und sogleich kassierte sie von ihrem Vater einen grimmigen Blick. Sicherlich gab er ihr die Schuld, dass ihm die Begegnung mit diesem Mann so unangenehm war.

»Richtig, bitte entschuldigen Sie. *Du*, meinte ich natürlich. Das von dir besagte Imperium hat allerdings mein Vater aufgebaut. Ehrlich gesagt, wir hatten in den vergangenen Jahren einige Schwierigkeiten zu meistern. Ernteausfälle, Insektenplagen und viel zu trockene Sommermonate.«

Elizabeth fragte sich entrüstet, warum John dem anderen all dies verriet. Das ging diesen Mann nichts an. Aber vermutlich war ihm kein besseres Gesprächsthema eingefallen, als mit diesem New Yorker Geschäftsmann über Geschäfte zu sprechen. Männer eben.

»Was wäre unsere Arbeit ohne Herausforderungen? Erst die Kämpfe, die wir austragen müssen, halten uns am Leben.«

John lächelte schief. »Auf manches hätte ich gut und gerne verzichten können. Nun geht es allmählich wieder bergauf. Tatsächlich werden wir Anfang des nächsten Jahres ein Hotel kaufen.«

»Überaus bemerkenswert, John.«

Am liebsten hätte Elizabeth ihrem Vater unterm Tisch einen Tritt ans Schienbein verpasst. Merkte er nicht, wie niederträchtig dieser Wulf war? Sie spürte es genau. Je weniger dieser Mann wusste, umso besser war es.

Joseph ist ein gefährlicher Mensch, ein Monster, hatte James einmal zu ihr gesagt. Sie musste handeln und vom Thema ablenken, bevor ihr Vater zu viel preisgab.

»Wie lange bleiben Sie in Seattle?«

Imponiert sah Wulf sie an und deutlich erkannte sie das kurze Aufblitzen in seinen Augen. »Leider nur bis heute Abend, Elizabeth. Zu gerne hätte ich euer Morgan's Hall einmal persönlich besucht. Man sagt sich in guten Kreisen, es solle das Paradies auf Erden sein.« Wieder sah er sie eindringlich an. »Teuerste, wie ist es dir nach deiner Europareise ergangen?«

Elizabeths und Johns Blicke trafen sich und ihr blieb die Spucke weg. Der Mann fackelte nicht lange.

»Woher wissen Sie von der Reise meiner Tochter?«, fragte ihr Vater überrascht und war unbewusst wieder auf Distanz gegangen. Vergaß darüber sogar das zuvor von Joseph angebotene Du.

»Ich interessiere mich eben für die Aktivitäten meines Schwiegersohns. Seine Arbeit, seine Freizeitbeschäftigungen, seine Begegnungen …«

Elizabeth wurde speiübel und ihr Puls raste. Der Kellner, der ein ausgesprochenes Talent für Gesprächsunterbrechungen besaß, stellte eine Karaffe mit dem Morgan-Wein sowie ein Glas auf den Tisch und schenkte ein. Wie gewohnt in aller Seelenruhe.

Hilfe suchend sah sie John an, dessen Gesicht wieder die Blässe vom Mittag angenommen hatte.

Wulfs eisige Augen ließen nicht von Elizabeth ab.

»Hören Sie, Joseph …«, wollte John gerade ausholen, doch der Mann fuhr ihm gnadenlos über den Mund.

»Schweigen Sie lieber, John Morgan!« Nun war es endgültig vorbei mit dem vorgegaukelten familiären Geplänkel. James' Schwiegervater nahm das Weinglas zur Hand, während Elizabeth zu zittern begann. »Sie sind eine sehr junge, schöne und offenbar kluge Lady, Miss Morgan.

Dass Sie mit verheirateten Männern herumturteln, würde man Ihnen auf den ersten Blick gar nicht zutrauen.«

John schlug wutentbrannt die Fäuste auf den Tisch.

»Was erlauben Sie sich, so mit meiner Tochter zu sprechen?« John war gerade im Begriff, von seinem Platz aufzuspringen, aber Joseph packte ihn hart an der Schulter und drückte ihn auf den Stuhl zurück. Dabei richtete er seinen Blick nicht ein einziges Mal auf John, sondern behielt Elizabeth fest im Visier. Die übergroße Autorität, die dieser Mensch ausstrahlte, warf sich wie ein Schatten über sie. Niemals zuvor war sie jemandem begegnet, der ihr so viel Angst machte wie dieser Kerl.

Joseph verzog indes nicht eine Miene. Er hob sein Glas in die Höhe. »In vino veritas. Ich trinke auf Ihr *Wohl*, Miss Morgan.«

Elizabeth vergaß zu atmen. Die unterschwellige Drohung in seinen Worten war unmissverständlich gewesen.

»Verlassen Sie sofort unseren Tisch«, sprach John in einer ungewohnt ruhigen Stimmlage, die ganz und gar nicht seinem sonst eher hitzigen Naturell entsprach. Doch die oberhalb seines Hemdkragens stark pulsierende Halsschlagader bewies, dass sein Inneres kurz vor der Detonation stand.

Joseph trank einen großen Schluck und setzte das Weinglas wieder ab. Anschließend erhob er sich von seinem Platz und nickte den beiden zu.

»Ein ausgezeichneter Wein. Auf Volksfesten sicherlich der Renner. Miss Morgan, ich rate Ihnen inständig, sich von meinem Schwiegersöhnchen fernzuhalten. Wir Wulfs dulden keine Konkurrenz. Weder im Geschäft noch in der Liebe. Eine Tatsache, die schon anderen den Hals gekostet hat. Ich wünsche ein frohes Weihnachtsfest.«

»Gewinnen Sie Land, Wulf!«, rief John nun doch ungehaltener. »Nie wieder werden Sie sich meiner Tochter auch nur nähern. Habe ich mich klar ausgedrückt?«

Joseph grinste. »Keine Sorge. Ich lasse mich nicht gerne mit verfaulten Äpfeln bewerfen.«

Abermals wollte John in die Höhe schießen, aber dieses Mal hielt Elizabeth ihn davon ab. »Lass ihn, Dad. Er ist es nicht wert.«

Der Tyrann wandte sich von ihnen ab und gesellte sich wieder zu seinen Geschäftspartnern.

Gott sei Dank, dachte Lizzy, wünschte sich aber, das Restaurant alsbald verlassen zu können.

Auch wenn Wulf nun in einiger Entfernung zu ihnen saß, wollte ihre innere Anspannung nicht abklingen und ihrem Vater schien es nicht anders zu gehen.

»Ich fasse es nicht, was hier gerade passiert ist«, sagte er entgeistert. Er legte seine Hand auf die seiner Tochter. Auch er zitterte, aber wohl eher aus Zorn und Empörung als vor Angst. »Mach dir keine Sorgen, Elizabeth. Der Schweinehund wollte uns nur einschüchtern. Ihn hier anzutreffen, war bestimmt kein Zufall. Ich möchte wetten, Wulf und seine Leichengräber saßen in dem Cadillac, der uns seit der Uni verfolgt hatte.«

Sie überlegte scharf, wagte einen Blick zu Wulf hinüber, der in einer eifrigen Plauderei mit den anderen Männern steckte, als wäre nie etwas geschehen. Unweigerlich fragte sie sich, woher er von ihrem Verhältnis mit James wusste.

James. In ihrem Herz stach es allein beim Gedanken an ihn. Warum hatte er gestern nicht angerufen?

Um Himmels willen, Elizabeth Morgan, ihm ist schon nichts zugestoßen, dachte sie. Wenn doch, könnte sie es nicht ertragen. Daher versuchte sie, ihre Angst von sich zu streifen wie eine Schlange ihre Haut.

»Dad«, sagte sie aufgeregt, »um mich mache ich mir keine Sorgen, sondern um James.«

John ächzte entrüstet, ließ ihre Hand wieder los und sah sie finster an. »Sag mal, begreifst du es nicht? Verstehst du nicht, was dir deine absurde Liebelei mit ihm eingebrockt hat? In aller Öffentlichkeit müssen wir uns nun schon von einem fremden Mann bedrohen lassen. Nein, junge Dame, das mit euch beiden hört sofort auf. Verstanden? Ich will nie wieder ein Wort darüber verlieren. N-i-e w-i-e-d-e-r! James hat sich seine Ehe mit dieser Olivia selbst zuzuschreiben. Nun muss er zusehen, wie er da wieder rauskommt. Das ist nicht unser Problem.«

Elizabeth war schockiert und ballte die Hand zu einer Faust. »Das kannst du doch nicht wirklich ernst meinen?«

»Und ob«, war seine knappe Antwort, während er sich zum Kellner umdrehte und die Rechnung forderte. »Darüber wird nicht mehr diskutiert.«

Sie funkelte ihren Vater wutschnaubend an, wusste aber zugleich, dass sie ihn nicht weiterhin reizen durfte. John würde schon wieder zur Besinnung kommen und sich vermutlich die gleichen Sorgen um James machen wie sie. Er liebte ihn wie einen Sohn.

Elizabeth beschloss noch in diesem Moment, die gemeinsame Vereinbarung mit James über Bord zu werfen und ihn sofort in New York anzurufen, sobald sie auf Morgan's Hall angekommen war. Sie musste wissen, dass es ihm gut ging, sonst würde sie keine Ruhe finden.

Die Frau mit den zwei Gesichtern

New York City, 22. Dezember 1962

Das Café ›Vertigo‹, ein Künstlertreff nahe dem Broadway, war ein Ort, an den James sich oft zurückzog, wenn er es in dem Wohnhaus der Wulfs nicht mehr aushielt. Schauspieler, Schriftsteller und natürlich auch Musiker gaben sich hier die Klinke in die Hand. Angeblich war auch Hemingway einst ein gern gesehener Gast gewesen, aber das behaupteten nach seinem Tod im letzten Jahr viele Betreiber ihrer Lokale, um das Geschäft anzukurbeln. Das Café verfügte über nur wenige runde Holztische und war im Grunde eher spartanisch eingerichtet. Der Inhaber, Tommy Sinclair, ein begeisterter Alfred-Hitchcock-Fan, war berühmt für seinen selbst gebrannten Rum und die reichlich bestückte Zigarrenauslage. Manchmal war das Café so stark mit Tabakrauch vernebelt, dass man kaum noch die Gäste des Nachbartischs erkennen konnte. Die Augen brannten einem bestialisch und gelegentlich erlitt man einen Hustenanfall, vor allem, wenn man wie James Nichtraucher war. Doch erst dadurch erlangte das kleine Ecklokal seine magische Atmosphäre der Geselligkeit und seinen einzigartigen Charme. Nirgendwo sonst waren unaufgeregte und doch anregende Gespräche mit Menschen, die ihr Leben der Kreativität verschrieben hatten, so inspirierend wie hier.

Drei Gäste, die gerade auf Hockern an der Theke saßen, vergnügten sich als Zuhörer Tommy Sinclairs unzähliger Anekdoten von Erlebnissen, die er als junger Mann in dieser Stadt erlebt hatte. Dabei tranken sie entweder Rum oder Bier. In einer Ecke befand sich eine Anrichte, auf der ein altes Grammofon im hübschen Jugendstil stand. Aus dem goldenen Trichter erklang in diesem Moment ›I'll be home for Christmas‹. Vielmehr glich es einem Leiern, aber gerade diese Töne und das unterschwellige Kratzen der Nadel verliehen dem Lokal seinen unvergleichlichen Charakter. James saß an seinem Tisch in einer Nische und lauschte der Musik, die so beruhigend auf ihn wirkte, dass er am liebsten die Augen geschlossen hätte.

Er war müde und hatte seit fast zwei Tagen nicht mehr richtig geschlafen. Tommy, dessen Statur fast genauso ausladend war wie die seines Idols Hitchcock, hatte ihm gerade einen starken und frisch gebrühten Kaffee gebracht, an dem er jetzt mit bedächtiger Miene nippte. Bis zur Hälfte waren die Wände mit dunklen Holzpaneelen verkleidet und der obere Teil war mit Filmplakaten zugepflastert. James ließ seinen Blick schweifen. Die Poster waren alle wirklich ausdrucksstark und die Titel unter die Haut gehend. ›Rebecca‹, ›Cocktail für eine Leiche‹, ›Das Fenster zum Hof‹ und natürlich ›Vertigo‹, der Film, der diesem Café als Namensgeber diente.

An einem Tisch, direkt an der Fensterfront, entdeckte er eine Frau. Das Platinblond ihrer Hochsteckfrisur hatte seine Aufmerksamkeit erregt. Beim genaueren Hinsehen erkannte er, dass sie bildschön war. Sein Blick glitt an ihr hinab. Sie trug ein elegantes Kostüm. Chanel – unverkennbar. Sie führte ihre Zigarette zu den blutroten Lippen, hatte James dabei fest im Visier und lächelte. Vermutlich, weil sie ihn beim Anstarren ertappt hatte. Stirnrunzelnd stellte er fest, dass sie wie Kim Nowak aussah. Vielleicht war sie es sogar. Aus Höflichkeit erwiderte er das Lächeln, stierte dann aber wieder in das Schwarz seines Kaffees. Nach einem Flirt war ihm gerade so gar nicht. So ein Mann war er nicht mehr. Während seiner Zeit an der Juilliard hätte er sich einem solchen Turteln gewiss nicht verweigert, aber genau diese Leichtfüßigkeit hatte ihn in Olivias Arme getrieben.

Möglicherweise war der blonde Engel eine weitere Spionin von Wulf. Es war zum Verrücktwerden. In dieser Stadt vertraute er einfach niemandem mehr.

Immer wieder vergewisserte er sich, ob sich das Kuvert, auf dem er saß, noch an Ort und Stelle befand, was beinahe schon zu einer paranoiden Marotte avancierte. Wer sollte ihm diesen Umschlag unterm Hintern wegreißen? Es war lächerlich, er sollte sich zusammenreißen und einen kühlen Kopf bewahren. Wie lange wartete er jetzt inzwischen auf seine Verabredung?

Ein Blick auf seine Armbanduhr ließ ihn schlecht gelaunt aufseufzen. Schon halb zwei am Mittag.

Wo bleibt der Kerl?

Genau in dieser Sekunde öffnete sich die Lokaltür und James richtete sich auf.

»Endlich«, war seine mürrische Begrüßung.

»Welche Laus ist dir denn über die Leber gelaufen?«, antwortete Alexander Bloomberg und setzte sich ihm gegenüber. »Siehst beschissen aus, Morgan.«

»Ebenfalls«, entgegnete James scharf, nickte ihm aber daraufhin mit einem angedeuteten Lächeln zu. »Danke, dass du gekommen bist.«

Alexander ließ sich locker in seinem Stuhl zurückfallen und verschränkte die Arme vor der Brust. »Ich gebe zu, ich war heute Morgen etwas überrascht, als du mich um ein Treffen gebeten hast.«

Das konnte sich James gut vorstellen, denn er hatte nicht gerade ein freundschaftliches Verhältnis zu diesem in seinen Augen versnobten Lackaffen. Seit James Olivia kannte, war dieser Kerl sozusagen das dritte Rad am Wagen gewesen, war ihnen sogar in den Segelurlaub an die italienische Riviera gefolgt. Bloomberg glich einer permanent auftretenden Herpeserkrankung und hatte niemals einen Hehl daraus gemacht, Olivia zu lieben.

Tatsächlich hatte es Zeiten gegeben, da hatte James empfindliche Eifersucht empfunden, wenn dieser Snob um *seine* Ehefrau herumscharwenzelt war wie ein Geier um einen Kadaver. Diese Periode war längst vorbei. Außerdem war ihm inzwischen klar geworden, dass Olivia für Bloombergs Avancen unempfänglich war, denn eines musste man *Mrs Morgan-Wulf* zugutehalten: Sie liebte James. Wenn auch mit einer sehr ungesunden Obsession, die aus Abhängigkeit, ständiger paranoider Eifersuchtsszenen und einem exzessiv ausgeprägten Sexualtrieb bestand.

Jetzt sollte Alexander der einzige Mensch sein, den er ins Vertrauen zog. Das war so vollkommen verrückt, wie es genial war. Und genau deshalb hatte er sich für seinen Nebenbuhler entschieden.

»Ich bekomme ein Bier!«, rief Alex Tommy zu und schenkte James nun seine volle Aufmerksamkeit. »Also, Amadeus, was willst du von mir?«

»Alex, wie wäre es, wenn wir unsere jahrelange Rivalität begraben würden?«

Lange sah Bloomberg ihn an, brach schließlich in schallendes Gelächter aus. Indes brachte Tommy ihm das bestellte Bier und er trank den ersten Schluck, spuckte ihn vor lauter

Lachen beinahe wieder aus. »Du hast mich doch nicht herzitiert, weil du auf der Suche nach einem Freund bist? Lass den Scheiß!«

»Nein«, antwortete er, überlegte kurz und beschloss dann, die Katze aus dem Sack zu lassen. »Ich brauche keinen Freund. Ich brauche einen Verbündeten.«

Mit einem Stirnrunzeln setzte Alexander sein Bier ab. »Ist das nicht ein und dasselbe?«

»Einen Verbündeten muss man nicht mögen, aber man muss ihm vertrauen können.« James blickte in zwei verschlagene Augen. Er senkte den Kopf und war sich plötzlich doch nicht mehr sicher, ob Bloomberg wirklich der Richtige war. Nun gab es aber keinen Weg zurück. »Im Sommer in Italien hast du mir gesagt, wir hätten eine Gemeinsamkeit.«

»Ja, wir beide lieben Olivia.«

»Die andere Gemeinsamkeit.«

»Wir hassen Joseph Wulf?«

»Bingo. Du sagtest, wir zwei könnten diesen Mann zu Fall bringen.« James zog das Kuvert unter seinem Hintern hervor und legte es auf den Tisch. Mit verschwörerischem Blick sah er sein Gegenüber an. »Es ist so weit.«

»Was ist das?«

Alexander wollte den Umschlag gerade an sich reißen, aber James schlug mit der flachen Hand darauf. »Bevor du den Inhalt siehst, muss ich dich fragen, was du über Joseph Wulf weißt.«

»Himmeldonnerwetter! Mach es doch nicht so spannend«, fluchte Alexander, trank einen weiteren Schluck seines Biers und leckte sich die Schaumkrone von seiner Oberlippe. »Ehrlich gesagt, ich weiß gar nichts Genaues. Dieser Mann lässt sich nicht so mir nichts, dir nichts in die Karten schauen, das müsstest du doch am besten wissen. Es ist eben dieses merkwürdige Gefühl, das einen überkommt, wenn man in seiner Nähe ist.«

James nickte. »Dieses merkwürdige Gefühl«, wiederholte er nachdenklich.

»Als ich Olivia vor einigen Jahren bei einer Verbindungsfeier kennenlernte, war sie in einem ähnlichen Zustand wie heute. Das war nicht auf den ersten Blick ersichtlich. Ich verliebte mich sofort in sie. Wir verabredeten uns. Sie war nicht wie die anderen Collegemädchen, diese Backfische in ihren rauschenden Petticoats, die sich mit Jungs von einem Milchshake zum nächsten trafen. Diese Frau wusste, was sie wollte und was nicht. Das hat mich gereizt, denn von all den Mauerblümchen dort draußen hatte ich die Schnauze voll. Ich brauchte eine richtige Frau.«

»So ging es mir auch«, gab James zu, auch wenn es ihm nicht gefiel.

»Olivia und ich hatten eine sehr *intensive* Beziehung, wenn du verstehst, was ich meine.«

James presste die Lippen aufeinander. Es gab Zeiten, da hätte er sich an solch einer Äußerung gestört, aber jetzt prallte sie an ihm ab wie ein Softball, der ihn am Kopf getroffen hatte, aber keinen Schmerz hinterließ.

»Ich wollte mehr. Meine Eltern waren ganz und gar nicht von meiner Wahl begeistert, weil sie nun einmal eine Wulf war. Die Wulf-Organisation gehört zu den größten Konkurrenzunternehmen meines Vaters. Aber das war mir egal. Ich hätte alles für Olivia getan.«

»Was kam dazwischen?«

Alexander grinste bitter. »Ich könnte jetzt sagen, *du* wärst der Grund gewesen, aber das würde nicht der Wahrheit entsprechen. Immer deutlicher wurde mir, dass Olivia ein mentales Problem hatte. Albträume plagten sie und ihre Stimmung schlug vom einen auf den anderen Moment um. Wir stritten uns beinahe täglich, bis sie diesen Nervenzusammenbruch erlitt, hysterisch brüllte und mich vor die Tür setzte. Sie sagte, sie würde mich nicht lieben. Ich ließ mich damals nicht so leicht abwimmeln, versicherte ihr, dass ich sie nicht aufgeben würde. Dass uns zu viel verband, nicht nur das Körperliche. Aber dann äußerte Olivia etwas, das ich bis heute nicht vergessen habe.«

»Was?«, fragte James und wurde unruhig.

»Sie schrie: ›Wenn du mich nicht in Ruhe lässt, wird mein Vater dich entsorgen. Er ist der schlimmste Mensch auf der Welt und er weiß, wie man jemanden auf die grausamste Art und Weise kaltmacht!‹«

Stumm lauschte James den Schilderungen und erkannte in Alexanders Gesicht eine Mischung aus Angst und Kummer.

»Weißt du, Morgan, das war nicht bloß so dahingesagt, sie meinte es bitterernst. Ich hatte sie zuvor noch nie so erlebt. Ganz ehrlich, ich traue Joseph einiges zu, aber sicherlich nicht, dass er ein Mörder ist. Olivia ist glattweg durchgeknallt, dennoch liebe ich sie. Egal, wie verrückt das klingen mag.«

Langsam sank James auf seinem Stuhl zurück, peilte Alexander mahnend an und schob ihm den Umschlag zu. »Doch, das ist er, Alex. Ein Mörder. Das und noch viel Schlimmeres.«

Bloomberg bedachte ihn mit einem verdutzen Blick und nahm das Kuvert zur Hand.

James sah sich kurz um, um sich zu vergewissern, dass niemand in ihrer unmittelbaren Nähe war. Die blonde Frau blätterte in einem Magazin, die drei Gäste an der Theke lachten weiterhin über Tommys Witze und die Weihnachtsmusik dröhnte ungebrochen aus dem Grammofon. Alles schien unauffällig.

Alexander öffnete die Lasche und entnahm den Inhalt.

Die ganze Nacht hatte James mit der Entwicklung der Bilder zugebracht. Die ersten Abzüge waren in der Glut des Kaminfeuers gelandet, nachdem er einige Fehlversuche zu verbuchen gehabt hatte, obwohl er penibel der Anleitung gefolgt war. Zwischenzeitlich hatte er sogar fürchten müssen, dass das gekaufte Fotopapier knapp werden würde, doch beim dritten Versuch war es ihm endlich gelungen, die verinnerlichten Schritte korrekt umzusetzen. Jedes Bild, jedes verdammte Beweismittel hatte er in zweifacher Ausführung entwickelt. Eine Beweissammlung blieb in seiner Obhut, die andere hielt nun Bloomberg in Händen.

James versuchte, jede Geste seines Gegenübers zu deuten. Alexanders scharfer Blick klebte auf den Aufnahmen und wenn er doch mal zu ihm hochsah, erkannte James, dass ihm jegliche Farbe aus dem Gesicht gewichen war.

»Das ist ein schlechter Scherz, oder?«, fragte er fassungslos.

»Leider nein.«

Alexander hielt ihm die Fotografie mit Hitler und dem kleinen Mädchen vor die Nase. »Ist *sie* das etwa?«

»Ja.«

»Das kann ich einfach nicht fassen«, sagte er atemlos. »Wie ist das möglich? Ich meine, der Kerl war offenbar ein führendes Mitglied der Nationalsozialisten. Wie kann jemand wie er sich hier ein solches Imperium aufbauen? Wulf hätte wie die anderen Ungeheuer gehängt werden müssen.«

»Du meinst eher Obersturmbannführer Dietrich.« Alexander zuckte bei dieser Wahrheit zusammen und senkte daraufhin die Lider. »Ich vermute, er hat Deutschland noch vor der Kapitulation verlassen können, sonst hätte auch er auf der Anklagebank gesessen. Ich bin mir sicher, dass sich in seinem Gepäck eine unvorstellbare Summe Geld befand, die er für eine neue Existenz und gefälschte Papiere benötigte. Wie auch immer er da rangekommen war. Dieser Mann ist allem Anschein nach nicht nur der gefährlichste, sondern auch der klügste Mensch der Welt.«

»Verließ das sinkende Schiff wie eine schäbige Ratte«, fügte Alexander hinzu. Er schluckte hart und durchforstete noch einmal das Bildmaterial. »James«, flüsterte er völlig verstört, »woher hast du diese Bilder?«

»Das sind Abzüge. Vor wenigen Tagen entdeckte ich bei Joseph einen geheimen Raum, der sich neben seinem Arbeitszimmer befindet.«

»Einfach unfassbar.« Lange sah Alex ihn an. »Was hast du jetzt vor? Warum zeigst du mir diese Fotos?«

James faltete die Hände auf dem Tisch und beugte sich zu ihm vor. »Ich weiß, dass du Olivia immer noch liebst. Du irrst dich, wenn du glaubst, dies sei eine Gemeinsamkeit zwischen uns. Ich liebe diese Frau nicht. Es gab eine Zeit, da dachte ich es, aber das war wohl eher Wunschdenken.«

»Ich wusste es vom allerersten Augenblick an«, erwiderte er mit grimmiger Miene.

»Alex, ich liebe eine andere Frau, der ich versprochen habe, zu ihr zurückzukehren. Für sie werde ich alles aufgeben. Meine Musik, mein Leben hier in New York und auch meine Ehe mit Olivia – aus Liebe, verstehst du das?« Alexander nickte zwar, sah ihn aber weiterhin geistesabwesend an. »Diese Beweise hier sind mein Ticket aus der Hölle. Ich werde Olivia verlassen, sobald sie aus dem Sanatorium kommt, was nicht mehr allzu lange dauern sollte. Natürlich wird sie versuchen, mich daran zu hindern, und bestimmt wird sie meine Entscheidung nur schwer verkraften. Deshalb muss ich dich bitten, auf sie aufzupassen. Eines Tages wird auch sie einsehen, dass unsere Ehe ein Fehler war. Dass ich sie nie hätte glücklich machen können. Sie war damals noch ein Kind, es trifft sie keine Schuld, auch wenn es schmerzt, dass sie nie aufrichtig zu mir war. Mein größtes Problem wird jedoch Joseph Wulf sein, der mir niemals gestatten wird, diese Stadt unversehrt zu verlassen. Ich sag es dir ganz ehrlich: Ich fürchte um mein Leben. Bis heute weiß ich nicht, was seine Motivation war oder ist, mich an seine Familie zu ketten. Doch bevor ich verschwinde, werde ich ihm mein Wissen über seine wahre Identität offenbaren.«

»Ich verstehe, du willst ihn erpressen. Hältst du das für klug, wenn er wirklich so grausam ist? Und welche Rolle werde ich in diesem Stück einnehmen?«

James konnte es selbst nicht glauben, so etwas jemals in Alexanders Richtung zu äußern, und dennoch tat er es: »Du wirst meine Lebensversicherung sein.«

»Keine Ahnung, was du damit meinst.«

»Ich werde Joseph ausrichten, dass ich diese Beweismittel jemandem anvertraut habe, der nicht mit der Wimper zucken würde, sie zu veröffentlichen, falls mir oder der Frau, die ich liebe, etwas zustoßen sollte.«

Alexander sah ihn erstaunt an. »Warum ich?«

»Weil niemand damit rechnen würde, dass ich dieses Material meinem Nebenbuhler anvertraue. Auch ein Joseph Wulf nicht. Ganz einfach. Also, Alex, kann ich dir in dieser Hinsicht vertrauen?«

Noch immer war Bloomberg blass um die Nase und er grübelte offensichtlich, wie er sich entscheiden sollte. Rasch nahm er noch einen Schluck von seinem Bier, als wollte er sich auf diese Weise Wagemut antrinken.

»Ja, Morgan. Du kannst mir vertrauen. Das schwöre ich dir. Wirst du Olivia von deiner Entdeckung erzählen, wenn du sie verlässt?«

James schüttelte energisch den Kopf. »Nein! Ich verlasse sie nicht aufgrund ihrer Vergangenheit, obwohl mir diese Enthüllung einen gehörigen Schlag in die Magengrube versetzt hat. Sie war noch ein Kind, ein kleines Mädchen, aber dennoch hat sie mir niemals die Wahrheit erzählt. Ich weiß, sie hat es mir aus Angst verschwiegen. Mein Entschluss, sie zu verlassen, stand jedoch schon vorher fest und das hat nichts mit ihrem Vorleben oder ihrer jetzigen Verfassung zu tun.«

»Daran wird sie zerbrechen«, sagte Alexander erkennbar mitgenommen.

»Nein, Alex, das wird sie nicht. Du wirst an ihrer Seite sein und sie auffangen. Mit dir als Stütze wird sie gesunden und dir auf ewig dankbar sein. Lass sie nicht im Stich. Versprich es mir.«

Sichtlich fertig fuhr Bloomberg sich durch das hellbraune Haar. »Ich verspreche es.«

»Versichere mir, dass du die Fotos an einem sicheren Ort aufbewahren wirst und diese erst veröffentlichst, wenn … du weißt schon. Jeden ersten Dienstag im Monat werde ich dich kontaktieren und dir ein Lebenszeichen geben. Wenn dein Telefon stillbleibt, weißt du, was zu tun ist.«

»In Ordnung.«

»Gut«, sagte James, zückte aus seiner Hosentasche ein paar Münzen und warf sie auf den Tisch, um den Kaffee zu bezahlen. »Ich muss jetzt gehen.« Er wollte gerade aufstehen, da packte Alexander ihn am Handgelenk. »Was denn noch?«

Bloomberg schaute auf den Umschlag, der nun in seinem Besitz war. »Das ist eine heikle Angelegenheit, James. Ich verstehe, dass du dich hiermit freikaufen willst, wirklich, und ich werde dir helfen, weil ich sie liebe. Aber meinst du nicht, dass wir diese Information besser weiterleiten sollten? Wulf ist vermutlich ein Massenmörder, der auf eine Anklagebank gehört und nicht der Selbstjustiz überlassen werden sollte.«

In James' Gesicht zuckte es.

»Natürlich gehört er angeklagt«, erwiderte er deutlich und mit kräftiger Stimme. Er lehnte sich zu ihm vor und blickte ihm mit warnenden Augen entgegen. »Hör zu,

Alexander! Wie du gerade selbst gesagt hast, ist das eine heikle Angelegenheit. Jeder einzelne Schritt muss gut überlegt und durchdacht sein. Glaubst du, ich hätte mir darüber bislang keine Gedanken gemacht? Wir können nicht einfach die Bilder der ›New York Times‹ zuspielen oder zur Polizei gehen und abwarten, was passiert. Joseph verfügt über einflussreiche Beziehungen in allen Klassen. Ein Aktenkoffer voller Geld und ein wenig Druck würden sicherlich genügen, um mögliche Anschuldigungen im Keim ersticken zu lassen. Alex, dann bin ich ein toter Mann – genau wie du.«

»Wahrscheinlich hast du recht«, sagte Bloomberg mit einem tiefen Seufzen. Die Angst war ihm regelrecht anzusehen. Sie alle hatten unter Wulf zu leiden, doch das sollte bald ein Ende haben.

»Überlass mir das weitere Vorgehen. Schütze du nur dich und Olivia.« Er stand auf und legte seine Hand auf Alexanders hängende Schulter, eine beinahe brüderliche Geste. »Ich schwöre, ich sorge dafür, dass diese Bestie in einer Zelle verrotten wird.«

»James, was du da vorhast, ist lebensmüde, wenn nicht gleich der absolute Wahnsinn.«

»Ich muss es wagen. Für Liz. Für uns. Und wenn es das Letzte ist, was ich tue.«

Schneeflocken begleiteten James auf seinem Rückweg zum Wulf-Anwesen. Noch immer war er angespannt, doch er bemerkte, wie sich der enorme Druck, der sich seit Tagen über seinem Brustkorb ausgedehnt hatte, langsam zu verflüchtigen begann.

Der Anfang war getan und alles verlief nach Plan. Die Beweise waren gesichert, die Bilder entwickelt. Ja, er hatte große Bedenken verspürt, Alex einzuweihen. Einen arroganten Schnösel, aufgewachsen in der goldglänzenden Welt der

Oberflächlichkeiten, in der nichts anderes zählte als Äußerlichkeiten und Geld – sehr viel Geld. Doch James musste zugeben, sich in diesem Beau geirrt zu haben. Außerdem hatte er keine andere Wahl gehabt. Alexanders Wunsch nach einer gerechten Strafe, die Joseph ohne Wenn und Aber verdiente, überraschte ihn sehr. Tatsächlich hatte sein einstiger Rivale vollkommen recht. Wulf gehörte angeklagt.

Aber eins nach dem anderen. Erst musste James seine Freiheit zurückerlangen.

Er gelangte auf die East 57th Street. Schlagartig blieb er einige Meter vor dem Eingang des Wohngebäudes stehen und blickte entsetzt zur schwarzen Wulf-Limousine, die am Straßenrand parkte. Kurt, Josephs widerlicher Handlanger, trug eine große Reisetasche und mit der freien Hand öffnete er die hintere Tür des Wagens.

Da war sie. James zog erschrocken die Luft ein.

Olivia entstieg der Limousine. Sie sah aus, als kehrte sie gerade von einem wochenlangen Aufenthalt in einem Four Seasons Hotel heim und wirkte so gar nicht wie eine soeben entlassene Patientin eines Sanatoriums. Das dunkle Haar war ordentlich frisiert, die Lippen aufreizend rot geschminkt und der schwarze Hosenanzug, der unter ihrem Mantel hervorlugte, unterstrich das mondäne Erscheinungsbild seiner Frau – eine Augenweide wie eh und je. Das musste selbst er anerkennen.

James presste sich mit dem Rücken gegen die Fassade des Nebengebäudes, um unentdeckt zu bleiben. Er beobachtete seine Frau, die mit selbstbewusstem Gang am Pförtner vorbeischritt, diesen nur mit einem hochmütigen Nicken begrüßte und dann im Inneren des Hochhauses verschwand. Noch in diesem Augenblick wurde ihm bewusst, dass sie die zerbrechliche und durchaus sanfte Olivia im Sanatorium zurückgelassen hatte. Zurück war die selbstverliebte, rücksichtlose

Manhattan-Prinzessin, die er so sehr verabscheute wie kaum sonst jemanden. Ihren Vater ausgenommen. Olivia war ein Mensch mit zwei Gesichtern.

Ihr guten Geister, steht mir bei, wenn ich dieser Person gegenübertreten muss, dachte er und ballte die Hand zu einer Faust.

James hatte direkt nach seinem Treffen mit Alexander zum Telefon greifen wollen, um Elizabeth anzurufen. Leider hatte er es vor zwei Tagen völlig vergessen, was ihm gar nicht ähnlich sah. Doch er hatte sich nach seinem verstörenden Fund in Josephs Geheimzimmer so sehr betrunken, dass er schlichtweg nicht mehr an das versprochene Telefonat gedacht hatte. Hoffentlich machte sie sich keine Sorgen um ihn.

Du Idiot!

Heute war Samstag und er hatte bereits am Morgen versucht, sie auf Morgan's Hall zu erreichen, doch er hatte kein Freizeichen erhalten.

Bevor er gleich die Schwelle zur Ehehölle betrat, musste er eine Telefonzelle aufsuchen, um Elizabeth erneut zu kontaktieren, damit sie ein Lebenszeichen von ihm erhielt.

Gerade wollte er losmarschieren, da setzte sein Herzschlag abrupt aus. James riss entsetzt die Augen auf.

Die Speisekammer! Verfluchte scheiße!, leuchtete es in seinem Kopf rot auf. Hatte er die Speisekammer zugeschlossen? Er war sich nicht sicher und versuchte daher, sich all seine Handlungen, bevor er die Wohnung am heutigen Vormittag verlassen hatte, in Erinnerung zu rufen. Jetzt wusste er nicht mehr, ob er die Tür verriegelt hatte. Der längliche Messingschlüssel befand sich nicht in seiner Hosentasche, wo er ihn in den letzten vierundzwanzig Stunden aufbewahrt hatte, wann immer er die Kammer verlassen hatte. Selbst wenn er die Toilette benutzt hatte, hatte er diese *verdammte* Tür verschlossen und nun schien er es tatsächlich vor lauter Kopflosigkeit vergessen zu haben. Der Gipfel der Torheit!

James konnte keinen klaren Gedanken fassen, drehte auf dem Absatz um und rannte wie von einem Höllenhund getrieben in die *Nibelungen*-Lobby des Hauses. Ohne auch nur aufzublicken, stürmte er an einem verwunderten Concierge vorbei, geradewegs zum Aufzug. Olivia musste bereits oben angekommen sein. Mehrmals drückte er auf den Schalter, in der stillen Hoffnung, dass sich der Lift schneller nach unten bewegte.

»Sir, Ihre Frau ist soeben zurückgekehrt.«

»Danke«, erwiderte er außer Atem, während sich endlich die Fahrstuhltür öffnete und er eintrat.

Beruhig dich, James, ermahnte er sich selbst und holte tief Luft. Anschließend wischte er sich die schweißnassen Hände an seinem Mantel trocken. Verzweifelt suchte er nach einer plausiblen Erklärung für die Chemikalien, die Minolta-Kamera und das Rotlicht in der Kammer. Dinge, die er benötigt hatte, um Olivias Vater zu vernichten - und vielleicht auch sie. Zum Glück hatte er die Originale sicher in einem der vielen Kartons seiner beschriebenen Notenblätter aufbewahrt, die sich in dem Gästezimmer direkt neben dem Wohnbereich stapelten. Ein besseres Versteck war ihm nicht eingefallen.

Inständig hoffte er, dass er wenigstens diese Tür zugezogen hatte, wenn er schon so töricht gewesen war, die der Kammer nicht zu verriegeln.

Behäbig öffnete sich die Tür des Aufzugs und James hastete hinaus, blieb kurz stehen und mahnte sich abermals zu mehr Gelassenheit. Sobald er dieses Apartment betreten würde, musste er unaufgeregt erscheinen. Er drehte am Türknopf und betrat den schmalen Flur. Alles war still. Mit langsamen

Schritten und auf Zehenspitzen ging er ins Wohnzimmer. Sein erster Blick wanderte zur angrenzenden Küche. James tat es mit bleichem Gesicht und einem Herzschlag, der so unregelmäßig schlug, dass er fast glaubte, jeden Augenblick tot umfallen zu müssen.

Leise wie eine Katze auf Samtpfoten schlich er in die Küche, drehte sich mehrmals um und fürchtete sich schon vor Olivias finsterem Ausdruck. In seiner Vorstellung hielt sie die Minolta in der einen Hand und die Rotlichtlampe in der anderen.

Die Tür war verschlossen, Gott sei Dank. Er fand den Schlüssel zur Speisekammer auf der Marmorarbeitsplatte und ließ ihn unverzüglich in seiner Hosentasche verschwinden.

So viel Glück kann nur ein Dummkopf haben, dachte er, bevor er sich noch einmal umsah und dann mit gerader Haltung wieder ins Wohnzimmer marschierte. Olivias Reisetasche lag mitten auf dem Fußboden. Ihr Mantel hing über dem braunen Ledersofa und die Pumps standen vor der Wendeltreppe, die zur Galerie führte. Er blickte zur oberen Etage hinauf und erkannte an den weißen Wänden Olivias Schattentanz. Offenbar war sie in ihrem Boudoir, um sich umzukleiden, wie er annahm.

»Olivia?«, rief er und war bemüht, so unaufgeregt wie möglich zu klingen. Prompt hörte er ihre Schritte, als sie aus dem Ankleidezimmer stürmte. Am Treppengeländer blieb sie stehen und richtete ihren Blick auf ihn. Mit noch immer roten Lippen lächelte sie ihm entgegen. James erkannte in ihr nicht die Frau wieder, die er geheiratet hatte.

Er sah das Lächeln eines kleinen Mädchens, das vor einer Bergkette auf Adolf Hitlers Arm saß. Ein Bild, das sich für alle Zeiten in sein Hirn gebrannt hatte. Nie würde er es wieder loswerden können. Nein, er hatte mit dieser Frau abgeschlossen.

Freudestrahlend rannte sie die Wendeltreppe herunter. »Meine Güte, wo bist du denn gewesen?«

Er kam überhaupt nicht dazu, ihr eine Lüge aufzutischen, denn sie legte ihre Arme um seine Schultern und bedeckte sein Gesicht mit Küssen. Irgendetwas schnurrte und säuselte sie ihm ins Ohr, das er aber nicht verstand oder eher nicht verstehen wollte.

Eine Sekunde lang blickte er in zwei verschlagene blaugraue Augen.

Verdammte Lügnerin! Ein hartes Urteil, aber Olivia Wulf war eine mit allen Wassern gewaschene Lügnerin. Nichts weiter. Sie wusste, dass seine Ziehmutter Isabelle aus Wien vor den Nazis geflohen war. Geflüchtet – in dem Wissen, dass ihre ganze Familie deportiert beziehungsweise umgebracht wurde. Getötet von Menschen wie Olivias Vater.

Sie wusste es! Sie wusste es! Sie wusste es!

Und hier stand sie und lächelte ihm entgegen.

Was James jedoch rückblickend noch mehr schockierte, war der Umstand, dass Olivia nicht einmal mit der Wimper gezuckt hatte, als er ihr von Isabelles Schicksal erzählt hatte.

»Ich kann dir gar nicht sagen, wie froh ich bin, wieder bei dir zu sein«, hauchte sie, während sie seinen Hals küsste. »Weihnachten in diesem Sanatorium hätte ich nicht überlebt.«

»Als ich dich das letzte Mal besucht habe, dachte ich, es würde noch eine Weile dauern, bis Doktor Anderson dich entlassen kann. Das ist nicht einmal zwei Wochen her«, sagte er völlig ratlos.

»Das hört sich ja fast so an, als würdest du wollen, dass ich weiterhin in dieser schrecklichen Anstalt verwahrlose.«

»Natürlich nicht, Olivia, aber deine Entlassung kam nun doch sehr kurzfristig und äußerst überraschend, findest du nicht?«

»Doktor Anderson meinte, die Therapie sei zu seiner vollsten Zufriedenheit verlaufen und er glaubte, es würde mir guttun, Weihnachten mit meinem Ehemann zu verbringen. Ich fühle mich blendend, James. Das ist doch die Hauptsache, oder?« Forschend sah sie ihn an.

Darauf hatte James keine Antwort parat, er stand nur da und nickte. Sie befreite ihn von seinem Mantel, der zu Boden fiel, und mit flinken Fingern knöpfte sie sein Hemd auf. Innerlich seufzte er schwer und hätte sie zu ihm aufgeschaut, so wäre ihr sein verbittertes Gesicht nicht verborgen geblieben.

Nein, er konnte nicht mit ihr schlafen. Sein sexuelles Verlangen nach ihr war schon erloschen, bevor er Elizabeth in Berlin wiedergetroffen hatte. Erst sie hatte seine Sehnsucht nach körperlicher Intimität aus einem langen traumlosen Schlaf geweckt. Allerdings fiel James kein Fluchtweg ein. Olivia war ein halbes Jahr von ihm getrennt gewesen, war nun mit einem übergroßen Kinderwunsch erfüllt und ihm waren die Hände gebunden. Ihm war bewusst, dass sie ein Baby wollte, um dieser Ehe einen Sinn zu geben, schließlich war der kleine Charlie, der in ihrem Leib verstorben war, der einzige Grund gewesen, weshalb sie sich auch heute noch gegenüberstanden. Das wusste sie. Wäre sie damals nicht schwanger geworden, hätte er schon längst die Flucht ergriffen. Viele Male hatte er einen Plan ausgeheckt, um sich aus den Fängen der Wulfs zu befreien. In einer Nacht-und-Nebel-Aktion hatte er New York verlassen und irgendwo auf der Welt untertauchen wollen, bis er eines Tages in Vergessenheit geraten wäre, um dann nach Morgan's Hall zurückzukehren. Aber er war zu feige gewesen, wollte – auf Teufel komm raus – seine musikalische Karriere nicht aufgeben. Ein Lebenstraum, der jetzt so unbedeutend geworden war.

Was hatte Phil ihm in jenem Traum von neulich Nacht gesagt? Dass er mit seiner Musik nichts erreichen, aber auch nicht daran zerbrechen, sondern zu seiner eigentlichen Existenz finden würde.

Wie recht er doch hatte.

Das Wesentliche seiner Existenz hatte einen Namen: Elizabeth. Jede Zelle seines Körpers schrie nach ihr.

»Lass das!«, brach es aus ihm heraus. Intuitiv trat er einen Schritt zurück. Es war seine Zunge, die schneller als der Verstand agiert hatte. Olivia ließ ihn erschrocken los. Er nahm nichts anderes mehr wahr als seine Abscheu vor ihr.

»Was ist denn in dich gefahren?«, fauchte sie.

Er betrachtete Olivias empörtes Gesicht, vergaß jegliche Sympathie, die er durchaus einst für sie verspürt hatte, als es ihr schlecht ergangen war. Aber das war nichts weiter als Mitleid gewesen, keine Liebe – nicht einmal Freundschaft.

Vielleicht sollte er die Sache genau hier und jetzt zu Ende führen.

James kam wieder zur Besinnung. Nun war nicht der richtige Zeitpunkt, er musste seinem ursprünglichen Plan folgen, sonst würde er alles gefährden. Dieser Frau traute er nicht über den Weg.

»Tut mir leid, Olivia«, sagte er mühsam, »ich war nur nicht auf deine überraschende Rückkehr vorbereitet. Und ich bin übermüdet. In den vergangenen Nächten habe ich an Kompositionen gearbeitet. Lass es uns doch langsam angehen. Leb dich erst einmal wieder zu Hause ein. Wir müssen nichts überstürzen. Wir haben alle Zeit der Welt. Warum hast du mich denn nicht angerufen? Livi, ich hätte dich abgeholt.«

Seine Frau war zu schlau, als dass er ihr hätte etwas vormachen können. Er wusste, dass sie ihm die Rolle des überraschten und ausgelaugten Ehemanns nicht abnahm. Sie roch den verdorbenen Braten.

»Ich wollte dich überraschen. Das scheint mir gelungen zu sein, so entgeistert wie du gerade vor mir stehst und mich ansiehst.«

Sie hob das Kinn, demonstrierte damit ihre strenge Schönheit, das geradezu aristokratische Gesicht, verdeutlichte mit dieser Geste ihre ewige Überlegenheit.

Die zerbrechliche Livi, die ihr Seelenleid mit Pinsel und Ölfarbe auf weißer Leinwand zum Ausdruck gebracht hatte, war hinter den hohen Mauern des Sanatoriums zurückgeblieben. Für einen Moment bedauerte James diesen Umstand. Andererseits machte sie es ihm als kaltherzige *Grande Dame* leichter. Mit ihr musste er wirklich kein Mitleid haben. Viel zu viel Lebenszeit und Glück hatte sie ihm schon gestohlen.

Olivia kam abermals näher und sah ihn stumm an, als wollte sie seine Gedanken lesen. Sie streichelte seine Wange. »Vielleicht müssen wir uns erst einmal wieder aneinander gewöhnen, du hast recht«, flüsterte sie und blickte dann zur Galerie hinauf. »Ich werde ein Bad nehmen.«

»In Ordnung.«

Sie küsste ihn und stieg daraufhin die Treppe hinauf. Er beobachtete jeden ihrer Schritte, bis sie oben an der Empore stehen blieb und zu ihm heruntersah. »Du solltest deine Koffer packen.«

James riss die Augen auf. Was hatte sie da gerade gesagt?

»Wie meinst du das?«

»Wir reisen doch übermorgen ab, Darling.«

Er runzelte die Stirn, was spielte sie jetzt wieder für ein Spiel?

»Na, Heiligabend fahren wir mit Vater in unser Haus nach Montauk. Wie jedes Jahr zu Weihnachten.«

Aber natürlich. Wie hatte er das nur vergessen können? Die Enttäuschung, die sich in ihm ausbreitete, war übergroß. Für den Bruchteil einer Sekunde hatte er doch geglaubt, Olivia würde ihn gehen lassen. Allerdings, und das musste er zugeben, stieg auch ein Funken Freude in ihm auf. Vorfreude. Niemals würde er mit dieser Familienbande in das von ihm verhasste Küstennest Montauk verreisen. Eher würde er sich die Hand abhacken. Doch eines war nun gewiss: Morgen war der 23. Dezember – Tag der Abrechnung. Keinen Tag länger würde er warten.

»Kannst du eine Schallplatte auflegen? Ich lasse die Badezimmertür offen, um die Musik zu hören.«

»Sicher.«

Olivia verschwand ins Bad und James hörte, wie sie das Wasser einließ. Er ging zum Schallplattenspieler und durchwühlte die gigantische Musiksammlung, die sich in den vergangenen Jahren angehäuft hatte. Er wollte nicht lange herumsuchen, schließlich musste er noch das Equipment aus der Speisekammer beseitigen. Ein diabolisches Grinsen glitt über seine Lippen. Eine bessere Gelegenheit hätte sie ihm mit ihrem Bad nicht bieten können. Manchmal lag sie Stunden in der Wanne, ließ immer wieder heißes Wasser nachlaufen.

Als er mit flinken Fingern die Schallplatten durchforstete, stach ihm ein Album ins Auge.

›Tristan und Isolde‹, dirigiert von Herbert von Karajan aus dem Jahr 1952, aufgenommen während der Bayreuther Festspiele. Das musikalische Erbe eines kontrovers diskutierten Komponisten, aber hochverehrt und vergöttert von Joseph Wulf, alias Obersturmbannführer Konrad Dietrich. Alles machte nun einen Sinn und jedes Puzzleteil fügte sich zusammen.

Richard Wagner, ein Mann, der als Antisemit galt und dessen Kompositionen besonders von *einer* Spezies Mensch oder eher Unmensch geliebt worden waren: den Nazis.

James entnahm das Vinyl seiner Hülle, verlor ein Lächeln der Verbitterung und die dramatischen Klänge von ›Liebestod‹ hallten durch die hohen Räume dieses dunklen Königreichs.

Kein anderes Werk hätte passender sein können.

Liebestod

New York City, 22. Dezember 1962

Das war nicht gerade das, was ich hören wollte!«, rief Olivia aus der Badewanne. James schien von ihrem Rufen keine Notiz zu nehmen. Kein Wunder, denn die Musik dröhnte lautstark durch die hellhörige Wohnung.

Liebestod?, fragte sie sich. Dieses Stück spielte er nicht ohne Hintergedanken. Nein, ganz gewiss nicht. Das Wiedersehen mit ihm hatte sie sich durchaus anders vorgestellt. Freudiger, leidenschaftlicher, doch stattdessen hatte unter ihnen eine angespannte, distanzierte, ja fast eisige Stimmung geherrscht. Natürlich, ihre Beziehung war in letzter Zeit schwierig gewesen, aber dennoch – da stimmte etwas nicht. Wie sehr sie es verabscheute, belogen und für dumm verkauft zu werden.

Ich weiß es, du Mistkerl. Ich weiß es. Du ahnst nicht, wie sehr ich dich für deinen Betrug verachte.

Mit einer Rasierklinge glitt sie über ihr Bein, spürte den in sich aufkeimenden, unbändigen Hass, der ein Ventil benötigte, um entweichen zu können. Er ergriff sie in letzter Zeit viel zu häufig. Sie zwang die scharfe Klinge in die Haut, zog sie vom Fußknöchel bis zum unteren Bereich ihres Schenkels und hinterließ eine dünne rote Spur. Olivia schloss die Augen, ließ den Hass hinaustreten und fühlte den brennenden Schmerz des Einschnitts. Sie konzentrierte alles darauf, während kein Ton ihre Lippen verließ. Sacht tauchte sie das Bein wieder in das warme Badewasser.

Der Hass war fort, zurück blieb der unliebsame andere Weggefährte: Angst.

Nur ihrem ausgezeichneten schauspielerischen Talent hatte sie es zu verdanken, dass ihr behandelnder Arzt, Doktor Anderson, tatsächlich glaubte, Olivia wäre genesen. Sie hatte sich im vergangenen Sommer nicht um ihrer selbst willen einweisen lassen, denn sie kannte ihre bösen Dämonen. Sie hatte es James zuliebe getan. Vielleicht hatte sie sogar unterbewusst gehofft, der Irrenarzt könnte ihr wirklich helfen.

Aber wie sollte ihr ein Seelenklempner von Nutzen sein, wenn sie ihm nicht die Wahrheit sagen konnte? Niemand konnte die hohen Mauern bezwingen, die sie um sich herum errichtet hatte. Und so hatte sie getan, was getan werden musste: Sie manipulierte auch diesen Mann, wie schon so viele andere vor ihm. Früher hatte Olivia von Weltschmerz gesprochen, der ihre Seele mit Trauer erfüllte – das hatte immer geholfen. Die Rolle der Depressiven war ihr in all den Behandlungen der vergangenen Jahre in Fleisch und Blut übergegangen und sie wusste genau, wie sie sich in einer Therapie verhalten musste. Zunächst musste sie jegliche Hilfe verwehren, um schweigend in Einzelgesprächen vor dem jeweiligen Doktor zu sitzen, ihn jedoch mit den verletzten Augen eines kleinen Mädchens anzuschauen, bis sie irgendwann doch einen verfälschten Blick in ihr Innerstes gewährte. All diese Schauspielereien, die vielen Lügereien, dienten nur dem Zweck, an die Tabletten zu kommen, die Olivias Stimmung wahrhaftig aufhellten und seit ihrer Jugend ein fester Bestandteil ihres Lebens darstellten. Die Diagnose war immer dieselbe: Depression – vermutlich ausgelöst durch ein frühkindliches Trauma. Möglicherweise entsprach dieser Befund sogar der Wahrheit. Alle Ärzte, bei denen sie in

Behandlung war, befragten sie nach dem Verhältnis zu ihrem Vater, um Kindesmissbrauch auszuschließen. Missbrauch war jedoch sicherlich nicht der Auslöser gewesen, denn ihr Vater hatte sie niemals in der Nacht besucht, nicht einmal die Hand war ihm ausgerutscht. In all den Jahren nicht. Ein jeder Doktor war auf der Suche nach der Wurzel allen Übels. *Warum hatte dieses junge und schöne Mädchen jene selbstzerstörerische Neigung?*

Während ihrer Schulzeit hatte Olivia zweimal versucht, sich das Leben zu nehmen, weil sie die Schande ihrer Vergangenheit von Tag zu Tag mehr eingeholt hatte. Jedes Mal war es ihr Vater gewesen, der sie im letzten Moment *retten* konnte.

Ausgerechnet er.

Konrad Dietrich – *Genickschuss-Dietrich*.

Einzig und allein er war der Grund für ihren ewigen Drang zur Selbstzerstörung und des Hasses, den sie inzwischen gegen sich selbst richtete, weil sie in all den Jahren über seine und letztendlich auch ihre wahre Identität geschwiegen hatte.

Wie hätte sie einem Arzt davon erzählen sollen? Wie? Die vergangenen sechs Monate waren reine Zeitverschwendung gewesen. Olivia hatte nach Hause zurückkehren müssen. Und zwar schleunigst. Also hatte sie die Optimistin gemimt, die Geheilte, die Glückliche, sodass Doktor Anderson mit einem optimistischen Lächeln ihre Entlassungspapiere unterschrieben hatte. Er war eben ein Narr wie alle anderen vor ihm auch.

In einem hatte er allerdings in seiner Diagnose recht behalten: Olivia litt an übergroßer Verlustangst. Etwas, das sie nicht gekannt hatte, bevor James Morgan ihr über den Weg gelaufen war. Er war ihr Ritter in glänzender Rüstung, der sie aus dem Turm des verwunschenen Schlosses retten sollte. Ja, so hatte sie ihn gesehen. Doch alles war anders gekommen, als sie es sich gewünscht hatte.

Mit ihrer Erlaubnis, James nach Europa aufbrechen zu lassen, damit er endlich wieder spielen konnte, hatte sie ihm etwas Gutes tun wollen. Jetzt verfluchte sie sich selbst für diesen Freibrief. Er war ein Mann wie jeder andere, sie hätte es wissen müssen.

Aber wer hätte ahnen können, dass dieses elende Miststück, Elizabeth Morgan, ihn während der Tournee mit dem Chamber Orchestra aufsuchen würde? Seit jeher war ihr dieses Landei ein Dorn im Auge gewesen. Nun wusste sie auch, warum.

Ach, hätte sie ihn doch nicht gehen lassen! Aber die starken Medikamente, die sie hatte einnehmen müssen, hatten sie weichgespült. Sie hatte sich der Hoffnung hingegeben, er wäre ihr für diese Gelegenheit unendlich dankbar und würde bis in alle Ewigkeit an ihrer Seite bleiben.

Wie hatte sie nur so naiv sein können?

Während einer seiner seltenen Besuche im Sanatorium hatte ihr Joseph offenbart, dass Elizabeth wieder in James' Leben getreten war, und Olivia hatte seit jenem Augenblick gewusst, dass diese Begegnung das Ende ihres Traums bedeutete.

Sie konnte sich noch gut an den Tag erinnern, als sie James zum ersten Mal begegnet war. Die Familie war an diesem Weihnachtsfest in New York geblieben und nicht, wie üblich, nach Montauk gefahren, da ein Wintersturm die Zufahrtsstraßen unpassierbar gemacht hatte. Sydney, eine damalige Kommilitonin, schlug an jenem Heiligabend vor, eine kleine Weihnachtsparty in Brooklyn zu besuchen, zu der auch Olivia als ehemalige Juilliard-Studentin eingeladen worden war. Nur widerwillig stimmte sie dem Vorschlag zu, wäre sie doch lieber in Manhattan geblieben, um den Abend in ihrem Lieblingsjazzklub in der 78th Street zu verbringen. Ein Ort, an dem sich Erwachsene trafen und keine grünohrigen Studenten, allesamt hoffnungslose Träumer, mit denen sie noch nie etwas hatte anfangen können. Allerdings war es recht früh und so bat sie Kurt, den Chauffeur und Leibwächter ihres Vaters, sie und ihre zwei Begleiterinnen nach Brooklyn zu fahren – zur Kinderparty dieses dümmlichen Juilliard-Püppchens Paula Wilks. Sie hatte Olivia bereits zum dritten Mal in Folge eingeladen. Wie sich das Naivchen freute, als sie auf ihrer Party aufschlug. Übertrieben lächerlich. Olivia verabscheute junge Frauen wie Paula. Frauen, die bei jeder Kleinigkeit vor Freude überschäumten, immerzu wie ein Flummi durch das Leben hüpften, als würden sie in all ihrer Unbeschwertheit stets über eine Blumenwiese tanzen. Das Leben war keine Sommerwiese. Zudem war diese Paula eines jener Mädchen, die Olivia als Kind gehänselt hatten, weil sie bei ihrer Ankunft in den Staaten noch kein Wort Englisch gesprochen hatte.

Das Schicksal führte sie also an diesem Abend nach Brooklyn. Und dort stand er, ihr James, neben einem kümmerlich geschmückten und wild blinkenden Weihnachtsbaum. Die schönen Hände umfassten den Hals einer Bierflasche. Olivia starrte ihn sprachlos an, völlig selbstvergessen. Ein Mann mit einer langen, schlanken und geschmeidigen Statur, einer breiten Brust und herrlich schmalen Hüften wirkte in diesem kleinbürgerlich anmutenden Salon wie ein griechischer Gott, der schönste Apoll aller Zeiten. Keine der neun Musen Hesiods wäre seiner Vollkommenheit gerecht geworden, hätte er für sie Modell gestanden. Sein ebenmäßiges Gesicht zeigte durchaus feminine Züge, doch nicht so stark ausgeprägt, als dass sich die Frauenwelt hätte Sorgen machen müssen, ihn möglicherweise an das andere Geschlecht zu verlieren. Die Nase war gerade, die Wangenknochen hoch, der Mund sanft geschwungen. Und so unglaublich sinnlich, dass sie ihn am liebsten direkt geküsst hätte. Ja, vor ihr stand der schönste Mann der Welt.

Lange hatte es nicht gedauert, bis er auf sie aufmerksam geworden war, was keinem Wunder gleichkam, denn eine kreischend-fröhliche Paula kam auf Olivia zugestürmt, als sie den Raum betrat. Doch dieses theatralische Gehabe führte schließlich dazu, dass er sich ihr zuwandte. Er lächelte sanftmütig, und dieses Lächeln riss ihr den Atem aus der Brust. Sein leises »Hallo« offenbarte eine samtig weiche Stimme und ihre Knie zitterten. Diese Augen – oh, diese tiefblauen Augen – schäumten über voll Melancholie.

Sie kämpfte in jenem Moment mit hundert undefinierbaren Gefühlen, die von allen Seiten auf sie hereinstürzten. Schon in der allerersten Sekunde wurde ihr bewusst, dass es dieser Mann für sie sein sollte und kein anderer. Dass es James sein musste.

Allerdings übte sie sich in Zurückhaltung und versuchte, diese unerwartete Zuneigung umgehend zu unterdrücken, und legte die Maske auf, die jeder mit Olivia Wulf assoziierte: Arroganz. Eine Verkleidung, hinter der sie ihr wahres Ich verbarg. Das Ich einer sich selbst hassenden Frau, die ihr eigenes Spiegelbild verabscheute und für andere Menschen weder tiefe Zuneigung noch Mitleid empfinden konnte. Niemals hatte sie zuvor einen Mann wirklich lieben können, hatte das andere Geschlecht bislang nur der fleischlichen Befriedigung gedient, die nicht in sexueller Wollust begründet gewesen war, sondern in dem Wunsch, ein Lebenszeichen ihres eigenen Körpers zu erhaschen. Sonst war sie wie tot gewesen. Doch wenn man sie hart genommen hatte, so hart, dass sie die meisten ihrer Liebhaber sprachlos zurückgelassen hatte, dann hatte sie einen Funken Lebendigkeit in sich gespürt.

Alexander Bloomberg war so ein armer Teufel gewesen, der nach ihrer ersten gemeinsamen Nacht noch Minuten mit einem offenen Mund neben ihr gelegen hatte, weil er nicht hatte fassen können, was mit ihm geschehen war. Aber er war ihr verfallen und hatte in der sich anschließenden Zeit versucht, dieser libidinösen Aggressivität gerecht zu werden. Leider war er zu liebebedürftig gewesen, sodass er sie irgendwann gelangweilt hatte. Nur hatte Olivia damals nicht damit gerechnet, dass er sich in sie verlieben würde und nicht einfach aufgeben wollte. Eine Zeitlang hatte sie mit Alexanders Liebesbezeugungen gelebt, bis ihr James Morgan über den Weg lief und sie diesen liebestollen Trottel loswerden musste.

Sie bat Kurt, der Mann fürs Grobe, Alexander einen kleinen Denkzettel zu verpassen. Nachdem er ihm die Nase gebrochen hatte, richtete Kurt ihm einen Gruß von Joseph Wulf aus – verbunden mit der Warnung, sich zukünftig von dessen Tochter fernzuhalten.

Ihr Vater hatte sich zwar nie von der Idee begeistert gezeigt, dass Olivia mit dem Sohn seines größten Konkurrenten ausgegangen war, aber letztendlich war es ihm egal gewesen. Wie fast alles, was Olivia anging.

Vor anderen Leuten, vor allem dann, wenn es um seine korrupten Geschäftspartner ging, gab Joseph den stolzen Vater einer bildschönen, jungen Frau, die mit einem Augenaufschlag alle um den Finger wickeln konnte. Doch der große Mr Wulf, der auf jeden Menschen in seiner Umgebung furchteinflößende Autorität ausstrahlte, empfand für seine eigene Tochter nur tiefgründigen Abscheu. Vielleicht sogar Angst, weil sie wusste, wer er in Wirklichkeit war: Genickschuss-Dietrich.

Und genau dieses Wissen machte sie sich zunutze. Seit Jahren schon. Joseph Wulf tanzte nach ihrer Pfeife.

Zugegebenermaßen war es für Olivia ein Leichtes, James von sich zu überzeugen. Sie, die attraktive, wohlhabende und erfahrene Frau, deren Vater in der Lage war, ihm seinen allergrößten Herzenswunsch zu erfüllen. Sie wusste von Anfang an, dass er sie nicht ihretwegen mochte, sondern aufgrund der glorreichen Aussicht auf Ruhm in der Musikbranche.

Vielleicht wäre er zu einem der begnadetsten Pianisten der Welt avanciert … Ja, hätte sie diese Karriere nicht zu verhindern gewusst, denn sie ertrug die Vorstellung nicht, ihn allein in jene schillernde Welt hinauszuschicken. Eine Welt, in der ihm alles und jeder zu Füßen gelegen hätte, er ständiger Versuchung ausgesetzt gewesen wäre, weil Frauen genau das in ihm sahen, was Olivia von der ersten Sekunde an gesehen hatte: überwältigende körperliche und geistige Schönheit. Beides hatte sie für sich beanspruchen und doch nicht halten können.

Wie hätte sie nur ahnen sollen, dass nicht die ungenierten Femmes fatales dieser Erde in direkter Konkurrenz mit ihr stehen würden, sondern ein unbedarftes Mädchen vom Land, das ihr behäbiges Dasein auf einer Apfelbaumplantage fristete? Ein kleines blondes Aschenputtel, das in aller Stille von James zu seiner Königin gekrönt worden und somit zur Alleinherrscherin seines Herzens emporgestiegen war.

Alles hinter Olivias Rücken.

Sie konnte vieles verhindern, was James von ihr getrennt hätte, aber Elizabeth Morgan war für sie einfach nicht aus dem Weg zu räumen. Olivia wurde sich dieser Tatsache bewusst, als sie ihn zur Trauerfeier seines Vaters nach Morgan's Hall begleitete. Ihr entgingen seine Blicke nicht, die er diesem jungen Ding zuwarf, wann immer er glaubte, unbeobachtet zu sein. Augenblicke voller Liebe und Zärtlichkeit.

Niemals hatte James Olivia so angesehen. Nie. Da hatte sie verstanden, dass die beiden mehr verband.

Und diese Wahrheit schmerzte zutiefst. Natürlich hatte es Momente gegeben, die sie hatten hoffen lassen, dass er dieses Mädchen allmählich vergaß. Ihrer müde wurde und wieder eine echte Frau wollte. Charlie, ihr totes Baby, wäre eine Chance gewesen, um ihn für immer an sich zu binden. Doch Olivia war nicht so naiv gewesen, auch nur zu glauben, dass er nicht nur aus Pflichtbewusstsein bei ihr geblieben wäre.

Sein erschüttertes Gesicht, diese verlorenen Augen, die ihr entgegengeblickt hatten, als sie ihm von der Schwangerschaft erzählt hatte, hatten sich auf ewig in ihre Gedanken gefressen. Als hätte er auf der Stelle an einem gebrochenen Herzen sterben müssen. Genau in diesem Augenblick hatte sie erkannt, dass er sie tatsächlich nicht liebte, es wohl niemals tun würde. Dass er sich bei ihr in Gefangenschaft sah. Konnten Menschen wirklich an gebrochenem Herzen sterben? Olivia kannte solch ein übertriebenes Hinscheiden nur aus gefühlsduseligen und kitschigen Romanen, über die sie nur gelangweilt lächelte. Kein Wunder, dass sie diese sterbenden Figuren mit dem Prädikat *Versager* abstrafte. Jetzt aber war sie sich nicht mehr sicher, ob es diese Todesursache nicht doch gab. Was würde sie tun, wenn James aus ihrem Leben verschwand, ihrer entrissen von Elizabeth Morgan? Eine Welt ohne ihn wäre für sie sinnlos, war er doch zum Zentrum ihres gesamten Seins geworden. Er war der erste Mensch, für den sie Liebe empfand. Und da war sie wieder, diese innere Leere, dieses Wie-abgetötet-Sein.

Sie durfte nicht zulassen, dass er sie verließ. Er war ihr einziger Lebensfunke. Diese Vorstellung war unerträglich und sie knirschte voller Schmerz und Zorn mit den Zähnen. Die Musik aus ›Tristan und Isolde‹ fand ihren dramatischen Höhepunkt, den sie aber nur noch dumpf wahrnahm, da ihre Ohren inzwischen mit Wasser gefüllt waren. Allmählich verlor Olivia das Bewusstsein – alles rauschte und kribbelte in ihr. Immer weiter versank sie mit dem Gesicht in dem rötlichen Badewasser. Die Lippen waren bereits untergetaucht. In wenigen Sekunden würden sich auch Nase und Lunge mit dem Blutwasser füllen. Sie schloss die Augen. Vielleicht wäre es besser, dieser Welt und somit auch ihrem dunklen Gefängnis mit dem Tod zu entkommen. Sie müsste die Einsamkeit und die Trauer nicht ertragen, sobald James sie verließ. Denn das würde er unweigerlich tun, sie wusste es.

Als ihr die Luft zum Atmen wegblieb, riss sie die Lider auf.

Die innere Qual ließ sich nicht länger unterdrücken. Der Schmerz war ihr Lebensretter, wie schon so oft in der Vergangenheit, und da war wieder dieser Wille, nicht kampflos das Feld zu räumen. Panisch zog sie sich am Badewannenrand aus dem Wasser. Alles drehte sich und ihr wurde schwindelig, als sie ihren weißen, nackten Körper in dem tiefroten Badewasser sah. Der Schnitt musste tiefer gewesen sein, als sie es beabsichtigt hatte. Olivia wollte schreien, aber ihre Kehle war wie zugeschnürt. Sie wusste nicht, wie sie es anstellte, aber mit letzter Kraft schaffte sie es tatsächlich, aus der Badewanne zu entkommen. Als ihre Füße den Marmorboden berührten, schien es, als wären ihre Beine knochenlos, denn sie stürzte mit einem lauten Schlag auf die kalten Fliesen. Ein stummer Schrei entglitt ihr. Nur mühselig hielt sie die Augen auf, vernahm hastige Schritte, die die Treppe heraufliefen, sah James, der in das Badezimmer hereinstürzte und auf sie zustürmte.

»Großer Gott, was hast du getan?«, brüllte er, doch es hörte sich an, als wäre er meilenweit entfernt.

Er bückte sich und hob sie vorsichtig in seine Arme. Als sie ihr Gesicht an seine Schulter bettete und seinen vertrauten Duft wahrnahm, lächelte sie und spürte eine Geborgenheit, wie sie sie nur bei James fand. Dann verlor sie die Besinnung.

Als sie wieder erwachte, wanderte ihr Blick orientierungslos hin und her. Sie lag in ihrem Bett. Draußen war es dunkel, es musste mitten in der Nacht sein. Ihre Nachttischlampe war eingeschaltet und daneben befanden sich ihre Medikamentendosen. Olivia fühlte sich zu erledigt, um sich aufzurichten, doch Schmerzen empfand sie nicht. Sie hörte ein tiefes Schlucken und als sie sich kraftlos umwandte, entdeckte sie James' Umrisse. Er saß im Halbschatten in einer Ecke des Schlafzimmers auf einem Sessel und hatte den Kopf gesenkt. Die Schultern wirkten wie niedergedrückt und die schönen Hände ruhten ratlos auf seinen Oberschenkeln.

»Wie lange habe ich geschlafen?«, fragte sie mit heiserer Stimme.

Es dauerte, bis er ihr leise antwortete: »Fast sechs Stunden.« James richtete sich kerzengerade auf, erhob sich, starrte sie dabei konsterniert an und wanderte dann ruhelos im Raum auf und ab. Sie ließ ihn keine Sekunde aus den Augen. Schließlich blieb er vor ihr stehen und verzog das Gesicht. »Was zur Hölle sollte das, Olivia? Du hast mir einen Riesenschrecken eingejagt.«

Sie schüttelte den Kopf, erinnerte sich nur vage an das, was geschehen war. »Ich weiß nicht, was passiert ist.«

James griff nach ihrer Bettdecke, zog sie hastig von ihrem Körper. Sie spürte seinen Zorn und blickte an sich hinunter. Sie trug ihr weißes Nachtkleid, das er ihr wohl übergezogen hatte, und um ihren linken Unterschenkel war ein Druckverband gebunden. Erst jetzt fiel ihr auf, dass er nicht mehr dasselbe Hemd trug wie noch am Nachmittag. Wahrscheinlich war seine Kleidung voller Blut gewesen, nachdem er sie neben der Badewanne gefunden hatte.

»Ich muss mich beim Rasieren geschnitten haben.«

»Olivia, das gesamte Badewasser war blutrot, du musst ewig lange darin gelegen haben. Warum hast du mich nicht gerufen?«

»Ich weiß es nicht, James. Ich denke, dass ich den Schnitt gar nicht wirklich bemerkt habe, und als ich aus der Badewanne steigen wollte, ist mir schwarz vor Augen geworden.« Sie lächelte schwach und hielt ihm ihre Hand entgegen. »Bist du wütend auf mich?«

Seine Miene blieb unverändert hart und sie erkannte nicht den Hauch von Mitgefühl darin, sah nicht die Sorge eines Ehemannes, der um die Gesundheit seiner Frau fürchtete. Mit seinen vor der Brust verschränkten Armen glich er eher einem strengen Vater, der sein ungezogenes Kind tadelte.

»Ich glaube nicht, dass das ein Unfall gewesen ist, Olivia. Das hast du absichtlich getan. Warum auch immer. Ein Beweis mehr dafür, dass du viel zu früh aus dem Sanatorium entlassen wurdest.« Er blickte zu ihrem verletzten Bein. »Ich habe euren Hausarzt kommen lassen. Zum Glück war die Schnittwunde nicht so tief, dass sie hätte genäht werden müssen. Durch das Wasser konnte das Blut nicht trocknen, sodass immer mehr nachgeflossen ist. Der Arzt hat die Wunde desinfiziert und mit einem Verband umwickelt. Hier ist ein Schmerzmittel.«

James entnahm einer der Medikamentendosen eine Tablette und reichte ihr diese, ebenso ein Glas Wasser. Hörig schluckte sie die Pille hinunter und trank, behielt ihn aber fest im Blick.

»Ich habe mich nicht absichtlich verwundet. Das musst du mir glauben.«

Ein resigniertes Seufzen kam aus seinem Mund. »Wie auch immer. Du solltest jetzt schlafen. Nimm am besten auch eine Schlaftablette. Hier!«

Auch diese Kapsel nahm sie ein. »James …«

»Schlaf jetzt!«, unterbrach er sie barsch, aber sie schüttelte energisch den Kopf und griff nach seiner Hand, weil er sich gerade umdrehen wollte, um das Schlafzimmer zu verlassen.

»Bitte, bleib bei mir.«

Reglos blieb er vor ihrem Bett stehen und sah sie eine gefühlte Ewigkeit lang an. Sie rechnete nicht damit, dass er ihr diesen Gefallen tun würde, aber zu ihrer großen Überraschung setzte er sich auf den Bettrand. Sie lächelte zärtlich, aber seine steife Haltung und der distanzierte Blick sagten mehr als tausend Worte.

Sie wusste, nun war der Moment der Offenbarung gekommen.

»Hör zu, Olivia, ich weiß, du hast die letzten Monate viel durchgemacht. Der Tod unseres Babys, der lange Aufenthalt im Sanatorium und … und alles, was du sonst noch mit dir herumträgst. Ich wollte dir niemals wehtun und ich habe wirklich geglaubt, ja gehofft, das mit uns könnte irgendwann funktionieren. Genau wie du, so habe auch ich mir gewünscht, unser Kind würde etwas verändern, aber diese Chance blieb uns verwehrt.« Zum ersten Mal berührte er ihre Hand freiwillig. »Ich kann nicht aus Mitleid mit dir zusammen sein, Livi, und es sträubt sich alles in mir, dir das in deiner derzeitigen Labilität sagen zu müssen, aber ich weiß nicht, ob es jemals einen guten Moment geben wird.« Der Glanz in seinen Augen verlor nichts an seiner Härte.

Ihre Lippen vibrierten. »Zum Henker, wovon redest du?«

»Während der Kuba-Sache war ich mit dem Orchester in Berlin und …« Sichtlich verzweifelt suchte er nach den richtigen Worten. »… nun ja, Elizabeth war auch dort.«

Langsam ließ sich Olivia in ihr Kissen zurückfallen. Instinktiv entzog sie ihm die Hand. Sie hatte ihren Vater angewiesen, James bei jedem seiner Schritte beschatten zu lassen, auch wenn Joseph dies eher widerwillig in Auftrag gegeben hatte. James erzählte ihr also nichts, was sie nicht schon wusste. Doch es war etwas ganz Anderes, es aus seinem Mund zu hören.

»Ach, das ist ja interessant«, sagte sie ruhig. »Hast du sie darum gebeten, dich während deiner Tournee zu besuchen?«

Mit überraschtem Ausdruck sah er sie an. »Nein, nein. Olivia, ich schwöre dir, dass das keine abgekartete Sache gewesen ist. Wirklich nicht. Elizabeth ist nach Berlin gereist, um mich zu sehen. Ich habe nichts von ihren Plänen gewusst. Aber, um ehrlich zu sein, war ich glücklich darüber, dass sie mich aufgesucht hat. Ich … ach ich …« Mit bedrückten Augen sah er sie wieder an und Olivia hielt den Atem an. »Du hast mir immer vorgeworfen, ich würde Elizabeth lieben. Ich habe es stets vehement bestritten, dabei hattest du vollkommen recht. Du wusstest es schon, bevor ich es selbst wusste. Ich habe so sehr versucht, sie zu vergessen, sie aus meinem Herzen zu verbannen und hinter mir zu lassen, aber das ist mir nie gelungen.«

»Hast du mit ihr geschlafen?« Sie schauderte allein beim Gedanken daran. »Ich will es wissen.«

»Ich bitte dich, Olivia«, wich er unglücklich aus. »Lass mich dich nicht noch unnötig quälen.«

»Sag es mir! Hast du mit ihr geschlafen?«, zürnte sie.

»Ja.« Er senkte den Kopf so tief, dass seine nächsten Worte gedämpft klangen. »Ja, ich habe mit ihr geschlafen.«

Olivia zwang sich, nicht die Beherrschung zu verlieren. Sie zog krampfhaft die Schultern an und wehrte sich gegen den Anfall tiefen Kummers, der sich unabwendbar in ihr ausbreitete. »Danke für deine Ehrlichkeit. Nun ja, Seitensprünge gibt es schließlich in den besten Ehen, nicht wahr, James?«

Er runzelte die Stirn und starrte sie verständnislos an. »Livi, das war nicht bloß ein Seitensprung. Und das weißt du.

Ich kann nicht aufhören, an sie zu denken. Alles in mir sehnt sich nach ihr. Ich kann und will das nicht mehr ignorieren.«

Wie ein hilfloser Junge sah er sie jetzt an, fand Olivia, was es nur noch schlimmer machte.

»Ich liebe Elizabeth.« Diese drei Wörter trafen sie mitten ins Herz. Ihr Innerstes zog sich zusammen und sie hielt der Verzweiflung nicht mehr stand. Trotzig und voll verletztem Stolz begegnete sie seinem Blick.

»Olivia«, sprach er mit ruhiger Stimme weiter, »ich weiß, dass ich dir damit sehr wehtue, aber ich will dich nicht mehr anlügen.«

Sie richtete sich auf, begann zu schluchzen, beherrschte sich jedoch sofort. »Du glaubst doch nicht, dass ich das einfach so hinnehme? Dass ich dich aufgebe, nur weil du deine Stiefschwester – oder was immer sie ist – gevögelt hast. Nein, mein Lieber, wir beide sind verheiratet und wir haben einen Schwur geleistet: in guten wie in schlechten Zeiten. Erinnerst du dich, James Morgan? Erinnerst du dich?«, schrie sie ihn an, hob die Hand und hielt ihm demonstrativ ihren Ehering vor die Nase.

»Es gab niemals gute Zeiten«, erwiderte er, immer noch vollkommen ruhig. Sie wusste nicht mehr weiter. Diese Entschlossenheit war eine Seite, die sie bislang nicht an ihm gekannt hatte. Alles an ihm wirkte wieder sehr schroff und verkniffen. »Lass uns morgen über alles Weitere sprechen.«

Olivia lächelte bittersüß und ließ sich gelassen zurückfallen, während er nun von der Bettkante aufstand.

»Für mich gibt es nichts zu besprechen.«

Er verließ das Schlafzimmer, ohne zurückzublicken.

Als sie hörte, wie sich unten eine Tür schloss, vermutlich die des Gästezimmers, weinte sie bitterlich. Die Schlaftablette zeigte ihre Wirkung, die Glieder wurden schlaffer und die Anspannung wich, aber sie durfte nicht schlafen, denn sie brauchte einen Plan. Ihr Vater war der einzige Mensch, der die Macht hatte, all das abzuwehren. Nein, sie musste verhindern, dass James sie verließ. Eher würde sie sterben, als ihn gehen zu lassen.

TEIL II

Die Winde des Winters

Die Verschwendung von Liebe

Morgan's Hall, 23. Dezember 1962

Isabelle öffnete die Ofentür und überprüfte den Bräunungsgrad der darin backenden Buchteln, die wie gewohnt einen Tag vor Weihnachten zum Nachmittagskaffee gereicht wurden.

Der wundervolle Duft von frischer Hefe, Vanille und Mohn, woraus die Füllung bestand, durchströmte das ganze Haus. Sie hatte einige Rezepte aus ihrer österreichischen Heimat im Hause der Morgans etabliert, die sich nun mit amerikanischen Leibspeisen vermischten. Neben einem Truthahn mit Cranberrysoße und Maisbrot wurden auch Käsespätzle serviert, die vor allem Elizabeth sehr liebte, sodass sie stets fast alles allein verschlang.

Suzie und Violett mussten sich um all die Kuchen kümmern, die morgen in der Stadt bei dem Weihnachtsmarkt angeboten werden sollten, der zum ersten Mal in Woodwall vor dem Rathaus veranstaltet wurde. Es war Isabelles Idee gewesen, jenen alten Brauch ihrer Heimat in dieser Kleinstadt einzuführen, tausende Meilen entfernt von Wien. John war sofort Feuer und Flamme für diesen Einfall gewesen, als sie ihm an einem Abend im Herbst vor dem Kaminfeuer voller Euphorie sämtliche Details geschildert hatte, die sie sich vom Weihnachtsmarkt am Stephansplatz bis heute in ihrer Erinnerung behalten hatte. Sie hatte ihm erzählt, wie sie als kleines Mädchen mit strahlenden Kinderaugen an all den wunderbar leuchtenden Buden und Verkaufsständen vorbeigezogen war. Isabelle hatte versucht, ihrem Mann die stimmungsvolle Atmosphäre näherzubringen, den himmlischen Duft von gebrannten Mandeln und Punsch, das unendliche Lichtermeer sowie den engelsgleichen Gesang des Wiener Knabenchors, der Jahr für Jahr sanft durch die Gassen hallte. Mit einem wehmütigen Lächeln und tränenglitzernden Augen hatte sie ihm davon erzählt und er hatte versprochen, ihr diese schöne Kindheitserinnerung zurückzuholen.

Ein solches Fest bedeutete viel zusätzliche Arbeit für ihren Mann, der ohnehin genug mit seinen Bürgermeisteraufgaben und der Morgan's Company um die Ohren hatte, aber er tat es für sie, weil er sie liebte. Und zwar auf seine ganz eigene Weise – so, wie er sie schon immer geliebt hatte.

Gemeinsam mit Phil und Wilhelm Smith, ein wahres Urgestein der Stadt und inzwischen betagter Zimmermann, hatte John insgesamt acht kleine Holzhütten gebaut. Diese sollten rund um das Kriegsdenkmal vor dem Rathaus in Woodwall aufgestellt werden. In jeder freien Minute hatte John die Hütten in liebevoller Hingabe mit zarten weißen Ornamenten bemalt. Vor kurzem hatte er sogar ein altes Kinderkarussell auf einem Herbstjahrmarkt in Tacoma erworben und dafür sicherlich mehr bezahlt, als es vermutlich wert gewesen war. Für John hatte Geld nie eine Rolle gespielt, wenn er jemanden glücklich machen konnte, den er liebte. Jahre hatte es gedauert, bis Isabelle erkannt hatte, welch übergroßes Herz ihr Mann besaß, auch wenn ihm sein Dickschädel und seine maßlose Sturheit oft im Weg standen.

Auch die Bürger der Stadt, die sonst allem Neuartigen skeptisch gegenüberstanden, fieberten seit Wochen diesem

Weihnachtsfest entgegen. Das war kein Wunder, denn mit diesem Markt holte sich nicht nur Isabelle ein Stückchen Heimat zurück, sondern auch viele Mitglieder der Gemeinde, die zum Großteil aus europäischen Einwanderern bestand.

Morgen, nach der Kirchenmesse am Heiligen Abend in der St. Barbara Church, sollte der Weihnachtsmarkt eröffnet werden.

Jetzt hörte Isabelle das Scharren von Schaufeln und sie sah mit besorgter Miene aus dem Fenster. Tristan und John mussten hinter dem Haus Schnee schippen, was einer Sisyphusarbeit gleichkam, denn seit drei Tagen schneite es unaufhörlich. In den vergangenen Nächten waren immer wieder Schneestürme über das Land gefegt und der Wind türmte die Schneemassen inzwischen meterhoch an die Hausfassade. Seit heute Morgen war Phil mit dem großen Schneeräumer unterwegs, um die Serpentinenstraße, die zur Stadt führte, freizuräumen. Das war eine Arbeit, die ihm Spaß machte und für seinen alten Körper angenehm zu verrichten war, denn der Schneeräumer war motorisiert. Zudem hatte John ihm inzwischen verboten, schwere Tätigkeiten zu leisten, auch wenn Phil sich selten an dieses Verbot hielt.

Zu allem Übel hatte die Telefonleitung den heftigen Windböen nicht standhalten können, was vor allem Elizabeth in höchsten Aufruhr versetzte. Isabelle war nicht entgangen, wie aufgeregt die Tochter war. Mehrmals hatte sie aus der Küche beobachten können, wie Elizabeth immerfort um den Apparat im Foyer herumgeschlichen war. Als würde sie irgendetwas aushecken, hatte sie sich umgeblickt und den Hörer erst abgenommen, wenn sie geglaubt hatte, niemand würde von ihr Notiz nehmen. Dann hatte sie ungeduldig auf den Freiton gewartet, der natürlich nicht ertönt war, um dann fluchend wieder aufzulegen. So auch in diesem Augenblick, was Isabelle nun dazu bewegte, die Küche zu verlassen, um ihre Tochter zur Rede zu stellen.

»Der Apparat wird nicht durch Zauberhand wieder funktionieren!«, rief sie Elizabeth zu, die sich ertappt zu ihr umdrehte. »Wen in Gottes Namen versuchst du die ganze Zeit zu erreichen?«

Elizabeth war seit jeher eine unfassbar schlechte Lügnerin und ihr aufgescheuchtes Gehabe verriet Isabelle sofort, dass alles, was sie ihrer Mutter nun antworten würde, keineswegs der Wahrheit entsprechen würde. »Ich versuche, Meggie anzurufen. Sie ist doch heute aus Paris zurückgekommen.«

Isabelle nickte und legte die Hände in die Taille. In diesem Moment musste sie wie eine strenge Gouvernante auf ihre Tochter wirken, denn diese zuckte kaum merklich zusammen.

»Warum belügst du mich, Liz? Was kann so wichtig sein, es Meggie Horne jetzt am Telefon mitzuteilen, obwohl du sie spätestens morgen auf dem Weihnachtsmarkt wiedersehen wirst? Also, raus mit der Sprache, wen zum Henker willst du wirklich anrufen?«

Nur das Ticken der Wanduhr und das Geräusch von Elizabeths trockenem Schlucken waren zu hören. Sie verzog den Mund. »Das ist meine Sache.« Ohne auch nur ein weiteres Wort zu verlieren, drehte sich die junge Frau auf dem Absatz um, verschwand stöckelnd im Salon, wo sie sich auf der Fensterbank niederließ und in die endlos weiße Landschaft hinausblickte. Isabelle folgte ihr auf dem Fuße und verschloss hinter sich die Flügeltür.

Von Elizabeth ertönte leicht gereiztes Gestöhne.

Wie gelöst und heiter sie vor wenigen Wochen aus Wien zurückgekehrt war. Endlich schien diese junge Frau so etwas wie Hoffnung in sich zu tragen. Doch heute war diese

Glückseligkeit wie weggeblasen und nun machte Elizabeth einen fast noch bedrückteren Eindruck als vor ihrer Abreise. Viel hatte sie nicht über ihre gemeinsame Zeit mit James erzählt, aber sie konnte ihrer Mutter nichts vormachen. Isabelle wusste auch so, dass die beiden das miteinander getan und geteilt hatten, was ihnen an sich strengstens verboten war.

Isabelle schlich auf sie zu und setzte sich neben sie auf die Fensterbank, legte dann die Hand auf Elizabeths Schulter. »Ich weiß doch, dass du versuchst, *ihn* anzurufen.«

Lizzy sah ihre Mutter mit übergroßen Augen an, ehe sie sich von ihr abwandte. Müde strich sie sich mit der Hand durch das lange blonde Haar.

»Ja, Mom.«

Unabsichtlich glitt ein Lächeln über Isabelles Lippen, weil jedes *Mom* einen Freudenhüpfer in ihrem Herzen erzeugte.

»Als wir uns in Wien verabschiedeten, versprachen wir einander, jeden Donnerstag zu telefonieren.« Elizabeth schluckte und senkte traurig die Lider. »Er hat nicht angerufen. Obwohl er es mir versprochen hat. Er hat einfach nicht angerufen.«

Isabelle strich ihrer Tochter eine Strähne aus dem Gesicht. Wie verletzlich ihr Mädchen in diesem Moment wirkte. So jung und so enttäuscht.

»Ach, Kind, das kann eine Menge Gründe haben.« Nur mit Mühe gelang es ihr, ihre Worte mit einem hoffnungsvollen Unterton anzureichern, denn welch plausible Begründung sollte dieser Mann vorbringen können, sein Versprechen an Elizabeth nicht eingehalten zu haben? Und das, obwohl James ihr schon so oft das Herz gebrochen hatte. Hoffentlich hatte sich dieser verheiratete Mann nicht an seine Frau erinnert.

Oh, das wäre der Gipfel, dachte Isabelle und kämpfte gegen ihre eigene Wut an.

Elizabeth nickte verbittert. »Ich kenne den Grund.«

»Und der wäre?«

»Olivia ist zurückgekehrt und sicherlich ...« Traurig wandte sie wieder ihren Blick aus dem Fenster. »... und sicherlich bereut er die Zeit mit mir in Wien. Es muss so sein. Du hast seine Frau gesehen, was kann ich ihm da schon bieten?«

»Glaubst du das wirklich?«

Elizabeth schwieg, wischte sich nur eine Träne von der Wange. Dann sah sie ihre Mutter mit gläsernen Augen an. »Manchmal kommt es mir so vor, als hätte ich all das, was wir beide zusammen erlebt haben, nur geträumt, um jetzt wieder in dieser einsamen Luftblase zu erwachen.« Verlegen sah sie Isabelle an. »Ich weiß, dass ihr das mit James und mir keinesfalls duldet, aber ich kann nun einmal nichts für meine Gefühle für ihn. Ich liebe ihn. Von ganzem Herzen, das musst du mir glauben, Mom.«

»Liebes, ich zweifle doch überhaupt nicht daran. Keineswegs. Schon als du ein kleines Mädchen warst, wusste ich, wie sehr du ihn vergötterst. Allerdings hatte ich immerzu die stille Hoffnung, dass diese Schwärmerei eines Tages dein Herz verlassen würde, um es für jemand anderen zu öffnen.«

»Ich habe es versucht«, antwortete sie kaum hörbar.

»Na ja, dieser Primitivling, dieser Tony O'Reilly, war nun wirklich nicht die allerbeste Alternative. Bis heute habe ich keinen blassen Schimmer, weshalb du deine Zeit an diesen Trampel verschwendet hast. Du bist eine so wunderschöne und kluge Frau und jeder Mann würde dir zu Füßen liegen, wenn du es nur zulassen würdest.« Sie zügelte sich, weil sich auf Elizabeths Wangen rote Flecken bildeten. »Die Frage ist doch, liebt James dich denn genauso, wie du ihn liebst?«

Elizabeth brach nun voll und ganz in Tränen aus, wimmerte leise: »Ich weiß es nicht. Ich dachte es, aber jetzt bin ich mir da nicht mehr so sicher.«

Isabelle griff in die Rocktasche ihres Hauskleids, zog ein Stofftaschentuch hervor, das sie stets bei sich trug, denn in dieser Familie flossen ständig Tränen, und reichte es ihrer Tochter.

»Oh, du liebe Zeit, immer dieser böse Herzschmerz«, sagte sie mit einem mitleidigen Lächeln und tätschelte ihrem Kind die Schulter. »Nicht weinen, Lizzy. Die wenigsten Männer sind auch nur eine einzige unserer Tränen wert – glaube mir.«

Elizabeth starrte sie unverstanden an. »Das musst du doch wie kein anderer Mensch verstehen, Isabelle.« Der Name traf sie unerwartet hart, die Nähe zwischen Mutter und Tochter schien gebrochen.

»Wie meinst du das?«

»James versprach mir, dass er zu mir zurückkommen würde. Jetzt weiß ich nicht mehr, ob seine Liebe zu mir wirklich groß genug ist, um alles in New York aufzugeben. Genau dasselbe hatte Dickie auch dir versprochen und du hast ihn nie wiedergesehen. Das macht mir einfach Angst.«

Isabelle spürte, wie ihr das Blut ins Gesicht schoss.

»Wie bitte?«, fragte sie völlig entgeistert. »Woher weißt du davon?«

Ein wenig erschrocken sah Elizabeth sie an, weil sie sich vermutlich in ihrem Gefühlsausbruch ungewollt verplaudert hatte. »James hat es mir in Wien erzählt.«

»Soso«, entgegnete Isabelle und rutschte nervös auf dem Holz der Fensterbank hin und her. »Und woher weiß *er* von dieser Geschichte?«

»Von Dad.«

Wäre John in diesem Augenblick zur Tür hereingeschneit, Isabelle hätte ihm mit der flachen Hand ins Gesicht geschlagen. Wie hatte er James nur davon erzählen können?

Oh, dieser Dummkopf!

Andererseits … vielleicht war es ganz gut, dass James und Elizabeth von ihrer Liebe zu Dickie wussten. Wäre Isabelle noch immer die alte, gehässige und gefühlstote Frau von damals, so würde sie ihrer Tochter vermutlich jetzt etwas sagen wie: *Sieh nur, Mädchen! Nun weißt du, was dich im Leben erwartet, wenn du dich in einen Cooper verliebst.* Aber sie war nicht mehr dieser Mensch. Bei Gott, und sie wollte es nie wieder sein.

»Ich kann einfach nicht glauben, dass dein Vater ihm davon erzählt hat.«

Betretenes Schweigen herrschte zwischen Mutter und Tochter. Elizabeth trocknete sich unentwegt die bereits rot unterlaufenen Augen.

»Hast du ihn sehr geliebt? James' Vater Dickie?«

Isabelle überlegte scharf, was sie ihr antworten sollte, doch vor ihr saß eine inzwischen erwachsene Frau, die alt genug war, um die Wahrheit zu hören.

»Ja, Liz, ich habe Dickie geliebt. Zumindest habe ich mir diese Liebe lange eingeredet. Damals lernte ich einen Mann kennen und war von seiner Schönheit geblendet. Ich dachte mir immer, so müsste er aussehen. Ziemlich oberflächlich, findest du nicht auch? Das Leben macht uns weise, je länger wir es gelebt haben, und wenn ich nun an die wenigen Begegnungen mit ihm zurückdenke, bleibt nur noch das Bild eines attraktiven Mannes zurück, der mir mit seinen blauen Augen den Kopf verdreht hatte. Mehr nicht. Heute kann ich mir nicht mehr erklären, was mich so sehr an ihm fasziniert hatte, um ihm jahrelang nachzutrauern. Doch das Schlimmste an dieser falschen Liebe war, dass ich diejenigen von mir gestoßen habe, die mich wirklich aus vollstem Herzen geliebt haben. Niemals hatte ich deinem Vater eine Chance gegeben und stattdessen habe ich ihm und dem Rest dieser Familie die Hölle auf Erden bereitet.« Wieder ergriff sie Elizabeths Hand, umklammerte sie fest, während ihr Tränen über die Wangen kullerten. »Vor allem habe ich dir das Leben schwer gemacht. Ich habe dich nie gewollt, Liz, denn du hast mich noch mehr an dieses Haus gekettet, mich dazu gezwungen, bei deinem Vater zu bleiben. Einem Mann, von dem ich dachte, ihn niemals lieben zu können. Als ich dich zum ersten Mal in meinen Armen hielt, konnte ich nichts für dich empfinden. Ich fühlte nur Bedauern, weil ich wusste, ich würde nie für dich die Mutter sein können, die du verdient hättest. All das war nicht deine Schuld und doch gab ich sie dir. Es tut mir so unendlich leid. Nie habe ich dich gewickelt oder dir Geschichten vorgelesen, bis du eingeschlafen bist. All diese wundervollen und kostbaren Momente hast du mit Violett erlebt. Bitte glaube mir, dass ich meine damalige Besinnungslosigkeit und meinen abscheulichen Egoismus zutiefst bereue. In mir schlug ein emotional verarmtes und gebrochenes Herz. Du kannst dir nicht vorstellen, wie sehr ich mir wünsche, ich könnte die Zeit zurückdrehen, um dich wieder in meinen Armen zu halten, dich ganz nah bei mir zu haben und mit Küssen zu überhäufen, um alles anders zu machen. Dir eine bessere Mutter zu sein. Ich habe meine Liebe zu Dickie über alles gestellt und das war von all meinen Fehlern der wohl größte und schlimmste. Ich habe mein Leben an ihn verschwendet. Die, die dafür bezahlen mussten, waren du und dein Vater.«

Sie schluchzte und Elizabeth reichte nun ihr das Stofftaschentuch, worüber Isabelle kurz bitter auflachen musste.

»Seltsamerweise erinnere ich mich an dich«, sagte ihre Tochter behutsam. »Ich kann es nicht erklären, aber trotz allem hatte ich immer das Gefühl, dass du bei mir warst.«

»Nachts bin ich sehr oft in dein Kinderzimmer geschlichen und habe dich beim Schlafen beobachtet. Manchmal bist du aufgewacht und ich habe dich aus deinem Bettchen genommen. Ich habe mich mit dir ans Fenster gesetzt und gewartet, bis du wieder eingeschlafen bist.«

»Dann bist du doch bei mir gewesen«, flüsterte Elizabeth mit einem zarten Lächeln.

»Es war nicht genug.«

»Vielleicht doch. Schließlich sitzen wir jetzt genau wie damals am Fenster und halten uns an den Händen.«

»Das stimmt. Ist das Leben nicht komisch? Wir Morgan-Frauen leben alle einer Liebe entgegen. Ganz gleich, wie hoffnungslos sie erscheint.« Was war ihre Tochter doch für ein einzigartiger und gutmütiger Mensch. Isabelle war so sehr von der Intimität des Augenblicks ergriffen, dass sie ihr Kind umarmte. »Ich liebe dich sehr, Lizzy, auch wenn ich es dir so selten zeige. Deshalb bricht es mir das Herz, wenn ich dich so leiden sehe. Ich verfluche das Schicksal, dass es dir einen genauso steinigen Weg bereitet wie damals mir.« Sie löste die Umarmung, packte stattdessen nach Lizzys Schultern und sah sie mit flehenden Augen an. »Liebes, lass nicht zu, dass dieser Kummer auch dein Herz versteinert. Egal, was passiert, ich werde für dich da sein. Du musst auf alles, was noch geschehen wird, gefasst sein. Wenn James zu dir zurückkommt, dann werde ich deinem Glück nicht im Weg stehen, sondern euch unterstützen. Das verspreche ich dir. Trotzdem kann es sein, dass er bei Olivia bleibt, aus welchen Gründen auch immer. Doch auch dann werde ich an deiner Seite sein.«

»Danke, Mom«, hauchte sie.

»Weiß er denn, dass du hier bist und nicht mehr im Wohnheim?«

»Ja. Ich hatte ihm bei unserem letzten Gespräch erzählt, dass Vater mich am Wochenende vor Weihnachten abholen würde. Und nun ist auch noch unsere Telefonleitung gekappt.

Ach, ich weiß nicht, wohin mit meiner Unruhe. Was, wenn ihm etwas zugestoßen ist?«

»Liz, nun mach dich nicht unnötig verrückt. Wenn etwas Schlimmes passiert wäre, wüssten wir es bereits. Meinst du nicht auch?«

»Mom«, entgegnete sie aufgebracht, »in Seattle haben Dad und ich Olivias Vater getroffen. Das war sicherlich kein Zufall. Er weiß das von James und mir und irgendwie hatte ich den Eindruck, er würde mir drohen. Dad war so wütend, dass er ihn beinahe verdroschen hätte. Kannst du dir das vorstellen? Ich spüre, dass irgendetwas nicht stimmt. Ich mache mir solche Sorgen.«

»Davon hat dein Dad mir gar nichts erzählt«, sagte Isabelle fast schon pikiert.

»Er wollte dich sicherlich nicht beunruhigen.«

»Trotzdem, ich wünsche mir, so etwas in Zukunft zu erfahren.«

Elizabeth ließ den Kopf hängen. »In Wien hatte ich das Gefühl, James würde Olivia nicht deshalb verlassen wollen, weil sie so krank ist, sondern aus Angst vor Joseph Wulf. Es kam mir so vor, als würde dieser Mann ihn mit irgendetwas unter Druck setzen. Doch immer, wenn ich James danach gefragt habe, wich er mir aus und meinte bloß, es sei besser für mich, nichts über dieses Monster zu wissen. Als wollte er nicht, dass sich Joseph Wulf in meinem Kopf verankert. Mom, als Wulf mir und Dad in dem Restaurant in Seattle gegenübersaß, habe ich eine so große Furcht empfunden, wie ich sie noch nie bei einem Menschen verspürt habe. Etwas stimmt nicht mit ihm.«

Isabelle war nun ebenfalls mehr als beunruhigt. Sie erinnerte sich an ein Telefonat, das James vor einigen Jahren mit diesem Wulf geführt hatte, als er auf Morgan's Hall zu

Besuch gewesen war. Sie hatte damals dieses Gespräch an einem anderen Apparat mitangehört. Zu jener Zeit war James noch Student an der Juilliard gewesen und seine Liaison mit Olivia hatte noch in den Anfängen gesteckt. Schon zu dieser Zeit hatte ihr Wulfs übler Ton missfallen. Allem voran aber die Tatsache, dass James dessen Tochter nur aus einem einzigen Grund hatte ehelichen wollen: der Karriere wegen. Niemals hatte Isabelle auch nur irgendjemandem von ihrem Wissen erzählt. Sie war einfach nur heilfroh gewesen, dass James sich für ein Leben in New York entschieden und Elizabeth nicht weiter mit seiner Unentschlossenheit gequält hatte … um ihr letztendlich doch das Herz zu brechen. Welch Ironie des Schicksals.

Aber dass dieser Wulf über James' und Elizabeths gemeinsame Zeit in Europa im Bilde war und nun mit Drohungen um sich warf, machte sie wütend. Dabei fiel ihr ein, dass dieser Mistkerl schon während des besagten Telefonats ihre Tochter als *Flittchen* beschimpft hatte. Auf James' Nachfrage, woher Joseph von ihr wusste, hatte er nur die Antwort erhalten, dass er nicht zu glauben bräuchte, er könne unbeaufsichtigt verreisen.

Isabelle biss sich auf die Lippe. Hätte sie den Jungen energischer ins Gebet genommen, ihn davon abgehalten, sich weiter auf Olivia einzulassen, möglicherweise wäre alles anders gekommen. *Möglicherweise.* Doch wer konnte das schon sagen? Andererseits war James viel zu sehr von seinem Traum des erfolgreichen Pianisten getrieben gewesen. Vielleicht war er es noch immer. Niemand hätte ihn damals davon abbringen können. Nicht einmal Elizabeth oder Isabelle.

Und doch wollte Isabelle nun selbst wissen, ob es ihm gut ging, denn auch sie machte sich nach den Ausführungen ihrer Tochter große Sorgen.

»In Ordnung, Liebes. Sobald Phil wieder hier und die Serpentinenstraße frei ist, fahren wir beide zum Rosie's. Dort ist ein Münztelefon. Ich fürchte, unsere Leitung wird noch bis nach Weihnachten defekt sein. Über die Feiertage wird sich der Techniker aus North Bend nicht blicken lassen.«

»Wirklich, Mom?«, fragte Elizabeth mit einem Strahlen im Gesicht, dann ließ sie wieder die Schultern hängen. »Und wenn Olivia den Hörer abnimmt?«

»Deshalb werde ich anrufen und nicht du. Schließlich bin ich James' Adoptivmutter und es ist nicht verwerflich, ihm ein wundervolles Weihnachtsfest zu wünschen.«

»Weil du das ja auch schon immer getan hast«, entgegnete sie mit einem Schmunzeln.

»Hauptsache, wir wissen, dass er wohlauf ist.« Isabelle musterte Elizabeth, die nun etwas beruhigter aussah. Eine Frage drängte sich ihr in den Sinn und sie musste diese nun stellen: »Lizzy, ich hoffe, ihr habt in Wien aufgepasst.«

Elizabeth zuckte und sah sie mit peinlich berührtem Blick an. »Ja.«

»Puh, da fällt mir aber ein Stein vom Herzen. Ich sage dir eins, wenn du schwanger wärst und James würde hier aufschlagen, dann würdest du nicht lange etwas von ihm haben, weil er der Schrotflinte deines Vaters zum Opfer fallen würde.«

»Vermutlich«, murmelte sie seufzend. »Dad wird James und mir niemals seinen Segen geben.«

Isabelle grinste. »Den sturen Bock überlass mal mir. Ich muss dir allerdings auch sagen, dass dein Vater alles Recht der Welt hat, darüber erbost zu sein. Er hat gerade mehr Arbeit, als ihm guttut. Nach Neujahr will er die Verträge für das Great Mountain unterschreiben, was für uns bedeutet, nicht nur eine Kelterei führen zu müssen, sondern auch noch ein Hotel. Dann ist da auch noch sein Amt als Bürgermeister und du weißt, wie viel ihm daran liegt. Natürlich auch am Ansehen dieser Familie. Wenn herauskommt, dass du James liebst, wird die Hölle los sein. Es wissen alle, was er für uns ist. So schön die Welt auch ist, in der wir hier leben, die Menschen machen daraus einen Ort der Verbohrtheit, wenn sie etwas nicht verstehen. Das ist ein enormer Druck auf den Schultern deines Vaters.«

»Die Woodwaller sind mir herzlich egal, es geht um mein Leben und meine Liebe«, antwortete sie trotzig.

»Deinem Vater sind sie aber nicht egal, sie dürfen es nicht sein.« Sie streichelte Elizabeths Wange. »Und dir sollte es auch nicht egal sein, denn eines Tages wirst du das Oberhaupt dieser Familie sein. Etwas, wofür du seit Jahren kämpfst. Schon vergessen?«

Elizabeth blieb einen Moment mit seltsam ausdrucksloser Miene sitzen. Dann sah sie ihre Mutter entmutigt an und fragte traurig: »Also wird es für James und mich keine Zukunft in diesem Haus und in dieser Stadt geben?«

Isabelle schenkte ihrem Kind ein aufmunterndes Lächeln. »Mädchen, du hast hier immer eine Zukunft. James natürlich ebenfalls, aber ihr werdet euch auf sehr stürmische Zeiten einstellen müssen.«

Elizabeth rutschte von der Fensterbank und sagte entschlossen: »Wenn ich eins in meinem bisherigen Leben gelernt habe, dann, dass ich für das einstehen muss, was ich von Herzen liebe. Der Sturm darf ruhig über mich hereinbrechen, James ist all das wert. Ich weiß, auch dieses Unwetter wird irgendwann vorbeigezogen sein.«

Endlich war die kämpferische, zuversichtliche Liz wieder zurückgekehrt und Isabelle genoss den Kontrast zwischen ihrem entschlossenen Lächeln jetzt und der niedergeschlagenen Gestalt, die sie vor wenigen Minuten hier vorgefunden hatte.

Isabelle war gerade unverhofft selbst so glücklich, dass sie den Tränen abermals nahe war.

Elizabeth blickte flüchtig über die Schulter ihrer Mutter aus dem Fenster und räusperte sich, sodass sie sich nun ebenfalls umdrehte, um hinauszuschauen. Tony O'Reilly marschierte geradewegs auf das Haus zu. Wie Isabelle diesen Kerl verabscheute.

»Die erste Windbö hat nicht lange auf sich warten lassen«, maulte Isabelle. Sie stand von der Fensterbank auf und stampfte an ihrer Tochter vorbei. »Na warte, diesem Idioten werde ich …«

Elizabeth hielt sie zurück. »Das erledige ich.«

»Elizabeth Morgan, mit ihm hast du dir eine Zecke eingefangen. Tony fühlt sich in seiner falschen Männerehre gekränkt, weil du ihm den Laufpass erteilt hast. Der lässt sich nicht so leicht abschütteln.«

»Das wollen wir doch mal sehen!«, rief Lizzy unbeirrt, eilte mit energischem Schritt zur Haustür und verschwand auf die Veranda.

Um Himmels willen, dachte Isabelle. *Was, wenn dieser durchtriebene Bursche die wahren Beweggründe für die Absage der Hochzeit zwischen ihm und Elizabeth erfährt?* Sie wusste, wie verschlagen Tony war, er würde keinen anderen Mann an der Seite ihrer Tochter dulden können. So viel war sicher.

Vielleicht war er nicht nur eine Windbö, sondern der Orkan, der alles niederriss.

***

Tony war etwas übel, als er die Stufen der Veranda der Morgans mit schweren Schritten hinaufstieg. Letzte Nacht hatte er mit Harry Johnson und Walter Greene – zwei primitive Pfeifen aus der Stadt, aber inzwischen seine beiden besten Trinkfreunde – in einer erst vor wenigen Monaten eröffneten Bar auf der Owl Street um die Wette gesoffen. Im Grunde war das Leo's überhaupt keine richtige Bar, sondern ein fensterloser quadratischer Raum mit einer stümperhaft zusammengezimmerten Theke, vor der sich ein paar wackelige Hocker reihten. *Spartanisches Trinklokal* traf es besser. Eine *Bar* gab es im Great Mountain Hotel, doch das Leo's glich einer versifften und nach Testosteron müffelnden Spelunke. Doch wenigstens gab es eine Jukebox, das Bier war ausgezeichnet und gut gekühlt. Und vor allem günstig. Der Inhaber, Leo Stenberg, verdiente sich schon jetzt eine goldene Nase, da sich die männlichen Bürger der Kleinstadt lange nach einem solchen Ort gesehnt hatten. Hier konnten sie endlich das sein, wofür Gott sie erschaffen hatte: Männer. Saufende Individuen, die zur späten Stunde und nach unzähligen Bierhumpen patriotisches Liedgut grölten, geschmacklose Weiberwitze rissen und sich ab und an gegenseitig die Fresse polierten, wie sich das für echte Kerle gehörte. Proleten gab es in dieser Stadt reichlich, denn Woodwall bestand eben nicht nur aus einem feinen, frommen Bürgertum, wie man es sich hier gerne einredete. Nicht jeder Mann fand Arbeit in der Morgan's Company oder in dem Sägewerk auf der anderen Seite des Golden Lake. Viele hielten sich mit Gelegenheitsarbeiten über Wasser und seit es das Leo's gab, floss beinahe jeder verdiente Cent in flüssiges Gold. Auch wenn Tony als Produktionsleiter der Kelterei nicht jeden Penny zweimal umdrehen musste, denn die Morgans waren bekannt für ihre überdurchschnittlich hohen Löhne, fühlte er sich im Bund all dieser Männer am wohlsten. Er wusste, was es bedeutete, nicht viel sein Eigen nennen zu können. Außerdem verstand er das Gefühl von gesellschaftlicher Bedeutungslosigkeit, das diese armen Schweine in sich trugen. Ein paar Gläser Bier im Kreise Gleichgesinnter waren die einzigen Lichtblicke an so vielen trostlosen Tagen. Gerade die bevorstehenden Feiertage ließen die Gemüter noch schwerer werden. Kaum einer konnte sich auf ein Weihnachtsfest mit Frau und Kindern freuen, weil da einfach niemand war, zu dem man nach Hause kommen konnte. In diese Einsamkeit musste sich nun Tony einreihen, denn auch auf ihn wartete niemand.

Jedes Paradies hatte eben auch seine Schattenseiten. John Morgan, *dieser selbstgerechte Patriarchenarsch*, wie ihn viele dieser mittellosen Gesellen nannten, war das Leo's ein Dorn im Auge. Allerdings hatte Stenberg noch eine offene Rechnung mit John zu begleichen, nachdem das vorherige Lokal der Abrissbirne zum Opfer gefallen war, weil das Land vor einigen Jahren an die Harringtons verkauft worden war.

Jetzt ärgerte sich Tony maßlos, dass er Elizabeth geholfen hatte, das verlorene Land zurückzugewinnen. Für nichts und wieder nichts.

»Morgen hol ich sie mir zurück«, waren gestern Abend Tonys letzte Worte gewesen, als er mit ordentlicher Schlagseite und in Begleitung von schallendem Gelächter das Lokal verlassen hatte.

Ich hol sie mir zurück! Ein Schlachtruf, der ihn auch jetzt wie ein ewiges Echo zum Haus der Morgans führte.

Noch bevor er gegen die Haustür hämmern konnte, wurde diese aufgestoßen und Elizabeth trat auf die Veranda. Lange hatte er sie nicht mehr gesehen, jedoch entdeckte er sofort eine Veränderung in ihrer Erscheinung. Was genau, das konnte er nicht sagen, aber vor ihm stand eine Frau mit erhobenem Haupt, die nichts mehr mit dem Rührmichnichtan gemein hatte, das er vor ein paar Monaten entjungfert hatte. Trotz allem war sie so schön wie eh und je und ihre Zartheit erinnerte ihn wieder daran, dass er sie nicht nur des Geldes und des gesellschaftlichen Aufstiegs wegen zu seiner Ehefrau hatte machen wollen. Er hungerte nach ihrem Körper, nach ihrem Duft und der Weichheit ihrer Haut. Sie war anders als alle Frauen, die er in seinem bisherigen Leben mehr oder weniger geliebt hatte. Noch heute kroch ihm bittere Galle die Speiseröhre hinauf, wenn er darüber nachdachte, wie viele ältere und absolut hässliche Damen er bestiegen hatte. Weibsbilder, die für ihn Rechnungen bezahlt und dafür als Gegenleistung seinen Penis in Anspruch genommen hatten, während er ihnen mit ermüdendem Liebesgeflüster hatte vorgaukeln müssen, wie schön und begehrenswert sie noch waren. Doch hätten ihm all diese sexuell ausgehungerten Frauenzimmer, und davon gab es auf der Welt genug, nicht finanziell unter die Arme gegriffen, so wäre Tony bereits vor Jahren in einer dreckigen Gasse verhungert und erfroren. Noch heute zehrte er von den unzähligen Geschenken, die ihm seine Liebschaften aus Dank für seine zufriedenstellenden Dienste beschert hatten. Schuhe, Krawatten, Hemden und sogar eine goldene Armbanduhr, die immer noch sein Handgelenk schmückte. *Gott hab sie alle selig.* Rückblickend betrachtet, hatte er viel von seinen alten Stuten lernen können und manch einer war es wahrhaftig gelungen, sich in sein Herz zu schleichen. Ungeachtet dessen hatte sich Tony noch nie so sehr in eine Frau verliebt wie in die kleine Morgan, deren jetziger schroffer Gesichtsausdruck jedoch bewies, dass sie nicht so fühlte wie er.

Ein schwerer, missmutiger Klagelaut entrang sich Elizabeths Lippen.

»Tony, was willst du hier?«

Er machte einen Schritt auf sie zu und erkannte erst jetzt ihre rot unterlaufenen Augen, was ihm innerliche Genugtuung bescherte, auch wenn er wusste, dass die zuvor vergossenen Tränen nicht ihm gegolten hatten. »Hast du geweint?«

»Nein. Ich habe Suzie beim Zwiebelschneiden geholfen.«

Lüge!, schrie es ihn ihm.

»Also, was willst du hier?«

In erster Linie musste Tony erfahren, wo sie vor ein paar Wochen gesteckt hatte, denn sie hatte sich weder auf Morgan's Hall noch am Campus aufgehalten – etwas, das er höchstpersönlich überprüft hatte. Aber er wollte jetzt nicht direkt mit der Tür ins Haus fallen, das führte zu nichts. Schon gar nicht bei ihr.

»Ich musste dich wiedersehen.« Er sprach ganz sanft.

»Weshalb?« In ihrem Gesicht regte sich kein Muskel, die Augen blickten hart und ohne Glanz zu ihm auf.

Tony quetschte die fröstelnden Hände in seine Jeanshose. »Darf ich reinkommen? Ich sehe doch, dass du frierst.«

»Nein«, antwortete sie eisern.

Jaja, mach nur auf starkes und unerschrockenes Weibsbild. Ihre Unnahbarkeit machte ihn wütend, hatte er sich doch eingebildet, Elizabeths innerer Eisblock würde dahinschmelzen, wenn sie ihn nach dieser langen Zeit wiedersehen würde. Weit gefehlt, denn dem Eisblock war ein Eisberg entwachsen.

»In Ordnung«, erwiderte Tony kleinlaut und sah sie mit ehrlich sehnsüchtigen Augen an. »Dann werde ich dir hier und jetzt sagen, was ich fühle. Glaube mir, Liz, ich habe viel über uns nachgedacht. Mir ist bewusst, dass du jemand Besseren als mich verdient hast, aber ich zweifle daran, dass du in den letzten drei Jahren, die wir gemeinsam verbracht haben, nichts für mich empfunden hast. Aus irgendeinem Grund, den ich nicht kenne, scheinst du kalte Füße bekommen zu haben. Ich denke nicht, dass du mich nicht mehr liebst, du hast einfach nur Angst.« Tony kam ihr noch näher und legte seine Hand auf ihre schmale Schulter. »Liebling, wenn du noch Zeit benötigst, dann warte ich.«

Elizabeth machte große Augen, sah dann auf seine Hand hinunter und setzte unverzüglich einen gehörigen Schritt zurück. Er erkannte, wie Wut und Entrüstung in ihr um sich griffen.

»Tony, das kann nicht dein Ernst sein!«, keifte sie. »Ich habe dir klipp und klar zu verstehen gegeben, dass ich dich nicht liebe. Was zum Henker ist daran nicht verständlich? Ich will nicht bei dir sein.«

»Liz«, sagte er mit aller Besonnenheit, die er noch aufbringen konnte, obwohl er innerlich fast explodierte. Als er ihre Wange berühren wollte, schlug sie seine Hand weg.

»Hör auf! Nie wieder wirst du mich anfassen. Verstanden? Und du irrst dich gewaltig. Ich empfinde rein gar nichts für dich. Allerhöchstens ekelst und widerst du mich an. Ich bereue jede Sekunde, die ich an dich verschwendet habe. Jede Einzelne, Antony O'Reilly.«

Das hatte gesessen. Gerade wollte er sich vor ihr aufbäumen und mit allem Gift um sich spritzen, das ihm über die Lippen kommen sollte. »Du staubtrockenes Dreckstück …«, setzte er zu seiner Hasstirade an, hörte allerdings jemanden seinen Nachnamen rufen, was ihn verstummen ließ. Eine tiefe, despotische Stimme, die Tony nur zu gut kannte. Er blickte sich um, Phil stand hinter ihm. Mit finsteren Augen sah dieser ihn an. Tony zuckte irritiert. Als er den Mann das letzte Mal gesehen hatte, hatte es den Eindruck gemacht, als stünde er kurz vor seinem Ableben. Nun stand er vor ihm und es wirkte, als sei er zwanzig Jahre jünger als noch vor wenigen Wochen. Wie seltsam.

»Hatte man Ihnen nicht untersagt, hier unangemeldet aufzukreuzen?«

Tony verfiel in ein sardonisches Lachen. »Spiel dich nicht auf! Für wen hältst du dich eigentlich, du elende Rotfresse? Los, verzieh dich in den Stall, wo du hingehörst!«

»Tony!«, rief Elizabeth völlig entsetzt. Ihr Gesicht zeigte Bestürzung, als er kurz zu ihr sah.

»Es reicht jetzt, O'Reilly. Na, wird´s schon, scher dich weg!« Phil stellte sich wie eine Mauer zwischen Elizabeth und Tony, stand so ruhig vor ihm, dass es beinahe schauererregend war. Von jeher löste Phil ein unheimliches Gefühl in ihm aus, etwas Fremdartiges und Verstörendes, das er nicht greifen konnte. Dieses Unbehagen wurde jedoch von Tonys Hass auf ihn und die ganze Familie übertrumpft. Wut staute sich abermals in ihm auf. Er sammelte sauren Speichel in seinen Mund, spitzte die Lippen, holte tief aus und spuckte Phil direkt in die dreckige Visage.

Der Mann wischte sich unbeeindruckt die Rotze aus dem Gesicht, nur Elizabeth wurde ungehalten, riss an Phils Oberarm, weil sie vermutlich Angst hatte, er würde die Fassung verlieren. Lange starrten sich die beiden Männer an. Während Tony einen Gesichtsausdruck der Genugtuung aufgesetzt hatte und mit sich selbst zufrieden grinste, zeigten sich in Phils Mimik weder Ekel noch die Anzeichen großen Zorns, lediglich der gewohnte Ausdruck der Ruhe und Beherrschung.

Tony hatte die Schnauze voll von diesem Schamanen. »Das ist eine Sache zwischen Elizabeth und mir.«

»Nein, O'Reilly, das ist es nicht. Miss Morgan hat Ihnen mehrmals zu verstehen gegeben, dass sie Sie nicht sehen will. Nun seien Sie vernünftig und lassen Sie die Geschichte auf sich beruhen.«

»Im Leben nicht!«, bölkte Tony mit einem Grunzen, sah über Phils Schulter zu Elizabeth, die ihn ansah, als wäre er der

Teufel in Person. »Liz, wo bist du letzten Monat gewesen?« Sie antwortete nicht, was Tony noch mehr aus der Fassung brachte. »Verdammte Scheiße! Wo bist du gewesen?«

Als Tony sich an Phil vorbeidrängeln wollte, packten die riesigen Pranken des Mannes tief und schmerzhaft in seine Schultern. So schnell konnte er nicht reagieren, da flog er schon im hohen Bogen über die Verandatreppe auf den Schneeberg, der sich neben dem freigeschaufelten Gehweg zum Haus auftürmte. Obwohl Tony recht weich landete, schmerzte sein Rücken vom Aufprall. Doch dieser Schmerz erstickte an einer anderen, größeren Qual. Der Qual der Demütigung. Er richtete sich auf, klopfte den Schnee von sich und wurde nur noch von einem einzigen Gedanken angetrieben: dem wilden Verlangen, auf Phil so lange einzuschlagen, bis sich dessen Kopf vom Rumpf löste und wie ein Football davonrollte.

»Tony, bitte geh endlich«, flehte Elizabeth, aber er dachte gar nicht daran, eine solche Blamage auf sich sitzen zu lassen. Gerade wollte er die Treppe der Veranda hinaufstürmen, da schlug die Haustür auf und Isabelle trat heraus – in ihren Händen hielt sie ein Jagdgewehr, mit dem sie auf ihn zielte. Ihre Lippen wurden schmal.

»Machen Sie, dass Sie hier verschwinden, Sie elender Parasit!«

Aus Reflex streckte Tony seine Hände mit den Handflächen nach oben von sich. Genau wie er, blickten sowohl Elizabeth als auch Phil verstört zur zierlichen Frau in der Tür. Die Waffe, die sie hielt, war fast so groß wie sie selbst. Der Anblick erschien Tony so surreal, dass es beinahe lächerlich war, was ihn wiederholt zu einem Schmunzeln bewegte. Die ganze Szene wirkte bis ins kleinste Detail wie ein schlechtes Theaterstück.

»Mrs Morgan, wollen Sie mir etwa weismachen, das Ding sei geladen?«

Unbeholfen entsicherte Isabelle das lange Gewehr, richtete den Lauf geradewegs auf seinen Kopf. Beide standen sich nun argwöhnisch gegenüber. Es war so still, dass er das Klicken von Metall hören konnte.

»Wollen wir wetten, Mr O'Reilly?«

Tony blickte ihr direkt in die giftgrünen Augen und erkannte, dass diese Frau dazu imstande wäre, einem Menschen den Kopf wegzublasen, wenn es nötig wurde. Eine Kaltschnäuzigkeit, die er morbiderweise an ihr schon immer sehr erregend fand. Aber jetzt ging es um seinen eigenen Kopf und das amüsierte ihn weniger.

Elizabeth setzte einen Schritt auf ihre Mutter zu. »Mom!«

Nichts machte die Situation besser und er musste sich eingestehen, dass er mit diesem Auftritt noch einen tieferen Graben zwischen Elizabeth und sich gebuddelt hatte.

»Schon gut. Ich gehe«, gab er schließlich klein bei. Dabei hörte sich seine Stimme für ihn selbst fern und dünn an.

Noch einmal blickte er in Elizabeths verstörtes Gesicht, das so voller Abneigung war, dass es ihm das Herz in tausend Teile zerriss. Mit erhobenem Kinn und gestrafften Schultern wandte er sich vom Haus ab, dachte gerade daran, der Aufforderung nachzugehen und zu verschwinden, da überkam ihn wieder dieses zermürbende Gefühl der Ungerechtigkeit. Das hier war nicht sein Leben, aber es hätte es sein können. Sie hatte es ihm genommen.

Isabelle Morgan, du biestiges Miststück, dachte er. Nur ihm hatte sie es zu verdanken, dass sie noch Königin dieses Palastes war, und so dankte sie es? Ein letztes Mal drehte er sich zu ihr um.

»Ach, Mrs Morgan, heute Morgen erfuhr ich in der Stadt, dass Clark Harrington gestern verstorben ist.« Sie wurde bleich. Auf den ersten Blick schien sie weiterhin ruhig, doch hinter dieser Fassade erkannte Tony blanke Angst. »Was ein armer Teufel. Finden Sie nicht auch? Ein schillernder Geschäftsmann, dem seine kleine Affäre mit Rachel King zum Verhängnis geworden ist, sodass er einsam und krank in einer armseligen Zelle verrecken musste. Tragisch, tragisch. Wenn man doch nur herausfinden würde, wer ihn damals an den Sheriff verpfiffen und ihm Rachels Unfalltod in die Schuhe geschoben hat.« Mit kalter Verachtung nickte er ihr zu. »Frohe Weihnachten.« Triumphierend verließ Tony das Anwesen, auf den Lippen das Lächeln der Genugtuung.

***

Phil nahm Isabelle das Gewehr aus der Hand. Ohne Unterlass blickte sie Tony hinterher, der in stolzer Pose in seinen Pick-up stieg und davonbrauste. Mehrmals holte sie pfeifend Luft, wurde plötzlich von einem unkontrollierten Zittern befallen. Ihre Zähne schlugen hart aufeinander. Sie drehte den Kopf weg und schloss die Augen, sackte innerlich zusammen. Sie hatte immer befürchtet, dass Tony O'Reilly ihr eines Tages zum Verhängnis werden würde. Er strahlte eine Stärke aus, die sich mit Gehässigkeit paarte und jeden in Angst und Schrecken versetzen konnte.

»Clark ist tot?«, fragte Elizabeth mit dünner Stimme. »Ob Dad schon davon weiß?«

Phil hängte das Gewehr über seine Schulter. »Ich denke nicht.«

Isabelle sah sich noch außerstande, sich zu rühren. Es schien, als würde sie schrumpfen. Dann spürte sie Phils Hand auf ihrem Arm, der sie sacht zu sich herumdrehte und ihr mit seinem bohrenden Blick verriet, dass er Tonys Äußerung sehr wohl verstanden hatte.

»O Gott, Dad wird diese Nachricht schwer treffen.«

Isabelle konnte keinen klaren Gedanken fassen, blickte Phil nur hilflos an.

»Ich werde deinem Vater gleich davon erzählen, Elizabeth«, sagte er, ohne seinen Blick von Isabelle zu nehmen.

Elizabeth nahm Phils Hand. »Es tut mir so leid. Dich anzuspucken, war das Widerwärtigste, was Tony sich erlauben konnte. Ich fühle mich wirklich schlecht.«

»Schon gut, kleine Misae«, antwortete er mit einem aufbauenden Augenzwinkern. »Ich wusste immer, dass dieser Kerl früher oder später für Ärger sorgen würde. Ich bin sehr froh, dass du dich im letzten Moment gegen ihn entschieden hast.«

»Ich weiß selbst nicht, was mich damals geritten hat.«

»Ich schon.« Phil schmunzelte für den Bruchteil einer Sekunde, doch wurde gleich darauf wieder ernst. »Dein Herz war eine offene Wunde und Tony ein schädliches Bakterium, das sich in einer Entzündung ausgebreitet hat.«

Elizabeth atmete schwer und sah ihre Mutter mit skeptischem Blick an. »Was waren das für seltsame Andeutungen über Clark?«

Phil zuckte mit den Schultern. »Tony scheint nicht ganz bei Sinnen zu sein. Wer kann es ihm verdenken? Mit dir hat er alles verloren, was er sich wünscht: Stand und Anstand.«

Isabelle erkannte, dass sich ihre Tochter keineswegs mit dieser Vermutung zufriedengab. Sie war zu klug, um nicht selbst zu begreifen, dass irgendetwas im Argen lag.

Jetzt musste Isabelle wieder zur Besinnung kommen und die unerwartete Schockstarre abschütteln.

»Phil hat recht. Tony ist ein ekliges, selbstverliebtes und madiges Schwein, das in seinem verdammten Stolz gekränkt ist. Weiter nichts. Mir wäre es ganz gelegen, wenn wir den Namen dieses Halunken in unserem Haus nicht mehr erwähnen würden.« Nervös blickte sie sich zur Serpentinenstraße um und wandte sich dann noch einmal ihrem Kind zu. »So wie es aussieht, ist die Straße wieder befahrbar, sonst hätte Tony nicht herkommen können, oder, Phil?«

»Dafür habe ich auch den ganzen Tag gebraucht«, brummte er.

»Ich danke dir, mein Guter. Liz«, forderte sie ihre Tochter auf, »bitte zieh dich um. Wir fahren gleich ins Rosie's.«

Elizabeth nickte ihr zu, kam allerdings nicht drum herum, ihre Mutter noch einmal misstrauisch zu mustern, wie Isabelle befand. Sie vermutete, dass Lizzy ihr noch etwas sagen wollte, aber der Wunsch nach einem Lebenszeichen von James schien größer zu sein, als auf Tonys seltsame Andeutungen eingehen zu müssen. Isabelle sah Elizabeth nach, wie diese im Haus verschwand.

Ohne jegliche Vorwarnung legten sich Phils Hände um ihre Oberarme, packten fest zu und er schüttelte sie kräftig.

»Isabelle! Was zur Hölle haben Sie getan?«

Sie riss sich von ihm los, wurde sich der Tränen auf ihren Wangen bewusst, die sie still geweint haben musste, und wischte mit zitternder Hand über ihre Lider. »Ich wusste damals keinen anderen Ausweg.«

»Erzählen Sie mir alles. Jetzt! Und zwar schnell, bevor Ihre Tochter zurückkommt.«

Ohne Umschweife berichtete Isabelle Phil von dem Tag, als Tony sie aufsuchte, um sie über die Geschehnisse aus Rachels Todesnacht zu informieren. »Phil, es war Selbstmord. Zwar hatte Clark sie übel zugerichtet, aber die Misshandlungen führten nicht zu ihrem Tod.«

»Ach, und da dachten Sie, es sei eine gute Gelegenheit, Harrington eins auszuwischen? Indem Sie dem Sheriff vorgaukelten, Sie selbst hätten in jener Nacht beobachtet, wie

Clark Rachel vergewaltigte und dabei so schwer zurichtete, dass sie durch die Verletzungen die Kontrolle über ihren Wagen verlor und in den Tod stürzte? Sagen Sie, sind Sie noch ganz bei Trost?«

In Phils Gesicht bildeten sich rote Flecken, als würde er seinen Groll von innen nach außen kehren. Isabelle senkte den Blick. »Ich konnte nicht länger zulassen, dass Harrington uns das Leben zur Hölle machte. Letztendlich hat er es doch nicht anders verdient. Aus Rache hatte er Rachel zwingen wollen, John der Vergewaltigung zu bezichtigen. Ich wollte, dass all das endlich ein Ende hat.«

Nach etlichen tiefen Atemzügen stolzierte Phil, die Hände in die Seite gestützt, auf dem knarzenden Holz der Veranda auf und ab. Das machte Isabelle verrückt. Er räusperte sich und blieb wieder vor ihr stehen. Ungeduldig wartete sie auf seine Reaktion.

»Und Tony weiß, dass Sie diesen anonymen Anruf beim Sheriff Department getätigt haben?«

»Ich habe es ihm nie erzählt, aber Tony wird ahnen, dass es niemand anderes als ich gewesen sein kann.«

»Die böse Macht soll Sie holen, Isabelle!«, schrie er. »Wie konnten Sie nur so kopflos handeln? Warum sind Sie damals nicht zu mir gekommen? Heute haben Sie sich Tony O'Reilly zum Feind gemacht. Den einzigen Menschen, der wirklich weiß, dass *Sie* diesen Anruf getätigt haben. Eine schöne Bescherung.« Er stutzte und sah nun, dass sie zu schluchzen begann. »Was, wenn John die Wahrheit erfährt?«

Wie ein hilfloses Kind warf sich Isabelle verzweifelt in Phils Arme und wimmerte. »Das darf er niemals erfahren, Phil. Nie! Nach so vielen schrecklichen Jahren ist endlich Frieden eingekehrt. John und ich, wir haben uns all unsere Taten verziehen. Die Sache damals mit Dickie hat ihn beinahe umgebracht und wenn er nun erfährt, dass ich über die genauen Umstände von Rachels Tod im Bilde … das würde John das Herz brechen.«

Phil legte seine Arme um sie, räusperte sich. »Jetzt beruhigen Sie sich. Das Beweinen verschütteter Milch lohnt sich nicht. Wir müssen nun einen klaren Gedanken fassen und diesen O'Reilly bei Laune halten.«

»Und wie?«

»Die einzige Erlösung von diesem Übel ist Geld. Mehr zählt für einen anstandslosen Narren wie Tony nicht.«

Isabelle wischte sich mit den Händen die Tränen von den Wangen. »Das mag sein, aber ich verfüge nicht über so viel Bargeld, um Tony zum Schweigen zu bringen.« Phils Blick ruhte auf ihrem verheulten Gesicht und die Strenge in seinen Augen wich wieder der Gutmütigkeit und der Gefasstheit, die sie so an ihm liebte.

»Aber ich habe das Geld. Ich arbeite seit über fünfzig Jahren für Ihre Familie und habe mehr verdient, als ich jemals ausgeben könnte.«

Ihre Augen weiteten sich und Scham machte sich in ihr breit.

»Nein, Phil, auf keinen Fall. Ich lasse nicht zu, dass du deine Ersparnisse für meine Verfehlungen einsetzt.«

Phil schüttelte den Kopf und schenkte ihr ein Lächeln der Zuversicht. »Wissen Sie, Isabelle, ich befürworte Ihre Tat nicht. Nachdem Tony Ihnen von Rachel erzählt hat, hätten Sie John darüber informieren müssen. Noch weniger billige ich Ihren anonymen Anruf beim Sheriff Department und Ihre Anschuldigung gegen Clark Harrington.« Er krümmte sich ob der Last der Sünde. »Aber alles ist nun einmal so geschehen und wir können nichts mehr rückgängig machen. Erst recht nicht, weil Clark nicht mehr am Leben ist. Mit diesem Gewissen müssen *Sie* weiterleben, meine Gute. Doch was würde es nützen, wenn Sie nun allen reinen Wein einschenkten? John und Sie wären wieder in der gleichen Situation wie damals, nachdem Dickie sich das Leben genommen hat. Diese Familie hat in der Vergangenheit genug durchgemacht. Ich bin solcher Sachen so müde. Auch ich wünsche mir ein bisschen Frieden, denn ich halte mich ebenfalls für einen Teil dieser Familie, wenn ich mir diese Annahme erlauben darf.«

»Das darfst du«, erwiderte Isabelle mit seidenweichem Ton. »Natürlich gehörst du zu unserer Familie, Phil. Vermutlich mehr, als ich es jemals tun werde.«

»Deshalb müssen wir verhindern, dass dieser hart erarbeitete familiäre Zusammenhalt nicht in Stücke zerschlagen wird. Vergessen wir also, was vorgefallen ist. Ein anderes Unheil liegt in der Luft.« Er krümmte sich abermals, diesmal wie ein Wurm. »Machen wir diesen O'Reilly mundtot. Nehmen Sie das Geld!«

»Welches Unheil?«, fragte Isabelle bestürzt.

Phils Blick wanderte über das verschneite Land. »Wenn ich das wüsste. Irgendetwas wird auf uns niederschmettern und uns überrollen wie eine Lawine, wenn wir nicht achtsamer werden.«

Ihr Herz regte sich und sie umschlang mit beiden Händen seinen Arm. »Du machst mir Angst.«

»Isabelle, weshalb wollen Sie mit Elizabeth in die Stadt fahren?«

»Sie will James in New York anrufen, um sicher sein zu können, dass es ihm gut geht. Er hatte ihr versprochen, sie jeden Donnerstag anzurufen, aber seit über einer Woche hat sie nichts mehr von ihm gehört.« Als Phil nicht darauf reagierte, hielt sie den Atem an. »Um Himmels willen, Phil, dem Jungen ist doch nicht wirklich etwas zugestoßen? Das ist doch nicht das Unheil, von dem du gerade gesprochen hast, oder? Großer Gott, bitte nicht.«

»Nein, nein. Ich denke, ihm fehlt nichts. Er hat den Bären nur noch nicht vernichtet.«

»Welchen Bären? Wovon sprichst du da? So rede doch endlich!«

Phil packte nach ihrem Ellbogen. »Das ist eine andere Geschichte, nicht Ihre, Isabelle. Gehen Sie jetzt hinein und warten Sie auf Elizabeth. Bleiben Sie gelassen, wenn Sie mit ihr über das reden, was gerade vorgefallen ist. Das Mädchen ist wahrscheinlich schon misstrauisch genug. Lassen Sie sich nichts anmerken. Heute Abend werde ich Tony O'Reilly in der Stadt aufsuchen und ihm das Geld für sein Schweigen anbieten.«

Isabelle fragte sich, ob es wirklich eine gute Idee war, dass er Tony aufsuchte, und sie fasste einen Entschluss. »Das werde ich erledigen.«

»Kommt überhaupt nicht infrage!«, rief er erbost.

»Doch«, antwortete sie entschlossen. »Tony ist ein widerliches Aas, das sich auf kein Geschäft mit einem *Indianer* einlassen würde. Er hegt eine tiefe Abneigung gegen dich und wird von dir nicht einen Penny annehmen.«

Seinem Gesichtsausdruck entnahm sie, dass er sich unbehaglich fühlte, ja, dass es ihm keineswegs schmeckte, sie diesen Auftrag erledigen zu lassen. Trotzdem schien er zu wissen, dass sie im Recht war. Kurz darauf nickte er mit einem schwachen Seufzen. »Ja, vermutlich ist das eine klügere Vorgehensweise. Ich werde Sie aber heute Abend in die Stadt fahren und im Wagen auf Sie warten.«

»In Ordnung. Aber was erzählen wir John?«

»John ist doch ebenfalls in der Stadt, um dort alles für den morgigen Weihnachtsmarkt vorzubereiten. Ich weiß, dass er sich dort mit ein paar Arbeitern der Kelterei auf dem Rathausplatz verabredet hat, die ihm behilflich sein sollen.«

»Das kommt uns sehr gelegen, allerdings sollten wir die Hauptstraße meiden, wenn wir Tony einen Besuch abstatten.«

»Also abgemacht. Gehen Sie jetzt ins Haus. Sie holen sich ja sonst noch den Tod.« Er wandte sich von ihr ab und ging mit langen Schritten in Richtung Garage, wo er in einem Anbau lebte. Wie sie ihm so nachsah, geriet sie ins Grübeln.

»Sag mal, Phil, wo ist dein Gehstock?« Das war eine berechtigte Frage, denn noch vor wenigen Tagen machte es den Eindruck, als würde diesem wunderbaren Menschen nicht mehr allzu viel Zeit auf dieser Welt vergönnt sein. Er war kränklich, blass und schwach gewesen. Heute schien es, als hätte er ein stundenlanges Bad in einem Jungbrunnen genossen – trotz der harten Arbeit, die er ungebrochen in seiner Sturheit verrichtete. Er hielt inne, drehte sich mit dem Gesicht nur halb zu ihr um.

»Den brauche ich nicht mehr«, war seine knappe Antwort.

»Manchmal habe ich den Eindruck, du wärst unsterblich«, sprach sie mit einem seligen Lächeln.

»Jeder Mensch hat eine Bürde zu tragen«, gab er sich kryptisch und verschwand.

Vom Lieben und Lügen

New York City, 23. Dezember 1962

James schlug mit der Faust gegen das Fensterglas der Telefonzelle, sodass sich einige Passanten erschrocken zu ihm umdrehten. Mehrmals hatte er versucht, Elizabeth auf Morgan's Hall zu erreichen, aber die Vermittlungsstelle konnte keine Verbindung aufbauen. Er ärgerte sich maßlos, dass er sie nicht, wie verabredet, im Wohnheim angerufen hatte. Vermutlich machte sie sich schon die größten Sorgen. Das tat ihm unglaublich leid, dabei dachte er pausenlos an sie. Alles, was er vorhatte, tat er, um wieder bei ihr sein zu können. Das war sein einziger Antrieb. Hoffentlich ging es ihr gut.

Müde presste er seine Stirn gegen das Glasfenster. Ja, er war hundemüde und unendlich erschöpft. Nicht nur, weil er seit Tagen keinen Schlaf gefunden hatte, sondern auch, weil er viel nervliche Energie verbraucht hatte.

Jetzt war Vormittag. *Nur noch ein paar Stunden*, sinnierte er. *Nur noch ein paar Stunden, dann ist es endlich vorbei.*

Als er das Apartment verlassen hatte, hatte Olivia noch geschlafen, doch als er nun wieder zurückkehrte, war sie verschwunden. Noch immer steckte ihm der Schreck in den Knochen. Als er sie gestern Abend bewusstlos neben der Badewanne aufgefunden hatte, war da nichts als blanke Panik in ihm gewesen. Egal, wer sie in Wirklichkeit war, egal, ob er sie liebte oder nicht, sie so aufzufinden, ohnmächtig, totenbleich, war tiefschürfender als die Tatsache, dass diese Frau nicht die war, für die sie sich ausgab. James lag es fern, dass sie litt oder sich etwas antat. Er wollte ihr und ihrer Familie einfach nur entkommen. Allerdings hatte ihn ihr hilfloser Anblick auch erzürnt, weil widerstrebende Gefühle in ihm kämpften und Wut die Oberhand gewann. Ihr selbstzerstörerisches Wesen, dieses Ringen nach seiner Aufmerksamkeit und seiner beschützenden Hand, durften ihn nicht mehr von seinem Vorhaben abbringen. Er war jene seelische Erpressung leid. Nichts weiter als das hatte diese Soziopathin mit dem gestrigen Vorfall beabsichtigt, das war ihm klar.

Nachdem er Olivia am Tag zuvor wiedergesehen hatte, war ihm sofort aufgefallen, wie misstrauisch sie ihm gegenüber gewesen war. Fast schon so, als hätte sie genau gewusst, was gerade in ihm vorging und dass er nicht mehr lange an ihrer Seite bleiben würde. Vielleicht war es nicht sein bester Einfall gewesen, ihr seine Liebe zu Elizabeth zu gestehen, aber das Maß an Geduld war nun endgültig voll, ja übergelaufen.

Sobald Olivia wieder zurückgekehrt war, würde er das gestrige Gespräch mit ihr fortsetzen, um sie endlich zu verlassen, weil es für ihn keinen anderen Weg mehr gab. Als Nächstes stand Joseph Wulf auf seiner Liste, und er wusste, ohne die Beweise, die er ihm gnadenlos vor die Füße schmeißen wollte, würde er niemals lebend ein Flugzeug betreten können.

James hatte Angst, keine Frage, spielte er mit dem Feuer und der Ausgang seines Unterfangens blieb bisweilen völlig ungewiss. Aus diesem Grund setzte er sich an den Sekretär im Wohnzimmer, nahm ein leeres Blatt Papier und einen Stift zur Hand. Sollte er diesen Tag nicht überleben, so gab es nur einen Menschen auf dieser Welt, von dem er sich in Liebe verabschieden wollte.

Geliebte Liz,

wenn dich dieser Brief erreicht, wirst du wissen, dass ich nicht Wort halten konnte, ich nicht als dein Mann zu dir zurückkommen durfte.

Das tut mir so unbeschreiblich leid.

Mir bleibt in diesen Minuten nicht viel Zeit, um diese Seiten mit all der Liebe zu füllen, die ich für dich empfinde. Seitenweise Wörter, die meine Sehnsucht nach dir beschreiben. Kein Papier auf dieser Welt würde ausreichen, das musst du mir glauben.

Alles ist in unserem Dasein vorherbestimmt, und wenn solch eine schicksalhafte Wendung mein Leben beendet, war es die Sache dennoch wert. Du sollst wissen, dass ich alles gewagt habe, um zu dir zurückzukommen. So wie ich es dir versprochen habe. So wie ich es mir selbst versprochen habe.

Du bist mein anderes Ich, mein besseres. Und ich danke dir für jeden gemeinsamen Tag.

Ich liebe dich, ich liebe dich, ich liebe dich.

Vergiss das niemals und …

James kam nicht dazu, die Zeilen zu beenden, denn irgendjemand klopfte hastig an die Haustür. Er runzelte die Stirn, legte den Stift zur Seite und faltete den unvollendeten Brief zusammen, steckte diesen in seine Hosentasche. Das Hämmern gegen das Türholz wurde ungeduldiger und in ihm machte sich ein Gefühl von Argwohn breit. Vielleicht war es Alexander, der es sich anders überlegt und kalte Füße bekommen hatte, weil er sich der Brisanz ihres Plans bewusst geworden war. Nach und nach befürchtete James, dass es ein riesengroßer Fehler gewesen war, ihn mit ins Boot geholt zu haben. Der Andere würde ihn doch nicht verraten? Ärger kochte in ihm hoch, der jedoch schnell verebbte, als er hastig die Tür aufriss und Gabriella vor ihm stand. Noch bevor er eine Äußerung der Verwunderung ausrufen konnte, legte sie verschwörerisch den Zeigefinger auf ihren Mund. Unheil lag in der Luft, das spürte er sofort.

»Kommen Sie mit, Mr Morgan«, flüsterte die Frau. Sie wirkte sichtlich angespannt.

»Was ist denn passiert?«

»Nun kommen Sie einfach«, befahl sie ihm. Hinter sich schloss er die Wohnungstür zu und folgte der Haushälterin auf leisen Sohlen in das Penthouse der Wulfs. Wieder und wieder drehte sie sich zu ihm mit dem vorgehaltenen Zeigefinger um, forderte ihn mit dieser Geste auf, so geräuschlos wie nur möglich zu sein. James wandte sich in dem Atrium um, niemand war zugegen und Gabriella packte nach seiner Hand, um ihn in die obere Etage zu führen. Weil er nicht genau wusste, was sie vorhatte oder was sie ihm zeigen wollte, war er auf der Hut und versuchte, jedes Knarren der Treppenstufen zu vermeiden, schlich auf Zehenspitzen hinauf.

Die Tür zu Margots Schlafzimmer war halb geöffnet und während sie daran vorbeischlichen, wagte er einen Blick hinein. Sie saß auf ihrem Bett und kämmte die lange schwarze Mähne, ahnte nichts von seiner Anwesenheit.

»Kommen Sie, kommen Sie!«, drängte Gabriella weiter und dirigierte ihn in eines der drei Gästezimmer. Die dunklen Vorhänge waren zugezogen und nur durch einen kleinen Spalt drang etwas Tageslicht in den sonst düsteren Raum.

Als James in das Zimmer trat, verriegelte sie sofort die Tür.

»Wären Sie so nett und würden mir verraten, was das hier soll?«

»Mr Wulf ist vor einer guten halben Stunde von seiner Geschäftsreise zurückgekehrt. Nur wenige Minuten später tauchte Ihre Frau hier auf, Mr Morgan, und war völlig außer sich.« Gabriella schlich zum Fenster und tastete unterhalb der Fensterbank nach irgendetwas. James stand reglos inmitten des Raumes und beobachtete jede ihrer Bewegungen. Dann hörte er das Geräusch einer Entriegelung und vorsichtig löste sie das Holzbrett, stellte es zur Seite. Mit einer Handbewegung bat sie ihn, näher zu kommen, und er folgte ihrer Bitte.

Plötzlich vernahm er Joseph Wulfs Stimme.

»Das ist ein alter Lüftungsschacht. Unter uns befindet sich Mr Wulfs Arbeitszimmer«, erklärte sie ihm leise. »Ich finde, Sie sollten das hören. Wir dürfen aber nicht erwischt werden, also bleiben Sie ruhig.«

Sein Mund wurde trocken und er war sich nicht sicher, ob er tatsächlich hören wollte, was sich in der Etage unter ihm abspielte. Dennoch beugte er sich zu dem Schacht hinunter und lauschte. Zunächst hörte er nur das ewige Auf- und Abgehen klackernder Absätze.

»Würdest du endlich damit aufhören, mich mit deinem Herumirren verrückt zu machen? Oder zieh deine verdammten Pumps aus!«, kam es barsch von Joseph. »Ich habe keine Ahnung, was du noch von mir willst.«

»Das weißt du genau.« Das war Olivias Stimme.

»Jetzt reicht es mir!« Ein polterndes Aufschlagen ertönte durch den Schacht. Vermutlich hatte er mit flacher Hand auf seinen Schreibtisch gehauen. »Du hast es vermasselt, Olivia. Sieh endlich ein, dass dieser kleine Idiot dich nicht mehr will. Ich habe dir von Anfang an gesagt, dass diese Liebelei in einer Katastrophe enden wird. Wie alles in deinem verdammten Leben.«

»Ach, und wer trägt daran die Schuld?«, erwiderte sie mit zynischem Unterton.

»Ich? Das kannst du nicht ernst meinen. Du bist eine kranke und völlig verstörte Frau – wie deine geisteskranke Mutter. Ich hätte dich vor Jahren in der Klinik zurücklassen sollen, wo du hingehörst. Ich dachte, eines Tages würde sich dein Zustand bessern, solange ich dir das gebe, was du brauchst. Das war ein Trugschluss. Du richtest nur Schaden an und gefährdest dadurch alles, was ich mir aufgebaut habe.«

»Wir wissen beide, mit welchen Mitteln du das erreicht hast und wie viele Leichenberge du bestiegen hast, um da zu sein, wo du jetzt bist.«

Joseph lachte polternd und brüllte los, nur um des Lärmes willen. »Du kleine Ratte!«, bellte er zurück. »Du hast das Leben, das ich dir ermöglicht habe, in vollen Zügen ausgenutzt und ausgekostet und genossen. Eliteschulen, deine scheußliche Kunst und dein hirnrissiges Studium an der Juilliard, das ich teuer bezahlen musste, weil du nicht annähernd so talentiert bist, wie du glaubst. Und was machst du? Riskierst alles für deine Wahnvorstellungen. Weiß Gott, ich habe alles für dich getan, nur um dich zufriedenzustellen, doch es ist nie genug. Immer wieder belangst du mich mit neuen Verrücktheiten.«

»Du wolltest mich mundtot machen. Mehr nicht. Also versuche jetzt nicht, mir weiszumachen, du hättest all das nur aus väterlicher Liebe getan. Du kannst nicht lieben.«

Joseph gab ein lautes Stöhnen von sich. »Du bist mein einziges Kind, Olivia. Ich habe so oft versucht, dich zu lieben, aber du machst es einem schier unmöglich. Offenbar hat auch dein Mann diesen Umstand allmählich erkannt.« Darauf antwortete seine Tochter nicht. »Sieh es ein, es ist vorbei. Verstehst du das nicht? Lass ihn gehen.«

»Auf gar keinen Fall. James ist *mein* Mann. Er ist zurzeit nur etwas verwirrt, mehr nicht.«

»Das glaubst du doch wohl selbst nicht. Olivia, ich bin in deinem Auftrag nach Seattle geflogen, um dieses kleine Mädchen einzuschüchtern, aber eins kann ich dir versichern.«

»Was?«

Kurze Stille trat ein, in der sich James' Herz zusammenkrampfte. Jegliche gesunde Gesichtsfärbung verabschiedete sich und mit den Händen musste er sich am Fensterrahmen festkrallen. Joseph war nach Seattle gefahren, um Elizabeth einzuschüchtern? Auf Olivias Anordnung? In seinem Kopf kreisten die Gedanken. Immer schneller und schneller, als säße er in einem Karussell, das sich ohne Unterlass drehte, ohne stoppen zu wollen.

»Du hast nicht die geringste Chance gegen die Kleine, weil sie das hat, was du nicht hast.«

Jetzt lachte Olivia höhnisch und verfiel wieder in ihre Art zu sprechen, von oben herab und voller Sarkasmus.

»Und was soll das bitte sein?«

»Die kleine Morgan hat ein Herz.«

»Sonst noch irgendetwas, vor dem ich mich fürchten sollte? Elizabeth ist höchstens ein kurzer Infekt, aber sicherlich kein schweres Fieber. James wird sich davon erholen.«

»Ach, und weshalb bist du dann hier, Darling?«

»Ich will, dass du unsere Hausbank kontaktierst und darum bittest, das Konto, das du für James und mich eingerichtet hast, kurzfristig einzufrieren. Er darf über kein Geld mehr verfügen. Hier sind seine Ausweispapiere. Verwahre sie in deinem Safe. Ich will nicht, dass er New York verlässt. Befiehl Kurt, ihm auf Schritt und Tritt zu folgen und ihn zu überwachen.«

»Nein, Olivia, das werde ich sicherlich nicht mehr tun.«

»Los!«, brüllte sie schrill. »Joseph, ich schwöre dir, wenn du es nicht tust, dann …«

»Dann was?«, grätschte er dazwischen und James vernahm das lärmende Wegrücken eines Stuhls, weil Wulf vermutlich in die Höhe geschossen war. Er konnte sich das Szenario, das sich in dem Arbeitszimmer abspielte, ganz genau vorstellen. Sehr wahrscheinlich standen sich Vater und Tochter mit herausfordernden bösartigen Blicken gegenüber. »Ich bin es leid, mich weiterhin von dir erpressen zu lassen, du intrigantes, verwöhntes Luder. All das ist schon viel zu weit gegangen. Und wofür? Für diesen kümmerlichen Pianisten, den du dazu auserkoren hast, ihn auf Ewigkeiten wie einen Sklaven zu halten. Als du mich damals um Hilfe gebeten hast, diesem Idioten eine aussichtsreiche Karriere vorzugaukeln, wenn er dafür bei dir bleibt, dachte ich an eine kleine, unbedeutende Liebelei. Ich bin fest davon ausgegangen, dass dich der Bursche irgendwann langweilt. Ich war mir sicher, dass du giftige Schlange ihn wie eine Maus verschlingen und eines Tages wieder ausspucken würdest, wie du es mit all deinen Liebhabern getan hast. Aber hätte ich damals auch nur geahnt, in welch prekäre Lage du mich mit deiner Besessenheit manövrierst, wäre ich niemals auf deine wahnsinnige Bitte eingegangen. Beinahe hätte dein schnüffelnder Ehemann uns wegen Geldwäsche drangekriegt. Du weißt, was geschehen wäre, wenn ich nicht über gewisse Freunde verfügen würde, die uns wieder einmal den Hals gerettet haben? Hast du eine Ahnung, was passiert wäre, wenn man mich vor Gericht gezerrt hätte? Bist du dir darüber überhaupt im Klaren? Das hätte auch für dich das Aus bedeutet.«

»Endlich hätte die Welt erfahren, wer du wirklich bist, du widerwärtiger Nazi.« Langes Schweigen trat ein. »Du wirst jetzt den Bankdirektor, einen deiner *gewissen* Freunde, kontaktieren und das Konto einfrieren lassen. Kurt übernehme ich.«

»Auch gut«, erwiderte Joseph mit deutlicher Verbitterung in der Stimme. »Vielleicht bittest du ihn noch einmal, irgendwelche Ziegelsteine nach James zu werfen oder ihm die andere Hand zu brechen.«

»Überaus witzig, Vater«, brüllte Olivia. »Sei froh, dass ich Kurt auf James angesetzt habe, sonst hätten wir nie erfahren, dass er von deinen manipulierten Geschäftsbilanzen wusste und dich an die Steuerbehörde verpfeifen wollte.«

James zuckte zusammen, wurde noch ein bisschen blasser, falls das überhaupt möglich war, und presste die Lippen aufeinander. Seine Wut stieg unaufhörlich an – mit jedem ihrer Worte und mit allem, was er soeben gehört hatte.

Dieses Miststück, dieses verdammte Miststück!

All die Jahre hatte er sich nicht erklären können, weshalb Joseph Wulf ausgerechnet *ihn* in dieses Gefängnis getrieben hatte und warum gerade *er* der Auserwählte gewesen war, der dazu verurteilt worden war, das verehrte Töchterchen zu ehelichen.

Die ganze Zeit hatte er in dem naiven Glauben gelebt, dieser Schweinehund würde ihn an sich ketten, weil er als Vater alles für Olivia tun wollte, um sie glücklich zu machen. Welch ein niederschmetternder Trugschluss. Die unschöne Wahrheit war ihm in den letzten Minuten offenbart worden und es stach ihn unerwartet hart ins Herz. Die Drahtzieherin hinter all dem war Olivia. Nur sie.

Eine tosende Welle vereinzelter Erlebnisse brach über James herein und spülte ihn an die Anfänge des Wulfschen' Verderbens zurück. Mit einem Mal sah er klarer. So vieles ergab nun einen Sinn, wo früher hunderte Fragezeichen seine Gedanken beherrscht hatten. Nach und nach fügten sich die bisher verloren geglaubten Puzzleteile zusammen.

Olivia war seit dem ersten Tag ihres Kennenlernens davon überzeugt gewesen, er hätte sein Herz längst an eine andere Frau verschenkt, was er allerdings immer abgestritten hatte.

Diese Frau war wie ein Spürhund, der eine Fährte aufnahm, bevor alle anderen diese witterten. Sie hatte von seiner Liebe zu Elizabeth gewusst, noch ehe er es selbst erkannt hatte. Ihre Chancenlosigkeit musste Olivia schon damals sehr bewusst gewesen sein. Also hatte sie ihren Vater gebeten, James eine glorreiche Musikerkarriere in Aussicht zu stellen, gekoppelt mit widerwärtigen Drohungen, dass Wulf ihm alles nehmen würde, sollte er nicht nach dessen Pfeife tanzen. Und all das nur, weil Olivia nicht verlieren konnte. Weil sie haben musste, was sie einmal ins Auge gefasst hatte. Sie beide hatten ihm keine andere Wahl gelassen, als diesem perfiden Deal zuzustimmen, weil er selbst nichts weiter als seine Musik im Kopf gehabt hatte – dumm und blind, wie er gewesen war. Früher hatte Joseph seine Erpressung mit einer promiskuitiven Tochter begründet, die seinem guten Ruf mit ihrem unkonventionellen Lebensstil erheblich geschadet hatte. Er hatte Olivia in eine Ehe lenken wollen, um sie *stillzulegen*.

Alles Blödsinn. Joseph hatte sich wahrscheinlich niemals um das Liebesleben seiner Tochter geschert.

Sie hatte ihren Vater zu dieser Erpressung gedrängt, damit James ihr ins Netz ging. Hatte Joseph die Pistole auf die Brust gelegt, indem sie wiederum ihn unter Druck gesetzt hatte, seine Vergangenheit preiszugeben, sollte er nicht parieren.

Sie hatte Kurt den Auftrag erteilt, James nach Morgan's Hall zu folgen, um jegliche Annäherung zwischen ihm und Elizabeth zu verhindern – egal zu welchem Preis. Mit quälender Gewissheit erkannte er, dass seine Ehefrau Schuld daran trug, dass er niemals seinen Traum als Pianist würde verwirklichen können, weil sie es in den ganzen Jahren verhindert hatte. Sie hatte die böse Saat gesät, die ihn hatte scheitern lassen. Wieder und wieder.

Manchmal schlief der größte Feind im eigenen Bett.

Diese Erkenntnis war so schmerzhaft, dass er in seinem Gram versinken wollte. Noch klammerte er sich an seine schwindende Selbstbeherrschung, sah sich schon aus dem

Zimmer rennen, die Treppe hinunterjagen, um Olivia den Hals umzudrehen und sich für das zu rächen, was sie ihm angetan, ja was sie ihm genommen hatte.

Auch wenn Olivia ihm nahezu alles entrissen hatte, eines war ihr nicht gelungen: die Eliminierung seiner Liebe zu Elizabeth. Und genau diese Liebe wallte nun wieder in ihm hoch, behielt ihn unter Kontrolle, denn sie war das Einzige, was jetzt noch zählte. Und das mehr denn je. Ganz gleich, ob sich jener furchteinflößende Schatten, der die Gestalt seiner eigenen Ehefrau angenommen hatte, beinahe über seine ganze Existenz legte. Seine Liz würde immer sein Licht sein.

Das Spiel von Lieben und Lügen war vorbei. Der Moment seines Ausbruchs war gekommen und von diesem Zeitpunkt an würde es kein Zurück mehr geben.

Gabriella sah ihn mit ehrlichem Bedauern an und ihre Hand ruhte auf seiner niedergedrückten Schulter. Er sah sie entschlossen an, raffte sich auf. Wie sehr dankte er den guten Geistern, dass sie ihn geholt hatte, damit er die ganze Wahrheit erfuhr.

»Sie haben immer gewusst, wer Joseph Wulf in Wirklichkeit ist, oder, Gabriella?« Die Haushälterin senkte schamvoll den Blick und nickte. »Weshalb sind Sie nie zur Polizei gegangen?«

»Mr Wulf weiß, dass ich in diesem Land nicht legal lebe. Er gab mir diese Arbeit, doch dafür muss ich über alles, was hier im Haus passiert, Stillschweigen bewahren.«

James verstand. »Warum haben Sie mich geholt?«

Ein schwaches Lächeln glitt über ihre Lippen. »Ich konnte nicht mehr mit ansehen, wie man Ihr Leben zerstört, Mr Morgan. Sie waren immer so nett zu mir, so höflich und zuvorkommend. Als Olivia Sie uns damals vorgestellt hatte, tat es mir in der Seele weh, weil ich wusste, dass man Sie hier zugrunde richten würde.« Ihre Augen funkelten und sie hielt seine Hand. »Selbst wenn die Wulfs mich gehen lassen würden, könnte ich Margot niemals alleinlassen. Ich pflege sie nun schon so lange. Ich liebe sie, können Sie das verstehen?«

»Natürlich.«

»Margot war diejenige, die mich dazu aufgefordert hat, Ihnen Bescheid zu geben, wenn diese Wahrheit ausgesprochen wird. *Sie* war es, Mr Morgan. Die arme Frau muss sehr viel Furchtbares in ihrer alten Heimat erlebt haben. Sehr viel Unaussprechliches. Aber sie ist nicht immer verwirrt. Manchmal trügt der Schein.«

»Gabriella, wissen Sie, welche genauen Aufgaben Wulf bei der SS hatte? Ich konnte nur herausfinden, dass er den Rang des Obersturmbannführers innehatte und dass er womöglich zu Hitlers engerem Kreis gehörte. Ich glaube das, weil ich ein Bild von Olivia als kleines Mädchen fand, auf dem sie mit Hitler zu sehen ist. Viel mehr konnte ich aber nicht in Erfahrung bringen.«

»Es tut mir leid. Ich weiß so gut wie nichts über die Zeit in Deutschland. Dieses Thema wird hier totgeschwiegen.«

James glaubte ihr. Aus seiner Hosentasche entnahm er den nicht vollendeten Brief.

»Würden Sie mir einen Gefallen tun?«

»Jeden, Mr Morgan.«

»Falls mir etwas zustoßen sollte, würden Sie bitte diesen Brief an Elizabeth Morgan senden? Es ist sehr wichtig, dass sie diese Zeilen erhält.«

Mit liebevollem Blick sah sie gebannt auf das gefaltete Papier und nahm es entgegen. »Sie werden es schaffen, Mr Morgan. Los sueños solo mueren si muere el soñador. *Träume sterben nur, wenn der Träumer stirbt.* Von ganzem Herzen wünsche ich mir, dass Sie zu Ihrer großen Liebe zurückkehren können. Machen Sie, dass Sie hier rauskommen!«

Gabriellas Worte rührten ihn sehr. Sie und Margot schienen die einzigen Menschen in diesem scheußlichen Haus zu sein. Dankbar küsste er ihre Stirn.

»Gabriella, wenn Sie und Margot Hilfe benötigen, dann kontaktieren Sie mich auf Morgan's Hall. Sie sollten auch nicht hierbleiben.«

»Nicht ohne Margot. Deshalb werde ich wohl für immer hierbleiben. Egal wie schrecklich dieser Ort ist.«

James verstand, dass diese beiden Frauen mehr verband als die bloße Abhängigkeit zwischen einer Pflegerin, die den Lohn brauchte, und einer labilen Irrsinnigen, die auf die aufopfernde Fürsorge der anderen angewiesen war. Vielleicht durfte man sogar von inniger Liebe sprechen, die einzige seelische Befriedigung in diesem Gebilde aus Lügen.

»Passen Sie auf sich und Margot auf«, waren seine letzten Worte, die er an Gabriella richtete, bevor er sich wie ein Roboter aus dem Gästezimmer begab – ruckartig, mechanisch.

Ohne Furcht, entdeckt zu werden, dafür voller berauschender Entschlossenheit rannte er die Treppe hinunter und verließ das Penthouse der Wulfs.

Heute hatte Olivia es ihm sehr leicht gemacht, sie zu verlassen und nun wirklich kein Mitleid mehr mit ihr zu empfinden. Fort waren alle Ängste, die bislang seinen Weg gesäumt hatten. Fort waren alle Gewissensbisse, die an ihm genagt hatten wie eine Ratte, die sich nicht abschütteln ließ. Und fort war jede Erinnerung an zarte Momente der Zuneigung, die er je gehegt hatte.

Er stürmte in das Apartment, ließ jeglichen Schmerz und all die tiefen Täler hinter sich. Aus dem Karton, in dem sich sämtliche Notenblätter seiner eigens komponierten Stücke befanden, entnahm er die Beweismittel, die nun sein Ticket in die Freiheit bedeuten sollten. Er rollte den Umschlag zusammen und steckte ihn zwischen Rücken und seinen Gürtel.

Nur wenige Minuten später öffnete ihm Gabriella wieder die Tür und nickte ihm mit verschwörerischer Miene zu. Sie begleitete ihn zu Wulfs Arbeitszimmer, klopfte an und wartete, bis er ihr Einlass gewährte.

»Mr Wulf«, sagte sie im Türrahmen stehend, »bitte entschuldigen Sie die Störung, aber Mr Morgan möchte Sie sprechen.«

Es dauerte einen kurzen Moment, bis Joseph seiner Haushälterin antwortete und James hereinbat. Sicherlich hatten weder er noch seine Tochter mit seinem Besuch gerechnet.

Als sich die Tür hinter James langsam wieder schloss, sah er Gabriella noch einmal nach.

Joseph hatte soeben den Hörer aufgehängt, ließ sich bei dem Anblick seines Schwiegersohnes in den Schreibtischsessel zurückfallen, begünstigte ihn mit einem süffisanten Lächeln, selbstgefälliger denn je. Dann rührte er versonnen in seinem Kaffee. Olivia hingegen, die neben ihrem Vater stand, machte sofort einen angespannten Eindruck, kratzte sich ohne Unterlass über die Haut oberhalb ihres Dekolletés, sodass diese nach kurzer Zeit schon ganz rot war.

»James, was machst du denn hier?«, fragte sie zögerlich.

»Wie ich sehe, geht es deinem Bein wieder gut?«, antwortete er mit einer Gegenfrage. Er musste die innerliche Nervosität zurückschrauben. Gedanklich war er diese Szene so oft durchgegangen und er durfte sich keine Schwäche erlauben.

»Ja, danke. Ich spüre die Wunde kaum noch.« Olivia zwang sich zu einem Lächeln, während Josephs ewiges Herumrühren in der Kaffeetasse James fast die Nerven raubte.

»Dürfte ich fragen, was du hier willst?«

»Das darfst du«, antwortete er mit stolzgeschwellter Brust. »Ich wollte mich erkundigen, wie deine Geschäftsreise nach Seattle war.«

»Du lieber Gott! Seit wann interessieren dich meine Geschäftsreisen? Willst du mich auf den Arm nehmen?«

James machte einen großen Schritt, streckte den Arm aus und mit der Hand fegte er sämtliche Bilderrahmen und eine Lampe von Wulfs Schreibtisch. Beim lauten Scheppern zuckte Olivia zusammen. Damit war der Bann gebrochen.

»Mich interessiert es sehr wohl, wenn du deine Geschäftsreisen dazu nutzt, der Frau zu drohen, die ich liebe.« James fühlte, wie sein Hals anschwoll. Für den Bruchteil einer Sekunde sahen sich Vater und Tochter betreten an und bei diesem Anblick verfiel er in ein sardonisches Grinsen. »Ja, da schaut ihr beide dumm aus der Wäsche. Auch ich habe meine Vögelchen überall positioniert.«

Joseph zeigte keinerlei Reue, zuckte nur mit den Achseln. »Ich habe dich mehrmals gewarnt und dir befohlen, deine mickrigen Pianistenhände bei dir zu behalten. Ich tue es gern noch ein letztes Mal.«

»Du hast mir gar nichts zu befehlen.«

»Wenn mein Schwiegersohn meine Tochter betrügt, wird gehandelt, mein Freund.«

»Lass dieses Schmierentheater. Dich interessiert es doch einen Scheißdreck, ob ich dein Töchterchen betrüge.« James' harter Blick haftete nun auf Olivia, die sich wie ein verschrecktes Kaninchen mit dem Rücken gegen die Fensterfront presste. Er konnte ihre aufgesetzte Unschuldsmiene nicht mehr ertragen.

»Heb den rechten Arm und streck ihn noch vorne«, kommandierte er.

»Was?«, fragte sie kaum hörbar.

»Tue es einfach! Los, heb den rechten Arm!«, brüllte er.

Verunsichert tat sie langsam, was er ihr befahl. »Ich weiß nicht, was du von mir willst.«

»Höher. Noch höher.« Er verschränkte die Arme vor der Brust und trat einen Schritt zurück. Nur ein flüchtiger Blick zu Joseph, der kurz die Augenlider senkte, bewies James, dass der Mann sofort wusste, worauf er mit dieser Aktion hinauswollte. »Streck die Hand nach vorne aus.«

»Hast du den Verstand verloren?«, wollte sie wissen.

Da stand sie nun – mit Hitlergruß.

»Diese Haltung sollte dir doch vertraut sein, nicht wahr? *Anna-Maria*?«

Erschrocken starrte sie ihn an und verriet sich endgültig damit. Einen Augenblick lang schwieg sie. »Ich verstehe nicht«, sagte sie schließlich, »ich habe keine Ahnung, wovon du da sprichst.« Langsam senkte sie den Arm, ließ ihn schlaff hinunterhängen.

»Und ob du das weißt.« Er packte hinter seinen Rücken und pfefferte den Umschlag auf den Schreibtisch.

Joseph fuhr halb von seinem Sitz hoch, ließ sich dann wieder zurücksinken und sah ihn ohne Unterlass an. Dann brachte er es fertig, das Kuvert zu öffnen.

Die Würfel waren gefallen.

Auf diesen Augenblick hatte James sich schon lange gefreut. Er wollte in Joseph Wulfs versteinertes Gesicht blicken, und noch besser wäre es gewesen, wenn dieser Schweinehund auf der Stelle vor Schreck tot umgefallen wäre.

Allerdings wich Ernüchterung der freudigen Erwartung, denn Joseph verzog nicht einmal den Mund, durchforstete betont lässig das Bildmaterial.

»Was soll ich damit?«, fragte Wulf mit offener Verachtung.

Olivia blickte über die Schulter ihres Vaters und erstarrte augenblicklich. Ihr Gesicht wurde so bleich, dass das Licht, das durch die halb zugezogenen Vorhänge fiel, ihr einen grünlichen Stich verlieh.

»Du weißt ganz genau, was das ist und was diese Bilder beweisen.«

»Ich sehe ein paar Menschen in SS-Uniform, weiter nichts.«

James brachte ein schiefes Lächeln zustande. »Joseph, ich kenne dich inzwischen besser, als du ahnst, und hinter deiner blasierten Fassade steckt gerade ein erbärmlicher Feigling, dem der Allerwerteste auf Grundeis geht. Du dachtest immer, ich sei ein verträumter und dämlicher Narr, der sich bis an sein Lebensende von dir tyrannisieren lassen würde. Aber da bist du krumm gewickelt. Arme Schweine seid ihr.«

Joseph beäugte ihn mit ungebrochener Stolzesmiene.

»James«, sagte Olivia leise, »du bist auf der völlig falschen Fährte. Mein Vater hat Deutschland aus Überzeugung verlassen, weil er der fanatischen Ideologie entfliehen wollte.«

»Halt den Mund!«, sprach Joseph drohend.

»Genau«, tönte James, »weil dein Vater als Heiliger bekannt ist. Sag es mir, Wulf, wie viele Menschen hast du auf dem Gewissen? Hunderte? Tausende?« Der Mann vor ihm hüllte sich in Schweigen. James' Geduld war am Ende. »Olivia, willst du mich für dumm verkaufen? Dein Vater trug die Uniform eines hochrangigen Nazis und du weißt genau, dass Blut an seinen Händen klebt. Dein Wissen über ihn reicht aus, um ihn auf ewig zu erpressen, damit du dieses wohlgehütete Geheimnis für dich behältst und dafür bekommst, was immer du dir wünschst. Du bist ein durchtriebenes Biest. Doch das Blatt wendet sich *jetzt*. Lass die Knarre in der Schublade!«, brüllte er, als er bemerkte, wie Joseph den Schubkasten seines Schreibtischs öffnete. »Willst du mich etwa erschießen? Glaubst du ernsthaft, ich wäre so einfältig und würde dir die einzigen Abzüge vorlegen? Für so dumm habe ich dich nicht gehalten. Um mein Leben und das von Elizabeth – nein, lass mich ausreden -, um unser Leben zu schützen, habe ich die Beweise noch jemandem anvertraut, der nicht mit der Wimper zucken würde, diese zu veröffentlichen, sollte uns etwas zustoßen.« Er beugte sich über den Tisch zu Wulf hinunter. »Na, mach schon! Erschieß mich!«

Olivia packte nach Josephs Schulter, um ihn von möglichen Untaten abzuhalten.

»Bitte, Vater.« Tränen strömten über ihre Wangen.

»Mein Leben ist mir egal, aber solltest du oder einer deiner Leute Elizabeth auch nur ein Härchen krümmen, landen diese Bilder unverzüglich beim obersten Gerichtshof in Washington D.C. und bei jeder Pressestelle in diesem Land. Ich schwöre es dir. Du wirst alles verlieren, Wulf. Alles.«

»Was willst du?«, fragte er plötzlich und unerwartet kleinlaut.

»Ich will aus dieser Tür verschwinden, ohne mich ein Leben lang umdrehen zu müssen. Ich will, dass ihr die Käfigtür aufschließt und mich endlich und für alle Zeiten in Ruhe lasst. Ihr beide. Gebt mir meine Freiheit zurück.« Sein zorniger Blick traf auf seine Frau.

Joseph senkte die Lider für einen Moment, sah dann noch einmal auf die Bilder, die vor ihm lagen.

»In Ordnung«, erwiderte er kühl und ergeben. »Verzieh dich!«

James horchte auf. Mit einer so schnellen Entlassung hatte selbst er nicht gerechnet.

Olivia rannte um Wulfs Schreibtisch und stürmte auf James zu.

»Nein«, wimmerte sie. »Ich lasse nicht zu, dass du gehst.«

Instinktiv trat er einen Schritt zurück. »Rühr mich nicht an!«, sagte er emotionslos, während sich ihre Fingernägel in sein Hemd krallten und sie verzweifelt an ihm herumzerrte.

»James, du kannst mir doch nicht die Vergangenheit meines Vaters anlasten. Ich war noch ein Kind.«

»Olivia, es ist vorbei. Ich hätte dich auch ohne dieses Wissen verlassen. Glaube mir. Ich habe dich nie geliebt. Und das weißt du.«

Sie ließ ihn erschrocken los. Er sah ihren großen Schmerz und sie fasste sich an die Brust, schaute ihn aus tränenblinden Augen an.

»Das glaube ich dir nicht«, flüsterte sie wie betäubt.

»Du wusstest immer, dass ich nicht zu dir gehöre, sonst hättest du mich niemals von eurem Knochenbrecher Kurt beschatten lassen. Ich habe dich in jeder deiner Lebensphasen unterstützt, dich in deiner Kunst bestärkt, an deiner Seite gestanden, als es dir nicht gut ging. Du hingegen hast mir meine Lebensträume zerstört. Dein Vater und du, ihr habt mir vorgegaukelt, ihr würdet mich in meiner Musik fördern, mir Türen öffnen, von denen ich niemals hätte zu träumen gewagt, dass sich diese einmal für mich auftun würden. Nichts habt ihr getan. Nichts. Ganz im Gegenteil. Und warum? Weil du, Olivia, nie gewollt hast, dass ich den Erfolg habe, den ich vielleicht verdient hätte. Und alles nur, damit ich mich von dir abhängig mache. Ich weiß, dass du kein von Grund auf bösartiger Mensch bist, sonst hättest du mir nicht erlaubt, das Angebot des Chamber Orchestras anzunehmen. Möglicherweise dachtest du, du könntest dein Gewissen reinwaschen, indem du mir dieses kleine Bonbon zuwirfst. Leider hast du nicht damit gerechnet, dass genau während dieser Tournee die Frau auftaucht, die ich über alles liebe. Meine Entscheidung, dich zu verlassen, traf ich bereits in dem Augenblick, als Elizabeth mir nach so langer Zeit wieder gegenüberstand.«

Olivia sah ihn mit großen Augen an, fragte sich bestimmt, woher er wusste, was sie ihm in diesen ganzen Jahren angetan hatte. Ihr Mund ging auf und zu, doch sie bekam kein Wort heraus. Hilflos sank sie auf die Knie. Er betrachtete die vor ihm kauernde Frau und es war ihm zuwider, die Fassade des herzlosen Scheusals aufrechtzuerhalten. Beinahe hätte sie ihm sein Leben zerstört, hatte ihm bereits so vieles genommen, ihm so viel Schmerz und Qual gebracht, auch wenn sie aus Liebe gehandelt hatte. Einer besessenen, vergifteten Liebe.

James musste standhaft bleiben und sich nicht von ihren Tränen beirren oder gar erweichen lassen. Letztendlich beweinte sie nur sich selbst. Er hielt ihr die Hand entgegen. »Bitte, steh auf. Behalte den letzten Funken Würde. Fang ein neues Leben an, ein gutes.«

Sie schlug seine Hand weg und hievte ihren Körper hoch. Mühsam tat sie ein paar Schritte, wandte sich ihm dann wieder zu. Ein grausames Lächeln spielte um ihren Mund.

»Du glaubst doch nicht, dass ich jemals einer Scheidung zustimmen werde.«

»Schluss!«, brüllte Joseph. »Olivia, es reicht mit diesem armseligen Zirkus. Du lässt diesen erbärmlichen Hanswurst jetzt aus dieser Tür gehen, oder willst du, dass wir alles verlieren? Ich mag hinter Gitter wandern, meine Teure, aber du wirst in der Gosse landen.«

Alles hatte seinen unvermeidlichen Lauf angenommen, bis zum unumgänglichen Ende, und für James gab es kein anderes denkbares Szenario als dieses hier. Joseph war auf seine bescheidene Forderung eingegangen und nach der Gossen-Prophezeiung schien nun auch Olivia einzuknicken. Nach und nach musste ihr bewusst werden, dass diese Ehe zukunftslos war. Sie drehte sich mit einem Ruck um – bar aller Hoffnungen. Kurz darauf begradigte sie ihre Haltung, wischte sich die Tränen aus dem Gesicht und nickte ihrem Vater zu.

»Los, schmeiß ihn raus!«, sagte sie nüchtern. »Ich kann seinen Anblick nicht länger ertragen.«

James zeigte ein wissendes Lächeln, obwohl es hieran nichts Amüsantes gab. Olivia spielte wiederkehrend Miss Arrogant, stülpte den Kokon aus gewebter Unantastbarkeit über.

Tief einatmend sah er nun zu Joseph. »War's das endlich?«

»Du hast meine Tochter gehört. Mach, dass du Land gewinnst!«

Der langersehnte Schlussakt war gekommen. Wie das trommelnde Ende einer Wagner-Sinfonie.

»Olivia, ich werde einen Anwalt beauftragen, der sich um unsere Scheidung kümmern wird.« Sie regte sich nicht. »Dürfte ich bitte meinen Ausweis zurückhaben?«

Wulf schmiss ihm seine Papiere zu und er fing sie auf. Dann drehte James sich zur Tür um, wollte gerade hinaustreten, da rief Joseph ihm hinterher, dass er stehen bleiben sollte.

»Bete zu Gott, dass ich niemals herausfinde, wem du die Bilder anvertraut hast.«

Mit dieser unheilvollen Drohung verließ James nun endgültig das Arbeitszimmer.

Atemlos und wie im Wahn packte James die wenigen Habseligkeiten, die er hatte, in eine kleine Reisetasche. Er wollte alles zurücklassen, was ihn an New York und die Wulfs erinnerte, selbst seine unzähligen Kompositionen, die einmal sein ganzes Leben bedeutet hatten. Jetzt boten die vollgestopften Kartons lediglich eine bedeutungslose Papiersammlung dar.

Seine Knie zitterten vor Erleichterung, als er ein letztes Mal in den Aufzug stieg, völlig ungestört in diesem engen Stahlkasten stand und sich wie erschöpft gegen die Wand drückte.

Es war vorbei. Die Schlacht war ausgetragen und er hatte gewonnen.

Er war ein freier Mann.

Frei, frei, frei. Welch ein unglaubliches Gefühl der Erleichterung.

Doch war dieser Kampf tatsächlich ausgefochten – und war er wirklich als Sieger hervorgegangen? Tief in seinem Inneren wusste er, dass es falsch war, jenes Wissen über Joseph Wulf für sich zu behalten, auch wenn er aus Liebe gehandelt hatte. Aber machte er sich nicht mitschuldig an Verbrechen, die Wulf in Zukunft begehen würde? Er durfte jetzt nicht daran denken. Er musste sich erst selbst retten, um anderen helfen zu können.

Als James im Foyer ankam und aus dem Aufzug stieg, blieb er ein allerletztes Mal vor dem Gemälde des Schwanenritters Lohengrin stehen. In ihm drängte sich die Frage auf, ob es richtig gewesen war, sich mit einer Erpressung freizukaufen. Hatte er sich damit nicht auf das gleiche Niveau begeben wie die Wulfs? Hätte er diese Beweise nicht doch der Staatspolizei überreichen müssen?

War es nicht seine verdammte Pflicht und Schuldigkeit gegenüber all den Menschen, die Wulf vermutlich jahrelang gequält oder sogar getötet hatte?

James wusste, irgendwann würden all diese Fragen sein Gewissen zerfressen. Ja, er wusste es. Und doch hatte es heute keinen anderen Ausweg gegeben.

Ein poetischer Deal

Morgan's Hall, 23. Dezember 1962

Elizabeth lenkte den Pick-up durch die enge Serpentinenstraße, die zur Stadt führte. Phil hatte am Morgen ganze Arbeit geleistet und den Weg ordentlich mit dem mobilen Schneeschieber von der weißen Pracht befreit. Die Schneemassen häuften sich am Wegesrand, dennoch musste sie mit aller Vorsicht den Wagen lenken. Isabelle, die neben ihr saß und noch keinen Ton von sich gegeben hatte, starrte unentwegt geradeaus. Sie hatte Elizabeth gebeten, das Steuer zu übernehmen, weil ihr die Nachricht von Clarks Tod auf den Magen geschlagen war.

Elizabeth konnte es nicht ausstehen, immer noch wie ein kleines Mädchen behandelt zu werden. Irgendetwas musste zwischen Tony und ihrer Mutter vorgefallen sein. Es war die Art, wie er sie vorhin angesehen hatte. Seine verschwörerischen Augen und sein verwegenes Grinsen, daran hatte sie es erkannt. Dann Isabelle, die vom einen auf den anderen Moment von einem beschützenden Muttertier zu einem verschreckten Mäuschen übergewechselt war.

»Mom«, sagte sie, »würdest du mir bitte erzählen, was zwischen Tony und dir gelaufen ist?«

»Was meinst du?«

»Ich hatte das Gefühl, dass Tony dir vorhin Angst gemacht hat.«

»Da muss dich dein Gefühl getäuscht haben.« Isabelles Widerrede klang unbeteiligt, dabei schien ihr nicht bewusst zu sein, dass sie unablässig mit den Handflächen über ihren Rock strich, als wollte sie diese trocknen.

»Sicher?«

»Ganz sicher, Liz.«

Mehr war aus ihrer Mutter nicht herauszupressen, das wusste Elizabeth und so blieb ihr nichts anderes übrig, als sich mit dieser Antwort zufriedenzugeben. Hart griff sie um das Lenkrad, weil sie immer noch sehr aufgebracht war wegen Tonys Verhalten. Niemals würde sie ihm verzeihen können, wie er Phil heute behandelt hatte. Jemandem ins Gesicht zu spucken, war das Respektloseste, das sie jemals erlebt hatte. Welch eine abscheuliche Art, einem anderen Menschen seine Abneigung zu zeigen.

Was in aller Welt hatte sie damals nur geritten, sich auf diesen Mann einzulassen? Welch geistiger Umnachtung war sie ausgesetzt gewesen? Tony war seit jeher ein großmäuliger, selbstverliebter Gockel, der nicht mehr als ihre Ignoranz verdient hätte. Elizabeth verachtete Großspurigkeit und Männer, die sich selbst verehrten, nur weil sie eben Männer waren. Doch seine Hartnäckigkeit und das unaufhörliche Buhlen um ihre Gunst hatten sie blind gemacht. Unverhofft war er in ihr Leben getreten, zu einer Zeit, als sie unglaublich verletzt gewesen war. Sie hatte nicht mehr gewusst, wo links und rechts war. Damit war sie das hervorragende Freiwild gewesen, das direkt ins Visier des Jägers gehuscht war.

Elizabeth wollte allerdings nicht unfair sein, denn es gab auch eine andere Version von Antony O'Reilly. Einst war er ein heimatloser Straßenköter und jahrelang auf der Suche nach etwas Beständigem gewesen. Er hatte sich nach einem wahrhaftigen Zuhause gesehnt.

Nicht alles an ihm war schlecht. Er konnte, sofern er sich anstrengte, ein echter Charmeur sein, der sie oft zum Lachen gebracht hatte, und er strahlte eine unbestreitbare Attraktivität aus, der er sich allerdings mehr als bewusst war. Trotzdem – und das musste sie sich eingestehen – war er es gewesen, der sie aus dem tiefen Tal der Tränen hinausgeführt hatte. Dennoch vergaß sie niemals den Mann, dem sie schon als Kind ihr Herz geschenkt hatte.

Oh, Tony, brodelte es in ihr, *heute hast du einfach alles zerstört. Das letzte Fünkchen an Zuneigung, das ich noch für dich gehegt habe – ausgelöscht wie die Flamme einer Kerze.*

Als die beiden Frauen das Rosie's erreichten und Elizabeth den Motor abstellte, packte Isabelle rigoros nach ihrem Handgelenk.

»*Ich* werde in New York anrufen. Hast du gehört? Sollte James den Hörer abnehmen, dann darfst du mit ihm sprechen, aber wenn nicht, verhältst du dich mucksmäuschenstill.«

Sie nickte ihrer Mutter zu.

Beide betraten das Diner, setzten sich an die Theke und bestellten zunächst zwei Becher Kaffee. Mehr aus Höflichkeit, als dass sie vorhatten, länger dort zu verweilen. Ungeduldig wartete Elizabeth auf die Bedienung, die mit einer vollen Kanne auf sie zukam und in aller Ruhe einschenkte. Ganz in ihrer Nähe stand das Münztelefon, so nah, dass sie es kaum noch aushalten konnte, noch weiter zu warten.

»Vielen Dank«, sagte Isabelle freundlich, öffnete ihr Handtäschchen und entnahm ihre Geldbörse. »Dürfte ich Ihren Telefonapparat für ein Ferngespräch nutzen? Leider hat der Schneesturm unsere Leitung gekappt.«

Lynn, die vor einigen Jahren als Rachels Ersatz im Rosie's eingestellt worden war, lächelte zuvorkommend. »Natürlich, Mrs Morgan.«

»Na los«, murmelte Isabelle, als Lynn sich wieder den anderen Gästen widmete. Beide rutschten von ihren Hockern und Isabelle warf mehrere Münzen in den Schlitz, während Elizabeth ihr ein schwarzes Notizheft reichte, in dem James' Telefonnummer vermerkt war.

»Ich bitte um ein Ferngespräch nach New York City«, bat ihre Mutter die Telefonistin. Kurz darauf wählte sie James' Nummer. Elizabeth drückte ihr Ohr ebenfalls an den Hörer. Ihr Herz raste und das lange Signal des Freitons wurde von Sekunde zu Sekunde unerträglicher. Auch Isabelle trat inzwischen von einem Fuß auf den anderen.

Elizabeth sah sie an und im Gesicht der Mutter spiegelte sich die gleiche Ernüchterung, die auch sie augenblicklich fühlte. »Liebes, niemand geht ran.«

Sie wollte gerade den Hörer einhängen, da hielt Elizabeth sie davon ab.

»Einen Moment noch. Bitte«, flehte sie.

»Verreisen die Wulfs nicht über Weihnachten immer in die Hamptons?«

Elizabeth schloss entmutigt die Augen. Das war ihr nicht in den Sinn gekommen, aber es erklärte, weshalb sie niemanden erreichten. Ebenso bedeutete es, dass Olivia tatsächlich aus dem Sanatorium entlassen worden sein musste. Eine Mischung aus großer Enttäuschung, Wut und Eifersucht hielt Einzug in ihr Herz. Wie konnte James, nach allem, was zwischen ihm und ihr geschehen war, nun mit dieser Frau verreisen? Als hätte es ihre gemeinsame Zeit in Wien niemals gegeben. Diese Erkenntnis war so unendlich bitter, dass es Elizabeth den Boden unter den Füßen wegriss. Die Zeit war gekommen, um endgültig die Flinte ins Korn zu werfen.

»Leg auf, Mom«, sagte sie leise. Ihr Gesicht verzerrte sich, der Blick wurde glasig.

»Oh, Liz, es tut mir so leid«, flüsterte Isabelle. Geistesabwesend wollte sie gerade den Hörer auflegen, da vernahmen beide eine Frauenstimme.

Elizabeth fuhr erschrocken auf und ihre Mutter riss die Hörmuschel wieder an ihr Ohr.

»Hallo, hallo?«, erwiderte Isabelle hektisch und Elizabeth sperrte gespannt die Lauscher auf. »Olivia, sind Sie am Apparat? Hier spricht Isabelle Morgan.«

Stille trat ein und dauerte eine gefühlte Ewigkeit.

»Was wollen Sie?«, fragte Olivia tonlos, nachdem einige Zeit des Schweigens vergangen war.

Isabelle setzte ein falsches Lächeln auf. »Oh, nichts Bestimmtes, aber da Weihnachten vor der Tür steht, wollte ich meinem Stiefsohn ein frohes Fest wünschen.«

Innerlich seufzte Elizabeth. Sie hatte es für einen Scherz gehalten, als ihre Mutter heute gesagt hatte, sie würde dies als Grund für ihren Anruf vorschieben. Isabelle, schlagfertig und schlau, war nichts Besseres als das eingefallen?

Oliva lachte. »Mir ist nicht bekannt, dass Sie sich in den vergangenen Jahren auch nur einmal dazu hätten hinreißen lassen, meinen Mann zu kontaktieren. Also, was zum Teufel wollen Sie?«

»Ich möchte ihn sprechen!«, bölkte Isabelle zurück und ihr Gesicht verfärbte sich rot. »Ich will wissen, ob es ihm gut geht.«

»Es geht ihm *blendend*! Auf Wiederhören.«

Elizabeth verlor die Geduld und entriss ihrer Mutter den Hörer, und zwar so schnell, dass diese nicht reagieren konnte.

»Olivia? Olivia, du wirst mir jetzt sofort James an den Apparat holen. S-o-f-o-r-t!«

Isabelle war fuchsteufelswild und versuchte, ihr den Telefonhörer wieder aus der Hand zu reißen.

»Fall tot um, Elizabeth Morgan!«, war das Letzte, was sie von dieser Frau vernahm und kurz darauf ertönte der schrille Besetztton.

Nun gelang es ihrer Mutter, den Hörer zu nehmen, und prompt hängte Isabelle diesen lautstark in die Halterung zurück. »Mädchen, bist du verrückt geworden? Ich habe dir doch ganz klar zu verstehen gegeben, dass du dich ruhig verhalten sollst. Wahrscheinlich bringst du James noch mehr in Teufels Küche.«

Einige Gäste des Diners waren auf die Morgan-Frauen aufmerksam geworden, blickten von ihren Sitzen gespannt zu ihnen herüber. Weder die anderen Leute noch Isabelles Predigt rührten Elizabeth. Auf den Fingernägeln kauend lief sie am Münztelefon auf und ab, blieb dann vor ihrer Mutter stehen und sagte: »Da stimmt etwas nicht. Ich fühle das ganz genau. Ich muss nach New York.«

Isabelles Nüstern blähten sich und nur wenig später zerrte sie ihre Tochter aus dem Diner.

»Auf keinen Fall«, zischte sie. »Weder ich noch dein Vater werden dir das erlauben.« Ein mahnender Zeigefinger wedelte vor Elizabeths Gesicht. »Ich warne dich, Liz, du wirst jetzt mit mir nach Hause fahren und dich damit abfinden, dass du erst einmal nichts ausrichten kannst. James ist ein erwachsener Mann, der sich selbst in dieses Dilemma manövriert hat. Wie auch immer. Es ist nicht deine Aufgabe, dich in diese Ehe einzumischen. Haben wir uns verstanden?«

Elizabeth atmete tief ein, nickte ihr kapitulierend zu, auch wenn sie sich schon in einem Flugzeug gesehen hatte. Dieses Mal würde man ihr kein Flugticket bezahlen, wie vor ein paar Wochen, als ihre Eltern ihr erlaubt hatten, nach Europa zu fliegen, um James aufzusuchen. Ihre Mutter hatte John von dieser Reise überzeugen können, aber heute stand auch

Isabelle nicht auf ihrer Seite. Im Gegenteil. So entschieden hatte Elizabeth sie lange nicht mehr erlebt.

Isabelle kam einen Schritt näher, wirkte etwas gesammelter. »Ich leide mit dir, Lizzy, aber für diesen Moment können wir rein gar nichts tun. James wird schon nichts Furchtbares zugestoßen sein.«

Elizabeth zitterte vor Angst und Kälte. »Ich hoffe, du hast recht.«

»Bestimmt. Na komm«, sagte sie sanft lächelnd, »wir fahren wieder heim. Gleich wird es schon dunkel. Du wirst merken, morgen sieht die Welt besser aus. Ich bin sicher, James meldet sich bald.«

***

»Kann ich irgendetwas für dich tun, Cole?«, fragte Violett mitgenommen. »Vielleicht einen Tee?«

John saß unbeweglich auf dem Sofa im Salon, starrte unablässig auf seine gefalteten Hände, die auf seinen Knien ruhten. Er wagte es nicht, Cole in die Augen zu sehen, weil er den Anblick dieses traurigen jungen Mannes nicht ertrug.

»Nein danke, Mrs Larson«, antwortete der Harrington-Sprössling mit rauer Stimme. »Ich muss gleich wieder ins Great Mountain zurück. Wir erwarten über die Feiertage ein paar Stammgäste, die heute noch anreisen.«

»Ach, ich dachte, das Hotel sei bereits geschlossen«, sagte Violett.

»Nein, Charlotte und ich haben beschlossen, den Betrieb noch bis zur Übergabe aufrechtzuerhalten. Die letzten Gäste reisen Neujahr ab, so auch unser Personal. Außerdem wüssten meine Schwester und ich an den Feiertagen nichts miteinander anzufangen, da ist es besser, den ganzen Tag beschäftig zu sein. Wir sind einfach zu verschieden. Hinzu kommt, dass sie weiterhin keineswegs mit dem Verkauf einverstanden ist. Wir würden uns die Köpfe einschlagen.« Coles Stimme brach, sodass John ihn nun doch ansah. »Aber jetzt, da unser Vater gestorben ist, obliegt es nun ganz allein mir, was mit unserem Erbe geschieht.« Er nickte sich selbst mutmachend zu. »Charlotte wird ihren Anteil erhalten und sich damit zufriedengeben müssen.«

John hatte die Nachricht über Clarks Tod noch nicht verinnerlicht, geschweige denn verarbeitet. Es hatte ihn wie ein Blitz getroffen, als Phil ihn vorhin davon in Kenntnis gesetzt hatte. Nur wenige Minuten später war Cole bereits die Einfahrt heraufgefahren, um es den Morgans persönlich mitzuteilen. Seither saß John im Salon und trug große Trauer, wie er es sich in Bezug auf seinen Erzfeind niemals hätte vorstellen können. Noch vor knapp zwei Tagen hatte er Clark gegenübergesessen. Dessen apokalyptische Worte ließen ihn bis heute nicht los. John hatte aber nicht damit gerechnet, dass es so schnell mit ihm zu Ende gehen würde.

Phil stand am Kaminfeuer, rauchte seine Pfeife und war wortkarg wie immer. Tristan, der endlich seine Militäruniform gegen ein normales Hemd und Jeanshose eingetauscht hatte, legte seine Hand auf Coles Schulter, wie John erkannte, als er für einen kurzen Augenblick aufsah.

Mit einem Schlucken würgte er den Kloß in seinem Hals hinunter, fand zu guter Letzt die Stärke, um zu sprechen.

»Es tut mir so leid, mein Junge«, sagte er, immer noch gefährlich dem Weinkrampf nahe, den er aber unterdrücken konnte.

Cole war ihm in den vergangenen Monaten sehr ans Herz gewachsen. Obwohl der Bursche als Kind den Anschein gemacht hatte, seinem korrupten Vater in nichts nachzustehen, hatte er sich – gegen alle Erwartungen – zu einem liebenswürdigen Knaben mit einem unproblematischen

Wesen entwickelt. Ein junger Mann, der nach den Sternen greifen wollte, lieber das Universum durch ein Teleskop erforschte, als Säcke voller Dollars zu stapeln, um sich über seinen Reichtum zu definieren. Ein wenig erinnerte ihn Cole an James, der auch nur seinen Träumen hinterhergejagt war.

»Wie hat deine Mutter die Nachricht aufgenommen?«, fragte Violett, während sie sich neben ihren Bruder John auf dem Sofa niederließ.

»Die weiß es noch gar nicht.«

Sie fuhr überrascht hoch. »Wie meinst du das?«

Miriam Harrington hatte Clark und die gemeinsamen Kinder vor Jahren verlassen. Angeblich, um ihre todkranke Mutter zu pflegen, die allerdings schon vor langer Zeit verstorben war. Mrs Harrington war nie wieder nach Woodwall zurückgekehrt, auch nicht, als ihr Mann wegen gefährlicher Körperverletzung mit anschließender Todesfolge inhaftiert und angeklagt worden war. John kannte diese Frau nur flüchtig, doch immer hatte sie einen sehr distanzierten und depressiven Eindruck auf ihn gemacht, weil sie sich in dieser Kleinstadt niemals wohlgefühlt hatte, wie Cole ihm irgendwann mal erzählt hatte. Sie hatte an Schwermut gelitten, sodass sie keinen anderen Ausweg gefunden hatte, als zu gehen.

»Meine Mutter ist nicht in Washington. Die Haushälterin teilte uns mit, dass sie die Feiertage in Colorado verbringt. Sie hat einen Geschäftsmann kennengelernt, mit dem sie sich im vergangenen Monat verlobt hat. Dabei ist sie noch nicht einmal von meinem Vater geschieden«, sagte Cole mit verächtlichem Lächeln. »Aber das ist ja jetzt ohnehin nicht mehr relevant. Vermutlich überbringe ich ihr das allerschönste Weihnachtsgeschenk, wenn sie vom Ableben ihres verhassten Ehemanns erfährt.«

»Ist deine Mutter nicht ebenfalls erbberechtigt?«, erkundigte sich Tristan.

Cole schüttelte den Kopf. »Mein Vater hat sie aus seinem Testament gestrichen. Also nein.«

»Gibt es nicht so etwas wie einen Pflichtanteil?«

»Selbst wenn, dann werde ich dieser Frau einen Scheck ausstellen, in der Hoffnung, sie danach nie wiedersehen zu müssen.«

»Cole«, sagte John aufrichtig, »wenn du unsere Hilfe benötigst, ganz egal, worum es geht, dann zier dich nicht, uns darum zu bitten.«

»Danke, John.« Er lächelte ihm zu. »Danke für alles.«

»Wann ist die Beerdigung?«, fragte Violett.

»Ich werde den Leichnam meines Vaters am kommenden Mittwoch aus Monroe hierher überführen lassen. Die Trauerfeier ist für Freitag angedacht.« John überlegte, welche Termine er verschieben müsste, aber Cole räusperte sich und sah ihn mit einem betretenen Blick an. »Charlotte lehnt eure Anwesenheit ab.«

John schaute über seine Schulter hinweg zu Phil, der die dicken Lippen aufeinanderpresste. Es gab nicht viele Menschen, die Phils Argwohn auf sich zogen, aber diese junge Frau gehörte zu den wenigen Exemplaren. Schon seit sie ein kleines Mädchen gewesen war und ständig auf Morgan's Hall herumgelungert hatte, wie eine Katze umhergeschlichen war, jagend und auf der Lauer sitzend, empfand der Mann eine große Abneigung für sie. *Sie hat den bösen Blick*, sagte er immer. Für John war Charlotte ein unbedeutendes Kind gewesen, dessen Existenz ihm schlichtweg egal gewesen war. Bis zu jenem Tag, als sie während ihrer lauernden Streifzüge von seiner Affäre zu Rachel Wind bekommen und dieses gut gehütete Geheimnis an Clark weitergetragen hatte. Dieser hatte sich die Hände gerieben, weil er endlich etwas gegen seinen Feind in der Hand gehalten hatte, um ihn erpressen zu können. Nur ungern erinnerte John sich an Charlottes giftige Augen, als sie ihm ihren Verrat offenbart hatte. Erst recht nicht an den bösen Blick, den sie ihm mit großem Vergnügen zugeworfen hatte, sodass es ihm eiskalt den Rücken hinuntergeflossen war.

Diese Augen …

Doch bald würde John jeden Harrington los sein. Damit erfüllte sich ein Wunsch, der ihn seit seiner Kindheit begleitete – von Cole abgesehen. Charlotte würde ihren Anteil vom Verkauf des Hotels hinnehmen müssen und hoffentlich diese Stadt verlassen. Etwas, das auch ihr Bruder vorhatte, der es nicht erwarten konnte, sein Astronomiestudium wieder aufnehmen zu dürfen. Um die Wogen zu glätten, hatte John sogar mit dem Gedanken gespielt, Charlotte einen Geschäftsführerposten in Aussicht zu stellen, sobald sie ihr College beendet hätte, aber Isabelle schlug ihm die Idee aus. Und sie hatte vollkommen recht damit.

Als ewiger Gepeinigter dieser Harrington-Sippe müsste John ein Gefühl der Genugtuung in sich tragen, aber die Wirklichkeit sah anders aus. Er war sehr traurig über das Schicksal, das jedem Einzelnen widerfahren war. Ihm wurde bewusst, dass er vielleicht endlich die menschliche Reife erlangte, die sich sein Vater Charles von ihm gewünscht hätte. Auch er würde ihm beipflichten, nach so vielen Jahrzehnten den alten Groll zu begraben. Dass Charlotte die Morgan-Familie von Clarks Begräbnis ausschließen wollte, schmerzte, war jedoch eine nachvollziehbare Konsequenz einer über Generationen überdauernden Fehde.

»John, bitte verzeih meiner Schwester, aber wenigstens in diesem Punkt habe ich beschlossen, ihren Wunsch zu akzeptieren.«

»Schon gut, Junge. Ich kann sie sehr gut verstehen.«

Cole stand auf und wollte sich gerade verabschieden, da kehrten Isabelle und Elizabeth zurück.

»Oh, Cole«, sagte seine Tochter mitfühlend, lief auf ihn zu und umarmte ihn. »Es tut mir so schrecklich leid.«

»Das muss es nicht, Liz. Er war schon seit Wochen schwer krank und es war nur eine Frage der Zeit.«

John, der ebenfalls aufgestanden war, musste noch einmal tief Luft holen. »Wie gesagt, wenn du meine Hilfe benötigst, dann kontaktiere mich bitte. Wenn du willst, dann kann ich den Notartermin, den wir für den 2. Januar angesetzt haben, um ein paar Tage verschieben.«

»Nein!«, erwiderte Cole. »Ich will das endlich hinter mich bringen. Am frühen Abend wird mein Flieger nach Boston gehen, damit ich mein ausgesetztes Studium am Massachusetts Institute of Technology fortsetzen kann.«

Isabelle legte ihren Mantel ab und wirkte dabei irgendwie fahrig, was John aufhorchen ließ. Er kannte diese Frau inzwischen wie seine Westentasche. Ihr in sich gekehrter Blick bedeutete, dass etwas in der Luft lag. Ja, möglicherweise hatte auch sie die Nachricht von Clarks Tod schockiert, aber das war es nicht, das spürte er. Nun trat sie auf Cole zu, reichte ihm die Hand und drückte ihr Bedauern aus, das distanzierter nicht hätte sein können. Sie war mit den Gedanken ganz woanders.

»Ich wünsche euch allen ein frohes Weihnachtsfest«, sagte Cole, setzte seinen Hut auf den Kopf, und Suzie, die gerade aus der Küche gekommen war, überreichte ihm seinen Mantel.

»Ich gehe davon aus, dich und deine Schwester morgen nicht bei dem Weihnachtsmarkt in der Stadt zu sehen?«, fragte John.

»Nein, ich denke eher nicht. Die Woodwaller würden sich das Maul zerreißen, wenn ich dort auftauche. Jeder erwartet unendliche Trauer und Pietät von uns. Niemand weiß, wie fremd mir mein Vater immer schon gewesen war und welch ein Tyrann er sein konnte. Nun ja, jetzt ist es vorbei. Auf Wiedersehen allerseits.« Cole nickte der Familie ein letztes Mal zu und verschwand daraufhin aus der Haustür.

Mit der zufallenden Tür entwich auch bei John der übergroße Druck, der sich seit Coles Eintreffen in ihm aufgestaut hatte. »Armer Kerl.«

Joanna, das Kindermädchen, kam die Treppe herunter und hielt Teddy im Arm, der sofort die Hände nach Isabelle ausstreckte, sodass sie den Kleinen übernahm. Sie küsste ihrem Sohn die Stirn, während John ihn nachdenklich ansah, und streichelte ihm über die hellbraunen Locken. Auch wenn der Junge aufgrund seines Downsyndroms als Erwachsener niemals wie Cole eine Entscheidung über seine berufliche Zukunft treffen musste, zumindest keine fernab des Familienunternehmens, so hoffte John als Vater auf ein anderes Verhältnis zu diesem Kind. Cole schien über Clarks Hinscheiden sogar erleichtert. Nein, John wollte so nicht aus dem Leben treten. Er wollte seinen Kindern als guter Dad in Erinnerung bleiben. Aber hatte er nicht schon zu viel zerstört? Als Teddy geboren worden war, war John in eine schlimme Lebenskrise geraten, die ihn von seinem Sohn entfremdet, ihn in eine verhängnisvolle Affäre mit Rachel getrieben hatte. Was zum Henker war nur in ihn gefahren? Niemals hatte er die Absicht gehegt, ein Verhältnis mit einer anderen Frau zu beginnen, aber bei Rachel hatte er den heftigen Wunsch nach Sexualität und wahrer Intimität verspürt. Etwas, was ihm bei Isabelle zu jener Zeit verwehrt geblieben war. Eines Tages war er Rachel aber müde geworden, auch wenn er Gefühle für sie gehabt hatte. Die Sache war ihm lästig geworden und er hatte dem eintönigen Gefängnis, zu dem diese Affäre allmählich herangewachsen war, längst entfliehen wollen, noch bevor Clark ihn mit der Aufdeckung seines Verhältnisses erpresst hatte.

Wenn er nur gewusst hätte, was die Verbindung zu dieser Frau nach sich ziehen würde … wäre er damals aus dem Hofcafé gestürmt, als sie ihre Hand auf seine gelegt hatte. Sie würde noch leben und Harrington vermutlich auch. Eine bittere Erkenntnis.

In der letzten Zeit haderte John wieder oft mit seinen Qualitäten als Ehemann und Vater. Nach dem Tod seiner Geliebten hatten für eine Weile Ruhe und Harmonie Einzug in diesem Haus gehalten, auch wenn es sich makaber anhörte. Isabelle und er hatten sich versöhnt, waren noch näher zusammengerückt. Ja, sie hatten sogar wahrhaftig jede mögliche Beziehungskrise überstanden und auch mit Teddy gab es seither zärtliche Annäherungen. Das Verhältnis zu Elizabeth stand auf einem anderen Blatt Papier. Ihre Entwicklung bereitete ihm große Sorgen. Ihm war bewusst, dass sie sich von ihm missverstanden fühlte. Wie sollte er auch reagieren? Sie konnte doch nicht wirklich glauben, er würde ihre hoffnungslose Liebe zu James dulden können? Wenn er nur darüber nachdachte, schwoll sein Hals an und ihm wurde schlecht.

James liebte er wie seinen eigenen Sohn, aber irgendwie empfand er es als eine Art Verrat, dass ausgerechnet er sich an seine Tochter heranmachte. Auf der Welt gab es so viele Frauen, die ihm zu Füßen lagen, warum zum Teufel musste es sein kleines Mädchen sein?

Hier schlug das Dickie-Gen durch, eindeutig. James' Vater hatte nie etwas anbrennen lassen, wenn es um die Damen dieser Welt ging. Ein Fakt, der John wütend machte, sehr wütend sogar. Er wollte nicht das diktatorische Familienoberhaupt spielen, das sich gegen die Liebe seines Kindes stellte, aber James war nicht irgendein dahergelaufener Bursche. Er war verdammt noch mal ein Teil dieser Familie, sozusagen wie Elizabeths Bruder und – zu allem Überfluss

– ein verheirateter Mann. So etwas würde die gesamte Familie kompromittieren, warum begriff das nur niemand außer ihm?

Weshalb machte man ihm das Vatersein so schwer?

»Warum seid ihr in der Stadt gewesen?«, fragte er seine Frau, da diese neue Verbundenheit zwischen Mutter und Tochter noch immer ungewohnt für ihn war.

Isabelle presste ein Lächeln hervor. »Im Lebensmittelladen mussten wir noch ein paar Besorgungen machen.«

»Aha!« John ließ seinen Blick schweifen und suchte nach den Einkäufen, doch da war nichts. Deutlich nahm er Elizabeths verschwörerischen Gesichtsausdruck wahr, als diese sich zu ihrer Mutter beugte.

Gerade wollte er nachhaken, aber seine Frau kam ihm zuvor. »Suzie, die von dir gewünschten Zutaten sind noch im Pick-up.«

Die Köchin runzelte die Stirn. John würde wetten, dass die Frau keine Ahnung hatte, was ihre Hausherrin damit meinte.

»Vielen Dank … Mrs Morgan.« Sie sah von einem zum anderen. »Gut, dann hole ich die *benötigten* Lebensmittel aus dem Wagen.«

Das hatte John davon, in einem von Frauen dominierten Haushalt zu leben. Alle steckten unter einer Decke und hielten zusammen. Verbündeten sich in aller Regelmäßigkeit gegen ihn.

Selbst Violett, die alte Spürnase, roch sofort Lunte und bemerkte Johns Skepsis. »Dürfen Frau und Tochter nicht mal in die Stadt fahren, ohne sich dir und deinem Kreuzverhör aussetzen zu müssen?«

John winkte ab, blickte in die Runde, als habe sich jeder gegen ihn verschworen. »Ach was soll's. Hier macht sowieso jeder, was er will.« Er wandte seinen Blick zu Elizabeth.

»Würdest du mit deinem Bruder ein bisschen in den Schnee hinausgehen? Ich möchte mit Phil und deiner Mutter allein sprechen.«

Ihre Lippen verformten sich zu einem mürrischen Schmollmund. Er wusste, sie hasste es, wenn man sie ausschloss. Sie gab ein lautes Stöhnen von sich und nahm Teddy auf den Arm.

»Na schön. Komm, Teddylein, wir ziehen dir was Warmes über.« Der Junge presste seinen feuchten, offenen Mund gegen die Wange seiner Schwester. Was sicherlich bei vielen Menschen so etwas wie Widerwillen hervorgerufen hätte, glich diese Liebkosung doch dem Abschlecken eines Hundes, ließ Liz nicht einmal die Miene verziehen.

Violett klatschte in die Hände, ärgerte sich vermutlich ebenso sehr wie Elizabeth, ausgegrenzt zu werden, und sagte sauertöpfisch: »Ich werde dir helfen, Suzie, damit die Herrschaften unter sich sind.«

John hasste es wie die Pest, wenn seine Schwester so reagierte, aber er sparte sich jeden weiteren Spruch. Tristan zog sich seine Arbeitsjacke über.

»Ich werde aufs Dach steigen und den Schnee hinunterkehren.«

Wenigstens einer in diesem Haus, der kein Theater macht, dachte John.

Die U.S. Army hatte aus dem zuvor ungestümen Bengel einen anständigen, durchaus unkomplizierten Zeitgenossen geschaffen, der sich aufs Wesentliche konzentrierte und sich nicht von Emotionen leiten ließ, was John immer mehr beeindruckte.

»Bravo!«, sagte er. »Endlich jemand, der hier von wahrem Nutzen ist. Sobald ich fertig bin, werde ich dir helfen, Tristan.« Er nickte seinem Neffen zu, ließ sich von mehreren Augenrollern abstrafen und ging daraufhin wieder in den

Salon. Isabelle folgte ihm und schloss hinter sich die Flügeltür. Phil stand immer noch vor dem lodernden Kaminfeuer, als habe er sich in den letzten zwanzig Minuten nicht ein Stück bewegt, während die anderen Cole verabschiedet hatten.

»John«, sagte Isabelle streng, ihre Nasenlöcher waren ganz schmal, »du bist launisch wie die See und jeder in dieser Familie muss deinetwegen in Deckung gehen. Und deine Schwester hat vollkommen recht, ich muss mich bei dir weder an- noch abmelden.«

»Warum bist du wirklich mit unserer Tochter in die Stadt gefahren?«

Mit ihrer natürlichen Grazie kehrte sie ihm den Rücken, wanderte zur Hausbar und schenkte sich einen Cognac ein, den sie mit einem Schluck hinunterkippte.

»Du bist der neugierigste Mensch, den ich kenne, John Morgan«, murmelte sie und goss nach. Dann drehte sie sich wieder um und sah ihn mit funkelnden Augen an. »Na schön. Wir waren im Rosie's, um dort zu telefonieren.«

John verschränkte die Arme vor der Brust. »Und wen musstet ihr so dringend anrufen?«, fragte er, obwohl er die Antwort bereits ahnte.

»James.«

John lachte still in sich hinein, wurde dann aber von Zorn übermannt. Sein Körper bäumte sich auf und er trat gegen den Fuß des Klaviers. Seine Wut sollte unmissverständlich sein. »Sag mal, Isabelle, hast du den Verstand verloren?«

Entschuldigend riss sie beide Hände in die Höhe, der Cognac schwappte über den Glasrand. »Ich weiß, was du sagen willst, aber das kannst du dir sparen. Ich habe diesem Telefonat aus Sorge zugestimmt.«

John krauste die Stirn. »Was meinst du damit?«

»James hatte unserer Tochter versprochen, sie am Donnerstag anzurufen, aber seit ein paar Tagen hat sie kein Lebenszeichen von ihm erhalten. Mag sein, dass das Verhältnis zwischen ihm und Liz falsch ist, aber sich nicht zu melden, ist nun wirklich nicht James' Art – und das weißt du. Irgendetwas stimmt nicht. Leider haben wir nur diese vermaledeite Olivia an die Strippe bekommen. Und die fühlte sich zu keiner Auskunft verpflichtet. Stattdessen ließ sie Elizabeth wissen, sie solle tot umfallen.«

John war so verblüfft, dass er erst nach Worten suchen musste, ehe er fragen konnte: »Ob ihm etwas zugestoßen ist?« Er richtete seine Frage geradewegs an Phil, der gelassen an seiner Pfeife zog. Für einen kurzen Moment hob er die Schultern, schüttelte dann aber den Kopf.

»John, mag sein, dass ich hin und wieder von Visionen heimgesucht werde, aber ich kann nicht hellsehen. Allerdings spüre ich eine gewisse Anspannung, wenn ich an den Jungen denke. Ich glaube nicht, dass er … wie soll ich es ausdrücken … irgendwo leblos in einer Gasse liegt, aber es ist dennoch etwas geschehen, davon bin ich überzeugt.«

Besorgt rieb sich John die Stirn. »Hätte ich doch niemals dieser Reise nach Europa zugestimmt. Das haben wir jetzt davon. Ein verschwundener Stiefsohn, ein drohender Schwiegervater und eine gehörnte Ehefrau. Klasse! Und obendrein eine verletzte Tochter.« Müde ließ er sich auf dem Sessel nieder. »Bitte entschuldigt den kleinen Ausraster, aber in den letzten Tagen ist wieder viel auf mich eingeprasselt.« Nahezu hilflos sah er seine Frau an. »Ich kann einfach nicht fassen, dass Clark tot ist.«

Fast geräuschlos ging Isabelle auf ihn zu und streichelte über sein grau meliertes Haar. »Oh, John, ich hätte nie gedacht, dass dich sein Tod so mitnehmen würde.«

Auf der niedrigen Anrichte neben seinem Sessel lag ein silbernes Etui, dem er eine Zigarette entnahm und diese mit einem Streichholz entzündete. Immer wenn er das tat, wurde er von Isabelle gerügt, denn sie hasste es, wenn er zu einem Glimmstängel griff, doch jetzt ließ sie ihn gewähren. Bereits der erste Zug beruhigte seine Nerven, auch wenn ein leichter Schwindel eintrat, weil er nicht mehr oft rauchte.

»Als ich Clark im Gefängnis besucht habe, ist mir etwas klar geworden, und zwar, dass unsere Zeit auf Erden begrenzt ist. Irgendwie macht mir das gerade sehr zu schaffen. Ich weiß nicht, warum das so ist. Glaubt mir, ich habe noch nie in meinem Leben in solch hoffnungslose Augen geschaut wie zu dem Zeitpunkt, als ich ihm gegenübersaß. Auch jetzt bekomme ich eine Gänsehaut, wenn ich nur daran denke. Ich habe den Tod immer als die Selbstverständlichkeit unseres Seins betrachtet, weil ich wusste, in dem Moment unseres Ablebens würden wir die Schwelle in eine andere Welt übertreten – so, wie du es uns stets gepredigt hast, Phil.« Er stockte. »Aber was, wenn es diese andere Welt überhaupt nicht gibt, wenn da einfach nichts ist?« Isabelle kniete sich vor ihm auf den Fußboden und nahm seine Hand. »Was, wenn da einfach nichts ist?«, fragte er wiederholt ins Leere.

»Ich kann verstehen, dass du aufgewühlt bist«, sprach Phil und auch er ging auf den Sessel zu. »Hadere nicht mit deinem Glauben, mein alter Freund. Du weißt, dass es diese andere Seite gibt. Vielleicht gibt es auf der Erde jedoch Menschen, denen die Anderswelt verborgen bleibt. Menschen, die zu viel Schlechtes getan haben. Menschen, wie Clark einer war.«

John blickte mit tränenverhangenen Augen zu ihm auf. »Aber hätte Harrington nicht auch einen Platz dort verdient? Inwieweit war er ein schlechterer Mensch als ich? In meinem Leben habe ich so viele Fehler gemacht, dass ich sie nie wieder alle gutmachen kann. Ihr wisst, dass ich alles andere als vollkommen bin.«

»Das ist niemand von uns«, sagte Isabelle sanft. »Du nicht, ich nicht – keiner. Wer weiß, vielleicht werden wir uns dieses *Nichts* teilen müssen.«

John wischte sich die Tränen aus dem Gesicht und lächelte sie müde an. »Ich gebe mir die Schuld an Clarks Tod.«

Bestürzt sah sie Phil an und schüttelte rigoros den Kopf, zog sich an Johns Schultern zu ihm hoch, schlang die Arme um seinen Nacken. »Hör auf, so etwas auch nur zu denken. Dich trifft keine Schuld, mein Liebling.«

Mit zitternder Hand legte John die Zigarette in den Aschenbecher, um ihre Umarmung zu erwidern. Tief holte er Luft, als er sein Gesicht an ihren Hals barg und ihren vertrauten Duft einatmete. Diese Zärtlichkeit ließ ihn zur Ruhe kommen und er war so in ihr versunken, dass er erst viele Augenblicke später feststellte, dass Phil längst den Salon verlassen hatte.

Das Leben war vergänglich. Eine Erkenntnis, die ihm sicherlich nicht neu war, ihn aber heute mit voller Wucht daran zurückerinnert hatte, dass keiner von ihnen ewig sein würde. John wollte nicht als der Mann begraben werden, von dem seine Liebsten froh waren, dass er endlich unter der Erde lag.

Nein, dieser Mann wollte er nicht sein.

***

»Wenn Sie in zehn Minuten nicht wieder im Wagen sind, dann werde ich Sie da rausholen«, mahnte Phil.

Isabelle nickte. Bevor sie aus Phils Pick-up stieg, verharrte sie noch einen Moment neben ihm und ihre Augen starrten auf die Straße, die nur von ein paar Laternen schwach beleuchtet wurde. Es war kurz vor acht am Abend und John war vor rund einer Stunde in die Stadt gefahren, um die letzten Vorbereitungen für den morgigen Weihnachtsmarkt zu treffen. In ihrer Handtasche, die auf ihrem Schoß lag, befand sich ein Umschlag mit dem Geld, das sie Tony für sein Schweigen anbieten wollte. Es war ihr höchst unangenehm, Phils Geld angenommen zu haben. Scham überwältigte sie in diesem Moment und eine ordentliche Portion Ärger, weil sie selbst über kein nennenswertes Bargeld verfügte. Ein Umstand, der ihr deutlich machte, wie abhängig sie von ihrem Mann war. Selbstredend kannte sie den Zahlencode von Johns Tresor, der sich in dem Eichenschrank seines Arbeitszimmers befand, doch üblicherweise bunkerte er dort nie mehr als tausend Dollar. Das meiste Geld lag auf einem Bankkonto in Seattle.

»Ich werde dir jeden Penny zurückzahlen, Phil. Das verspreche ich dir. Ich könnte einige meiner Schmuckstücke verkaufen.«

»Nun machen Sie sich darüber doch bitte keine Gedanken. Ich habe das Geld weder in der Vergangenheit benötigt, noch wüsste ich, was ich zukünftig damit anstellen sollte. Da verwende ich es lieber, um die nächste große Krise der Familie abzuwenden.«

Immer noch nicht war sie bereit, aus dem Wagen zu steigen. »John gibt sich die Schuld an Clarks Tod. Fast wäre mir heute die Wahrheit rausgerutscht.«

»Isabelle, Sie wissen, ich verabscheue Lügen, aber in diesem Fall erachte ich es für klüger, die Geschichte unter Verschluss zu halten. John würde in seinem Leben nicht glücklicher werden, wenn er erführe, dass Sie damals den Sheriff informiert und dabei direkt Harrington ins Spiel gebracht haben. Dieser Mann war nie ein Heiliger und nichts, aber auch gar nichts würde etwas an Rachels Tod ändern. Immerhin hat man die Frau und das Cabriolet gefunden. Wenn Sie nicht gewesen wären, meine Liebe, so würde das arme Ding vermutlich noch dort liegen und verrotten. Und Ihr Mann wüsste bis heute nicht, was mit ihr geschehen ist. Diese Ungewissheit hätte ihm bestimmt mehr zu schaffen gemacht, als von ihrem tragischen Schicksal zu wissen. So konnte er mit der ganzen Geschichte abschließen und die Frau wurde würdevoll beerdigt, anstatt nach und nach von Wildtieren zersetzt zu werden.«

Isabelle seufzte. »Welch ein schrecklicher Tod.«

»Ja, aber dafür können auch Sie nichts. Rachel muss John wirklich geliebt haben, denn sie wählte lieber den Tod, als ihn mit der Lüge einer Vergewaltigung zu verleumden.«

Sie dachte über Phils Worte nach. Wäre auch sie bereit, ihr Leben für ein anderes aufzugeben? Eine schwierige Frage. Aber nun saß sie hier und war gewillt, alles zu tun, um ihre Familie vor einer weiteren Krise zu bewahren, wie Phil es gerade ausgedrückt hatte.

Ja, wenn es sein musste, dann würde auch sie ihr Leben geben. Isabelle sah sich um, bevor sie die Beifahrertür öffnete und aus dem Wagen stieg. Unter keinen Umständen wollte sie von irgendeinem Menschen gesehen werden.

Seit Tonys Ankunft in Woodwall lebte er in dem Wohnhaus der alten Jungfer Mrs Greenland, der sie nicht über den Weg laufen durfte. Wie fast alle Frauen dieser Stadt, ernährte auch sie sich vom neuesten Klatsch und Tratsch, was einer übergroßen Kleinstadt-Langeweile geschuldet war. Hier passierte einfach zu wenig, über das man sich das Maul hätte zerreißen können. Die letzte große Geschichte hatte vor Kurzem Elizabeth geliefert, die aus heiterem Himmel die Hochzeit mit Tony abgeblasen hatte.

»Die ganze Stadt redet über unsere arme Lizzy«, hatte Suzie nach jedem Einkauf in Woodwall mit der größten Schwermut verkündet.

Tony, der sich in den vergangenen Jahren mit seiner schnodderigen Coolness bei den Einwohnern einen nicht unerheblichen Beliebtheitsgrad hatte aufbauen können, war als Leidtragender bemitleidet worden, dem man übel mitgespielt hatte, während man an der verwöhnten Bürgermeistertochter kein gutes Haar gelassen hatte.

»Die kleine Miss glaubt wohl, sie habe etwas Besseres verdient.«

»Alle Morgan-Frauen haben nicht alle Tassen im Schrank.«

»Elizabeth wird mit ihrer Hochnäsigkeit als eiserne Jungfrau sterben.«

»Tony ist ein Guter.«

Das waren nur wenige der Äußerungen, die Suzie wider Willen zitierte, nachdem John sie dazu gedrängt hatte. Er hatte wissen wollen, wie *seine* Bürger die Nachricht über die Auflösung der Verlobung aufgenommen hatten. Nicht sehr gut, wie er ohnehin geahnt hatte, als ihn seine Tochter vor vollendete Tatsachen gestellt hatte. Isabelle erinnerte sich nur ungern an seine Aufgebrachtheit.

Welch Unrecht an Elizabeth, dachte sie in der Sekunde, als sie auf Zehenspitzen über die Straße rannte, damit keiner das Klackern ihrer Pumps-Absätze hörte. Das Mädchen war alles andere als hochnäsig oder verrückt. Sie liebte Tony nicht. Punkt. Aber in dieser verkorksten Welt sprach man seine Sympathie und seine Unterstützung ewig nur dem Mann zu, nicht einer Frau, die selbstbestimmt gehandelt hatte. John hatte in dieser Zeit etwas ins Spiel gebracht, was sich vermutlich – leider – eines Tages bewahrheiten würde, denn niemand würde Elizabeth, *der Frau*, als Oberhaupt der Morgan's Company den Respekt zollen, den sie verdient hätte.

Doch in einer Angelegenheit hatten diese Tratschmäuler recht: Ihre Tochter war zu gut für einen hinterlistigen Bastard namens Tony O'Reilly.

Mit einer gehörigen Portion Wut im Bauch stand Isabelle nun vor dem entsprechenden Haus und versuchte, einen Blick in Mrs Greenlands Erdgeschosswohnung zu erhaschen. In dem kleinen Wohnzimmer flackerte der Bildschirm eines Fernsehapparats und davor stand ein Sessel, auf dem die alte Krähe saß. Isabelle sah nur, wie sich die weiße Hochsteckfrisur über den Hochlehner neigte. Nur dumpf vernahm sie durch das Fensterglas die Titelmelodie aus Bonanza.

Dann sah sie zu den oberen Stockwerken hinauf und erblickte Tony, der vor einem Fenster auf und ab marschierte, sich dabei ein Hemd zuknöpfte. Sie betete inständig, dass ihm der Pick-up nicht auffallen würde. Gott sei Dank hatte Phil nicht direkt gegenüber dem Haus geparkt, sondern ein gutes Stück davor. Dennoch könnte Tony den Wagen bemerken, würde er nur genauer aus dem Fenster sehen. Allerdings machte er einen eiligen Eindruck, fast so, als habe er vor, heute Abend noch das Haus zu verlassen.

Auf leisen Sohlen stieg sie die zwei Stufen hinauf, die zur Eingangstür führten, musste aber mit Schrecken feststellen, dass sich nirgendwo eine Klingel befand. Anklopfen kam natürlich nicht infrage. Sie sah sich schon auf dem Weg zurück zu Phils Wagen, als sie ohne große Hoffnung den Türknopf drehte. Überraschenderweise vernahm sie das Entriegeln des Schlosses und die Tür öffnete sich.

Mrs Greenwood musste in ihrer Bonanza-Obsession tatsächlich vergessen haben, die Haustür abzuschließen.

Leise betrat Isabelle den engen düsteren Hausflur. Direkt neben dem Eingang führte eine schmale Holztreppe in die obere Etage. Ein lautes Knarren ertönte, als sie die erste Treppenstufe bestieg. Sie bewegte sich nicht, kniff die Augen zu und hoffte flehend, dass ihre Anwesenheit unbemerkt blieb. Sie wartete einen Augenblick, konnte aus Mrs Greenlands Wohnung keine Schritte vernehmen, hörte nur die Stimmen im Fernseher. Behutsam stieg sie die restlichen Stufen hinauf, blieb jedoch immer wieder ruckartig stehen, weil das alte Holz kein Erbarmen zeigte. Oben angelangt sah sie sich mit zwei Türen konfrontiert, war sich aber sicher, dass es die zu ihrer Rechten sein musste, weil der Raum zur Straßenseite hinführte und sie Tony dort am Fenster gesehen hatte.

Noch einmal holte sie tief Luft, klopfte dann zaghaft an und hoffte, dass Tony sie hörte.

»Was ist denn jetzt schon wieder?«, tönte es aus dem Zimmer. »Ich habe die Miete doch bereits bezahlt.« Schwere Schritte stampften auf sie zu und er öffnete die Tür einen Spaltbreit. Erstaunte Augen trafen auf ihre. »Was zum Henker wollen Sie?«

»Darf ich reinkommen?«, fragte sie flüsternd.

Das Erstaunen verwandelte sich in ein gehässiges Schmunzeln, das zu Tony gehörte wie die Ebbe zur Flut und wie die Angst zur Nacht. Begleitet von einem mürrischen Brummen riss er die Tür auf und ließ sie eintreten.

»Heute Abend ohne Schrotflinte unterwegs?«, höhnte er. Ohne weiter von ihrer Anwesenheit Notiz zu nehmen, begab er sich zu einem Spiegel, der an der Wand neben seinem Kleiderschrank hing, und legte sich eine blaue Krawatte um den Nacken. Isabelle vollführte eine leichte Drehung und sah sich in dem winzigen Raum um, der nicht viel größer als Suzies Speisekammer war. Ein Bett, ein Tisch mit zwei Stühlen sowie eine schmale Küchenzeile, die nicht einmal über einen Backofen verfügte, mehr fand hier keinen Platz. Unordnung komplettierte das enge Hausen eines Junggesellen. Sie wunderte sich, wie es ihm dennoch gelang, sein gepflegtes Äußeres beizubehalten. Man konnte diesem Schuft nicht viel Gutes zusprechen, aber er trat stets geschniegelt und gestriegelt in Erscheinung. Blütenweiße, faltenfreie Oberhemden, gut sitzende Hosen und poliertes Schuhwerk, das Haar niemals zu lang oder unordentlich. Für das weibliche Auge galt Tony bestimmt als attraktiv.

Isabelle sah ihn mit gemischten Gefühlen an. Er strahlte Stärke aus, die ihr Angst bereitete, doch dann erinnerte sie sich an sein bedrücktes Gesicht, als er ihr von Rachels Selbstmord erzählt und er einen hilflosen Eindruck auf sie gemacht hatte. Was dieser Mann in seinem kurzen Leben wohl schon erlebt hatte? Elternlos, seit seiner Jugend reisend, von Ort zu Ort wie ein Vagabund. Das alles ging ihr im Bruchteil einer Sekunde durch den Kopf und sie zog den Mantel zu, weil ihr ob dieser Gedanken kalt wurde.

»Ist Ihre Heizung ausgefallen?«

»Der Salon mit dem mollig warmen Kaminfeuer ist nebenan«, sagte er trocken und band ungerührt seinen Knoten.

»Überaus witzig, O'Reilly.«

»Habe ich etwa gelacht?«

Sie schritt durch den Raum und schaute sich weiter um, auch wenn es außer einem riesigen Berg Wäsche nicht viel zu sehen gab. Auf dem Tisch lagen Skizzen, die sie genauer betrachtete. Dabei kam sie um ein Staunen nicht herum. Es waren wunderschöne mit Bleistift gemalte Landschaften. Das Meer, Sandstrände, Berge, alles war so plastisch gezeichnet, dass man hätte meinen können, eine Fotografie in den Händen zu halten. »Sind die von Ihnen?«

Kurz drehte er sich halb zu ihr um, blickte dann wieder in den Spiegel. »Ja.«

»Sie sind talentiert.«

Durch den Spiegel sah er sie mit halb geschlossenen Lidern an. In seinem Blick entdeckte sie etwas, das sie nur schwer deuten konnte. Geringschätzung? Abneigung? Oder lag darin etwas, das man mit einem sexuellen Durst werten musste? Voller Abscheu unterdrückte sie diesen Gedanken.

»Los, Mrs Morgan, was wollen Sie von mir?«, fragte Tony unwirsch. »Ich habe noch eine Verabredung.«

»Ach, das ist ja interessant. Heute Morgen schlugen Sie noch auf unserer Veranda auf, um meine Tochter wiederzugewinnen, und schon am Abend machen Sie sich auf den Weg zu einem Stelldichein?«

Tonys Blick verfinsterte sich. Jetzt wandte er sich voll und ganz zu ihr um. »Habe ich irgendetwas von einem Rendezvous gesagt?« Er zog den Schlipsknoten enger und ließ sich wortlos auf den Stuhl fallen, ohne dass sich seine Miene veränderte. Lässig legte er die Beine auf den Tisch, ohne Rücksicht auf seine Skizzen zu nehmen, und strich sich mit den Fingern durch das dunkelblonde Haar.

Isabelle hing die Zeit im Nacken und sie wollte verhindern, dass Phil die Tür eintrat, um sie aus der Wohnung zu schaffen. Etwas, was sicherlich für riesigen Aufruhr sorgen würde und Mrs Greenland einen wahren Western sehen ließe. Aus ihrer Handtasche entnahm sie den dicken Umschlag und warf ihn Tony in den Schoß.

Er blickte überrascht auf. »Was ist das?«

»In dem Kuvert befinden sich über achttausend Dollar und ich will, dass Sie …«

»Damit wollen Sie mich zum Schweigen bringen«, unterbrach er sie. »Stimmt's?« Isabelle atmete schneller und nickte. Tony brach in Johlen aus. »Achttausend Dollar?«

»Richtig! Und mit der Annahme dieser Summe versichern Sie mir nicht nur ihr Stillschweigen, sondern auch, dass Sie sich von jetzt an von meiner Tochter fernhalten.«

»Achttausend Dollar?«, wiederholte er. »Na, da haben Sie sich ja ganz schön in Unkosten gestürzt.«

Sie wurde zornig. »Das ist mehr Geld, als Sie wert sind, also nehmen Sie es!«

Tony öffnete die Lasche, befeuchtete seinen Zeigefinger mit der Zunge und durchforstete die Scheine. Mit einem anerkennenden Nicken verschloss er den Umschlag wieder und warf diesen samt Geld auf sein Bett. »Meine liebe Bella, Sie glauben doch nicht, dass ich mich mit dieser lächerlichen Summe abspeisen lasse?«

»Für Sie Mrs Morgan!«, fauchte sie. »Und ob ich das glaube. Vergessen Sie nicht, dass Sie derjenige waren, der Rachel in ihren Wagen gezwungen hat, obwohl sie schwer verletzt war. Und dass Sie beobachtet haben, mit wem sie sich in der Nacht im Wald verabredet hatte. Lehnen Sie sich mal nicht so weit aus dem Fenster, Sie eingebildeter Kauz, denn wir zwei sitzen im selben Boot. Man könnte Sie wegen unterlassener Hilfeleistung drankriegen.«

Langsam und mit einem dünkelhaften Lächeln schüttelte er den Kopf. »Ne, wir sitzen nicht im selben Bott, meine Hübsche. Im Gegensatz zu Ihnen habe ich nichts zu verlieren.«

Wie gerne hätte Isabelle ihm eine verpasst, denn ihr wurde mehr und mehr bewusst, dass Phils Ersparnisse tatsächlich nicht ausreichen würden, um sich diesen Schurken vom Hals zu halten.

Irgendwie überkam sie in dieser Sekunde eine Art von Déjà-vu, das sie in eine sehr finstere Zeit ihres Lebens zurücktrug. Mit einem Mal sah sie sich mit einer Situation konfrontiert, die sie schon einmal in ähnlicher Weise erlebt hatte. Eine kleine Behausung über einem Lebensmittelladen, ungekannte Angst, die sie in eine erpresserische Absicht trieb, und ein Kerl, der sie damals mit dem gleichen spöttischen Lächeln quälte. Andrew Larson. Ein Mann, der sich nur mit dem Versprechen sexueller Handlungen ruhigstellen ließ.

Isabelle lernte in dieser Zeit, dass ein Körper nur ein Körper war, solange man die Seele an einem sicheren Ort verschließen konnte. Weit, weit weg, fernab der Gegenwart.

Tony war ein Mann in der Blüte seiner Sexualität, rannte vermutlich mit einem Dauerständer durch das Leben. Es würde einfach und schnell gehen.

Sollte sie sich ihm anbieten? Konnte sie das überhaupt noch?

Ein Körper war nur ein Körper.

Erst vor wenigen Minuten hatte sie sich in Phils Wagen die Frage gestellt, was sie für ihre Familie bereit wäre zu opfern. Der Tod war schlimmer als Sex.

»Ich weiß, dass Sie mich ständig beobachten, Tony. Seit Sie hier in Woodwall aufgeschlagen sind, belauern Sie mich wie ein Raubvogel.« Isabelle hatte die Stimmfarbe gewechselt und setzte ein leichtes Lächeln auf. O ja, sie wusste, welche Hebel sie umlegen musste, um Männern den Kopf zu verdrehen. Einst beanspruchte ihre Schwiegermutter Josephine diese erotische Anziehungskraft als das einzige Talent, über das sie verfügte. Ein Griff in die Trickkiste und die letzte Möglichkeit für sie, Tony zu überragen, denn Wollust besiegte den männlichen Verstand – seit Jahrtausenden.

»Wenn Sie wollen, dann werde ich Sie hin und wieder hier besuchen und ihnen Gesellschaft leisten.«

Himmel, klaffte es nun in ihr auf, was machte sie denn da?

Doch es war zu spät, sie konnte dieses Angebot nicht mehr zurücknehmen.

Tony sah sie forschend an, ohne sich auch nur ein Stück zu bewegen. Mit seinen hellblauen Augen streichelte er sie von oben nach unten. So stürmisch, dass sie unwillkürlich zurückwich, schoss er einen Moment später in die Höhe und der Stuhl, auf dem er zuvor gesessen hatte, kippte um und schlug hart auf den Boden. Isabelle machte mehrere Schritte rückwärts, bis sie mit dem Rücken zur Wand stand.

Tonys Gesicht war ihrem ganz nah. So nah, dass sie sogar die ungewöhnliche Farbstruktur seiner Iriden wahrnahm. Braune und gelbe Streifen und Flecken hatten sich in das Blau geschlichen, die Pupillen waren vergrößert. Ihr Herz klopfte rascher und seine Nähe versetzte sie in einen hypnotischen Zustand, der sie lähmte und zugleich nach Luft keuchen ließ. Sie spürte seinen heißen Atem an ihrem Gesicht. Sein Blick war starr auf sie gerichtet. Sie konnte nirgends hin. Tony presste seine Hände gegen die Wand, ließ ihr keine Möglichkeit, ihm zu entkommen. Dann bäumte er sich wie eine Mauer vor ihr auf. Isabelle zitterte innerlich.

»Eine solch erbärmliche Vorstellung habe ich noch nie erlebt«, sagte er verächtlich, kam noch ein Stück näher, um ihr ins Ohr zu flüstern: »Ich bevorzuge die enge Muschi deiner Tochter. Im Alter seid ihr Frauen mir zu ausgeleiert.«

Für diesen ekelhaften Spruch erntete Tony eine Ohrfeige, die sich gewaschen hatte, doch er ließ Isabelle nicht die Möglichkeit, sich aus seinen Fängen zu befreien. Hart packte er nach ihrem Kinn, presste seine Finger unbarmherzig in ihre Haut, zwang sie so dazu, ihn weiterhin anzusehen. Eine Sekunde später küsste er sie mit verkniffenen Lippen. Ein kalter Kuss wie der eines Todesengels. Und in diesem Moment wusste Isabelle, dass sie einen großen Fehler begangen hatte.

»Du durchtriebene Schlampe wirst dein Angebot erhöhen. Hörst du?« Kurz schien er über einen passablen Betrag nachzudenken. »Zwanzigtausend Dollar.« Tony lächelte, doch es erreichte seine Augen nicht. »Genau die Summe, die auch Rachel von Clark erhalten hätte, um deinen fremdgehenden Mann ans Messer zu liefern. Das hat doch irgendwie etwas Poetisches, findest du nicht auch, Bella?«

»Ich habe nicht so viel Geld.«

»Dann wirst du es wohl auftreiben müssen. Nach deiner Vorstellung eben bin ich mir sicher, dass dir schon etwas einfallen wird.«

»Du widerst mich an!«, keifte sie.

Tony setzte einen Schritt zurück, packte sie am Oberarm und riss die Tür auf. »Los, zieh Leine!«

Isabelle befreite sich aus seinem festen Griff, begradigte ihre Haltung und verließ die Wohnung. Sie drehte sich noch einmal zu ihm um, öffnete gerade den Mund, um ihn ein letztes Mal mit einer wüsten Beschimpfung abzustrafen, da fiel die Tür schon ins Schloss und sie hörte nur noch, wie er den Riegel vorschob. Sie hatte keine Gelegenheit mehr, ihrem Zorn Luft zu verschaffen oder ihn zu bändigen. Von unten vernahm sie stampfende Schritte und das hastige Aufschließen einer Wohnungstür. Eine laute Bonanza-Schießerei dröhnte durch den Flur und Isabelle erstarrte augenblicklich.

Schnell huschte sie in eine dunkle Ecke des Flurs und beinahe hätte sie eine Porzellanvase umgestoßen, die auf einer niedrigen Anrichte stand. Reflexartig konnte sie die Vase auffangen, bevor diese den Boden berührte. Sie drängte sich gegen die Wand und kniff die Augen zu.

Bitte, komm nicht herauf. Bitte, flehte sie stumm.

»Mr O'Reilly«, brüllte die Alte, »ich habe Ihnen schon hunderte Male gesagt, sie sollen die Türen nicht immer so zuschlagen! Wegen Ihnen werde ich eines Tages vor Schreck an einem Herzinfarkt sterben.«

Isabelle verharrte an Ort und Stelle, zitterte, betete.

Mrs Greenland zog die Tür wieder zu und die Klänge ihres Fernsehers waren nur noch dumpf zu hören. Ein mächtiger Brocken fiel von Isabelles Herz ab. Erleichtert schlich sie zur Treppe und stieg auf Zehenspitzen hinunter.

Behutsam öffnete sie die Eingangstür und verschloss diese genauso vorsichtig, nachdem sie dieses Haus endlich verlassen hatte.

Flink rannte Isabelle zu Phils Pick-up, wollte sich schon auf dem Weg dorthin beruhigen, denn die Sache war mehr als schiefgelaufen. Mit den Pumps rutschte sie auf der vereisten Straße und fast hätte sie sich der Länge nach hingelegt, konnte sich aber noch im allerletzten Moment mit der Hand abfangen. Sie sah, dass Phil gerade dabei war, die Fahrertür aufzureißen. Vermutlich, um ihr zu Hilfe zu eilen, aber sie stand wieder auf, hielt ihre Hand in die Höhe, um ihm zu signalisieren, dass es ihr nichts geschehen war. An ihrem Mantel wischte sie den Dreck ab und stieg daraufhin auf der Beifahrerseite ein.

»Das hat ewig gedauert. Eine Minute länger und ich hätte Sie da rausgeholt.«

Als sie in dem sicheren Wagen saß, atmete sie aus und zwang sich zur Ruhe.

»Sagen Sie schon, wie hat Tony reagiert? Hat er das Geld genommen?«

Isabelle sah ihn nicht an, starrte nur zu dem Haus, aus dem sie gerade geflohen war. »Er hat das Geld genommen und reagiert hat er wie üblich.« Jetzt wandte sie ihren Blick doch zu Phil und verzog verächtlich den Mund. »Er will weitere zwölftausend Dollar. Erst dann gibt er Ruhe.«

Phil schlug wütend mit beiden Händen gegen das Lenkrad. »Das war zu erwarten. Am liebsten würde ich diesen Halsabschneider skalpieren.«

Isabelle lachte leise, vergaß für einen kurzen Moment, was eben in Tonys Wohnung vorgefallen und wie nahe sie dran gewesen war, sich in die alte Isabelle zu verwandeln. Eine Person, die sie nie wieder sein wollte. Zum Glück hatte er dieses eine Angebot abgelehnt.

»Ach, Phil, du hast doch noch nie jemanden skalpiert.« Er antwortete nicht. »Oder?«

Phil wollte gerade den Motor starten, aber sie hielt ihn davon ab. »Warte! O'Reilly hat noch eine Verabredung und ich möchte zu gerne wissen, mit wem er sich trifft. Möglicherweise spielt uns das in die Hände.«

»Vielleicht geht er ins Leo's. Ich hörte, dass er sich dort oft aufhält.«

»Nein, das glaube ich nicht«, antwortete sie voller Überzeugung. »Er hat Hemd und Krawatte an. Ich kann mir nicht vorstellen, dass das der übliche Dresscode für eine heruntergekommene Bude wie das Leo's ist.«

»Da mögen Sie recht haben.«

Gespannt verharrten Isabelle und Phil in dem Fahrzeug und es dauerte keine fünf Minuten, da verließ Tony das Apartmenthaus. Ohne sich umzuschauen, spurtete er zu seinem Wagen, stieg ein und fuhr los. Auch Phil betätigte den Motor, wartete aber einen Augenblick, bevor er ihm hinterherfuhr.

Sie nahmen die Hauptstraße. Sowohl Isabelle als auch Phil hofften, am Rathausplatz nicht von John entdeckt zu werden. Auf der Hinfahrt waren die beiden einen Umweg über die Seitenstraßen gefahren, doch jetzt mussten sie Tonys Pick-up im Blick behalten.

»Sie sollten sich ducken, Isabelle.« Sie tat, was er vorschlug, und ging in Deckung. Einen Moment später hörte sie, wie Phil erleichtert ausatmete. »Entwarnung. John stand auf einer Leiter und war gerade dabei, eine Lichterkette an einer der Holzhütten zu befestigen. Er hat meinen Wagen nicht gesehen.«

Sie setzte sich wieder auf und seufzte. »Der arme John. Diesen Weihnachtsmarkt organisiert er nur mir zuliebe.« Sie blickte aus dem Beifahrerfenster und schloss demütig die Augen. »Wie sehr ich all diese Lügen satt bin.«

Phil stieß ein Brummen aus. »Sie haben aber auch ein Talent, sich in die unmöglichsten Situationen hineinzumanövrieren.«

»Das war nicht immer so, Phil.«

Allmählich verließen sie Woodwall und die Straße, die sie befuhren, wurde von keiner Laterne beleuchtet.

»Er biegt ab«, stellte Phil mit irritiertem Ausdruck fest.

Isabelle riss die Augen auf. »Warum fährt er auf die Serpentine, die nach Morgan's Hall führt?«

»Eine gute Frage.«

»Das darf doch nicht wahr sein«, sagte Isabelle wütend und sie drückte sich in den Sitz. »Er wird doch wohl nicht wieder Elizabeth aufsuchen wollen?«

»So verrückt ist nicht einmal er.«

»Dem traue ich alles zu. Wenn er nicht nach Morgan's Hall will, wohin dann?«

»Das werden wir gleich herausfinden. Isabelle, ich muss die Scheinwerfer ausschalten. In dieser Dunkelheit könnte Tony den Lichtkegel durch den Rückspiegel sehen.«

Erschrocken fuhr sie hoch. »Was? Die Straße ist viel zu gefährlich. Erst recht bei dieser Glätte.«

»Es muss aber sein. Machen Sie sich keine Sorgen. Vor fast fünfzig Jahren begleitete ich die Bauarbeiten dieser Serpentine und kenne jede Kurve in- und auswendig.«

»Na schön«, sagte sie mit einem schweren Seufzen, klammerte sich daraufhin am Türgriff fest, während Phil das Licht ausschaltete.

»Mond und Schnee kommen uns gelegen. Das grelle Weiß leuchtet uns den Weg.«

Gebannt fixierte Isabelle Tonys Wagen, der nur ein gutes Stück vor ihnen fuhr und plötzlich bremste, sodass auch Phil in die Bremse trat. »Was zur Hölle …?«

Tony bog rechts ab.

Beide sahen sich verwundert an.

»Das Great Mountain?«, fragte sie verwirrt. »Was hat er dort zu suchen?«

Um nicht mitten auf der Straße stehen zu bleiben, fuhr Phil den Wagen rechts ran, so gut es der Schnee zuließ, und sie sah, wie er angestrengt nachdachte.

»Ich kann mir vorstellen, wen Tony dort trifft«, sagte er nach einer Weile. Sie wandte sich mit dem Oberkörper zu ihm um.

»Wen? Doch nicht etwa Cole Harrington?«

»Nein, Charlotte.«

Isabelle drehte sich augenblicklich der Magen um. »Was hat das kleine Biest mit Tony zu schaffen?«

»Eine gute Frage. Doch wenn sich meine Vermutung bestätigt, dann ist von diesem Duo nichts Gutes zu erwarten. Ich wette, Charlotte heckt irgendetwas aus, um den Verkauf des Hotels zu verhindern.« Er stockte. »Mit allen Mitteln.«

Isabelle wurde kreidebleich, winkte aber ab. Sie konnte diesen Gedanken jetzt nicht zulassen. »Selbst wenn diese durchtriebene Göre etwas im Schilde führt, wird sie nichts gegen Coles Entscheidung ausrichten können. Er ist fest entschlossen und ihm obliegt das Geschäft.«

»Das mag sein, Isabelle, aber dieses Mädchen hat eine teuflische Seele. Sie legt das Erbe ihres Vaters lieber in Schutt und Asche, als es einem verhassten John Morgan zu überlassen. Und nun scheint sie auch noch einen Komplizen an ihrer Seite zu haben, der sich von Elizabeth verraten fühlt. Etwas, das seinen Antrieb nur steigert. Das ist alles andere als eine gute Verbindung.«

»Was sollen wir jetzt tun?«

»Sie, Isabelle, werden gar nichts mehr tun. Ich werde Charlotte in den nächsten Tagen auf Schritt und Tritt verfolgen, sie beobachten.«

Ihre Handflächen waren feucht geworden und sie sah sich besorgt um. »Phil, glaubst du, dass wir in Gefahr sind?«

Er legte seine große Hand auf ihre. »Ich versichere Ihnen, dass ich alles verhindern werde, was Ihrer Familie schaden könnte. Ich verspreche es hoch und heilig.«

Sie lächelte zärtlich. »Also so eine Art Indianerehrenwort?« Er schmunzelte, aber es wirkte traurig.

»Indianerehrenwort.«

Isabelle lag in ihrem Bett und sah auf den Wecker neben sich. Es war bereits kurz vor Mitternacht und John war immer noch nicht heimgekehrt. Seit einer halben Stunde versuchte sie, sich mit einem neuen Buch abzulenken, war aber bislang nicht über die erste Romanseite hinweggekommen.

Auch wenn sie nach diesem furchtbaren Tag erschöpft war, würde sie nicht einschlafen können, solange John nicht neben ihr lag. Wie sich ihr Leben doch gewandelt hatte. Gedankenverloren kaute sie auf ihren Fingernägeln. Die übergroße Scham, die sie seit ihrer Begegnung mit Tony in sich trug, wollte nicht von ihr abfallen. Was hatte sie nur dazu verführt, ihm ein solch unmoralisches Angebot zu unterbreiten? Und hätte er wie ein Fisch angebissen, wäre sie tatsächlich bereit gewesen, sich ihm willenlos hinzugeben?

Ja, war die ehrliche, aber grässliche Antwort. Sie wäre bereit gewesen, ihren Ehemann mit diesem Schurken zu betrügen, obwohl sie John liebte. Doch genau das war der springende Punkt, eben weil sie ihn liebte, hätte sie es getan.

Der Zweck heiligte die Mittel, hieß es nicht so? Mit einer solchen Schande würde Isabelle selbst zurechtkommen müssen, aber was machte es schon, nach allem, was sie bisher in ihrem Leben angestellt hatte?

Im Grunde musste sie Tony dankbar dafür sein, dass er ihr diesen gehörigen Korb erteilt hatte. Aber wenn sie ganz ehrlich war, hatte sie diese Abfuhr gekränkt. Sie war jetzt Mitte vierzig, eine Ehefrau und Mutter zweier Kinder, wie konnte sie nur denken, dass ein Bursche von etwa dreißig Jahren auf sie anspringen würde? Wie töricht es gewesen war, das auch nur zu glauben.

Heute hatte sie sich mehr als lächerlich gemacht.

Isabelles dunkle Seite bahnte sich den Weg durch das hart umkämpfte Licht und wollte nach außen brechen. Sie hatte es nicht in jenem Augenblick gespürt, als sie Tony mit Sex locken wollte. Aber es drängte sich in ihr auf, seit er sie in die Mangel genommen hatte. Neben ihrer Wut war eine unaufhaltsame Erregung in ihr aufgewallt, die sie nun lockte. Isabelle nagte an ihrer Unterlippe, schlug dann das Buch hart gegen die Stirn, um sich diese Gefühle aus dem Kopf zu schlagen.

Sie hoffte, dieses innere Durcheinander war bloß eine Folge der heutigen Ereignisse und würde genauso schnell wieder verschwinden, wie es gekommen war. James' ungewisses Schicksal, die Nachricht über Harringtons Tod, die Auseinandersetzung mit Tony und zu guter Letzt eine auf Rache gesinnte Charlotte waren einfach zu viel für ihr Gemüt.

»Genau«, flüsterte sie sich selbst zu. »Es muss der Stress gewesen sein, der mich heute zu der alten Isabelle getrieben hat.«

Die Schlafzimmertür wurde geöffnet und John trat ein. Sofort legte sie das Buch aus der Hand, setzte sich auf. Sie war nie erleichterter gewesen, ihn zu sehen, als jetzt.

»Endlich. Ich habe mir schon Sorgen gemacht.«

John lächelte ihr zu und befreite sich hastig von seiner Kleidung. »Entschuldige, es hat länger gedauert als geplant. Na ja, und dann haben die Männer und ich noch etwas getrunken.«

Isabelle verzog den Mund. »Morgan, ich mache mir die größten Gedanken und du säufst einfach.«

»Verzeih, konnte ja nicht Bescheid geben. Das Telefon, du weißt.« Er schlüpfte unter seine Bettdecke und erst jetzt erkannte sie, dass seine Lippen blau waren und er zitterte. »Ich habe mich nicht getraut, alkoholisiert mit dem Wagen zurückzufahren.«

»Du bist den ganzen Weg zu Fuß gegangen?« Er nickte. »Oh, John.«

Sie knipste die Nachttischlampe aus, legte sich neben ihn und wanderte unter seine Bettdecke. Dann umschlang ihr Arm seinen Brustkorb. Jetzt fröstelte sie selbst, weil sein Körper einem Eisblock glich. Wie wunderbar es sich dennoch anfühlte, ihn an sich zu spüren. Sie drückte ihn fester, damit ihre Wärme auf ihn überging. Ihr Gesicht lag auf seiner Brust und mit den Fingerspitzen streichelte sie über seine kalte Wange. Er brummte leise.

»Den Drink hatte ich bitter nötig«, murmelte er. »Heute war ein Tag zum Vergessen.«

»Das stimmt. Morgen kommt ein neuer.«

»Hoffentlich ein besserer.«

»Ganz sicher.«

Arm in Arm schliefen die beiden nach wenigen Minuten ein.

TEIL III

Weihnachten auf Morgan's Hall

Eisgesang

Morgan's Hall, Heiligabend 1962

Eine ruhelose Nacht lag hinter Elizabeth, in der sie sich nur von einer zur anderen Seite gewälzt hatte. Am frühen Morgen gab sie den Kampf gegen die Schlaflosigkeit auf und stand auf. Draußen war es noch dunkel und sie beschloss, den anbrechenden Tag in der Natur zu verbringen.

Noch war alles still im Haus. Sogar Suzie schien sich für den heutigen Heiligabend eine Stunde länger Schlaf zu gönnen, denn üblicherweise war die Köchin um diese Uhrzeit bereits mit den Vorbereitungen für das Frühstück beschäftigt.

In der Küche bereitete Elizabeth sich einen Tee zu, den sie in eine kleine isolierte Kanne goss. Diese packte sie anschließend in ihren Rucksack. Bevor sie das Haus verließ, befeuerte sie den Kamin im Salon sowie den Ofen im Foyer, damit die Familie es warm hatte, sobald alle aufwachen würden. Fast jedes Zimmer auf Morgan's Hall verfügte über eine Feuerstelle und ihr Großvater Charles hatte beim Bau des Hauses die Wände mit Wärmerohren versehen lassen, sodass sich die Wärme überall ausbreiten konnte.

Gekleidet in Schneeschuhe, zwei Wollpullover, Schal, Mütze und eine dicke Jacke, verließ sie mucksmäuschenstill das Haus. Draußen war es bitterkalt und der Temperaturmesser auf der Veranda zeigte gerade einmal 14°F an. Dieser Morgen gehörte zu den wohl frostigsten Tagen in diesen

Gefilden. Sie zog ihre Jacke enger um sich. Ihr Atem bildete kleine Wölkchen vor ihrem Gesicht.

Wenig später stapfte Elizabeth durch den hohen Schnee in Richtung des Golden Lake. Heute Nacht war noch einmal ordentlich das weiße Gold vom Himmel gefallen. Sie spürte die Kälte auf ihren Wangen, atmete tief ein, um diesen einzigartigen und unverwechselbaren Duft des Winters zu inhalieren. Er wirkte belebend auf sie und vertrieb auch noch die letzte Müdigkeit aus ihren Gliedern.

Eisiger Wind blies durch die Wälder und aus der Ferne hörte sie das Grollen einer herabstürzenden Lawine. Die Bäume und Büsche waren mit der weißen Pracht bedeckt, die jedoch so schwer war, dass sie so manchen Ast senkte. Das Seeufer wurde von Sträuchern gesäumt, deren zierliche Blätter Blumen aus Eis glichen. Der Himmel, der sich allmählich von der Nacht verabschiedete, trug ein magisches Königsblau. Der abnehmende Mond wiederum ließ den Schnee glitzern, als bestünde er aus unzähligen winzigen Diamanten.

Elizabeth lächelte und besah sich dieses märchenhafte Naturschauspiel, das sie schon immer fasziniert und das ihr Herz berührt hatte. Auch wenn die Winter hart und dunkel waren, so gehörte diese Jahreszeit zu ihren liebsten. Ihre schweren Schritte wurden durch den Schnee gedämpft, der leise unter ihren Sohlen knirschte – wie ein ständiger Begleiter. Der Golden Lake war ihr Ziel. Ihr angestrengter Atem schwebte in der frostigen Luft. Sie nahm alles in sich auf. Wie schön war die Ruhe im Winterwald.

Wenn die Welt doch immer so friedlich sein könnte, dachte sie. *Wäre mir doch das Herz nicht so schwer.*

Mit vorsichtigen Schritten betrat Elizabeth den zugefrorenen See. Als sie noch ein Kind gewesen war, hatte sie mit Phil ewig lange auf dem Golden Lake gesessen und dem Gesang des Eises gelauscht. Der See sang, knisterte und knackte, hin und wieder klang es wie der Schlag einer Peitsche. Dann abermals wie die melancholischste Melodie, die die Welt je gehört hatte. Wenn man genau hinhörte, erschienen einem die Geräusche wie aus einer vollkommen anderen Welt stammend. Ein mystisches Glucksen und Blubbern, gefolgt von einem leisen Aufjaulen, als würde unter der Eisschicht ein Wal umherschwimmen.

Der Grund für dieses geheimnisvolle, aber auch schöne Phänomen war allerdings physikalischer Natur. Die Eisfläche auf dem See zog sich zusammen oder dehnte sich aus – je nach Temperatur – und sorgte so für Bewegungen, die das Gewässer *singen* ließen. Doch egal, welche Wissenschaft hinter dem Gesang des Eises steckte, Elizabeth war davon sehr fasziniert.

Heute würde sie vermutlich nichts hören können, da inzwischen auch die Oberfläche mit Schnee bedeckt war und dieser die Klänge absorbierte. Dennoch lauschte sie angestrengt. Vielleicht schaffte es ja doch der ein oder andere Ton leise zu ihr durch. Mit dem Unterarm befreite sie das Eis von dem Pulverschnee und erkannte die Abermillionen Eissterne, die darunter verborgen lagen.

Das war einfach Magie. Pure Magie. Sie schaute noch einmal zum Himmel hinauf, fragte sich, ob es gleich wieder schneien würde, aber am Horizont entdeckte sie keine Wolken. Jetzt setzte sie sich auf das Eis, nahm die kleine Teekanne aus ihrem Rucksack, öffnete den Schraubverschluss und pustete, bevor sie einen Schluck nahm. Selig schloss sie die Augen, als der heiße Tee durch ihren Körper floss. Gab es etwas Besseres als äußere Kälte in Verbindung mit innerer Wärme?

Lange saß sie auf dem zugefrorenen See, lauschte der Natur und bemerkte schließlich, wie die seelische Anspannung allmählich von ihr abfiel. Dieses Jahr glich einer emotionalen Achterbahnfahrt, die nun hier und an diesem frostigen Morgen ein Ende finden musste. Sie wollte allen Schmerz vergangener Tage hinter sich lassen, frisch ins neue Jahr starten.

Sie war müde, kampfesmüde. Noch vor wenigen Tagen war sie von dieser wundervollen Hoffnung erfüllt gewesen, dass ihre Liebe zu James alles besiegen konnte, doch sie musste sich eingestehen, machtlos zu sein. Manche Kämpfe verlor man eben, doch das Leben musste weitergehen.

Liebe allein reichte nicht und nur von festem Wünschen würde er auch nicht zu ihr zurückkommen. Er hatte sich entschieden, und zwar nicht für sie. Der Schmerz fiel über sie her und riss an ihr wie ein wildes Tier und eine warme Träne rollte über ihre kalte Wange. All die begrabene Liebe, all ihr ungestillter Hunger nach einem Happy End sprangen sie in voller Schärfe wieder an.

Nein!, schrie ihr Herz. Elizabeth zwang sich, keine weitere Träne zu verlieren, wischte sich die eine hastig aus ihrem Gesicht, wollte stark bleiben. Nichts, aber auch gar nichts war verloren. Sie durfte nicht glauben, dass Olivia es geschafft hatte, James weiterhin an sich zu ketten.

Eine Ewigkeit saß sie nur auf dem Eis und hielt die Augen geschlossen. Plötzlich spürte sie eine wohltuende Wärme und als sie die Lider öffnete, sah sie die Sonne, die über den Berggipfeln aufging. Sie musste länger als gedacht hier ausgeharrt haben. Der allererste Sonnenstrahl dieses Tages gehörte nur ihr und küsste ihre Nase.

Eine spürbare Veränderung lag in der Luft. Elizabeth hob den Kopf an und über ihr zeigte sich der Himmel in einem zarten Rosa, das sich mit dem tiefen Blau der schwindenden Nacht vermischte. Ein Aquarell des Lebens. Wie sie jetzt einfach nur dasaß, erfüllte ihr Herz doch wieder mit der Hoffnung und Gewissheit, dass egal, wie schwarz die vergangenen Tage auch gewesen waren, irgendwann auch für sie die Sonne strahlen würde. Und irgendwie tat sie das ja auch in diesem Moment, sie musste es nur zulassen. Vielleicht war genau diese Erkenntnis der Grund, weshalb sie heute hergekommen war. Sie musste an die Sonne erinnert werden. Sie wollte daran glauben: an bessere, hellere Tage in ihrem Leben.

Ein Lächeln umspielte ihre Lippen und unter sich hörte sie das Lied des Eises stärker werden. Der Schnee war um sie herum geschmolzen, sodass die Töne lauter zu ihr durchdrangen.

Es war wunderschön. Ein Seelenheiler.

Ausgerüstet mit einem Wischmopp sowie einem Wassereimer eilte Elizabeth am späten Vormittag von der Küche ins Foyer. Der Fußboden war voller Schneematsch, den die Herren des Hauses nach ihrer alljährlichen Baumschlag-Tradition hereingetragen hatten. Als kleines Mädchen hatte sie ihren Vater angebettelt, ihn, James, Phil und Tristan in den Wald begleiten zu dürfen, aber er beharrte stets auf seinem Standpunkt, dass es ausschließlich Männersache sei. Irgendwann hatte sie auch verstanden, weshalb er nicht wollte, dass sie mitkam. Dieser morgendliche Ausflug wurde vor allem für das Herumreichen von Hochprozentigem genutzt. Vor einigen Jahren waren James und Tristan so betrunken heimgekehrt, dass sie kaum aufrecht stehen konnten und bereits vor dem Dinner im Tiefschlaf waren. Violett hatte noch bis zum darauffolgenden Jahreswechsel über dieses *unerhörte* Verhalten getobt.

Mit hochgezogenen Augenbrauen betrachtete Elizabeth die Tanne und sie wurde das Gefühl nicht los, dass der Weihnachtsbaum der Familie Morgan von Jahr zu Jahr kolossaler wurde. Die Spitze ragte bis zur oberen Etage. Es hatte ewig gedauert, das Monstrum durch die Haustür zu zwängen und aufzustellen.

»Das ist der schönste Baum, den wir jemals hatten«, schwärmte John mit dem freudigen Gesicht eines Kindes.

»Das behauptest du jedes Jahr«, bölkte Tristan, dessen Stetson-Hut und Jacke noch von Schnee bedeckt waren. Mit einem Kopfschütteln befreite Violett ihren Sohn von der dünnen Schneedecke auf seinen Schultern, runzelte plötzlich jedoch die Stirn und schnüffelte an ihm.

»Habt ihr etwa auf eurer Tour getrunken?«

Tristans verstohlener Blick wanderte zu John, der sich verdächtig räusperte und mit dem Finger auf Phil zeigte. »Er ist schuld. Hat der Kälte wegen den Selbstgebrannten mitgebracht.«

»Also, Phil!«, polterte Violett und legte ihre Hände in die Taille. »Deshalb wart ihr so ewig lange unterwegs. Das war vermutlich die erste Tanne, die euch über den Weg gelaufen ist. Die restliche Zeit habt ihr euch einen eingeschenkt. Schon am Vormittag besoffen, ich glaub´s ja nicht. Euch kann man wirklich keine zehn Minuten aus den Augen lassen.«

Elizabeth konnte sich ein Kichern nicht verkneifen und begann damit, den Boden zu wischen, blickte flüchtig zum oberen Geländer hinauf, sah ihre Mutter, die gerade aus ihrem Schlafzimmer heraustrat und Teddy an der Hand hielt. Bei seinem Anblick musste sie doch lächeln, weil er in seinem weißen Hemd und mit der kleinen schwarzen Fliege einfach zum Anbeißen aussah. Wie ein Gentleman. Ruckartig blieb Isabelle mit dem Jungen stehen und starrte direkt zur Spitze der Tanne.

»John Morgan!«, rief sie. »Du bist unverbesserlich. Wir hatten doch gesagt, wir würden dieses Jahr einen kleineren Baum ins Haus stellen. Dieser ist noch höher als der im letzten Jahr. Wie in aller Welt sollen Violett und ich bis an die Spitze gelangen? Ob wir überhaupt so viel Schmuck haben?«

Langsam stieg sie mit Teddy die Treppe hinunter, sehr vorsichtig, weil seine Motorik weiterhin unzureichend ausgebildet war. Er konnte nicht wie gesunde Menschen eine Stufe nach der nächsten hinabsteigen. Er setzte zunächst den einen Fuß darauf, zog dann den anderen nach und blieb daraufhin ewig lange stehen, bis er die darauffolgende Treppenstufe in Angriff nahm. Für ein Kind wie Teddy bedurfte es viel Geduld, und obwohl Joanna ihm einiges beibringen konnte mit dieser erforderlichen Engelsgeduld, blieb die Lernkurve flach. Erfolge waren rar gesät, doch umso intensiver wurden sie gefeiert. Sprechen wollte er kaum, was auch die erfahrene Kinderschwester mit Sorge erfüllte. Stattdessen hatte der Junge eine eigene Sprache entwickelt, die mit den Jahren jeder in der Familie zu verstehen lernte. »Dida«, bedeutete, dass er mit seinen Augen irgendeinen Gegenstand gesehen hatte, den er in den Händen halten wollte. Egal was, alles war ein »Ball« für ihn und wenn ihm etwas nicht passte, nickte er, anstatt mit dem Kopf zu schütteln. Teddy liebte jedoch alles, was ein Kind begeisterte. Bauklötze, Tiere, Bilderbücher und wenn John eine Schallplatte auflegte, tanzte er sogar zur Musik, drehte sich mit einem herzerwärmenden Kinderlachen um die eigene Achse, bis ihm schwindelig wurde und er auf seinen Hintern plumpste. Trotz seiner mandelförmigen Augen, die zeigten, dass er ein außergewöhnlicher Junge war, fand Elizabeth ihn bildschön.

Teddy lächelte, als er seine Schwester entdeckte, die er ebenso sehr liebte wie sie ihn, ohne dass es vieler Worte bedurfte. Sie lehnte den Wischmopp an die Wand, ging zum Treppenaufgang und wartete auf ihn, was ihn sichtlich zu einem schnelleren Schritt animierte. Als Isabelle mit ihm unten angekommen war, nahm Elizabeth den Kleinen auf den Arm.

John klatschte in die Hände. »Wir sollten uns ein wenig sputen. Es ist fast Mittag und wir müssen pünktlich um halb vier in der St. Barbara Church sein. Phil, ist dein Santa-Claus-Kostüm einsatzbereit?«

»Ja«, antwortete er mit einem Knurren, doch Elizabeth wusste, dass er diese Verkleidung liebte, auch wenn er es niemals zugeben würde, weil sie seinem Naturell und Glauben widersprach. Erst kurz nach ihrer Ankunft hatte sie Phil dabei erwischt, wie er stolz im Kostüm und dem künstlichen weißen Bart vor dem Spiegel in seinem Anbau gestanden und das tiefe »Hohoho« geübt hatte.

Phil, der Hüne, gekleidet im rot-weißen Gewand, sollte als *der* Höhepunkt des heutigen Weihnachtsmarktes gelten. Er würde den Kindern der Stadt die Weihnachtsgeschichte vorlesen, wie eben nur er es konnte. Niemand hätte einen passableren Santa Claus abgeben können als der weltkluge Ureinwohner, der mit tiefer und beruhigender Stimme zu den Kleinsten sprach. Sie würden genauso an seinen Lippen hängen wie auch schon Liz, James und Tristan – die wohl schönste Kindheitserinnerung.

»Und Tristan«, sagte John weiter, »erzähl nicht wieder deine Gruselgeschichten über diesen Krampus. Nach dem letzten Erntefest hatte die arme Peggy wegen dir wochenlang Albträume, als du ihr und den anderen Kindern am Lagerfeuer diesen Humbug aufgetischt hast.« Alle lachten. »Das ist nicht komisch. Ihre Mutter hat mir im Gemeindesaal die Hölle heißgemacht.«

»Meine Güte«, beschwerte sich Tristan, »die Legenden um diese Wälder sind weitaus beängstigender als dieses Märchen aus der alten Welt.«

»Lass es einfach!«, mahnte John und drehte sich dann zu Isabelle um. »Ach, wie sehen die Vorbereitungen für das Büfett aus?«

»Suzie, Vio und ich haben heute Morgen die letzten Süßspeisen fertiggestellt.«

»Gut, gut.«

»Onkel John, wir sollten jetzt die Lichterkette und den Baumschmuck aus dem Keller holen. Die Kette werden wir wohl erst wieder entknoten müssen.« Elizabeth erkannte ein leichtes Funkeln in Tristans Augen.

»Das stimmt.«

Violett sah sie alle nacheinander an. »Genau, und das wird sicherlich *ewig* dauern.« Sie streckte die Hand nach ihrem Sohn aus. »Los, her mit den Flachmännern!«

Ihr Sohn ließ die Schultern hängen und verzerrte den Mund, zog dann aber das silberne Fläschchen aus der Gesäßtasche seiner Jeans, drückte es seiner Mutter in die Hand. »Na schön.«

Sie wandte sich zu John um, hielt ihm die andere Hand entgegen.

»Du gönnst einem aber auch gar nichts, Vio«, maulte er und zückte ebenfalls einen Flachmann aus seiner Hosentasche.

Keine halbe Stunde später waren alle Kisten, in denen der Baumschmuck verstaut war, heraufgetragen worden und Tristan stand bereits auf einer hohen Leiter, um die Lichterkette anzubringen. Elizabeth saß mit Teddy auf dem Boden und zeigte ihm das uralte Holzspielzeug, das an den Baum gehängt werden würde. Bewundernd nahm er Sternschnuppen, Glocken, Herzen, Schaukelpferde und kleine Zinnsoldaten zwischen seine Finger und freute sich über jedes neue Figürchen.

Joanna, die sich aufopferungsvoll um den Jungen kümmerte, war über die Feiertage zu ihrer Familie gereist, was dazu führte, dass sich vor allem Elizabeth seiner annahm. Teddy war es allerdings ziemlich egal, wer mit ihm spielte. Die Hauptsache war, dass er immer eine Beschäftigung hatte. Sie als Schwester war dankbar für jede Ablenkung, um nicht ständig an James denken zu müssen. Die innere Unruhe ließ sich sonst einfach nicht abstellen.

Schon wieder ein Weihnachtsfest ohne ihn. Wehmütig blickte sie in den Salon zum Kamin. Wie immer schmückten übergroße Strümpfe den Sims, die mit den Namen jedes einzelnen Familienmitglieds von Violett bestickt und mit Früchten sowie kleinen Aufmerksamkeiten befüllt worden waren. Elizabeth liebte die Geschichte hinter dieser Tradition, die ihr Suzie einmal erzählt hatte. Angeblich hatte ein armer verwitweter Vater große Sorge verspürt, dass seine drei Töchter keinen passenden Ehemann finden würden. Diese Befürchtung hörte Santa Claus, der in der Nacht vor Weihnachten den Kamin hinabkletterte und unten angekommen die frisch gewaschenen Strümpfe der Mädchen über dem Kaminsims vorfand, die diese am Abend zuvor zum Trocknen dort aufgehängt hatten. Er befüllte sie mit Goldmünzen und verschwand wieder so leise und unscheinbar, wie er gekommen war. Dadurch war der Vater von der Sorge befreit. Die Quintessenz dieser Geschichte war eben, dass der Mensch sich erst durch Reichtum glücklich schätzte. Und sie gefiel Elizabeth heute zwar nicht mehr, aber sie lebte privilegiert und konnte sich nur schwer vorstellen, welche Wünsche eine Familie hegte, die eben nicht mit Wohlstand gesegnet war. Der vermögende John wünschte sich zweifelsohne auch eine passende Partie für seine Tochter, doch James war das gewiss nicht. Das hatte sie verstanden. Ihr Herz wollte es dennoch nicht begreifen.

Am Morgen hatte ihre Tante die Strümpfe an den Kaminsims gehängt, während Elizabeth ihr zur Hand gegangen war. Sie hatte Violett anflehen müssen, auch James' Weihnachtsstrumpf auf die Leine zu hängen.

»Ach, Lizzy«, hatte sie geseufzt. »Wozu denn?«

»Bitte, Tante Vio. Trotz allem ist er ein Teil dieser Familie.«

»Na schön«, hatte sie sich schließlich geschlagen gegeben.

Elizabeth seufzte und starrte weiterhin gedankenverloren zum Kamin, bis Teddy quengelig wurde, weil sie ihm nicht das nächste Holzspielzeug gereicht hatte. »Entschuldige, Kleiner, hier. Das ist ein Herz. Versuch mal, es zu sagen. Herz.«

Er ignorierte ihre Bitte. Wie immer.

Akribisch suchte Violett nach dem Weihnachtsstern, der, seit Elizabeth denken konnte, die Spitze des Baumes schmückte.

»Ah, da ist er ja!«, rief sie euphorisch und Isabelle rollte mit den Augen. Elizabeth erinnerte sich, dass ihre Mutter das selbstgebastelte Stück seit jeher als *die weltgrößte Hässlichkeit* bezeichnete. Behutsam entnahm Violett den Stern, trug ein seliges Lächeln auf den Lippen, doch schon bei der ersten Berührung zerbrach er in viele Einzelteile, die nun auf dem Steinboden verteilt lagen.

Sie verfiel in eine Starre, stierte nur mit weit aufgerissenen Augen auf den Boden. Sie tat Elizabeth leid.

»Endlich! Der Herr sei gepriesen!«, jubelte Isabelle. »Endlich haben wir es hinter uns. Seit über zwanzig Jahren hat dieses Ungetüm unsere Weihnachtsbäume verschandelt.«

John und Tristan lachten lauthals auf, aber Violett rührte sich nicht. Tränen strömten ihr die Wangen hinunter. »Ich weiß, dass er nicht besonders schön war, aber ich habe ihn damals mit meiner Mom gebastelt.«

Das Lachen verebbte. Elizabeths Herz zersprang in tausend Einzelteile, als sie Violetts trauriges Gesicht sah. Jeder, der ihre Großmutter Josephine gekannt hatte, sprach nur in den höchsten Tönen von dieser gütigen Frau, die ihrem Ehemann Charles aus Liebe in diese Einöde gefolgt und maßgeblich an dem Aufbau des Unternehmens sowie Woodwalls selbst beteiligt gewesen war.

Isabelle ging auf ihre Schwägerin zu und nahm ihre Hand. »Entschuldige, Vio.«

»Schon gut. Alles findet eben irgendwann sein Ende.«

»Wenn wir nach dem Schmücken des Baumes noch Zeit finden, dann könnten wir einen neuen Stern basteln«, schlug Isabelle mit weicher Stimme vor. »Was haltet ihr davon?«

Violett wischte sich die Tränen aus dem Gesicht und nickte ihr mit einem Lächeln zu. Elizabeth liebte diese Momente des Friedens, weil sie so selten waren. Vor allem zwischen diesen beiden Frauen. Vielleicht machten genau diese kleinen Gesten das Leben aus und nicht die ewigen Dramen, mit denen diese Familie viel zu oft zu kämpfen hatte.

Jetzt war Weihnachten und all die Sorgen sollten vor der Türschwelle dieses Hauses haltmachen und sie für eine Weile in Ruhe lassen.

Stille Nächte

Morgan's Hall, später an Heiligabend 1962

Nach Hause! Das wohl schönste Wort der Welt.

James' Herz schien vor Glück zu explodieren. Das Taxi fuhr über die hohe Serpentinenstraße. Die Zufahrt zum Great Mountain hatten sie bereits hinter sich gelassen. Neben dem Wagen zogen die bewaldeten und inzwischen schneeüberzogenen Hügel vorbei. Zu seiner Rechten lag der Ort seiner Träume: Morgan's Hall.

Hier in Woodwall musste es ein kalter Tag gewesen sein, aber die Sonne ging gerade unter und die Dämmerung war inzwischen hereingebrochen. Am Horizont verglühte das letzte Abendrot. Die Winterlandschaft war unverändert majestätisch und märchenhaft, als wäre er nie weg gewesen.

Gestern hatte er seinem alten Leben den Rücken gekehrt. Stundenlang hatte er infolge auf einen freien Platz in einem Flugzeug nach Seattle gewartet. Die Nacht hatte er auf zwei Stühlen in der Abflughalle des Flughafens verbracht. Die Hoffnung auf ein Flugticket war von Stunde zu Stunde geschwunden.

Heute früh am Morgen war das Glück auf seiner Seite gewesen und er hatte tatsächlich einen Sitzplatz eines Linienflugs einer Pan Am ergattert. Von Seattle aus hatte er den Zug nach North Bend genommen und dort einen Taxifahrer überreden können, ihn am Heiligen Abend nach Woodwall zu fahren.

»Könnten Sie einen Moment anhalten?«, fragte James.

Der Mann nickte, lenkte den Wagen ein wenig von der Fahrbahn und hielt an.

James stieg aus dem Taxi und trat einen Schritt näher zum angrenzenden Felsabgrund, konnte von diesem Punkt aus das ganze Land darunter sehen. Die Luft war rein und der Wind peitschte ihm ins Gesicht. Der zugefrorene See glänzte und der Winterhimmel erstrahlte in dem wunderschönsten Blau und war mit rosa Schattierungen versehen. Die ersten Sterne leuchteten milchig, fast transparent und er erinnerte sich an Phils Erzählungen. Zum Jahresende entfaltete der abendliche Himmel seine größte Sternenpracht, da die meisten hellen Sterne des Jahres, wie der Sirius, Kastor und Pollux, sich am Firmament versammelten.

Morgan's Hall lag wie eh und je friedlich unweit des Ufers des Golden Lake, und James erkannte die vielen weißen Lichter an allen Fenstern und an der Garage. Er wusste noch von früher, welchen Aufwand John mit Tristan und ihm betrieben hatte, um die Lichterketten anzubringen. Einige Stunden hatte es gebraucht, um die Kabel zu entwirren, Glühbirnchen auszutauschen, um diese schließlich in mühsamer Kleinstarbeit und mit ganz viel Geduld aufzuhängen. Jahr für Jahr waren sie aber nach dieser Strapaze unglaublich stolz gewesen, sobald John das Lichtspektakel eingeschaltet, sich die ganze Familie mit heißem Punsch vor dem Haus versammelt und mit leuchtenden Augen das Lichtermeer bewundert hatte.

Dass er nun hier stand, wirkte wie ein Traum. Er konnte es nicht fassen und seine Augen wurden feucht. Lange hatte er nicht mehr diese Glückseligkeit in sich verspürt und es schien, als würden all die Quälereien der vergangenen Tage von ihm abfallen, sodass seine Knie zu zittern begannen.

James wollte nun keine Zeit mehr verlieren und Elizabeth endlich wiedersehen. Nein, es gab Momente, da hatte er nicht daran geglaubt, sie so bald in seine Arme schließen zu können.

Schnell stieg er wieder in das Taxi, das nun weiterfuhr. Wenige Minuten später parkte der Wagen in der Einfahrt von Morgan's Hall.

»Vielen Dank, dass Sie den weiten Weg gefahren sind. Ich weiß, das ist an einem Tag wie diesem keine Selbstverständlichkeit.« James zückte einen Hundertdollarschein aus seiner Geldbörse, mehr als die Fahrt tatsächlich kostete, aber es lag ihm am Herzen, hiermit seinen Dank auszudrücken. Das letzte Bargeld, über das er verfügte.

»Das ist zu viel«, sagte der Taxifahrer und wollte ihm den Rest zurückgeben, aber er verweigerte die Annahme.

»Nein, bitte nehmen Sie es! Ohne Sie wäre ich heute niemals hier angekommen. Frohe Weihnachten.«

James nahm sein Gepäck, stieg aus dem Wagen und schloss die Beifahrertür. Mit durchdrehenden und quietschenden Reifen kämpfte sich das Taxi auf die vom Schnee befreite Fahrbahn zurück und fuhr davon.

Sein Herz trommelte, als er die Verandastufen hinaufstieg. An der Eingangstür hing ein ausladender Kranz aus Tannenzweigen und roten Schleifen. Dazwischen guckte der goldene Türklopfer hervor. Früher wäre James einfach eingetreten, aber er war hier nicht mehr zu Hause. Das letzte Mal war er zur Beerdigung seines Vaters hier gewesen, die bereits über drei Jahre zurücklag.

Welch eine unfassbar lange Zeit, dachte er.

Aus Höflichkeit klopfte er an die Tür, wartete geduldig, dass ihm jemand aufmachte, doch er hatte den Eindruck, dass niemand daheim war. Die Sekunden vergingen, noch immer regte sich nichts. Weil ihm langsam, aber sicher etwas kalt wurde, beschloss er, einfach einzutreten. Vorsichtig öffnete er die schwere Holztür und steckte seinen Kopf ins Foyer. Alles war still und er hörte nur das Knistern des Kaminfeuers und das Ticken der alten Wanduhr.

»Hallo?«, rief er, doch eine Antwort blieb man ihm schuldig. James klopfte den Schnee von seinen Schuhen, trat nun endlich ein und stellte seinen Koffer ab.

Der Duft nach frisch gebackenem zimtigen Apfelkuchen überlagerte alle anderen Gerüche, die ihn immerzu an Weihnachten auf Morgan's Hall erinnerten. Das brennende Zedernholz im Kamin, das eiskalte Schneelüftchen, das durch die soeben von ihm geöffnete Haustür durch das Foyer zog.

All diese Düfte riefen ihm nur eines zu: Willkommen zu Hause. Wehmut erfüllte ihn, weil er so gerne wieder hier zu Hause wäre.

Keine Furcht mehr. Er fühlte sich wie am Ende einer langen Reise.

Mit glasigen Augen betrachtete er den liebevoll geschmückten Weihnachtsbaum, der neben der Treppe aufgestellt worden war und dessen Spitze bis zur Decke ragte. Er sah sich um und begab sich dann in den Salon, setzte sich dort auf das Sofa. Noch immer erschien es ihm unwirklich, hier zu sein. Als er zum Kamin blickte, musste er zweimal hinschauen. Tatsächlich hing auch der Weihnachtsstrumpf mit seinem Namen an dem Sims. Dieser Anblick und das Wissen, in dieser Familie niemals in Vergessenheit geraten zu sein, rührten ihn zu Tränen.

Er verharrte einen kurzen Moment, dann stand er auf und ging auf den Kamin zu, strich mit der Hand über die rote

Stickerei – und er weinte. Er weinte aus Dankbarkeit und weil er froh war, wieder hier sein zu dürfen.

Ein lauter Schrei ließ ihn zusammenzucken und riss ihn unschön aus dieser Glückseligkeit. Sofort drehte er sich zum Foyer um.

»James?«

Er grinste über beide Ohren. »Suzie.«

Die Köchin trug ihren schwarzen Ausgehmantel, den er noch von früher kannte. Entweder war sie gerade erst heimgekehrt oder machte sich zum Gehen auf.

»Allmächtiger, was machst du denn hier? Niemand hat mir gesagt, dass du uns über die Feiertage besuchst.«

James, der sein Lächeln nicht ablegen konnte, eilte auf sie zu, um sie in seine Arme zu schließen. »Das weiß auch keiner. Ich habe mehrmals versucht, hier anzurufen.«

»Oh! Ja, da hättest du es bis nächstes Jahr versuchen können. Wir hatten die Tage einen Teufelssturm und irgendwo hat ein umgestürzter Baum die Leitung gekappt. Unsere Lizzy wird Augen machen, wenn sie dich sieht.«

»Wo sind denn alle?«

»In der Stadt, auf dem Weihnachtsmarkt.«

»Weihnachtsmarkt?«

»Ach, woher sollst du auch davon wissen? John und Isabelle richten diesen heute zum ersten Mal auf dem Rathausplatz aus. Unser Phil spielt dort den Santa Claus für die Kinder. Kannst du dir das vorstellen?« Suzie lachte schallend und blickte dann über seine Schulter. »Herrjemine, es ist ja schon so spät. Ich bin gerade auf dem Weg in die Stadt und bringe noch die übrigen Kuchen vorbei. Seit drei Tagen stehen Mrs Morgan, die gute Violett und ich in der Küche. Wir haben so viel gebacken, dass nicht alles in den Wagen von Mr Morgan hineingepasst hat. Da bat er mich, die restlichen Süßspeisen mitzunehmen. Ach, hätte der Blaubeerkuchen nicht so ewig lange gebraucht, dann hätte ich die Messe in der St. Barbara noch miterlebt. Ich bin die Einzige in diesem Haushalt, die an den Heiligen Vater glaubt und wer ist noch hier? Ich. Es ist ungerecht. Ach, was rede ich denn da? Das hast du nicht gehört, Junge. Verstanden?« Suzie zügelte sich und kicherte. »Ich schwatze zu viel, nicht wahr?«

»Überhaupt nicht. Du kannst dir nicht vorstellen, wie froh ich bin, dich wiederzusehen.«

Mit mahnendem Zeigefinger stand sie vor ihm. »Du Bengel hast dich ja auch ewig nicht blicken lassen.«

»Ich weiß«, erwiderte er mit bedauerndem Tonfall.

»Wo ist denn deine Frau?«, fragte sie schließlich und blickte sich im Haus um, als erwartete sie, Olivia würde jeden Augenblick aus einem der Zimmer treten.

»Na ja …« Er wusste nicht so recht, was er antworten sollte. »… das ist eine lange Geschichte, Suzie.«

Die Köchin mit den ewig roten Wangen, die aussahen, als klebten zwei reife Äpfelchen auf ihrer Haut, blickte ihn skeptisch an. Sie musste inzwischen über sechzig sein, aber man sah ihr das hohe Alter nicht an. Ganz im Gegenteil, die Frau schien in der Blüte ihrer Jahre zu stehen, war wie immer voller Energie und in dem Hellrot ihrer krausen Locken fanden sich nur wenige graue Strähnen.

»Ich verstehe«, sagte sie mit zusammengekniffenen Augen. Mit der Spitze ihres Ellbogens stieß sie ihm leicht in die Rippen. »Um ehrlich zu sein, mochte ich diese Olivia nie sonderlich.«

James antwortete nur mit einem Zwinkern, sagte dann: »Suzie, darf ich dich in die Stadt begleiten?«

»Sicher. Warte, ich muss noch die Kuchen holen.« Er wollte ihr gerade seine Hilfe anbieten, aber mit flinken Füßen war sie bereits in die Küche verschwunden, kehrte wenig später mit drei vollgepackten Servierplatten zurück. James eilte zu ihr und übernahm die Kuchenplatten.

»Wie wärst du denn ohne mich dorthin gekommen?«, fragte er.

»Na, mit Phils Pick-up natürlich.«

Er machte große Augen. »Du kannst einen Wagen steuern?«

»Und ob. Phil hat mir vor Jahren die Pistole auf die Brust gesetzt. Entweder ich würde meine Fahrlizenz machen oder müsste in Zukunft zu Fuß in die Stadt. Mit meinem *stundenlangen* Gequatsche würde ich seine *kostbare* Zeit vertrödeln«, äffte sie den Alten nach und James lachte.

Nachdem die Kuchen auf der Ladefläche verstaut waren, fuhr die resolute Suzie los. James war sich nicht sicher, ob es ihm gefiel, dass sie am Steuer saß, aber sie ließ sich davon nicht abbringen.

Sie redete und redete, schlitterte in jede scharfe Kurve mit einer Geschwindigkeit, die ihm den Atem raubte. Seine Hände waren klitschnass und er krallte sich an der Armatur des Wagens fest. Jeden Moment sah er sich den Abgrund hinunterstürzen, aber Suzie hielt eisern den Blick auf die Serpentine gerichtet und schien sich ihrer miserablen Fahrkünste keineswegs bewusst zu sein. Innerlich seufzte James. Er war Joseph und Olivia Wulf entkommen, um nun an Suzies Seite zu sterben, noch bevor er Elizabeth wiedergesehen hatte. Welch grausame Ironie des Schicksals. Der Pick-up düste auf der vereisten Straße am Great Mountain vorbei.

»Ist das zu glauben, James? In ein paar Tagen wird dieses ehrenwerte Haus unserem Mr Morgan gehören.«

»Ob wir zwei das noch erleben?«, konnte er sich nicht verkneifen und packte sich an den Brustkorb, weil er das Gefühl hatte, sein Herz würde jeden Augenblick herausplumpsen.

»Clark Harrington jedenfalls nicht.«

»Wie meinst du das?«, fragte er verwundert.

»Tot!«

»Moment mal – bitte was?«

»Ja, er starb die Tage in seiner Gefängniszelle.«

Er schluckte hart. »Ich kann mir kein traurigeres Schicksal vorstellen.« Jetzt musste er an seinen Vater Dickie denken, der ebenfalls in einer Zelle gestorben ist. »Hat Clark sich etwa umgebracht?«

»Nein, James. Er war wohl schon seit einigen Wochen schwerkrank. Die Trommel hat einfach aufgehört zu schlagen, das war alles. Mr Morgan war jedoch untröstlich, als er die Nachricht erhielt. Tja, da ist man sich ein Leben lang spinnefeind, um dann zu bedauern, sich so sehr gehasst zu haben. Ich glaube, insgeheim hat Mr Morgan sich immer gewünscht, er und Harrington wären Partner gewesen, anstatt Gegenspieler. Doch dafür ist es zu spät.«

»Wirklich furchtbar. John will das Hotel dennoch kaufen?«

Suzie nickte. »Wenn er es nicht kauft, dann geht das Great Mountain unter den Hammer. Der Kauf ist kein Akt der Rache. Jetzt hält er es für seine Pflicht, Cole und Charlotte unter die Arme zu greifen. Ja, so ist er, unser Mr Morgan. Aber das weißt du ja selbst.«

James hätte das Gespräch vertiefen sollen, aber er war innerlich zu aufgeregt, weil er es nicht erwarten konnte, Elizabeth gleich wiederzusehen. Er musste nur die Fahrt nach Woodwall überleben.

Als der Pick-up endlich die Hauptstraße erreichte, brauste Suzie fast in eine der ersten Holzhütten hinein, weil sie für einen kurzen Moment die Bremse mit dem Gas verwechselte. Im allerletzten Augenblick steuerte sie noch gegen. Als sie das richtige Pedal fand, flogen sie beide beinahe durch die Windschutzscheibe, so ruckartig kam der Wagen zum Stehen.

»Wir sind da«, sagte sie mit heiterer Stimme.

James war derart flau im Magen, dass er sich wundern würde, wenn er jetzt nicht ganz blass oder grün im Gesicht wäre. Mit zitternden Knien stieg er aus dem Auto. Gerade wollte er Suzie mit den Kuchenplatten helfen, da schlug sie ihm schon die Hand weg.

»Nun geh und such sie! Die wird Augen machen, unsere Lizzy.«

Dankbar lächelte er ihr zu und mischte sich unter die Leute. Mehrere winzige Holzhütten waren im Herzen von Woodwall kreisförmig aufgebaut worden. Im Hintergrund ragten die schneebedeckten Berggipfel in den Nachthimmel, der mit so unendlich vielen Sternen behangen war, wie es nur hier im Norden zu sehen war.

Jetzt war er unglaublich nervös und seine Schritte wurden immer langsamer. Er beschloss, sich etwas fernab der Menge nach Elizabeth umzuschauen, ging an den Holzhütten vorbei, in denen überall die verschiedensten schönen Dinge angeboten wurden. Holzspielzeug, selbst gegossene Kerzen sowie wohlriechende Seifen. In einer der Buden, die ein wenig weiter von ihm entfernt war, entdeckte er Tante Violett und Tristan, die heißen Weihnachtspunsch austeilten. Der Duft nach Wein und Gewürzen erfüllte die Luft und er fand sich in einem Meer von Lichtern wieder. Nicht einmal in New York hatte James solch eine bezaubernde Weihnachtswelt erlebt. Die Bewohner der Stadt, allesamt in dicke Winterkleidung eingepackt, hielten ihre dampfenden Punschgläser in den Händen und hatten ihren Blick auf die kleine Bühne gerichtet, die neben einer aufgebauten Krippe aufgebaut war.

Ganz Woodwall sang *Silent Night* und er bekam eine Gänsehaut, wäre am liebsten in die Musik hineingekrochen.

Von jetzt auf gleich war er in eine völlig andere Welt geschleudert worden. Eine friedlichere und idyllischere, als jene kalte, die er nun hinter sich gelassen hatte, um sie hoffentlich eines Tages vollkommen vergessen zu können.

James näherte sich der Bühne und musste grinsen, als er Phil entdeckte, der in seiner Santa-Claus-Verkleidung auf einem Stuhl saß und zehn oder zwölf Kinder um sich scharte.

Wenn das die Geister seiner Ahnen sehen würden, dachte er mit einem Lächeln im Gesicht.

Und dann erblickte er sie.

Elizabeth stand ebenfalls auf der Bühne zwischen ein paar anderen Woodwallern, hielt ein Liederbuch in Händen und sang. Er erkannte es an ihren sich bewegenden Lippen. Als er sie dort oben stehen sah, mit den schwarzen Ohrenwärmern und der roten Nasenspitze, machte sein Herz einen Hüpfer. Sie war sein Licht, sein Zuhause, sein Alles.

Wie wunderschön sie war. Die Liebe, die ihn in diesem Augenblick überwältigte, war wie ein Tosen in seiner Seele.

Nun war er wirklich heimgekehrt. Hier und nur hier gehörte er hin. Wie hatte er das je vergessen können?

***

Elizabeth wagte es nicht, den Kopf zu heben und aufzuschauen. Niemand in dieser Stadt sollte sehen, wie traurig sie dieses Lied stimmte. Niemand sollte die Tränen in ihren Augen entdecken. Sie gab sich solche Mühe, dass ihre Stimme nicht brach und sie die Töne traf. Wie sehr sie es hasste, im Mittelpunkt zu stehen, auch wenn sie nicht allein auf der Bühne war. Viel lieber wäre sie jetzt für sich.

Gott sei Dank war Meggie an ihrer Seite, die schiefer sang als der Turm von Pisa. Die schrägen Töne rissen sie aus ihrem Kummer und sie schmunzelte leicht. Sie war unendlich dankbar, dass ihre beste Freundin ganze zwei Wochen in Woodwall bleiben würde, um die Feiertage bei ihrer Familie zu verbringen. Sie war der einzige Mensch, dem sie sich wirklich anvertrauen konnte, und schlussendlich war auch Meggie diejenige gewesen, die ihr vor ein paar Monaten gehörig den Kopf gewaschen hatte, als Elizabeth kurz davorstand, den größten Fehler ihres Lebens zu begehen und Tony zu heiraten.

Sie wollte sich gar nicht ausmalen, wie es jetzt um sie stehen würde, wenn Meggie ihr nicht erzählt hätte, dass sie James in Italien begegnet war. Ein James, der mehr als unglücklich auf sie gewirkt hatte, weil er seine Ehe mit Olivia bedauerte.

Elizabeth hatte schon immer gewusst, dass Tony nicht der Mann war, mit dem sie glücklich werden könnte, aber erst Meggies eindringliche Predigt und ihr vehementes Versichern, dass James *nur sie* lieben würde, gaben ihr den nötigen Ruck, die Verlobung zu lösen. Manchmal brauchte es eben einen aufrichtigen Menschen, der einem den richtigen Weg zeigte. Elizabeth würde ihrer Freundin auf ewig für diese Ehrlichkeit dankbar sein. So schmerzvoll sie gewesen war, so befreiend hatte sie auf ihre Seele gewirkt.

Sie war so in ihre Gedanken versunken, dass sie vergaß, beim nächsten Vers mitzusingen. Bereits das zweite Mal stieß Meggie ihr von der Seite in die Rippen, wie sie es schon in Schulzeiten immer getan hatte, wenn Elizabeths Tagträume sie in eine ganz andere Welt entführt hatten. Der dritte Seitenhieb hatte es in sich. Mürrisch blickte sie zu Meggie auf, die sie völlig entgeistert anstarrte. Was war denn los?

Ihre Freundin wirkte fast so, als habe sie gerade einen Geist gesehen.

»Verdammt, was ist denn?«, flüsterte Lizzy mit zornigem Unterton.

»Je deviens fou!« Meggies dünne rot bemalte Lippen verzerrten sich zu einem seltsamen Grienen des Erstaunens. »Ich glaub, mich knutscht ein Elch. Ich muss träumen.«

»Meghan Horne!«, sprach Elizabeth ungeduldig.

»Schau mal, wer dort hinten steht.«

Sie folgte dem Blick ihrer Freundin. Die Bühnenlichter blendeten sie und alles, was sie zunächst sah, war eine Schattengestalt, doch dann erkannte sie ihn und erstarrte augenblicklich.

Nein, das konnte nicht möglich sein. Das musste ein Traum sein.

Elizabeth stand nur da, rührte sich nicht. Dann spürte sie Meggies Hand, die sich in ihre legte und fest zudrückte.

»Da hat jemand sein Versprechen gehalten, Lizzy.«

James trat nun näher ins Licht einer Laterne und erst als er ihr zärtlich zulächelte, begriff sie, dass es kein Streich ihres Verstandes war, sondern dass er wahrhaftig zurückgekommen war. Er war Realität und sein Anblick eine Tatsache. Elizabeth hielt es nicht mehr aus, wollte nicht warten, bis die letzte Strophe ausgesungen war, und trat einen Schritt zurück. Meggie schloss sofort die Lücke, die sie hinterließ, während sie schon die hinteren Stufen der Bühne hinunterstieg. Atemlos beschloss sie, auf der anderen Seite an der Hütte der Krippe auf ihn zu warten.

Nur wenige Sekunden später stand er vor ihr. Der einzige Mann, den sie je geliebt hatte, und er würde auch der letzte sein. Eine Wahrheit des Herzens – seit sie ein kleines Mädchen gewesen war. Sie zitterte am ganzen Leib. Obwohl es hinter der Lebendkrippe düster war, erkannte sie das Strahlen seiner Augen.

Erst wusste sie nicht, wie sie sich verhalten sollte, doch es war unmöglich, ihre Liebe zu zügeln. Sie überließ sich der Gewissheit, dass jede Zelle ihres Körpers ihn liebte. James schien es nicht anders zu ergehen und noch bevor sie ein Wort verloren hatten, gaben sie sich ihren sehnsüchtigen Küssen hin, als gäbe es kein Morgen. Immer mehr aufgehend in dem Wunder dieses Wiedersehens bemerkte Elizabeth all die Tränen in ihrem Gesicht erst, als er sie fortwischte.

James hörte auf, sie zu küssen, und legte seine Stirn auf ihre. Sie spürte seinen schnellen Herzschlag, als sie die Hand auf seine Brust legte.

»Ich kann nicht glauben, dass du hier bist«, sagte sie mit bebender Stimme.

Er drückte sie fester an sich. »Ich habe es dir versprochen.«

»Du kannst dir nicht vorstellen, wie groß meine Sorge um dich war.«

»Verzeih mir.« Er nahm ihre beiden Hände in seine, streichelte zärtlich ihre Fingerknöchel. »Dass ich dich nicht angerufen habe, tut mir unsagbar leid, aber ich musste erst einen Weg finden, um zu dir zurückkommen zu können.«

Elizabeth war immer noch außer Atem und strich mit den Fingern über seine Wange, nachdem er sie losgelassen hatte. »Wie lange wirst du bleiben?«

James fuhr etwas irritiert zurück, lächelte dann. Abermals griff er nach ihren Händen, hielt sie noch fester und sah ihr mit einer Eindringlichkeit in die Augen, die sie so noch nie an ihm gesehen hatte. Ihr Herz bebte unter diesem Blick.

»Liz, ich habe nicht vor, je wieder zu gehen.«

Erneut stand sie wie festgefroren vor ihm und es dauerte, bis sie seine Worte verinnerlicht und verstanden hatte.

Offenen Mundes blickte sie zu ihm hinauf. All die Jahre voller Wünsche und Sehnsüchte. Tage und Nächte schmerzlichen Vermissens und all die bitteren Tränen, die sie geweint hatte. So unendlich viele Tränen …

Vergangenheit. Beendet mit nur diesem einen Satz, den er ihr gerade zugeraunt hatte. Wie oft hatte sie ihn sich gewünscht?

»Bedeutet das etwa, dass du Olivia verlassen hast?«

Er nickte. »Ja, es ist vorbei. Ich hätte es nicht einen Tag länger in New York ausgehalten.«

»Geht es ihr gut?«

Wieder küsste er sie. »Gerade aus diesem Grund liebe ich dich, Liz. Nein, Olivia geht es nicht gut, aber ihr ging es auch schon vorher nicht gut. Eben deshalb ist es mir auch so schwergefallen, diesen Schritt eher zu gehen. Doch wäre ich noch länger bei ihr geblieben, hätte ihr das auch nicht geholfen. Ganz im Gegenteil.« James sah sie plötzlich ernst an. »Die Geschichte ist auch noch nicht ausgestanden. Ich befürchte, sie wird einer Scheidung vorerst nicht zustimmen. Ach, Liz, es ist so viel passiert, dass ich es noch nicht alles habe verarbeiten können. Aber ich bin hier, bei dir.«

Elizabeth spürte seine Müdigkeit und Niedergeschlagenheit. Sie ahnte, dass er viel riskiert haben musste, um endlich bei ihr zu sein. »Willst du darüber sprechen?«

James schüttelte den Kopf, straffte die Schultern. »Nicht hier und nicht jetzt. Lass mir noch ein paar Tage. In Ordnung?«

»Natürlich. Hauptsache, du bist endlich hier. Das ist das Einzige, was zählt.« Die Glocke der St. Barbara Church läutete und sie löste sich widerwillig aus seiner Umarmung. »Ich wünschte, wir beide wären wieder in der Plankengasse in Wien. Dann wären wir ungestörter. Ich muss dich vorwarnen, aber ich befürchte, Vater wird nicht sehr begeistert sein, dich zu sehen.«

»Darauf habe ich mich seelisch eingestellt. Ich habe gehört, Joseph wäre euch in Seattle begegnet. Stimmt das?«

»Ja«, antwortete sie leise und es schauderte sie bei der Erinnerung daran. »Dad hätte ihn beinahe umgebracht. James, er hat mir regelrecht gedroht.«

»Elizabeth, das wird nie wieder vorkommen. Die Wulfs sind Vergangenheit. Ein für alle Mal. Bitte zerbrich dir darüber nicht den Kopf. Ich habe dafür gesorgt, dass er uns in Ruhe lässt. Den Rest erledige ich auch noch irgendwie.«

»Wie hast du dafür gesorgt?«

James räusperte sich, überlegte einen Moment. »Ich habe einen schwarzen Fleck auf seiner weißen Weste gefunden.« Er legte seine Hände auf ihre Schultern und drückte leicht zu. »Liz, ich halte es für besser, dich da rauszuhalten. Ich will nicht, dass dieser Mensch in deinem Kopf herumspukt. Es reicht, wenn ich weiß, was dieser Mann für ein Scheusal ist.«

Sie hob die Brauen, denn seine Worte machten ihr Angst. Am liebsten würde sie ihn dazu drängen, ihr die Wahrheit über Joseph Wulf zu erzählen. Aber sie kannte James und wusste somit, dass er aus einem guten Grund schwieg. Er sah erschöpft aus. Vielleicht würde er es ihr eines Tages anvertrauen.

»Du weißt, du kannst mit mir über alles sprechen.«

»Ich weiß.« Er nahm einen tiefen Atemzug und es machte den Eindruck auf sie, als versuchte er, neue Energie zu tanken. Er drückte ihre Hand. »Na komm, stellen wir uns der Meute.«

»Warte!«, bat sie. Abrupt blieb er stehen und wandte sich zu ihr um. Sie ließ seine Hand los. »Ich denke, es ist keine gute Idee, Händchen haltend aufzumarschieren. Du kennst die Leute hier, sie würden sich das Maul über uns zerreißen, ehe wir mit der Familie sprechen konnten. Genau davor fürchtet Vater sich. Er ist Bürgermeister und ich will ihm nicht schaden. James, bitte, ich weiß, dass …«

Er lächelte sanft. »Schon gut, Liz. Du hast vollkommen recht. Das war gedankenlos von mir.« Er küsste ihre Hand. »Ich habe völlig verdrängt, dass wir hier als so etwas wie Geschwister gelten. Ich befürchte, wir haben noch einen langen Weg vor uns.«

»Die Hauptsache ist, wir gehen diesen Weg gemeinsam.«

»Erinnerst du dich noch?«, fragte er sanft und hielt ihr den kleinen Finger entgegen, den sie prompt mit ihrem umklammerte. »Für immer Seite an Seite.«

»Für immer.«

Beide traten aus dem Schatten der Krippe und Elizabeth merkte deutlich, wie angespannt James wurde. Ihre Augen suchten nach John und Isabelle, schließlich fand sie ihre Eltern in einer Unterhaltung mit Rosie und Wiktor Svensson.

Liz erkannte, dass ihr Vater sie und James bemerkt hatte. Und er verstummte sogleich. Seine Augen wurden groß.

Das Gesicht ihrer Mutter wurde schlagartig blutleer, als auch diese die zwei entdeckte. Sie hielt Teddy an der Hand, der an seinem Daumen lutschte.

»Da ist ja James!«, rief Rosie entzückt. »John, du hast überhaupt nicht erwähnt, dass er euch über die Feiertage besucht, du alter Schuft! Welch eine Überraschung.«

»Das muss mir wohl entgangen sein«, entgegnete John, ohne die Frau anzusehen, denn seine starren Augen waren nur auf James gerichtet.

»Wie schön, dich wiederzusehen«, sagte Wiktor und schüttelte James die Hand, als die beiden bei der Gruppe angekommen waren. »Wir hörten, dass aus dir ein erfolgreicher Pianist geworden sei.«

»Na ja …« James ließ den Satz unvollendet, da auch er seinen Blick nicht von John abwenden konnte, wie Liz registrierte. Sie entdeckte einen glänzenden Schimmer in den Augen ihres Vaters, was ihr bewies, dass er sich durchaus freute, James nach so vielen Jahren wiederzusehen. Aber John Morgan wäre nicht John Morgan, wäre er Herrscher über seine Sturheit, die sich jetzt wieder jedem aufdrückte. Grimmig verzog er den Mund.

Isabelle hingegen lächelte berührt, trat auf ihren Stiefsohn zu, um ihn in die Arme zu schließen. »Gott sei Dank geht es dir gut«, flüsterte sie und strich zärtlich über seine Wange.

»Ich freue mich auch, dich wiederzusehen«, erwiderte er leise. Er ging in die Knie, um auch Teddy zu begrüßen. Behutsam streichelte er über den wilden Lockenkopf des Kindes. »Hallo, Teddy, du bist ja schon ein richtig großer Junge.«

Dann passierte etwas, was wohl niemand erwartet hätte.

»Ja«, antwortete der Kleine.

»Oh, Teddy«, sagte Elizabeth stolz. Zugleich war sie zutiefst gerührt. So musste es auch ihrer Mutter gerade ergehen. Denn diese sah James entzückt an, als er sich wieder aufrichtete, und dann Elizabeth. »Zum ersten Mal hat er zutreffend auf eine Frage geantwortet. Das ist einfach unglaublich.«

»Wir lassen euch mal allein«, meinte Rosie. Elizabeth erkannte, dass dieser Frau nicht entgangen war, welch distanziertes, frostiges Verhalten John an den Tag legte. Sie stieß ihren Mann an, der nicht reagierte. »Wik!«

»Ähm … ja, aber natürlich«, antwortete Wiktor. »John, wir sehen uns sicherlich später noch einmal.«

John brachte nur ein dezentes Nicken hervor.

Nachdem sich die Svenssons wieder ins Getümmel gestürzt hatten, vergrub ihr Vater die Hände in seinen Jackentaschen und zog die Schultern hoch.

»Wo ist denn deine Frau?«

Die Lohe des Zorns stieg in Elizabeth auf. »Vater!«

Auch Isabelle verzog verärgert das Gesicht. »John, was soll das denn jetzt?«

James seufzte tief, richtete zermürbt den Blick ins Leere. Elizabeth überlegte, doch seine Hand zu nehmen, aber sie entschied sich dagegen.

»Was denn, Isabelle?«, bölkte John. »Das war eine ganz normale Frage an einen *verheirateten* Mann. Drei Jahre hat er sich nicht mehr sehen lassen und taucht plötzlich hier auf wie der Phoenix aus der Asche oder wie der Heilige Geist persönlich. Da wird man ja wohl noch nachhaken dürfen.«

»James, bitte entschuldige deinen Stiefvater«, sprach Isabelle mit gerecktem Kinn. »Wie immer, so steht ihm auch jetzt sein Stolz im Weg.«

Elizabeth konnte John durchaus verstehen. Sie wusste, wie enttäuscht er von James war, weil dieser nach der Beerdigung seines Vaters Dickie nie wieder zurückgekehrt war. Er hatte die Familie lediglich telegraphisch darüber informiert, dass er Olivia geheiratet hatte. John fühlte sich seither von ihm verraten, liebte er ihn doch wie sein eigen Fleisch und Blut. Elizabeths Vater konnte jedoch nicht ahnen, dass sein Stiefsohn wegen ihr nicht zurückgekommen war, weil er sie nicht weiter hatte verletzen wollen. Sie hingegen wusste, dass der damalige Abschied an sich für immer hatte sein sollen. Allerdings hatte sich nun alles geändert und jedem hier musste bewusst sein, dass John Zeit brauchte, um sich an diese neuen Umstände zu gewöhnen. Zumindest hoffte sie es.

»John«, setzte James vorsichtig an, aber ihr Vater ließ ihm keine Gelegenheit, sich zu erklären.

»Schweig jetzt! Hier ist nicht der richtige Ort. Wir werden das später ausdiskutieren. Unter vier Augen. Verstanden?«

»In Ordnung.«

John machte kehrt, drehte sich aber noch einmal um. »Ich hoffe, du hast ein Zimmer im Great Mountain.«

James zuckte zusammen, blickte ihn voller Entsetzen an, presste die Lippen aufeinander und sprach kein Wort. Elizabeth hingegen glaubte, sich verhört zu haben.

Isabelle stampfte auf John zu und bäumte sich vor ihm auf. »Hast du jetzt völlig den Verstand verloren? Er wird selbstverständlich auf Morgan's Hall wohnen. Egal, was vorgefallen ist, er gehört zu unserer Familie.«

»Schon gut, Isabelle. Vielleicht ist es das Beste«, sagte James trübsinnig.

Elizabeth zupfte an dem Ärmel seines Mantels. John wirkte furchtbar kaltherzig und das tat ihr weh.

Beharrlich schüttelte ihre Mutter den Kopf. »Nein! James, du bist auch *mein* Stiefsohn und du wirst nirgendwo hingehen. So weit kommt es noch.« Sie sah wieder John an. »Du bist doch immer so darauf bedacht, was andere denken. Was würden die Leute sagen, wenn sie wüssten, dass James im Great Mountain logiert und nicht in seinem Zuhause. Das wäre Futter für die ausgehungerte Meute.«

Isabelles Tirade fand ein jähes Ende, denn Tristan kam auf James zugeschlurft.

»Ich fasse es ja nicht. Was hat dich denn hierher verschlagen?« Lange umarmten sich die beiden Männer, die wie Brüder aufgewachsen waren.

Auch Tante Violett verließ nun hastig den Punschstand und fiel ihm euphorisch in die Arme. »Oh, was für eine schöne Überraschung.«

John nutzte die Gelegenheit, um sich zu entfernen. Elizabeth sah ihm mit besorgtem Blick nach, beschloss dann, ihm hinterherzugehen. Sie packte nach seinem Unterarm, zwang ihn so dazu, stehen zu bleiben. Er drehte sich zu ihr um, aber sein Gesicht hatte nichts von seiner Härte verloren.

»Dad, bitte«, flehte sie leise, weil sie hoffte, dass wenigstens sie in der Lage war, ihn zu besänftigen. Am Handgelenk zog er sie aus der Menge, damit niemand ihrem Gespräch folgen konnte.

»Elizabeth«, sagte er in einer Strenge, die ihr schon jetzt jede Hoffnung nahm, »mir ist bewusst, dass ich dich vor den Kopf stoße, aber du weißt, wie ich darüber denke. An dieser Meinung hat sich nichts geändert und das wird es auch nicht. Niemals werde ich einer Liebesbeziehung zwischen euch beiden zustimmen. Nie! Mädchen, hast du das endlich begriffen? Ich kann nicht fassen, dass du den Ruf unserer Familie ruinieren willst. Alles nur für einen Mann, der noch nie in seinem Leben wusste, was er will.«

»Er will mich«, stieß sie schluchzend hervor.

»Aber natürlich!« John lachte voller Hohn. »Genau so, wie sein Vater Dickie deine Mutter wollte. Wach auf!«

Mit diesen Worten ließ er seine Tochter stehen, die fassungslos zurückblieb. Er hatte einen giftigen Pfeil abgeschossen, der sie da traf, wo es wehtat. Sie fühlte sich so sehr von ihrem eigenen Vater im Stich gelassen wie noch nie zuvor in ihrem Leben. Dieses Gefühl war kaum zu ertragen.

***

Tristan reichte James einen Punsch, den er dankend entgegennahm. Während Violett, Isabelle und jetzt auch Meggie um ihn herumstanden, hielt er nach Elizabeth Ausschau. Endlich erblickte er sie, wie sie mit einem mehr als geknickten Gesichtsausdruck zurückkam. Es tat ihm in der Seele weh, dass sie wieder einmal wegen ihm Kummer hatte. Isabelle fasste ihn an die Schulter und er sah zu ihr. Dann nahm sie Teddy auf den Arm, der für dieses kleine Persönchen, das sie war, sicherlich inzwischen viel zu schwer geworden war. »Ich rede mit ihm«, sagte sie und begab sich dann auf die Suche nach ihrem Mann, während Violett von durstigen Besuchern an den Punschstand zurückgerufen wurde. Sie schenkte James ein gerührtes Lächeln, das unendlich viel Zuversicht barg, obwohl sie überhaupt nicht mitbekommen hatte, was gerade zwischen John und ihm vorgefallen war. Er hatte Vio schon immer sehr geliebt, war sie doch mehr Mutter als Tante gewesen – für alle Kinder von Morgan's Hall.

James war dennoch wütend.

Gewiss hatte er nicht davon ausgehen können, von John mit offenen Armen begrüßt zu werden, aber dass er derart erbarmungslos auf ihn reagierte, damit war nicht zu rechnen gewesen. Dieses Verhalten warf Fragen auf. Väter begegneten den Mannsbildern, die ihre Töchter anschleppten, stets mit Skepsis, aber durfte ein solcher Argwohn auch auf ihn zutreffen? Seit er damals als Kind von Dickie auf Morgan's Hall zurückgelassen worden war, galt er für John als das spätere Oberhaupt der Familie, als derjenige, für den es sich lohnte, all diese Energien aufzuwenden. Als James sich für einen anderen Weg entschieden hatte, waren der Groll gegen ihn und die Enttäuschung unsagbar groß gewesen. Das verstand er. Doch soeben hatte er in dem Blick seines Stiefvaters etwas erkannt, das andersartiger, ja niederschmetternder Natur gewesen war: tiefste Abneigung.

Warum? Weil James mit Elizabeth mehr verband, als John lieb war? Mehr, als sich dieser Mann je hatte vorstellen können? Ging es ihm wirklich lediglich um den guten Ruf der Familie? Lag es daran, dass James noch mit Olivia verheiratet war? Vielleicht war es von allem ein bisschen.

Oder lag es einzig und allein an der Tatsache, dass er der Sohn von Dickie Cooper war? Hatte John etwa Angst, wieder eine Frau, die er von Herzen liebte, an einen Cooper zu verlieren? Was zur Hölle bedeutete es denn, in Wahrheit ein Cooper zu sein? James hatte nichts mit seinem Vater gemeinsam, war mit Johns und auch Phils Werten aufgewachsen. Fühlte sich gewissermaßen als Morgan. Dickie war ein selbstsüchtiger Mensch gewesen, der einer Frau seine Liebe versprochen hatte, um sie dann gnadenlos zu vergessen. Keine Frage, auch James war in der Vergangenheit egoistisch gewesen – vor allem, wenn es um seine Musik ging. Immerhin hatte er sich für die Karriere ausgesprochen und nicht für Elizabeth. Ein großer Fehler, den er nun wiedergutmachen wollte. Genau deshalb war er zurückgekehrt, hatte einiges dafür riskiert und würde sich jetzt keineswegs von einem bockigen John Morgan aufhalten lassen.

Niemals hätte er es für möglich gehalten, ausgerechnet Isabelle an Elizabeths und seiner Seite zu wissen. Möglicherweise geschah das nur, weil sie es schon immer geahnt hatte. Immerhin war sie eine Frau, die hatte lernen müssen, dass das Herz seine eigenen Entscheidungen traf. So viel wusste er.

Leider würde auch sie es nicht schaffen, ihren Mann auf den Pfad der Vernunft zurückzuführen. Von jeher beherrschte diese Kunst nur ein Mensch, aber diese eine Person saß gerade in einem Santa-Claus-Kostüm auf der Bühne und las den Kindern dieser Stadt die Weihnachtsgeschichte vor.

James sah sich zu Phil um, der noch gar nicht wusste, dass er wieder zurück war. Wie er den alten Mann kannte, ahnte dieser es aber sicher bereits.

Und genau in dem Augenblick, als James' ratloser Blick zur Bühne streifte, schaute Phil auf und sah ihn direkt an. In seinem faltigen Gesicht fand sich nicht die Spur einer

Überraschung, James konnte nur ein winziges Lächeln erkennen. Es wirkte wissend.

Ja, Phil hatte ganz sicher gewusst, dass er am heutigen Abend zurückkehren würde.

Vernichte Joseph Wulf.

Sobald sich die Gelegenheit bieten würde, musste James ihn auf diesen Traum ansprechen. Ein Traum, der sich so real angefühlt hatte, dass er auch jetzt noch die Waffe in seinen Händen spürte.

Elizabeth stand wieder neben ihm und ihre Fingerspitzen berührten sich im Verborgenen.

»Wir schaffen das«, flüsterte er ihr ins Ohr und lächelte dann Meggie zu, die ihm auf Capri gehörig den Kopf gewaschen hatte. Dafür war er ihr noch heute unglaublich dankbar. Ob es wirklich nur Zufall gewesen war, oder hatte das Universum nachgeholfen? Die Welt war schon ein Mysterium.

»Wie geht es dir, Meggie?«, fragte er.

Sie zuckte mit den Achseln. »Gut. Ich bin zu Hause.«

James erkannte in ihrem Ausdruck etwas, das ihm damals bereits im Restaurant Pulalli aufgefallen war: Die Sehnsucht nach zu Hause, der Wunsch nach Beständigkeit. Diese junge Frau war ihm sehr ähnlich. Auch sie war dem Duft der weiten Welt gefolgt, um eines Tages festzustellen, dass es in keiner Stadt und in keinem Land so wundervoll duftete wie daheim.

»Ich habe meinen Job bei Arlette Lapierre an den Nagel gehängt«, ließ sie die Bombe platzen. Ihn erstaunte diese Neuigkeit nicht, aber Elizabeth riss die Augen auf.

»Was?«, fragte seine Liz entgeistert, doch er nickte der großen, schlaksigen Frau anerkennend zu.

»Nun ja, in den letzten Monaten ist mir klar geworden, dass mich diese ständige Reiserei nicht glücklich macht. Als ich im vergangenen August hier in Woodwall war, traf ich bereits diese Entscheidung.« Verstohlen huschte Meggies Blick zu Tristan, und James erkannte den Grund, weshalb sie ihrem alten Leben Adieu gesagt hatte: der Liebe wegen.

»Bedeutet das etwa, dass du hierbleiben wirst?« Endlich fand sich in Elizabeths Ausdruck so etwas wie Freude wieder, nachdem John ihr diese kurzzeitig entrissen hatte. »Für immer?«

»Ich denke schon«, antwortete sie sanft und in diesem Moment trafen sich Meggies und Tristans sehnsuchtsvolle Blicke. Ja, auch Tristan empfand wie Lizzys Freundin.

James stieß ihn leicht von der Seite an, grinste und freute sich ehrlich für die zwei. Elizabeth machte kleine Freudensprünge, fiel Meggie in die Arme, verharrte dort und er erkannte an ihrem bebenden Körper, dass sie weinte.

»Immer diese Heulerei!«, krähte Tristan – der ewig harte Soldat, der sich doch durch eine Meggie erweichen ließ.

»Na, so schlimm ist es jetzt auch nicht«, wisperte diese sogleich und lachte leise. Elizabeth ließ von ihr ab und wischte sich mit einem seligen Lächeln die Tränen aus dem Gesicht, umschloss wieder James' Hand und sah abwechselnd zu ihm und dann zu ihrer Freundin.

»Oh, bitte entschuldigt«, wisperte sie, schluchzte und lächelte gleichzeitig. »Heute ist einfach ein guter Tag – der beste überhaupt.«

Damit hatte sie recht. Und wie.

Ganz gleich, ob John versuchen würde, ihre Liebe zu torpedieren, James würde nie wieder zulassen, dass sich ihnen irgendjemand oder irgendetwas in den Weg stellte.

Einen Menschen hatte er allerdings nicht auf dem Schirm: Tony O'Reilly, der geradewegs auf die kleine Gruppe zusteuerte. Elizabeth stieß einen Seufzer aus, der eher besorgt als genervt klang. »Der hat mir gerade noch gefehlt«, murmelte sie. »James, egal was er sagt, bitte lass dich nicht provozieren.«

Tristan legte seine Hand auf James' Schulter, als wollte er ihn schon jetzt zurückhalten. »Liz hat recht. Tony ist ein König, wenn es darum geht, andere zur Weißglut zu bringen.«

»Keine Sorge, ich habe sicherlich nicht die Absicht, mich mit dem Kerl zu duellieren«, antwortete er ironisch. James erinnerte sich noch an seine erste unangenehme Begegnung mit Tony und wie respektlos dieser ihm schon damals gegenübergetreten war. Vermutlich hatte der Typ bereits in der allerersten Sekunde in James einen Nebenbuhler gesehen. Auch jetzt stand Tony die Eifersucht ins Gesicht geschrieben.

»Na, wenn das mal keine Überraschung ist!«, tönte Tony mit zusammengekniffenen Augen und einem zynischen Lächeln auf den Lippen. »Die Heimkehr des gefallenen Musikgenies.«

»Hör bitte auf, Tony«, mahnte Elizabeth, ohne zu ihm aufzuschauen.

Tony holte aus der Tasche seiner Jacke sein Rauchzeug und begann sich eine Zigarette zu drehen. Obwohl James einen halben Kopf größer war als Tony, waren sie einander körperlich durchaus ebenbürtig, schmal in der Hüfte, breite Oberkörper und athletisch. Allerdings waren die Arme seines Gegenübers kräftiger. Für einen malochenden Burschen, wie O'Reilly einer war, musste der Beruf des Musikers lächerlich und unmännlich anmuten. James wettete, in Tonys Weltbild galt jemand wie er als sentimentales und butterweiches Persönchen, und sicher nicht als Mann. Aber er würde ihm schon zeigen, dass er sich irrte.

»Na, Wunderkind, was macht das Frauchen daheim?«, fragte Tony, während er aus den Tabakfasern gemächlich eine Zigarette drehte.

Als James ihm keine Antwort gab, wiederholte Tony seine Frage in einem scharfen Ton, der wohl jeden hätte hochgehen lassen. Jeden außer James, er atmete tief durch. »Was macht dein Frauchen daheim?«, erscholl es abermals.

James blieb besonnen, fühlte sich zu keinerlei Auskunft verpflichtet, aber Tony setzte noch einen drauf. »Weiß sie, dass du deine Stiefschwester flachlegst?«

Tristan schaltete sich ein und schubste Tony leicht von der Seite an. »Los, O'Reilly, verschwinde, bevor ich mich vergesse! Ich polier dir so sehr die Fresse, dass du morgen noch deine Zähne zusammensuchst.«

»Halt´s Maul, du Möchtegern-Kavallerist!«

Alle Leute um sie herum stellten ihre Gespräche ein und hunderte Augenpaare waren nun auf James, Tristan und Tony gerichtet.

»Schluss jetzt!«, brüllte Elizabeth. »Tony, ich bitte dich ein letztes Mal, mich in Ruhe zu lassen. Begreifst du nicht, dass du alles nur noch schlimmer machst?«

»Das würde dir wohl so passen, was, Prinzesschen? Dass du dich nicht schämst.« Tony nahm James wieder fest ins Visier. »Widerlich! Widerlich!« Er spuckte den beiden vor die Füße.

John tauchte überraschend auf und drängelte sich nach vorne. »Was zur Hölle ist hier los?«

Weder Tony noch James antworteten, standen sich sekundenlang reglos gegenüber. James vergaß beinahe zu atmen, holte zwischen seinen zusammengebissenen Zähnen Luft, als er es kaum noch aushielt.

Tonys Augen loderten auf.

»Kein Wort mehr«, warnte James ihn.

»Was dann, du widerliche Ratte?«

James fühlte, wie das Blut in seinen Kopf stieg, ballte seine rechte Hand zu einer Faust. Mit jedem Augenblick wuchs seine Wut.

»Du hältst dich wohl für was Besonderes, was?« Die Stimme klang heimtückisch und James wusste, dass er kurz vor der Explosion stand.

»Das bist du nicht. Ganz im Gegenteil. Du bist nicht der Einzige, für den die kleine Lizzy Morgan die Beine breitmacht. Das Flittchen von Morgan's Hall.«

Ein deutliches Raunen ging durch die Menschenmenge, gefolgt von erregtem Murmeln. Ein kurzer Blick zu Elizabeth offenbarte ihm ihr weißes Gesicht, sie schwankte. Tristan ließ die Schultern hängen, trat einen Schritt zurück, als würde er den Weg frei machen.

Dieses Schwein hatte die Frau, die er über alles liebte, vor der ganzen Stadt gedemütigt, sie bloßgestellt. Seine Gedanken rasten und sein Hass auf diesen Kerl driftete ins Unermessliche. Das war zu viel für ihn.

Elizabeth schrie entsetzt auf, als James mit einem Satz auf Tony zustürmte und seine Faust in dessen boshafte Fratze schlug. Zweimal, dreimal, viermal. Nicht einmal, als Tony bereits zu Boden gefallen war, war er zu bremsen. Sein Verstand hatte sich verabschiedet, er spürte nur, wie seine geballte Hand auf Tonys Visage prallte und sich all der Frust, all die Angst der vergangenen Tage in ihm lösten.

Irgendjemand packte ihn hart am Oberarm und riss ihn von Tony los. Es war John.

»Genug jetzt! Du bringst ihn noch um!«, brüllte er ihm entgegen, fasste ihn am Mantelkragen und schubste ihn weg. John blickte sich um, atmete angestrengt, sah in die Gesichter seiner Bürger. »Die Vorstellung ist vorbei.«

Als ein blutüberströmter Tony vor James taumelte und ihm Blut vor die Füße spuckte, war sein Rachedurst befriedigt.

James ignorierte seine schmerzende Hand, mit der er so fest zugeschlagen hatte, dass er sich womöglich selbst mehrere Knochen gebrochen hatte.

Johns Augen funkelten ihm böse entgegen, ehe er zu Tony blickte. »Das war´s für Sie, O'Reilly. Sie sind gefeuert. Ich gebe Ihnen den gut gemeinten Rat, diese Stadt alsbald zu verlassen.«

»Sie scheinheiliger Bastard! Ich brauche Ihre beschissene Arbeit nicht, Morgan.«

»Umso besser«, antwortete John überraschend ruhig. Tristan stellte sich seinem Onkel zur Seite und auch Sheriff Grant, der gerade eingetroffen war, türmte sich vor Tony auf.

»Na, O'Reilly, stiften wir mal wieder Unruhe?«

»Ich möchte betonen, dass dieser Dreckshund *mich* angegriffen hat.«

Sheriff Grant warf einen flüchtigen Blick zu James, dann wandte er sich abermals an Tony. »O'Reilly, O'Reilly, warum werde ich das Gefühl nicht los, dass du genau *das* beabsichtigt hast? Ich habe dich schon bei einigen Schlägereien erlebt. Nie bist du so schnell zu Boden gegangen wie jetzt, und erst recht nicht so wehrlos.«

»Warum belangen Sie ihn nicht?«, fragte Tony und fletschte die Zähne wie ein Löwe, nickte dann wissend. »Ich weiß schon, weil er ein Morgan ist, nicht wahr?«

»Nein, O'Reilly, weil du für deine Provokationen stadtbekannt bist. Ganz einfach. Aus diesem Grund erhältst du jetzt auch einen Platzverweis. Und lass Miss Morgan in Ruhe. Trag es wie ein Mann, dass sie dich abgewiesen hat. Wer kann es ihr bei deinen Auftritten verdenken?!«

Tony taumelte ein paar Schritte zurück, rempelte dabei die neugierige Alice Bingley und deren Mutter an. Er hob den Arm und zeigte mit dem Finger auf James.

»Ich bring dich um. Verlass dich drauf. Eines Tages, wenn du es nicht kommen siehst, bist du fällig.«

»Na, na, mein Guter, wer wird denn hier mit solchen Drohungen um sich werfen?«, spottete Sheriff Grant und packte Tony an der Schulter. »Eine Nacht im Department wird dir sicherlich nicht schaden. James, auch Sie sind hiermit verwarnt. Kapiert?«

»Ja, Sheriff«, antwortete er mit kleinlauter Stimme.

Damit führte Grant James' Widersacher ab.

Johns wutschäumendes Gesicht sprach Bände, als er auf James zukam und kurz vor ihm stehen blieb.

»Dafür entschuldige ich mich nicht«, sagte James nicht minder wutschnaubend.

»Nein, *dafür* nicht.«

Ein Truthahn, der zweimal starb

Morgan's Hall, später am Abend

Die Fahrt zurück nach Morgan's Hall hatte die erhitzten Gemüter ein wenig abkühlen lassen. Lange noch hatte James' Körper vor Aufgebrachtheit und Zorn gebebt. Erst nachdem er sich in seinem ehemaligen Zimmer aus seiner schweißnassen Kleidung geschält hatte, um im angrenzenden Bad eine Dusche zu nehmen, entspannte er sich. Er genoss den heißen Wasserstrom mit fast ekstatischem Vergnügen. Seine rechte Hand schmerzte, pochte, aber das war es wert gewesen. Nicht im Geringsten bereute er seine Aggression, die ihn heute Abend mit sich gerissen und sich gnadenlos über Tony entladen hatte, weil er einem inneren Impuls gefolgt war. James fühlte sich stärker denn je, würde es mit allem und jedem aufnehmen, der sich Elizabeth und ihm entgegenstellen würde. Neben Joseph Wulf glich Tony einem harmlosen Wicht, der gedankenlos, wild und primitiv um sich schlug.

Tony war kein Gegner. Er war einfach nur erbärmlich.

Mit einem Handtuch um die Hüften ging er nach der Dusche in sein Zimmer zurück und öffnete den Koffer, der auf seinem Bett lag. Nichts hatte sich hier verändert. Als wäre er niemals weg gewesen. Im Kleiderschrank hing noch seine alte Kleidung. Pullover, karierte Arbeitshemden, Schneehosen und im obersten Regal lag tatsächlich noch sein geliebter Stetson-Hut. In New York gehörten maßgeschneiderte Anzüge und polierte Lederschuhe zu seinen ewigen Begleitern und er freute sich auf die Lässigkeit des Landlebens. Trotzdem entnahm er seinem Gepäck ein weißes Hemd, eine schwarze Hose und das glänzende Schuhwerk, denn an Weihnachten legte die Familie viel Wert auf ein festliches und gepflegtes Erscheinungsbild. Lediglich Phil weigerte sich, sich in einen edlen Zwirn zu schmeißen.

Ob es sich überhaupt lohnte, seine wenigen Habseligkeiten auszupacken, um sich hier in seinem alten Zimmer wieder einzurichten? John würde ihn sicherlich erneut darum bitten, eine Wohnung in der Stadt anzumieten, sobald die Feiertage vorbei waren. Bereits während seines Fluges hierher hatte James sich den Kopf darüber zermartert, wie er seinen Stiefvater besänftigen, ja überzeugen könnte. Mutlos senkte er die Lider, musste sich eingestehen, dass dieses Vorhaben schwieriger werden würde als angenommen. All seine Hoffnung setzte er auf Isabelle und Phil, aber er war sich bewusst, dass letztendlich nur er selbst derjenige war, der John beweisen konnte, es wirklich ernst mit Liz zu meinen.

James schlüpfte in seine Hose, zog das Hemd über, knöpfte es gedankenverloren zu und nickte sich selbst ermutigend zu. Er war wegen Elizabeth zurückgekommen. Nur wegen ihr und genau darauf wollte er sich heute besinnen.

Wenig später verließ er sein Zimmer und aus dem Schlafzimmer von John und Isabelle vernahm er ein hitziges Streitgespräch. Eine Aneinanderreihung von Schimpfwörtern, die das Familienoberhaupt zum Besten gab und die natürlich James galten. Er wurde hellhörig, obgleich er wusste, dass er die Worte nicht hören wollte.

»Was bildet sich dieser Narr überhaupt ein? Taucht hier einfach auf, als wäre nie etwas gewesen. Dann prügelt er auf diesen Hanswurst ein, als wäre Tony bloß ein Sack Reis.«

»James hat Tony die Seele aus dem Leib gedroschen, weil er *deine* Tochter als Flittchen beschimpft hat. Er hat ihre Ehre verteidigt. Du solltest ihm lieber dankbar sein.«

Außer sich vor Wut brüllte John los, sodass sogar James zusammenzuckte und sich automatisch schlecht fühlte. »Isabelle, du kannst das zwischen den beiden doch nicht wirklich unterstützen. Bist du von allen verdammten guten Geistern verlassen?«

»Du lernst es nie, oder?«, hielt sie dagegen.

James brachte es nicht fertig, diesem Streit weiter Gehör zu schenken. Heute würde John seine Meinung ohnehin nicht mehr ändern. Er war stur und zäh, schon immer. Dafür brauchte es ein paar Gläser von Tristans *Spezialpunsch* und eine Menge gutes Zureden.

Im Foyer angekommen, fand James Elizabeth. Er war erleichtert, weil er sie hier ohne Tristan und Tante Violett antraf.

Wie sehr sie sich von Jahr zu Jahr – nein, von Tag zu Tag – veränderte. Unglaublich, wie stark ihn Elizabeths Schönheit überwältigte. Jedes Mal aufs Neue. Sie stand mit dem Rücken zu ihm vor dem lodernden Feuer des Backsteinkamins und nippte an einem Rotweinglas, machte einen sehr in sich gekehrten Eindruck und sein Herz wurde schwer. Sie trug ein dunkelgrünes Kleid mit langen Spitzenärmeln. Das blonde Haar war ordentlich hochgesteckt und dennoch wirkte sie in dieser edlen Robe wie eine zarte Elfe, die gerade aus den verschneiten Wäldern durch das Fenster geflogen war. Leise trat er auf sie zu und berührte mit den Fingerspitzen ihre schmale Schulter. Sie erschauderte leicht, schmunzelte etwas verlegen und für einen kurzen Moment senkte sie die Lider. Langsam drehte sie sich ihm zu.

»Ich kann einfach immer noch nicht glauben, dass du wirklich hier bist.« Ihre Augen leuchteten. Sie lächelte, doch es wirkte nicht echt. Ihre Schultern waren wie unter einer schweren Last gebeugt. Er wollte sie küssen, doch sie wich ihm gnadenlos aus.

»Wie geht es deiner Hand?«

»Mach dir darüber keine Gedanken.«

Elizabeth hob den Kopf und sah ihn direkt an. James ahnte, wie gedemütigt und klein sie sich nach Tonys Attacke fühlen musste. So viele Menschen hatten ihre Seele tief verletzt. Isabelle, John, Tony, ja – Gott weiß es – vor allem er. Doch er war heimgekehrt, um ihr endlich die Liebe zu schenken, die sie so sehr verdiente. »Liz, bitte vergiss, was dieser Schweinehund heute gesagt hat. Jeder in dieser Stadt weiß, dass du nicht das bist, womit er dich beschimpft hat. Du bist kein …« Er wagte es nicht, dieses üble Wort in Verbindung mit dieser liebenswerten, klugen und bildschönen Frau auszusprechen.

»Ein Flittchen? Du kannst es ruhig sagen. Und du irrst dich, jeder wird nun genau das von mir denken.« Sie schüttelte den Kopf, wie um sich von dieser Schmach zu befreien.

»Unsinn! Schau Liz«, fuhr er fort, »möglicherweise werden sich die Woodwaller ein paar Tage das Maul darüber zerreißen, aber die Menschen kennen dich und sie wissen, dass Tony einfach nur ein verschmähter und gekränkter Mann ist, der nicht ertragen kann, dass du ihn abgewiesen hast.«

Irgendwie fremdartig sah sie ihn an. Wie Sonne, Regen und Sturm vermischten sich Freude und Trauer in dem Grün ihrer Augen.

»Was Tony gesagt hat, stimmt. Er weiß es, ich weiß es und du auch. Du willst es nur nicht wahrhaben.«

Er sah sie überrascht an und wollte sie gerade wieder unterbrechen, aber sie kam ihm zuvor und sprach das aus, was er ohnehin schon vermutet hatte. »Ich habe mit ihm geschlafen, obwohl wir noch nicht verheiratet waren.«

Er beugte den Kopf tiefer und Elizabeth wagte es nicht mehr, ihn anzuschauen, das spürte er. Stattdessen umklammerte sie ihr Weinglas, als wäre es das Einzige, woran sie sich festhalten konnte. James wollte diesen Gedanken nicht weiter ausführen, verbat es sich, sich dieses furchtbare Bild auszumalen. Ihr Gesicht lag jetzt im Dunkeln. Er nahm ihr Kinn in seine Hand, hob es an und blickte sie eindringlich an. Vor allem aber lächelte er, allem Unbehagen zum Trotz.

»Glaubst du wirklich, ich hätte das nicht bereits geahnt?« Elizabeth riss die Augen auf und wie sie ihn jetzt ansah, so ertappt und erschüttert, wirkte es schon wie eine eigentümliche Mischung aus Naivität und Sittlichkeit auf ihn. James senkte die Lider, fühlte sich schlagartig um Jahre zurückversetzt. Zu einem Moment, als er sie in einem Motel über Sexualität aufgeklärt hatte. Noch heute war er wütend auf Isabelle und Violett, dass er die Rolle des Aufklärers hatte übernehmen müssen. »Liebling, ich wusste, dass du keine Jungfrau mehr warst, als wir miteinander geschlafen haben.«

»O Gott«, flüsterte sie voller Scham, wollte sich gerade von ihm abwenden, aber er ließ es nicht zu und hielt sie fest, damit sie sich nicht aus der Affäre ziehen konnte. Er nahm ihr das Weinglas aus der Hand, stellte es auf dem Kaminsims ab.

»Jetzt hör bitte auf. Liz, dass du vorher mit einem anderen Mann zusammen warst, ändert nichts. Gar nichts. Es ändert weder meine Achtung vor dir noch meine Gefühle, die ich für dich empfinde. Natürlich macht mich der Gedanke verrückt, aber ich bin doch sicherlich der letzte Mensch auf Erden, der dir einen Vorwurf machen dürfte. Ich habe viele Frauen körperlich geliebt, habe sogar eine geheiratet und das erzähle ich dir nicht aus männlichem Stolz heraus, sondern weil all diese Geschichten der Vergangenheit angehören. Ebenso wie deine.« Er blickte zur kleinen Uhr, die auf dem Kaminsims stand. »Eine Minute vor acht.« Sie runzelte die Stirn, schien nicht zu verstehen, weshalb er jetzt auf die Uhrzeit hinwies. »Wenn die Uhr acht schlägt, beginnt unsere neue Zukunft. In Ordnung?«

Ihr Blick verlor nichts von seiner Skepsis und er wartete, bis der allerletzte Gongschlag der Uhr im Salon verhallte. Kerzengerade richtete er sich vor ihr auf und hielt ihr mit einem verschmitzten Lächeln die Hand entgegen.

»Hallo, ich bin James.«

Sie grinste, durchschaute seine Absicht und schüttelte ihm die Hand.

»Elizabeth. Schön, dich kennenzulernen. Erzähl mir von dir, James.«

»Na ja, viel Nennenswertes gibt es nicht über mich zu sagen. Ich bin ein brotloser Pianist und mein ganzes Leben dachte ich, eines Tages würde mir die Welt zu Füßen liegen. Verrückt, oder? Aber du musst wissen, ich war ein egoistischer Narr, ein hoffnungsloser Träumer, der jetzt mit nichts in der Tasche zu seinen Adoptiveltern zurückgekehrt ist. Aufgewachsen bin ich übrigens mit einem kleinen und manchmal sehr nervigen Mädchen, das wie eine Klette an mir hing …« Elizabeth lachte und er schlang die Arme um ihre Taille. »… und in das mich unsterblich verliebt habe.«

Sie sah ihn lange mit schimmernden Augen an, spielte aber weiter mit. »Ich kenne dieses Mädchen.«

»Ach, sag bloß.«

Sie nickte, legte ihre Hand auf seinen Brustkorb und streckte sich. »Bevor es dich traf, glaubte dieses Mädchen, es wäre ganz allein auf der Welt. Doch als du ganz plötzlich vor ihm standest, wusste es, dass es der wahren Liebe begegnet war.« Sie öffnete ihre Lippen, wollte wohl noch etwas hinzufügen, da überkam es ihn einfach. Noch ehe er einen klaren Gedanken fassen konnte, beugte er sich zu ihr hinunter, um sie zu küssen. Seine Hand schob sich über ihren Rücken, zwischen die Schulterblätter, schmiegte sich um Elizabeths Hinterkopf, die Finger tief im weichen Haar versunken. Die Leidenschaft, die er für diese Frau empfand, schien grenzenlos zu sein. Auch wenn John jeden Moment in den Salon platzen könnte, wollte er sie festhalten. Er konnte sie nicht mehr loslassen und ihr Körper vibrierte wie eine schnurrende Katze.

»Du bist so schön«, flüsterte er, als er ihre Wange und ihren Hals küsste. »So wunderschön.«

James wünschte sich nichts sehnlicher, als sich mit Elizabeth wieder zurück in die Wohnung auf der Plankengasse zaubern zu können, um beider Verlangen nach dem anderen zu stillen. Die Zeit verlor wieder ihr tickendes Gleichmaß, flutete hinweg, wie immer, wenn er mit ihr zusammen war, sobald er sie in dieser Weise liebte.

»Seid ihr verrückt geworden?«, schallte es plötzlich durch den Salon und erschrocken ließen sie voneinander ab. Tante Violett, im besten Ausgehkleid, stand mit schockiertem Gesichtsausdruck in der Flügeltür, sah sich besorgt zum Foyer um. »Gab es heute nicht schon genug Ärger? James, also wirklich! Wenn John euch so vorgefunden hätte, junger Mann, dann hättest du die Nacht bei eisigen Temperaturen draußen verbringen können. Elizabeth, bitte geh Suzie in der Küche zur Hand.«

Violetts Atem ging so heftig, dass es wie das Zischen einer Schlange klang, als sie ihrer Nichte hinterhersah. Als Elizabeth in der Küche verschwand, konnte er nicht an sich halten, ballte unwillkürlich die Hände.

»Warum verhaltet ihr euch alle so, als sei die Liebe zwischen uns ein Inzestverbrechen? Das ist vollkommen ungerechtfertigt, wir sind nicht blutsverwandt. Ihr allesamt prügelt auf einem toten Gaul herum. Reicht es nicht, wenn Tony O'Reilly uns das Leben zur Hölle machen will? Müssen wir nun auch noch mit unserer Familie kämpfen?« Violett wollte gerade etwas äußern, aber er ahnte, dass ihm ihre Predigt keinesfalls schmecken würde. »Ja, Tante Vio, ich weiß, was du sagen willst: ›Vor dem Gesetz seid ihr beiden Geschwister‹, ›John ist ein angesehener Mann in dieser Stadt‹, ›James, du bist verheiratet.‹ Glaubst du, das wüsste ich nicht? Denkst du wirklich, ich hätte mir über all das keine Gedanken gemacht? Meinst du, ich hätte es geplant, mich in meine Stiefschwester zu verlieben?«

»Du hältst jetzt mal die Luft an, junger Mann!«, donnerte sie ihm entgegen und reckte den Hals. »Was erwartest du? Dieses Mädchen hat sich jahrelang wegen dir die Augen ausgeheult, da ist ein wenig Skepsis doch wohl angebracht, oder?« Sie besah sich die Strümpfe, die am Kaminsims hingen, und strich mit der Fingerspitze über die Stricknaht von James' Namen. Sie stieß einen kleinen Seufzer aus. »Liz hat mich darum gebeten, auch deinen Weihnachtsstrumpf aufzuhängen. Als hätte sie geahnt, dass du heimkehrst. Ich bin mir eurer Verbindung also mehr als bewusst.« In James' Augen trat ein weicher Ausdruck und Vio blickte ihn wieder an. »Hör zu, James, ich bin nicht dein Feind und das weißt du. Ich kann mich noch ganz genau an den Tag zurückerinnern, als du uns im Sommer '59 hier auf Morgan's Hall besucht hast.«

»Zum 50. Jubiläum der Morgan's Company?«

»Ja.« Violett lächelte zärtlich. »Wie du Elizabeth betrachtet hast, als du sie nach so langer Zeit wiedergesehen hast.« Sie lachte. »Du hättest dein verwirrtes Gesicht sehen sollen. In meinem Leben habe ich noch nie einen Mann mit solch verknallten Augen gesehen, als hätte Amors Pfeil dich heimtückisch von hinten getroffen. An diesem Tag hast du dich von einem Bruder in einen Liebhaber verwandelt.«

James nickte und blieb ganz ruhig. »Möglicherweise ist es schon früher geschehen, aber ich wollte es nicht wahrhaben. Tante Vio, ich habe wirklich alles versucht, mir Elizabeth aus dem Kopf zu schlagen, sie mir aus dem Herzen zu reißen, aber es ist mir nicht gelungen.«

»Entschuldige dich niemals für die Liebe.« Sie gab ihm einen Klaps auf den Oberarm. »Ich bin auf eurer Seite, glaub mir das, aber ihr müsst euch zusammenreißen. Für meinen Bruder ist das eine völlig neue Situation, die er erst verdauen muss. Das braucht Zeit, die seid ihr ihm schuldig. Manchmal ist er eben wie ein bockiges Kind. Der Mangel an Selbstkontrolle, die überschießende Hitzköpfigkeit. Ich fürchte, das wird sich auch nie ändern. Dieser Mann liebt dich. Gib ihm ein wenig Zeit.«

»Du hast recht, Tante Vio. Verzeih, dass ich dich eben so angefahren habe. Du bist sicherlich die Letzte, die meinen Frust verdient hätte. Ich muss zugeben, dass mein Nervenkleid gerade sehr dünn gestrickt ist. Ich habe seit Tagen nicht mehr richtig geschlafen.«

»Das sieht man, mein Junge. Außerdem kann ich mich nicht entsinnen, dass du dich je in eine Schlägerei verwickelt hast. Tristan ja, aber du?« Violett zwinkerte ihm zu. »Ich fand es großartig, wie du diesem Tunichtgut das gegeben hast, was er verdient.«

»Ich auch!«, tönte Tristan, der sich zu ihnen in den Salon gesellte. Auch Phil schneite gerade – im wahrsten Sinne des Wortes – zur Eingangstür herein, denn mit ihm flogen Dutzende Schneeflocken ins Foyer.

James' Augen erhellten sich, als er den Mann wiedertraf, und er umarmte ihn lange und fest.

»Das ist großartig, Lancelot«, sagte er leise und klopfte ihm anerkennend auf das Schulterblatt, »aber das Gewissen lässt sich nicht hinters Licht führen, mein Guter.«

Wie betäubt ließ James von ihm ab und betrachtete Phil mit Fassungslosigkeit. Zum ersten Mal seit Tagen hatte er das Gefühl, dass sich die furchtbare Müdigkeit minderte, die unablässig auf seinen Schultern gelastet hatte. Jetzt war er schlagartig hellwach.

»Es war also doch kein Traum?«

In Phils Gesicht zuckte es und irgendwie machte es den Eindruck, er sei in diesem Moment von einem Ich in das andere gewechselt. »Was meinst du?«

Violett war in die Küche verschwunden und Tristan *kümmerte* sich um den Eierpunsch, nachdem er eine Schallplatte mit Weihnachtsmusik aufgelegt hatte. James und Phil konnten nun ungestört miteinander sprechen.

»Wir beide waren nachts im Wald. Du erzähltest mir die Geschichte ›Der sterbenden Lilie‹. Erinnerst du dich nicht mehr? Wir waren dort mit Alma, der Beagle Dame.«

»James, wir hatten nie einen Hund namens Alma.«

»Wenn es doch nur ein Traum war, was hast du gerade damit gemeint, dass sich das Gewissen nicht hinters Licht führen lässt? Phil, ich bin mir sicher, dass du mehr bist, als wir hier alle denken. Nachts schleichst du dich in unsere Gedankenwelt, räumst Steine von unseren Wegen, und am Morgen weiß niemand, was Realität und was ein Hirngespinst gewesen ist.«

»Ist es nicht irrelevant, ob es real oder nur der Streich deiner Gedanken war? Ist das wirklich von Bedeutung? Allein die Botschaft zählt.«

»Ich werde wohl niemals schlau aus dir werden, Phil.«

Mitgenommen fuhr er sich mit der Hand über die Augen.

»Du siehst elendig aus«, stellte Phil fest. »Sehr sogar, und es wird Zeit, dass du hier neue Energie tankst. Du weißt sehr wohl, dass du die Bestie zwar betäubt, aber noch lange nicht vernichtet hast.«

»Es war kein Traum«, beharrte James eisern. »Bitte, Phil, ich muss mit irgendjemandem über alles, was in New York vorgefallen ist, sprechen.«

Phil zeigte etwas Erbarmen und nickte ihm zu. »Lancelot, ich habe dir noch nie mein Gehör verwehrt. Manchmal glaube ich, der einzige Grund, weshalb ich noch auf dieser Welt umherwandere, bist du. Weißt du, was Charles Morgans letzte Worte waren, die er an mich richtete, bevor er starb?« James verneinte. »*Nur Lancelot wird es schaffen, das zerstörte Land wieder in einem Paradies erblühen zu lassen.*« Phil lachte. »Bis dieser Tag gekommen ist, werde ich wohl noch sehr lange ausharren müssen. Vom ersten Augenblick an, als ich dich sah, wusste ich, er hatte von dir gesprochen. Dass ich dich Lancelot genannt habe, kam also nie von ungefähr. Ahnst du, was er noch zu mir sagte?«

»Was?«

»Ich müsste auf seine Familie achtgeben, ich solle den Morgans ein treuer Gefährte, ein Fels in tosender Brandung sein. Man würde mich brauchen. Alle. Niemals werde ich dieses Versprechen brechen, so lange ich atme nicht. James, ganz egal, was passieren wird, ich werde immer für dich da sein. Die Liebe hat dich wieder hergeführt und ich freue mich, dass du auf dein Herz gehört hast, aber wir wissen beide, die Bestie verbirgt sich weiterhin in der Dunkelheit, läuft ungeduldig auf und ab, wartet auf die Gelegenheit, sich offenbaren zu dürfen, um gnadenlos zurückzuschlagen.«

In James' Brustkorb staute sich die Furcht abermals so sehr, dass er fast erwartete, zerplatzen zu müssen. Doch Phil hatte das ausgesprochen, was er ohnehin bereits geahnt hatte: Die Sache mit Joseph Wulf war längst nicht ausgestanden. Was blieb, war das Warten auf das Unvermeidliche. Die einzige Schwachstelle, die James' Kartenhaus zum Zusammenstürzen bringen konnte, war Alexander Bloomberg.

Oder würde es doch sein moralischer Kompass sein? Noch hörte er das innere Anklopfen seines Gewissens nur sehr schwach, dennoch vernahm er es mahnend. Er musste genau hinhorchen, aber es war da. Eines Tages würde er nichts anderes mehr vernehmen als sein lautes Hämmern. Er wusste das.

»Die guten Geister sind auf deiner Seite«, sprach Phil ihm zu. »Immer.«

James betrachtete ihn weiterhin erschrocken, begrüßte aber die mutmachenden Worte. Mit Beinen wie aus Blei ging er zu Tristan, von dem er sich ein bisschen Heiterkeit versprach.

»Das ist gut«, sagte dieser, als James neben ihm stand. »Komm näher.«

Beide gesellten sich an die Hausbar, auf der eine riesige Glasschüssel mit Eierpunsch stand, die Suzie jedes Jahr an Weihnachten zubereitete. Tristan blickte über seine Schulter, vergewisserte sich wohl, von niemandem beobachtet zu werden, dann ging er flink in die Knie und entnahm aus dem unteren Schrank einen klaren Schnaps. Mit einem schelmischen Grinsen öffnete er die Flasche, kippte den kompletten Inhalt in den Eierpunsch und fertig war Tristans *Spezialpunsch* oder wie er ihn gern nannte: *John Morgans Gute-Nacht-Trunk*.

Heute sollte James eine frühzeitige Ausschaltung seines Stiefvaters ganz gelegen sein und er bedachte Tristan mit einem verschwörerischen Schmunzeln. »Was meinst du? Genehmigen wir uns auch einen vor dem Dinner?«

»Ich bitte darum.«

James nahm zwei Gläser, die neben der Schüssel standen, und verzerrte schmerzvoll das Gesicht, denn das Pochen in seiner Hand war kaum noch zu ertragen. Mit einer Kelle füllte er ein Glas randvoll und reichte Tristan den Punsch. Dieselbe Menge gestand er auch sich selbst zu.

»Was macht deine Kriegsverletzung?«, erkundigte sich Tristan.

»Schmerzt wie Hölle. Vermutlich verstaucht, aber das war es wert.«

Er legte seinen Arm um James. »Glückwunsch! Das war längst überfällig. Der Typ ist wie eine tickende Zeitbombe.«

»Die Detonation werde dann wohl ich zu spüren bekommen.« Er stieß Tristan von der Seite an. »Seit wann läuft das schon zwischen Meggie und dir?«

Tristan sah ihn überrascht an und nahm einen ordentlichen Schluck. »Dir entgeht wohl nichts, was?«

»Das war kaum zu übersehen.«

»Im vergangenen August haben wir uns nach sehr langer Zeit wiedergesehen. Sie war nach Woodwall gereist, wegen … na ja, wegen Elizabeths Brautkleid, das sie für sie entworfen hatte und das jetzt – den guten Geistern sei Dank – ungetragen in einer Kiste auf dem Dachboden gelandet ist. Ich war ebenfalls auf Heimatbesuch. Ab und an trafen wir uns im Rosie's oder ritten zusammen aus. Es hat sich so ergeben. In jenen Tagen muss Meggie vermutlich bewusst geworden sein, dass die große Welt im Grunde ziemlich klein und das andere Ende dieses Planeten nicht das Zentrum aller Träume ist … ach, den Rest kannst du dir sicherlich denken.

Bist ja auch wieder hier. Es ist einfach Liebe, Liebe und nochmals Liebe.«

»Schön gesagt, Tristan.« James hielt ihm das Glas zum Anstoßen entgegen. »Dann sind wir wieder alle zusammen. So, wie es uns vielleicht schon immer vorherbestimmt war. Alle Wege führen hierher zurück. Die Wurzeln dieses Landes haben sich um unsere Gebeine geschlungen.«

»Das gilt nur nicht für mich«, erwiderte Tristan überraschend. »Nach den Feiertagen muss ich wieder meinen Armeedienst antreten und vermutlich werde ich an den Stützpunkt in Florida zurückbeordert. Auch wenn Fidel Castro seine Langstreckenraketen abgezogen hat und die Seeblockade vorerst aufgehoben worden ist, muss weiterhin mit einer Eskalation gerechnet werden. All das, was vor ein paar Wochen geschehen ist, ist erst der Anfang. Der Bau der Mauer in Berlin im vergangenen Jahr, die ewige Bedrohung durch die Kommunisten, das Schreibtischgefecht zwischen Kennedy und Chruschtschow, alles brodelnde Unruhen, die mich aufhorchen lassen und mein Pflichtgefühl wecken. Für mich ist das nicht bloß ein Job. Für mich bedeutet es, Verantwortung zu tragen. Es ist meine Berufung. Meggie versteht das und wir werden einen Weg finden.«

James bewunderte ihn, weil er bereit war, sein Leben für dieses Land zu riskieren, sollte es hart auf hart kommen. Tristan hatte eine bedeutende Aufgabe. Wie unwichtig, wie verzichtbar erschien James da wieder sein eigener Beruf als Musiker? Er war nichts im Vergleich zu all den mutigen Menschen, wie Tristan einer war, und denen man das höchstmögliche Maß an Respekt, Bewunderung und Anerkennung zollen musste. »Du kannst wirklich stolz auf dich sein.«

»Lange habe ich John immer verflucht, weil er mir ständig das Gefühl gab, in diesem Haus nur die zweite Geige spielen zu dürfen, aber letztendlich bin ich ihm dafür unendlich dankbar. Wir wissen doch alle, dass ich für die Unternehmensführung der Morgan's Company keineswegs geeignet bin.« Tristan lachte. »Ein Schreibtischjob? Ich würde vor Langeweile eingehen wie eine Primel. Auch dafür muss man geboren sein, und ich bin es sicherlich nicht.«

»Was wird dann aus Meggie und dir, wenn du nach Florida versetzt wirst?«

»Zunächst will sie ein paar Wochen hier in Woodwall verbringen, bevor sie wieder nach Paris reist, um ihre Zelte dort abzubrechen. Es gibt noch einiges zu organisieren für sie. Danach will sie sich auf die Suche nach einer neuen Aufgabe begeben, was ich verstehen kann. Gerne würde ich um ihre Hand anhalten, aber du kennst ja ihre stoische Auffassung über die Ehe und die Unabhängigkeit der Frauen.«

James hätte ihn am liebsten umarmt, weil er kaum wiederzuerkennen war. Aus dem einstigen Rotzlöffel, der jeden Tag mit einer neuen Schramme oder dem nächsten Schulverweis nach Hause gekehrt war, war ein außergewöhnlicher Mann geworden, dessen Herz schon immer am rechten Fleck wohnte.

Ach, was solls, dachte James und schloss Tristan tatsächlich in die Arme.

»Ich unterbreche eure Wiedersehensfreude nur ungern«, rief John, »aber ich möchte mit dir sprechen, James! In meinem Arbeitszimmer!«

Auf den ersten Blick erschien John gelassen, aber noch immer hatte er ein hochrotes Gesicht und seine Augen strahlten weiterhin unnachgiebige Wut aus. Isabelle hatte ihren Mann in einen festlichen Anzug gezwungen und ihm eine Fliege um den Hals gelegt, die offensichtlich viel zu eng saß – so, wie er jetzt daran herumriss.

Kein Wunder bei dem dicken Hals, schlussfolgerte James.

John wurde hektisch und drehte sich zu seiner Frau um. »Izzy, verflucht, nimm mir dieses Ding ab. Als würde mein Kopf in der Schlinge eines Galgens stecken.«

Isabelle, die ebenfalls herangetreten war, räusperte sich, tat John aber den Gefallen und befreite ihn von dem Querbinder. James hörte deutlich, wie sie ihn währenddessen darum bat, sich zusammenzureißen. Dann folgte er seinem Stiefvater ins Arbeitszimmer.

***

»Schließ die Tür!«, forderte John im Befehlston eines Hauptfeldwebels. James tat, was von ihm verlangt wurde. »Setz dich bitte.« John wies auf einen Stuhl.

»Danke, ich stehe lieber«, erwiderte der Junge und machte einen gefassten Eindruck, was John vermuten ließ, dass er sich schon lange auf genau diese Unterhaltung vorbereitet hatte. John konnte das wiederum nicht von sich behaupten und glaubte, weiterhin schlecht zu träumen. Er brauchte jetzt dringend eine Zigarette, kramte eine angebrochene Schachtel Lucky Strikes aus der obersten Schublade seines Sekretärs und bot James der Höflichkeit halber eine an, die dieser aber dankend ablehnte.

»Ich rauche immer noch nicht.«

»Wenigstens etwas«, antwortete John mürrisch, während er sich eine Zigarette anzündete und sich auf seinen Sessel niederließ. Nachdenklich betrachtete er den weißen Stängel zwischen seinem Zeige- und Mittelfinger. »Eine üble Angewohnheit, wiedererwacht seit Rachels Tod. Meine allererste Selbstgedrehte rauchte ich übrigens mit deinem Vater auf dem Campus. Wusstest du das?«

»Nein.«

»Also«, kam er jetzt auf dem Punkt, »nach Jahren der Funkstille tauchst du hier plötzlich wieder auf. Warum?«

»Ich denke, du weißt ganz genau, warum.«

John nahm einen Zug, hoffte, das Nikotin würde seine innere Erregung mindern. »Reden wir nicht um den heißen Brei herum, wenn ich das alles richtig verstanden habe, hast du es dir in den Kopf gesetzt, den guten Ruf meiner Tochter zu beschmutzen.«

James schüttelte kurz, doch nachdrücklich den Kopf, stöhnte dabei missmutig. »Bei allem Respekt, John, aber ich denke, du bist der letzte Mensch, der mit Moralpredigten um sich werfen darf. Du tust beinahe so, als wärst du unfehlbar. Hast du an deine Familie oder den *guten Ruf* gedacht, als du eine Affäre mit Rachel hattest? Gerade du solltest anderen kein schlechtes Gewissen einreden.«

»Untersteh dich, so mit mir zu reden, junger Mann! Ich habe dich damals aufgenommen als Teil dieser Familie, dir Essen und Trinken, ja ein Zuhause gegeben ... und so dankst du es mir? Ich muss mich nicht vor dir rechtfertigen, aber ich kann dir versichern, dass ich alles dafür tun würde, die Sache mit Rachel rückgängig zu machen. Doch das ...« Angewidert verzog er den Mund. »... was auch immer es ist, was da zwischen Elizabeth und dir läuft, muss auf der Stelle aufhören. Hörst du? Auf der Stelle.«

James verschränkte die Arme vor der Brust, schluckte hart. »Nein, John.«

»Wie stellst du dir das vor?«, fragte er mit vibrierender Stimme, war kaum noch imstande, den Zornessturm, der in ihm tobte, zu unterdrücken. »Du bist verheiratet.«

»Ich werde mich von Olivia scheiden lassen«, kam es wie aus der Pistole geschossen.

»Was ist mit deinem ach so großen Traum, ein weltberühmter Pianist zu werden?« John konnte nicht glauben, dass James diesen wirklich aufgeben würde.

»Nicht mehr wichtig.«

»Oh, das ist einfach zu gut, einfach unglaublich.« John legte den Kopf nach hinten und lachte. Ein Lachen, das sich in bitteres, höhnisches Gelächter verwandelte. Er stand auf und starrte in James′ entschlossenes Gesicht. »Elizabeth ist wie deine Schwester. Vor dem Gesetz seid ihr Geschwister. Geschwister, hörst du? Warum begreifst du das nicht endlich? Selbst wenn du dich von dieser Wulf scheiden lässt, könntest du Liz niemals heiraten. Ist dir das überhaupt bewusst? Auch wenn ihr nicht blutsverwandt seid, ist eine Liebesbeziehung mit einem familiären Hintergrund wie unserem verboten, weil ihr als verwandt geltet.«

»Das weiß ich, John.« Deutlich geriet James ins Straucheln und sein Gesicht nahm eine rote Färbung an. »Deswegen möchte ich dich bitten, die damalige Adoption aufzuheben, wenn das möglich ist.«

John blieb die Spucke weg. In seinem Arbeitszimmer war es mit einem Mal so still geworden, dass man eine Stecknadel hätte fallen hören können. Diese Adoption hatte ihm so viel bedeutet und jetzt stand der Bengel vor ihm, um mit Füßen danach zu treten. »Weißt du eigentlich, was du da sagst? Wie weh du uns damit tust? Wie lange Isabelle und ich dafür gekämpft haben, dass du zu unserer Familie gehörst?«

»Ich habe nie darum gebeten.«

Ewig standen sie sich gegenüber und starrten einander an, verkrampft und mit angehaltenem Atem.

»Du bist ein undankbarer Scheißkerl«, machte sich John nun Luft.

»Wenn du mich beschimpfst, änderst du auch nichts, John. Ich liebe Elizabeth. Dir als Vater sollte dieses Argument genügen. Meinst du nicht auch? Ich habe nicht vor, mir diese Liebe von dir verbieten zu lassen.«

John setzte sich wieder, stütze sich mit den Ellbogen auf den Schreibtisch und stierte ihn finster an. »Du bist doch völlig übergeschnappt. Ich werde einer Adoptionsaufhebung auf keinen Fall zustimmen.« James schwieg, doch dieses Schweigen entsprach so sehr seiner Natur, dass John gar keine Widerrede erwartet hatte. »Nein, ich werde das nicht zulassen.«

»Was willst du dagegen tun, John?«, fragte er unbeeindruckt und ohne zu wanken. Er kam näher an Johns Schreibtisch, stützte seine Hände auf der Tischplatte ab und beugte sich zu ihm hinunter. Mit seinen blauen Augen blickte er ihm verbissen entgegen. »Willst du mir einen Scheck ausstellen, wie du es damals bei meinem Vater getan hast, damit er sich von Isabelle fernhält? Dickie war käuflich, ich nicht.«

John war wie gelähmt und es gab kein Wort, das ihm in diesem Moment eingefallen wäre, um dieser Unverschämtheit Ausdruck zu verleihen.

James hatte ihn schachmatt gesetzt.

Jetzt kehrte er ihm den Rücken und ließ ihn sprachlos zurück. Die Hand an der Türklinke, blieb sein Stiefsohn stehen, doch sah ihn nicht an. »Liz und ich werden zusammen sein, ob mit oder ohne deinen Segen. Mit wäre für deine Tochter allerdings schöner.«

Damit verließ James das Arbeitszimmer.

Isabelles ewig mahnender Blick während des Dinners ging John gehörig auf den Geist. Sie saß am anderen Ende der reichlich gedeckten Tafel und er hatte keine Ahnung, wo er sonst hätte hinschauen sollen. Rechts von ihm saß Elizabeth und zu seiner Linken James.

John fungierte sozusagen als Keil zwischen ihnen. Er hatte seiner Frau versprochen, die ganze Sache wenigstens für die kommenden Feiertage auf sich beruhen zu lassen, was ihm nicht gerade leichtfiel. Ebenso wusste er nicht, worüber er ansonsten sprechen sollte, denn an Weihnachten waren ihm Unterhaltungen über das Geschäft verboten worden – von allen Frauen in diesem Haushalt.

Anders als üblich, wohnten Suzie und Phil dem heutigen Abendessen bei, und zwar auf Johns ausdrücklichen Wunsch hin, der Familie wenigstens an den Ehrentagen wie Ostern, Thanksgiving oder eben auch Weihnachten Gesellschaft zu leisten. Wenn es nach ihm gegangen wäre, hätten die zwei ihre Mahlzeiten jeden Tag hier im Speiseraum einnehmen dürfen, aber das lehnten sie konsequent ab und bevorzugten stattdessen die kleine Stube, die an die Küche grenzte. Eine Gepflogenheit, die noch aus anderen Zeiten stammte, aus einer Epoche, in der es üblich gewesen war, dass das Hauspersonal streng von der Familie separiert wurde. Selbst seinem Vater Charles, einem durchaus zukunftsorientierten Mann, war es damals nie in den Sinn gekommen, das Personal darum zu bitten, sich an diesen Tisch zu setzen, eben weil er es nie anders gekannt hatte. Sowohl Charles als auch Josephine waren mit einer Schar Bediensteter aufgewachsen. Kammerzofen, Butler, ein Dutzend Hausmädchen, Gouvernanten und Kutscher. Und obwohl Johns Eltern genau jenem Leben den Rücken gekehrt hatten, hatten sie auf Morgan's Hall nicht auf die Privilegien ihrer Regentschaft verzichtet, was er schon als kleiner Junge als merkwürdig empfunden hatte. Gerade Phil, mit dem sein Vater eine tiefe Freundschaft verbunden hatte, hatte es verdient, wie ein Mitglied dieser Familie behandelt zu werden, indem man ihn an diesen Tisch bat. Das Gleiche galt für Suzie, die seit Ewigkeiten im Dienste der Morgans stand. Noch nie hatte sie sich krankgemeldet oder ständig um Urlaub gebeten. Vielleicht wusste diese Frau auch nicht, was sie mit ihrer Freizeit anstellen sollte, denn wie Phil, so hatte auch sie niemanden außer den Morgans.

John sah zu der Köchin hinüber, die kerzengerade in ihrem besten Sonntagskleid neben Tristan saß. Beider Blicke trafen sich und er lächelte ihr dankbar entgegen. »Vielen Dank, liebe Suzie. Heute hast du uns wieder ein Festmahl zubereitet.«

»Ich danke Ihnen, Mr Morgan. Ehrlicherweise erhielt ich sehr viel Hilfe von Ihrer Frau und Ihrer Schwester.«

Anerkennend nickte er den Frauen zu, erhob sich dann von seinem Stuhl, um den Truthahn zu tranchieren. Schmerzlich erinnerte John sich an die einsamen Jahre, als nur Isabelle und er an diesem Tisch gesessen hatten, stumm, kalt und voneinander tief verletzt. Wie sehr er sich damals nach einer großen Familie gesehnt hatte, nach einer voll besetzten Dinnertafel – wie jetzt.

Aber heute saß ein Mensch zu viel in dieser Runde und sein mürrischer Blick wanderte zu James, der ihm gekonnt auswich und verstohlen auf den leeren Teller vor sich starrte.

Üblicherweise hielt John eine kleine Ansprache, bevor er sich dem Truthahn widmete, doch er wusste, am heutigen Heiligabend würde jedes Wort zu viel sein. Alle Augen waren auf ihn gerichtet und er spürte die angespannte Stimmung, bildete sich ein, der Boden unter seinen Füßen würde beben. Er betrachtete das Tranchierbesteck in seinen Händen und fand eine kleine Befriedigung in der Vorstellung, wie er damit James' Kopf absäbeln würde, um ihn seiner Tochter anstelle des Truthahns zu servieren. Vielleicht lächelte John sogar in diesem Augenblick. Er wusste, dass er so nicht fühlen sollte, doch er war eben auch nur ein Mensch.

Jeder in dem Raum wartete gebannt auf seine Wutpredigt, das ahnte er.

John schluckte. »Frohe Weihnachten euch allen.«

Nein, zu mehr fühlte er sich nicht bereit. Daraufhin setzte er Messer und Gabel an, zerlegte den gerupften Vogel.

Er tranchierte und tranchierte, ließ all seine Wut an dem Truthahn aus. Die einzelnen Fleischstücke flogen im Gewetz des Messers über die Servierplatte und Suzie stieß einen kleinen Jammerlaut aus, doch John machte immer weiter … bis James hart nach seinen Handgelenken packte, um ihn aufzuhalten. Sein Blick ruhte auf dem Schlachtfeld, das John gerade angerichtet hatte, dann glitt er zu James' Gesicht, der ihn jetzt genauso vorwurfsvoll ansah, wie es auch sein Vater Dickie immer getan hatte, wenn er die Beherrschung verloren hatte.

Es war der gleiche Gesichtsausdruck wie einst in Wien, als er seinem Freund gestanden hatte, Isabelle mit nach Amerika zu nehmen, um sie hier zu seiner Frau zu machen. James glich nun voll und ganz seinem Vater, war sozusagen dessen Ebenbild. Die Augen des jungen Mannes ruhten anklagend und verständnislos auf ihm. Für eine Sekunde hatte John das Gefühl, dass sein Herzschlag aussetzte. Noch immer starrte er wie benommen auf die jüngere Ausgabe von Richard ›Dickie‹ Cooper.

In Johns Innerem machte sich eine Wahrheit breit, die so schmerzhaft war, dass es dem müden Herzen einen sonderbaren Stich versetzte und den Grund für seinen eigentlichen Zorn offenbarte. Hier ging es nicht um das Gerede der anderen oder um die Tatsache, dass James ein verheirateter Mann war.

Nein.

Wieder einmal sollte John eine geliebte Frau an einen Cooper verlieren. Ganz gleich, wie sehr er Dickie gemocht hatte, musste er sich jetzt eingestehen, bis zum heutigen Tag nicht den Seelenschmerz verwunden zu haben, dass Isabelle seinen besten Freund immer mehr geliebt hatte als ihn. Vermutlich tat sie es sogar heute noch.

Elizabeth würde James ihrem Vater vorziehen, sollte er sie vor die Wahl stellen. So viel war sicher.

Verblüfftes Schweigen, unterbrochen von dem Geräusch, das Isabelle verursachte, als sie ihr Weinglas mit Vehemenz auf der Tischplatte absetzte. Seine Tochter sah schockiert aus, der Rest der Familie blickte eher resigniert drein.

John ließ den Kopf hängen, legte langsam das Tranchierbesteck auf die Platte zurück und spürte, wie sich James' Griff lockerte, ehe dieser gänzlich von ihm abließ. John biss sich auf die leicht zitternde Unterlippe und blickte zu seiner Frau, die fassungslos mit dem Kopf schüttelte.

»Verzeiht bitte«, hauchte er und ließ sich dann wieder auf seinen Stuhl sinken.

Seine Frau ergriff nun das Wort: »Bitte greift zu, bevor es kalt wird. Phil, würdest du Elizabeth bitte die Käsepätzle reichen? Die isst sie doch so gerne.«

John war dankbar für ihren Versuch, das vorherige Intermezzo zu überspielen. Genau wie ihm, musste wohl jedem am Tisch der Appetit vergangen sein, dennoch zwangen sich alle, einen Bissen zu sich zu nehmen.

Im Verlauf des Dinners zeigte sich, dass Phil zum Dreh- und Angelpunkt sämtlicher Gespräche wurde. Immerhin war er derjenige, der alles Auseinanderstrebende zusammenzuhalten versuchte. Das zeigte sich auch, als alle wenig später im Salon beisammensaßen und Phil darum bemüht war, James in die Unterhaltungen mit einzubeziehen. Er brachte ihn auf den aktuellen Stand der Geschäfte der Morgan's Company, über den baldigen Kauf des Great Mountains und über die Überlegungen, sich im kommenden Sommer wieder der Pferdezucht zu widmen. Wie ein Statist verkroch sich John in eine Ecke des Raums und trank bedächtig von seinem Eierpunsch, verzog dabei das Gesicht, weil das Gebräu nach purem Sprit schmeckte. Wie jedes Jahr musste sich sein Neffe Tristan daran zu schaffen gemacht haben, der sich in dem Glauben wiegte, John wäre dies nie aufgefallen. Violett legte eine neue Schallplatte mit Weihnachtsliedern von Bing Crosby auf und er fühlte, wie sich sein Körper allmählich entspannte. In diesem Raum waren alle Menschen versammelt, die er liebte. Und war es nicht immer sein sehnlichster Traum gewesen, jeden Einzelnen hier auf Morgan's Hall zu wissen? Auch – oder vielleicht sogar vor allem – James? In den vergangenen Jahren war doch gerade dieser junge Mann das fehlende Glied in der Kette gewesen.

Isabelle kam auf John zu und er seufzte lang und leidvoll, als sie ihm über die Schläfen strich und ihn voller Erbarmen ansah.

»Ich kann dich verstehen«, flüsterte sie, »wirklich, aber du kannst nichts daran ändern. Bitte vertage deinen Groll, den du für James und deine Tochter hegst. Lass uns nach Weihnachten über die weitere Zukunft diskutieren.«

John kräuselte die Lippen und sah sie lange an. »Isabelle, was gibt es denn bitte zu diskutieren? Die beiden können nicht zusammenbleiben. Zumindest nicht hier.«

»Das meinst du doch nicht ernsthaft? Großer Gott, dieser so sture, dumme Morgan-Stolz.«

»Ich weiß nicht, ob das etwas mit Stolz zu tun hat. Unsere Tochter wird einer Hetzjagd ausgesetzt sein und James wird vermutlich nie wieder allein durch die Stadt gehen können, ohne dass ihm Tony O'Reilly auflauert oder sonst wer. Im Leo's formiert sich gerade eine Bande versoffener und frustrierter Mannsbilder, die unserer Familie allesamt nicht wohlgesonnen sind. Viele dieser Burschen musste ich abweisen, weil ich keine freie Arbeit in der Kelterei hatte. Andere wiederum habe ich aus den verschiedensten Gründen entlassen. Tony gehört nun ebenfalls dazu und ich bin mir sicher, er wird jeden Einzelnen gegen seinen Nebenbuhler aufhetzen. Du hast es doch heute mitbekommen. O'Reillys Drohung war unmissverständlich.«

Gedankenverloren nippte Isabelle an ihrem Rotwein, sah kurz zu James hinüber, der sich immer noch mit Phil unterhielt und dennoch hin und wieder zu ihnen schaute. »Dann müssen wir eben alles Erdenkliche unternehmen, um ein solches Szenario zu verhindern.«

»Ach, und wie stellst du dir das vor? Soll ich etwa Sheriff Grant darum bitten, James auf Schritt und Tritt zu Geleitschutz zu geben?«

»Natürlich nicht. Ich bin aber der festen Überzeugung, dass wir vieles abwenden könnten, wenn wir zu James und Elizabeth als Eltern stehen. Wenn wir allen Menschen außerhalb dieser Mauern signalisieren, dass ihre Liebe in diesem Haus akzeptiert wird.«

»Darauf spuckt ein Kerl wie O'Reilly.«

Sie tippte zwei Fingerspitzen auf ihre Unterlippe. »Vielleicht solltest du ihn nicht feuern.«

John riss baff die Augen auf. »Nach dem, was er sich heute geleistet hat? Er hat unsere Tochter vor der ganzen Stadt bloßgestellt. Zudem habe ich ihn ja bereits entlassen.« Er dachte kurz nach, kam dann zu dem Entschluss, dass es eventuell vernünftiger sei, diesen Burschen etwas zu besänftigen. »Hm, aber vielleicht hast du recht. Ich werde Tony aufsuchen und mit ihm reden.«

»Das ist wohl das Klügste. Bald wird er einsehen, dass Elizabeth Vergangenheit ist.« Isabelle atmete tief ein. »Ich fürchte, wir müssen noch mit ganz anderen Problemen rechnen.«

»Was denn noch alles?«, fragte er zermürbt.

»Sieh dir James doch mal an. Er wirkt unruhig und völlig abgeschlagen. Ich werde das Gefühl nicht los, dass irgendetwas Besorgniserregendes in New York vorgefallen ist. John, ich befürchte, die Wulfs werden unsere neuen Harringtons – und diese Mischpoke spielt mit ganz anderen Karten als Warren oder Clark.«

John zuckte bei diesen unheilvollen Worten zusammen, denn er ahnte, dass Isabelle recht behalten würde. »Gottverdammt noch mal, Izz!«, keuchte er und fuhr sich mit der Hand übers Gesicht. Hilflos suchte er nach ihrer Hand. »Weißt du, was mich wirklich traurig macht?«

»Was, John?«, fragte sie liebevoll.

»Dass es dieser Familie wohl niemals gegönnt sein wird, glücklich zu sein.«

»Doch«, widersprach sie ihm, drückte sanft seine Hand, »das werden wir. Du hast immer gesagt, die Familie sei das Wichtigste auf der Welt, doch wir können nur eine Familie sein, wenn wir alle zusammenhalten. Gerade jetzt.«

»James will, dass wir die Adoption rückgängig machen lassen.« Er sah sie bei seinem Geständnis forschend an, doch sie wirkte nicht überrascht.

»War das nicht abzusehen? Aus deinem Stiefsohn wird dann eben dein Schwiegersohn. Ach, John, was macht das für einen Unterschied? Bitte sei ehrlich, du hast ihn adoptiert, damit du endlich einen männlichen Erben hast.« Ihre Worte waren frei von jeglichem Hohn oder Vorwurf, glichen eher einem Tatsachenbericht.

»Das stimmt nicht. Ich habe den Jungen als eigenes Kind angenommen, weil ich ihn wie einen Sohn liebe.«

»Wo ist diese Liebe jetzt, mein Schatz?«

Isabelles Augen waren von einer Zuversicht erfüllt, die er wohl in dieser Vehemenz noch nie zuvor an ihr gesehen hatte. Wenn er sie betrachtete, dann stets mit einem tiefen Gefühl der Zärtlichkeit. Auch nach über zwanzig Jahren hatte sie für ihn nichts von ihrer Attraktivität und ihrem Zauber verloren. Ganz im Gegenteil, denn im Laufe der Zeit waren ihre Gesichtszüge weicher geworden, hatte die trübselige, vergrämte Frau, die sie einst gewesen war, vollkommen hinter sich gelassen.

John hob seinen Arm und führte Isabelles Hand zu seinen Lippen, um sie zu küssen. »Du hast recht. Morgen werde ich noch einmal mit den beiden sprechen.« Er grinste. »Trotzdem werde ich ihnen weitere Vorwürfe nicht ersparen können.«

»Jaja, wenn du das für deinen Seelenfrieden brauchst, John Morgan, dann tu, was du nicht lassen kannst.« Sie entzog ihm ihre Hand und hob die Schultern. »Zuerst einmal wirst du dich bei deiner Köchin für das Gemetzel an ihrem Truthahn entschuldigen.«

»Richtig.« Traurig und voller Reue kniff John die Augen zusammen. »Manchmal bin ich schon ein ziemlicher Esel, oder?«

»Manchmal?«, fragte sie mit einem Zwinkern.

Sie wollte gerade zu Elizabeth hinüber, aber er hielt sie fest. Mit fragendem Ausdruck drehte sie sich wieder zu ihm um. »Was denn?«

»Ich liebe dich.«

»Ich weiß.«

Mehr antwortete sie nicht.

Heute. Morgen. Ewig.

Morgan's Hall, Mitternacht

Eine geschlagene Stunde hatte James mit weit aufgerissenen Augen in seinem alten Bett gelegen und gewartet, bis er hörte, dass auch die gute Violett in ihrem Schlafzimmer verschwunden war, nachdem sie, wie in jeder Weihnachtsnacht, alle Geschenke unter den Baum gelegt hatte. Wie wundervoll war die Gewissheit, dass sich manche Dinge niemals änderten?

Ihm drehte sich der Magen um, wenn er an die vergangenen Weihnachten im Haus der Wulfs in Montauk zurückdachte. Ein kaltes, unpersönliches Fest, das einer geschäftlichen Dinnerparty glich mit künstlichem Weihnachtsbaum und furchtbarem Eisregen, der so laut gegen die Fensterscheiben geprasselt hatte, dass man sein eigenes Wort nicht verstand. Die wütende See hatte im Sekundentakt auf die kahlen Riffe gedonnert, während im Inneren des Hauses dem Reichtum gefrönt, der teuerste Champagner getrunken und Unmengen Austern geschlürft worden waren. Wie oft hatte James zu dem alten Leuchtturm geblickt und sich gewünscht, er wäre auf Morgan's Hall, im Kreis der Menschen, die er wirklich liebte? Noch immer wirkte es wie eine Illusion, dass er dieses Leben hinter sich gelassen hatte. Durfte er sich diese Freiheit und dieses unvergleichliche Glück, wieder an Lizzys Seite zu sein, tatsächlich schon zugestehen?

Leise tanzten dicke Schneeflocken an seinem Fenster vorbei und kein anderer Lärm störte diese Ruhe. Keine Polizeisirenen, keine vollgestopften Straßen mit ihren hupenden Benzinkutschen und keine grelle Leuchtreklame, die die Nacht zum Tag machte. Ein Weihnachtsfest ohne das Tosen des unruhigen Atlantiks. Nur Stille.

Die Nacht war schon fortgeschritten, als James aus seinem Zimmer schlich, hinunterging und sofort zwei Holzscheite im Kaminofen des Foyers nachlegte, damit das Feuer nicht erlosch. Er war heilfroh, dass das furchtbare Pochen in seiner Hand allmählich nachließ und die Aspirin, die er vorhin eingenommen hatte, zu wirken begann. Beim Genuss von Schmerzmitteln war er vorsichtig geworden, denn jahrelang waren Aufputschmittel und einige andere illegale Substanzen zu seinen ständigen Begleitern geworden, damit er sich der Wirklichkeit der Wulfs nicht hatte stellen müssen. Olivia war eine ausgezeichnete Drogenhändlerin, die ihn mit allem versorgt hatte, sodass das innere Zittern ein Ende fand – bis zum nächsten Tief. Erst als James im vergangenen Sommer das Engagement des Chamber Orchestras angenommen hatte, hatte er dem trügerischen Sinnesrausch und allem, was seine Gefühle umnebelte, entsagt. Die ersten Tage hatte er an Schlaflosigkeit, Fieber, ständigen Schweißausbrüchen und Erbrechen gelitten. Eine Qual, die jede seiner Zellen aufschreien lassen und ihn bis zur völligen Erschöpfung von Körper und Geist getrieben hatte, bis der Spuk vorbei gewesen war. Heute fragte er sich, ob er sich diesem Entzug tatsächlich nur gestellt hatte, um wieder zu seiner alten Musikerform zu gelangen, oder ob eine höhere Macht ihn auf einen klaren Verstand hatte vorbereiten wollen. Er wusste es nicht.

Eine verstauchte Hand, überlegte er, während er seine leicht geschwollenen Finger betrachtete. Zum ersten Mal kam ihm die Überlegung, dass er in den nächsten Wochen wohl nicht spielen könnte. Er horchte in sich hinein, was er empfand.

Es war egal. Es war ihm tatsächlich egal. Beinahe musste er über diese Erkenntnis lachen.

James wanderte in den Salon und legte auch hier Holz im Kamin nach. Er wusste, lange würde er nicht allein bleiben, und er hatte diesen Gedanken noch nicht zu Ende gebracht, da hörte er von oben leise Schritte. Sein Herz schlug schneller und er war nervöser als noch vor wenigen Stunden, als er Elizabeth auf dem Weihnachtsmarkt wiedergesehen hatte.

Langsam ging er wieder ins Foyer zurück. Aus seiner Hosentasche nahm er eine kleine Schachtel, die er eilig zu den anderen Geschenken legte.

Lautlos stieg Elizabeth die Treppe herunter, hatte ihn noch nicht entdeckt.

»Aha!«, rief er ihr zu, sodass sie zusammenzuckte und erschrocken auf der vorletzten Stufe stehen blieb. »Du bist also die Geschenkespionin.«

Sie fasste sich an den Brustkorb. »Hast du mich erschreckt. Ich bin was?«

»Na, die Geschenkespionin.« Im Lichterglanz des Weihnachtsbaumes erkannte er unübersehbar ihre geröteten Wangen. »Früher haben wir an jedem Weihnachtsmorgen Präsente gefunden, die ganz offensichtlich schon einmal geöffnet worden waren, weil irgendjemand in diesem Haus seine Neugier nicht unter Kontrolle halten konnte. Erinnerst du dich? In all der Zeit dachten wir, Tristan wäre der Übeltäter, aber in Wirklichkeit bist du diejenige gewesen. Und du bist es noch immer, gib es zu!« Er lächelte sie an.

Elizabeth biss sich auf die Unterlippe und zog ihren Morgenmantel aus weißer Seide enger um den Körper, was James scharf die Luft einziehen ließ.

»Ja«, hauchte sie beschämt.

Er konnte sich ein weiteres Grinsen nicht verkneifen. »Du warst es auch, die Tristan immer die Schuld in die Schuhe geschoben hat, wenn die Dose mit dem Weihnachtsgebäck geplündert worden war, obwohl die Plätzchen eigentlich für Santa Claus gedacht waren, stimmt´s, Elizabeth Morgan?«

»Ja. Ich bin die Geschenkespionin und die Plätzchendiebin.«

»Schäm dich«, raunte er mit hochgezogenen Augenbrauen.

»Ich schwöre, dass ich das schon Jahre nicht mehr gemacht habe«, gab sie mit einem Grinsen zu. »Tatsächlich konnte ich nicht schlafen. Irgendwie hatte ich gehofft, dass es dir genauso geht.«

»Ging mir genauso«, erwiderte er sanft und sie schenkte ihm ein Lächeln, das es in sich hatte. Einen Augenblick später sah sie ein bisschen sorgenvoll zur Galerie hinauf und stöhnte leise.

»Heute bin ich mir wie ein kleines Mädchen vorgekommen, das unter den strengen Augen ihres Vaters zu Bett gehen musste.«

James ging auf sie zu, nahm ihre Hand und zog sie zum Weihnachtsbaum. »Na komm, setzen wir uns. Sollte John aufwachen, entdeckt er uns an dieser Stelle nicht sofort.«

Beide ließen sich neben dem Geschenkeberg nieder, im Schatten der riesigen Tanne. Elizabeth schüttelte sich, was ihn dazu veranlasste, noch einmal aufzustehen, um für sie eine Wolldecke aus dem Salon zu holen, die er ihr über die Schultern legte. Sie strich sich mehrmals eine Haarsträhne hinter das Ohr, eine Marotte, die er sehr gut an ihr kannte und die ihm bewies, dass sie noch nervöser war als er selbst. Er wollte ihr die Anspannung nehmen und konnte der Versuchung nicht widerstehen, sie zu berühren. Sanft schlossen sich seine Hände um ihre Wangen und er sah sie eindringlich an. »Wir werden das schon schaffen, Liz. Das verspreche ich dir. Dein Vater wird lernen müssen, unsere Liebe zu akzeptieren. Ich werde nicht zulassen, dass er sich zwischen uns stellt. Nicht er und auch sonst niemand.«

Elizabeth schloss die Lider und nickte leicht. »Es ist noch gar nicht so lange her, da glaubte ich, du hättest mich vergessen, und jetzt sitzen wir hier. Ich weiß nicht, ob ich träume und morgen wieder ohne dich aufwache.«

Sie sah abermals zu ihm auf und in der Tiefe ihrer Augen entdeckte er etwas, das ihm zeigte, wie verletzlich sie doch geblieben war. Er begriff, dass es seine Aufgabe war, ihr die Zweifel und die Angst vor einem wiederholten Verlust zu nehmen. Viel zu oft hatte er sie hängen lassen, ihr das Gefühl gegeben, immer nur an zweiter Stelle zu stehen, lebten sie doch beide in vollkommen unterschiedlichen Welten. Die Zeit der heimlichen und gestohlenen Küsse war vorbei.

»Welches dieser Geschenke sollen wir zuerst öffnen, um hineinzusehen?«, fragte er lächelnd. Sie runzelte die Stirn, kicherte dann leise wie ein kleines Mädchen. Sie legte den Zeigefinger auf die Lippen und ihr Blick wanderte über die Päckchen. Gerade wollte sie nach einem greifen, da packte er nach ihrem Handgelenk. »Moment mal, du hast jahrelang herumgeschnüffelt. In die erste Schachtel werde ich hineinschauen. Das hier?« James wies zu dem grünen Bündel mit roter Schleife, das eigentlich sie hatte öffnen wollen, und sie bejahte. Prompt nahm er es zur Hand. Auf einem kleinen Schild war Isabelles Name vermerkt. Sachte öffnete er die Schlaufe und schob das Papier zur Seite, während Elizabeth sich neugierig zu ihm beugte.

»Was ist drin?«

»Ein Reiseführer. Italien.« Er nahm das Buch heraus, blätterte darin herum und irgendetwas fiel aus den Seiten und landete auf seinem Oberschenkel.

»Das sind zwei Flugscheine«, sagte Elizabeth staunend. »Nach Rom.« Sie hielt die Tickets in ihren Händen, nachdem sie sie aufgesammelt hatte, und lächelte verträumt. »Erst vor Kurzem hat meine Mutter erwähnt, dass sie noch nie in Italien gewesen sei. Kannst du dir vorstellen, dass meine Eltern nicht einen gemeinsamen Urlaub miteinander verbracht haben, und dabei sind sie seit über zwanzig Jahren verheiratet, soweit ich weiß. Ich kann mich gar nicht daran erinnern, dass Vater überhaupt schon einmal Ferien gemacht hätte. Du?« James verneinte. Sie wurde nachdenklich. »Irgendwie traurig, findest du nicht auch? Er hat sein Leben lang für Morgan's Hall geschuftet, für unsere Familie und er hat sich selbst niemals etwas gegönnt.« Sie stöhnte. »Ich wünschte, wir würden ihm nicht solchen Kummer bereiten.«

»Ich wünsche mir das auch, aber gerade dein Vater müsste wissen, dass man gegen seine Gefühle nichts ausrichten kann.« Elizabeth reichte ihm die Flugtickets und er legte sie wieder zwischen die Seiten des Reiseführers. Soeben wollte er die Schleife des Geschenks zubinden, da riss sie ihm das Päckchen aus der Hand.

»Lass mich das lieber machen! Ich als Geschenkespionin bin darin sehr geübt.«

James lachte, übergab ihr Isabelles Präsent, das sie gekonnt wieder so verpackte, dass niemandem auffallen würde, dass es zuvor geöffnet worden war.

Er spürte, wie sein Puls schneller wurde.

»Jetzt suche ich ein Geschenk für dich aus«, sagte er und seine bebende Hand tastete nach der kleinen Schachtel, die er vorhin zu den anderen Weihnachtspäckchen gelegt hatte. »Bitte, öffne dieses.«

»Da steht ja mein Name drauf.« Elizabeth schlug überrascht die Augen auf. »Das ist deine Handschrift.«

»Warte bitte, bevor du es aufmachst. Ich würde dir gerne etwas sagen.« Tief einatmend nahm er ihre Hand. »Ich habe oft überlegt, ob es diesen einen Moment gab, eben den

Augenblick, in dem ich wusste, dass alles, was ich mir von meinem Leben versprochen hatte, unwichtig sein würde. Viele Jahre habe ich meine Gefühle für dich unterdrückt, sie verleugnet, weil ich mir nie eingestehen wollte, längst dem Menschen begegnet zu sein, der einfach alles für mich bedeutet. Ich kann mich noch an einen Sommertag erinnern, als ich dich allein am Klavier vorgefunden habe. Du warst damals so unendlich traurig, weil du das mit mir und Rachel King herausgefunden hattest. Du hast mich mit deinen Augen verloren angesehen, tiefer verletzt als jemals zuvor. Innerlich spürte ich ein Beben, das ich mir nicht erklären konnte und das ich in dieser Heftigkeit nie wieder empfunden habe. Liz, in genau jener Sekunde wusste ich, du bist die Frau, die ich bis zu meinem Lebensende lieben würde.« Elizabeths Augen schimmerten und sie lächelte, doch es mutete eher betrübt an. »Ich ignorierte dieses Wissen. Mit aller Macht.«

»Ich erinnere mich an diesen Tag. Kurz darauf wurde Teddy geboren.« Sie senkte den Kopf und schluckte hörbar. »In der Nacht hast du dich mit Vater überworfen und bist für immer nach New York gegangen. Noch heute frage ich mich, was aus uns geworden wäre, wenn ich mitgegangen wäre.«

»Liz, ich war ein Narr, der nur sich selbst im Kopf hatte. Als ich zwei Jahre später zurückkehrte, habe ich meinen Augen nicht getraut, weil du von einem kleinen Mädchen zu einer Frau herangereift warst, und ich habe dich dafür verabscheut, denn du hast mir gezeigt, was ich niemals haben könnte, wenn ich meinen Weg als Musiker weitergehen würde.« Zart berührte James mit den Fingerspitzen ihr Gesicht und jetzt war er wieder genauso in seiner Liebe gefangen wie an jenem Sommertag, als er neben ihr am Klavier gesessen hatte. Mit dem einen Unterschied, dass er sich seiner Gefühle nun in vollem Umfang bewusst war. »Auf der Jubiläumsfeier der Morgan's Company bist du in deinem hellblauen Chiffonkleid die Steintreppe hinuntergeschwebt, hast mich mit einem so zuversichtlichen Lächeln angestrahlt, dass ich mir eingestehen musste, mich Hals über Kopf in dich verliebt zu haben.« Er verzog den Mund und wandte für eine Weile den Blick ab. »Ich habe es ignoriert. Danach traf ich eine falsche Entscheidung nach der anderen. Damals hätte ich am Fuße der Steintreppe auf dich warten müssen, um dir die Hand zu reichen, um dich zu küssen, um dir zu beweisen, wie sehr ich dich liebe – wie sehr ich dich schon mein ganzes Leben liebe. Ich habe es aber nicht getan und das bereue ich zutiefst. Stattdessen hielt ich um die Hand einer Frau an, die ich nie geliebt habe. Nicht lieben kann. Damit habe ich nicht nur dir wehgetan, sondern letztendlich auch Olivia.«

Elizabeth wischte sich eine Träne aus dem Augenwinkel. In diesem Moment war es so still im Haus geworden, dass er von draußen das leise Wehen des Winds hörte. James nahm die Schatulle, die sie die ganze Zeit über in der Hand gehalten hatte, und fuhr fort: »In meinem Leben werde ich gewiss noch viele falsche Entscheidungen treffen, aber diese werde ich niemals bereuen. Elizabeth, auch wenn ich noch kein freier Mann bin und noch nicht weiß, wie lange es dauern wird, eben dieser freie Mann für dich zu sein, möchte ich, dass du weißt, wie viel du mir bedeutest und dass du dir meiner Liebe immer sicher sein kannst.«

Sie sah ihn bass erstaunt an. Als sie sich ein wenig aufrichtete, fiel ihr Blick auf die Schatulle, die er inzwischen von der kleinen Schleife befreit hatte, weil er es nicht aushielt. Nur einen Moment später öffnete er sie, um seiner Liz den Inhalt zu offenbaren.

James hatte vor Tausenden Menschen allein am Klavier gesessen, die anspruchsvollsten Kompositionen von Virtuosen wie Horowitz bis Ravel zum Besten gegeben, doch dabei niemals ein solch großes Lampenfieber empfunden wie jetzt in diesem Moment.

In seinen Händen hielt er einen Schatz, den er seit vielen Jahren bei sich trug, wie seinen Augapfel beschützte. Es war das Erste gewesen, das er in sein Reisegepäck gelegt hatte, bevor er Olivia verließ. Zum Vorschein trat Josephine Morgans Ehering, den John ihm vor langer Zeit vermacht hatte.

Elizabeth zuckte zurück, als sie in das Funkeln der Diamanten sah, das durch den Lichterschein des Weihnachtsbaumes noch verstärkt wurde. Das magische Schimmern tanzte in ihrem Gesicht.

»Liz, das war einst der Ehering deiner Großmutter. Bevor ich nach New York zurückging, überreichte ihn dein Vater mir mit den Worten, das Schmuckstück würde unsere Familie symbolisieren und dass seine Eltern eine glückliche Ehe geführt hätten. Eine Liebe auf Augenhöhe. Er bat mich, diesen Ring jener Frau anzustecken, die ich genau so sehr liebe, wie dein Großvater deine Großmutter geliebt hat.« James' Stimme brach und er verbarg die aufkommende Rührung hinter einem scheuen Lächeln. Elizabeth sah ihn weiterhin sprachlos an, aber ihre Augen strahlten hinter einem Vorhang aus Freudentränen. Er nahm den Ring aus der Schatulle, hob ihre linke Hand. »Ich kann mir keinen anderen Menschen an meiner Seite vorstellen. Ich liebe deine Begeisterungsfähigkeit auch für die kleinsten Dinge, deine Liebe zur Natur, deinen ansteckenden Mut und deine Gutmütigkeit, auch wenn du manchmal ein bisschen dickköpfig bist. Für mich bist du die bezauberndste, hübscheste und sensibelste Frau der Welt. Du hast mir gezeigt, was Liebe wirklich bedeutet. Du bist eine Diebin, du klaust Santa Claus die Plätzchen, versteckst Schokolade unter deinem Bett und du stiehlst die Schundromane deiner Mutter, um sie heimlich unter der Decke zu lesen.« Lachend wischte sich Elizabeth mit der freien Hand die Tränen aus dem Gesicht. »Und du hast mein Herz geraubt. Vom allersten Tag an.«

Er ging in die Knie, winkelte ein Bein an. In seiner Vorstellung hatte er diesen Augenblick bereits tausende und abertausende Male in die Tat umgesetzt, doch war dies eben nur in seinen Träumen geschehen. Die Wirklichkeit war so viel besser, er spürte es bis in seine Seele.

»O mein Gott«, flüsterte sie ergriffen.

»Mir ist bewusst, dass wir noch viele Hürden zusammen meistern müssen. Die Scheidung von Olivia, dein Vater, die Aufhebung meiner Adoption und vermutlich noch viel mehr, das wir bislang noch nicht ahnen. Aber, Liz, ich will dir beweisen, dass ich dich liebe und ich mir nichts sehnlicher wünsche, als an deiner Seite zu sein. Heute. Morgen. Ewig. Elizabeth Morgan, wenn all das vorbei ist, würdest du mir die Ehre erweisen, meine Frau zu werden?«

Keine Stille, kein langes Schweigen und keine Zweifel, nur ein ehrliches und deutliches »Ja« glitt über ihre Lippen. »O ja.«

James lächelte und legte ihr den Ring an. Irgendwie fiel ihm eine zentnerschwere Last vom Herzen, weil er diese aufrichtigen Worte nach so vielen Jahren endlich hatte rauslassen dürfen. Liebevoll zog er Elizabeth zu sich, um sie zu küssen. Ein Kuss, der dieses Mal ganz anders war, weil er keiner Heimlichkeit entsprang. Nein, es war ein ehrliches Verweilen und ein Hingeben des herrlichen Gefühls des Ankommens. Der Druck ihrer Lippen verstärkte sich plötzlich, die Küsse wurden ungeduldiger, fordernder und er erwiderte sie mit der gleichen, sich steigernden Leidenschaft, wie sie ihn hielt.

Unerwartet hörte Elizabeth auf, ihn zu küssen, machte sich los und stand auf. Dann ergriff sie seine Hand und zog ihn ebenfalls hoch.

»Heute sind wir wieder auf der Plankengasse in Wien und ich werde unter keinen Umständen die Nacht ohne dich verbringen.«

Sie gingen die Treppe hinauf und Elizabeth zog James in ihr Schlafzimmer, verriegelte die Tür von innen. Sofort stieg ihm ihr vertrauter Duft in die Nase, der den ganzen Raum erfüllte, und sein Blick wanderte zu ihrem Bett. Wie verrückt das war, jetzt in genau diesem Bett nicht als Bruder zu schlafen, der an ihrer Seite liegen würde, weil sie einen Albtraum gehabt hatte, sondern als ihr Liebhaber – als ihr Verlobter. Das Nachtlicht war angeknipst und das Feuer loderte noch immer in dem kleinen Ofen. Elizabeth befreite sich aus ihrem Morgenmantel, stand nur in ihrem weißen Nachtkleid vor ihm, lachte verlegen.

»Ich bin ein bisschen aufgeregt«, wisperte sie. »Auch wenn das bestimmt verrückt klingt.«

»Das ist überhaupt nicht verrückt. Ich bin auch nervös«, gab er zu. In Wien hatten sie sich einer überraschenden Begierde hingegeben. Ein anderer Ort und eine andere Situation. Jetzt standen sie sich als eine veränderte Einheit gegenüber. Er lächelte ihr auf eine vorbehaltlose, liebevolle Art und Weise zu, um ihr die Unsicherheit zu nehmen. »Heute ist alles besser als noch vor wenigen Wochen.«

Er ging auf sie zu und legte seine Wange an ihre, bis seine Lippen auf ihre trafen.

Die Gewissheit, sie wieder in seinen Armen halten zu dürfen, das Gefühl, ihren Körper an seinem zu spüren, war einfach unbeschreiblich schön. Sie knüpfte die ersten beiden Knöpfe seines Hemds auf und zog es ihm über den Kopf. Behutsam öffnete er die Schleife ihres geflochtenen Zopfs, glitt mit den Fingern durch ihr Haar, bis es ihr weich über die Schultern fiel. Er bahnte sich seinen Weg zu den Trägern ihres Nachtkleids und streifte es ihr sanft vom Körper. Tief einatmend schlug sie die Augen zu und ließ sich von ihm in ihr Bett führen. Sie zu spüren, sie so zu spüren, ihre Lippen, ihren ganzen Leib, so vertraut und doch so unbekannt wie beim ersten Mal, raubte ihm beinahe den Verstand. James bemerkte, wie auch Elizabeth ihre anfängliche Scheu mehr und mehr abstreifte. Sie gab sich ihm hin und wie von selbst fanden sie wieder ganz zueinander. Sein Kopf lag auf ihrer Schulter und ihre Beine umschlangen seinen Leib. Ihre Arme umfassten seinen Nacken und unendlich zart gruben sich ihre Finger in seine Haut. Mit geschlossenen Augen konzentrierte er sich mit allen Fasern seines Seins darauf, ihre Lust bis zum Äußersten zu genießen. Er wollte jede Berührung und das damit ausgelöste Verlangen für alle Ewigkeit in seinem Gedächtnis abspeichern. Er atmete tief ein und wälzte sich dann ganz behutsam herum, sodass sie sich nun über ihm befand und er noch intensiver das Gefühl erfahren konnte, sie auf diese Weise zu lieben. Beider Atem wurde rascher, heftiger und James setzte sich auf, drückte Elizabeth so fest, wie er nur konnte, an sich. Das Glänzen in ihren Augen übte eine solche Kraft über ihn aus, dass es ihm nicht mehr möglich war, seinen Höhepunkt zurückzuhalten, während sie ihre Lippen in seinem Hals vergrub, um ihren Erlösungsschrei zu unterdrücken, damit niemand sie hörte.

***

Dieser ganze Tag, diese ganze Nacht hatten einem Film geglichen, dessen Bilder nur so an Elizabeth vorbeizogen waren. Sie berührte James' Haut, um sich zu vergewissern, dass er tatsächlich neben ihr lag. Er schob seinen Arm unter ihren warmen Körper und sie kuschelte sich an ihn, bettete ihren Kopf an seine Schulter. Ohne ihn anzusehen, spürte sie, dass er in diesem Augenblick lächelte. Ihr Mund war so von seinen Küssen gesättigt, dass die Lippen geschwollen waren. Mit der Hand streichelte sie liebevoll über seine Brust.

»James?«, fragte sie im Flüsterton und hob das Gesicht, um ihn anzuschauen. »Ich weiß nicht, weshalb ich gerade jetzt daran denke, aber ich habe dich das noch nie gefragt.«

»Was denn, Liz?«

»Willst du eigentlich Kinder?«

Unmerklich zuckte er zusammen, drehte sich mehr zu ihr, um sie ansehen können. Ein leichtes Grinsen lag auf seinen Lippen. »Du wunderst dich, dass du ausgerechnet jetzt daran denken musst? Nach dem, was wir gerade getan haben?«

Elizabeth kniff die Augen zusammen und lächelte. »Ich weiß. O Gott, das ist irgendwie alles noch so ungewohnt, so fremd. Noch vor Kurzem hätte ich nie gedacht, dich so etwas einmal zu fragen, weil es so ausgeschlossen schien.«

James nickte wissend. »Das stimmt. Um auf deine Frage zurückzukommen: Ehrlich gesagt wollte ich nie Kinder in die Welt setzen. Ich denke, weil ich selbst ohne richtige Eltern aufgewachsen bin. Wie du weißt, habe ich meine Mutter nie kennengelernt, da sie kurz nach meiner Geburt gestorben ist. Nun ja, und Dickie … dazu muss ich dir nichts mehr erklären. Irgendwie habe ich Angst, ich könnte niemals ein guter Vater werden.«

»Das glaube ich nicht«, sagte sie rasch. »James, ich bin mir sicher, du würdest einen wundervollen Vater abgeben. Niemand auf der Welt hat sich so um mich gekümmert und war so um mein Wohl besorgt wie du. Ich weiß, du redest nicht gerne darüber, aber was hast du empfunden, als Olivia schwanger war?«

Er schluckte hart. »Willst du eine ehrliche Antwort hören?«

»Immer.«

»Als sie mir sagte, sie würde ein Baby erwarten, war ich wie gelähmt und es fühlte sich wie ein Todesstoß an, weil ich nur daran dachte, wie sehr mich dieses Kind an diese Frau binden würde. Mein Leben lang. Ich verabscheute mich selbst für diesen Gedanken, jedoch wollte und konnte ich mich nicht damit abfinden. Es war schwer, auch nur zu akzeptieren, dass es nie wieder ein Zurück zu dir geben würde, denn ich hätte Olivia niemals mit dem Baby sitzen lassen können. So bin ich nicht.«

»Genau das meine ich. Du trägst Verantwortung.«

James schwieg eine Weile, starrte zur Decke und sah sie dann wieder an. »Irgendwann kam der Moment, als ich mich auf dieses ungeborene Kind freute. Das geschah aus heiterem Himmel. Ich überlegte, ob ich mir eher einen Jungen oder ein Mädchen wünschen würde. Ich stellte mir vor, wie dieses kleine Wesen aussehen und welche Charakterzüge es haben würde. Liz, ich begann dieses Baby zu lieben, als es bereits in Olivias Leib gestorben war. Diese Vorstellung war unerträglich.« Elizabeth legte ihre Hand um seinen Nacken und er holte den Blick aus einer ganz eigenen Traurigkeit zurück. »Das war eine sehr schwere Zeit. Vor allem für Olivia. Doch ganz gleich, wie sehr dieser Verlust tief in meinem Inneren geschmerzt hat, zeigte er mir doch, dass ich eines Tages Vater werden will und dass ich fähig bin, ein Baby zu lieben. Also, um deine Frage endgültig zu beantworten: Ja, ich will Kinder. Unbedingt. Doch ich wünsche mir, dass du die Mutter meiner Babys sein wirst und niemand anderes.« Sie lächelte ergriffen und schenkte ihm einen langen Kuss. Seine Hand legte sich auf ihren Hinterkopf, ihre Haare glitten durch seine Finger. »Was ist mit dir? Willst du denn ein Kind?«

Sie sank über seiner Brust zusammen. Wie viele Männer stellten einer Frau diese Frage, welche Männer würden ihren Frauen überhaupt eine solche Wahl lassen? Wohl die wenigsten. James war kein Verfechter der konservativen Ansicht, eine Ehefrau gehöre nur an den Herd und sei einzig und allein dazu geboren, um anderes Leben zu schenken. Er besaß weit mehr Verstand und Gefühl als der durchschnittliche Y-Chromosom-Träger.

Der nächste Gedanke machte sie jedoch sehr traurig.

»Ich will unbedingt ein Baby mit dir. Ich will, dass wir beide unsere eigene kleine Familie haben. Aber …«

»Aber?«

»Bis dahin wird es wohl noch sehr lange dauern. Du bist immer noch verheiratet und ich befürchte, Olivia wird sich nicht von dir scheiden lassen wollen. James, ich weiß, dass du sie verlassen hast, aber ich weiß auch, dass sie damit sicherlich nicht einverstanden war. Wie ich sie kennengelernt habe, wird sie alles daransetzen, um eine Scheidung ewig hinauszuzögern und uns das Leben schwer zu machen. So gern ich eben auch Ja gesagt habe, glaube ich nicht daran, dass wir bald auf diese Weise zusammen sein können.«

Er schwieg und sie merkte nur sein leichtes Nicken. »Ich wünschte, es wäre anders.«

»Ich möchte nicht, dass unser Kind unehelich auf die Welt kommt. Hört sich bestimmt furchtbar provinziell und altmodisch an, oder?«

»Überhaupt nicht, Liebling.«

»Zumal ich gerne im nächsten Jahr meinen Abschluss machen würde. Ich habe zu lange dafür gekämpft.«

James zog seinen Arm unter ihrem Rücken hervor und legte sich halb auf sie. »Wir haben alle Zeit der Welt. Wir finden für alles einen Weg. Ich liebe dich, Liz«, raunte er in ihr Ohr, sodass sie am ganzen Körper eine Gänsehaut bekam. Er wusste einfach, welche Knöpfe er bei ihr drücken musste.

Allein die tiefe und weiche Klangfarbe seiner Stimme erfüllte sie mit Erregung. Wieder schlang sie die Beine um seinen Rumpf, drückte ihren Venushügel gegen James' sich aufrichtendes Glied und der Liebesakt begann von vorne.

Als die Morgendämmerung ins Zimmer kroch und sich der Himmel mit dem üblichen zarten Winterrosa von der Nacht verabschiedete, schlief James fest neben ihr. Sie beobachtete ihn eine ganze Weile und fast machte es den Eindruck, als habe er seit Monaten nicht richtig geschlafen, so tief war sein Schlaf. Sicherlich würde es noch ein langer Weg sein, bis sie irgendwann einmal Mann und Frau waren, doch das zählte in diesem Augenblick nicht. Sie war glücklich. Eine Träne tropfte auf das Kopfkissen, eine weitere folgte. Tränen der Freude. James war wahrhaftig zu ihr zurückgekehrt und hatte sich mit ihr vereint. Nicht nur körperlich, sondern auf viel intimere Weise.

Eine halbe Stunde später ging es nicht anders und Elizabeth musste ihn wecken. Erschrocken riss er die Augen auf und blickte sich etwas orientierungslos um.

»Wie spät ist es?«

»Bereits kurz nach acht. Du solltest schnell in dein Zimmer zurück, bevor dich jemand hier erwischt.«

James stieg aus dem Bett, suchte nach seiner Unterwäsche, die er unter dem Gestell fand und sich rasch überzog. Es folgten die Hose und das weiße Hemd. Elizabeth richtete sich auf und betrachtete ihren Verlobungsring bei Tageslicht. Er war einzigartig schön, doch noch mehr gefiel ihr die Bedeutung, die hinter diesem Schmuckstück steckte. Er hätte ihr keine größere Freude machen können, als ihr dieses Familienerbstück an den Finger zu stecken.

Sie seufzte leise, was James sofort innehalten ließ.

»Liz, vielleicht ist es klüger, nicht direkt mit der Tür ins Haus zu fallen. Es wäre sicher besser, wenn du den Ring vorerst nicht trägst. Zumindest so lange nicht, bis sich die Stimmung deines Vaters ein bisschen aufgehellt hat.«

Zuerst wollte sie ihm zustimmen, verzog dann aber den Mund. »Nein. Ich werde diesen Ring nie wieder ablegen. Ich bin es leid, dass mir ständig irgendjemand vorschreiben will, wie ich leben soll. Mein Vater muss lernen, unsere Beziehung zu akzeptieren. So hart es klingen mag und egal, wie sehr ich ihn liebe.« Sie sah abermals auf ihren Verlobungsring, der ihr an diesem Morgen einfach alles bedeutete. »Und wenn nicht, dann muss ich eine Entscheidung treffen.«

James runzelte die Stirn. »Was meinst du damit?«

Sie winkte ab. »Ach, ich habe nur gedanklich jedes Szenario durchgespielt. Weiter nichts.«

Er stand noch immer vor ihr, knöpfte sich sein Hemd zu und starrte sie mit diesen ernsten Augen an, die schon so viel gesehen hatten von der Welt. Ja, mit jenem sonderbar besorgten Ausdruck, den er nur dann hatte, wenn er wusste, dass eventuell etwas aus dem Ruder laufen könnte. Er hatte Angst, wurde ihr bewusst. Langsam setzte er sich wieder auf die Bettkante, beugte sich zu ihr und legte seine Hand auf ihren Oberarm. »Liz, bitte versprich mir, nicht die Fassung zu verlieren, wenn John weiterhin auf seinem derzeitigen Standpunkt beharrt. Ihr beide steht euch in eurer Sturheit in nichts nach.«

Aufgebracht peilte sie ihn an. Sie konnte es nicht leiden, wenn man ihr diese negative Eigenschaft vorhielt.

»Wenn du willst, dann werden wir der Familie schon heute sagen, dass wir uns die Ehe versprochen haben. Du weißt genauso gut wie ich, dass man unsere Verlobung nicht mit einer Flasche Champagner begießen wird. Liz, wir müssen auf alles vorbereitet sein, aber bitte verliere dich darüber nicht.«

»Versprochen.«

James zog die linke Augenbraue leicht nach oben. Ein Zeichen, dass er ihr dieses Versprechen nicht abnahm. »Na schön, stellen wir uns diesem kleinen Kampf. Nach dem Frühstück werde ich mit John sprechen.« Er gab ihr einen Kuss, stand auf und ging zur Tür. »Übrigens, immer wenn du flunkerst, ziehst du für einen Moment die Nasenflügel zusammen. Ich dachte, du solltest das wissen. Ist bestimmt nicht nur mir aufgefallen.«

Ertappt starrte sie ihn an, grinste und warf ein Kissen nach ihm.

Die böse Hexe des Westens

Morgan's Hall, Weihnachtstag 1962

Tony saß auf einer Pritsche in der Gefängniszelle des Sheriff Departments. Die einzige Zelle hier, denn Kriminalität gehörte in Woodwall nicht zwingend zur Tagesordnung und dieser Kerker, wie er ihn lieber bezeichnete, diente höchstenfalls als Ausnüchterungsraum für all diejenigen, die sich hin und wieder ein paar Humpen zu viel im Leo's gönnten.

Für Tony war es bereits das vierte Mal in zwei Jahren, dass er die Nacht hier verbringen musste. Meist wegen irgendwelcher Straßenschlägereien im Vollsuff, die harmlos genug gewesen waren und bloß dem üblichen Kräftemessen unter Männern gedient hatten. Sheriff Grant machte nie einen Hehl daraus, dass Tony ihm ein Dorn im Auge war. Er gehörte für ihn einfach nicht zu den närrischen, frustrierten Querulanten dieser Gemeinde. Tony verfügte über einen messerscharfen Verstand und eine scharfe Zunge, die Grant jederzeit Paroli bot.

Auch wenn jeder Mensch dieser Stadt glaubte, hier sei er dem Paradies näher als anderswo auf der Welt, unterschied sich diese Parzelle nicht von den anderen versifften Gefängnissen in den Großstädten. Pausenlos stieg einem der widerliche Gestank von Urin sowie weiteren Ausscheidungen in die Nase, da sich der Abtritt unmittelbar neben der Pritsche befand. Nachts, wenn alles still war, hörte man nichts als das

Fiepsen der Mäuse und das ewige Tropfen des undichten Wasserhahns, sodass man fast wahnsinnig wurde. *Plöpp. Plöpp. Plöpp.* Unerträglich. Wie er hier Schlaf finden sollte, war ihm schleierhaft. Ständig musste er sich die Ohren zuhalten.

Sheriff Grant hatte offenbar dafür gesorgt, dass das Feuer in dem Heizofen, der sich außerhalb der Zelle befand, nicht verlosch, denn als Tony vor einer Stunde aus einem kurzen Schlummer erwacht war, bot der Raum noch immer etwas Wärme. Auch war der Gesetzeshüter so gnädig gewesen, ihm einen Beutel mit Eiswürfeln zu reichen, damit er seine geschwollene Lippe kühlen konnte. Als Gefälligkeit gab es noch eine Schmerztablette, die aber nur bedingt ihre Wirkung zeigte. Eine Flasche Schnaps wäre ihm lieber gewesen, um den Schmerz zu betäuben. Ein Schneidezahn war locker und er konnte nicht aufhören, mit der Zungenspitze daran herumzuwackeln. Das hatte er alles diesem elendigen James zu verdanken. Sein Aussehen war Tony seit jeher von essenzieller Bedeutung und er betete zu Wem-auch-Immer, dass sich der Zahn nicht vom Kiefer verabschieden würde. Es war ohnehin schon schwierig, eine vernünftige Angetraute zu finden, aber mit einer offensichtlichen Zahnlücke hätte er sich jedes brauchbare Frauenzimmer für alle Zeiten von der Backe putzen können.

Tony wollte sowieso nur die Eine.

Seine Hände zitterten vor Zorn auf James. Das war kein echter Mann, nur ein selbstgefälliger Lackaffe, ein Schönling, den Tony in freier Wildbahn als Hinterlader oder Kissenbeißer beschimpft hätte. Leider war dieser Morgan-Bastard alles andere als ein warmer Bruder, stahl ihm stattdessen die große Liebe. Dieser Ort hatte ihn mehr verändert, als ihm lieb war. *Große Liebe*, so weit war es schon mit ihm gekommen.

Und genau das war Elizabeth für ihn. Bevor sie in sein Leben getreten war, hatte er nur existiert. Eine Tatsache, die sich ihm von Tag zu Tag mehr aufgedrängt hatte. Das war doch kein echtes Leben gewesen, auch wenn ihm das erst durch sie so richtig bewusst geworden war. Während er die beiden gestern auf dem Weihnachtsmarkt entdeckt hatte, ihre heimlichen Berührungen gesehen hatte, wann immer sie glaubten, niemand würde auf sie achten, hatte ihn die Tobsucht wie ein Blitzschlag getroffen. Tony schämte sich, dass er sie vor allen Leuten bloßgestellt hatte. Das war nie seine Absicht gewesen, aber gegen den Stachel der Eifersucht war er machtlos gewesen. Das war ein bisher ungekannter Schmerz für ihn, so neu und fremd.

Tony war bewusst, dass er sich gestern zum wiederholten Mal nicht von seiner besten Seite gezeigt hatte und die Chancen auf eine baldige Wiedervereinigung somit auf das Minimum geschrumpft waren. Trotzdem wollte er das Feld nicht kampflos räumen. Er musste ihr und sich selbst beweisen, dass er so nicht war.

Wann lässt dieser Kerkermeister mich endlich raus?, fragte er sich just in diesem Moment von innerer Unruhe geplagt und lief rastlos auf und ab. Einmal trat er lautstark gegen die Gitterstäbe. Wahrscheinlich hörte der Sheriff ihn nicht, weil die Zelle im Kellergeschoss des Departments lag. Nur wenige Minuten später vernahm er Grants schwere Schritte auf der Treppe und Tony richtete sich kerzengerade auf.

Na endlich!

Mit einem lauten Seufzen trat der Bulle in voller Schutzmann-Montur in den Gang, der direkt zu diesem Verwahrraum führte. Tony hatte diesen Mann noch nie in ziviler Kleidung gesehen, vermutlich schlief er mit dem dunkelbraunen

Stetson-Hut, den klobigen Stiefeln und der Copjacke. Grant war nicht viel älter als er selbst, war hier in Woodwall aufgewachsen, galt bei fast allen Bürgern als freundlich und gerecht. Nur bei Tony schien er eine Ausnahme zu machen. In welchem Rechtsstaat hätte man *ihn* anstelle von James in diesen verdammten Kerker gesteckt?

Sheriff Grant verschränkte die Arme vor der Brust und funkelte Tony mit seinen braunen Augen argwöhnisch an. »Gut geschlafen?«

»Danke, wie im Great Mountain.«

Grant nickte mit einem höhnischen Grinsen auf den Lippen. »Du musst es ja wissen, nicht wahr?«

Wie meinte er denn das? Hatte er ihn etwa beschatten lassen?

»Kommen Sie, schließen Sie die Kerkertür auf. Sie hatten überhaupt kein Recht, mich die Nacht hier einzusperren.«

»Ich bin Sheriff dieser Stadt und ich habe jedes Recht der Welt, um meine Bürger vor Krawallmachern, wie du einer bist, zu beschützen. Am liebsten würde ich dich für immer hier unten versauern lassen.«

Tony drückte sein Gesicht zwischen die Gitter. »Sie würden meine Anwesenheit keine zwei Tage aushalten.«

Sheriff Grant trat auf die Zellentür zu, zog einen klimpernden Schlüsselbund aus seiner Hosentasche und entriegelte das Schloss. Wie ein Pförtner verwies er Tony aus der Zelle. »Oben wartet eine junge Dame auf dich.«

Tony blieb abrupt stehen und riss die Augen auf. »Elizabeth?«

Der Sheriff lachte so voller Spott, dass Tony die Hand zu einer Faust ballte. »Das glaubst du doch wohl selbst nicht? Los, verschwinde!«

»Nichts lieber als das, Sheriff Grant.« Tony wollte gerade gehen, da pfiff er ihn zurück.

»Ach, O'Reilly?«

»Was denn noch, zum Henker?«

»Bete inständig für das Wohlergehen von James Morgan. Sollte ihm irgendetwas zustoßen, wirst du dieses Kellerloch nie wieder verlassen, sobald ich dich das nächste Mal einbuchte. Das schwöre ich dir, so wahr ich hier stehe. Frohe Weihnachten.«

Die einzige Straße, die zum Great Mountain führte, war bei diesen Schneeverhältnissen eine Zumutung. Erst recht, wenn eine Frau hinterm Steuer saß. Immer wieder fuhren sie an diesem frühen Morgen durch dünne Nebelschleier. Die Furchen, Bodenschwellen und gefährlichen Eisabschnitte setzten auch dem teuersten Wagen unbarmherzig zu und die Serpentinen waren schon im Sommer nichts für schwache Gemüter. Nervös kaute Tony auf seinen Fingernägeln und blickte ständig zu seiner Fahrerin, die über kaum Erfahrung hinterm Lenkrad verfügte, da sie ihr Leben lang herumkutschiert worden war.

Manchmal fragte er sich, wie es dazu gekommen war, dass er sich mit Charlotte Harrington eingelassen hatte. Er besah sie sich genauer. Die lange Mähne war zu einer damenhaften Hochsteckfrisur nach oben gebunden und ihre weiße Haut bot einen seltsam anmutenden Kontrast zu dem Feuerrot ihrer Haare. Vom Körperbau her war sie fragil wie eine Ballerina. Alles an ihr wirkte zierlich. Ihre Haut schien fast durchsichtig, sodass man dem Verlauf jeder Ader an ihrem sehnigen Hals bis zu ihrer Schläfe folgen konnte. Die großen hellblauen Augen waren von auffallender Klarheit und erinnerten ihn an das Wasser eines Bergsees. Charlottes ganze Erscheinung ließ ihn an eine Gestalt aus einem Märchenbuch denken, nur gehörte sie definitiv nicht zur guten Seite. Irgendwie ereilte Tony immer ein Schauer, wenn er ihr begegnete. Sie war … ja, sie war gruselig. Atemberaubend gruselig, denn sie strahlte durchaus eine gewisse Erotik aus. Eine Liaison mit diesem Mädchen war gefährlich, fast so, als würde man den Finger zu lange über die Flamme eines Feuerzeugs halten. Mit dem Wissen, dass irgendwann der kritische Punkt erreicht sein würde und man die Hand wegziehen musste, bevor man sich verbrannte. Und doch konnte man es nicht. Tony war der Finger, Charlotte die Flamme.

Bald musste Tony sich dieser Frau entziehen, oder er würde mehr als nur ein paar winzige Brandnarben zurückbehalten.

»Ob es klug gewesen ist, mich beim Sheriff Department abzuholen?«

»Sheriff Grant ist zwar ein Hinterwäldler mit Dienstmarke, aber er ist kein Klatschweib.«

Er betrachtete sie von oben bis unten. »Die Schwarze-Witwen-Aufmachung steht dir ausgezeichnet. Somit hast du dein Innerstes nach Außen gekehrt.«

»Mein Vater ist gestorben«, antwortete sie – völlig leidenschaftslos.

»Und wie viele Tränen hast du seinetwegen vergossen. Eine? Zwei?«

Ihr Blick schoss ihm Blitze entgegen. »Ich habe meinen Vater geliebt.«

»Entschuldige, mir war nicht bewusst, dass dir irgendetwas heilig ist und du zu so etwas wie Liebe fähig bist.«

»Wir beide sind uns eben nicht unähnlich. Ich wusste, dass mein Vater nicht mehr lange leben würde, das hat sich schon seit Monaten abgezeichnet. Ich habe meine Tränen vergossen. Glaube mir. Ich muss sie aber nicht jedem zeigen.«

Sie erreichten die Zufahrt zum Hotel und Charlotte parkte direkt vor einem Schneemobil. Nur widerwillig stieg Tony aus dem Wagen. Lieber wäre es ihm gewesen, sie hätte ihn unmittelbar nach Hause gefahren, anstatt hierher. Allerdings musste es einen triftigen Grund geben, weshalb sie ihn überhaupt abgeholt hatte, aber nach wie vor blieb sie ihm die Antwort schuldig.

Tony fror und tauchte seine Hände in die Jackentaschen. »Hey, was ist, wenn dein Armleuchter von Bruder uns hier zusammen sieht?«

»Cole ist viel zu beschäftigt und hat sich in das Arbeitszimmer unseres Vaters verkrochen, um das Erbe der Familie an die Morgans zu verramschen.«

»Ausgezeichnet. Ich habe keine Lust auf eine weitere Schlägerei.«

Charlotte lachte. »Du meinst, eine solch glorreiche Prügelei, wie du sie gestern Abend mit James ausgetragen hast? Deine geschwollene Visage spricht Bände.«

»Woher weißt du überhaupt davon?«

»Unser Koch erzählte es mir heute Morgen und auch, dass Sheriff Grant dich vorsichtshalber einkassiert hat. Deinen miesen Job in der Kelterei bist du wohl auch los.« Charlotte schien diese Geschichte mächtig zu amüsieren, denn sie grinste bis über beide Ohren. Ihn hingegen machte es rasend.

»Mädchen, ich bin nicht mitgekommen, damit du mich zum Narren hältst. Sag mir, was du von mir willst, oder ich kehr in die Stadt zurück. Zu Fuß, wenn es sein muss.«

»Schon gut. Schon gut. Komm, begleite mich in mein Apartment.«

Mit einem Knurren folgte er ihr durch den Hintereingang des Hotels. In den unteren Zimmern waren die Bediensteten einquartiert und über eine Treppe neben der Küche gelangten sie zu Charlottes Privaträumen.

In den vergangenen Monaten hatte er sich oft hier eingeschlichen, weil er bei ihr die Befriedung erhielt, die Elizabeth ihm seit der Trennung verwehrte. Was sollte er tun? Er war eben auch nur ein Mann und würde sonst vor körperlichem Verlangen platzen. Das Harrington-Mädchen hatte es ihm nicht sonderlich schwer gemacht und es hatte keiner langen Verführungskünste oder Süßholzgeraspels bedurft, um sie ins Bett zu bekommen. Ganz im Gegenteil. Im Grunde hatte sie sich ihm an den Hals geworfen, die Beine gespreizt, noch bevor er bis zehn zählen konnte. Tony war darin geübt, Sex und Gefühle strikt voneinander zu trennen. In Charlotte hatte er das passende Gegenstück gefunden, denn er zweifelte, ob sie überhaupt noch etwas anderes empfand außer Rachegelüste.

Ihre Wohnung bestand aus insgesamt vier riesigen Zimmern. Arbeitszimmer, Salon, Schlafzimmer und ein Bad, das größer als Tonys ganze Behausung bei der alten Mrs Greenland war. Als hochwohlgeborene Tochter eines korrupten Geschäftsmannes lebte es sich ausgesprochen komfortabel. Für das schwarze Samtkleid, das Charlotte entblößte, als sie ihren Mantel auszog und diesen über einen Sessel warf, müsste Tony vermutlich zwei Monatslöhne auf den Tisch legen.

Wieder einmal stiegen der alte Groll und die Frage in ihm auf, weshalb es dem einen Menschen vergönnt war, in diesem Saus und Braus zu leben, und dem anderen nicht. Alles, was sich in diesen Räumen befand, der kostspielige Radioempfänger, der brandneue Flimmerkasten, all die schönen Kleider, Pelzmäntel, Duftwässerchen und weiterer Schnickschnack, besaß Charlotte nicht auf Grund von Fleiß und harter Arbeit, sondern bloß, weil sie die Tochter von irgendjemandem war. Mehr nicht.

Mehr nicht, verdammt, hämmerte es in seinem Kopf.

»So, was gibt es so Wichtiges, dass du mich vom Sheriff Department abgeholt und mich mitgeschleppt hast?«

Sie wandte sich von ihm ab und blickte mit vor der Brust verschränkten Armen aus dem Fenster. »Geh ins Bad und sieh es dir selbst an.«

Tony krauste die Stirn und seufzte. »Na schön.«

Genervt schlurfte er ins Badezimmer, das an Charlottes Schlafzimmer grenzte, schaltete das Licht ein und drehte sich inmitten des Raumes einmal um die eigene Achse. Zunächst fiel ihm nichts Ungewöhnliches auf, bis sein Blick an der Badewanne kleben blieb, vor der eine Art Duschvorhang zugezogen worden war. Er schluckte und ihn überfiel ein banges Gefühl, das er sich als unerschrockener Antony O'Reilly nicht erklären konnte. Was hatte dieses Biest getan? Vielleicht lag darin ein blutüberströmter Cole. Dieser Frau war einfach alles zuzutrauen. Mit der Hand zog er langsam den Vorhang zur Seite, machte sich in diesem Moment auf das Schlimmste gefasst. Seine Augen weiteten sich, als er sah, was sich in der Wanne stapelte. Tony wusste, dass Charlotte hinter ihn getreten war, er konnte ihren Atem an seinem Nacken spüren. Sogleich überkam ihn eine Gänsehaut.

»Was sagst du?«, fragte sie und er konnte die Freude aus ihrer Stimme heraushören.

»Wo hast du es her?«

»Von einem Typ vom College. Seine Eltern sind Besitzer mehrerer Tankstationen in Olympia.«

»Und dieser *Typ* hat dich nicht gefragt, was du mit all den Benzinkanistern vorhast?«

Charlotte stand jetzt neben ihm und ließ ein spöttisches Lachen erklingen. »Oh, Tony, du hast es wohl immer noch nicht begriffen, wie es in unserer Welt zugeht. Mit Geld kann man alles, einfach alles kaufen, selbst das Schweigen eines Tankstellensohns.«

Tony zählte die Kanister und atmete tief ein, als er auf insgesamt neun Stück kam – jeder einzelne war mit fünf Litern Benzin gefüllt. »Damit kannst du diese ganze verdammte Stadt in Schutt und Asche legen. Ist dir das klar?«

»Natürlich, aber ich beachsichtige kein Inferno in der Stadt.«

»Sondern?«

»Das weißt du doch genau«, sagte sie zwischen zusammengebissenen Zähnen. Sie meinte es ernst und zeigte keinerlei Skrupel. »Wir haben doch darüber gesprochen. Erst das Haus und dann die Kelterei.«

Tony wurde ein bisschen schwindelig und ihm war bewusst, dass James' gestrige Faustschläge nicht der Grund für die plötzliche Gleichgewichtsstörung waren, die er verspürte. Charlotte und er trafen sich seit dem letzten Sommer regelmäßig, dabei war ungezwungener Sex sein einziger Ansporn, sie überhaupt aufzusuchen. Seitdem der Verkauf des Great Mountain konkreter geworden war, war eine Veränderung in ihr eingetreten, die selbst ihm aufgefallen war, obwohl er sie kaum gekannt hatte. Tony war bis dato derjenige gewesen, der unaufhörlich über Vergeltung gesprochen und Pläne geschmiedet hatte, um es Elizabeth heimzuzahlen. Doch das Blatt hatte sich mit dem Tag gewendet, als Cole seiner Schwester offenbart hatte, John Morgan das Hotel verkaufen zu wollen. Nun war sie es, die von Minute zu Minute mehr und mehr von Feindseligkeit gegen die Rivalenfamilie zerfressen wurde. Unaufhaltsam verbreitete sich das Virus des Hasses in ihr und Tony dachte erst gar nicht daran, Charlotte auszubremsen, denn es kam ihm nicht ungelegen, eine Verbündete an seiner Seite zu wissen. Doch er hatte bis heute nie geahnt, dass sie vorhatte, all ihre dunklen Gedanken in die Tat umzusetzen. Tony hatte mitgespielt, sich als ihr Alliierter gegeben, aber niemals die Absicht verspürt, ein derartiges Inferno ernsthaft auszulösen. Er hatte dieses rote Mädchen unterschätzt und war einen Pakt mit einer Geistesgestörten eingegangen. Sicherlich hatte Tony sich nichts sehnlicher gewünscht, als Elizabeth eins auszuwischen. Und von diesem

James wollte er gedanklich gar nicht erst anfangen. Ihn hätte er liebend gern im tiefsten Wald ausgesetzt, damit dieser feine Musiker in der Wildnis kläglich erfror.

Aber auch das war nur ein Gedanke – *nur ein Gedanke.*

Er war bestimmt kein Unschuldslamm, ließ sich gerne in Schlägereien verwickeln, trank hin und wieder einen über den Durst, war rotznäsig zu jedem, der es seiner Meinung nach nicht anders verdiente hatte. Auch mit der Treue nahm er es nicht so genau, doch niemals hatte er einem anderen Menschen wirkliches Leid zugefügt. Nicht einmal seinem Vater, der ihn andauernd windelweich geprügelt hatte – meist völlig grundlos.

Jetzt stand Tony vor diesem Berg flüssigen Totbringers und es schnürte ihm die Kehle zu, je länger er auf das Benzin starrte. »Was genau hast du vor? Wann?«

»In einem haben John Morgan und mein Bruder recht: Das Hotel ist dank meines erpresserischen Knastvaters hoch verschuldet und es ist unmöglich, dass wir Harringtons es weiterführen können. Beinahe alle Ersparnisse sind aufgebraucht. Außerdem hat Cole ohnehin keinerlei Interesse an diesem Haus. Dennoch kann ich den Gedanken nicht ertragen, dass ein verdammter Morgan die Zügel in die Hand nimmt. Niemals werde ich das zulassen. Niemals. Nach Neujahr werden die Verträge unterzeichnet, der Erlös wandert unverzüglich auf ein Bankkonto in Seattle, das Cole und mir gehört.«

»Wie viel zahlt John Morgan?«

»Fünf Millionen Dollar.«

»Eine stolze Summe, Charlotte. Ich nehme an, die Hälfte des Geldes steht dir zu?« Sie nickte. »Wie wäre es, wenn du einfach die Kohle einsteckst und irgendwo auf der Welt ein neues Leben beginnst? Ohne dass Blut an deinen hübschen Händen klebt.«

»Du machst doch wohl keinen Rückzieher?«, fragte sie deutlich pikiert.

»Mensch, Harrington-Mädchen, was bringt es dir, das Eigentum der Morgans zu zerstören? Bist du dir dieser Schuld überhaupt bewusst? Du wirst sie dein Leben lang tragen müssen, das ist keine leichte Bürde. Was versprichst du dir davon?«

»Vergeltung!«, schoss es aus ihrem Mund wie die Kugel aus einer Pistole. »Und wer hat gesagt, dass ich nur das Eigentum der Morgans zerstören will? Wir entfachen das Feuer, wenn jedes Mitglied dieser verteufelten Sippe im Land der Träume wandelt.«

Tony wurde eiskalt. Das konnte sie nicht wirklich vorhaben? Sie war noch verrückter als angenommen. Äußerlich bewahrte er Ruhe, aber innerlich zogen sich ihm alle Organe zusammen und er glaubte, selbst zu schrumpfen, Stück für Stück an Körpergröße zu verlieren. Sein Blick huschte über Charlottes Schulter hinweg zum Spiegel über dem Waschbecken und seine eigenen Augen starrten ihm nun geschockt entgegen.

»Du willst sie töten?«

Entrüstet schüttelte sie den Kopf und zog den Duschvorhang wieder zu. »Verdammt, Tony, wir haben doch so oft darüber gesprochen. Also«, fuhr sie unbeirrt fort, »wir warten den Verkauf ab und in der Nacht treffen wir uns hier am Hintereingang. Wir verfrachten die Kanister auf die Ladefläche deines Pick-ups. Wir werden nicht über die Serpentine nach Morgan's Hall fahren, da man von Weitem die Scheinwerfer des Wagens sehen könnte. Wir nehmen den Umweg durch die Wälder. Wie ich weiß, wird der Landwirtschaftspfad, der um den See führt, regelmäßig von Phil mit dem Schneeschieber geräumt. Weiß der Geier, weshalb er sich die Mühe macht, aber der Kerl hat ohnehin nicht alle Latten am

Zaun.« Sie grunzte herablassend. »Vielleicht will er, dass sich seine Elfen, Ghuls, Oger, Kobolde und Wiedergänger nicht durch den hohen Schnee quälen müssen.« Charlottes' Gesicht wurde von einem tiefen Rot überzogen. »Ich hoffe, Phil brennt am längsten und am qualvollsten.«

»Und dann?«, fragte Tony ungeduldig. Langsam bekam er selbst Panik vor dieser Irren, durfte es sich aber nicht anmerken lassen. Wer konnte schon ahnen, was sie mit ihm vorhatte, wenn sie mit ihm fertig war.

»Wir parken deine Karre am Waldrand und nähern uns lautlos Morgan's Hall. Ich schiebe Wache, während du die Kanister nach und nach zum Haus beförderst. Die Veranda ist aus Holz und führt ringsherum um das gesamte Haus. Es wird nicht lange dauern, bis alles lichterloh in Flammen steht. Ich schätze, dass drei bis fünf Kanister sogar ausreichen. Sobald das erledigt ist, fahren wir von hinten an die Kelterei, um auch diese abzufackeln, bis nichts mehr von ihr übrig ist. Dann wird es nichts mehr auf dieser Welt geben, das an diese Familie erinnert. Nichts.«

»Charlotte, diese Vorgehensweise ist völlig hirnrissig und nicht durchdacht. Was ist, wenn man uns währenddessen erwischt? Was ist, wenn dieser Phil plötzlich auftaucht? Er würde uns den Kopf wegblasen, noch bevor wir einen Tropfen Benzin vergossen haben. Selbst wenn wir es schaffen, die ganze Bude abzufackeln, wird der Verdacht sofort auf uns fallen. Sheriff Grant ist kein Hornochse. Er wird eins und eins zusammenzählen. Schon vergessen? Du hast mich soeben bei ihm abgeholt. Das ist der idiotischste und dümmste Plan, den man nur aushecken kann. Ich werde wegen dir nicht auf den elektrischen Stuhl wandern, du verrückte Irre.«

Kopfschüttelnd eilte Tony aus dem Badezimmer und sie folgte ihm. Er musste tief Luft holen.

»O'Reilly, was ist denn auf einmal mit dir los? Wir waren uns doch einig.«

Tony hob die Hand, und sein mahnender Zeigefinger zielte direkt auf Charlottes Gesicht. »Hör zu, böse Hexe des Westens, meinetwegen kannst du dem kleinen Schweinchen John Morgan die Hölle auf Erden bereiten, aber ich werde nicht zulassen, dass du Elizabeth auch nur ein Haar krümmst. Was du dir in deinem kranken Köpfchen zurechtgesponnen hast, ist purer Wahnsinn. Um Gottes willen, Charlotte! Genug! Es ist genug!«

Sie maß ihn mit einem zutiefst erstaunten Blick.

»Du liebst sie. Ich glaube das jetzt nicht. Du hast dich tatsächlich in dieses Morgan-Flittchen verliebt.«

Er stand weiterhin am selben Fleck und wusste ihrem Vorwurf nichts entgegenzusetzen, denn sie traf damit ins Schwarze. Ja, er liebte Elizabeth, und zwar mehr, als er sich je hatte eingestehen wollen. Er, der ewige Einzelgänger, sehnte sich nach wahrer, für ihn bisher ungekannter Liebe.

»Glaubst du etwa, ich würde *dich* lieben?«, fragte er zornig. »Ich sag dir jetzt mal was, es geht nicht darum, ob ich jemanden liebe oder nicht, wir sprechen hier von Mord. Und zwar mehrfachem Mord, von den restlichen Straftaten einmal abgesehen. Charlotte, ich werde nicht zulassen, dass du diesen teuflischen Plan in die Tat umsetzt. Ich wünsche jedem dieser Morgans nur das Schlechteste, aber sicherlich nicht den Tod.«

Ihr Gesicht wirkte in diesem Augenblick entstellt von Verbitterung und Hass. Sie verzog den Mund, als hätte sie soeben einen Schluck geronnene Milch zu sich genommen. Tony wusste nicht so recht, wie er dieser Frau das Handwerk legen sollte, war ihm doch gerade deutlich geworden, wie ernst sie es meinte. Auf was hatte er sich da nur eingelassen?

Es gab nur einen einzigen Ausweg: Er musste John Morgan über Charlottes' Absichten informieren. Die Frage war nur, ob der Mann ihm glauben würde, nach allem, was er sich in der Vergangenheit geleistet hatte. Morgan musste Tony unbedingt Gehör schenken und dieser Hexe Sheriff Grant auf den Hals hetzen. Die Beweismittel lagerten in ihrer Badewanne und so schnell konnte sie diese nicht aus dem Weg räumen.

Bleib ruhig, Tony, rief er sich innerlich zur Räson.

»Was hast du denn vor, um mich davon abzubringen?«

»Gut, Charlotte«, sprach er vorsichtig, »ich kann dich verstehen.«

»Aha«, äußerte sie skeptisch. Sie glaubte ihm nicht, natürlich nicht.

Tony überlegte, wie er Zeit schinden konnte und wie er das eben erst Gesagte widerlegen konnte, sodass sie es ihm abkaufte.

»Vielleicht habe ich gerade etwas überreagiert. Ich hatte einfach keine gute Nacht. Wir haben oft über das große Feuer gesprochen und ich habe die Vorstellung geliebt, wie die Flammen Elizabeths Haut auffressen. Du hast recht, dieses Miststück hat es nicht verdient, weiterhin in ihrer königlichen Blase zu leben, während ich mit nichts dastehe. Wir dürfen nicht zulassen, dass die Morgans durch den Kauf deines Hotels noch einflussreicher und vermögender werden, als sie es ohnehin schon sind. Und auch dieser arrogante, selbstverliebte James soll für sein gestriges Handeln büßen.« Tony begradigte seine Haltung. »Brennen wir dieses gottverdammte Morgan's Hall bis auf die Grundmauern nieder. Dazu brauchen wir aber einen richtigen, wasserdichten Plan. Der Brand muss nach einem Unfall aussehen. Wir haben noch ein paar Tage Zeit, um uns etwas auszudenken.«

Charlottes Augen funkelten und er glaubte, darin schon die auflodernden Flammen zu erkennen, die sie zu entzünden beabsichtigte. Tony hielt den Atem an, betete, dass sie ihm seinen Kampfaufruf nun glaubte.

»Das hört sich doch wieder nach dem alten Antony O'Reilly an«, sagte sie genüsslich und ihm fiel ein Stein vom Herzen. Sie durfte nicht sehen, wie seine Hände zitterten, weshalb er sie tiefer in seinen Hosentaschen vergrub.

»Und was machen wir als Nächstes?«, fragte er und hoffte, das Zaudern in seiner Stimme bliebe Charlottes Gehör verborgen.

Sie grinste und stand etwa drei Schritte von ihm entfernt. Mit einer einzigen Handbewegung zog sie eine Klammer aus ihrer Hochsteckfrisur und das lange Haar fiel ihr über die knochigen Schultern. Langsam begann sie die ersten Knöpfe ihres schwarzen Samtkleids zu öffnen. Tonys Herz klopfte ihm bis zum Hals, allerdings nicht vor Erregung und Vorfreude auf das, was gleich folgen würde. Nein, ganz sicher nicht. Vielmehr ergriff ihn eine alles verschlingende Angst, die er zum ersten Mal erlebt hatte, als er Rachel Kings Cabriolet gefolgt war. Genauso fürchtete er sich jetzt vor dieser jungen Frau, in deren Gesicht er in diesem Augenblick etwas Dämonisches erkannte, das seinem geistigen Auge bislang verborgen geblieben war. Niemals hatte er Charlotte Harrington in ihrem Wahn ernst genommen. Ein großer Fehler.

»Schon als ich noch ein kleines Mädchen war, hat mich Feuer fasziniert. Ich liebe einfach die unendlich vielen Farben, die eine Flamme in sich vereint. Rot, Orange, Gelb und Blau. Im Kamin suche ich nach Gesichtern und wenn ich genau hineinschaue, sehe ich, wie sie mir mit weit aufgerissenem Maul entgegenstarren. Stumme Schreie stoßen sie aus. Tony, das Feuer besitzt die größte Macht der Welt.« Sie trat auf ihn zu und das Kleid fiel an ihrem Körper zu Boden, sodass sie nur noch in Unterwäsche vor ihm stand. »Erregt dich dieser Gedanke nicht auch? Die Gewissheit, dass es nur einen Funken braucht, um das Lebenswerk eines anderen auszulöschen?«

Tony ließ die Hände schlaff an sich hinunterhängen und brachte nur ein schwaches »Ja« über die Lippen. Die Flamme, die einst für diese Frau in ihm gelodert hatte, war längst erloschen, und er bezwang seinen Widerwillen, weil er nun in seine Rolle schlüpfen musste, um sie aufzuhalten.

Er umschlang ihre Taille, hob sie empor und trug sie zum Bett. Gebieterisch drückte er ihre Knie auseinander und flehte innerlich, dass ihm die Angst nicht die Männlichkeit geraubt hatte. Doch als er die Hose auszog, baumelte sein Penis schlaff an ihm hinunter. Alles, was sie ihm gerade offenbart hatte, musste er in diesem Bett verdrängen, denn mit seiner nicht vorhandenen Erektion würde er sich eventuell verraten. Leicht drehte er sich zur Seite. Tony hatte bei diesem Akt noch nie versagt. Charlotte hielt ihm die Arme entgegen und er legte sich auf sie, drückte seinen Mund an ihren Hals, wanderte mit den Lippen zu ihrem kleinen Busen und zog an ihren aufgerichteten, harten Brustwarzen, in der Hoffnung, seinen Verstand überlisten zu können. Tony schloss die Augen und bemerkte, wie seine verloren geglaubte Virilität endlich zurückkehrte. Als sie seine Zähne spürte, die sanft in ihre Knospen bissen, bäumte sich ihr Körper auf und sie wimmerte vor Lust. Mit halb geöffneten Lidern stützte er sich über ihr auf.

Charlotte sah ihn mit teuflisch funkelnden Augen an. Ihr Arm war zur Seite ausgestreckt und mit ihren Fingern umklammerten sie den Fuß der Nachttischlampe. Ihre Beine umspannten seine Hüfte so eisern, als läge er in Ketten. Noch bevor Tony seine Gedanken sortieren konnte, spürte er einen dumpfen Schlag gegen seine rechte Schläfe und die Welt um ihn herum wurde schwarz.

***

Isabelle eilte aus der Küche. In ihren Händen hielt sie ein silbernes Tablett, auf dem sich ein Berg geröstetes Weißbrot stapelte, der von Suzie mit reichlich Ahornsirup übergossen worden war. Das flüssige, ja klebrige Gold tropfte langsam an den Brotrinden hinunter.

Am Weihnachtsmorgen war es seit jeher Tradition im Hause Morgan, nach dem Auspacken der Geschenke das Frühstück im Salon einzunehmen. Neben den Ahornbroten wurden kleine Gurkensandwiches sowie Omelette-Muffins mit Käse und Speck gereicht. Sie stellte das Tablett auf dem niedrigen Glastisch vor dem Sofa ab, auf dem bereits das alte Teeservice mit dem schönen Goldrand und den handbemalten Lavendelzweigen stand. Das Service war ein Erbstück von Josephine Morgan, die es von ihrer Mutter zur Aussteuer geschenkt bekommen hatte. Feinstes Porzellan. In diesem Haus fanden sich einige wertvolle Schätze, wie zahlreiche Bronzefiguren, Gemälde, Kommoden aus Nussbaum mit aufwendigen Holzschnitzereien oder auch unzähliges Silber in Form von Kerzenleuchtern, Etageren und Besteck. Alles Wertgegenstände, die Isabelles Schwiegereltern aus elitären Kreisen bis ans Ende der Welt überführt hatten. Jeder in diesem Haus und sämtliche Bürger Woodwalls, die Charles noch gekannt hatten, sprachen ewig davon, wie mutig dieser Mann gewesen war, sein privilegiertes Leben in Seattle aufzugeben, um sich hier in dieser Abgeschiedenheit niederzulassen. Sie überlegte, ob man wirklich von Mut sprechen konnte, diesen Schritt mit einem solchen Vermögen im Hintergrund gewagt zu haben. Als sie damals mit John aus Wien geflohen war, hatte sie nur eine Tasche mit wenigen Habseligkeiten bei sich getragen. Die Kostbarkeiten ihrer Familie waren von den Nazis geplündert worden und waren nie wieder aufgetaucht. Noch jetzt fragte sie sich, in welchen Schmuckkästen die Juwelen ihrer Mutter verborgen lagen, oder welche deutsche Frau diese am heutigen Weihnachtsmorgen um den Hals trug. Hitlers Schergen waren bestialische Mörder gewesen. Obendrein gehörten sie zu der schamlosesten Räuberbande, die die Welt vermutlich je hervorgebracht hatte.

Gerade an den Weihnachtstagen dachte Isabelle oft an ihre Familie in Wien zurück, doch die Gesichter ihrer Lieben verblassten von Jahr zu Jahr immer mehr. Nach all der langen Zeit glichen sie nur noch Geistern der Vergangenheit. Schemenhafte Gestalten ohne den vertrauten Klang ihrer Stimmen. Die Wunde des ewigen Abschieds war verheilt, doch die Narbe blieb.

Sie schüttelte sich bei diesem Gedanken, vertrieb die kaum noch vorhandene Erinnerung für den Moment, denn je tiefer sie versuchte, in sie hineinzutauchen, desto größer wurde der Schmerz des Vergänglichen. Als sie sich in dem weihnachtlich geschmückten Salon umsah, glitt ein leichtes Lächeln über ihre Lippen. Ein Lächeln der Dankbarkeit, denn heute führte sie ein glückliches Leben, nachdem sie sich ewig davor verschlossen hatte. Was würde sie dafür geben, mit dem heutigen Wissen noch einmal ganz von vorne anfangen zu können? Die Verabschiedung ihres lieben Vaters wäre anders verlaufen, denn sie hätte sich nicht an die Überzeugung geklammert, ihn eines Tages wiederzusehen. Ein Kuss auf die Wange, eine innige Umarmung. Eine allerletzte, die sie ganz in sich aufnehmen würde, um einen langen Moment darin zu verweilen und ein Leben lang davon zehren zu können. Isabelle würde ihrem Vater zum Abschied sagen, dass er sich nicht um sie zu sorgen bräuchte, dass es ihr gut ergehen würde. Ja sogar, dass er der Großpapa zwei ganz wundervoller Enkelkinder werden würde. Mit einem Grinsen würde sie ihn vorwarnen, dass sein Schwiegersohn kein Faible für große Literatur oder vornehme Konversation hatte. Viel lieber ritt er stundenlang auf dem Rücken eines Pferds durch die Wildnis oder tanzte ausgelassen zu den Liedern von Fred Astaire, während ihn sämtliche Stücke Beethovens in den Tiefschlaf trugen. Doch Isabelle würde ihrem Vater versichern, dass es niemanden auf diesem Planeten gab, der seine Tochter so sehr liebte wie John Morgan. Oft überlegte sie, wie schön es gewesen wäre, eben über diese Gewissheit bereits bei der ersten Begegnung zwischen John, Dickie und ihr verfügt zu haben. Sie wäre aus der Haustür der Plankengasse hinausgetreten, hätte Dickie freundlich die Hand gereicht und John ein Lächeln geschenkt.

Wie sehr hätte es das Schicksal vieler Menschen verändert, wenn sie es doch nur gewusst hätte. Josephines Herz würde vielleicht noch heute schlagen, wenn Isabelle sich gegenüber dieser Frau anders verhalten hätte. Elizabeth hätte die unbedingte Liebe einer Mutter erlebt, wäre niemals ein einsames Mädchen gewesen. Dickie wäre noch am Leben und sicherlich noch immer an der Seite seines besten Freundes.

Hätte sie es doch nur gewusst.

»Tja, alles kommt, wie es kommen muss«, raunte ihr eine Stimme ins Ohr und sie zuckte zusammen. Sofort drehte sie sich um. Phil stand vor ihr.

»Was meinst du?«, fragte sie, sah ihn verblüfft und ein wenig beunruhigt an.

Nur für den Bruchteil einer Sekunde zog Phil beide Augenbrauen hoch. »Nun ja, dass unser James zurückgekommen ist. Ich habe nie daran gezweifelt.«

Erleichtert atmete Isabelle auf. »Ach das. Kurz dachte ich, du würdest meine Gedanken lesen.« Phil schien keine weitere Notiz von ihrer Annahme zu nehmen, ging zum Kamin und hielt seine Hände über das Feuer, um sich aufzuwärmen. »Du bist ja völlig durchgefroren«, stellte sie fest, nahm eine Wolldecke und legte sie ihm um die Schultern.

»Ich bin schon vor den Vögeln erwacht und war bei den Rindern, um sie zu füttern. Gestern Nacht hat es wieder ordentlich geschneit. Ich hoffe, es ist in Ordnung, dass ich die Zufahrt noch nicht vom Schnee befreit habe.«

»Du sollst doch nicht so schwer arbeiten! Das können morgen die Jungs erledigen. Heute wird keiner das Haus verlassen. Ach, Phil, was würden wir nur ohne dich tun.«

»Jemand anderes für all diese Arbeit einstellen.«

Isabelle grinste. »Dich wird niemand ersetzen können und das weißt du genau.«

»Was halten Sie von dem gestrigen Auftritt unseres Hofnarren Tony O'Reilly?«, wechselte er das Thema.

»Bitte, erinnere mich nicht an dieses Subjekt. Ich darf es in diesem Haus nicht zu laut sagen, aber ich bin froh, dass James ihm eine Tracht Prügel erteilt hat. Dieser Hornochse hat es nicht anders verdient.« Phil starrte in die Glut und machte auf Isabelle einen besorgten Eindruck. Nach einer Weile hob er den Kopf und beendete seine schier endlose Grübelei mit einem Räuspern. »Was ist denn los?«

»Ich muss die ganze Zeit darüber nachdenken, dass sein Pick-up vor zwei Abenden die Einfahrt des Great Mountain passiert hat. Seither habe ich ein sehr schlechtes Gefühl und heute in der Früh musste ich ganz plötzlich an O'Reilly denken – es ereilte mich wie ein Blitzschlag. Ich kenne diese Eingebung und irgendwie glaube ich, dass dem Burschen etwas zugestoßen ist.«

»Ach, was denn bitte?«, fragte sie voller Hohn. »Phil, so viel Glück haben wir nicht.«

Er sah sie mit einem seltsamen Ausdruck an, der ihr keinesfalls gefiel. »Morgen werde ich in die Stadt fahren und mich vergewissern, dass es ihm gut geht.«

»Ach, Phil, wenn du glaubst, dass das nötig ist, dann fahr. Lass dich aber nicht von ihm zur Weißglut bringen, sobald du auf ihn triffst.«

»Mrs Morgan?«, verlangte Suzie aus der Küche.

»Ich komme!«, rief Isabelle und schenkte Phil noch einmal ihre Aufmerksamkeit. »Es ist Weihnachten, mein Guter. Lass uns versuchen, die Geschehnisse wenigstens für heute zu vergessen. Auch du«, befahl sie mit weicher Stimme.

»Solange ich dieses Santa-Claus-Kostüm nicht mehr anziehen muss.«

»Du liebst dieses Kostüm.«

»Na ja, vielleicht ein bisschen. Es steht mir einfach ausgezeichnet.«

Sie lachte, klopfte ihm auf die Schulter und begab sich auf den Weg zu Suzie, blieb jedoch einen Augenblick im Türrahmen stehen und sah sich noch einmal zu Phil um, der abermals in die Glut des Feuers starrte. Deutlich erkannte sie, wie er tief einatmete und ihr damit bewies, dass er sich tatsächlich um Tony sorgte.

Natürlich fragte auch sie sich, was dieser Unglücksrabe nun schon wieder angestellt hatte, wenn selbst Phils Gedanken um ihn kreisten.

Diese Überlegung schüttelte sie genauso von sich ab wie zuvor die Erinnerung an ihren Vater, denn Tony war es nicht wert, auch nur eine Sekunde an ihn zu verschwenden. Elizabeth kam gerade die Treppe herunter und Isabelle blieb auf der Stelle stehen, legte die Hände in die Taille. Wann hatte sich dieses Mädchen so schnell zu einer Frau entwickelt, die ihrem jüngeren Ich derart ähnelte?

»Junges Fräulein«, mahnte sie auf Deutsch, damit niemand anderes sie in diesem Haus verstand, »du kannst von Glück reden, dass dein Vater mit dem tiefen Winterschlaf eines Igels gesegnet ist.« Elizabeth schien genau zu wissen, worauf sie anspielte, und ihre Wangen erröteten leicht. »Dieses Haus hat dünne Wände.«

Elizabeth stieg die letzte Stufe hinunter und trat auf ihre Mutter zu, starrte nur auf ihre Füße. Isabelle legte ihr die Hand unter das Kinn, zwang sie damit, sie anzuschauen. »Ich freue mich für dich«, sagte sie zärtlich und Elizabeth lächelte schüchtern. »Trotzdem stehen euch noch einige Hindernisse bevor.«

»Ich weiß, Mom«, erwiderte sie kleinlaut, blickte sie jedoch mit glasklaren Augen an, »aber ich bin bereit, jedes dieser Hindernisse zu überwinden. *Wir* sind dazu bereit.«

Kurz darauf schlenderte auch James die Treppe herunter und Isabelle stellte fest, dass er erholter aussah als noch gestern Abend.

»Zeig mir deine Hand«, forderte sie ihren Stiefsohn auf, der sich bestimmt wie ein kleiner Junge vorkam, der seine aufgeschürften Knie vorzeigen sollte. Er streckte ihr eine deutlich geschwollene Hand entgegen, die nichts mehr mit einer ästhetischen Pianistenhand gemein hatte. »Herrjemine, James! Das sieht ziemlich böse aus. Du musst Doktor Horne aufsuchen.«

Er schüttelte den Kopf. »Das ist nicht nötig. Wirklich nicht. Die Hand ist nur verstaucht.«

Isabelle rief Phil aus dem Salon herbei. »Könntest du ihn bitte mit deiner Spezialsalbe verarzten und die Hand bandagieren?«

Phil nickte und winkte ihn zu sich. »Das trifft sich doch wunderbar. James, du hast doch ohnehin das Gespräch mit mir gesucht, nicht wahr?«

»Ja.«

Als James an Elizabeth vorbeiging, sah Isabelle, wie sich beider Hände flüchtig streiften. Eine so zarte Geste, die ihr zu Herzen ging. Bevor die Männer das Haus verließen, um sich auf den Weg zu Phils Anbau zu begeben, wandte sie sich noch einmal zu James um. »Ach, junger Mann«, sprach sie in ihrer gewohnten Strenge, »heute wirst du uns allen erzählen, was in New York vorgefallen ist und was wir in den kommenden Wochen von Olivia Wulf zu erwarten haben.«

»Mom!«, ermahnte sie Elizabeth.

»Keine Widerrede! Das interessiert nicht nur mich, sondern auch den Rest dieser Familie.«

Am späteren Vormittag versammelte sich die ganze Familie vor dem Weihnachtsbaum. Nur Phil war nicht anwesend, weil er noch irgendetwas zu erledigen hatte, wie er der Familie durch James ausrichten ließ.

Im gestrigen Chaos waren die Frauen des Hauses nicht dazu gekommen, einen neuen Weihnachtsstern zu basteln, und selbst Isabelle musste sich eingestehen, dass etwas fehlte. Gerade öffnete sie ein Geschenk, das ganz offensichtlich von John stammte, denn seine krakelige Schrift war unverkennbar. Gespannt blickte er zu ihr herüber und sie riss erstaunt die Augen auf, als sie den Inhalt des Päckchens begutachtete.

»Ist das dein Ernst? Rom?« John setzte sich neben sie auf den Fußboden und Freudentränen drängten sich in ihre Augen. »Wir reisen wirklich nach Italien?«

»Ja, meine Liebe. Ich habe lange darüber nachgedacht, was ich dir schenken könnte, aber ich fürchte, dass du dich an diesem ganzen Schmuck und den vielen Büchern nicht mehr erfreuen kannst. Seit wir verheiratet sind, sind wir nie gemeinsam verreist, und ich weiß, wie sehr du es dir gewünscht hast, eines Tages über den Petersplatz zu spazieren oder eine Münze in den Trevi-Brunnen zu werfen.«

»Das stimmt«, sagte sie überwältigt. »Schön, dass du dir das gemerkt hast.«

»Ich merke mir alles, was du mir sagst.«

Lieber Vati, dachte sie in diesem Augenblick, *genau das meinte ich. John ist kein geschniegelter und gestriegelter Wiener Bankdirektor, aber ein Mann mit einem übergroßen Herzen.*

»Ich danke dir, John, und ich kann es kaum erwarten.«

Er küsste sie und sah sich dann in der Runde um, stand daraufhin auf, um auf James zuzugehen. Isabelle hoffte so sehr, dass er diesem Jungen endlich das Gefühl geben würde, wieder ein Teil dieser Familie zu sein, ein Teil von Johns übergroßem Herzens.

»Leider habe ich nicht mit deiner Rückkehr gerechnet«, sprach er zu ihm, »deshalb liegt unter unserem Baum kein Geschenk für dich.«

James´ Lippen formten ein Lächeln und seine Augen verrieten, dass er sich nichts sehnlicher wünschte als den Zuspruch seines Stiefvaters, der doch so viel mehr ein Vater für ihn war, als Dickie Cooper es jemals hätte sein können. Vielleicht hoffte er auf ein ermutigendes Schulterklopfen oder einen Händedruck, aber dazu war John nicht in der Lage, was Isabelle sehr leidtat. Nicht nur sie schien auf diese Versöhnung zu warten, sondern auch der Rest der Familie, die allesamt ihre Augen auf die beiden Streithähne richteten und dieselbe Enttäuschung erfuhren wie sie.

Stattdessen klatschte John in die Hände und wandte sich wieder den anderen zu. »Ich möchte mich bei euch für das gestrige Truthahn-Massaker entschuldigen. Vor allem bei dir, teuerste Suzie.«

»Ach, Mr Morgan, ich bin in diesem Haus schon so einiges gewohnt«, sagte sie mit einem kecken Schmunzeln. Teddy spielte indes mit dem Geschenkpapier und freute sich seines Lebens, obwohl neben ihm ein neuer Bauklotzsatz lag, den er ignorierte, weil das Knistern und Zerreißen des Papiers offenbar spannender waren.

»Das glaube ich dir gerne«, erwiderte er betreten. »Dennoch habe ich ein Geschenk, von dem ich hoffe, dass es allen in diesem Haus eine große Freude sein wird und ihr es als kleine Wiedergutmachung meinerseits sehen könnt.« John richtete seinen Blick zur Haustür und Isabelle meinte, das Bellen eines Hundes vernommen zu haben. »Phil, du kannst reinkommen.«

Die Tür wurde von außen geöffnet und Phil trat ein. In seinen Armen hielt er einen schwarzweißen Hundewelpen, was zu einem verzückten Aufschrei seitens Violett und Elizabeth führte. Isabelle sah lächelnd zu John. Seitdem der Kater Freddie im vergangenen Frühjahr in einem beachtlichen Alter von zwanzig Jahren friedlich vor dem Kamin für immer eingeschlafen war, fehlte den Bewohnern von Morgan's Hall ein treuer, tierischer Weggefährte. Sie hatte damals bittere Tränen vergossen, als sie Freddies leblosen Körper aufgefunden hatte. Der Kater war einst ebenfalls ein Geschenk von John gewesen, damit sie sich in ihrer neuen Welt nicht einsam gefühlt hatte.

Irritiert runzelte Isabelle die Stirn, als ihr Blick von John zu James glitt, der aussah, als habe er soeben einen Geist gesehen. Mit einer Hand stützte er sich am Knauf des Treppengeländers ab, als sei ihm schwindelig geworden. Versteinerte Augen waren auf den Welpen gerichtet. Sie stand vom Fußboden auf und ging auf ihn zu. Verstand nicht, was los war.

»Ist alles in Ordnung?«, fragte sie besorgt, aber er nickte nur, sah sie überhaupt nicht an.

In der Zwischenzeit hatte Phil das Hundebaby auf dem Steinboden abgesetzt. Der Kleine tappte nun schwanzwedelnd in Elizabeths Richtung, weil sie ihn freudig zu sich rief. »Wie zauberhaft. Seht euch mal die weißen Tatzen an. Teddy!« Sie wandte sich ihrem Bruder zu. »Komm zu mir und begrüße unseren neuen Mitbewohner.« Der Junge riss aufgeregt die Augen auf, sauste wie der Wind zu seiner Schwester und dem Hund, patschte unbedarft auf das Fell. »Vorsichtig, du musst ihn streicheln, nicht schlagen. Siehst du? Was ist das für eine Rasse?«, fragte sie ihren Vater.

»Ein Hütehunde-Mix. Die Hündin des alten Piets – ihr wisst schon, einer meiner Jagdkumpane – hat vor wenigen Monaten geworfen und er hat mir einen der Welpen angeboten. Ich wollte immer einen Hund im Haus, aber irgendwie hat sich das bisher nicht ergeben. Unser guter alter Freddie wäre sicherlich auf ewig ausgereist, wenn er sein Revier mit einem Hund hätte teilen müssen. Die Mutter des Welpen ist überaus intelligent, loyal und hat ein sehr freundliches Wesen.«

»Ist es ein Männchen oder ein Weibchen?«, erkundigte sich James und deutlich hörte Isabelle eine Art Beklemmung aus seiner Stimme heraus, die sie einfach nicht verstand. Sie konnte sich nicht daran erinnern, dass er Angst vor Hunden oder vor sonst irgendeinem Tier hatte. Die Kinder dieses Hauses wuchsen mit Pferden, Rindern und anderen kleinen Tieren auf.

»Ihr gestattet mir sicher, dass ich mich für einen Rüden entschieden habe.«

»Schon klar, John«, maulte Violett, »wir wollen ja nicht, dass der Frauenanteil dieser Familie noch größer wird.«

John grinste wissend, lugte dann aber mit einem mürrischen Ausdruck zu James. »Nötig war das wohl nicht, denn jetzt ist das Verhältnis wieder ausgeglichen, wofür wir einen hohen Preis bezahlen.«

Er konnte es einfach nicht lassen. Isabelle wusste, noch war John nicht bereit, über seinen eigenen Schatten zu springen, obwohl sie glaubte, ihn gestern etwas besänftigt zu haben. James registrierte diese Spitze gar nicht, wie es den Anschein hatte. Inzwischen hatte sein seltsam irritierter Blick zwar von dem Welpen abgelassen und er visierte jetzt Phil an, der die dicken Lippen aufeinanderpresste, aber es machte auf Isabelle den Eindruck, als führten die beiden Männer eine wortlose Unterhaltung. Nur zu gerne hätte sie gewusst, was plötzlich mit ihm los war. So kannte sie ihn wirklich nicht.

Elizabeth hingegen überhörte Johns Seitenhieb keineswegs und sah zu ihrem Vater hinauf, ein Blick purer Enttäuschung streifte ihn. Der Welpe sprang fröhlich um sie herum, wedelte mit dem Schwänzchen und forderte ihre Aufmerksamkeit, die sie ihm einen Wimpernschlag später wieder schenkte. Das kleine Kerlchen war so flauschig, dass es ihr ein Lächeln auf die Lippen zauberte. Isabelle seufzte.

»Wie sollen wir den Wirbelwind nennen?«, fragte Liz. »Phil, du hast immer solch wundervolle und bedeutsame Namen in petto.«

»Wie wäre es mit Chinook? Übersetzt bedeutet dieser Name ›wilder Wind‹ und so, wie er um dich herumpeitscht, kleine Misae, passt diese Bezeichnung ausgezeichnet. Das ist natürlich nur ein Vorschlag. Ihr könnt ihn auch Hamlet oder Oscar Wilde taufen.«

Elizabeth schüttelte den Kopf. »Nein, Chinook ist großartig.«

Violett streckte die Hand nach dem Arm ihrer Nichte aus. »Den kenne ich doch«, sagte sie verwundert. Isabelle kam näher, um genauer hinzusehen, was ihre Schwägerin damit meinte. »Das ist doch der Ring meiner Mutter.

Selbstverständlich, ich erkenne ihn sofort wieder. Woher hast du ihn?«

Auch Isabelle staunte nicht schlecht, als sie das Schmuckstück bemerkte. Sie blickte verwundert zu ihrer Tochter.

Elizabeth schaute geradewegs zu James, der gehörig nach Luft schnappte. Sie erhob sich unvermittelt, positionierte sich neben ihm und sah in die fragenden Gesichter eines jeden von ihnen. Von einem zum anderen.

Isabelle spürte, wie sich die feinen Härchen an ihrem Nacken aufstellten. John begradigte seine Haltung, als würde er sich auf eine Schlacht vorbereiten.

»Wir haben euch etwas zu sagen«, begann Elizabeth mit zitternder Stimme, während James seine Hand in ihre legte. »Ich weiß, dass einigen von euch unsere Liebe ein Dorn im Auge ist, aber darauf können und wollen wir keine Rücksicht nehmen. Das hier ist unser Leben. Sobald Olivia der Scheidung zugestimmt hat und diese vollzogen ist, sowie die damalige Adoption von James aufgehoben ist, werden wir heiraten.«

Isabelle konnte sich nicht entsinnen, jemals eine solche Stille erlebt zu haben, wie sie gerade einsetzte. Die Atmosphäre war gefährlich aufgeladen und es bräuchte nur einen kleinen Funken, um das ganze Haus in die Luft zu sprengen. Sie spürte es wie ein dunkles Omen.

»Na, das ist 'ne Bombe!«, stieß Tristan treffend aus. »Und was für eine.«

»James«, kam es von John, der bisher bedenklich ruhig geblieben war, »ich habe dir den Ring meiner Mutter nicht vermacht, damit du ihn meiner Tochter an den Finger steckst.«

James warf John einen verständnislosen Blick zu und verneinte dessen Aussage mit einem deutlichen Kopfschütteln.

»Du sagtest, ich solle diesen Ring der Frau schenken, die ich liebe. Und das habe ich getan.«

Isabelle schlug sich die Hände vor den Mund und sah zu ihrem Mann.

John bäumte sich vor ihm auf und hätte sich Phil ihrem Gatten nicht gerade in den Weg gestellt, wäre er auf James losgegangen, da war sie sich sicher. Chinook bellte aufgebracht, rannte zwischen allen Beteiligten hin und her.

»Du verdammter Narr, ich habe ihn dir für Olivia gegeben und nicht für sie!«, brüllte John außer sich und Isabelle eilte zu ihm, zerrte an seinen ausschlagenden Händen.

»John, du bist ein cholerischer Kretin, der nicht hinnehmen kann, dass jemand nicht nach deiner Pfeife tanzt. Das war schon immer so!«, polterte nun auch James.

»Du bist das Undankbarste, das mir jemals über den Weg gelaufen ist!« Johns Gesicht war inzwischen purpurfarben.

»Aufhören!«, schrie Elizabeth und tatsächlich wurde es wieder still. »Hört auf! Dad, ich habe mir bereits gedacht, dass du so auf unsere Entscheidung reagieren wirst. Doch irgendwie hatte ich gehofft, du …« Sie wurde von ihrem eigenen Schluchzen unterbrochen, ihre Lippen bebten und Tränen kullerten ihr über die Wangen, die sie sofort wegwischte. Sie atmete tief ein und sammelte sich kurz. »Das macht mich so unglaublich traurig.«

Isabelle brach es fast das Herz, ihre Tochter so zu sehen. Violett sah Elizabeth mit einem mitfühlenden Ausdruck an und hatte selbst Tränen in den Augen.

»John«, sprach sie, »ich bitte dich, sei nicht zu hart mit den beiden, sonst verlierst du sie.« Teddy hatte sich indes in eine Ecke verkrochen und weinte ebenfalls dicke Krokodilstränen, als verstünde er ganz genau, welche Schlacht gerade ausgefochten wurde. Er konnte Ärger nicht ertragen. Isabelle bat ihn zu sich, aber er schüttelte den Kopf und sie beschloss, ihn nicht zu drängen. Er mochte kein lautes Geschrei und deshalb hielt er sich die Ohren zu.

»Ich bin hart, Vio? Auch auf die Gefahr hin, mich zu wiederholen, aber ich werde einer Heirat nicht zustimmen. Das ist mein letztes Wort.«

»Auch das habe ich mir gedacht«, sagte Elizabeth. »Mir ist bewusst, dass diese Geschichte für sehr viel Aufsehen sorgen wird und dass man in der Stadt über uns herfallen wird. Dad, das weiß ich. Aber ich weiß auch, dass mir als Frau niemals der Respekt unserer Arbeiter der Morgan's Company entgegengebracht wird, den ich verdient hätte – erst recht nicht, wenn sie wissen, dass ich den Mann liebe, der von euch adoptiert worden ist.« Sie atmete tief ein. »Aus diesen Gründen habe ich mich dazu entschieden, das Erbe von Morgan's Hall nicht anzutreten.«

Isabelle glaubte, den Boden unter den Füßen zu verlieren.

Was hatte ihre Tochter da gerade gesagt? Das sprengte all ihre Vorstellungen.

Auch James blickte Elizabeth schockiert an. »Liz, was tust du denn da? John, das meint sie nicht ernst.«

»Doch, das ist mein voller Ernst. Ich bin es so satt, dass alle hier entscheiden wollen, was das Beste für mich sei.«

»Liz«, sagte Isabelle wie erschlagen und mit einem Flehen in der Stimme.

John wirkte vom einen auf den anderen Moment vollkommen gefasst, doch sein vernichtender Blick, den er seiner Tochter und auch seiner Frau zuwarf, verhieß nichts Gutes.

»Gut«, erwiderte er. »Gleich morgen werde ich unseren Anwalt, Paul Mitchell, beauftragen, deinen Namen aus dem Testament zu streichen.«

Isabelle wurde fuchsteufelswild. »Nein! Das wirst du nicht tun. Unsere Tochter ist die rechtmäßige Erbin und das wirst du nicht aufgrund deiner Verbohrtheit und ihrer momentanen Erhitztheit ändern. Erinnere dich, dass Elizabeth diejenige gewesen ist, die verhindert hat, dass du die Unternehmensführung aufgeben musstest, als du den testamentarischen Willen deines Vaters gebrochen hast. Charles Morgan wollte, dass *dein* Kind dieses Land weiterführt. Und sie wird es tun!«

»Oh, Isabelle, erzähle mir bitte nichts über meinen Vater. Du kanntest diesen Mann nicht. Ich vertraue nicht mehr auf irgendwelche Eingebungen, Vorahnungen und Visionen. Was Charles Morgan wollte oder auch nicht, ist nicht mehr relevant. Ihr werdet euch sicher erinnern, dass es auch Elizabeth gewesen ist, die diesen letzten Willen vernichtet hat. Jetzt habe *ich* hier wieder das Sagen.«

»Dürfte ich eine Frage einwerfen?«, kam es von Phil, der John mit finsterem Blick und einem harten Ton abstrafte. »Wer soll denn deiner Meinung nach anstelle deiner Tochter Morgan's Hall übernehmen?«

»Das liegt doch wohl auf der Hand. In dieser Familie gibt es nur einen Menschen, dessen Werdegang nicht von Hirngespinsten oder Gefühlsduseleien geprägt ist. Jemand, der gelernt hat, wie man sich verantwortungsvoll und erwachsen verhält. Tristan natürlich.«

Elizabeth stand neben James wie ein Häufchen Elend, nickte aber zustimmend.

»Auf keinen Fall!«, widersprach Tristan entrüstet. »Niemand von euch hat mir auch nur eine Sekunde meines Lebens diese Rolle zugetraut und jetzt, da alle Stricke reißen, soll ich in die Bresche springen? Ich habe meine Erfüllung beim Militär gefunden. Ich habe mich aus diesen ewigen Streitereien rausgezogen – und das war das Beste, was ich tun konnte. Interessiert hier überhaupt jemanden, was ich will? Nein. Also löffelt diese Suppe allein aus.«

John betupfte sein Gesicht mit einem Taschentuch und befreite seine Stirn vom Zornesschweiß.

»Das kann ich verstehen«, antwortete er. »Allerdings sehe ich keinen anderen Ausweg. Bedanke dich bei deiner blindverliebten Cousine. Die nächste mögliche Option ist der Verkauf unseres Landes, sobald ich nicht mehr bin. Wenn du das willst, Tristan, dann gehen wir diesen Weg.«

Tristan schwieg. Selbst Isabelle regte sich für den Augenblick nicht, hielt die Luft an.

John kehrte der Familie den Rücken. Mit stolzgeschwellter Brust wie eine Kropftaube marschierte er zur Garderobe. Er zog seinen Wintermantel an und stülpte seine Schneeschuhe über seine Füße.

»Was hast du vor, John?«, fragte Isabelle verwundert.

»Ich halte es in diesem Haus nicht länger aus. Ich werde einen ausgiebigen Waldspaziergang machen, also wartet nicht auf mich«, sagte er und verschwand durch die Tür, die er laut hinter sich zuschlug, sodass alle zusammenzuckten.

James nahm die weinende Elizabeth in seine Arme und sah mit traurigen Augen zu Phil, als wollte er ihn bitten, John hinterherzugehen, um ihn von seiner Entscheidung abzubringen, aber der Mann rührte sich nicht von der Stelle.

»Geben wir John die Zeit, um sich zu beruhigen, die er braucht. Und beten wir zu den guten Geistern, dass ihm irgendjemand auf seinem Weg begegnet, der ihm die Starrköpfigkeit austreibt.«

»Amen«, antwortete Tristan.

Isabelle schleppte sich mit bleischweren Schritten zu Elizabeth hinüber. Nachdem der polternde Vater die Bühne verlassen hatte, war Teddy aus seinem Versteck hervorgekrochen und heftete sich mit verheulten Augen an das Bein seiner großen Schwester. Erneut war Isabelle von der überaus ausgeprägten Feinfühligkeit Teddys erstaunt, der kaum ein Wort sprach, jedoch immer ein Gespür für die richtige Seite besaß.

Und Elizabeth war diese richtige Seite, das wusste Isabelle. Denn ihre Tochter hatte beschlossen, sich gegen das Vermögen der Familie auszusprechen, und sich stattdessen für das entschieden, was bedeutender war und was man mit Geld nicht aufwiegen konnte: die Liebe. Das verlangte großen Mut und Isabelle kam nicht umhin, eine ordentliche Portion Stolz zu empfinden.

James schluckte hart, verkniff sich aber jeden weiteren Kommentar, denn auch er hatte sicherlich viel Lehrgeld zahlen müssen, um diese Erkenntnis zu erlangen. Aber er war zurückgekehrt, aller Umstände zum Trotz, das bewies seine Gefühle.

»Ich bin bei euch«, flüsterte Isabelle den beiden zu. »Egal, was kommt. Ich bin bei euch.«

Die Anderswelt

Morgan's Hall, später am Tag

Der eisige Wind peitschte durch Johns Gesicht. Kleine Eissterne hatten sich in seinen Wimpern verfangen und er wischte sie sich mit dem Ärmel seines Mantels aus den Augen, weil sie ihm die Sicht erschwerten. Vielleicht waren es auch gefrorene Tränen. Was machte es für einen Unterschied?

Er hatte inzwischen gute anderthalb Meilen zurückgelegt und blieb plötzlich stehen, drehte sich um. In der Ferne lag Morgan's Hall, aus dessen Kamin anthrazitfarbener Rauch in den trüben Winterhimmel emporstieg. John wollte sich nichts vormachen, wollte lieber daheim am offenen Feuer sitzen, einen Brandy trinken und eine Zigarre rauchen, umgeben von Wärme und Behaglichkeit, anstatt in dieser bitteren Kälte umherzuwandern. Und das an Weihnachten. Es half alles nichts, denn es war der einzige Ausweg gewesen, um dieser Misere zu entfliehen. Elizabeth hatte ihn gerade zutiefst enttäuscht. Wenn es auf der Welt einen Menschen gab, der dieses Land genauso liebte wie er selbst, dann war es seine Tochter. Für sie hätte er seine Hand ins Feuer gelegt – und nun das! Bedeutete ihr das alles gar nichts mehr? War sie so blind vor Liebe?

Vielleicht hatte er in Bezug auf James überreagiert, aber ihre Entscheidung glich einem Messerstich direkt in sein

Herz. Ein Schmerz, der kaum zu ertragen war. Ihm als Vater und Familienoberhaupt stand es doch ebenfalls zu, so empfinden zu dürfen, oder? Am Ende des Tages war doch auch er nur ein Mensch mit Gefühlen.

John war müde, seine Gedanken gingen in seinem Kopf durcheinander. Und mit diesem seelischen Wirrwarr wanderte er weiter durch den hohen Schnee, ohne einem wahren Ziel zu folgen. Seine Füße trugen ihn tief in den Forst hinein, als hätten sie sich von seinem Verstand losgelöst. Nach den gewaltigen Schneefällen der vergangenen Tage war es waghalsig, sich in diese zugeschneite Wildnis zu begeben. Es kam ihm vor, als würde er durch eine Wolke streifen. Die Äste der Bäume hingen fast bis zum Boden hinab, da sie der Last des Schnees kaum noch etwas entgegenzusetzen hatten. Hin und wieder musste er stehen bleiben, wenn an den Bäumen vor ihm überraschende Schneerutsche von den kahlen Zweigen stürzten. Sie konnten gefährlich sein, er war kein Narr. Er war vielleicht innerlich verletzt, dem wollte er aber sicher keine äußeren Blessuren hinzufügen.

John war über eine weite Strecke hinweg unter dem dichten Dach der Hemlocktannen bergauf gestiegen. Die Gegend, die ihm vertraut war, hatte er längst hinter sich gelassen.

Nun hielt er den Blick auf den glitzernden Wasserlauf eines Bachs gerichtet, der die Ebene trotz eisiger Temperaturen hinabströmte und in einiger Entfernung in den Golden Lake mündete. Er kniete sich an den schmalen Graben des Ufers, lauschte dem leisen Plätschern des Gewässers, das seine aufgescheuchte Seele beruhigte. Die Augen geschlossen, gab er sich einfach nur der Wassermusik hin. Dann tauchte er die Hand ins winterliche Nass und ließ die Strömung durch seine Finger gleiten. John verweilte an diesem ruhigen Ort vielleicht mehrere Minuten, ehe er nach der frischen

Winterluft schnappte und spürte, dass sein Herz wieder in gesundem Rhythmus schlug. Daraufhin schlängelte er sich abermals durch den Wald, bis ihn ein Rascheln zusammenschrecken ließ und er ruckartig stehen blieb. Vorsichtig sah er sich um. Zwei Eulen mit langsamen Flügelschlägen, die dicht über seinem Kopf umherstreiften und dann durch den weißen Baldachin der Bäume davonflogen, waren der Laute Ursache gewesen. Eine seltene Begegnung, doch im Gegensatz zu vielen anderen Waldtieren hielten Eulen keinen festen Winterschlaf, sondern ruhten, wachten auf, um zu fressen. Er wusste, dass gerade Phil einen gehörigen Respekt vor diesem Federvieh hatte, erachtete sein Freund diese Geschöpfe doch als Vorboten schwarzer Tage. Im alten Ägypten galten Eulen als Vögel der Finsternis und des Todes. Sie waren ein Signum für Gut und Böse. Die nächtlichen *Kuwitt*-Rufe des Steinkauzes wurden auch hierzulande mit der Aufforderung eines *›Komm mit‹* interpretiert. Von den Angehörigen eines Sterbenden wurde der durch das Licht angelockte Nachtvogel als Totenvogel gesehen, der kam, um die Seele des Todgeweihten zu holen. Andererseits gab es auch jene, die eine Eule als Mittlerin zwischen den Welten erachteten und sie mit der Seelenwanderung in Zusammenhang brachten. John aber wollte sich nicht mehr mit diesem Hokuspokus befassen, denn er hatte gelernt, dass das Leben schon dramatisch genug war. Dabei hielt er es nicht für nötig, dieses Dasein noch mit finsteren Märchen anzureichern. Die Zeiten, als er Phils Geschichten, Ansichten und Weltanschauungen gespannt gelauscht hatte, waren längst vorbei, denn die Realität bot konkrete Probleme, die der Mensch aufgrund seines eigenen Handelns erschuf und nicht, weil irgendwelche guten und bösen Mächte die Fäden zogen.

Wieder ertönte das seltsame Geräusch von eben. Erneut sah John sich um und stellte erschrocken fest, dass das

Rascheln nicht durch den Flügelschlag der Eulen verursacht worden war. Er tat ein paar Schritte und versuchte, den Ursprung des Geräuschs auszumachen, wandte sich schließlich einmal im Kreis. Doch da war nichts.

Verdammt, dachte er und spürte einen warmen Atem im Nacken. Er hielt die Luft an und drehte sich gehetzt wieder zur anderen Seite um.

Nichts.

Dann, ganz plötzlich, trat etwas hinter einem mit Schnee bedeckten Besenginster hervor. John hielt noch immer den Atem an und seine auftretende Furcht lähmte seine Beine.

Renn weg! Renn weg!, schrie seine innere Vernunft, aber er war unbeweglich und fühlte sich wie in einer Art Trance gefangen. Er starrte auf das Wesen, das sich ihm nur ein paar Schritte von ihm entfernt offenbarte.

Erleichtert atmete er aus und schloss die Lider. Ein Reh, es war bloß ein Reh. John musste über sich selbst lachen. Welch ein wunderschönes Tier ihn jetzt mit großen braunen Augen ansah, freundlich und seltsamerweise frei von jeder Scheu. Das Fell glänzte und die anmutige Gestalt war von so vollendeter Schönheit, dass John seinen Blick nicht abwenden konnte. Er lächelte beseelt, denn dieses Reh verweilte vor ihm und schien ihm mit den liebenswürdigen Augen direkt in seine Seele zu schauen. Es kam ihm vor, als würde dieses ästhetische Wesen ein ganz besonderes, goldenes Licht umgeben.

»Hallo, du Schönheit«, sprach er leise, setzte behutsam einen Schritt vorwärts und streckte die Hand aus. Er konnte es selbst nicht fassen, aber das Reh, ein Geschöpf, das als unendlich menschenscheu galt, schnupperte zutraulich an seinen Fingern. Als er über das Gehörn strich, stiegen ihm tatsächlich Tränen in die Augen, weil ihn dieser Moment sehr rührte. Er seufzte und sein Herz verabschiedete sich von all dem Groll, den es bis gerade in sich verschlossen hatte.

Wenn das der gute Phil sehen würde, dachte er mit einem Lächeln auf den Lippen. Ihm wurde warm in winterlicher Kälte.

Während er so dastand, von einem ungekannten Glücksgefühl erfüllt, begann es im nebeltrüben Wald aufs Neue zu schneien. Nun war der Zeitpunkt gekommen, sich auf den Heimweg zu machen, aber er konnte es nicht. John hätte noch Stunden das weiche Fell des Rehs streicheln können.

Doch auf einmal hörte er ein unheimliches Gestöhne und wieder lautes Geraschel, das immer näherkam. Das Reh hob aufgeregt den Kopf und spitzte die Lauscher, preschte dann in Windeseile davon. John zögerte nur wenige Sekunden, aber sein warnender Verstand befahl ihm, ebenfalls das Weite zu suchen. So schnell, wie er nur konnte, hastete er zum nächsten Baumstamm einer Helmlocktanne, um sich zu verstecken – vor wem oder vor was auch immer. Mehrmals stürzte er auf dem Weg dorthin, sackte ständig im tiefen Schnee ein, doch es gelang ihm schließlich, die Tanne zu erreichen, die ihm Schutz bieten sollte. Sein Puls raste und er war außer Atem, aber eher aus Furcht als aus Anstrengung. Ein lautes Brüllen gellte durch die Stille des Waldes. Das schlimmste Geräusch, das seine Ohren je vernommen hatten. Barbarisch, besessen, zum Töten berufen. Der Ruf einer Bestie im Blutrausch.

Zunächst presste John seinen Rücken gegen den Baumstamm und hoffte inständig, dass sein Verfolger ihn nicht witterte. Wenige Augenblicke später wagte er einen Blick aus der Sicherheit heraus, denn die Waldesstille war zurückgekehrt und der Spuk schien vorbei zu sein, aber da war immer noch ein tiefes Atmen. Sachte drehte er sich um und lugte mit einem Auge zu der Stelle, wo er gerade noch dem

Reh begegnet war. Die Schneeflocken, die eben noch so winzig waren, erschienen nun so groß wie Gänsedaunen und behinderten allmählich seine Sicht. Aber er schärfte seinen Blick. Jetzt offenbarte sich ihm endlich die Bestie, vor der er geflohen war. Es war ein Braunbär, aufrecht stehend, doppelt so groß wie er, der sich grunzend den Weg aus einem dichten Gebüsch gebahnt hatte. Das dunkelbraune Fell war verfilzt und hier und da von Schnee bedeckt. Das Ungeheuer dieser Wälder, vor dem ihn schon sein Vater vor Jahrzehnten gewarnt hatte. John wimmerte leise, denn zwischen der riesigen Schnauze baumelte das Reh, dessen dünne Beine schlaff hinunterhingen, aber immer noch zuckten. Die Wirbelsäule schien gebrochen. Auch wenn John Furcht in sich trug, übermannte ihn die Trauer um das friedliche Tier. Das war Natur. Fressen oder gefressen werden, er wusste das. Der Mensch war nicht besser, nur dass er sein Gegenüber nicht zerfleischte, weil der Hunger groß war, sondern aus anderen, minderen Motiven.

Er überlegte, ob *das* Phils Bär war, nach dem der weise Freund schon sein ganzes Leben auf der Jagd war. Braunbären hatten eine Lebenserwartung von zwanzig bis dreißig Jahren, doch konnten sie bedeutend älter werden, wenn sie in einem nahrungsreichen Gebiet lebten. Die meisten Bären starben an Mangelerscheinungen. Eines dieser Raubtiere hatte einmal einen weiblichen Gast des Great Mountain Hotels am Ufer des Sees gerissen. Die sterblichen Überreste konnten selbst nach einer ausgedehnten Suchaktion nicht aufgefunden werden. Aber dieser Vorfall lag bereits Ewigkeiten zurück. Seither rankten sich viele Legenden um Ingrid Lawrence, die angeblich so manch einem Wanderer oder Beerensucher als Geist begegnet war.

John gab nie viel auf solche Schauermärchen.

Er durfte sich nicht bewegen oder irgendeinen Laut von sich geben und verharrte noch eine ganze Weile an seinem Unterschlupf, doch der Bär wanderte zwischen den Bäumen von Stamm zu Stamm, als habe er seinen Beutezug noch nicht vollendet. Das Reh zuckte nicht mehr, schwang leblos in dem Maul seines Killers hin und her. Als die Bestie auf Johns Hemlocktanne zustürmte, schloss er die Augen, betete und flehte, unentdeckt zu bleiben, bis das Schnaufen so bedrohlich nahe war, dass er es regelrecht spürte.

Als er direkt an seinem rechten Ohr ein lautes Schnuppern vernahm, hielt ihn nichts mehr an Ort und Stelle. Er schoss in die Höhe, versank schon beim ersten Schritt im Schnee und stürzte wieder zu Boden. Panik machte sich in ihm breit und als er sein Gesicht aus dem kalten Weiß zog, sich kurz umsah, lag das Reh vor den Tatzen des Bären, der sich aufstellte und John ins Visier nahm.

Nun übernahm der Selbsterhaltungstrieb in John die Führung und er schaffte es, endlich aufzustehen. Er rannte so schnell wie möglich über diesen verschlingenden Untergrund. Immer wieder sank er ein, doch genauso erging es auch dem Raubtier, das hinter ihm her war. John war völlig außer Atem, als er sich wie vom Teufel gejagt durch die Bäume schlängelte. Irgendwann – er wusste nicht, wie lange er schon floh – glaubte er, dem Braunbären entkommen zu sein. Ein Wunder!

Der Schneefall war indes so dicht geworden, dass John nicht mehr als zehn Fuß Sicht hatte. Er irrte orientierungslos von einem Punkt zum nächsten. Wie war es möglich gewesen, in dieser kurzen Zeit so tief in die Wälder zu gelangen? Er hätte sich an der Sonne orientieren können, aber die hielt sich hinter den dicken Schneewolken versteckt. Ein Blick auf seine Armbanduhr ließ ihn noch angespannter werden, als er es ohnehin schon war. Die Zeiger seiner Uhr drehten sich schnell im Kreis. Dieses Phänomen hatte er bereits einmal erlebt, als er mit Phil über die Lichtung von ›Greystoke Grove‹ geritten war. Was war mit diesen Wäldern nur los? Auch ohne die genaue Uhrzeit zu wissen, war ihm bewusst, dass es nicht mehr lange dauern würde, bis die Dunkelheit hereinbrach.

Sein ganzer Körper zitterte vor Angst, aber auch vor Kälte. Von dem Bären war weit und breit nichts mehr zu sehen oder zu hören.

John war dem einen Tod entkommen, um in den nächsten zu rennen. Eine Nacht in dieser Eiseskälte würde er gewiss nicht überleben, doch er hatte keine Ahnung, wo er sich befand. Kein Gewehr, um sich vor Wildtieren wie dem Braunbären zu schützen, kein Proviant, noch nicht einmal ein Feuerzeug, um ein Lagerfeuer zu entfachen, das vermutlich ohnehin niemals brennen würde, da er kein trockenes Holz finden könnte. Noch war es einigermaßen hell, aber in der Nacht verwandelte sich diese Gegend in einen Ort, an dem man nicht sein wollte. Ausgerechnet jetzt schossen ihm all die gruseligen Erzählungen durch den Kopf, die er sich seit seiner Kindheit hatte anhören müssen, um ihn genau von diesem Wald fernzuhalten. Und ja, er fürchtete sich vor jener Anderswelt, den Schattengestalten und den grellen Lichtern, die so manch ein Mensch hier vernommen hatte. So wie sein Vater Charles, der auch in dieser Wildnis verschwunden und erst Tage später wieder aufgetaucht war. Verwirrt und krank.

Wenn doch dieser Schnee nicht wäre!, fluchte er innerlich.

Es gab drei Todesarten, die ihn am meisten ängstigten: verhungern, bei lebendigem Leib verbrennen oder erfrieren.

John hatte gerade erst damit begonnen, sich das Bild des Kältetods vorzustellen, da blickte er Hilfe suchend empor, um ein weiteres Mal die Himmelsrichtungen zu prüfen. Doch der Himmel bot weiterhin keine Unterstützung, denn die Wolken hingen so tief, dass es den Eindruck erweckte, er müsse nur die Hand ausstrecken, um sie zu berühren. Bei Nacht würde kein Mond zu sehen sein. Der Wald war nun so still wie sein angehaltener Atem.

Auf einmal hörte er wieder ein Geraschel und wiederholt wollte er davonrennen, aber irgendjemand schnappte nach seiner Hand. Der Schlag seines Herzens machte einen deutlichen Aussetzer, John schrie vor Beklemmung auf und traute sich nicht, sich umzuschauen. Instinktiv tat er es dann aber doch.

Vor ihm stand eine kleinwüchsige Gestalt, die wie ein Waldschrat anmutete. Der Kopf war mit einer übergroßen Fellmütze bedeckt und er sah nur dicke, von der Kälte aufgerissene Lippen. John riss seine Hand aus dem festen Griff des Unbekannten.

»Wer zur Hölle sind Sie?«, fragte er mit panischer Stimme.

»Kommen Sie mit!«, befahl der Fremde ihm und er erkannte an dem hellen Klang, dass eine Frau vor ihm stand.

»Auf keinen Fall«, protestierte er und beschloss, noch in diesem Augenblick die Flucht zu ergreifen.

»Sind Sie lebensmüde? Ein Schneesturm zieht auf und Sie sind einen weiten Fußmarsch von zu Hause entfernt. Wollen Sie hier erfrieren? Nun machen Sie schon! Meine Hütte liegt nur eine Meile östlich. Dieser Ort ist nichts für Sie. Glauben Sie mir.«

John blickte sich um. Hatte er eine andere Wahl, als dieser fremden Frau zu folgen? Mit einem tiefen Seufzen musste er sich jedoch eingestehen, dass ihm keine weitere Option blieb, denn die Alte hatte recht. Auftretender Wind peitschte unbarmherzig durch die Bäume und in ein paar Minuten würde es schwer werden, sich vor den aufwallenden Schneewehen zu schützen.

»In Ordnung«, rief er ihr zu, »aber wer sind Sie?«

»Wir werden uns unterhalten, sobald wir in Sicherheit sind.«

Eine Antwort, die John wohl oder übel akzeptieren musste. Er folgte der Frau, die mit einem Stock ausgerüstet vor ihm herstampfte. Nach etwa zwei oder drei Abbiegungen erreichten sie eine Holzhütte, die John zuvor niemals gesehen hatte, obwohl diese Wälder einst im Besitz seiner Familie gewesen waren, bis das ganze Areal vor einigen Jahren an den Staat Washington gegangen war. Seither galt diese Gegend als Naturschutzgebiet.

Die Hütte glich einem Relikt eines vergangenen Zeitalters und als John das Terrain genauer betrachtete, entdeckte er noch drei weitere Blockhäuser, die allerdings verfallener wirkten als die Bleibe der alten Frau. Eine Art Geisterstadt, deren Bewohner schon vor Ewigkeiten diesen Ort aufgegeben hatten. Möglicherweise waren es die Bauten eines Ureinwohner-Volkes gewesen, bevor man es aus dieser Gegend vertrieben hatte. Die Hütten bestanden aus entrindeten Kastanienstämmen, doch womit die Dächer gedeckt waren, konnte John nicht sehen. Der viele Schnee darauf machte es ihm unmöglich, das zu erkennen.

Die Behausung der alten Frau war in erstaunlich intaktem Zustand. Vor allem, wenn man bedachte, dass diese vermutlich über hundert Jahre alt sein musste. Aus einem Kamin stieg Rauch und neben dem fensterlosen Häuschen befand sich ein kleiner Hühnerstall. Als er daran vorbeiging, hörte er das aufgeregte Flattern und Gackern der Hühner, das aber schnell wieder verstummte.

»Wollen Sie hier Wurzeln schlagen?«, fragte die Alte, während sie schon mit einem Fuß in ihrer Hütte stand. »Los, ab ins Warme!«

Widerwillig folgte John ihr hinein. Für den Moment schlug das Feuer in dem gemauerten Kamin wild empor, als die Zugluft durch den kleinen Raum pfiff. Doch als die Tür fest verschlossen war, beruhigte es sich wieder.

Die Frau begab sich zu einem Ofen in einer Ecke, beugte sich hinunter und legte Anzündholz auf übereinandergeschichtete Holzscheite und brachte auch dort ein Feuer in Gang. John eilte indes zum Kaminfeuer, um sich die Hände daran zu wärmen, und beobachtete sie, wie sie Wasser aus einem großen Eimer in einen Emailletopf goss, der auf der Ofenplatte stand. Aus einem Einmachglas entnahm sie irgendwelche getrockneten Kräuter, die sie ebenfalls in den Topf hineinwarf. John ließ den Blick schweifen. Überall fanden sich kleine Gläser und Tontöpfe, die allesamt mit allerhand Lebensmitteln gefüllt waren. Ein paar davon erkannte er. Zwiebeln, Waldbeeren, Salbeiblätter und Bohnenkraut. Selbst Knoblauchknollen hingen mit einem Nagel befestigt an der Wand. Sogar ein Behältnis mit Salz oder Zucker stand auf einem Brett über dem Ofen. Von der Decke baumelten Schnüre mit Büscheln getrockneter Wildkräuter aus dem Wald.

Ansonsten bot dieses Refugium nichts, was Behaglichkeit verbreitete. Keine bequeme Couch, kein gepolsterter Sessel. Alles war eher nützlich und spartanisch eingerichtet. Neben dem Kamin befand sich eine Schlafstätte aus Stroh, die wiederum mit mehreren Tierfellen ausgelegt war. Zwei Holzstämme dienten als Sitzgelegenheit und die Wände waren mit Blech verkleidet, vermutlich, damit sie nicht Feuer fingen, dafür aber gut isolierten. In einer anderen Ecke sah John einen Tisch, der mit Schreibarbeit überfüllt war. Darunter fand sich ein Haufen Bücher. Über dieser Schreibstätte hingen krakelige Papierzeichnungen von Pflanzen, die rundherum mit Texten in winziger Schrift versehen waren.

Die Frau goss den zubereiteten Tee in eine Tasse und überreichte diese John. »Trinken Sie, das wärmt Sie von innen.«

»Danke«, sagte er und schlürfte das seltsam riechende Gebräu, das besser schmeckte, als der Duft es versprach.

»Wollen Sie einen Löffel Zucker?«, fragte sie und hielt ihm ein Behältnis entgegen, in dem ein Holzlöffel steckte.

»Sie haben hier oben auch Zucker?« Er hatte sich also eben nicht getäuscht.

»Es reicht für eine Tasse Tee am Tag.« Erst jetzt zog sie die Fellmütze aus und John betrachtete sie eine Weile. Ihre Haare waren so weiß wie Kristall. Es war wirklich schwer einschätzbar, wie alt sie war. Doch die kratertiefen Falten im Gesicht ließen auf ein langes Leben schließen, trotzdem erschien sie ihm überaus agil und kräftig. Sie setzte sich auf einen der Baumstämme, entledigte sich der mit Fell umwickelten Stiefel und bot John den anderen Sitzplatz an. Er ließ sich nieder, sah ihr in die Augen und war überrascht, wie gütig ihr Blick war. Sie lächelte und offenbarte dabei verfaulte Zähne sowie einige Lücken. »Phil bringt mir hin und wieder Zucker.«

Erstaunt riss er die Augen auf. »Unser Phil? Er weiß, dass Sie hier sind?«

»Und ob. Er besucht mich jeden Sonntag, wenn er auf die Jagd geht.«

»Ich kenne diesen Mann bereits mein ganzes Leben, aber er hat Sie nie erwähnt. Sind Sie so etwas wie ein … wie ein Paar?«

Die Frau lachte herzlich. »Phil und ich? Nein. Wir sind gute Freunde und er ist einer der wenigen Menschen, denen ich mich offenbart habe. Ich bin auch schon einmal Ihrer Tochter begegnet. Ein ausgesprochen hübsches Ding mit einem mutigen Herzen.«

»Das ist richtig. Fühlen Sie sich hier nicht einsam?«

»Die Bücher dort hat Phil mir ebenfalls überlassen, denn Sie können sich vorstellen, dass das Dasein hier oben ab und an recht öde sein kann, aber einsam fühle ich mich nicht.

Nein. Das ist auch nicht nötig, denn ich bin nicht allein.« Er fragte sich, was sie damit meinte, traute sich aber nicht, genauer nachzuhaken.

»Wie lange leben Sie schon hier?«

»Seit 1926. Also sechsunddreißig Jahre.«

»Unglaublich.« John hatte es bereits die ganze Zeit geahnt, aber jetzt war er sich sicher. »Sie sind Ingrid Lawrence, richtig? Die Frau, die von dem Bären am Ufer des Sees angefallen und in den Wald verschleppt wurde.«

»Genau so ist es passiert«, antwortete sie und trank von ihrem Tee.

»Wie konnten Sie diesen Angriff überleben?«

»Ich habe ihm wohl nicht gemundet«, sagte sie mit einem wahnsinnigen Kichern. »Nachdem er mich hergeführt hatte, entschied ich, nicht mehr in die richtige Welt zurückzukehren.«

»In die richtige Welt? Wie meinen Sie das? Die Zivilisation?«

Ingrid schwieg, antwortete erst nach einer Weile. »John, Sie wissen genau, was ich damit meine. Die Anderswelt ist nun mein Zuhause.«

»Ich gebe nicht viel auf diese Geschichten, müssen Sie wissen. Auch jetzt habe ich nicht das Gefühl, die Schwelle zu einer anderen Welt übertreten zu haben.«

»Ja«, erwiderte sie gedehnt. »Phil erzählte mir bereits, dass Ihre Augen blind für alles sind, das rational nicht erklärbar ist. Nicht jeder Mensch besitzt die Fähigkeit oder den Mut, hinter den Vorhang zu schauen.«

Ein wenig fühlte John sich beleidigt. »Nun ja, Ingrid, es ist nicht so, als hätte ich niemals darüber nachgedacht oder Phil darum gebeten, mir zu erklären, was dieses Land so besonders macht. Das habe ich jahrelang versucht, aber offensichtlich bin ich dieser Wahrheit nicht würdig.«

»Vielleicht«, murmelte sie, doch es erweckte den Eindruck, als wolle sie nicht weiter darauf eingehen. Prompt wechselte sie das Thema. »Was machen Sie am Weihnachtstag allein in den Wäldern? Weshalb sind Sie nicht bei Ihrer Familie?«

»Ich musste gehen, sonst wäre ich vermutlich geplatzt.«

Ingrid schlug das eine Bein über das andere. »Oh, jetzt wird es interessant. Neues aus Morgan's Hall. Los, John, erzählen Sie! Wer mit wem und weshalb? Ich lebe von diesen Geschichten.« Wieder ein irrwitziges Kichern.

»Wie bitte?«, fragte er erstaunt, aber sie lachte nur weiter und gab ihm mit der freien Hand einen Klaps aufs Knie. Er betrachtete ihren Handrücken. Die Haut war runzelig und mit vielen Linien schraffiert.

»Oh, bitte verzeihen Sie, John. Neben den Büchern und anderen Dingen versorgt Phil mich mit den neuesten Geschichten aus Ihrem Haus.«

John rümpfte die Nase, als würde er faule Eier riechen. »Ich weiß nicht, ob mir das gefällt.«

»Ach, kommen Sie, lassen Sie einer alten Frau die aufregenden Erzählungen aus der realen Welt! Ihre Familiengeschichten sind manchmal spannender als jedes dramatische Werk, das dort unter dem Tisch vor sich hin fault. Phil und ich suchen oft den Rat des anderen. Das hilft, um die Dinge klarer zu sehen, um sie besser zu verstehen. Also, was ist so Furchtbares geschehen, dass ein Familienvater die Einsamkeit des Waldes vorzieht, als daheim zu sein?«

John druckste erst herum, doch dann erzählte er ihr von all den Ereignissen der vergangenen Tage. Mit belegter Stimme berichtete er von seiner letzten Begegnung mit Clark Harrington und wie sehr ihn dieses Gespräch aufgewühlt hatte. Dann schilderte er den Vorfall mit Joseph Wulf und Elizabeth in dem Restaurant in Seattle sowie James' alles verändernde Rückkehr. Wieder redete er sich in Rage, als er Ingrid von der Verlobung erzählte und wie sehr seine Tochter ihn enttäuscht hatte.

Ingrid saß einfach nur da, hörte ihm aufmerksam zu und unterbrach ihn nicht ein einziges Mal. Sie nickte nicht und stellte keine Zwischenfragen. Selbst, als seine Stimme lauter wurde, bat sie ihn nicht, sich zu beruhigen.

»Ich wollte für ein paar Stunden nur für mich sein und begab mich immer weiter bergauf, bis ein Braunbär auftauchte, der mich noch tiefer in den Wald jagte. Und dann traf ich auf Sie. Tja«, sagte er. »Das war im Grunde schon alles.«

»Schon alles?«, fragte sie ironisch. Ingrid schien lange über das nachzudenken, was er erzählt hatte. Er beobachtete sie dabei und es wirkte, als würde sie nach einer Lösung suchen, die John ohnehin nicht erwartete. »Mal von Ihrer Angst abgesehen, dass die Leute in der Stadt über Ihre Familie reden werden – was sie übrigens immer tun –, was stört Sie so sehr an der Vorstellung, dass sich Ihre Tochter für die Liebe entschieden hat?«

»Es ist eine falsche Liebe«, antwortete er wie aus der Pistole geschossen.

»Warum? Ich sehe keinerlei Verwerflichkeit in dieser Verbindung.«

»Der Junge ist verheiratet.«

»Bla, bla, bla. Dummes Gerede!«, warf sie ein und spuckte gekonnt in das offene Kaminfeuer, um ihrem Einwand Nachdruck zu verleihen. »Er lässt sich scheiden. Soweit ich weiß, wird man heutzutage aufgrund einer Scheidung nicht mehr gesteinigt. Nein, John, das ist es nicht, was Sie wirklich stört. Seien Sie doch bitte einmal ehrlich zu sich selbst. Sie haben Angst, dass James Elizabeth möglicherweise doch das

Herz brechen wird, weil Sie tatsächlich glauben, der Junge würde seinem Vater mehr nachschlagen, als Ihnen lieb ist.«

John sah sie eindringlich an und senkte dann den Kopf. »Ja, vielleicht. Ich denke aber, am meisten hat mich heute die Entscheidung meiner Tochter getroffen.«

»Wissen Sie, auch wenn ich Ihre Familie nicht persönlich kenne – mal ausgenommen von meiner kurzen Begegnung mit Elizabeth –, habe ich das Gefühl, alles miterlebt zu haben. Als wären wir alle miteinander verbunden. Ich kann mich an eine sehr dunkle Dekade aus Ihrem Leben erinnern, John. Sie verliebten sich in eine Frau, die Ihre Liebe lange nicht erwidert hat. Ihre Mutter Josephine zeigte sich, wie Phil mir einst berichtet hat, alles andere als von Ihrer Wahl begeistert und Ihre Schwester Violett noch weniger. Wie hätten Sie damals reagiert, wenn man Ihre Entscheidung, Isabelle zu heiraten, nicht akzeptiert, man Ihnen diese Ehe sogar verboten hätte?«

John wollte ihr zunächst widersprechen, doch dann ließ er das Gesagte erst mal sacken und schloss die Augen. Er spürte seinem Inneren nach, wollte Ingrid ehrlich antworten. »Ich hätte mich gegen meine Mutter und gegen meine Schwester gestellt.«

»Und weshalb?«

Er schwieg einen Augenblick. Einsam und leer sanken seine eigenen Hände herab. Seine Lippen waren zusammengepresst, bis er laut aufseufzte: »Aus Liebe.«

»Aha!«, rief sie und klatschte. Dann beugte sie sich zu ihm vor und sah ihn mit ehrlichen, klaren Augen an. »Ich sage Ihnen jetzt einmal was: Unser aller Zeit ist begrenzt und das Leben ist zu schade, um es mit unnötigen Fehden zu vergeuden. Das wissen Sie. Sie lieben James und noch viel mehr Ihre Tochter. Springen Sie über Ihren Schatten, zeigen Sie Herz und beweisen Sie diesen jungen Menschen, dass sie auf Sie zählen können. Niemand muss auf sein Erbe verzichten und niemand muss die Zuneigung zu einem anderen verheimlichen.« Ingrid lehnte sich wieder zurück und John sah eine Veränderung in ihrem Ausdruck, der nun irgendwie bedauernd wirkte. »John, es wird allerhöchste Zeit, um sich auszusöhnen. Glauben Sie mir.«

John nickte. »Ja, Sie mögen recht haben.«

Ingrid stand von dem Baumstamm auf, ging zur Tür und öffnete sie einen Spaltbreit. »Der Schneefall hat nachgelassen. Sie sollten ohne Umwege zu Ihren Liebsten zurückkehren, bevor die Nacht einbricht.«

Beim nächsten Dämmerschein wurde John von Ingrid begleitet, die ihn aus dem Labyrinth des Waldes hinausführte. Die meiste Zeit schwiegen beide, aber es war nicht unangenehm. Irgendwie hatte er sogar das Gefühl, sie würden ihre Unterhaltung wortlos weiterführen.

Endlich erreichten sie den Pfad, der geradewegs zum Seeufer hinunterführte, auch wenn John noch einige Meilen vor sich hatte.

Ingrid blieb stehen. »Dahinten kommt jemand.«

John kniff die Augen zusammen, blickte den Weg hinunter und tatsächlich entdeckte auch er den tanzenden Schein einer Taschenlampe.

»Es ist dieser Junge.«

»Sie meinen James?«

Sie nickte und nahm seine beiden Hände in ihre. »John, Sie erzählten mir vorhin von dem Gespräch, welches Sie mit Clark im Gefängnis geführt haben und dass Sie sich seither die Frage stellen, ob die Seele nach unserem Tod einsam durch die Dunkelheit wandert.«

»Ja, Ingrid.«

Sie lächelte voller Sanftheit. »Ich verspreche Ihnen, dass das nicht der Wahrheit entspricht. Auf der anderen Seite ist Leben. Gutes Leben.«

Daraufhin wandte sie sich von John ab und verließ den Pfad. Er sah ihr nach, bis ihre dunkle Gestalt nicht mehr zu sehen war.

James kam auf einem Pferd herangaloppiert und zog an den Zügeln, als John ihm entgegenkam.

»Gott sei Dank«, sagte er erleichtert. »Seitdem der Schnee eingesetzt hat, sind Tristan, Phil und ich auf der Suche nach dir.«

John brachte ein erschöpftes Lächeln zustande. Über James' Schulter hing ein Jagdgewehr, das er nun zur Hand nahm, den Lauf nach oben richtete und abfeuerte. Er lud nach und feuerte noch ein zweites und ein drittes Mal. John kannte diese Vorgehensweise und es sollte den anderen als Signal dienen. Nur ein paar Meilen entfernt hallten Schüsse als Antwort. Von beiden Seiten des Sees.

James legte das Gewehr wieder um und streckte John die Hand entgegen, um ihm beim Aufsteigen zu helfen.

Die beiden drehten um und ritten in Richtung Morgan's Hall zurück.

»Isabelle war ganz krank vor Sorge«, sagte James. »Und ich auch.«

John schloss die Augen, legte seinen Arm um James' Brustkorb und drückte ihn fest an sich.

Das war seine Art der Entschuldigung und es bedurfte keiner weiteren Worte.

***

Nachdem John zurückgekehrt war, waren ihm Vorwürfe nicht erspart geblieben. Selten hatte Elizabeth ihre Mutter so besorgt gesehen wie am heutigen Abend. Nicht einmal Phil war in der Lage gewesen, Isabelle zu beruhigen. Doch ihre eigene Erleichterung hatte keine Grenzen gekannt, als sie ihren Vater wohlauf wiedergesehen hatte.

Jetzt saß Elizabeth auf dem Fensterbrett in ihrem Zimmer und blickte hinaus. Es klopfte an ihre Tür und sie richtete sich auf.

»Herein!«, rief sie und John trat ein. Sie räusperte sich, aber ihr war bewusst, dass ein finales Gespräch mit ihm unumgänglich war. Und obwohl sie froh war, dass er wohlbehalten zurückgekehrt war, wollte sie standhaft bleiben, denn er würde ebenfalls nicht von seinem Standpunkt abweichen.

Sie rückte ein Stück zur Seite, um John Platz zu machen, damit er sich neben sie setzen konnte. Er blickte auf seine gefalteten Hände, die auf seinem Schoß ruhten, und öffnete die Lippen, um zu sprechen, aber sie unterbrach ihn sofort.

»Dad, darf ich zuerst etwas sagen?«

»Bitte.«

»Du weißt, unser Zuhause liegt mir sehr am Herzen und ich würde niemals woanders als genau hier an diesem Ort leben wollen. Als ich noch ein kleines Mädchen war, beschloss ich, eines Tages in deine Fußstapfen zu treten, um unser Familienunternehmen mit genauso viel Leidenschaft und Verantwortungsbewusstsein weiterzuführen, wie du es immer getan hast. Dass ich eine Frau bin und die neue Welt hier noch nicht angekommen ist, hat mich nie von meinem Vorhaben abgeschreckt. Ich wollte jedem hier, vor allem dir, beweisen, dass alles möglich ist, wenn man es nur will. Im College bin eine der wenigen Studentinnen und wir haben es schwer, weil jede von uns als Frau und nicht als Mann geboren wurde. Es werden uns immer wieder bewusst und unbewusst Steine in den Weg gelegt, wir müssen uns doppelt so stark anstrengen. Für mich ist das die größte Ungerechtigkeit der Welt, aber ich habe mich durchgekämpft und Ellbogen gezeigt, wo es notwendig war. Dennoch musste ich immer härter arbeiten und mehr lernen als meine männlichen Kommilitonen. Trotz allem habe ich mich durchgesetzt, eben weil ich ein klares Ziel vor Augen hatte. Doch genau so, wie ich mir als kleines Mädchen immer wünschte, die Morgan's Company weiterzuführen, sehnte ich mich danach, irgendwann mit James zusammen sein zu dürfen. Ich glaube sogar, diesen Traum träumte ich vor allen anderen.« Ihr Vater hörte ihr stumm zu, ohne die Miene zu verziehen, und Elizabeth berührte ihren Verlobungsring. Sie lächelte, so glücklich und doch so unglücklich, dass sie den Tränen nahe war. »Ihr alle redet immer von Bestimmung und das nichts im Leben zufällig geschieht. Er ist *meine* Bestimmung, Dad.« Sie schluckte. »Auch wenn ich weiß, dass du uns niemals deinen Segen geben wirst. Mein Herz schlägt für unsere Heimat, doch noch viel mehr für ihn.«

»Habe ich dir schon einmal erzählt, wie meine Eltern zueinandergefunden haben?«

»Nein, ich glaube nicht.«

»Dein Urgroßvater war ein englischer und unglücklich verheirateter Aristokrat, der sich eines Tages in eines der Hausmädchen verliebte und mit ihr ein Kind zeugte – deine Großmutter Josephine. Damals stellte man ihn vor die Wahl: Entweder er würde die Frau mit dem unehelichen Kind auf die Straße setzen und sie mit etwas Geld zum Schweigen bringen, oder – sollte er sich für sie entscheiden – man würde all die Ländereien und das stattliche Familienvermögen an seinen jüngeren Bruder vermachen. Lord Reginald Croft, also dein Urgroßvater, verzichtete auf seine Ansprüche, reichte die Scheidung von seiner Frau ein, was zu jener Zeit einen wirklichen Skandal auslöste, und floh mit dem

Hausmädchen in die Vereinigten Staaten, um sich hier ein neues Leben aufzubauen. In New York traf Croft auf meinen Großvater, Theodore Morgan, welcher ihn als Privatsekretär einstellte, sodass er ihn nach Seattle begleitete. Wie du weißt, gehörte den Morgans einst eine der weltweit größten Reedereien.« Elizabeth nickte. »So, wie ich hörte, stand Reginald Croft bis zu Theodore Morgans Tod in dessen Dienst und sie waren in all den Jahren treue Verbündete geworden. Ihre beiden Familien verband eine enge Freundschaft und so wunderte es niemanden, dass sich die Kinder, Charles und Josephine, im Laufe ihres Erwachsenwerdens ineinander verliebten. Doch auch hierzulande galt diese Liebe als nicht standesgemäß, denn deine Großmutter war immer noch die Tochter eines Angestellten und eines ehemaligen Dienstmädchens. Zudem war sie ein uneheliches Kind. Nachdem deine Urgroßeltern bei einem Postkutschenunfall ums Leben kamen, wurde Charles von einer Riege *Aasgeier* umgeben, wie er gerne sagte, die ihm nicht nur in seine Geschäfte in der Reederei hineinredete, sondern auch in seine Entscheidung, Josephine heiraten zu wollen. Man war der allgemeinen Auffassung, Charles Morgan hätte es besser und vor allem profitabler treffen können. Aber ein Morgan wäre nicht ein Morgan, würde er nicht mit Dickköpfigkeit das durchsetzen, was sein Herz begehrte. Also heiratete er Josephine, verkaufte wenig später die gewinnbringende Reederei, kehrte jener profitgierigen Welt den Rücken, um sich hier in Woodwall für immer niederzulassen.« Elizabeth kannte diesen Teil der Geschichte nur zu gut. John hielt einen Augenblick inne. »Ja, ich glaube wirklich, meine Mutter war für ihn der Hauptgrund, diesen Schritt hierher zu wagen. Und nicht, was wir euch immer erzählt haben, sein Pfadfindergen, das ihn sich zu diesem Land hingezogen fühlen ließ. Oder es war eine Verbindung aus beidem. Wer weiß das schon.«

Elizabeth lächelte schwach und sah ihn verzagt an. »Warum erzählst du mir das alles?«

John blickte gebannt auf den Verlobungsring an ihrem Finger. Er nahm ihre Hand und presste sie sekundenlang in seine. »Ich will damit sagen, dass du ein weiteres Glied einer Kette unserer Vorfahren bist. Genau wie sie alle, hast du dich für die Liebe entschieden. So, wie auch ich mich damals in deine Mutter verliebte, allem zum Trotz. Das ist der einzig wahre Weg, mein Mädchen.« Ihr Herz bebte und John sah sie mit glasigen Augen an. »Liebe ist nicht nur ein Gefühl. Liebe ist eine Tat.«

»Soll das etwa bedeuten, du ...« Die Worte blieben ihr im Hals stecken, weil sie so ergriffen war.

»Liz, als du geboren wurdest und ich dich zum ersten Mal in meinen Armen hielt, spürte ich dieses unfassbare Gefühl der Liebe zu meinem Kind. Für mich warst du der Inbegriff von Hoffnung und das Licht in einer dunklen Zeit. Das hat sich bis heute nicht geändert. Ich weiß, wenn ich einmal sterbe, dann mit dem Wissen, dass du das Beste in meinem Leben gewesen bist, du das Beste für unser Morgan's Hall bist. Niemals hätte ich wirklich zugelassen, dass du dich zwischen deiner Familie und James entscheiden musst. Bitte, verzeih mir. Ich war ein verletzter Esel. Wenn ich eines Tages nicht mehr bin, wirst du das Oberhaupt dieser Familie sein und niemand anderes.«

Elizabeth sah sich zu keinem weiteren Wort mehr fähig, war so überwältigt, dass sie nur noch vor Freude weinte und ihrem Vater in die Arme fiel. Sein Kuss auf ihre Stirn glättete die Wogen gänzlich und sie genoss das stille Glück, mit ihm wieder vereint zu sein.

Sie war sich sicher, von nun an standen die Segel mit Kurs auf Wiedergutmachung nach all den tränenreichen Jahren unerfüllter Liebe, und egal, welche Felsbrocken sie noch auf ihrem Weg würde beseitigen müssen, jede Anstrengung würde es wert sein. Und am Ende belohnt werden.

***

»Onkel John, ich werde auf keinen Fall die Unternehmensführung übernehmen!«, maulte Tristan, als John ihm auf halber Strecke zum Salon begegnete. »Da kannst du dich auf den Kopf stellen.«

Er musterte seinen Neffen, dessen blonde Strähnen nach oben standen, als habe er sich in den letzten Stunden mehrmals das Haar gerauft. Ein bisschen sah er wie ein aufgescheuchter Gockel aus. John begann in keuchenden Stößen zu lachen.

»Was denn?«, blökte der Junge. »Ich finde das ganz und gar nicht lustig! Du weißt sehr wohl, wie sehr ich meinen Dienst in der Army liebe, und das lasse ich mir nicht von dir nehmen, nur weil dir hier irgendetwas nicht passt.«

John zwang sich zur Beherrschung und klopfte Tristan hart auf die Schulter. »Beruhige dich! Nach deinem Heimaturlaub darfst du dein gemütliches Federbett wieder gegen eine Pritsche eintauschen.«

»Hä?«

»Du kannst wieder deinen Dienst antreten«, antwortete er sehr langsam und klatschte daraufhin in die Hände, als würde er Rinder den Berg hinauftreiben. »Na los, Tristan, zieh die Mundwinkel wieder nach oben. Du bist noch einmal davongekommen.«

Tristan stand vor ihm und runzelte die Stirn. Es dauerte eine Ewigkeit, bis er begriff und breit grinste. »Na, das kommt aber überraschend. Elizabeth wird also nicht aus deinem Testament gestrichen?«

»Nein«, antwortete John kurz und knapp.

»Kann es sein, dass diese Streitigkeit die erste in diesem Haus ist, die nicht über mehrere Jahre andauert?«, fragte sein Neffe mit einem Hauch Ironie in der Stimme. Dann verschränkte er die Arme vor der Brust und streckte seinen Hals. »Ein bisschen bin jetzt doch enttäuscht.«

»Schon klar.«

Tristan nickte ihm dankbar zu und machte sich auf den Weg in Suzies Küche, um noch vor dem Abendessen etwas aus dem Kühlschrank zu stibitzen, wie er es immer schon getan hatte. John sah ihm mit einem seligen Blick nach, rief ihn aber nochmals kurz zurück.

»Ja?«, kam es von Tristan, der sich nun umwandte.

»Was ich heute gesagt habe, meine ich ernst. Aus dir ist ein verantwortungsvoller junger Mann geworden. Gerne hätte ich dich an der Seite meiner Tochter gewusst, aber ich akzeptiere und bewundere deine Entscheidung, im Ernstfall unser Land zu verteidigen. Ich bin sehr stolz auf dich.«

Tristan trat vom einen auf den anderen Fuß, wie um das Gesagte erst einmal zu verinnerlichen. Dann starrte er seinen Onkel mit aufkeimender Freude an. »Danke.«

Damit verschwand der junge Bursche in die Küche und John schlich in den Salon. James saß am Klavier und durchforstete gerade ein paar Notenblätter, die seit seinem Weggang in der untersten Schublade einer kleinen Kommode verwahrt wurden.

»Die sind noch von dir«, sagte John und James hob überrascht den Kopf, nickte mit einem melancholischen Lächeln. »Wir dachten, eines Tages würdest du dir gerne deine alten Arbeiten anschauen. Deshalb haben wir die Blätter nie entsorgt.«

»Das ist sehr nett. Danke. Tatsächlich sind manche meiner Eigenkompositionen gar nicht so schlecht, wenn man bedenkt, wie jung ich noch war.«

»Du warst eben schon immer ein Wunderkind.«

»Vielleicht, aber ein Wunderkind ist nicht unbedingt auch ein Erfolgsmensch.«

John goss sich ein Glas Scotch ein und setzte sich auf einen Sessel unter einem der Fenster. Vor ihm stand ein kleiner Schachtisch. »Eine Partie?«

James zögerte, als würde er abwägen, ob es heute eine gute Idee war, gegen John zu spielen. Ja, als würde er sich fragen, was er im Falle einer Niederlage zu entrichten hatte. Und mit dieser Vermutung traf John genau ins Schwarze.

»Was muss ich tun, wenn ich verliere? Ich kenne dich, deine Einsätze sind immer hoch.«

John grinste. »Wenn du verlierst, dann bekomme ich zehn Dollar von dir.«

Da war wieder dieser altbekannte, vertraute Schimmer in James' Augen, der John bewies, dass auch er ihm vergeben hatte. Mit einem Lächeln rückte er einen anderen Sessel an den Schachtisch, eröffnete die Partie und bewegte seinen weißen Springer.

»Wie soll es jetzt mit deiner Musik weitergehen?«, fragte John nach einer Weile, während James über seinen nächsten Spielzug grübelte und kurz zu ihm aufsah.

»Ehrlich gesagt, fehlte mir bislang die Zeit, um mir über meinen weiteren beruflichen Werdegang Gedanken zu machen. Nebenbei könnte ich komponieren, aber ich werde mir eine Haupttätigkeit suchen müssen.«

»Das wirst du auf jeden Fall müssen, denn in meinem Haus lebt niemand, ohne etwas beizutragen.«

James zog die linke Augenbraue hoch und John sah ihm ganz deutlich an, wie erleichtert sein Gesichtsausdruck war, weil er ihm soeben signalisiert hatte, nicht wieder gehen zu müssen.

»Was genau stellst du dir vor?«

John seufzte. »Ich habe mir viele Gedanken um das Great Mountain gemacht. So gerne hätte ich aus diesem Haus etwas völlig anderes erschaffen, anstatt es weiterhin für touristische Zwecke nutzen zu müssen.«

»Und was?«

»Vielleicht eine Art Erholungsstätte für Menschen, die an Atemwegserkrankungen leiden. Gerade jene, die in den stickigen Städten leben, erkranken unter all den Autogasen und der Industrie. Woodwall ist für seine reine Luft bekannt und auch dafür, wie heilsam ein längerer Aufenthalt in dieser Gegend ist. Weißt du, James, meinem Vater war das Hotel immer ein Dorn im Auge, weil die meisten Touristen sich nicht in freier Wildnis zu benehmen wussten. Viele von ihnen machten Picknicks und hinterließen in den Wäldern ihren Unrat oder warfen diesen einfach in den Golden Lake. Patienten sind keine Touristen. Sie sind dankbar für alles, was ihnen zur Genesung verhilft – und das ist die unverbrauchte Luft unserer Natur. Ich möchte etwas Gutes aus dem Great Mountain entstehen lassen, und zwar genau so, wie es sich mein Vater immer gewünscht hatte.«

»Das ist ein großartiger Gedanke«, flüsterte James mit einem Freudestrahlen im Gesicht.

»Aber dabei soll es nicht bleiben, bei einem *großartigen Gedanken*. Auf mich wird ein enormer Berg an Organisation und Belastung zukommen. Ich brauche jemanden an meiner Seite, der mich bei dem Umbau und der Leitung dieses Sanatoriums unterstützt. Ich würde mich sehr freuen, wenn du derjenige wärst. Und auch wenn du eine Ausbildung in klassischer Musik genossen hast, weiß ich, dass du nicht auf den Kopf gefallen bist. Mit anderen Worten, ich traue dir diese Arbeit zu, wenn du sie dir selbst ebenfalls zutraust.«

»Wirklich?«, fragte James und seine Stimme brach, aber er reckte das Kinn und konnte dann weitersprechen. »John, es wäre mir eine Ehre, dir dabei zu helfen, diese wundervolle und ehrenhafte Idee in die Tat umzusetzen.«

Diese Zusage bedeutete John einfach alles und er blickte seinem Stiefsohn mit tränenblinden Augen und vielsagendem Lächeln entgegen.

»Schachmatt!«, tönte John schließlich und lehnte sich zufrieden im Sessel zurück.

TEIL IV

Götterdämmerung

Cheek to cheek

Morgan's Hall, 28. Dezember 1962

Sanft und gleichmäßig bewegten sich die Muskeln des Pferdes unter James. Glücklich trat er in die Steigbügel. Im Galopp folgte er Elizabeth durch den hohen Schnee, entlang am Ufer des Golden Lakes. Sein Gesicht war wie eingefroren, aber das machte ihm nichts aus, denn innerlich war er seit seiner Ankunft auf Morgan's Hall mit einer vollkommenen Wärme erfüllt. Es war wie ein Rausch, der von Geborgenheit ausgelöst worden war – nicht durch Tabletten, Alkohol oder diesem unbeschreiblichen Gefühl, vor einem großen Publikum zu spielen.

Er war einfach glücklich und zufrieden.

Einen Augenblick lang schienen die alten Sorgen in Vergessenheit zu geraten, doch James wusste nur zu genau, dass noch ein weiter Weg vor ihm lag, um tatsächlich unbeschwert mit Elizabeth hier auf Morgan's Hall leben zu dürfen.

Sobald er seine Lider schloss, sah er das kleine Mädchen, das heiter in das Kameraobjektiv lächelte und auf dem Arm jenes Mannes saß, der so viel Grauen in die Welt gebracht hatte. Dieses furchtbare Foto von Olivia verließ seine Seele nicht mehr.

Seine einzige Bedingung an die Wulfs war seine Freiheit gewesen, aber das bedeutete noch lange nicht, dass Olivia in eine Scheidung einwilligen würde. Nun blieb ihm nichts anderes übrig, als zu hoffen und zu warten, dass sie Einsicht zeigte, eben weil sie eines Tages begreifen musste, dass es für ihn kein Zurück mehr gab. Doch so, wie er sie kannte, dachte sie sich in diesem Moment bereits die nächste Teufelei aus, um ihm das Leben schwer zu machen.

Alex, bitte halte dich an unsere Abmachung.

Er geriet allmählich in Zweifel, ob es das Richtige gewesen war, diesem Cocktail trinkenden Filou die Beweismittel anzuvertrauen, die seine und Elizabeths Sicherheit garantierten. Was ihn jedoch noch mehr quälte, waren Alexanders Worte, die dieser im Café Vertigo an ihn gerichtet hatte. Ein Appell an sein Gewissen.

Durfte er dieses Wissen tatsächlich für sich behalten? Gehörte Joseph Wulf, alias Konrad Dietrich, nicht auf die Anklagebank? War James nicht zu egoistisch gewesen, diese Informationen unter Verschluss zu halten, einzig und allein, damit er wieder zu seiner großen Liebe zurückkehren durfte?

Ja, er wusste, dass ihn diese Gewissensfrage weiter verfolgen würde. Obendrein beschäftigten ihn viele Fragen, deren Beantwortung er hier am Ende der Welt nicht fand. Wer war der geheime Hinweisgeber *B.H.*? Dieses Namenskürzel ließ ihn nicht los. Darüber hinaus geisterte seine Noch-Schwiegermutter Margot ständig in seinem Kopf herum, die ihn – und so glaubte er felsenfest – mit klarem Verstand aufgefordert hatte, nach einer gewissen Hannah zu suchen.

Nichts ergab hier einen Sinn.

Er war heilfroh, dass ihn niemand mehr aus der Familie in Bezug auf die Wulfs ausquetschte, ein jeder ihm die Geschichte des geraden Schnitts abgekauft hatte. Seine Aufgabe war es jetzt, die Scheidung voranzutreiben. Einzig und allein Phil kannte die Wahrheit und das sollte auch so bleiben.

Auf halber Strecke, Elizabeth und er waren mittlerweile in der Nähe des Sägewerks angelangt, stellte sich ihnen der Wagen von Sheriff Grant in den Weg, der soeben die Ausfahrt des Werks passiert hatte. Der Gesetzeshüter stieg aus und zog seinen Stetson vom Kopf, nickte zunächst Elizabeth, dann James zu.

»Guten Tag«, begrüßte er die beiden freundlich und sie erwiderten den Gruß. »Gut, dass ich Sie hier antreffe, ich war ohnehin gerade auf dem Weg nach Morgan's Hall. Ich wollte mich telefonisch bei Ihrer Familie ankündigen, aber die Telefonleitung ist immer noch beschädigt.«

»Ja, das ist richtig«, antwortete sie. »Die Telefongesellschaft wird erst in der kommenden Woche jemanden schicken können. Zu viele Gebiete sind vom starken Schneefall betroffen, sie haben alle Hände voll zu tun.« Sie zog an Bonitas Zügeln, da die Stute unruhig war. »Ist etwas geschehen, Sheriff?«

Er zuckte die Achseln. »Nun, das weiß ich nicht genau. Gestern Morgen erschien Phil in meinem Revier und bat mich um meine Mithilfe. Hat er Ihnen denn nichts erzählt?«

»Nein«, erwiderte James mit gerunzelter Stirn und sah Elizabeth verwundert an. Auch sie schien verwirrt.

»Mmh, das wundert mich aber. Nun ja, Tony O'Reilly wird seit ein paar Tagen vermisst.«

»Wie bitte?«, fragte sie wie benommen.

»Ja, Phil hat es an seiner Wohnung versucht, aber er war nicht anzutreffen.«

»Weshalb sollte Phil ihn aufsuchen wollen?«, hakte sie skeptisch nach. James war ebenso verblüfft wie sie.

»Das müssen Sie ihn schon selbst fragen, Miss Morgan, aber angeblich ging es um seine fristlose Kündigung in der Kelterei. Phil wollte ihm wohl im Auftrag Ihres Vaters den letzten Lohn überbringen.«

»Das ist mehr als ungewöhnlich, Sheriff. Solche Dinge übernimmt mein Vater persönlich.«

»Mir kam diese Aussage auch recht seltsam vor. Ehrlich gesagt hatte ich eher den Eindruck, Phil würde sich um Tony sorgen. Er sagte aus, er habe mehrere Male an O'Reillys Tür geklopft und über eine Stunde auf ihn gewartet, bis Mrs Greenland ihm schließlich mitteilte, ihn seit Heiligabend nicht mehr gesehen zu haben.«

»Aber Tony befand sich doch eine Nacht in Gewahrsam, oder irre ich mich?«, vergewisserte sich James.

»Richtig, aber ich konnte ihn nicht für immer einsperren, denn an sich hat er nichts getan, was überhaupt diese eine Nacht hätte rechtfertigen können, aber ich wollte, dass er sich ein paar Stunden in meiner Zelle abreagiert und ausruht, wenn Sie verstehen. Am nächsten Morgen wurde er abgeholt und ich habe ihn entlassen.«

»Von wem wurde er abgeholt?«, fragte Elizabeth.

Sheriff Grants Augen funkelten und er schüttelte den Kopf, als wüsste er selbst nicht, was er davon halten sollte. »Das dürfte Sie überraschen. Es war Charlotte Harrington.«

James fuhr hoch. »Liz, was hat Charlotte mit Tony zu schaffen?«

Sie schien mehr als fassungslos, als sie diesen Namen hörte. »Das ist eine gute Frage«, flüsterte sie nachdenklich.

»Sie beide machen den gleichen Gesichtsausdruck wie Ihr Phil, als ich ihm davon erzählte. Natürlich habe ich Miss Harrington nach Tonys Verbleib befragt, aber sie versicherte mir, ihn von meinem Sheriff Department direkt nach Hause gefahren zu haben.«

»Aber sie wird ihn doch nicht abgeholt haben, nur um ihn zu seinem Apartment zu kutschieren. Das macht überhaupt keinen Sinn«, wandte Elizabeth ein und blickte zu James, der ihr zustimmte. »Daran ist gehörig etwas faul.«

»Kann sein, aber bislang gibt es kein Indiz auf eine Straftat. Ich habe einen Durchsuchungsbefehl angeordnet und O'Reillys Wohnung auf mögliche Hinweise zu seinem Verbleib durchsucht, aber lediglich festgestellt, dass er nicht verreist sein kann. Überall liegt noch sein Zeug herum, Ausweispapiere, getragene Wäsche, ein gefüllter Kühlschrank mit verderblichen Speisen. Würde jemand seine Wohnung so zurücklassen, wenn er vorhätte, für längere Zeit zu verreisen? Was mich jedoch am stutzigsten macht, ist die Tatsache, dass sein Pick-up vor Mrs Greenlands Haus geparkt und seit seinem Verschwinden nicht mehr bewegt worden ist.« Sheriff Grant winkte allerdings ab. »Aber wer weiß, bei einem Kerl wie Tony O'Reilly ist alles möglich. Ich warte noch bis morgen früh und sollte er bis dahin nicht aufgetaucht sein, werde ich wohl eine Vermisstenanzeige aufgeben müssen. Falls Sie ihn irgendwo sehen sollten, bitte ich Sie, es mir zu melden. In Ordnung?«

»Selbstverständlich, Sheriff Grant«, erwiderte James, und der Mann verabschiedete sich, stieg wieder in seinen Wagen und fuhr davon.

James konnte die Sorge in Elizabeths Gesicht erkennen und ritt dicht auf sie zu. »Ihm wird bestimmt nichts geschehen sein.«

»Ich weiß nicht, James. Tony mag in vielerlei Hinsicht ein krummer Hund sein, aber einfach verschwinden, das ist nicht seine Art.« Sie seufzte. »Eine Aufregung folgt der anderen.« Dann blickte sie über seine Schulter hinweg und ihre Augen verfinsterten sich. Er drehte seinen Kopf, um ihrem Blick zu folgen, der direkt auf das Great Mountain Hotel gerichtet war. »Vielleicht sollten wir unserer Charlotte Harrington einen kleinen Besuch abstatten.«

Er räusperte sich, hätte sie am liebsten davon abgehalten, aber auch er traute dem Braten nicht.

»Na schön, auch wenn ich bezweifle, dass sie uns irgendeine Auskunft geben wird.«

Beide ritten über den schmalen Pfad, der unmittelbar zu dem Hotel hinaufführte, das direkt an einem Steilhang lag. Sie passierten die breite Einfahrt, stiegen von ihren Satteln und führten die Pferde zu einem kleinen überdachten Garagenplatz neben dem Gebäude, um sie dort unterzustellen.

Ein Concierge öffnete ihnen die hohe Glastür und begrüßte sie höflich. »Willkommen im Great Mountain Hotel.«

Als Kind hatte James sich oft vorgestellt, wie dieses Bauwerk von innen aussehen würde, hatte er es doch immer nur aus der Ferne betrachtet. Das hier war sein erster Besuch in dem Hotel.

Verrückt, dachte er.

Allerdings hatte John den Kindern von Morgan's Hall strengstens verboten, sich hier aufzuhalten. Sie durften nicht einmal in die Nähe des Grundstücks.

Das Hotel war unvorstellbar mondän, wenn man bedachte, dass man sich nicht in einer Großstadt wie New York City oder Seattle aufhielt, sondern in einer Kleinstadt mitten in der Kaskadenkette. Ehrfürchtig betraten sie das Foyer und staunten. Eine imposante Treppe führte zu den oberen Gästezimmern, überall waren die Wände mit Holz verkleidet, große Vasen mit künstlichen weißen Blumen ausgestattet, während funkelndes Gold Bilderrahmen und Sockel zierte. Ein riesiger Kristallleuchter mit brennenden Glühlampen in Kerzenform hing von der Decke. Zu ihrer Rechten lag ein gigantischer Backsteinkamin und zwei Hotelgäste, ein älteres Paar, saßen in bordeauxroten Samtsesseln vor dem wärmenden Feuer. Der Mann las, die Frau beugte sich zu dem kleinen runden Tisch vor, entnahm einer vierstöckigen silbernen Etagere ein Sandwich. Männer in anthrazitfarbener Hoteluniform trugen Koffer fort und es herrschte ein behäbiges

Treiben. In wenigen Tagen würden die letzten Gäste das Hotel verlassen und nie wieder zurückkehren, weil John andere Pläne für dieses Anwesen hatte.

»Ist das nicht irrwitzig, Liz? Nach so vielen Jahren betreten wir das Great Mountain zum ersten Mal.«

Sie lächelte. »Dasselbe dachte ich auch gerade. Kannst du dir vorstellen, dass all das hier in wenigen Tagen uns gehören wird? Also ich nicht.« Elizabeth sah sich ehrfürchtig um und wirkte ein bisschen besorgt. »Irgendwie beängstigend. Manchmal frage ich mich, ob wir uns mit diesem Kauf nicht zu viel anlasten.«

»John hat eine wundervolle Vision, wie es mit dem Great Mountain weitergehen soll, und ich bin mir sicher, wenn wir alle an einem Strang ziehen, werden wir das schaffen.«

Elizabeth streichelte über seine Hand. »Vater erzählte mir, dass er dich mit dem Umbau und der Direktion betrauen möchte. Du kannst dir nicht vorstellen, wie unsagbar erleichtert ich bin, dass ihr beide euch wieder vertragen habt. Nur …«, sagte sie und senkte die Lider.

»Nur was, Liz?«

»Manchmal habe ich Angst, dass du eines Tages aufwachst und feststellst, dass dich all das hier nicht glücklich macht, weil dein Herz der Musik gehört.«

»Mein Herz gehört nicht der Musik.« Er strich Elizabeth eine Haarsträhne aus der Stirn. »Außerdem, wer sagt, dass ich nicht weiterspielen kann? Darum geht es doch, wenn der Mensch für etwas brennt. Ich brauche kein großes Publikum, auch wenn ich immer geglaubt habe, es sei die einzig wahre Erfüllung. Das bedeutet einfach nichts. Sobald der tosende Applaus die Festsäle erfüllt, hat man das Gefühl, einem gehöre die Welt und man wäre unsterblich. Doch was bringt einem dieser kurze Moment des Hochgefühls, wenn der Jubel genauso schnell wieder vergeht, wie er ausgebrochen ist, um dann feststellen zu müssen, dass man im Grunde der einsamste Mensch auf diesem Planeten ist? Jahre habe ich diese Tatsache verleugnet, sie im Keim erstickt, da ich dachte, mein Leben sei alternativlos. Dein Vater gibt mir eine berufliche Perspektive, um wirklich Gutes zu bewirken – und er gibt mir eine Chance, mit dir zusammen zu sein. Mehr hätte er mir nicht schenken können.«

Elizabeth sah ihn mit klaren und freudigen Augen an, zog sich an ihm hoch, um ihn zu küssen, doch eine Frauenstimme ertönte, sodass sie sich von ihm abwandte.

»Welch interessantes Bild. Oh, sieh da, James Morgan ist wieder in den Schoß der Familie zurückgekehrt. Faszinierend, faszinierend«, sagte Charlotte mit höhnischem Unterton, als sie gerade die letzten Stufen der Treppe erreicht hatte. Langsam ging sie auf das junge Paar zu, die Hände hinter dem Rücken gefaltet. James erkannte die junge Charlotte kaum wieder. Das letzte Mal, als er sie gesehen hatte, war er auf der Jubiläumsfeier der Morgan's Company gewesen. Nur ungern erinnerte er sich daran zurück, wie Clark Harrington ihm seine Tochter aufgedrängt hatte. Charlotte hatte damals noch einen unschuldigen, mädchenhaften Eindruck auf ihn gemacht. War ihm gegenüber sogar errötet, wenn er ihr zugelächelt hatte. Alles an ihr war damals honigsüß und ihm doch so fremd gewesen. Jetzt stand vor ihm eine elegante, fast schon vornehme Frau in einem schwarzen und eng taillierten Kleid. Sie trug eine strenge Hochsteckfrisur, was sie mindestens zehn Jahre älter erscheinen ließ. Sie sah aus wie eine Schwarze Witwe, ein Spinnentier, das verschlingen wollte, was es als seins erachtete. Ihr ansonsten undurchdringliches Gesicht zeigte ein aufgesetztes Lächeln. »Kann ich euch irgendwie behilflich sein? Ich möchte euch daran erinnern, dass dieses Hotel noch nicht euer Eigentum ist.«

Elizabeth presste die Lippen aufeinander und Charlotte starrte sie mit feindseligen Augen an, was James beunruhigte. *Der böse Blick*, wie Phil stets zu sagen pflegte, wann immer ihm dieses Mädchen über den Weg lief. Der alte Weise hatte es James einmal erzählt. Früher hatte sie ihm ein bisschen leidgetan, weil er sie für ein einsames Kind gehalten hatte, das mutterseelenallein durch die Gegend huschte wie eine Landstreicherin.

»Hallo, Charlotte«, sagte Elizabeth mit dünner Stimme. »Zunächst einmal möchte ich dir mein allertiefstes Beileid für den Tod deines Vaters aussprechen. Die Nachricht hat uns alle sehr schockiert.«

Charlotte stand unbeweglich vor ihnen, stieß dann ein leises Lachen aus. »Spar dir deine Heuchelei. Du und deine verdammte Sippe habt vermutlich die Champagnerkorken knallen lassen, als ihr davon erfahren habt. Ein Tag, nach dem ihr Morgans euch lange gesehnt habt.«

»Das stimmt nicht«, verteidigte sich Elizabeth und wirkte im direkten Duell mit Charlotte wie ein Ritter ohne Schwert, sodass James das Wort ergriff, um seine Verlobte aus dem Schlachtfeld zu bugsieren. Er wollte sich nicht länger als nötig in Gegenwart dieser Frau aufhalten.

»Wir haben soeben von Sheriff Grant erfahren, dass Tony O'Reilly seit ein paar Tagen vermisst wird.«

»Ich hörte davon. Und was wollt ihr jetzt hier? Ich habe ihn nicht in meinem Kleiderschrank eingemottet, falls du das glaubst.«

»Sheriff Grant teilte uns mit, du hättest Tony abgeholt, und seither hat ihn niemand mehr gesehen. Ist schon merkwürdig, nicht wahr?«

Sekundenlang blieb Charlotte stumm und maß ihn mit hämischem Blick. »Das stimmt. Ich habe Tony zu seinem

Apartment gefahren und bin noch für eine oder vielleicht auch zwei Stunden bei ihm geblieben.«

James lächelte wissend in sich hinein, aber Elizabeth schien ziemlich begriffsstutzig zu sein. Möglicherweise wollte sie es auch nicht verstehen.

»Warum hast du ihn hineinbegleitet? Ich kann mich nicht erinnern, dass ihr be… « Sie unterbrach sich selbst, denn offensichtlich war der Groschen nun gefallen und sie begriff, was zwischen Tony und der Spinne vor sich ging. »Seit wann?«

Charlotte lachte schrill, ja fast gespenstisch auf. »Oh, kleine Liz, was bist du doch für eine naive Närrin. Glaubst du tatsächlich, ein Mann wie Tony hat ganze drei Jahre im Zölibat gelebt, nur weil du Prinzesschen dich ewig vor ihm geziert hast? Du bist so arrogant, dass du nicht mitbekommen hast, dass er beinahe jede alleinstehende Frau in dieser Stadt beglückt hat, während du deinen Puppen die Haare gekämmt hast.«

»Das reicht jetzt!«, befahl James, damit sie Elizabeth nicht weiter kränkte. Niedergeschlagen wandte seine Verlobte den Blick von Charlotte ab. Niemand wollte hören, dass man ihn nach Strich und Faden betrogen hatte, auch wenn sie Tony nie wirklich geliebt hatte. Sie hatte ihm dennoch vertraut, ihre Unschuld an ihn verloren, womit er sie zu einer von vielen gemacht hatte, wie James annahm. »Beenden wir dieses nette Gespräch. Du hattest ein Schäferstündchen mit O'Reilly, bist danach wieder verschwunden und hast seither nichts mehr von ihm gehört? Richtig?«

»Richtig«, antwortete sie bestimmt.

»Ich glaube dir nicht!« Elizabeths Stimme war voller Zorn. »Du bist schon immer ein durchtriebener Mensch gewesen. Deinen Mund verlassen nichts als Lügen und Gehässigkeiten.

Du weißt ganz genau, was mit Tony geschehen ist, und ich will wissen, wo er steckt.«

James musste sie zurückhalten. Er nahm ihre Hand, wie um sie zu beruhigen. Es nützte keinem, wenn hier jetzt eine große Szene entstand. Inzwischen waren sowohl Gäste als auch das Hauspersonal auf den hitzigen Wortwechsel aufmerksam geworden und er sah, dass viele ihren Blick auf das Trio gerichtet hatten.

Charlotte streckte den dünnen Hals und sah zu dem grauhaarigen Rezeptionisten hinüber. »Bitte verständigen Sie das Sheriff Department. Wir haben hier ein kleines Problem mit unerwünschten Störenfrieden.«

»Schon gut, wir gehen.« James zerrte Liz aus der Lobby.

Elizabeth marschierte wütend um das Haus herum zu der Stelle, wo sie die Pferde zurückgelassen hatten. Sie atmete mehrmals tief ein und wieder aus, um ihrem Zorn Luft zu verschaffen. James maß sie mit besorgtem Blick. In ihrem Gesicht entdeckte er einen Ausdruck der Überraschung. Als hätte sie ihre eigene Impulsivität überrumpelt. Sie fuhr sich mit beiden Händen durch das Haar, eine beinahe hilflos wirkende Geste, doch sie schien sich allmählich zu besinnen.

»Bitte, denke jetzt nicht, ich würde mich um Tony sorgen, weil ich noch Gefühle für ihn habe. Das ist nicht der Fall, aber er ist mir auch nicht unwichtig. Kannst du das verstehen? Ich will einfach nur wissen, ob es ihm gut geht. Mehr nicht.«

James bedachte sie mit einem mitfühlenden Lächeln. »Natürlich kann ich das verstehen. Wenn Olivia vom einen Tag auf den anderen verschwinden würde, dann würde ich auch erfahren wollen, was mit ihr geschehen ist. Nur weil wir einen Menschen nicht mehr in dieser Form lieben, heißt das nicht, dass uns sein Schicksal egal geworden ist.«

Wie festgewurzelt stand sie vor ihm und konnte ihren Blick nicht von dem Hotel abwenden. Er tat es ihr gleich.

»Ich misstraue Charlotte.«

»Da geht es mir nicht anders, aber im Moment können wir rein gar nichts tun, Liz. Wenn Tony bis morgen nicht auftaucht, dann werden wir uns an der Suche beteiligen. In Ordnung?«

Elizabeth schwieg einen Augenblick, griff nach Bonitas Zügeln und streichelte gedankenverloren die Stirn der Appaloosa-Stute. »Gut. Warten wir bis morgen.«

Doch auch die Tage darauf blieb Tony O'Reilly wie vom Erdboden verschluckt. Die Bewohner der Stadt organisierten eine große Suchaktion in den umliegenden Wäldern Woodwalls. Einem jeden drängte sich allerdings die bittere Befürchtung auf, dass er längst erfroren sein musste, sollte Tony sich vielleicht verirrt haben. Mehrere Nächte bei dieser Kälte und den immer wieder einsetzenden Schneefällen konnte wohl kein Mensch überlebt haben.

***

Im Hause Morgan verlief die Silvesternacht auffallend ruhig und gedrückt, denn nach Feiern war niemandem zumute. Isabelle blickte auf die Uhr über dem Kaminsims und es war mittlerweile halb zwei in der Nacht. Sie räumte ein paar benutzte, teilweise noch halb volle Weingläser vom Sofatisch auf ein Tablett. John saß in seinem Sessel und starrte unentwegt in sein Whiskeyglas, das er in der Hand schwenkte. Der Rest der Familie war längst zu Bett gegangen.

Isabelle setzte sich auf das Sofa und gähnte. »Bist du gar nicht müde, John?«

»Nicht wirklich«, sagte er und seine Stimme klang beinahe heiser. »Irgendwie lässt mich die Sache mit O'Reilly nicht los. Ich würde gerne wissen, was ihm zugestoßen ist.«

»Das will wohl jeder von uns, aber ich hätte nicht gedacht, dass dich diese Geschichte so sehr beschäftigt, dass sie dir den Schlaf raubt.«

John sah zu ihr auf und lehnte sich vor. »Ich gebe zu, dass ich von diesem Mann menschlich nicht viel gehalten habe. Vielleicht lag es an seinem kühnen und forschen Wesen. Als Elizabeth uns damals die Hiobsbotschaft unterbreitete, diesen Kerl heiraten zu wollen, war ich nicht sehr angetan, wie du weißt. Aber genau das ist der springende Punkt. Für eine Zeit gehörte Tony mehr oder weniger zu unserer Familie. Wahrscheinlich beschäftigt mich deshalb sein Verschwinden dermaßen. Vor einigen Tagen habe ich mich selbst in den Wäldern verirrt und ich kann mir vorstellen, welche Ängste er durchgemacht haben muss, sollte auch ihn dieses Schicksal ereilt haben. Isabelle, einen solchen Tod wünsche ich nicht einmal meinem schlimmsten Feind.«

»Elizabeth hat Sheriff Grant mehrmals darum gebeten, Tony im Great Mountain zu suchen. Warum geht er dem nicht nach?«

»Ganz einfach, Izzy, weil er bislang keinen Durchsuchungsbefehl hat.«

Isabelle ließ kurz den Kopf sinken und blickte ihn dann mit ernsten Augen an. »Ist dir schon einmal in den Sinn gekommen, was passieren wird, sobald man Tony tot auffindet und der Sheriff keinen natürlichen Tod feststellen kann?«

Er nickte. »Darüber habe ich mir mehr als einmal den Kopf zerbrochen. Ich weiß genau, worauf du hinauswillst. Wenn O'Reilly ermordet wurde, fällt nach der Schlägerei auf dem Weihnachtsmarkt der Verdacht auf James. Doch ich bin mir sicher, dass sich diese Anschuldigung recht schnell in Luft auflösen wird. James war die ganze Zeit bei uns und er hat für alle Tage seit Tonys Verschwinden ein wasserfestes Alibi, das von jedem in diesem Haus bezeugt werden kann.«

»Man wird sich dennoch in der Stadt das Maul zerreißen und mit wirren Spekulationen um sich werfen.«

John zuckte mit den Achseln und lächelte müde. »Macht das noch einen Unterschied? Die Leute reden auch so schon über unsere Familie. Klammern wir uns einfach an die Hoffnung, dass Tony wohlbehalten wieder auftaucht.«

Isabelle war weniger optimistisch als John. Tony war mausetot, daran hatte sie keinen Zweifel. Warum sollte er freiwillig die Stadt verlassen haben? Mittlerweile konnte sie seinen Charakter gut einschätzen. Tony würde niemals unverrichteter Dinge das Feld räumen, zu groß war sein Drang, Elizabeth zurückzugewinnen. Außerdem würde er sich *niemals* ohne das restliche Geld davonmachen, das sie ihm noch für sein Schweigen schuldete. Manchmal ertappte sie sich bei dem Gedanken, dass es für sie besser wäre, wenn Tony O'Reilly auf immer und ewig verschollen blieb.

»Eine solch stille Silvesternacht haben wir lange nicht mehr erlebt, nicht wahr?«, fragte John mit großer Melancholie in der Stimme. Er stand auf und wanderte grübelnd durch den Salon. »Erinnerst du dich noch an die Silvesterparty im Great Mountain?«

»Natürlich«, flüsterte sie. »Wie könnte ich diesen Abend je vergessen? In dieser Nacht haben wir Elizabeth gezeugt.«

John nickte und ein Lächeln umspielte seine Lippen. »Die schönste Nacht unseres Lebens.«

»Wer hätte gedacht, dass zwei Scheusale, wie wir es sind, einen solch gutmütigen und liebenswerten Menschen in die Welt setzen können?« Isabelle lachte leise. »Ich kann mir unsere Liz bis heute nicht erklären.«

»Nicht alles an uns ist schlecht. Manchmal, da wache ich nachts auf und bin auch jetzt noch erstaunt, dass du immer noch neben mir liegst. Nach allem, was ich dir angetan habe.«

Warum hatte er so traurige Augen? Was ging nur in ihm vor? Was er ihr angetan hatte? Sie selbst war kein Unschuldslamm gewesen, das wusste sie.

»Es gibt nichts mehr, wofür du dich entschuldigen musst. Nichts. Auch ich habe dich mehr als einmal verletzt und ich habe dich genauso betrogen wie du mich. Ich denke, wir beide sind quitt.«

»Nein, das sind wir nicht«, sagte er zu ihrer Überraschung und da war wieder dieser beängstigend untröstliche Ausdruck, der sich wie ein Schatten auf seinem Gesicht ausbreitete. »Ich weiß nicht, warum, aber in der letzten Zeit habe ich über vieles, das ich in meinem Leben getan habe, nachgedacht. Ich weiß, dass wir beide uns eine Zeitlang bis aufs Blut bekriegt haben, aber eine Geschichte geht mir bis heute nicht aus dem Kopf. Manchmal träume ich sogar davon.«

Isabelle stand von dem Sofa auf und ging auf ihn zu. »Welche Geschichte?«

Es fiel ihm sichtlich schwer, ihr zu sagen, was er meinte. »Die Sache, als ich dich von der Veranda über den Boden des Foyers gezerrt und wie von Sinnen auf dich eingeschlagen habe, weil ich dachte, du … du …«

»Weil du dachtest, ich hätte versucht, unsere Tochter im See zu ertränken«, vollendete Isabelle seinen Satz und sie sah deutlich, wie sein Brustkorb bebte. Sie legte ihre Hand auf seine Brust, um ihn zu beruhigen, spürte seinen polternden Herzschlag. »Ach, John, das ist doch schon so viele Jahre her.«

»Ich kann es mir aber bis heute nicht verzeihen, Izzy.« Tränen glitzerten in seinen grauen Augen, aus denen er ihr so schuldvoll entgegenblickte. »Auf der Welt gibt es keinen Menschen, den ich so sehr liebe wie dich, und ich habe dir so großes Leid zugefügt. In meinem Leben habe ich viele Fehler gemacht, aber dich zu schlagen, war vermutlich der größte und unverzeihlichste von allen.«

Zart strich Isabelle mit der Fingerspitze über seine Wange.

»Ich habe dir schon vor unendlich vielen Jahren verziehen, John. Es ist an der Zeit, dass auch du dir endlich vergibst.« Sie schenkte ihm ein Lächeln der Hoffnung und blickte an ihm vorbei zum Plattenspieler, der direkt hinter ihm stand. Sie ging darauf zu, öffnete den Staubschutz und grinste, weil sich die Schallplatte in dem Spieler befand, die sie hören wollte. Daraufhin setzte sie die Nadel genau auf eine ganz bestimmte Stelle. Die Klänge von ›Cheek to Cheek‹ ertönten und Isabelle schloss für einen kurzen Moment die Augen.

»Als ich damals nach Wien zurückgekehrt bin, hörte ich dieses Lied, als es eines Nachts im Rundfunk gespielt wurde, und ich weinte, weil es mich an dich erinnerte.« Sie wandte sich wieder zu ihm um und reichte ihm die Hand. »Dieses Lied hat mich zu dir zurückgebracht.«

John lächelte, schmiegte daraufhin seine Hand unterhalb ihrer Schulterblätter an sie und zog sie dicht an sich heran, wiegte sie im Takt der Musik. Isabelle legte ihre Wange auf seine Brust und schloss die Augen, genoss diese Verbundenheit, die sie gerade miteinander teilten.

Sie erinnerte sich an ihren ersten gemeinsamen Tanz auf dem Silvesterball im Great Mountain Hotel und an das Gefühl und Wissen, dass es in jenen wenigen Minuten nur sie beide gegeben hatte. Es kam ihr vor, als sei es erst gestern gewesen, dass er sich während des Tanzens bei ihr bedankt hatte, dass sie trotz allem bei ihm geblieben war.

Nun – nach über zwanzig Jahren – war sie an der Reihe. Sie sah zu ihm auf.

»Danke, John.«

»Wofür denn?«

»Dass du mich niemals aufgegeben hast.« Sie stellte sich auf ihre Zehenspitzen, um ihn zu küssen.

Der Tanz des Schattens

Morgan's Hall, 2. Januar 1963

Als er langsam die vom langen Schlaf verklebten Augen öffnete, sah er alles um sich herum verschwommen. Sein Schädel brummte und seine Handgelenke schmerzten. Der dickmaschige Wollschal zwischen seinen Lippen war so streng um seinen Kopf gebunden, dass ihm der Kiefer wehtat. Die Vorhänge waren zugezogen und nur durch einen schmalen Spalt erkannte er, dass es mitten am Tag sein musste. Allerdings wusste er nicht, welcher Tag heute war, wie lange er bereits an dieses Bett gefesselt war und vor sich hindämmerte. Er konnte sich nur an kurze Momente des Wachseins erinnern. Das Miststück musste ihn mit irgendeiner Substanz ruhiggestellt haben, nachdem sie ihn mit dem Sockel ihrer Nachttischlampe ausgeschaltet hatte. Noch immer spürte er die Verletzung an seiner Schläfe.

Tonys Hände zerrten an dem Bettgestell, an das er festgebunden worden war, und jede Bewegung, jedes Reißen an den Stricken brannte grauenvoll, da seine Haut bereits wund gescheuert war. Ihn überkamen Hass und hilflose Wut. Gedanken, die tobten und die sich ausschließlich um Charlottes' teuflisches Vorhaben drehten. Hoffentlich war es nicht schon geschehen.

Langsam erwachten seine Lebensgeister und er hoffte, die rote Hexe würde nicht jeden Moment auftauchen, um ihm wieder dieses Gift einzuflößen.

Wie lange wollte sie ihn noch in ihrem Schlafzimmer festhalten? Bis es erledigt war? Bis die Welt der Morgans – und somit auch seine – in Flammen aufgegangen war? Was würde mit ihm geschehen, sobald sie alles in Schutt und Asche gelegt hatte? Dann würde vermutlich auch dieses Bett Feuer fangen oder er würde ein Kissen auf seinem Gesicht spüren, das ihn für immer zum Schweigen bringen sollte. Sein Wissen war viel zu gefährlich für dieses Biest, sie konnte ihn unmöglich am Leben halten. Tony war sehr wohl bewusst, dass dieses Bett ein Sarg war. Allerdings fragte er sich, warum sie ihm nicht längst das Leben genommen hatte.

Tony dachte an Elizabeth, zu der er bestimmt nicht immer gut gewesen war, vor allem nicht in den Tagen, bevor Charlotte Harrington ihn hier gefangen genommen hatte. Er schwor sich noch in dieser Sekunde, alles wieder gutzumachen, Abbitte zu leisten, wenn er es irgendwie schaffen würde, diesem Gefängnis zu entkommen. Er schloss die Augen und zum ersten Mal seit einer Ewigkeit betete er zu Gott, dass die Familie Morgan wohlauf war, dass dieser Feuer sprühende Drache vielleicht doch kalte Füße bekommen und die Vernunft gesiegt hatte.

Ob man in der Stadt nach ihm suchte?

Traurig wurde ihm klar, dass ihn vermutlich niemand vermissen würde.

Tony, der Halunke. Tony, der Querulant. Tony, der unangenehme Zeitgenosse, der besser verschwunden blieb. Seltsam, dass man sich all seinen Missetaten und seinem schlechten sowie respektlosen Verhalten erst dann so richtig stellen musste, wenn man ahnte, dass das eigene Lebenslicht nicht mehr lange brannte.

Doch wenn es eine gute Eigenschaft an ihm gab, dann die, niemals aufzugeben. Abermals riss er an den Fesseln, biss in den Wollschal, um den üblen Schmerz zu unterjochen. Die Willenskraft untergrub die Resignation und sein Zerren an dem Bettgestell wurde kräftiger, weil Körper und Geist wieder erwachten. Nach einem weiteren energischen Reißen spürte er auf einmal neuen Bewegungsfreiraum seiner rechten Hand. Er riss die Augen auf, sah zu seinem freigekämpften Arm, betrachtete ihn, als würde er diesen zum ersten Mal in seinem Leben begutachten können. Tatsächlich war es ihm gelungen, sich aus einer der Schlingen zu befreien. Tony war so überrascht, dass er vor Erleichterung ungläubig auflachte.

Schlagartig hörte er rasch näherkommende Schritte auf dem Flur. Absatzschuhe.

Verdammte Scheiße! Der Drache war zurück. Er konnte nur an eines denken: *Nimm den Arm wieder hoch.*

Charlotte schloss die Tür auf, lief durch den Wohnraum des Apartments und gelangte nur Sekunden später in ihr Schlafzimmer. Er überlegte, ob er sich schlafend stellen sollte, aber er entschied sich dafür, ihr seinen wachen Geist zu offenbaren.

Sie blieb vor der Bettkante stehen und sah ihn direkt an. Tony hoffte und bangte, dass sie die entfesselte Hand nicht bemerken würde. Ihm fiel auf, wie geschwollen ihre Augen waren. Sie hatte ganz eindeutig geweint. Ein Wunder, dass diese Frau überhaupt in der Lage war, Tränen zu vergießen.

Ohne ein Wort zu verlieren, schlich sie um das Bett herum, setzte sich neben ihn und entnahm aus der obersten Schublade des Nachtschranks eine kleine braune Glasflasche. Tony las den fetten schwarzen Schriftzug auf dem Etikett. Irgendwo hatte er schon einmal eine Flasche mit diesem Mittel gesehen. Es dauerte nur den Bruchteil einer Sekunde, bis es ihm wie Schuppen von den Augen fiel. Vor rund zwei

Jahren hatte Elizabeths Pferd Bonita gelahmt, sodass John einen Veterinärmediziner aus North Bend kommen lassen hatte, der das Tier vor seinem Eingriff sediert hatte.

Charlotte, dieses Dreckstück, verabreichte ihm ein Narkosemittel für Pferde. Das erklärte auch, weshalb er die ganze Zeit kaum bei Bewusstsein gewesen war. Vorsichtig blickte er zu ihr auf. Sie entfernte den Wollschal, um ihm ein paar Tropfen des Betäubungsmittels mit einem Löffel zu verabreichen.

Tony nutzte die Gelegenheit. »Welcher Tag ist heute?« Seine Stimmbänder schmerzten.

»Mittwoch.«

»Welches Jahr?«

Sie lächelte über seine zynische Frage. »Oh, bitte, Tony. Es ist der 2. Januar 1963. Tag der Abrechnung.«

»Es ist also noch nicht erledigt?«, fragte er so trocken, wie es ihm in dieser Situation nur möglich war, um unaufgeregt zu erscheinen. Innerlich sah es ganz anders aus. Einerseits die Freude, dass Liz noch nichts geschehen war. Andererseits die große Angst um sie.

»Los, schluck!«

Tony überlegte, wie er es anstellen sollte, ihr vorzugaukeln, dass er ihrer Anweisung Folge leisten würde. »Was hast du davon, wenn du mich wie einen Gaul ruhigstellst?«

»Zeit.«

»Was passiert mit mir, wenn du deinen Teufelsplan in die Tat umgesetzt hast?«

Sie drückte ihm den Löffel in den Mund und beobachtete ganz genau, dass er schluckte, was er auch tat. Mit dem kleinen Unterschied, dass er die übel schmeckende sowie scharfe Flüssigkeit so gut wie möglich unter der Zunge behielt.

»Ehrlich gesagt, ist es mir egal, was mit dir geschieht. Meinetwegen kannst du in diesem Bett verrotten.« Charlotte erhob sich wieder, ging zum Fenster, zog den Vorhang eine Handbreit auf und blickte hinaus. »Es dauert nicht lange, bis es wirkt.«

Tony spürte, wie seine Zunge taub wurde, und er wartete sehnlichst darauf, dass dieser Dämon endlich das Schlafzimmer verließ, damit er sich des Narkosemittels entledigen konnte, bevor es wirklichen Schaden anstellte, doch sie verharrte vor der Fensterscheibe. Er nutzte diese Gelegenheit und ließ das Zeug an den Mundwinkeln hinablaufen. Charlotte sah immer noch aus dem Fenster und er wischte sich den giftigen Speichel mit seiner freien Hand aus dem Gesicht. Schnell wanderte der Arm wieder zurück. Sie war zu sehr in sich gekehrt, um diese kurze Bewegung zu registrieren.

»Weißt du, Tony, mein ganzes Leben habe ich mich auf dieser Welt einsam gefühlt. Der einzige Mensch, der mich verstand, war mein Vater. Er hat mir schon, als ich noch ein kleines Mädchen war, die Bedeutung unseres Hauses eingetrichtert und wie wichtig es ist, diesen Besitz bis zum letzten Atemzug zu verteidigen. Heimat bedeutet alles und jetzt will man mir dieses Zuhause wegnehmen. Es gibt für mich keinen anderen Ort als diesen hier. Das ist mir in den vergangenen Tagen mehr als bewusst geworden. Die Morgans sind nichts weiter als Diebe und ich lasse nicht zu, dass sie damit einfach so davonkommen. Der Wald flüstert zu mir«, sagte sie und drehte sich kurz zu ihm um. Er wurde von einer Gänsehaut heimgesucht bei ihren düsteren Worten. »Habe ich dir das schon einmal erzählt? Es heißt, in diesen Wäldern würden das Gute und das Böse gegeneinander kämpfen, aber das Gute hat mir zugeflüstert, ich müsse mich gegen das Böse wehren. Und genau das habe ich vor.«

»Welch ein geisteskrankes Gerede«, nuschelte er mühsam, da die Zunge nicht mehr das tat, was sie sollte und beinahe gänzlich ertaubt war.

Charlotte ließ sich von seinem Spruch nicht beeindrucken.

»Dir wird deine Stimme gleich schon noch versagen, du Idiot. Ich muss mir so was nicht anhören. Tony, ich bin die einsamste Frau der Welt. Als du mir über den Weg liefst, dachte ich, ich hätte endlich jemanden getroffen, der mich aus dieser Einsamkeit herausführt, doch letztendlich begriff ich, dass auch du zu ihnen gehörst, zu dieser verdammten Familie. Diesen Schweinen, die mir alles nehmen wollen. Ich kann einfach nicht verstehen, was du an Elizabeth findest. Sie liebt dich nicht einmal. Tony, ich habe dich geliebt. Auf meine Weise. Nun bin ich wieder das, was ich immer gewesen bin: die einsamste Frau der Welt.«

Beinahe tat sie Tony leid, wie sie dort am Fenster stand und ihm in diesem Augenblick wirklich wie der einsamste Mensch der Welt vorkam. Doch sie war ein durchtriebenes Biest, sicher war das alles nur Show. Oder? Egal, er besann sich wieder, denn diese Einsamkeit, sollte sie echt sein, hatte aus ihr eine Psychopatin gemacht.

Aus dem Wohnzimmer ertönte das helle Gongen einer Uhr, was Charlotte aus ihren Gedanken riss und Tony aufhorchen ließ.

»Es ist so weit.«

Sie verschwand aus dem Schlafzimmer und Tony hörte, dass sie ihr Apartment verließ und die Tür hinter sich zuschloss.

Charlotte hatte vergessen, ihm den Wollschal wieder wie einen Maulkorb anzulegen, doch Hilfe rufen kam ohnehin nicht infrage. Mit der freien Hand versuchte er, sich auch aus der anderen Fessel zu befreien, was viel zu viel Zeit in Anspruch nahm. Schließlich wusste er nicht, ob und wann sie wieder auftauchen würde. Die Uhr aus dem Wohnzimmer hatte viermal geläutet und Tony fragte sich, was die Harrington damit gemeint hatte, es sei so weit. Vermutlich wurden gleich die Verträge unterzeichnet. Der Brandanschlag sollte heute Nacht durchgeführt werden und Tony hatte jetzt die Gelegenheit, alles zu verhindern.

Endlich konnte er sich auch aus der anderen Schlinge befreien. Er streckte sich und verließ hastig das Bett, stürzte aber auf seine Knie, weil er immer noch schwach war. Alles drehte sich und der Schwindel wollte nicht verschwinden, aber er musste handeln.

Nachdem er sich im Bad den Mund ausgespült hatte, quälte er sich auf wackeligen Beinen in das Wohnzimmer und suchte nach einem Telefonapparat, den er neben einem Hochlehner auf einem Beistelltisch fand. Mit zitternder Hand hob er den Hörer ab, wandte sich ständig zur Tür um, weil er fürchtete, Charlotte könnte zurückkehren.

Die Leitung war tot und als er an dem Kabel zog, musste er feststellen, dass es durchtrennt worden war. Wütend schlug er den Hörer in die Halterung zurück und blickte sich gehetzt um. Die Tür war verschlossen. Sie einzutreten, würde zu viel Lärm verursachen.

Für Tony gab es nur einen Ausweg: der Ausstieg aus einem der Fenster.

Seine Augen schmerzten, als er hinaussah und das grelle Weiß des Schnees ihn blendete, weil er seit einer Ewigkeit kein Tageslicht mehr gesehen hatte. Charlottes Wohnung befand sich im ersten Stockwerk. Vom Wohnzimmer aus konnte er nicht fliehen, da sich unterhalb des Fensters die tiefe Schlucht auftat. Ihm blieb nur die Möglichkeit, aus dem Schlafzimmerfenster zu steigen, denn darunter befand sich das Dach einer Scheune, in der, wie er wusste, Brennholz aufbewahrt wurde. Er öffnete das Fenster, sah dann an sich hinunter und bemerkte erst jetzt, dass er nur mit einer Unterhose bekleidet war.

Überall suchte er nach seiner Kleidung, die er bei seiner Ankunft hier getragen hatte, doch er fand weder seine Schuhe, Hose, Hemd noch seinen Mantel. Ihm drängte sich der Verdacht auf, dass sie seine Sachen in das Kaminfeuer geworfen hatte. In ihm kochte die Wut.

Es half nichts, wohl oder übel musste er nackt durch den Schnee laufen, um die Morgans vor Charlotte zu warnen. Er würde vermutlich erfrieren noch bevor er Morgan's Hall erreichte, aber dieses Risiko musste er eingehen. Es hing zu viel davon ab. Tony legte sich die Tagesdecke um die Schultern, die auf dem Bett lag, und betete, dass sie ihn wenigstens etwas schützte.

Und dann stieg er aus dem Fenster.

***

Zufrieden lehnte John sich in seinem Sessel zurück und beobachtete Cole bei der Unterzeichnung der Verträge. Genau auf diesem ihm gegenüberstehenden Stuhl hatte er einmal gesessen und sein geliebtes Land an Clark verkauft, weil er von ihm erpresst worden war und keinen anderen Ausweg fand, um seine Ehe mit Isabelle zu retten. Wer hätte gedacht, dass sich das Blatt eines Tages wenden würde?

Nun saß er in Clark Harringtons altem Arbeitszimmer, das sich bis heute nicht verändert hatte. Die Wände waren mit erdrückenden Holzvertäfelungen verkleidet und überall hingen noch die Jagdtrophäen. Drei Elchköpfe, zwei Lachse und sogar ein Luchs. Sein Blick wanderte zu der weißen Schnee-Eule, die auf einem Beistelltisch neben dem Ledersofa aufgebahrt war und ihm mit leblosen Augen entgegensah. Diese Vogelart war selten und mittlerweile war es verboten, sie zu schießen. All diese ausgestopften, toten Tiere würden diesen Raum als Erstes verlassen, überlegte

John. Clarks viktorianischer Schreibtisch war ebenfalls eine Scheußlichkeit, die auf dem Müll landen würde.

»John«, riss Cole ihn aus seinen Gedanken, »das war die letzte Unterschrift. Von nun an bist du der rechtmäßige Eigentümer des Great Mountain Hotels und des umliegenden Landes. Ich gratuliere dir.«

Beide erhoben sich von ihren Stühlen und reichten einander in Anwesenheit ihrer Anwälte die Hände. »Ich danke dir.«

»Das Leben nimmt seltsame Wendungen an, Mr Morgan«, sagte Alister Rhys-Montgomery, der Rechtsbeistand der Harringtons, gegen den sich John viele Jahre zur Wehr hatte setzen müssen, weil er ihm im Auftrag Clarks ein Angebot nach dem anderen unterbreitet hatte. Und das alles nur, weil der Hotelier ihm ein bedeutendes Stück Land abkaufen wollte.

»Da haben Sie wohl recht, Mr Rhys-Montgomery«, erwiderte John gelassen. »Und es ist das Ende eines jahrzehntelangen Kriegs zwischen den Harringtons und meiner Familie, auch wenn ich mir gewünscht hätte, die Dinge wären anders verlaufen.« Sein mitfühlender Blick traf auf Cole, der ihm zunickte und ganz gewiss verstand, was er damit meinte.

James saß neben Johns Anwalt, Paul Mitchell, stand jetzt jedoch auf und reichte Cole ebenfalls die Hand. »Ich hörte, du wirst dich direkt auf den Weg zum Flughafen machen?«

»Das ist richtig«, antwortete Cole und wirkte durchaus erleichtert. »Noch heute Abend geht mein Flug nach Boston. Letzte Woche erhielt ich die Bewilligung, mein Studium am Massachusetts Institute of Technology fortsetzen zu dürfen.«

Johns Augen leuchteten. »Das ist eine großartige Neuigkeit, mein Junge. Wir wünschen dir für deine Zukunft nur das Allerbeste. Ich würde mich sehr freuen, wenn du ab und an mal etwas von dir hören lässt.«

»Das werde ich. Ganz bestimmt. Ich möchte mich auch bei dir bedanken, John. Seit der Inhaftierung meines Vaters hast du mir immer mit Rat und Tat zur Seite gestanden. Mir ist bewusst, dass dies im Hinblick auf unsere familiäre Vergangenheit keine Selbstverständlichkeit war.«

»Das habe ich gerne gemacht«, sagte John sehr ergriffen. »Heute Morgen habe ich meine Bank angewiesen, die fünf Millionen Dollar auf dein Konto zu überweisen. Das ist eine Menge Spielgeld«, sprach er mit einem Grinsen im Gesicht.

»Puh, ich weiß ehrlich gesagt noch nicht genau, was ich mit meinem Anteil anstellen soll.«

James meldete sich zu Wort. »Cole, wo ist überhaupt deine Schwester abgeblieben?«

»Sie wartet unten in der Lobby, um mich zu verabschieden. Soweit ich weiß, hat sie eine Wohnung in Seattle angemietet.«

»Sie verlässt Woodwall?«, fragte er weiter.

»Zumindest habe ich das so verstanden. Na ja, ihr wisst, dass mein Verhältnis zu ihr nicht das beste ist. Der Abstand wird uns sicherlich ganz guttun.«

»Das kann ich gut nachvollziehen«, meinte John. »Jedoch habt ihr zwei nur noch euch. Wenn ich in meinem Leben eins erkannt habe, dann, dass es auf dieser Welt nichts Wichtigeres gibt als die Familie. Ich wünsche mir von ganzem Herzen, dass du und Charlotte irgendwann wieder zueinanderfindet.«

Cole nickte. »Ja, das hoffe ich auch.« Er krempelte den linken Ärmel seines Jacketts ein wenig hoch und blickte auf seine Armbanduhr. »Schon so spät. Ich muss mich leider verabschieden.«

»Ich schließe mich der Verabschiedung an«, sagte Rhys-Montgomery und hielt John die Hand hin. Ein bisschen Genugtuung verspürte Morgan in diesem Moment, als er den schlaffen Händedruck spürte, den er bei dem Advokaten immer gehasst hatte. Es war einfach nicht der Handschlag eines gestandenen Mannes, sondern eines studierten Armleuchters. John drückte so fest zu, wie er nur konnte.

Cole erhielt von John das, was er verdiente: eine innige und lange Umarmung. Dann löste der Harrington-Spross sich aus dieser väterlichen Geste und verließ gemeinsam mit dem Anwalt das ehemalige Arbeitszimmer seines Vaters, ohne sich umzuschauen.

Mit den Händen stütze John sich auf der Holzplatte des Schreibtisches ab, die Arme durchgestreckt. »Tja, auf zu neuen Ufern.«

»Die Morgan-Dynastie ist um ein ganzes Stück gewachsen«, sagte James ehrfürchtig und John entnahm den Worten seines Stiefsohnes so etwas wie Stolz. »Wir sollten allmählich zurückfahren, bevor die Straße wieder gefriert.«

»Fahrt ruhig schon einmal vor. Ich werde mir noch ein paar alte Akten ansehen.« John atmete tief ein. »Außerdem muss ich in Ruhe verinnerlichen, dass dieser Arbeitsplatz von nun an unserer sein wird. Ich werde dann zu Fuß nach Hause kommen. Paul, Sie übernachten doch auf Morgan's Hall? Ich habe unsere Suzie gebeten, uns heute Abend ein Festmahl zuzubereiten.«

»Sehr gerne, John. Ich freue mich. Im Übrigen habe ich die *andere Sache*, um die Sie mich gebeten haben, gestern in die Wege geleitet.«

James runzelte die Stirn. »Welche andere Sache?«

»Sei nicht so neugierig«, meinte John und zwinkerte Paul zu. »Eine gute Sache, mein Junge.«

»Okay«, erwiderte James und verzog das Gesicht zu einem Lächeln, doch in seinen Augen war große Neugierde zu lesen, bis er sich von John abwandte und zur Tür wanderte.

John sah ihm nach. Von hinten glich der junge Mann seinem Vater Dickie so sehr.

»Ach, James!«, rief er ihn zurück, sodass er sich im Türrahmen umdrehte. »Damals hatte sich dein Vater immer gewünscht, ein Teil unseres Familienunternehmens zu sein. Ich bin sehr dankbar, dass du von nun an den Traum deines Vaters leben kannst.«

James lächelte ihm zu. »Das bin ich auch. Wirklich.«

»Bis gleich, mein Junge.«

»Bis gleich, John.«

***

James und Paul liefen Seite an Seite die breite Treppe hinunter, die zur Lobby führte und wie ausgestorben wirkte. Gestern waren die letzten Hotelgäste abgereist und auch das Personal war bis auf Weiteres entlassen worden. Wie er wusste, war John gewillt, einen Großteil der Arbeitsplätze für das Erholungssanatorium zu erhalten, doch bislang war nicht klar, wann in diesen leeren Hallen wieder ein normaler Betrieb stattfinden würde. So lange konnte er die Arbeiter nicht weiterbezahlen. Die Umbaumaßnahmen, die vor allem für medizinische Zwecke durchgeführt werden mussten, konnten erst nach der Schneeschmelze beginnen und bis dahin würden vermutlich noch drei oder vier Monate ins Land ziehen.

James blieb vor dem Kamin stehen. »Mr Mitchell, kann ich Sie um juristischen Beistand bitten?«

»Natürlich. In welcher Angelegenheit?«

»Scheidungsrecht. Wie John Ihnen vielleicht erzählt hat, habe ich mich kürzlich von meiner Frau Olivia getrennt und ich befürchte, dass mir ein langer Scheidungskrieg bevorsteht.«

»Wollen Sie denn irgendwelche Ansprüche geltend machen? Wie ich hörte, ist die Familie Ihrer Frau sehr wohlhabend.«

»Nein, ich habe keinerlei Interesse an dem Geld der Wulfs«, sagte er bestimmt. »Ich will einfach nur aus dieser Ehe raus. Mehr nicht. Ich bin mir jedoch sicher, dass Olivia einer Scheidung nicht zustimmen wird.«

Paul legte seine Hand auf James' Schulter. »Das hört sich sehr nach emotionaler Kränkung an. Das ist kein seltener Fall, dass sich einer der Ehegatten strikt weigert, das Scheitern der Ehe hinzunehmen. Allerdings bedeutet das nicht, dass es niemals zu einer Scheidung kommt. Eine Verweigerung ist nicht ewig möglich.«

James seufzte. »Was heißt ewig?«

»Ich habe mal von einem Scheidungskrieg gehört, mit dem sich ein Kollege aus Tacoma herumplagen musste. Erst nach drei Jahren entschied das hiesige Gericht, dass die Scheidung auch ohne Einverständnis des anderen Partners gültig war, denn damals war davon auszugehen, dass die Ehe unwiderruflich zerrüttet war und keine Chance auf eine Wiederaufnahme bestand.«

»Drei Jahre?«, wiederholte James und war fassungslos. »Das ist eine verdammt lange Zeit, Paul. So lange kann und will ich nicht warten. In meinem Leben gibt es eine Frau, die ich von Herzen liebe. Eine Frau, die ich heiraten will.« Seine Worte mussten sich in den Ohren des Anwalts wie ein Flehen anhören, denn er blickte ihn traurig an.

»Nun lassen Sie mal nicht den Kopf hängen, James. Vielleicht zeigt Ihre Noch-Ehefrau baldige Einsicht und in spätestens einem Jahr sind Sie ein freier Mann. Wir müssen an das Gute im Menschen glauben, und ihr ist sicher nicht daran gelegen, Sie emotional zu *foltern*.«

Niedergeschlagen senkte James die Lider. »Sie haben ja keine Ahnung. Olivia wird alles daransetzen, mir das Leben zur Hölle zu machen.«

»Lassen Sie uns über die Einzelheiten in meiner Kanzlei sprechen. Wir werden einen Weg finden. Das verspreche ich Ihnen.«

»Da ist noch etwas«, sagte James, und Paul, der gerade weitergehen wollte, blieb unverzüglich stehen. »Ich weiß, das ist sicherlich nicht Ihr Fachgebiet, aber kennen Sie sich mit den Prozessen gegen Kriegsverbrecher aus?« Er stopfte seine Hände in die Hosentaschen und plötzlich war er nervös. Paul runzelte verwirrt die Stirn. James musste genauer werden. »Nehmen wir mal an, irgendwo würde ein ehemaliger SS-Funktionär unter falschem Namen leben. Wie groß wären die Chancen, dass dieser Mensch für seine Taten, die über zwanzig Jahre zurückliegen, belangt wird?«

»James, machen Sie Witze? Haben Sie noch nie etwas von dem Prozess gegen Adolf Eichmann gehört? Er war ein deutscher SS-Obersturmbannführer. Irgendwann, ich glaube, das war 1960, wurde er von israelischen Agenten aus Argentinien entführt und nach Israel gebracht, wo ihm ein öffentlicher Prozess gemacht wurde. Ich kann nicht glauben, dass Sie davon in den vergangenen Monaten nie in den Zeitungen gelesen haben. Nichts für ungut, aber die Jugend von heute ist mir manchmal ein echtes Rätsel.«

Natürlich hatte James den Namen Eichmann irgendwo schon einmal gelesen, aber er hatte diesen Fall niemals verfolgt und jetzt kam er sich wie ein Idiot vor.

»Ich habe mich in der kürzlichen Vergangenheit wohl zu sehr mit meinen eigenen Problemen befasst«, gab er ehrlich zu. »Wie ist der Prozess ausgegangen?«

»Das Gericht verurteilte ihn zum Tode. Man sprach ihn schuldig für die Mitschuld an der Verfolgung, Deportation und Ermordung von Millionen Menschen. Erst letzten Sommer wurde er in der Nähe von Tel Aviv hingerichtet. Sagen Sie mal, warum interessiert Sie das?«

Such nach einer gescheiten Ausrede! Schnell, bevor er zu viel nachhakt, wies sich James im Stillen an.

»Ach, wissen Sie, Paul, ich denke in letzter Zeit oft über die Geschehnisse des Zweiten Weltkriegs nach. Ich habe im vergangenen Jahr einige Städte in Europa bereist und erst dort wurde mir klar, welch Zerstörung und Leid der Krieg angerichtet hat. Noch heute sind die Menschen traumatisiert. Vielleicht bewegt mich dieses Thema auch, weil meine Stiefmutter jüdischer Herkunft ist. Ich frage mich, ob damals alle Funktionäre eine gerechte Strafe erhalten haben und wie vielen es gelungen ist, dieser Strafe zu entkommen – mehr nicht.«

Pauls skeptische Augen verrieten, dass er ihm diese Geschichte nicht abkaufte, aber der Anwalt schien auch nicht weiter nachbohren zu wollen. »In North Bend haben wir ein gut sortiertes Zeitungsarchiv und wenn Sie mich demnächst bezüglich Ihrer Scheidung in meiner Kanzlei besuchen, kann ich Ihnen auch sicherlich die Einwilligung zum Zutritt des Archivs arrangieren.«

»Vielen Dank. Dieses Angebot nehme ich sehr gerne an.« James entdeckte plötzlich Charlotte, die soeben die Lobby betrat. »Paul, würden Sie vielleicht schon einmal im Rolls-Royce auf mich warten? Es wird nicht lange dauern.«

Der Anwalt nickte und verließ geradewegs das Hotel.

Charlotte stand inmitten der Eingangshalle, hielt in ihren Händen eine Reisetasche und wirkte auf James irgendwie fahrig, ja geistesabwesend. Sie bot ihm eine völlig andere Erscheinung als noch vor wenigen Tagen, als er ihr hier begegnet und sie ihm wie eine giftige Vogelspinne vorgekommen war. Oder die Schwarze Witwe. Langsam ging er auf sie zu und blickte in ihr blasses Gesicht. »Ist alles in Ordnung?«

Charlotte riss die Augen auf, als habe er sie soeben aus einem tiefen Sinnieren gerissen.

»Ja, es ist alles bestens.«

James hielt in der Lobby Ausschau. »Hat Cole sich bereits von dir verabschiedet?«

»Das hat er. Er hat sich vor gut zehn Minuten zum Flughafen aufgemacht.« Sie blickte über seine Schulter hinweg. »Ist John gar nicht bei dir?«

»Nein, er ist noch im Arbeitszimmer und möchte sich noch die ein oder andere Akte ansehen.« Er fasste sich ein Herz, denn vor ihm stand ein Häufchen Elend. »Ich kann mir gut vorstellen, wie dir gerade zumute ist. Es tut mir wirklich sehr leid, dass du dein Zuhause verlassen musst.«

Charlotte antwortete zunächst nicht, offenbarte dann aber ein mildes Lächeln. »Schon gut, James. Wie heißt es doch so schön: Die wahre Heimat trägt man im Herzen?«

»Ich wünsche dir alles Glück dieser Welt und ich hoffe, du findest einen Ort, der die jetzige Heimat in deinem Herzen ablösen wird.«

»Ich muss mich wohl bei dir für mein Benehmen vor wenigen Tagen entschuldigen.«

»Nein, Charlotte, ich weiß, du hast viel durchgemacht.«

Lange sah sie ihn schweigend an, als würde sie ihn durchleuchten. Es war ihm unangenehm, aber er hielt es aus.

»Ich war mal sehr verliebt in dich.« James lächelte verlegen. »Als wir Kinder waren, habe ich immerzu deine Nähe gesucht und am Lagerfeuer um dich herumgetanzt, immer in der Hoffnung, du würdest irgendwann einmal zu mir aufsehen.« Sie unterbrach sich und senkte den Blick. »Du hast mich nie gesehen. Nie. Aber so ist das wohl für Menschen, die im Schatten tanzen – fernab des Lichts.«

Wie sie diese Worte aussprach, so tief verletzt und verloren, bereitete ihm eine gehörige Gänsehaut. Sie litt, die arme Seele. Er konnte darüber keine Genugtuung empfinden, fühlte stattdessen aufrichtiges Mitleid.

»Charlotte, damals habe ich niemanden gesehen, weder dich noch irgendjemand sonst.«

»Doch das hast du.« James ahnte, dass sie auf Elizabeth anspielte – womit sie recht hatte.

»Ja, vielleicht«, gab er zu. »Ich mache mir ehrlich Sorgen um dich.«

Sie lachte, überspielte gekonnt ihre Traurigkeit. »Nein, nein. Ich versichere dir, dass es mir gut geht. Nur ist endgültig der Abschied gekommen und dieser hat mich für einen kurzen Moment ein wenig melancholisch werden lassen, sonst nichts weiter.«

»Verständlich. Darf ich dich noch zu deinem Wagen begleiten?«

Sie biss sich auf die dünne Unterlippe, schien irgendwie zu zögern. »Gerne.«

Dann hakte sie sich bei ihm ein.

»Soll ich deine Tasche übernehmen?«

»Nein, nicht nötig. Sie ist nicht schwer.«

James öffnete die hohe Eingangstür und gab Charlotte den Vortritt. Gerade wollte er sie zu ihrem Wagen begleiten, der damals noch Clark gehört hatte und neben dem Hotel parkte, da blieb sie abrupt stehen.

»Oh, ich habe etwas in meinen Räumen liegen lassen, das mir sehr wichtig ist. Es gehörte meinem Vater. Hast du einen Schlüssel für die Eingangstür? Das ist eine Sicherheitstür und sie lässt sich nur von innen öffnen. Meinen Schlüsselbund für alle Räume habe ich in einer Schublade an der Rezeption hinterlegt.«

»Ja, tatsächlich hat John mir gerade bei der Übergabe einen Schlüsselbund überreicht. Warte, ich schließe dir die Tür auf.«

Charlotte lächelte erleichtert und er entnahm seiner Manteltasche den Schlüssel, um ihr zu öffnen. Ein seltsames Gefühl machte sich in ihm breit, als würde Elektrizität durch seinen Körper strömen. Sie legte ihre Hand auf seine, streichelte sie leicht und diese unerwartete Zärtlichkeit war ihm derart unangenehm, dass er diese Liebkosung apathisch verfolgte. Er war wie erstarrt.

»Hättest du doch nur einmal zu mir aufgesehen, James Morgan …«, flüsterte sie, »… vielleicht hätte es alles verändert.«

Er beschloss, diese Aussage gänzlich zu ignorieren, und entzog ihr seine Hand, ließ den Schlüssel wieder in seiner Manteltasche verschwinden. »Soll ich mitkommen?«

»Nein, bitte nicht. Euer Anwalt scheint in dem Wagen zu erfrieren.« Er drehte seinen Kopf zu Paul, der im Rolls-Royce saß und sich vor Kälte die Hände rieb.

Irgendwie war ihm nicht wohl bei dem Gedanken, sie nicht zu begleiten, aber andererseits wollte er ihr nicht das Gefühl von Misstrauen vermitteln. Sie war ohnehin schon schwermütig genug.

»In Ordnung. Dann ist das wohl unser Abschied. Ich hoffe, du wirst glücklich, Charlotte. Das wünsche ich mir sehr für dich.«

Einen Augenblick lang stand sie vor ihm und betrachtete ihn mit einem wehmütigen Ausdruck. »Das wünsche ich dir auch.«

Sie verschwand wieder in der Lobby, während er ihr noch kurz nachsah und erschreckte, weil eine Hupe ertönte. Paul schien ungeduldig zu werden und er rannte zu Johns Wagen, öffnete rasch die Fahrertür, um sich hinters Steuer zu setzen. Sein Blick war jedoch weiterhin auf das Hotel gerichtet.

»Was ist, James?«

»Ich weiß es nicht … ich habe ein merkwürdiges Gefühl, das ich mir nicht erklären kann.« Irgendetwas lauerte im Hintergrund seiner Gedanken, irgendetwas Drohendes, Furchtbares. »Ach, möglicherweise bilde ich mir das auch nur ein.«

»Gewiss. Können wir los? Ich spüre meine Füße kaum noch und meine Finger sind schon ganz blau vor Kälte.«

James traf eine Entscheidung. »Ich fahre Sie eben nach Morgan's Hall und werde dann wieder zurückkommen.«

»Wie Sie meinen.«

Noch einmal sah er zurück, fuhr dann los.

Die Dämmerung war längst hereingebrochen und der Himmel zeigte ein eigenartiges Farbgemisch aus dem dunklen Blau des vergangenen Tages, der Schwärze der einkehrenden Nacht und einem blutigen Orangerot der untergehenden Sonne.

Götterdämmerung.

Die Eule, der Bär und das Reh

Ruhig. Ganz ruhig«, raunte Phil der Stute Bonita zu, die zuvor aufgebracht mit den Hufen gegen die Stalltür ausgetreten hatte. Nur durch Zufall hatte er die dumpfen Laute aus dem Pferdestall vernommen, als er aus der Garage gekommen und auf dem Weg zum Haupthaus gewesen war. Auch die anderen Pferde wirkten eigenartig getrieben, doch die sensible Bonita benötigte von allen Tieren die meiste Zuwendung. Jetzt schien es ihm aber gelungen zu sein, das Appaloosa-Pferd davon überzeugt zu haben, sich vor nichts fürchten zu müssen. »Was war denn bloß los mit euch?«, fragte er in die tierische Runde. Die Antwort war ein Schnaufen seines Gauls Paco.

Seltsam, dachte er.

Tiere verfügten im Allgemeinen über den sechsten Sinn, spürten bereits Tage zuvor, wenn sich ein Unheil ankündigte wie ein Erdbeben oder starkes Gewitter. Das letzte wirklich wahrnehmbare Beben lag schon lange zurück, doch ein jeder hier musste stets mit dieser Naturerscheinung rechnen, da die Region vulkanischen Ursprungs war.

Phil wartete noch einen kurzen Moment, um sicherzustellen, dass die Pferde dauerhaft beruhigt waren. Alles schien friedlich. Daraufhin verließ er den Stall. Er kniff die Augen zu, weil ihn seit heute Morgen schlimmes Kopfweh plagte.

Ein stechender Schmerz, der sich bis zu seinen Schläfen zog, als würden hunderte Blitze im Sekundentakt in seinem Kopf einschlagen. Seit Tagen fühlte er sich elend. Irgendetwas, das tief in seinem Inneren verborgen lag, legte sich wie schwarzer Teer über seinen Geist. Benebelte seine Sinne, ohne dass er es sich erklären konnte.

Wann durfte er endlich diese Welt für eine andere verlassen? Phil war des Lebens müde und fragte sich, wann seine Aufgabe hier endlich erfüllt sein würde. So lange wartete er schon auf die Erlösung und die Erlaubnis der guten Geister, diesen alten und gebrechlichen Körper aufgeben zu dürfen. Doch dieser Wunsch war ihm bislang verwehrt geblieben. Immer, wenn er geglaubt hatte, seine Seele würde sich allmählich verabschieden, erwachte er am nächsten Morgen mit neuer und unbändiger Energie.

Das war sein Schicksal. Seine Wacht war noch nicht vorbei.

Die vergangenen Nächte waren traumlos gewesen, was ihn in Unruhe versetzte, denn Träume zeigten ihm sonst stets verlässlich den Weg, aber es schien, als hätte eine größere Macht ihn dieser Gabe beraubt. Sein Herz klopfte laut und kräftig wie das eines zwanzigjährigen Burschen. Nein, seine Wacht war noch nicht vorbei. Die Geister schenkten ihm neue Kraft für das, was unweigerlich auf ihn zukommen würde. Nur auf diese Kopfschmerzen könnte er verzichten.

Zermürbt verriegelte Phil den Holzverschlag des Stalls.

Der Frost zog an. Diese Nacht versprach, die kälteste des bisherigen Winters zu werden. Die Dunkelheit hatte sich inzwischen über das Land gelegt und er blickte zu den Sternen hinauf, die eigenartig flimmerten, wie er es noch nie gesehen hatte.

Was in aller Welt geht gerade vor sich?, fragte er sich. Beklemmung machte sich in ihm breit und er sah mit sorgenvoller Miene zum Great Mountain hinüber, das verborgen in der Ferne lag, sodass er nur die Umrisse ausmachen konnte. Ein ungewohntes Bild, denn sonst strahlte Licht aus den einzelnen Fenstern der Hotelzimmer, doch jetzt thronte es in einsamer Finsternis auf dem hohen Felsvorsprung. Er hoffte, dass John und James alsbald zurückkehren würden.

Phil ließ seinen Blick umherschweifen, bis er etwas entdeckte, das ihn zutiefst erschreckte. Im hellen Schein der Sterne sah er zwei Eulen, die über das Eis des Golden Lakes jagten und unentwegt ihre Kreise zogen. Er hielt inne. Seine Gedanken sprangen in dieser Beklemmung hin und her. Er musste sofort zum Haus, denn er spürte, dass die Zeit drängte. Sobald die Männer von ihren Vertragsverhandlungen zurück waren, würde Phil ihnen erklären, dass es heute Nacht besser sein würde, Fenster und Türen zu verriegeln. James, Tristan, John und er würden Wache halten müssen, denn da draußen lauerte etwas, das ihm nicht gefiel. Etwas, das in ihr Refugium eindringen wollte.

Phil passierte den vom Schnee freigeschaufelten Pfad, der zum Haus führte, doch dann kam es ihm vor, als hörte er ein Wimmern. Rasch blickte er sich um, aber weit und breit war niemand auszumachen. Er ging weiter, doch dann fixierten seine Augen irgendetwas, das sich ein Stück weit entfernt im tiefen Schnee regte. Er konnte nicht erkennen, was sich dort auf und ab bewegte, aber geradewegs auf Morgan's Hall zusteuerte. So schnell, wie ihn seine alten Beine trugen, rannte er zum Haus, öffnete hastig die Tür und sah sich im Foyer um. Dann rief er nach Tristan, der schnurstracks aus dem Salon stürmte.

»Was ist denn los?«

»Hol das Gewehr!«, befahl Phil.

Tristan kannte ihn nur zu gut und begab sich, ohne weitere Fragen zu stellen, unverzüglich in Johns Arbeitszimmer, wo in einem Eichenschrank die Jagdgewehre aufbewahrt wurden. Nun traten auch Isabelle, Violett und Elizabeth in das Foyer, die Phil allesamt mit fragendem Ausdruck ansahen.

»Was ist denn los?«, fragte Isabelle, während Tristan mit zwei Gewehren zurückkam und Phil eins davon in die Hand drückte.

»Ihr Frauen bleibt bitte im Haus. Verstanden?« Verängstigte Augenpaare starrten Phil entgegen. Violett nickte ihm apathisch zu.

Die Männer eilten wieder hinaus und näherten sich langsam der Gestalt.

»Was könnte das sein?«, fragte Tristan im Flüsterton. »Ein Bär?«

»Möglich. Aber für einen Bären zu klein. Es könnte alles sein.«

Phil entsicherte den Lauf der Schrotflinte und Tristan tat es ihm gleich, beide in Kampfstellung, allzeit bereit zu schießen. Schleppend bahnten sie sich den Weg durch den kniehohen Schnee, blieben dann ruckartig stehen, weil sie eine wehklagende Stimme hörten.

»Was in aller Welt …«, kam es von Phil.

»War das ein Hilferuf?«, fragte Tristan.

»Hey!«, brüllte Phil und sein Zuruf echote über das stille Land. »Wer zum Henker sind Sie? Los, machen Sie sich bemerkbar, zeigen Sie sich uns, oder ich schieße. Das schwöre ich.«

Mühsam rappelte sich die dunkle Gestalt aus dem Schnee, schwankend wie ein Betrunkener.

»Bitte, helft mir. Ich spüre meine Beine nicht mehr.«

Als sie sich dem Unbekannten näherten, zuckte Tristan plötzlich zusammen und senkte den Lauf seiner Schrotflinte, sah Phil mit erstaunten Augen an. »Verdammt, das ist O'Reilly.«

Die beiden Männer eilten auf ihn zu und fanden einen völlig entkleideten Tony vor, um dessen Schultern lediglich eine inzwischen feuchte Wolldecke lag. Der Mann schien kurz vor dem Erfrieren zu sein, zitterte am ganzen Körper.

Tristan fackelte nicht lange. Er sicherte das Gewehr und reichte es Phil. »Na los, leg die Arme um meinen Hals und steig auf meinen Rücken! Wir bringen dich ins Haus.«

***

John blickte aus dem Fenster und sah den Rolls-Royce in Richtung Morgan's Hall davonfahren, bis irgendwann die Rücklichter zwischen den verschneiten Douglastannen verschwanden. Von hier aus konnte er direkt bis zu seinem Zuhause schauen, wo nach und nach die Lichter eingeschaltet wurden.

Er hatte nicht vor, noch einen Blick in Clarks und Coles alte Geschäftsakten zu werfen. Das hatte noch Zeit. Vielmehr beabsichtigte er, einen stillen Moment ganz allein in diesem Hotel zu verbringen, denn immer noch kam es ihm unwirklich vor, dass all das nun ihm gehörte.

John wollte erst einmal die Tatsache verinnerlichen, ja begreifen, denn bislang hatte er hierfür nicht die Zeit gefunden. Ehrfürchtig schritt er durch Clark Harringtons ehemaliges Arbeitszimmer, betrachtete alles mit besonderer Aufmerksamkeit für das Detail. Es gab viel Schönes hier, wie das hellbraune Ledersofa vor dem Kamin. Aber auch viel Hässliches, wie all die toten Viecher an den Wänden. Unter der hohen Decke hing ein prächtiger ausladender Waterford-Kronleuchter, der dem Raum irgendwie die Krone aufsetzte. Nein, er hätte sich niemals träumen lassen, dass er, John

Morgan, einmal all das hier sein Eigen nennen würde. Die Schlacht mit den Harringtons gehörte nun ein für alle Mal der Vergangenheit an.

Und John war froh darüber, sehr froh, auch wenn er Clarks Tod ehrlich bedauerte.

Vielleicht war ein Feind im Herzen genauso verankert wie ein Freund.

Es musste so sein.

Wenn ihn doch sein Vater Charles nun sehen könnte, hier an diesem Ort. Wie gerne hätte John dessen Gesicht gesehen. Wie sehr wünschte er sich jetzt, er könnte mit ihm über die weiteren Pläne dieses Hauses debattieren, sinnieren, um hieraus etwas Uneigennütziges, etwas wahrhaft Gutes zu erschaffen. John wusste, dass alles, was er vorhatte, in Charles' Sinn gewesen wäre, und diese Gewissheit machte ihn als Sohn glücklich.

Wieder sah er aus dem Fenster und blickte in den Himmel hinauf, als wartete er auf ein Zeichen seines Vaters, doch das Einzige, was John sah, war ein wunderschönes Farbenmeer aus hell und dunkel.

Eine Träne des Glücks rollte langsam über seine Wange.

Er war glücklich, vielleicht glücklicher als jemals zuvor in seinem Leben. Nicht, weil er einen langen Kampf gewonnen hatte, sondern einzig und allein, weil dort hinten, im Haus am anderen Ende des Sees, seine Familie auf ihn wartete. James, der nach so ewiger Zeit endlich wieder heimgekehrt war, nachdem auch er begriffen hatte, wohin sein Herz gehörte – nach Morgan's Hall.

Als John für einen kurzen Moment die Augen schloss, sah er das überglückliche Lächeln seiner Tochter und es erfüllte ihn mit wohliger Wärme, die sich mit unbändigem Optimismus und großem Stolz paarte.

Teddy!, dachte er jetzt. Wie groß war damals seine Enttäuschung gewesen, als Doktor Horne Isabelle und ihm offenbarte, der Kleine würde niemals ein normaler Junge sein. Aber Teddy war ein normaler Junge, vielleicht war er sogar der glücklichste kleine Junge der Welt, denn dort drüben wurde er von allen geliebt, weil er Teddy war und niemand anderes.

Obwohl Morgan's Hall und seine Familie nicht weit entfernt waren, überkam ihn aus heiterem Himmel das Gefühl von Heimweh.

So etwas Verrücktes, dachte er und schüttelte über sich selbst erstaunt den Kopf. Aber dennoch wurde es Zeit, nach Hause zurückzukehren. Hier in diesem Arbeitszimmer würde er noch genügend Stunden verbringen.

Er ging wieder zu dem Schreibtisch zurück und betrachtete die aufgeschlagene Akte mit den Verkaufsdokumenten, besah sich Coles sowie seine Unterschrift, die diesen Deal amtlich machten. Mit den Fingerspitzen strich er über die Urkunde, schloss dann die Mappe. Daraufhin nahm er seinen Mantel, der am Garderobenständer hing, zog ihn über, bis ein leises Klicken ihn aufhorchen ließ.

Sicherlich war es nur das Geräusch eines verglühenden Holzscheits im Kamin.

***

»Wir brauchen sofort mehrere Decken und eine Wärmflasche!«, brüllte Phil, als er mit Tristan und Tony ins Haus stürmte. Sie trugen ihn in den Salon und setzten ihn vor dem wärmenden Feuer des Kamins ab. Die Frauen waren von dem Anblick, der sich ihnen gerade bot, so verwirrt, dass sie zunächst nicht reagierten. Erst als Phil seine Forderung mit resoluter Stimme wiederholte, rannten Isabelle und Violett los. Nur Elizabeth blieb zurück und kniete sich vor Tony.

»Um Himmels willen, wo hast du gesteckt?«, schrie sie aufgebracht, legte ihre Hände auf seine Schultern und schüttelte ihn leicht. »Ich habe mir unglaubliche Sorgen gemacht.«

Tony versuchte, durch seine blauen Lippen zu sprechen, aber sie bebten so unkontrolliert, dass es schwer war, die Wörter zu verstehen. Isabelle kam mit drei Wolldecken zurück, die sie dem jungen Mann um den Körper legte. Mit drei gefüllten Wärmflaschen eilten Violett und Suzie aus der Küche. Elizabeth legte sie Tony unter die Decken, direkt auf die verkühlte Haut.

»Der ist ja halb tot«, sagte Violett, die ihn verstört anstarrte.

»Der Rolls-Royce kommt gerade zurück!«, rief Tristan, der am Fenster stand und hinausblickte. »Ich kann das Scheinwerferlicht erkennen.«

Gott sein Dank, dachte Phil und widmete sich wieder Tony, der zwar immer noch unentwegt schlotterte, aber einen nicht mehr allzu elenden Eindruck machte. Die Wärme schien ihm gutzutun. Suzie reichte dem Kerl eine Tasse Tee und langsam nahm er einen Schluck.

»Können Sie jetzt sprechen?«, fragte Phil.

»Wo ist John?«, kam es schwach von Tony.

»Im Great Mountain Hotel«, antwortete er und war über diese Nachfrage etwas erstaunt.

»Charlotte … Charlotte.«

Phil sah kurz zu Isabelle auf, die kräftig schluckte, als Tony diesen Namen aussprach.

»Was ist mit Charlotte?«

»Sie … sie hat vor, Morgan's Hall und die … die Kelterei niederzubrennen. Heute Nacht. Ich … ich schwöre es. Ihr müsst mir glauben. Die Frau ist g-g-geisteskrank. Sie hat mir auf … auf den Kopf geschlagen und mich tagelang in ihrem Zimmer eingesperrt, d-d-damit ich ihr nicht in die Quere komme.«

Fassungslos lauschten alle Tonys Stotterei.

»Ich wusste, dass sie hinter deinem Verschwinden steckt«, sagte Elizabeth wutentbrannt. »Ich wusste es.«

»Die will euch b-b-bei lebendigem Leib verbrennen. Ich hatte Angst, i-i-i-ich sei zu spät.«

In diesem Augenblick öffnete jemand die Haustür und Phil richtete seinen Blick zum Foyer. Paul Mitchell und auch James kamen herein.

»Bitte entschuldigt, aber ich muss noch einmal los!«, rief James ihnen zu, wollte gerade wieder kehrtmachen, als er Tony sah. Er verharrte an Ort und Stelle. »Was zur Hölle …«

»James, wo ist dein Stiefvater?«, rief Phil.

»Ist das Tony?«, fragte er, anstatt ihm zu antworten.

»Ja. Wo ist John?«

»Er ist noch im Hotel. Ich wollte gerade zurückfahren.«

»Hast du … hast du Charlotte gesehen?«, stammelte Tony.

»Ja, ich habe ihr noch einmal die Tür aufgeschlossen, weil sie etwas in ihren Zimmern vergessen hat. Sie machte einen verstörten Eindruck auf mich, deshalb wollte ich wieder zurückfahren.«

Phil stand inmitten des Foyers, der Ohnmacht nahe. Er blickte James entgeistert an und eine lang vergessene Erinnerung schwemmte ihn zu jener Nacht zurück, als er mit John über die Plantage gestreift war, noch bevor sie gewusst hatten, dass alle Bäume von einer Gespinstmottenplage befallen waren.

»Du musst etwas wissen, John«, waren Phils Worte gewesen.

»Was?«, fragte John benommen, als fürchtete er sich schon jetzt davor, was er ihm erzählen wollte.

»Elizabeth stand letzte Nacht neben meinem Bett.«

»Und?«

»Sie schlafwandelte. *Wecke niemals diejenigen, die in ihren Träumen gefangen sind*«, zitierte er. »Liz hatte die Augen nur halb geöffnet und ich streichelte ihren Arm. Leise fragte ich sie, was sie zu mir führte. Dann antwortete sie etwas, was mich wirklich erschreckt hat.« Er vernahm Johns tiefes Einatmen. »Sie schien in einer Art Zwischenwelt zu sein. Entweder in der Vergangenheit oder in der Zukunft. Ich spürte, dass ihr Geist weit weg war.«

»Um Himmels willen, was hat sie gesagt?«, drängte John.

»*Er* hat den Teufel reingelassen. Feuerteufel. Feuerteufel.« Stille. »Ich fragte sie, wen sie damit meinte.«

»Was hat sie geantwortet?«

»Sie meinte, James habe den Feuerteufel reingelassen.«

John runzelte augenblicklich die Stirn. »Einen Feuerteufel? Was kann das bedeuten, Phil? Und warum sollte James diesen reinlassen? Wo reinlassen? In unser Haus?«

»Ich habe keine Erklärung. Elizabeth drehte sich um und verließ daraufhin meine Stube. Ich folgte ihr durch die Garage, doch als wäre nichts gewesen, wanderte sie über die Veranda zurück ins Haus.«

»Phil, was ist ein Feuerteufel?«

»Mein Volk kennt nur die Bedeutung des Feuergeistes. Er lebt in den Flammen, spendet Festigkeit, Wärme und Geborgenheit, aber auch Zerstörung, um Platz für etwas Neues zu schaffen. Möglicherweise ist ein Feuerteufel nur das Sinnbild für eine Person, die mit Feuer spielt. Ich glaube, dass James nur indirekt damit zu tun hat. Vielleicht werden wir es nie erfahren. Gut möglich, dass Elizabeth tatsächlich nur einen Albtraum hatte und es nicht von Bedeutung ist.«

James hat den Feuerteufel reingelassen.

Phil stand immer noch wie erstarrt vor James, der ihn verwundert ansah. Er wollte sprechen, aber seine Stimmbänder waren wie zugefroren und er ahnte, welch furchtbare Worte jeden Moment dieses Haus durchdringen sollten.

»Feuer!«, schrie Suzie mit schriller, entsetzter Stimme. »Allmächtiger! Feuer im Great Mountain.«

Mutlos schloss Phil die Augen.

Charlotte war der Feuerteufel.

Warum hatte er all das nicht kommen sehen? Warum nicht? Aber die vergangenen Nächte waren traumlos gewesen.

***

John betätigte den Türknauf und runzelte augenblicklich die Stirn. Warum war die Tür zugeschlossen? Mehrmals drehte und rüttelte er an dem verriegelten Griff. Er fragte sich, ob James versehentlich von außen die Tür verschlossen hatte. Mit einem gehörigen Seufzen trottete er zum Schreibtisch zurück und nahm den Telefonhörer zur Hand, doch während ihm einfiel, dass die Leitung nach Morgan's Hall noch immer tot war, stieg ihm ein beißender Gestank nach Benzin und angesengtem Haar in die Nase. Als würde man in seiner direkten Nähe ein Wildschwein über dem Feuer grillen. Der Geruch wurde immer penetranter, sodass er den Hörer auf den Tisch fallen ließ und sich die Hände vor Augen und Nase hielt. Vorsichtig spähte er zwischen seinen Fingern hindurch und erblickte Rauchschwaden, die unter dem Türspalt in das Arbeitszimmer hereindrangen. Binnen Sekunden hüllten sie den Raum in nachtschwarze Wolken.

John benötigte einen Moment, um zu realisieren, dass hinter der verschlossenen Tür ein Feuer brannte.

Er versuchte, einen klaren Gedanken zu fassen, und rannte abermals zur Tür, umschloss mit den Fingern noch einmal den Türknauf, doch sobald er diesen berührte, zog er seine Hand wieder zurück, denn das Messing war glutheiß. Er hatte sich verbrannt und ob des Schrecks zu schnell eingeatmet, sodass er jetzt des Rauches wegen husten musste.

Auch wenn er wusste, dass es vermutlich nichts bringen würde, klopfte er vehement gegen das Holz und schrie um Hilfe, aber das Einzige, was er vernahm, war das Zischen, Rauschen und Brausen des Feuers, das sich hinter der Tür verbarg.

Hilflos sah er sich um. Nach links und rechts, doch allmählich wurde ihm bewusst, dass er in der Falle saß. Kopflos rannte er zum Fenster, öffnete es und blickte hinunter in die finstere Tiefe. Nahm einen kräftigen Zug frische Luft. Resigniert schloss er die Lider, denn unter ihm lag die metertiefe Schlucht.

Was ihn dort erwartete, war die unnachgiebige Eisschicht des zugefrorenen Sees. Ein Sprung aus dieser Höhe bedeutete den sicheren Tod. Im Zimmer zu verweilen aber auch. Was war besser: der Sprung oder das Brennen?

Es musste einen anderen Weg geben.

Noch einmal nahm er den Hörer auf, wollte Sheriff Grant alarmieren, doch er erhielt kein Freizeichen. Das Feuer musste bereits zu stark gewütet und die Leitung durchgeschmort haben. Und genau in dem Moment dieser bitteren Erkenntnis erlosch das Licht der Schreibtischlampe, sodass er völlig im Dunkeln stand. Doch bald würde er die Flammen sehen können. Kein Lichtblick.

Der giftige Rauch kroch in seine Atemwege, die sich von Sekunde zu Sekunde immer mehr zusammenzogen. John machte die Augen zu und betete.

Plötzlich wusste er, dass dies sein Ende war. Für ihn würde es keinen Ausweg aus diesem Inferno geben, außer dem Todessprung aus dem Fenster. Das war ein besserer Tod als bei lebendigem Leib verbrannt zu werden.

Und doch gab es diese stille Hoffnung, irgendjemand würde ihn retten. Vielleicht hatte man die Flammen bereits von Morgan's Hall aus gesichtet und Phil war längst auf dem Weg zu ihm, um ihn hier rauszuholen. Ja, der gute Phil, der für ihn durch jedes Feuer gegangen war. Phil, der Weise. Phil, der gute Geist. Phil, der Mann aus einer anderen Welt.

Ja, Phil würde ihn aus der Hölle führen.

Er hastete wieder zum Fenster, hoffte, vielleicht die Scheinwerfer der heranrasenden Wagen ausmachen zu können, aber noch bevor er es erreichte, ertönte ein ohrenbetäubender Knall. Und dann, noch ehe John begreifen konnte, was überhaupt geschehen war, barst eine Druckwelle durch den Raum, so schonungslos, dass es ihn umriss und er gegen die gegenüberliegende Wand geschleudert wurde.

Sekundenlang musste er bewusstlos gewesen sein. Als er die Augen wieder öffnete, war überall nur Rauch. Schwarzer Rauch, ein keuchendes Husten, das nicht mehr aufhörte, und Feuersäulen, die weit emporstiegen und sich durch die Holzvertäfelung fraßen. Sich ihren Weg zu ihm bahnten. Es war ein blaues Feuer und dabei so grell und scharf, dass es ihm auch durch die wieder geschlossenen Lider in den Augen schmerzte. Die Haut an seinen Armen schien zu schrumpfen, doch bevor ihn die übermächtige Kraft der Flammen gänzlich verschlingen konnte, blickte er noch einmal in sein Verderben. Stellte sich seinem Ende. Er hob den Kopf und sah in dem gleißenden Blau der Feuersbrunst einen kleinen verschmorten Körper. Doch sein Verstand griff die Frage nicht mehr auf, wer dort auf der anderen Seite dem Brand längst zum Opfer gefallen war. Um ihn herum war ein Flüstern und Wispern – die Stimmen der Anderswelt.

Da war die Eule, der Vorbote des Todes, die über seinem Kopf kreiste. Die Klauen des Bären gruben sich in seine Haut, zerrten ihn durch die Flammen und er spürte, wie sich das Feuer von außen nach innen fraß, bis die Höllenhitze das Herz erreichte. Dann erblickte er ein warmes Licht, ein Glitzern, und da war das Reh, das ihn mit getreuen Augen ansah, auf ihn wartete, um ihn an einen besseren Ort zu führen.

Der Schmerz war vorbei. Um ihn herum war es still geworden.

Ein Zittern ging durch seinen Körper. John ließ die Hölle hinter sich, atmete die klare Winterluft. Er sah an sich hinunter und seine Füße trugen ihn über den Schnee, führten ihn voller Leichtigkeit zum Haus am anderen Ende des Sees. Aschefetzen flatterten durch die Atmosphäre, die sich allmählich in friedvoll wehende Schneeflocken verwandelten.

Dann sah er sie auf der Veranda stehen, auf ihren Lippen ein Lächeln. Das Letzte, das Johns Seele auf dieser Welt erblickte.

Seine Isabelle.

***

Die Männer preschten mit dem Pick-up die Serpentinen entlang. Nur Tony war im Haus geblieben, da er noch viel zu schwach war. Tristan saß am Steuer, trat auf das Gaspedal, dass der Motor mehrmals qualvoll aufheulte. James, der zwischen Tristan und Phil saß, war blass und starrte reglos zu dem Flammenmeer, das die Dunkelheit in eine giftige Helle aufriss. Die Feuersäulen ragten so hoch in den Himmel, dass man sie vermutlich bis in die Stadt sehen konnte. Phil kurbelte das Fenster des Beifahrersitzes hinunter und vernahm von weit den aufheulenden Klang der Sirene. Woodwall verfügte über nur ein einziges Löschfahrzeug, das nicht in der Lage gewesen wäre, diese Katastrophe unter Kontrolle zu bringen. Der große Löschzug aus North Band würde bei den vereisten Straßenverhältnissen die halbe Nacht benötigen, um herzugelangen.

Der Brandgeruch verpestete die Luft und Flugasche wehte über die Serpentine, landete auf der Windschutzscheibe des Pick-ups. Tristan schien so gebannt in seinem Willen, das Hotel endlich zu erreichen, dass er vergaß, den Scheibenwischer zu betätigen.

Phils Hände waren zu zwei angespannten Fäusten geballt.

Komm schon John, wo bist du? Wieso spüre ich dich nicht? Die Gedanken des Weisen rasten. Mit geschlossenen Augen suchte er eine Verbindung zu seinem alten Freund, um dessen Geist zu signalisieren, dass er auf dem Weg zu ihm war, um ihn aus dieser Feuerhölle herauszuholen, doch seine Rufe nach John blieben unbeantwortet. Und noch bevor der Pick-up das lichterloh brennende Hotel erreichte, wusste Phil, dass es zu spät war. Johns Seele war längst in eine andere Welt entschwunden.

Der alte Phil konnte sich nicht mehr an die letzte Träne entsinnen, die er vergossen hatte, doch ihm war bewusst, diese, die ihm jetzt heiß über die Wange rann, würde er nie vergessen. Er hatte John in seinen Armen gehalten, als er noch ein Baby war, und schon damals hatte er gewusst, dass sie beide eine lange Freundschaft verbinden würde. So war es auch gekommen. Phil war stets an Johns Seite gewesen, in all den schwierigen, aber auch in all den guten Zeiten.

Heute hatte Phil seinen besten Freund verloren und er konnte den Gedanken nicht ertragen, während seiner letzten Atemzüge nicht bei ihm gewesen zu sein.

Das Schicksal kannte keine Freundschaft, keine Liebe, nahm sich das, was es wollte, ohne Rücksicht auf die Menschen zu nehmen, die zurückblieben.

Nein, das Leben war nicht fair.

Tristan und James stiegen hastig aus dem Wagen, doch Phil blieb für einen kurzen Augenblick allein zurück und blickte zur Feuersbrunst. Hier gab es nichts mehr zu retten. Es war schwer, sich diese Gewissheit einzugestehen, doch er spürte, dass dort in den Flammen kein Leben mehr war.

»Leb wohl, mein Freund«, sagte er und wischte sich die verlorene Träne aus dem Gesicht.

Jetzt stieg auch er aus dem Fahrzeug, um die jungen Männer davon abzuhalten, ihr eigenes Leben zu riskieren, indem sie einen hoffnungslosen Rettungsversuch starteten.

Aus der Lobby drangen dicke schwarze Rauchwolken und die Feuerfront hatte sich längst bis zum Dach des Hotels hinaufgefressen, der Dachstuhl brannte lichterloh und undurchdringliche Flammenwälle schossen in die Höhe. Kleine und große Glutfunken tanzten durch die Luft, verglühten mal schneller, mal langsamer.

Das Feuer würde noch Tage brennen, es sei denn, es fiel Schnee.

»Wir könnten es durch den Hintereingang schaffen!«, brüllte James. »Vielleicht hat John einen Weg aus dem Westflügel gefunden.«

»Ja, versuchen wir's!«, erwiderte Tristan laut und wollte gerade losrennen, da hielt Phil ihn an der Schulter zurück, sodass der Junge sich irritiert zu ihm umdrehte.

»Ihr werdet nicht dort hineingehen!«, befahl er eisern und James blickte ihn verstört an. »Dort drin findet ihr kein Leben mehr und ich werde nicht zulassen, dass ihr eures riskiert.«

Phil hatte es kaum ausgesprochen, da zuckten sie von dem lauten Knall einer Explosion zusammen, gingen in die Knie, hielten sich schützend die Hände vor das Gesicht, um nicht von herumfliegenden Trümmerteilen getroffen zu werden. Der Dachstuhl war zusammengestürzt und die Männer sahen hilflos in die grelle Lohe.

Der Rolls-Royce bremste dicht vor Phils Füßen und mühsam stand er vom Boden auf, sah mit hektischen Augen zu James.

Elizabeth öffnete die Fahrertür.

»Halt sie zurück, James!«, rief Phil ihm zu und er befolgte seine Anweisung postwendend, stellte sich ihr in den Weg, um sie davon abzuhalten, sich dem Brand zu nähern.

Elizabeth kratzte und schlug um sich wie eine Katze, die man in einen Sack geworfen hatte, und James musste sie gewaltsam festhalten. »Hör auf!«, sagt er laut. »Es ist zu spät.«

»Es ist zu spät?«, brüllte sie. »Was soll das heißen, *es ist zu spät?* O mein Gott, nein, wir müssen ihn da rausholen!«

Tristan ging auf seine Cousine zu, senkte die Lider und den Kopf.

»James hat recht. Der gesamte Westflügel steht in Flammen. Wenn John sich noch in Clarks Arbeitszimmer aufgehalten hat, dann hat er es nicht geschafft.« Phil sah zu dem starken jungen Tristan, der jetzt mit bibbernden Lippen dastand und vor dem Mädchen bitter zu schluchzen begann.

Elizabeth schrie auf und versuchte abermals, sich aus James' festem Griff zu befreien. Er zog sie fest an sich und bettete ihren Kopf an seine Brust, bis ihre Beine einknickten und sie vor seinen Füßen zusammenbrach.

»Nein, das darf nicht sein. Nein, das darf nicht sein!«, schrie sie unentwegt. Schreie, die Phil durch Mark und Bein gingen. James ging ebenfalls auf die Knie, legte seine

Hände um ihr Gesicht und küsste weinend ihre Stirn, hielt sie wieder fest an sich gedrückt.

Phil hörte, wie hinter ihm eine Autotür zugeschlagen wurde, und er drehte sich mit schwerem Herzen um.

Isabelles Gesicht war ohne Leben, ohne Ausdruck. Ihre Augen glichen Glaskugeln. Die Asche verfing sich in ihrem bronzefarbenen Haar. Sie stand einfach nur da.

Phil ging mit langsamen Schritten auf sie zu und nahm ihre kalte Hand, drückte sie fest, aber sie reagierte nicht. Wie viele Jahre hatte sich diese Frau gegen die Liebe Johns gewehrt, wie viele Jahre hatte sie damit vergeudet, ihn zu hassen? Und im Moment der bedingungslosen Liebe zueinander entriss man ihr den Mann, den sie endlich gelernt hatte zu lieben.

Phil spürte die Stille in ihrem Herzen.

Nein, das Leben war nicht fair.

TEIL V

Alles, was wir waren

Die Asche unter ihren Händen

Morgan's Hall, 10. Januar 1963

Alles war so still, so furchtbar lautlos.

Was zurückblieb, war die Frage nach dem Warum.

Immer noch hatte Isabelle den bestialischen Geruch von Benzin und verkohltem Fleisch in der Nase, obwohl sie wusste, dass es nur Einbildung war. Sobald sie die Augen schloss, sah sie die grellen Flammen und das Bild ihres verbrannten Mannes, der nur noch aus wenigen übrig gebliebenen Knochen bestand, ohne Hirn, ohne Herz. Auch wenn Sheriff Grant und alle anderen ihr davon abgeraten hatten, hatte sie Johns Leichnam sehen wollen, nachdem es den Feuerwehrmännern gelungen war, den Brand zu löschen. Mit Bedacht hatte man sie zum ausgebrannten Westflügel begleitet, da dieser nicht als einsturzgefährdet galt. Das Feuer hatte zwar sämtliche mit Holz verkleideten Wände zerstört, doch das Fundament war aus Stein gebaut und war weitestgehend von den Flammen verschont geblieben, sodass der gesamte Komplex nicht eingestürzt war. Die Kälte des Winters hatte die Gluthitze nach nur wenigen Tagen davongejagt.

Isabelle hatte Gewissheit gebraucht, doch alles, was sie vorgefunden hatte, war eine verkrümmte schwarze Gestalt gewesen, deren klägliche Überreste nichts mehr mit dem Mann gemein gehabt hatten, den sie geliebt hatte. Mit den

Händen war sie über die Asche neben ihm gefahren, hatte sie durch ihre Finger rinnen lassen. Das war eine Zeit wie in einem Vakuum gewesen.

Unbeweglich hatte sie an diesem Ort verweilt. Eine Stunde, zwei Stunden – bis James sie davongetragen hatte, weil sie nicht hatte aufstehen können und am liebsten für immer dort in der Asche sitzen geblieben wäre.

Was musste ihr Mann nur in den letzten Minuten seines Lebens für Höllenqualen durchlitten haben? Dieser Gedanke, diese Vorstellung war einfach nicht zu ertragen.

Vielleicht hatte John es in all den Tagen zuvor geahnt, haderte er doch so sehr mit der Frage, ob es wirklich jenes Leben nach dem Tod gab, wie Phil es ihm immer suggeriert hatte.

»Mom? Es ist so weit«, sagte Elizabeth mit dünner Stimme. Isabelle saß auf ihrem Bett, ohne irgendeine Reaktion. Ein Lockenwickler hing lose an ihrem Haar herab, der Träger ihres Unterkleids war die schmale Schulter hinuntergerutscht. Sie saß nur da, ihr Blick ins Leere gerichtet. Vorhin hatte sie versucht, ihre Augen zu tuschen, aber ihre Hände und Arme waren so schwer gewesen, dass sie nicht in der Lage gewesen war, diese anzuheben.

Elizabeth blieb zunächst völlig stumm, bis ein leises, kaum hörbares Geräusch über ihre Lippen kam, ein Schluchzen.

Isabelle wagte es nicht, ihr in die Augen zu schauen – geschwollene Augen, die ihr bewiesen, dass alles kein böser Traum gewesen war. Der Anblick des Trauerkleids, das ihre Tochter trug, war schlimm genug.

Sie hörte ihr leises, untröstliches Seufzen. Auf dem Bett neben Isabelle lag ein schwarzes Kleid, das sie das letzte Mal auf Dickies Beerdigung getragen hatte. Elizabeth strich ihr tröstend über die zuckende Schulter, nahm dann das Kleid zur Hand.

»Ich helfe dir beim Ankleiden.«

Diese Stimme. Diese heisere, trübselige Stimme.

Isabelle wollte protestieren, ihrer Tochter zubrüllen, sie würde dieses verfluchte Witwenkostüm nicht anziehen und sie denke gar nicht daran, der Trauerfeier beizuwohnen. Doch sie war zu schwach, um sich dagegen zu wehren. Doktor Horne war vor einer halben Stunde bei ihr gewesen, um ihr auf eigenen Wunsch hin eine Beruhigungsspritze zu geben. Sie hoffte, das Mittel würde sich bald wie eine undurchlässige Decke über ihre Seele legen, um jegliches Gefühl darin zu ersticken.

Elizabeth half ihr, in das Kleid zu steigen, und stülpte vorsichtig ihre Arme in einen Blazer. Sie ließ die Prozedur über sich ergehen, kam sich vor wie ein hilfloses Kind. Ihr Blick wanderte zu ihrem Nachttisch.

»Nimm es weg!«, forderte sie ihre Tochter auf, die sie mit einem Stirnrunzeln ansah.

»Was meinst du?«

»Bitte entferne den Reiseführer von Rom. Wirf ihn weg, oder verbrenne ihn – wie alles andere auch.«

Elizabeth nickte und nachdem sie den letzten Knopf an Isabelles Blazerjacke zugeknöpft und den vergessenen Lockenwickler aus ihrem Haar entfernt hatte, nahm sie das kleine Buch zur Hand, rollte es zusammen und ließ es in der Tasche ihres Kleids verschwinden.

»Mom, bitte warte hier einen Moment.«

Isabelle sah ihr nach. Elizabeth öffnete die Tür. »Du kannst jetzt hereinkommen.«

James trat in ihr Schlafzimmer, mit hängenden Schultern und einem Ausdruck – so elend, wie sie sich fühlte. Er hielt ihr die Hand hin. »Ich begleite dich hinunter.«

Sie sah ihn mit entrückten Augen an. »Ich benötige keine Stütze.«

Die beiden sahen sich mit Sorge an.

»In Ordnung, Isabelle«, sagte er und wich einen Schritt zurück.

Sie sah sich um und setzte sich wieder. »Wo ist Teddy?«

»Joanna kümmert sich um ihn. Mach dir keine Sorgen. Es geht ihm gut«, antwortete Elizabeth. »Alle warten nur noch auf uns.«

Isabelle stand vom Bettrand auf, war jedoch unfähig, sich auf den Beinen zu halten, daher ließ sie sich langsam wieder auf die Bettkante sinken. »Nein! Nein, ich kann das nicht.«

James kniete sich vor sie und nahm ihre zitternde Hand, doch sie schloss die Lider, um ihn nicht ansehen zu müssen. Wie so oft in den letzten Tagen.

»Isabelle, Worte können sicherlich nicht beschreiben, wie du dich jetzt fühlst. Wir alle können es immer noch nicht fassen, dass John nicht mehr bei uns ist.« Er verstärkte den Druck seiner Hand. »Es ist aber wichtig, Abschied zu nehmen – um zu verstehen.«

Nein, nein, nein.

Isabelle würde niemals *verstehen*, dass man John so furchtbar und unmenschlich aus ihrem Leben gerissen hatte, ohne einen letzten Gruß, ohne ein Adieu. Einfach so. Für sie würde es keinen Abschied geben, denn sie war in einem Albtraum gefangen und irgendwann würde sie neben ihm erwachen. Sie wollte einfach nur erwachen.

Doch die Erkenntnis kam in diesem Augenblick. In ihrem toten Herz spürte sie ein eigentümliches Beben und in den Tiefen ihrer Seele wusste sie, dass er nie wieder zu ihr zurückkommen sollte.

Trauer war ein einsamer Ort. Und obwohl Isabelle von geliebten Menschen umgeben war, war sie einsam. Ein Aufschrei hatte sich tief in ihrer Kehle verfangen, wollte ihre Lippen nicht verlassen. Quälte sie stumm.

Sie hob den Blick und sah James an, sehr direkt. In seinen Augen spiegelte sich alles, wonach sie sich sehnte: Tränen und die Erkenntnis des Unabwendbaren. Dann entriss sie ihm die Hand.

»Ich werde mich nicht verabschieden. Nie. Was auch immer ihr heute begrabt, das ist nicht John.«

Weil es Mitte Januar war, gab es keine Blumen, nur immergrüne Pflanzen, die Johns Sarg zierten. Der kalte Winterwind fegte erbarmungslos über den Hügel.

Heute war Johns Geburtstag. Heute nahm die ganze Welt von ihm Abschied. Welch krudes Schicksal.

Isabelle saß zwischen James und ihrer Tochter. Um sie herum standen hunderte Menschen, die sie gar nicht wahrnahm, sondern die lediglich verschwommenen Schattengestalten glichen. Teddy lag in ihren Armen, bewegte sich nicht und sie spürte das ruhige Klopfen seines Herzens, das gegen ihre Brust schlug und sie daran erinnerte, noch am Leben zu sein. Elizabeth hielt ihre Hand und wieder beneidete Isabelle sie für die Tränen, die ihre eigenen Augen nicht verlassen wollten. Hinter dem jungen Pfarrer, David Baker, der sich erst vor wenigen Monaten in den Dienst der Woodwaller Gemeinde gestellt hatte, sah sie die Gräber all derjenigen, die diese Familie bereits verloren hatte. Charles. Josephine. Ein Gedenkstein für Andrew Larson, Violetts Ehemann, dessen sterbliche Überreste auf einem Militärfriedhof in der Nähe von Wichita Falls begraben waren. Daneben war der schlichte, aber schöne Grabstein von Dickie und Isabelle dachte daran, dass John seinen besten Freund nur wenige Jahre überlebt hatte.

Wie konnte er sie einfach so verlassen?

Ihr Blick suchte in den Gesichtern der Trauergäste nach Phil, doch sie fand ihn nicht. Nur beiläufig hatte sie mitbekommen, dass er sich seit der Feuernacht in seinem Anbau hinter der Garage isoliert hatte und niemanden hineinließ. Isabelle verstand ihn, denn auch sie wollte allein sein und nicht wie jetzt in die betroffenen Mienen der Trauergesellschaft sehen.

Wozu trauern? Alles war nur ein Traum. Bald, ja schon ganz bald würde sie aufwachen. Es musste so sein, egal, was ihr Verstand ihr sagte.

James erhob sich von seinem Stuhl, schritt auf Johns Sarg zu, hielt lange inne, um dann eine Trauerrede zu halten, der sie nicht folgte. Sie lauschte nur dem letzten Satz, den er unter Tränen sprach und der ein Zitat von Thornton Wilder war.

»Da ist ein Land der Lebenden und ein Land der Toten. Und die Brücke zwischen ihnen ist die Liebe, das einzig Bleibende, der einzige Sinn.« Blind vor Tränen faltete er das Papier zusammen und legte es in seine Manteltasche zurück. Isabelle überlegte, wie furchtbar es für ihn sein musste, zum zweiten Mal einen Vater begraben zu müssen. Dickie war nicht sein Vater gewesen, denn er hatte ihn kaum gekannt. John war es, der die Bezeichnung eines Vaters verdient hatte. Ganz gleich, was in all den Jahren zwischen ihnen vorgefallen war.

Sie sah zu Violett hinüber, die neben Elizabeth saß und sich die Tränen mit einem Stofftaschentuch aus den Augenwinkeln tupfte. Warum hatten sich alle mit Johns Tod abgefunden, nur sie nicht?

Ganz einfach, alles war nur ein Traum. Mehr nicht. Daran musste sie festhalten. So unbedingt.

***

Der Tag verging, die Trauergäste verließen Morgan's Hall und Elizabeth hatte jegliches Zeitgefühl verloren. Aus der

Küche hörte sie das Klirren und Scheppern von Geschirr. Violett und Suzie waren gerade beim Abwasch, während Isabelle sich vor gut einer Stunde in das elterliche Schlafzimmer zurückgezogen hatte, da sie sich kaum noch hatte auf den Beinen halten können. Doktor Horne hatte sie begleitet und ihr ein Schlafmittel verabreicht. Meggie und Tristan saßen gemeinsam in dicke Jacken gepackt und mit einer Wolldecke auf der Hollywoodschaukel draußen auf der Veranda. Elizabeth sah durch das Fenster im Foyer nur ihre beiden Köpfe, die aneinandergelehnt waren. Sie rührten sich nicht, blickten zu den Bergen, hinter deren Gipfeln gerade die Sonne unterging.

Ein flüchtiger Blick in den Spiegel an der Garderobe zeigte ihr ihr wesenloses Spiegelbild. Die Augen waren wie zu Schlitzen verformt, die Nasenspitze tiefrot und die Haut unterhalb ihrer Nasenflügel brannte vom Reiben des Stofftaschentuchs, in das sie pausenlos schniefte. Sie hatte kaum etwas zu sich genommen, weil sie es ohnehin nicht bei sich behielt. Sie blickte zu der Stelle, wo noch bis vorgestern der Tannenbaum der Familie gestanden hatte. Jeder war froh, diesen Anblick nicht mehr ertragen zu müssen, erinnerte sie der Baum doch an eine Zeit, als sie alle noch zusammen gewesen waren. Es hatte nur eines Augenaufschlags bedurft und alles hatte sich verändert. Niemand wollte länger das Glitzern der Baumkugeln und den hellen Schein der Lichter sehen, wo doch alle Herzen große Trauer trugen und in Dunkelheit verfallen waren.

Heute war ihr Vater beerdigt worden und die vergangenen Tage waren wie ein Film an ihr vorbeigezogen. Verzerrte Bilder, die sich schnell und irgendwie zusammenhanglos aneinandergereiht hatten. Stets hatte sie das Gefühl gehabt, neben sich zu stehen, als könnte sie sich bei jeder Bewegung, bei jeder Handlung und bei jeder Entscheidung selbst beobachten und sich doch nicht steuern. Zwischen all den Tränen hatte Elizabeth versucht, nicht zusammenzubrechen.

Tristan, James und sie waren es gewesen, die die heutige Trauerfeier organisiert hatten, da weder Phil noch Violett und schon gar nicht ihre Mutter in der Lage dazu gewesen waren. Alle schienen in ihrer Trauer gefangen zu sein und sie agierten wie in Zeitlupe, fahrig und irgendwie blind. Die Schockstarre haftete bisher noch an ihnen allen und vor allem Phil war nicht mehr der Alte, verbarrikadierte sich nach wie vor in seinem Schuppen. Elizabeth hatte ihn gebeten, an der Trauerfeier teilzunehmen, aber er saß einfach nur stumm in seinem Sessel und starrte ins Nichts. Fast machte es den Eindruck, er wäre auf der Suche nach Johns Seele.

Ihre Füße trugen Liz gerade in den Salon und es kam ihr vor, als würde sie den Boden gar nicht berühren. James stand mit vor der Brust verschränkten Armen an einem der Sprossenfenster. Sein Blick war direkt auf die Ruine des Great Mountains gerichtet, das im Dämmerlicht noch gespenstischer anmutete als bei Tag. Sie ging auf ihn zu.

»Ich weiß genau, was du gerade denkst, und ich verbiete dir, dass du dir weiterhin die Schuld daran gibst.« Elizabeth legte ihre Hände um sein Gesicht und zwang ihn somit, ihr in die Augen zu sehen. »Hörst du? Dich trifft keine Schuld. Selbst wenn du Charlotte nicht noch einmal hineingelassen hättest, so hätte sie einen anderen Weg gefunden, um das Feuer zu legen. Ich bin mir sicher, dass du so leidest, war ihre Absicht. Sie wollte, dass du dich verantwortlich fühlst.«

Ihre Stimme klang rigoros und sie rüttelte an ihm in dem stummen Wunsch, ihm diese Dämonen auszutreiben.

»Ja, vielleicht hätte sie einen anderen Weg gefunden«, sagte er müde und mit fahlen Augen. »Trotzdem hätte ich auf mein Bauchgefühl hören müssen. Ich wusste, irgendetwas stimmte nicht mit Charlotte. Elizabeth, ich hätte darauf beharren müssen, sie in ihr Apartment zu begleiten.«

Sie wurde wütend. »Und am Ende hätte ich dich auch verloren. Nein, James, du hättest es nicht verhindern können. Vater würde nicht wollen, dass du so denkst. Das weißt du.«

Er nickte leicht und sah sie mit tränenschimmernden Augen an. »Ich bin so froh, dass ich noch Zeit mit John verbringen durfte. Ich denke oft daran, dass ich der letzte Mensch gewesen bin, der ihn noch lebend gesehen hat. In meiner Fantasie stehe ich im Türrahmen, sehe zu ihm hinüber und sage mein Lebewohl.«

»Ich weiß, Liebling. Mir geht es genauso und ich kann mir immer noch nicht vorstellen, dass er nie wieder zurückkehren wird. Ich werde ihn schrecklich vermissen.« Elizabeth ließ von ihm ab, um sich einen Augenblick später in seine Umarmung zu fügen. Für einen stillen, aber kurzen Augenblick schien es ihr zu gelingen, die Dunkelheit, die sie umgab, zu vergessen.

Sie liebten einander wie Mann und Frau, trauerten wie Bruder und Schwester.

»War Sheriff Grant schon hier?«, fragte eine leise Stimme und beide wandten ihren Blick zur Flügeltür. Tony stand im Türrahmen. Seit der Feuernacht hatte die Familie ihn im Gästezimmer einquartiert, denn die Kälteverbrennungen an seinen Beinen und Füßen waren schwerwiegender als zunächst gedacht und er musste von Doktor Horne behandelt werden. Inzwischen konnte er aber wieder einigermaßen laufen. Elizabeth hatte ihn seither kaum zu Gesicht bekommen. Vielleicht mied sie ihn sogar bewusst, sie konnte es nicht sagen.

»Nein«, antwortete sie und löste sich aus James' Umarmung. »Ich vermute, er wird noch vor dem Dinner hier erscheinen.«

Vor ein paar Tagen war die Telefonleitung repariert worden und vor der Beerdigung hatte der Sheriff angerufen, weil es neue Erkenntnisse zum Brand im Great Mountain zu überbringen gab. Elizabeth und James wollten von jeder Neuigkeit in Kenntnis gesetzt werden, ganz gleich, wie furchtbar diese auch sein mochte. Anstandshalber hatte der Sheriff die Trauernden auf Morgan's Hall erst morgen besuchen wollen, aber sie hatte darauf bestanden, dass die Familie noch heute nach der Trauerfeier informiert würde, schließlich war Charlotte Harrington seither spurlos verschwunden. Das Haus wurde jede Nacht von James und Tristan bewacht, denn niemand wusste, ob diese Frau zurückkommen würde, um ihren teuflischen Plan zu vollenden.

Tony sah aus wie ein reuiger Hund, zeigte keine Spur seines sonst so dünkelhaften und herablassenden Wesens, das Elizabeth vor diesen schlimmen Ereignissen fast den Verstand geraubt hatte. Schleichend bewegte er sich in das Zimmer und stand vor ihnen mit hängenden Schultern.

»James, wenn du willst, dann übernehme ich die heutige Nachtpatrouille.«

»Du kannst dich doch kaum auf den Beinen halten«, erwiderte er mürrisch. Elizabeth wusste, ihm schmeckte der Gedanke nicht, dass Tony weiterhin Gast in diesem Haus war. »Meinetwegen kannst du das Haus von deinem Fenster im Gästezimmer aus bewachen.« James sah wieder hinaus. »Irgendwo dort draußen treibt diese Frau noch immer ihr Unwesen.«

»In Ordnung.«

James zuckte zurück, als er sich nochmals umdrehte und Tony ansah. »Dir fehlt ein Zahn«, stellte er mit großen Augen fest. »War ich das?«

Tony lächelte mit fest verschlossenen Lippen, um seine Zahnlücke nicht ein zweites Mal zu offenbaren. »Für einen Klavierfutzi hast du 'nen ziemlich harten rechten Haken.«

»Das tut mir leid«, sagte James ehrlich. »Sobald es dir besser geht, solltest du in North Bend einen Zahnarzt aufsuchen. Ich werde für die Behandlungskosten aufkommen. Du bist zu jung, um mit einer solchen Lücke herumlaufen zu müssen.«

Die beiden Rivalen sahen sich lange an.

James nahm Elizabeths Hand, wollte vermutlich geradewegs mit ihr aus dem Zimmer flüchten, um ihn nicht weiter ertragen zu müssen, aber Tony stellte sich ihm in den Weg.

»Wartet!«, bat er. »Ich möchte, dass ihr wisst, wie leid mir das alles tut. Nicht nur, dass ich nicht in der Lage war, Charlotte das Handwerk zu legen, sondern auch die Sache auf dem Weihnachtsmarkt.« Sein Blick war auf Elizabeth gerichtet. »Bitte verzeih mir, dass ich dich vor der ganzen Stadt bloßgestellt habe. Ich war sehr eifersüchtig, als ich dich mit ihm gesehen habe, und irgendwie ist bei mir eine Sicherung durchgebrannt.«

Sie war mehr als überrascht von Tony und wusste, dass er es ernst meinte, verlor zum Dank ein mildes Lächeln. »Schon gut.«

»Nein, das ist es nicht. Aber du warst schon immer der bessere Mensch von uns beiden. Auch der schlimme Verlust deines Vaters geht mir sehr nahe und ich würde alles dafür geben, die Zeit zurückdrehen zu können, um dieses Miststück aufzuhalten. Es tut mir leid, dass ich nicht stark genug war.«

»Da sind wir schon zu zweit«, erwiderte James leise.

»Ich schwöre euch, dass ich dieses Gerede von Charlotte nie ernst genommen habe, sonst hätte ich früher die Reißleine gezogen. Doch als ich erkannte, wie geisteskrank sie tatsächlich ist, war es bereits zu spät.«

»Tony«, sagte James besonnen, »niemand von uns hätte je ahnen können, wozu diese Frau imstande war und es vielleicht noch immer ist. Auf mich wirkte sie sehr einsam und verloren. Vielleicht hat sie sich schon ihr ganzes Leben so gefühlt und zum Schluss nahm man ihr auch noch das Zuhause, doch …«

»Du nimmst sie doch wohl nicht in Schutz?«, unterbrach Elizabeth ihn aufgebracht.

»Natürlich nicht, Liebling. Ich versuche nur, all das zu begreifen. Mehr nicht.«

Tristan und Meggie kamen ins Haus zurück.

»Der Sheriff ist da«, sagte ihr Cousin und wartete an der Haustür auf Grants Eintreten.

Meggie kam auf Elizabeth zu und nahm sie an die Hand.

Nein, sie wüsste nicht, was sie getan hätte, wenn sie nicht von den Menschen umgeben gewesen wäre, die sie so sehr liebte. Meggie hatte ihr am Vorabend des Brands im Vertrauen erzählt, dass Tristan ihr einen Heiratsantrag gemacht hatte und wie glücklich sie war, hier in ihrer Heimat zu bleiben. Elizabeth war außer sich vor Freude gewesen und nur einen Tag später hatte sich ein Schatten über alles Gute gelegt.

Sheriff Grant nahm seinen Stetson-Hut vom Kopf und hielt ihn bedächtig vor seinen Brustkorb. Sie alle hatten ihn bereits heute Vormittag bei der Beisetzung gesehen, doch war dies nicht der richtige Ort gewesen, um mit ihm über die neuesten Entwicklungen zu sprechen.

»Bitte, setzen Sie sich, Sheriff«, sagte Elizabeth und deutete zum Sofa. Er nahm das Angebot dankend an und alle anderen versammelten sich vor ihm. Sie rief auch nach Violett, die sich nun ebenfalls im Salon einfand.

»Was ist mit Isabelle?«, fragte die Tante. »Sollte sie nicht auch hören, was der Sheriff uns mitzuteilen hat?«

Elizabeth schüttelte bestimmt den Kopf. »Nein, wir sollten meine Mutter schlafen lassen. Sie hat heute schon genug durchgemacht. Ich werde es ihr morgen berichten, falls sie das wünscht. Also, Sheriff Grant, was gibt es Neues?« Sie war selbst über ihre Nüchternheit erstaunt. Doch wenn sie eines in ihrem bisherigen Leben gelernt hatte, dann, dass es nichts brachte, den Kopf in den Sand zu stecken.

Sheriff Grant stützte die Ellbogen auf seinen Knien auf und faltete die Hände, sah in jedes einzelne Gesicht dieser vom Schicksal gebeutelten Familie. Elizabeth erkannte, wie nahe auch ihm diese Tragödie ging. Er war der blutjunge Gesetzeshüter einer Kleinstadt in den Bergen, in der es kaum Kriminalität gab, außer der ein oder anderen Schlägerei unter Halbstarken. Sie wettete, dass Grant niemals zuvor solch ein schlimmes Unglück erlebt hatte. Wie sie wusste, hatte er sich vor ein paar Jahren in Snoqualmie zum Deputy ausbilden lassen. In einer Stadt, die nicht viel größer als Woodwall war und genauso wenige Verbrechen zu bieten hatte. Der arme Mann hatte dunkle Schatten unter den Augen und es wirkte, als habe er in den vergangenen Nächten keinen Schlaf gefunden.

»Wie Sie alle wissen, musste ich das Sheriff Department aus North Bend für die Spurensuche und für die Aufklärung der Brandursache hinzuziehen. Darüber hinaus wurden mehrere Deputies aus Fall City einberufen, um das Gebiet rund um das Hotel und Morgan's Hall gegen die Pressemeute abzusperren. Diese verfluchten Reporter …«, sagte er schwer seufzend. Aus dem ganzen Staat Washington hatten sich Berichterstatter nach Woodwall aufgemacht, um ihre Zeitungen mit Sensationsüberschriften zu versehen.

Katastrophenbrand im Grandhotel.

Leiche von Großunternehmer in den Trümmern gefunden.

War es Brandstiftung?

Das Inferno im Paradies.

Das waren nur ein paar Schlagzeilen der Gazetten, die Suzie täglich aus der Stadt mitgebracht hatte. Sie alle lasen diese reißerischen Artikel für den Fall, dass es doch Sachverhalte oder Hinweise gab, die Sheriff Grant ihnen bisher möglicherweise verschwiegen hatte. Aber nicht aus Missgunst ihnen gegenüber, sondern schlicht, da sie zu schrecklich waren. Doch auch die Zeitungen brachten keine neuen Erkenntnisse.

Elizabeth reichte dem Sheriff einen Kaffee, den Suzie gerade frisch aufgebrüht hatte. Sie schloss sich nun ebenfalls der Runde an. Die arme Frau war am Ende ihrer Kräfte, weinte seit Tagen um den Mann, dem sie schon, als er noch Kind gewesen war, die Pausenbrote zubereitet hatte.

Sheriff Grant sprach weiter, nachdem er einen Schluck getrunken hatte. »In den Trümmern haben wir kürzlich einen weiteren Leichnam gefunden, beziehungsweise vereinzelte Teile. Zweifelsohne handelt es sich hierbei um die wenigen sterblichen Überreste von Charlotte Harrington.«

Ein jeder schien die Luft anzuhalten, so still war es ob dieser Offenbarung geworden.

»Und es ist ganz sicher Charlotte?«, fragte James entgeistert, nachdem er sich gesammelt hatte.

»Ganz sicher. Heute Morgen erhielt ich den Bericht des Gerichtsmediziners aus Seattle, der uns bestätigte, dass es sich bei der Leiche um eine junge Frau handelt. Das Gebiss wurde mit einem Abdruck von Miss Harringtons behandelndem Zahnarzt verglichen und mit aller Bestimmtheit ihr zugesprochen.« Wieder hielt der Sheriff inne. »Weiterhin können wir den genauen Tathergang nicht mit absoluter Sicherheit rekonstruieren, aber wir vermuten, dass John von Charlotte in dem Arbeitszimmer eingesperrt worden ist. In den Trümmern fanden wir mehrere geschmolzene Benzinkanister und wir glauben, dass sie den Brennstoff im gesamten Flurtrakt des Westflügels ausgeschüttet haben muss, um sich … um sich dann selbst anzuzünden.«

Niemand sprach ein Wort, doch egal, wie furchtbar die Schilderungen des Sheriffs auch waren, Elizabeth spürte große Erleichterung und Gewissheit, dass Charlotte ihnen kein weiteres Leid mehr zufügen konnte. Vermutlich ging es jedem in diesem Raum wie ihr.

»Sheriff«, ergriff nun Tristan das Wort, »konnten Sie inzwischen Cole Harrington erreichen?«

Grant sah ihn an. Da war irgendetwas Furchtbares in seinen Augen, etwas zutiefst Bedauerndes, das Elizabeth fühlte. Eine Ahnung, die ihr eisig über den Nacken kroch.

Der Sheriff ließ ein Räuspern hören. »Cole hat nie ein Flugzeug in Richtung Boston bestiegen«, antwortete er.

»Was soll das heißen?« Unwillkürlich griff sie nach James' Hand, der neben ihr stand.

Grant beugte sich vor, die Hände ineinander verkrampft, und senkte den Kopf.

»Gestern fanden wir einen weiteren Leichnam in einer Abstellkammer neben Charlotte Harringtons Apartment. Es tut mir leid, dass ich das nicht gleich gesagt habe, aber … Nun ja, wir haben ihn aufgrund des Lageplans finden können, den Sie mir bereitgestellt haben – er ist ebenfalls bis zur Unkenntlichkeit verbrannt. Da von Cole seit jener Nacht jede Spur fehlt, müssen wir leider davon ausgehen, dass es sich bei dem Toten um ihn handelt. Auch hier wird zur Zeit der Abdruck des Gebisses mit den medizinischen Unterlagen des Zahnarztes abgeglichen. Allerdings haben meine Männer und ich keinen Zweifel daran, dass es sich um Cole handelt. Vermutlich hatte seine Schwester ihn in der Abstellkammer eingesperrt um … um ihn mit in den Tod zu reißen.« Der Sheriff schluckte hart. »Wir werden die Wahrheit wohl nie erfahren. Ich habe den Anwalt, diesen Rhys-Montgomery, befragt und er sagte aus, dass Charlotte ihren Bruder kurz vor dem Brandausbruch um ein Gespräch gebeten hätte. Ihm erschien diese Bitte nicht ungewöhnlich und der Mann glaubte, sie wollte sich lediglich von ihm verabschieden. Er verließ dann das Hotel und begab sich unmittelbar auf den Heimweg.«

Elizabeth wischte sich eine Träne aus dem Gesicht, dann befeuchtete sie sich die Lippen, um sprechen zu können. »Das alles zu hören, ist kaum zu ertragen.«

»Das glaube ich und ich erzähle Ihnen all das nur sehr ungern, aber Sie hatten mich um die schonungslose Wahrheit gebeten. Glauben Sie mir, Miss Morgan, ich werde diese ganzen Bilder niemals vergessen, auch wenn man meinen sollte, ich als Sheriff könnte so etwas gut wegstecken. Dieser Brand ist die größte Katastrophe, die diese Stadt je erlebt hat, und ich mag mir das Szenario nicht vorstellen, wenn sich noch Gäste in dem Hotel aufgehalten hätten. Das alles ist schon furchtbar genug, vor allem natürlich für Sie und Ihre gesamte Familie.«

»Wir alle danken Ihnen für Ihre ehrlichen Worte«, sagte Elizabeth leise und es fiel ihr schwer, sich weiterhin zu beherrschen, denn die Trauer übermannte sie wie ein Orkan und sie wollte einfach nur weglaufen. Sie löste sich von James. »Entschuldigt mich.«

Sie rannte die Treppe hinauf und verschwand in ihrem Zimmer, lehnte sich gegen die geschlossene Tür und weinte. Seit ihr Vater tot war, versuchte sie, stark zu sein, verlor Tränen, ohne wirklich zu weinen, ohne wirklich um ihn zu trauern. Nicht einmal die heutige Beerdigung hatte ihr die Befreiung gebracht, diese entsetzlich lähmende Trauer hinauslassen zu können. Es waren Sheriff Grants Worte gewesen, die ihr begreiflich machten, dass es kein Wiedersehen geben würde.

Elizabeth weinte so bitterlich, dass sie an dem Holz der Tür hinunterrutschte und beinahe nicht hörte, wie James vehement an die Zimmertür klopfte. Er bat sie flehend um Einlass, und nach wenigen Augenblicken rutschte sie endlich zur Seite, damit er die Tür von außen öffnen konnte.

Er beugte sich zu ihr herunter, aber sie konnte ihn nicht ansehen, weil sie hinter einem Schleier von Tränen saß. Sie wollte etwas sagen, aber ihr unaufhörliches Schluchzen hinderte sie daran.

James zog sie an sich, hielt sie fest in seinen Armen. »Ist schon gut. Lass alles raus.«

»Dad ist tot. Wie kann er denn auf einmal nicht mehr da sein?«, wisperte sie weinend. »Versprich mir, dass du mich niemals verlassen wirst. James, bitte versprich es mir!«

»Ich verspreche es dir, mein Schatz.«

***

Der nächste Nachmittag bescherte den Morgans einen weiteren schweren Gang. Alle hatten sich in Johns Arbeitszimmer eingefunden, während Paul Mitchell das Testament verlas. Auch Isabelle saß mit abwesendem Gesichtsausdruck vor dem Schreibtisch ihres verstorbenen Mannes und wirkte auf James wie ein Geist zwischen dem Hier und Dort.

Er selbst saß auf einem Stuhl neben Elizabeth und schloss die Augen, atmete den gewohnten Duft von altem Zigarrenrauch ein, der sich mit dem Aftershave seines Stiefvaters vermischt hatte und hier in allem festhing.

Stiefvater, dachte er. *Stiefvater.*

Was war das nur für eine schreckliche Bezeichnung für einen Mann, der mehr als das gewesen war.

John war sein Vater gewesen. Nicht Stiefvater, Ziehvater oder Adoptivvater. Er war *sein* Vater gewesen und nichts weniger als das.

Während Paul Mitchells Stimme in den Hintergrund seiner Aufmerksamkeit verschwand, dachte er an die vielen wundervollen Momente mit *seinem Vater* zurück. Wie er mit ihm über die Plantage geritten war und John ihm voller Stolz sein Traumland, sein Paradies gezeigt hatte. Er erinnerte sich an die guten Gespräche, wie damals im Pub von Dickie. John wollte ihm zu jener Zeit helfen, damit er endlich einen Weg fand, um um seinen leiblichen Vater trauern zu können. Diese Hilfe war heute nicht nötig, denn James trauerte, wie er noch nie um einen Menschen getrauert hatte. Er trauerte um *seinen Vater*, den einzig wahren, den er jemals gehabt hatte.

Wie sehr musste er diesem Mann wehgetan haben, als er ihn darum gebeten hatte, die Adoption aufzuheben?

Ein Gedanke, der James nicht mehr aus dem Kopf ging.

Verzeih mir, John. Verzeih mir, Dad.

Die Verlesung des Testaments brachte keinerlei Überraschungen. Violett sowie Tristan wurden weiterhin ein lebenslanges Wohnrecht auf Morgan's Hall zugesichert sowie eine Fortzahlung der monatlichen Apanage. Isabelle erhielt freien Zugriff zu dem Privatvermögen der Familie. Doch dann sagte Paul etwas, womit sich die Familie seit Johns Tod noch nicht auseinandergesetzt hatte, da andere Dinge wichtiger gewesen waren. Zumindest hatte es niemand gewagt, dieses Thema anzusprechen. Vielleicht, weil jeder dieser Endgültigkeit hatte aus dem Weg gehen wollen. Bis jetzt.

»Elizabeth, sobald Sie das einundzwanzigste Lebensjahr erreicht haben, werden Sie die Leitung der Morgan's Company übernehmen.«

James sah sie stolz an, erkannte aber sogleich die Blässe in ihrem Gesicht. Ihre Hände zitterten und er griff nach ihnen, damit sie sich beruhigte.

»Was ist denn mit meinem Studium? Ich muss mich doch auf die Leitung vorbereiten«, fragte sie mit verwirrtem Blick.

»Das Studium wirst du wohl aufgeben müssen«, sagte Violett und James hörte deutlich den zynischen Unterton in ihrer Stimme heraus. Schon immer hatte sie dafür plädiert, Tristan als Johns Nachfolger zu berücksichtigen, aber die Dinge waren nun einmal, wie sie waren, und es wurde Zeit, dass sie dies akzeptierte. Es passte ihr dennoch nicht, dass Liz diese Stellung annehmen sollte, daher auch die Spitze mit dem College.

»Ich bin doch noch viel zu jung«, flüsterte Elizabeth, als würde sie sich dieser Tatsache selbst gerade erst bewusst werden.

»Das sehe ich ähnlich«, erwiderte Violett und brachte damit James auf die Palme.

»Sie ist nicht zu jung«, widersprach er erbost, wandte sich dann Elizabeth zu. »Wir schaffen das. Du bist nicht allein, ich helfe dir.«

Violett schoss in die Höhe, ging in dem Arbeitszimmer auf und ab. »Nein, das wird nicht funktionieren. Niemand unserer Arbeiter wird Elizabeth als Vorgesetzte akzeptieren. Schon allein deswegen nicht, weil sie eine Frau ist und … ach, sie ist doch noch ein halbes Kind. Tristan«, sagte sie und wandte sich an ihren Sohn, »du wirst deinen Dienst bei der U.S. Army noch heute quittieren. Ich will …«

»Das werde ich sicherlich nicht«, unterbrach er seine Mutter. Violett bäumte sich auf.

»Und ob du das tun wirst!« Wieder wollte Tristan etwas äußern, stand sogar energisch von seinem Platz auf, aber sie ließ nicht mit sich diskutieren. »Halt den Mund! Wir brauchen dich jetzt *hier*. Deine Familie braucht dich. Solange Elizabeth noch nicht geschäftsmündig ist, wirst du Johns Aufgaben übernehmen. Ich halte dich ohnehin für den Geeigneteren für seine Nachfolge.«

»Mrs Larson«, appellierte Paul, »es ist völlig irrelevant, wen Sie für den Geeigneteren halten. Die Sachlage ist klar. Natürlich muss jemand aus dieser Familie die kommissarische Führung übernehmen, aber ich gebe Ihnen den Rat, diese Entscheidung gemeinsam zu treffen – für das Wohl dieser Firma.«

»Dann kann es niemand anderes geben als Tristan«, antwortete Violett.

Elizabeth starrte auf das Taschentuch in ihren Händen und James erkannte ihre nahende Ohnmacht. Sie war so voller Trauer, dass sie vermutlich nicht die Kraft aufbrachte, sich gegen diese drohende Übergehung aufzulehnen.

Nun musste er für sie einstehen.

»Schluss jetzt!«, brüllte er durch den Raum, und zwar so laut, dass sogar Isabelle aus ihrer Lethargie erwachte und erschrocken aufzuckte. »Tante Vio, ich fürchte, dass du einen sehr wesentlichen Punkt vergessen hast«, äußerte er wieder gefasst und bemüht, nicht noch einmal in Zorn auszubrechen. Auch Violett hatte ihren Bruder verloren, schliff auf einer emotionalen Messerklinge hin und her.

Sie führte ihre rechte Hand an ihre Taille.

»Ach, und der wäre?«, fragte sie provokant.

»Dass Liz die rechtmäßige Erbin von Morgan's Hall ist. Genau so steht es in Johns Testament. Genau so hatte es Charles Morgan immer gewollt. Sämtliche Entscheidungen obliegen nur ihr.«

Violett blickte zu ihrer Nichte und schüttelte energisch den Kopf. »Das war doch seit jeher nur ein Hirngespinst. Unsere Lizzy ist überhaupt nicht in der Lage, die Geschäfte dieser Familie zu führen. Sie ist eine Frau, gerade einmal zwanzig.«

»James hat aber recht«, lenkte Paul wieder ein. »Elizabeth erbt alles. Die Ländereien, die Kelterei und dieses Haus. So steht es in Johns Nachlassdokument. Mrs Larson«, sagte er scharf, »es steht Ihnen nicht zu, den letzten Willen Ihres Bruders anzufechten. Ich verstehe, dass Sie sich vielleicht übergangen fühlen, aber wollen Sie es wirklich auf einen Streit mit Ihrer eigenen Familie ankommen lassen? Wollen Sie das tatsächlich?«

Violett blieb eine ganze Weile stumm.

»Nein, das will ich natürlich nicht.«

»Gut, dann ist dieses Thema wohl vom Tisch«, erwiderte der Anwalt und wirkte sichtlich genervt.

»Aber Elizabeth kann doch zukünftig unmöglich die Geschäfte allein führen«, holte sie zur nächsten Offensive aus.

James erhob sich und sah zu Elizabeth, legte seine Hand auf ihre Schulter. »Das wird sie nicht, Tante Vio. Liz wird das College beenden, denn sie hat viel zu hart dafür gearbeitet. Außerdem halte ich einen Abschluss für wichtig. Während ihrer Abwesenheit werde ich als kommissarischer Geschäftsführer fungieren. Natürlich nur, wenn du damit einverstanden bist, Liz. Ihr anderen natürlich auch.«

Sie sah zu ihm auf und seit Tagen erkannte er so etwas wie Optimismus in ihrem Blick. Sein Herz hüpfte sacht.

»Ja, das bin ich«, erwiderte sie mit einem zärtlichen Lächeln auf den Lippen.

Violett schüttelte den Kopf und schnaufte verächtlich. »Du? James, dass ich nicht lache. Gerade du, mit Verlaub, aber das ist das Letzte.«

»Mom, jetzt lass doch gut sein«, bat Tristan.

»Nein!«, antwortete sie entschieden. »James, ich möchte dich daran erinnern, dass du eine musikalische Ausbildung genossen hast. Sei doch bitte so gut und verrate mir, wie ein Pianist ein Großunternehmen führen will? O mein Gott, das ist an Lächerlichkeit nicht mehr zu überbieten.«

James' Körper hatte sich vor Zorn versteift. »Dann erkläre du mir bitte, weshalb dein Sohn mit einer militärischen Laufbahn besser für diese Position geeignet wäre? Mal ganz davon abgesehen, dass Tristan kein Interesse an den Geschäften der Morgan's Company hat.«

»Genauso wenig wie du!«, keifte Violett zurück. »Ich kann nicht fassen, was mit dem Unternehmen meines Vaters ge…«

»Aufhören!«, schrie Isabelle. »Hört einfach auf! Mein Mann ist noch nicht einmal vierundzwanzig Stunden unter der Erde und du, Vio, stellst unmittelbar nach seiner Beerdigung seinen letzten Willen infrage?« Weder war sie aufgestanden noch blickte sie ihrer Schwägerin in die Augen, blieb nur auf ihrem Stuhl sitzen und sprach ins Leere. »Du weißt, dass ich dich mittlerweile wie eine Schwester liebe, aber wenn du weiterhin auf deinem Standpunkt beharrst, wirst du dieses Haus verlassen. Hast du mich verstanden?«

Niemand wagte es, einen Ton von sich zu geben.

Auch Violett schien begriffen zu haben, sich mit weiteren Äußerungen zurückhalten zu müssen, atmete sie doch tief ein und setzte sich wieder hin. James strich sich müde mit der Hand über die Stirn und ließ sich ebenfalls auf seinen Stuhl zurückfallen.

Paul stand von Johns Schreibtischstuhl auf, lief um den Sekretär herum und setzte sich auf die Tischplatte. Der Anwalt grübelte einen Augenblick.

»Wie Sie alle wissen«, sagte er mit gesenkten Lidern, »war John für mich mehr als nur ein Mandant. Über die Jahre sind wir gute Freunde geworden, deshalb hoffe ich, dass Sie meine nachfolgenden Worte nicht als pietätlos auffassen, aber ich muss Sie leider auf etwas Gravierendes hinweisen.«

»Was denn, Mr Mitchell?«, fragte Elizabeth.

»Ihre Familie hat durch den Kauf des Great Mountain Hotels fünf Millionen Dollar verloren. Zum Zeitpunkt des Verkaufs waren die Versicherungsformalitäten noch nicht abgeschlossen. Niemand wird für den Schaden aufkommen. Da die Harrington-Geschwister ebenfalls ums Leben gekommen sind, wird das Geld an deren Mutter Miriam gehen. Ich bezweifle, dass diese Frau Ihrer Familie in irgendeiner Weise entgegenkommen wird, zumal wir ja nur annehmen können, dass Charlotte schuld am Brand ist, wirklich zu beweisen ist es leider nicht.«

»Mit dem Tod meines Vaters haben wir schon den Höchstpreis bezahlt«, versicherte Elizabeth in sich gekehrt. »Gibt es sonst noch etwas, Mr Mitchell?«

»Nein, Elizabeth.«

Sie erhob sich und strich mit den Händen über das schwarze Kleid. Die anderen folgten ihr hinaus.

Paul rief James zurück. »Darf ich Sie noch um ein Gespräch unter vier Augen bitten?«

»Selbstverständlich«, antwortete er und blieb allein mit ihm im Arbeitszimmer.

»Vor seinem Tod bat John mich um etwas, das mich doch sehr überrascht hat.« Paul, der immer noch auf dem Tisch saß, wandte sich leicht um und nahm eine Akte zur Hand, die neben dem Testament lag. Dann sah er ihn wieder an, lächelte sanft und drückte ihm die Mappe in die Hand. »Zunächst hatte ich nicht verstanden, weshalb er mich um diese ungewöhnliche Maßnahme gebeten hat, aber er versicherte mir, dass es einem guten Zweck dienen würde.«

James öffnete die Akte und zuckte, starrte auf das offizielle Schreiben in seiner Hand. Sein Brustkorb zog sich zusammen und jeder Gedanke fiel ihm schwer, so unendlich schwer. Er versuchte, aufzuschauen, konnte es aber nicht und las immer nur die Betreffzeile.

Adoptionsaufhebungsantrag aus schwerwiegenden Gründen.

Er war wie paralysiert. »Das hat er wirklich getan?«

»Ja. Ich habe John natürlich darüber belehrt, dass eine Adoption nur in den seltensten Fällen aufgehoben werden kann. Ebenfalls fragte ich ihn nach den Beweggründen und ich wies ihn darauf hin, dass Auseinandersetzungen und Streit innerhalb der Familie in der Regel keinen Grund darstellen, um eine Adoption rückgängig zu machen.« Paul lächelte ihn gerührt an. »Das Gegenteil sei der Fall, versicherte mir John. Mit der Aufhebung der Adoption würde er zwar seinen Stiefsohn verlieren, aber einen Schwiegersohn gewinnen. Er sagte, diese würde die beste Kündigung sein, die er jemals unterschreiben würde. John hat Sie sehr geliebt. Er wollte, dass Elizabeths und Ihrer Liebe nichts mehr im Weg steht.«

»Es fiel mir so schwer, ihn darum zu bitten.« Blind vor Tränen schloss James das Dokument. Minutenlang stand er vor dem Anwalt und ließ seiner Trauer freien Lauf. Einen Augenblick brauchte er noch, um sich zu fassen. »Ich wünschte, er wäre jetzt hier.«

»Das wünschte ich auch«, flüsterte Paul voller Anteilnahme in seiner Stimme. »Isabelle muss die Papiere unterschreiben und es wird sicherlich noch einige Zeit dauern, bis die Behörde diesen Antrag prüft und zustimmt. Das kann Monate dauern.«

»Das habe ich mir schon gedacht. Warten wir mit Isabelles Unterschrift noch ein paar Tage. Ich befürchte, sie hat noch nicht wirklich begriffen, dass John nicht mehr zurückkehren wird.«

»In Ordnung«, sagte Paul. »Ich habe noch etwas für Sie.« Er rutschte von der Tischplatte und wanderte zu seinem Aktenkoffer, aus dem er ein dickes Bündel zusammengerollter Zeitungen entnahm, das er ihm übergab. »Darin finden Sie Artikel zum Fall *Adolf Eichmann.*«

»Vielen Dank, dass Sie daran gedacht haben.«

Paul verschränkte die Arme vor der Brust und sah ihn mit skeptischen Augen an. »Ich kann mir nicht helfen, James, aber ich werde das Gefühl nicht los, dass Sie sich in irgendeine üble Sache verstrickt haben. Etwas, über das Sie nicht sprechen wollen, weil Sie Angst haben.« James schwieg. »Auch wenn ich nur ein simpler Anwalt hier im County bin, verfüge ich dennoch über Kontakte, die Ihnen vielleicht helfen können. Versprechen Sie mir, dass Sie nichts Unüberlegtes tun werden. Sie haben meine Telefonnummer und scheuen Sie sich nicht, mich um Hilfe zu bitten. Ich nehme an, Sie kennen jemanden, der es geschafft hat, seine Nazi-Vergangenheit zu vertuschen. Richtig?«

»Ja«, antwortete James unsicher. »Paul, ich kann Ihnen nicht mehr darüber sagen. Wenn ich es tun würde, dann wären Elizabeth und ich in Gefahr. Vielleicht ist es besser, diese ganze Geschichte einfach zu vergessen.«

»Menschen, die diesem Regime gedient haben, gehören auf die Anklagebank, wenn du meine Meinung wissen willst.«

»Ich weiß«, sagte er gedankenverloren. »Ich weiß.«

Nach dem Gespräch mit dem Anwalt suchte James nach Elizabeth und fand sie vor dem Haus. Phil ließ die Zügel seines

Pferds Paco fallen und legte die Arme um die weinende Liz. Die Satteltaschen waren schwer bepackt und Chinook sprang aufgeregt zwischen Elizabeths Beinen hin und her.

»Phil, was hast du vor?«

»Ich gehe fort, Lancelot.«

James glaubte, sich verhört zu haben. »Wie meinst du das?«

Elizabeth löste sich aus Phils Umarmung. »Du darfst nicht gehen. Wir brauchen dich hier. Vor allem jetzt. Nein, das lasse ich nicht zu.«

Phil wischte ihr die Tränen aus dem Gesicht. »Kleine Misae, ihr braucht mich nicht. Vielleicht habt ihr mich noch nie gebraucht. Mein ganzes Leben konnte ich mich auf meine Intuition und auf meine Visionen verlassen, aber diese Gabe wurde mir genommen. Ich werde mir nie verzeihen können, dass ich das mit deinem Vater nicht verhindern konnte. John war für mich wie ein Sohn. Ich hätte ihm helfen müssen, aber ich fühle einfach nichts mehr außer großem Kummer, der mich nicht mehr loslässt.«

»Wir trauern alle«, sagte sie.

»Trauer ist wichtig und jeder geht anders mit dem Verlust eines geliebten Menschen um. Ihr zwei habt euch und darüber bin ich sehr glücklich. Doch ich muss für mich einen Weg finden, um das Geschehene zu verstehen. Der Wald hat mich gerufen und ich werde diesem Ruf folgen.«

»Wirst du zu uns zurückkehren?«, fragte Elizabeth schluchzend.

Phil lächelte. »Das werde ich, kleine Misae. Ich werde zurückkommen. Irgendwann.«

James hatte diesen Mann noch nie so verloren erlebt wie in jenem Augenblick des Abschieds, aber er hatte Verständnis für sein Vorhaben. »Wir werden dich sehr vermissen.«

»Und ich werde euch vermissen. Ihr seid die einzige Familie, die ich je hatte.« Phil ging auf ihn zu, legte ihm die Hand auf die Schulter und sagte: »Jetzt bist du der Mann im Haus. Pass auf sie alle auf und auch auf dich selbst.«

»Das werde ich.«

Phil beugte sich zu Elizabeth hinunter, küsste ihre Stirn. »Bleib stark! Die Zukunft deiner Familie liegt nun in deinen Händen und fürchte dich nicht vor dieser Herausforderung. Die guten Geister stehen dir zur Seite in allem, was du tust. Vertraue dir selbst.«

Phil umarmte sie lange, bis er sich aus dieser Umarmung löste.

Wie ein junger Gott schwang er sich auf den Sattel seines Pferds und James beobachtete jede seiner agilen und kraftvollen Bewegungen. Ja, dieser weise Mann musste diese Reise antreten, um wieder als der zurückkehren zu können, der er einst war: ihr Fels in der Brandung.

»Überzeugt Isabelle bitte davon, nach Rom zu reisen. Es ist wichtig für sie.«

Das waren Phils letzte Worte, als er bereits den Hang hinaufgaloppierte. James nahm Elizabeths Hand und gemeinsam sahen sie ihm nach, bis er zwischen den hohen Tannen des Waldes verschwand, ohne sich ein einziges Mal umzuschauen.

Jetzt bin ich dran!

Morgan's Hall, Mitte Februar 1963

Violett ließ einfach nicht locker. Jetzt hatte sie es sich sogar in den Kopf gesetzt, die Geschäfte der Morgan's Company kommissarisch selbst zu übernehmen, all der Gespräche mit Paul Mitchell zum Trotz. James tobte, als sie ihre Absicht mit erhobenem Kopf und ausgestrecktem Hals der Familie unterbreitete. Sein Groll steigerte sich so sehr, dass er eine antike Vase gegen die Wand des Speisezimmers schleuderte und diese in tausend Einzelteile zersprang. So hatte Elizabeth ihn noch nie erlebt. Sie hingegen versuchte, die allmählich auftretende Abneigung, die sie gegenüber ihrer Tante verspürte, zu unterdrücken, aber es fiel ihr von Tag zu Tag schwerer.

Niemand verstand, weshalb Violett sich so sehr gegen ihre Nichte stellte. Sie selbst am wenigsten, war Violett für sie doch stets wie eine Mutter gewesen. Aber Johns Tod hatte sie irgendwie verändert, verwandelte sie in eine verbissene und kaltherzige Frau, die sich das nehmen wollte, von dem sie glaubte, es würde ihr zustehen – um welchen Preis auch immer. Sie hatte ihre Lauscher im ganzen Haus ausgefahren, um jegliche Schritte in Bezug auf das Unternehmen in Erfahrung zu bringen. Tagtäglich versuchte Violett, ihre Nichte davon zu überzeugen, es sei das Beste für die Morgan's

Company, sie als stellvertretende Leiterin anstelle von James einzusetzen.

Die Fronten waren längst verhärtet und Violett riss täglich an Elizabeths ohnehin schon sehr dünn gestricktem Nervenkleid. Trotzdem versuchte sie, nicht die Fassung zu verlieren. Im Gegensatz zu dem sonst so besonnenen James, der mit Violetts plötzlicher Verwandlung nicht umzugehen vermochte. Seine Augen verbargen nicht die große Enttäuschung, die er für diese Frau empfand, wann immer er ihr begegnete.

Tristan hatte längst das Weite gesucht und war bereits Mitte Januar abgereist, um seinen Militärdienst wieder aufzunehmen. Meggie war für ein paar Wochen nach Paris zurückgekehrt, um dort ihre Wohnung aufzulösen und den endgültigen Umzug nach Woodwall vorzubereiten. Er und sie hatten geplant, nicht auf Morgan's Hall zu leben, sondern in einem kleinen Haus in der Stadt. Im kommenden Sommer wollten die beiden sich am Golden Lake das Jawort geben. Elizabeth war überglücklich, dass Meggie sie darum gebeten hatte, ihre Trauzeugin zu werden. Glücklich und doch so traurig, wie konnten das Gute und das Schlechte nur so nah beisammenliegen?

Eine Hochzeit war ein Lichtblick in dieser traurigen Zeit, so musste sie es sehen. Das Leben legte keine Pause ein, drehte seine Kreise, weiter und weiter. Es scherte sich nicht darum, was es zurückgelassen hatte, und Elizabeth wusste, dass es kein Zurück mehr gab. Das, was jetzt noch zählte, war der Blick in die Zukunft. So schwer es auch war. Aber auch in ihrer Zukunft konnte es wieder Sonnentage geben, daran glaubte sie fest.

Doch wenn sie an Tristans und Meggies bevorstehende Vermählung dachte, mischte sich die Freude abermals mit Traurigkeit, denn sie fürchtete, dass James und sie noch lange warten mussten, bis auch sie vor den Traualtar treten konnten. Paul Mitchell hatte Olivia vor genau einem Monat die Scheidungspapiere zukommen lassen – bis heute waren diese unbeantwortet geblieben.

Doch auch das war nicht wichtig, hatte keine Bedeutung, denn er war hier, an ihrer Seite und alles andere zählte nicht. Ohne ihn hätte sie den Tod ihres Vaters nicht verwunden. Vielleicht war eine Ehe nicht alles, vielleicht zählte mehr, einander zu haben.

Isabelle hatte sich in ihrer nicht enden wollenden Trauer aus der realen Welt verabschiedet. Das Einzige, was sie offenbar noch dazu bewegte, morgens das Bett zu verlassen, war Teddy. Elizabeth wusste, ihre Mutter brauchte noch viel Zeit. Und sie verstand es, hatte Isabelle doch bis heute keinen Weg gefunden, sich von John zu verabschieden.

Vielleicht würde sie diesen Weg nie finden. Elizabeth würde auch keinen Ausweg aus dieser Trauer finden, wenn James dieses schreckliche Schicksal widerfahren wäre.

Der Winter wollte einfach nicht enden. Noch immer war das Land von hohen Schneemassen bedeckt. Elizabeth sehnte sich nach dem warmen Licht der Sonne, dem Kaiserblau des Himmels und dem Duft des Frühlings.

Die Zeit selbst schien wie eingefroren, obwohl die Welt sich drehte. Es kam ihr vor, als würde sie zwischen der Vergangenheit und der Zukunft umherbalancieren, ohne manchmal zu wissen, für welche Seite sie sich entscheiden sollte.

Sie sah aus dem Fenster und beobachtete Tony, der eine mit gelagertem Heu befüllte Schubkarre in Richtung des Pferdestalls lenkte. Tatsächlich war James derjenige gewesen, der sich ein Herz nahm, Tony diese Arbeit anzubieten. Elizabeth konnte gar nicht zählen, wie oft er vor ihrer Haustür gestanden und sie beide um Verzeihung gebeten hatte.

Sicherlich würden James und Tony niemals die besten Freunde werden, aber zumindest entstand eine gewisse Akzeptanz zwischen ihnen sowie die Einsicht, dass es keinen Sinn hatte, wie die Hyänen übereinander herzufallen. Im Vergleich zu der düsteren Verwandlung, die Violett vollzogen hatte, geschah mit Tony das absolute Gegenteil und er wirkte wie ausgewechselt. Er hatte alles versucht, um die Familie vor Charlotte zu warnen, war auf seinem Weg nach Morgan's Hall fast erfroren, was Elizabeth bewies, dass er im Grunde ein guter Mensch war, der eine zweite Chance verdient hatte.

James beteuerte allerdings, diesem Kerl weiterhin skeptisch gegenüberzustehen. So konnte er ihn wenigstens tagtäglich im Auge behalten. Vielleicht war es für ihn sogar eine kleine Genugtuung, Tony beim Ausmisten der Ställe oder beim schweißtreibenden Schneeschippen zu beobachten.

Elizabeth hörte ein Geräusch und sah sich um. Isabelle stand nun vor ihr und setzte sich auf den Sessel vor dem Kamin. Ihre Mutter sah einfach furchtbar aus. Abgemagert und in den letzten Wochen um Jahre gealtert, das zeigte vor allem die eingeschrumpfte Haltung und die langsame Art, sich zu bewegen.

»Was geht gerade in dir vor, Liz?«, fragte sie leise und löste ihre schmalen Füße aus den schwarzen Pumps. Noch immer trug sie Schwarz und die sonst so üppige Mähne war zu einer strengen Hochsteckfrisur frisiert.

»Vieles, Mom. Alles.«

»Komm, setz dich doch einen Moment zu mir an den Kamin.«

Elizabeth setzte sich auf den Boden vor den Sessel und legte ihren Kopf auf den Schoß ihrer Mutter. Mit zarten Fingern strich Isabelle ihr über das Haar.

»Ich freue mich, dich hier unten zu sehen.«

Sie seufzte. »Entschuldige, dass ich mich in mein Schneckenhaus zurückgezogen habe.«

»Dafür musst du dich nicht entschuldigen, Mom.«

»Doch, das muss ich. Manchmal wünschte ich, ich wäre so stark wie du, aber das bin ich nicht. Das bin ich nie gewesen. Jeden Tag aufs Neue versuche ich, aufzustehen, aber mir fehlt die Kraft dazu. Ich vermisse ihn so furchtbar, dass es mich lähmt. Ich habe das Gefühl, nicht aus diesem schwarzen Loch herauszufinden.«

»Aber du musst! Du musst Dad loslassen! Ich weiß, dass du dich bislang nicht von ihm verabschieden konntest.« Sie blickte zu ihrer Mutter und nahm ihre Hand. »Aber Mom, du musst ins Leben zurückfinden. Vielleicht nicht heute und auch noch nicht morgen, aber bald. Seit Vaters Tod spielt Violett völlig verrückt. Möglicherweise hat sie recht und ich bin dieser Herausforderung tatsächlich nicht gewachsen. Wir müssen um das kämpfen, was er uns hinterlassen hat. Du bist nicht gestorben und ich brauche dich an meiner Seite, mehr als jemals zuvor. Und das Leben hält auch noch Schönes für dich bereit, ich verspreche es dir.«

Isabelle sah sie mit glasigen Augen an und ihre Lippen zitterten. »Das weiß ich, mein Kind. Es tut mir leid, dass ich so schwach bin.«

Elizabeth zog sich zu ihr hoch und schloss sie fest in die Arme. »Ist schon gut, Mom.«

»Ich werde für dich da sein. Das verspreche ich dir. Ich werde einen Weg finden.«

Lange saßen Mutter und Tochter in dieser innigen Umarmung, bis Elizabeth Phil in den Sinn kam. Sie löste sich von ihr. »Warte bitte hier. Ich habe etwas für dich.«

Wenige Minuten später kam sie zurück und kniete sich wieder vor den Sessel. Dann legte sie Isabelle den Reiseführer samt Flugticket auf den Schoß.

»Ich weiß, ich sollte Dads Weihnachtsgeschenk verbrennen, aber ich habe es nicht übers Herz gebracht.«

Isabelle wandte den Kopf zur Seite, weil sie den Anblick der Reiseunterlagen nicht ertrug, wie Liz annahm.

»Mom, ich finde, du solltest nach Rom reisen.«

»Das kann ich nicht«, wisperte sie.

»Dad hätte es bestimmt so gewollt. Ich bitte dich. Niemand zwingt dich, aber ich bin mir sicher, diese Reise wird dir guttun. Du musst hier einmal raus. Weg von all den Erinnerungen, raus aus dieser Trauer. Nur du allein, damit du wieder ins Leben zurückfindest.«

Isabelle dachte lange nach, wagte dann endlich einen Blick auf den Reiseführer und atmete tief durch. »Vielleicht hast du recht.«

Elizabeth lächelte. »Ganz bestimmt, Mom. Ich spüre es.«

***

James' finsterer Blick haftete unablässig auf Violett, die Johns ehemaligen Platz in dessen Arbeitszimmer eingenommen und den Rest der Familie zu einem Dringlichkeitsgespräch herzitiert hatte.

Es war Samstag früh und die Sonne war gerade erst aufgegangen. Elizabeth saß noch im Pyjama und unfrisiert vor dem Schreibtisch, weil ihre Tante ihr nicht einmal die Morgenwäsche zugestanden hatte.

»Wo ist Isabelle?«, fragte Violett.

»Meine Mutter schläft noch.«

»Typisch.«

James ballte die Hand zu einer Faust, denn inzwischen schaffte es diese Frau, ihn mit jedem Wort, das über ihre Lippen glitt, zur Weißglut zu bringen. »Isabelle trauert um ihren Mann.«

»Und ich trauere um meinen Bruder, doch im Gegensatz zu ihr verbarrikadiere ich mich nicht in meinem Schlafzimmer und glaube, irgendwann aus einem Albtraum erwachen zu können. Aber so war deine Mutter schon immer, Elizabeth. Isabelle trauert immer mehr als andere. Das ist nichts weiter als Egoismus.«

»Der einzige egoistische Mensch in diesem Haus bist du, Violett«, sagte James mit zusammengekniffenen Augen. »Also, was soll dieser Überfall am frühen Morgen?«

»Die Kelterei eröffnet wie gewohnt Anfang März, also in gut drei Wochen. Seit Johns Tod hat sich niemand von uns die Mühe gemacht, unsere Mitarbeiter über die Zukunft der Morgan's Company zu informieren.«

»Das ist auch bislang nicht nötig gewesen«, widersprach er ihr. »Für die Arbeiter wird sich nichts ändern. Alles bleibt beim Alten. Die Arbeitsverträge, die Prozesse der Weinproduktion sowie das landwirtschaftliche Verfahren. Ich habe in den letzten Wochen all unsere Zulieferer und Abnehmer kontaktiert und ihnen versichert, dass im Zuge des Führungswechsels keine Engpässe entstehen und wir vorerst von Vertragsanpassungen absehen. Also, Vio, worüber sprechen wir hier?«

Violett faltete die Hände, ließ sie auf dem Schreibtisch ruhen. »Die Morgan's Company wäre heute nicht das, was sie ist, wenn wir nicht über Mitarbeiter verfügen würden, die gewillt sind, mehr zu leisten, als von ihnen verlangt wird. Das taten sie bisher vor allem aus Loyalität und Respekt gegenüber meinem Vater und auch John. Sie vertrauten ihnen und ein jeder fühlte sich als ein Teil dieser Familiendynastie. Ich weiß von einigen unserer Angestellten, dass sie dieses Vertrauen nicht in Elizabeth setzen. Nicht unbedingt, weil sie eine Frau ist, sondern aufgrund ihres jungen Alters und ihrer Unerfahrenheit. Tja …«, sagte sie mit falschem Bedauern in der Stimme, »… und ihr beide habt euch zudem noch zum Gespött der ganzen Stadt gemacht, was den eher konservativ denkenden Männern unseres Unternehmens noch weniger Grund bietet, Elizabeth Respekt zu zollen.«

James konnte einfach nicht fassen, was sie gerade geäußert hatte. Welche Dämonen hatten von dieser sonst so gütigen Frau Besitz ergriffen?

Elizabeth rührte sich nicht und ihr Ausdruck schien wie eingefroren, als er zu ihr blickte. Warum blieb sie so ruhig? Das entsprach ganz und gar nicht ihrem Naturell. Er wusste aber nicht, wie er für sie kämpfen sollte, wenn sie offenbar selbst bereits die Flinte ins Korn geworfen hatte.

»Unser Privatleben geht niemanden etwas an, auch dich nicht, und die Arbeiter werden akzeptieren müssen, dass Liz demnächst das Sagen hat. Punkt.«

»Sie werden Elizabeth aber nicht akzeptieren. Und dich erst recht nicht, weil jeder weiß, dass du in deinem Leben nichts anderes getan hast, als vor einem Klavier zu sitzen. Ich habe mit vielen der Mitarbeiter inzwischen gesprochen und einige von ihnen haben bereits mit einer Kündigung gedroht, sollte man ihnen einen von euch vor die Nase setzen.«

»Hast du den Verstand verloren?« James' geballte Faust schlug auf die Tischplatte ein, so heftig, dass die Familienbilder, die darauf standen, umkippten. »Was ist denn nur los mit dir? Ich wette, deine sogenannten Gespräche waren eine einzige Hetzjagd gegen uns.«

Violett gab sich vollkommen unbeeindruckt und lehnte sich zurück. »Ich habe für heute früh um elf Uhr eine Betriebsversammlung in der Kelterei einberufen.«

»Du hast was? Und mit welchem Recht? Du hast hier keinerlei Befugnisse, was bezweckst du?«, fragte er wie von Sinnen.

»Dort werden wir den Mitarbeitern der Morgan's Company mitteilen, wer von nun an die Stellvertretung übernehmen wird. James, ich weiß, ihr habt beschlossen, dass du die Aufgabe übernimmst, aber ich möchte dennoch an eure Vernunft appellieren. Nach all den Gesprächen mit unseren Leuten habe ich herausgehört, dass ich das einzige Familienmitglied bin, dem man diese Aufgabe zutraut – und das, obwohl ich eine Frau bin. Die Arbeiter haben mir ihre Loyalität bereits zugesichert, weil sie mir als älteste echte Morgan vertrauen. Ich halte es deshalb für besser, wenn ich die Stellvertretung übernehme.«

»Nein!«, schrie James. »Diese Aufgabe werde ich übernehmen. Genau so lautet die Vereinbarung.«

Violett lachte, doch es klang falsch. »Junge, nun sei doch mal vernünftig.«

James musste sich zusammenreißen, um nicht über den Schreibtisch zu springen, weil er Violett am liebsten auf der Stelle der Tür verwiesen hätte.

Behalte die Nerven!, ermahnte er sich selbst.

Elizabeth saß weiterhin völlig reglos neben ihm und allmählich galt seine Wut auch ihr. Doch dann zeigte sie endlich eine Regung.

»Du hast jetzt genug gesprochen, Tante Vio«, kam es von Elizabeth, und zwar so ruhig, dass es schon beinahe beklemmend wirkte. Sie stand auf und schritt langsam im Arbeitszimmer auf und ab. »Du sprichst die ganze Zeit von Loyalität, von Respekt und von Vertrauen. Das sind alles Attribute, die sich sowohl mein Großvater als auch mein Vater über Jahrzehnte aufgebaut haben. Ein jeder Mann mochte Charles und ein jeder Mann mochte John. Aber nicht, weil sie Männer waren, sondern weil sie ihren Mitarbeitern das Gefühl gaben, in guten Händen zu sein. Beide waren ehrliche und faire Vorgesetzte, die vor allem für das Wohl des Unternehmens einstanden und nicht, weil sie aus Machtbesessenheit oder anderen niederen Gründen an der Spitze standen. Das wusste jeder einzelne Mensch, der unter ihrer Führung für die Morgan's Company gearbeitet hat, und als Dank schenkten sie beiden ihren Fleiß und ihre Liebe für das, was sie tagtäglich verrichteten. Habe ich hier deine Zustimmung, Tante Violett?«

»Ja, die hast du.«

James sah Elizabeth sehr aufmerksam an und versuchte jede ihrer Bewegungen, jede Geste und jedes Wort zu deuten, denn er wusste nicht, worauf sie hinauswollte.

»Das freut mich«, antwortete sie und er erkannte ein kleines Aufblitzen in ihren grünen Augen. »Ich frage mich, was unsere loyalen Mitarbeiter davon halten würden, wenn sie erführen, dass du indirekt für die damalige Gespinstmottenplage verantwortlich bist. Schließlich war es dein Liebhaber, der nachts aus deinem Bett gestiegen ist, um unsere Ernte zu vernichten.«

»Das ist wirklich die Höhe, Elizabeth! Niemand kann mir hierfür die Schuld geben.«

»Vielleicht nicht, aber dass du von all dem nichts mitbekommen hast, lässt auf deine vollkommene Naivität schließen. Und wer weiß, ob die Belegschaft nicht eines Tages Zweifel hegt. Sich die Frage stellt, ob du tatsächlich so dämlich warst oder ob du doch genau wusstest, was dieser Casper Dahl im Schilde geführt hat.«

Violett presste die Lippen aufeinander. »Du weißt, dass das nicht die Wahrheit ist. So etwas Furchtbares hätte ich nie zugelassen.«

»Mag sein, aber du weißt, wie schnell Menschen ihre eigenen Schlüsse ziehen. Hast du uns nicht eben selbst damit gedroht? Glaub nicht, mir wäre das entgangen.« Elizabeth blieb vor ihr stehen und richtete den Zeigefinger auf sie. »Ich frage mich, was unsere loyalen Mitarbeiter denken würden, wenn sie erführen, dass du versucht hast, ihren verehrten John aus seiner Position zu verdrängen, indem du ihn mit einem alten Testament, das nicht einmal notariell beurkundet war, erpresst hast.«

»Ich …«

Elizabeth stützte sich mit ihren Händen auf dem Schreibtisch ab und beugte sich zu Violett vor. »*Was* würden unsere treuen und hart schuftenden Mitarbeiter glauben, wenn sie wüssten, dass ihre stellvertretende Vorgesetzte in ihrem Leben niemals etwas anderes getan hat, als Stofftaschentücher zu besticken und die Familie zu entzweien? Was, Tante Violett?«

Sekundenlang saß Violett unbeweglich in ihrem Stuhl und fixierte ihre Nichte. James' Inneres schoss ein Feuerwerk nach dem anderen ab. Elizabeth, die Kämpferin, war zurück, und sie hatte dieser Frau einen verbalen Faustschlag nach dem anderen verpasst. Er lächelte voller Stolz.

Tatsächlich hatten Elizabeths Vorwürfe ihre Tante verstummen lassen. Er erkannte, wie Violett nach einem Ausweg suchte. Sie zog fahrig am Anhänger ihrer Halskette, aber ihr schien nichts einzufallen, mit dem sie einen untermauerten Widerspruch erheben könnte.

»Ihr beide seid all diesen Aufgaben und der Bürde dennoch nicht gewachsen. Darauf gebe ich euch Brief und Siegel.«

»Du stellst dich also weiterhin gegen meine Entscheidung, James für diesen Posten einzusetzen?«

»Ja.«

Elizabeth wandte den Blick ab und sah kurz zu James hinüber. Traurig verzog sie den Mund und ließ den Kopf hängen.

»Meine Mutter hatte es dir bereits angedroht«, sagte sie und hielt kurz inne. »Noch heute wirst du deine Sachen packen und dieses Haus verlassen.«

Er riss die Augen auf. Violett schoss in die Höhe.

»Ich habe ein Wohnrecht auf Morgan's Hall.«

Elizabeth nickte beifällig. »Wenn es sein muss, dann werde ich dieses Wohnrecht anfechten. Jeder Richter auf dieser Welt wird mir beipflichten, dass ein weiteres Zusammenleben unter diesen Umständen nicht mehr möglich ist, da du nicht nur der Familie, sondern vor allem dem gesamten Unternehmen schadest und scheinbar kein Ehrgefühl gegenüber dem letzten Willen eines Toten hast. Du hast hier keinen Anspruch auf irgendwas, was mit Führung zu tun hat. Und das weißt du. Vielleicht bist du gekränkt, dass dir dein eigener Bruder nichts zutraut, aber dafür kann hier niemand was außer du selbst.«

James wollte intervenieren, Elizabeth bitten, den Rauswurf zurückzunehmen, da es ihm doch als eine zu harte Maßnahme erschien, aber er wusste, dass sie ein für alle Mal ihre Autorität in diesem Haus demonstrieren musste. Das war der erste Schritt. Er durfte das jetzt nicht untergraben.

»Und wo soll ich bitte hin?«, fragte Violett den Tränen nah.

»Das weiß ich nicht. Natürlich wirst du nicht mit leeren Händen Morgan's Hall verlassen müssen. Nach wie vor steht dir die monatliche Apanage zu, die in dem Testament meines Vaters festgehalten worden ist. Wie du weißt, gehören uns in der Stadt drei Häuser, die wir normalerweise unseren Saisonarbeitern zur Verfügung stellen. Gerne kannst du in einem davon unterkommen, bis du etwas Komfortableres gefunden hast.«

»Dein Vater hätte das nicht gewollt.«

»Möglich, aber jetzt habe ich hier das Sagen und du gibst mir keinen Anlass, dir weiterhin zu vertrauen. Mein Vater hätte nämlich ganz sicher auch nicht deinen Wahn gewollt, den du in den letzten Wochen und auch heute gezeigt hast.«

Ohne auch nur ein weiteres überflüssiges Wort zu verlieren, verließ Violett das Arbeitszimmer. Als die Tür laut ins Schloss fiel, rang Elizabeth keuchend nach Luft, war so sehr von Panik ergriffen, als müsse sie jeden Augenblick hyperventilieren. James versuchte, sie zu beruhigen, und sie wollte etwas äußern, konnte es aber zunächst nicht. Er gab ihr Zeit.

»Was … was habe ich getan?«

Wie ein kleines Kind wiegte er sie in seiner Umarmung hin und her. Dann schob er seine Hand unter ihr Kinn, hob ihren Kopf zu sich hoch, bis sie ihn mit verheulten Augen ansah. »Du hast das Richtige getan, Liz. Violett brauchte diesen Dämpfer und ich bin sicher, bald wird sie einsehen, dass sie den Bogen überspannt hat.«

»Das wird sie mir nie verzeihen.«

»Natürlich wird sie das.« Er atmete tief ein. »Wir müssen die Betriebsversammlung absagen.« James ließ sie los und wanderte zum Telefon.

»Nein, warte!« Erstaunt legte er den Hörer wieder auf. »In einem Punkt hatte Violett recht: Wir müssen unsere Mitarbeiter ins Vertrauen ziehen und sie auf eine Zukunft mit uns beiden an der Unternehmungsspitze einschwören. Wir haben das viel zu lange vor uns hergeschoben. Je eher wir das tun, umso weniger bieten wir Raum für Spekulationen und Nährboden für Altweibergeschwätz. Außerdem haben sie es verdient, von uns zu hören, dass wir alles Erdenkliche tun werden, um die Morgan's Company aufrechtzuerhalten.«

»Du hast recht.« Ein liebevolles Lächeln huschte über seine Lippen. »Das bedeutet also auch, dass wir unsere Liebe offenbaren.«

»Ja«, antwortete sie entschlossen. »Die Zeit der Heimlichkeiten findet heute ein Ende.«

In der hellhörigen Fabrikhalle der Kelterei tummelten sich die Mitarbeiter. Sie alle steckten ihre Köpfe zusammen und tuschelten, sodass dröhnendes Gemurmel entstand. James, der neben Johns Sekretärin Hazel auf dem erhöhten Podest vor der Stahltreppe stand, wartete angespannt auf Elizabeths Erscheinen. Sie waren nicht gemeinsam zur Morgan's Company aufgebrochen, da sie noch einen Moment für sich gebraucht hatte, um sich auf ihre erste Rede als baldige Geschäftsführerin vorzubereiten.

Die Blicke mancher Männer, die James seit seiner Kindheit kannte, waren geprägt von deutlichem Argwohn und sichtlicher Skepsis.

»Wir stehen hier schon seit einer halben Stunde. Wann wird Mrs Larson erscheinen?«, fragte jemand aus der ersten Reihe. Es war der alte Trevor, der bereits seit Jahrzehnten für die Morgan's Company arbeitete. Und sogar schon unter der Führung von Charles beim Aufbau des Unternehmens mitgewirkt hatte. Gerade Männer wie er, ebenjene vom alten Schlag, stellten vermutlich die größte Herausforderung dar. James befürchtete eine Welle des Protests, wenn sie gleich registrierten, dass Elizabeth und nicht Violett durch die Halle schreiten würde.

»Ich verspreche euch, es dauert nicht mehr lange!«, rief er den Arbeitern zu und blickte zur großen Uhr über dem Eingangstor. Wo blieb sie nur?

Genau in dieser Sekunde öffnete sich das große Stahltor und zunächst blendeten ihn die Sonnenstrahlen, die von draußen grell hereinschienen. Dann erkannte er ihre kleine Gestalt, die sich mitten durch die raunende Menge bewegte. Die Männer bildeten eine Art Spalier und wandten ihr alle die Köpfe zu. Hohl hallten vom Steinboden Elizabeths Schritte wider. Sie ging sehr langsam, aber mit strammer Haltung in Richtung des Podests.

James musste zweimal hinschauen, weil sie nicht wiederzuerkennen war. Sie trug einen schmal geschnittenen schwarzen Zweiteiler. Die Jacke war kurz und mit großen flachen Knöpfen aus Perlmutt versehen. Der enge Bleistiftrock endete oberhalb ihrer Knie, dazu hatte sie Nylonstrümpfe und hohe schwarze Pumps gewählt. Das blonde Haar war zu einem strengen Zopf geflochten. Doch die größte Metamorphose zeigte sich in ihrem Gesichtsausdruck, der eisern und schroff wirkte, sodass es James fast das Blut in den Adern gefrieren ließ. Er wusste jedoch, dass genau diese Maske zu ihrem Plan gehörte und dass sich hinter dieser frostigen Aufmachung immer noch das weiche Herz der Frau verbarg, die er vergötterte. Eine wahre Schönheit, die an Gefühl und Cleverness nicht zu überbieten war.

»Das ist doch wohl ein schlechter Witz!«, kam es von einem der Männer, an denen sie gerade vorbeiging, und sie blieb stehen. Sie verzog keine Miene, aber ihr Blick war vernichtend, als sie den Mann kurz maß. Unbeirrt ging sie weiter und stieg die zwei Stufen zum Podest hinauf. James und Elizabeths Blicke verhakten sich ineinander und nur für den Hauch einer Sekunde zeigte sie ihm ihre Furcht. Wie gerne hätte er ihr Mut zugeflüstert, aber sie durften keine Schwäche zeigen, mussten mit Selbstsicherheit und Entschlossenheit auftreten – so war die Strategie.

Sein Herz klopfte und er hoffte so sehr, dass Elizabeth nicht die Nerven verlieren würde.

Jetzt stand sie vor ihren Arbeitern und straffte die Schultern. Hazel sah ihn mit der gleichen Besorgnis an, die auch er in sich trug. Sie war die einzige Angestellte, die wusste, dass Violett nicht als Stellvertreterin in Erscheinung treten würde.

Wie konnten die Männer nur glauben, sie wären unter Violetts Führung besser aufgehoben? Das war einfach absurd. Aber offenbar hatte sie ganze Arbeit geleistet, um die Angestellten von sich zu überzeugen. Nicht auszudenken, was passiert wäre, wenn Elizabeth nachgegeben hätte. Vermutlich hätte Violett alles dafür getan, ihre Nichte zu kompromittieren, bis diese von selbst das Handtuch geschmissen hätte.

»Ich danke euch allen, dass ihr gekommen seid«, sprach sie leise. Weiterhin hatten die Männer das Getuschel nicht eingestellt.

»Lauter!«, brüllte jemand von ganz hinten.

Elizabeth räusperte sich. »Danke, dass ihr gekommen seid. Ich weiß, der Tod meines Vaters …«

»Lauter!«, kam es erneut.

»Haltet doch alle einfach mal die Fresse!«, donnerte Tony, der sich von der Mitte nach vorne drängelte. Elizabeth nickte ihm dankend zu und plötzlich wirkte sie nicht mehr so selbstbewusst wie noch vor ein paar Augenblicken. James schwor sich, dem Nächsten, der dazwischenrief, die Zunge herauszuschneiden, aber er hatte ihr hoch und heilig versprechen müssen, sich bei dieser Versammlung zurückzuhalten.

»Ich weiß, der Tod meines Vaters hat nicht nur mich und meine Familie hart getroffen, sondern auch jeden Einzelnen in dieser Halle. Er war mehr als euer Vorgesetzter, er war euer Freund.« Elizabeth sprach nun lauter und ihre helle Stimme hallte durch die Kelterei. »Mir ist bewusst, dass ihr euch alle fragt, wie es zukünftig mit der Morgan's Company weitergehen wird. Ich versichere euch, dass sich für jeden von euch nichts ändern wird. Wie jedes Jahr werden wir im März die Arbeit in der Produktion wieder aufnehmen. Ebenfalls wird sich nichts an euren Löhnen und an euren Arbeitszeiten verändern. Der einzige Wechsel, der nach dem Versterben meines Vaters nun einmal unumgänglich ist, betrifft die Unternehmensführung. Die Geschäfte der Morgan's Company obliegen bald mir – wie es John Morgan vorgesehen hat. Dies ist sein letzter Wille, und ich bin sicher, in eurer Verbundenheit werdet ihr diesen ehren. Bis ich diesen Herbst mein Studium abschließe, wird in meiner Abwesenheit mein Verlobter, James Morgan, als kommissarischer Direktor auftreten und die Geschäfte in meinem und sicher auch in Johns Sinn leiten. Darüber hinaus …«

»Ihr Verlobter?«, hörte James aus dem Gemurmel heraus, gefolgt von einem »Das ist doch ungeheuerlich!«.

»Moment mal!«, rief Trevor dazwischen. »Mrs Larson versicherte uns, dass sie die Übergangsführung der Morgan's Company übernehmen wird.«

Elizabeth presste verbittert die Lippen zusammen, wie James von der Seite aus bemerkte.

»Nun ja, da hat sich Mrs Larson scheinbar in ihrer Annahme geirrt.« Wieder setzte lautes Geraune ein und ihr Blick huschte unheildrohend über die Köpfe der Männer hinweg, der Hals wurde immer länger. »Ich war noch nicht fertig!«, zischte sie wie eine Kobra vor dem Vorschnellen und brachte damit jeden zum Schweigen.

»Entschuldigen Sie, Miss Morgan«, sagte Trevor kleinlaut, als auch er ihren finsteren Ausdruck registrierte.

»Wer mir noch einmal dazwischenredet, fliegt. Ich schätze Treue und Loyalität, aber wer sich meiner Entscheidung entgegenstellt, hat hier nichts verloren.« Verwundert blickte

James auf. Plötzlich herrschte Totenstille in der Halle. »Mir ist bewusst, dass die meisten von euch nicht gewillt sind, mich als neues Oberhaupt zu akzeptieren. Weil ich eine Frau bin oder warum auch immer. Doch ich bin heute nicht hier, um diese Akzeptanz zu erbitten – ich setze sie voraus. Jeder, der sich wegen meines Alters oder aufgrund der Tatsache, dass ich eine Frau bin, meinen Anweisungen widersetzt, geht noch heute. Ich zwinge euch nicht, hierzubleiben. Jeder, der versucht, mich oder James wegen unserer privaten Entscheidung einer Hetzjagd auszusetzen, den schmeiße ich raus. Unser Privatleben geht die Firma nichts an. Jeder, der nicht bereit ist, das Erbe meines Vaters in seinem Sinne fortzusetzen, *der fliegt*. Ich gebe nun jedem Einzelnen die Möglichkeit, diesen Weg gemeinsam mit uns zu gehen, oder jetzt diese Kelterei zu verlassen.«

Vier Arbeiter drängelten sich durch die Menge in Richtung Ausgang und verschwanden. James und Elizabeth hatten jedoch damit gerechnet, nicht alle an dieses Unternehmen binden zu können. Vier Verluste waren hinnehmbar – sie hatten mit mehr gerechnet. Doch was ihn freute, war, dass der alte Trevor geblieben war und auch viele andere, die sich offenbar dafür entschieden hatten, den konservativen Mantel abzulegen. Sicherlich auch aus Furcht, denn Arbeit war in Woodwall rar gesät.

»Ich freue mich, dass ihr euch für diese gemeinsame Zukunft entschieden habt, sie wird golden sein, da wir alle zusammenhalten wie eh und je«, sprach Elizabeth weiter, jetzt mit sanfterem Tonfall und einem Lächeln auf den Lippen. »James und ich versprechen euch, für die Morgan's Company mit Herz und Verstand einzustehen. Ein offenes Ohr für eure Sorgen und Ideen zu haben. Mein Vater war jederzeit der Auffassung, dass Loyalität und Fleiß belohnt werden sollten, und genau das ist auch unser Leitsatz. Wir gemeinsam werden den Betrieb aufrechterhalten, diesen weiter ausbauen, für ein modernes Zeitalter rüsten und dabei immer das bleiben, was wir sind: Ein Familienunternehmen und jeder in diesem Werk ist ein Teil dieser Familie. Ich danke euch.«

Alle Blicke waren auf Elizabeth gerichtet und auf einmal ertönte Applaus, der von Trevor ausging und sich dann durch die Reihen zog, bis alle ihr neues Oberhaupt mit Beifall bedachten. James sah, wie sich ihre Haltung entspannte und sie sich mit glücklichen Augen zu ihm umdrehte. Wenn John sie jetzt sehen könnte …

Wenig später löste sich der offizielle Teil der Versammlung auf und man begab sich zu einem Einstand in eine weitere angrenzende Halle, deren Wände aus Stein waren und in der sich links und rechts die Weinfässer bis unter die hohe Decke stapelten. James und Elizabeth reichten allen Mitarbeitern ein Glas Apfelwein und stießen mit ihnen auf die Weiterführung der Morgan's Company an.

»Micante«, flüsterte James ihr zu und küsste ihre Stirn.

Sie unterhielten sich mit Trevor, der ihnen noch einmal seine Loyalität aussprach. Tony gesellte sich hinzu.

»Warum wolltet ihr, dass ich an dieser Versammlung teilnehme?«, fragte er. »Dein Vater hat mich vor seinem Tod entlassen.«

»Das ist richtig«, antwortete Elizabeth. »Ich möchte allerdings beweisen, dass private Differenzen in diesem Unternehmen keinen Platz haben, deshalb wünsche ich, dass du im Frühjahr wieder deinen Posten als Betriebsleiter aufnimmst. Du hast immer gute Arbeit geleistet.«

»Wirklich?« Tony sah sie sichtlich irritiert an und in den Tiefen seiner Augen schien es ganz deutlich sichtbar: Dankbarkeit. Aber O'Reilly wäre nicht O'Reilly, wenn auf diesen Dank nicht ein verschmitztes Grinsen folgen würde, das James galt. Er hielt ihm stand. »Na, dann auf gute Zusammenarbeit.«

»Ich dulde übrigens keine Hahnenkämpfe«, sagte sie. »Das gilt für euch beide.«

Die Sonne schien warm auf die Gesichter von James und Elizabeth, als sie sich zu Fuß auf den Heimweg nach Morgan's Hall aufmachten – Hand in Hand.

Nach einigen Metern jedoch blieb Liz plötzlich stehen.

»Oh, sieh mal.« Aus dem Schnee wuchsen mehrere grüne Grashalme, über die sie sanft mit der Hand streifte.

Erst jetzt hörte er den fröhlichen Gesang der Vögel. Das Eis schmolz. Alles erwachte zu neuem Leben, und er selbst spürte die Energie, die der Frühling mit sich brachte, um die Schwere des Winters zu verdrängen.

Das Frühjahr war wie ein Auftakt. Eine Zeit, um das Fenster der Seele zu öffnen, damit Licht hineinströmte und allmählich die Dunkelheit vertrieb. Eine Zeit, um das Alte loszulassen, sodass Neues entstehen konnte.

Eine neue Zeit mit Elizabeth an seiner Seite.

Eine bessere Zeit.

James reichte ihr die Hand. »Komm, Liebling, gehen wir nach Hause.«

Der Wunschbrunnen

Rom, April 1963

Signora, Sie reisen allein?«

Die Frage des freundlichen Inhabers der kleinen Pension am Piazza Montecitorio riss Isabelle den Boden unter den Füßen weg. Seine gespannten Augen warteten auf ihre Antwort, doch sie stand einfach nur an der Rezeption und grub ihre Finger in das Leder ihrer Handtasche. Sie wollte so das Zittern verbergen, das gerade von ihr Besitz ergriff.

»Signora? Geht es Ihnen gut?«

Sie schüttelte sich, als erwache sie gerade aus einem Traum.

»Ja, bitte verzeihen Sie.« Wie schwer es ihr fiel, die folgenden Worte auszusprechen, und doch musste es sein. »Ja, ich reise allein.«

Der Herr wagte einen weiteren Blick auf das Reservierungsbuch, das vor ihm auf dem Tresen lag.

»Oh, scusi, dann muss meiner Frau ein Fehler unterlaufen sein, denn das Hotelzimmer wurde für zwei Personen reserviert.«

»Ihrer Frau ist kein Fehler unterlaufen. Mein Mann, der diese Reise gebucht hat, ist kürzlich verstorben.«

Er sah sie mit dem gleichen mitleidigen Ausdruck im Gesicht an, dem Isabelle in den vergangenen Wochen nur zu oft begegnet war, weswegen sie ihn kaum noch ertrug. »Das tut mir sehr leid, Signora.«

»Danke«, erwiderte sie kaum hörbar. »Ich weiß, dass das Zimmer bereits bezahlt worden ist, also …«

»Natürlich, natürlich«, antwortete er hastig. »Es ist nur so, dass … ähm …«

»Stimmt etwas nicht?«

»Doch, aber ihr verstorbener Gatte hatte uns vor einigen Monaten gebeten, ihr Zimmer … Ich weiß nicht, wie ich es formulieren soll. Er bat uns, dem Zimmer ein romantisches Ambiente zu verleihen. Das machen wir oft bei Frischvermählten, die hier in Rom ihre Flitterwochen verbringen. Oder auch bei sich treu liebenden Ehepartnern.« Er überlegte angestrengt und rieb sich dabei die faltige Stirn. »Wenn Sie wünschen, dann entfernen wir die Blumen und den Champagner umgehend. Das wäre für uns kein Aufwand, ich wollte Sie nur vorwarnen.«

Isabelle wusste nicht, was sie wollte. Der lange Flug hierher hatte sie erschöpft und sie sehnte sich nach einer Dusche. »Nein, Signore, das ist nicht nötig. Ich wäre Ihnen dankbar, wenn Sie mich jetzt zu meinem Zimmer führen würden. Ich hatte eine sehr anstrengende Anreise und möchte mich ein wenig ausruhen.«

»Selbstverständlich.« Der Mann wanderte um die Rezeption und übernahm Isabelles Gepäck. »Mein Name ist übrigens Matteo Russo und wenn Sie irgendetwas benötigen, dann scheuen Sie sich nicht, mich darum zu bitten. Va bene?«

»Va bene«, antwortete sie mit einem dankbaren Lächeln und folgte ihm schließlich in die dritte Etage des ehemaligen Palazzos.

Matteo schloss das Hotelzimmer auf und ließ Isabelle zuerst eintreten. In dem Raum duftete es himmlisch nach getrockneten Rosen, was sich mit der klaren Morgenluft vermischte, die durch die offene Terrassentür wehte. Schon als sie die Türschwelle betrat, nahm sie den fantastischen

Ausblick über die terracottafarbenen Dächer Roms wahr. Auf einem runden Tisch stand eine Vase mit herrlich roten Rosen und daneben eine Flasche Champagner mit zwei Gläsern sowie eine Schachtel Pralinen.

»In der Nähe gibt es eine Vielzahl hervorragender Restaurants, doch wenn Sie wollen, dann würden meine Frau und ich uns freuen, wenn Sie mit uns speisen. Nirgendwo in Rom finden Sie eine bessere Pasta als die meiner Allegra.«

»Das ist unglaublich nett von Ihnen. Ich werde sicherlich in den nächsten Tagen darauf zurückkommen. Herzlichen Dank. Heute werde ich vermutlich auf meinem Zimmer essen, denn ich bin doch sehr erschöpft.«

»Sì, Signora. Ich werde etwas zu Ihnen kommen lassen. Haben Sie einen speziellen Wunsch?«

»Ich lasse mich gerne überraschen.«

»Sehr schön, Signora Morgan. Wir werden etwas Köstliches für Sie zubereiten«, sagte Matteo lächelnd und verabschiedete sich von ihr.

Isabelle setzte die Handtasche ab und zog die Handschuhe aus. Dann begab sie sich auf den schmalen Balkon und blickte über die Dächer der Stadt. Sie hörte einen Straßenmusiker, der ganz in ihrer Nähe Folklore auf einer Mandoline spielte. Mehrmals wurden die fröhlichen Klänge von dem Hupen der Motorroller übertönt. Sie spürte den schnellen Puls dieser Stadt, das Leben, das in anderen wohnte, aber sie war viel zu müde, um ein Teil dieser Ausgelassenheit zu sein.

Nach einem langen Bad legte sie sich mit nasser Haut auf die herrlich kühlen Laken des Betts und schlief direkt ein. Sie erwachte erst, als sie ein Klopfen an ihrer Tür vernahm. Müde rieb sie sich den Schlaf aus den Augen und zog einen Morgenmantel über. An der Tür war Allegra, eine bildschöne

Italienerin mit langem schwarzen Haar, die ihr das Abendessen auf einem Tablett brachte.

Seit Johns Tod war die Aufnahme von Nahrung nicht mehr als eine Notwendigkeit, um am Leben zu bleiben. Mehr nicht. Doch Isabelle hatte sich fest vorgenommen, die Liebe zu guten Speisen hier in Italien wieder zurückzuerlangen. Wo, wenn nicht hier? Dankend nahm sie das Essen entgegen und setzte sich an den runden Tisch vor dem Balkon, hörte abermals die Klänge des Straßenmusikers. Die Sonne ging gerade unter. Der Himmel war blutrot, als würde er lichterloh in Flammen stehen. Eine Assoziation, die sie schnell aus ihren Gedanken verbannte. Der delikate Duft von Rosmarin und warmer Butter, die auf den Lammkoteletts zerfloss, kitzelte ihre Nase und sie aß ein kleines Stück, doch nach nur wenigen Bissen schob sie den Teller wieder zur Seite. Sie bekam einfach nichts runter. Stattdessen liebäugelte sie mit dem Champagner. Rasch griff sie danach und befreite die Flasche vom Korken, um sich ein Glas einzuschenken.

So saß sie eine geschlagene Stunde am Tisch, trank und trank, bis der Alkohol endlich ihre Sinne benebelte. Isabelle erinnerte sich an ihren Vater und wie er ihr als kleines Mädchen geraten hatte, ihren Kummer von der Seele zu schreiben. Damals war ihre Mutter an Tuberkulose gestorben, da war sie gerade einmal acht Jahre alt gewesen. Sie wusste nicht mehr, ob ihr dieser Brief, den sie an ihre Mutter verfasst hatte, wirklich über ihren Schmerz hinweggeholfen hatte. Worte konnten ihre Seele nicht heilen, würden John nicht zu ihr zurückbringen. Ein Brief konnte den unbändigen Hass, den sie für Charlotte Harrington empfand, nicht dezimieren. Dieses Mädchen hatte ihr den Mann genommen. Wäre sie nicht selbst in dem Flammeninferno ums Leben gekommen, Isabelle hätte ihr höchstpersönlich das Licht ausgepustet.

Auf einem Sekretär fand sie einen Stift und einen Packen losen Blankopapiers, das nur mit dem Hotelsiegel versehen war. Lange starrte sie auf das weiße Papier, trank Champagner und als sie den letzten Tropfen in ihr Glas perlte, hatte sie nur ein einziges Wort verfasst: Warum?

Wie konnte es sein, dass sie John nie wiedersehen würde? Nie wieder würde sie mit den Augen rollen, wenn er einen seiner blöden Witze erzählte.

»Ihr Wiener seid das humorloseste Volk der Welt«, hatte er immer mit einem Schmunzeln gesagt. Wie oft hatte sie sich die Haare gerauft, wenn er mal wieder irgendetwas verlegt hatte? Eine Socke, einen Manschettenknopf oder seine Armbanduhr, und dabei stundenlang durch das ganze Haus marschiert war, sich fragend die Stirn gerieben und sie aufgefordert hatte, ihm bei der Suche zu helfen. Ständig hatte er *Pennsylvania 6-5000* von Glenn Miller gepfiffen und sie damit zur Weißglut gebracht, weil sie es hasste, wenn jemand schiefe Töne durch die Lippen zwitscherte. *John ist der unmusikalischste Mensch der Welt.* Nein, falsch, er war ja nicht mehr da. Sie musste aufhören, von ihm zu denken, als käme er jeden Moment hereinspaziert. Er war der unmusikalischste Mensch der Welt gewesen.

Was würde sie darum geben, um sein Pfeifen nur noch einmal zu hören.

Sie war nicht bereit, ihn gehen zu lassen. Noch nicht. Vielleicht niemals. Aber sie verstand durchaus, dass sie es musste.

Auch den zweiten Tag in Rom verschlief Isabelle. Sie war so erschöpft, dass ihr die Kraft fehlte, aus dem Bett zu steigen. Am Abend klopfte wieder Allegra an ihre Tür und als sie ihr öffnete, stellte sie fest, dass die Frau ohne ein Tablett vor ihr stand.

»Signora«, sagte die Fremde mit warmen braunen Augen, »mein Matteo hat heute Geburtstag und wir würden uns freuen, wenn Sie in unserem Gastraum mit uns anstoßen würden.«

Isabelle rieb sich die müden Augen. Allegras Freundlichkeit berührte sie sehr, aber nach Feiern war ihr nicht zumute. »Das ist wirklich sehr nett von Ihnen, aber ich denke, ich möchte lieber allein sein.«

Enttäuscht sah Allegra sie an, vielleicht war es aber eher Sorge.

»Wie Sie wünschen, Signora Morgan. Ich bringe Ihnen gleich Ihr Abendessen. Das Frühstück, das ich Ihnen heute Morgen vor die Tür gestellt hatte, haben Sie auch nicht angerührt. Schmeckt Ihnen unser Essen nicht?«

Sie fragte es ohne Vorwurf, aber Isabelle fühlte sich beschämt. »Doch, doch. Ihr Essen ist ausgezeichnet. Wirklich. Ich habe nur zurzeit wenig Appetit.«

»Nun ja, wie gesagt, Sie sind auf der kleinen Geburtstagsfeier herzlich willkommen, sollten Sie es sich anders überlegen.«

»Vielen Dank.« Isabelle nickte ihr noch einmal zu und schloss dann die Tür.

Wenig später hörte sie den heiteren Gesang und die leidenschaftlichen Gespräche auf Italienisch, die von unten zu ihrem Balkon hinaufgellten. Es schmerzte sie sehr, dass sie nie wieder einen Geburtstag mit ihrem Mann feiern konnte. Warum war sie überhaupt hergekommen? Sie hatte Elizabeth diesen Gefallen getan, war abgereist, ohne die wirkliche Absicht, hier in Rom wieder ins Leben zurückzufinden. Oder doch? Sie wusste selbst nicht, was sie sich vom Leben noch erhoffte. Sie sah sich in dem einsamen Hotelzimmer um und kaute auf ihrer Unterlippe. Hätte John gewollt, dass sie sich hier verbarrikadierte? Das hätte sie auch auf Morgan's Hall tun können.

Nein, das hätte er nicht gewollt. Wenn sie ehrlich zu sich selbst war, vermisste sie die Gesellschaft anderer Menschen, und daher beschloss sie, die Einladung zu Matteos Geburtstagsfeier doch anzunehmen.

In einem sommerlichen und rot geblümten Kleid betrat sie nach einer weiteren halben Stunde den Gesellschaftsraum. Überall waren Menschen, die ausgelassen zum Gesang eines älteren Italieners tanzten und mitsangen. Neben ihm saß ein anderer Mann, der ihn auf seiner Mandoline begleitete. Vielleicht war es sogar der Straßenmusiker, den sie in den letzten zwei Tagen immer wieder von ihrem Hotelzimmer aus gehört hatte. Auf den vier oder fünf runden Holztischen standen Dutzende angebrochene Weinflaschen und etwas Weißbrot. Die Wände waren bis zur Hälfte mit dunklem Holz vertäfelt und auf der weißen Fläche darüber hingen kleine gerahmte Bilder vergangener Zeiten. Sie mussten aus der römischen Kultur stammen, wie sie mit genauerem Blick registrierte. Zudem fanden sich an den Wänden und der Decke einige Kerzenleuchter, deren Flammen wild flackerten. Unterhalb der niedrigen Decke wuchsen Weinblätter und die bodentiefen Fenster waren weit geöffnet, sodass der kühle, aber angenehme Abendwind hereinströmte.

»Signora Morgan!«, rief Matteo freudig und klatschte in seine Hände. »Wie schön, dass Sie doch noch gekommen sind.« Er nahm ein frisches Glas von der Theke der kleinen Bar und schenkte ihr einen Rotwein ein, den er ihr in die Hand drückte. »Trinken Sie, trinken Sie.«

Isabelle lächelte und nahm den ersten Schluck, es schmeckte … köstlich. »Ich wünsche Ihnen alles Gute zu Ihrem Geburtstag. Leider hatte ich keine Zeit, Ihnen ein Geschenk zu besorgen.«

»Aber bitte! *Sie* sind das Geschenk, Signora.«

Matteo stellte ihr seine ganze Familie vor. Cousins, Neffen, Brüder, Schwestern, Töchter, Tanten und Schwiegersöhne. Niemals würde sie sich alle Namen behalten können, aber jeder wusste, dass sie, Isabelle, die Amerikanerin war. Kaum war ihr Rotweinglas leer, goss man ihr aufs Neue ein. Zunächst trat sie den fremden Menschen mit Scheu gegenüber, aber der viele Wein und die Gastfreundlichkeit der *Familia* Russo vertrieben diese Hemmungen von Minute zur Minute mehr. Allegra reichte ihr Weißbrot und befahl ihr, endlich zu essen, denn ihr Magen bräuchte einen Schwamm, der den vielen Rotwein aufsog. Also aß Isabelle. Niemals hatte sie ein köstlicheres Brot gegessen als dieses, verputzte einen halben Laib. Sie wurde von allen Seiten auf Italienisch angesprochen und verstand kaum ein Wort, antwortete mit wild gestikulierenden Händen.

Es war verrückt, aber zum allerersten Mal seit dem Unglück im Great Mountain schien sie diese Tragödie wenigstens für ein paar Augenblicke vergessen zu können. Isabelle ließ sich von dieser unbändigen Lebensfreude, dieser Lust an Gesang und Tanz mitreißen. Einer der Männer, der ihr schon mehrmals zugezwinkert hatte, trat auf sie zu und bat sie, mit ihm zu tanzen. Er drehte sich zu den beiden Musikern um, die auf einer Sitzbank unter einem geöffneten Fenster saßen, und rief ihnen das Lied »Tu vuò fà l'Americano« zu. Sie nickten ihm zu und als die ersten Töne auf der Mandoline erklangen, hielt sich auch der Letzte nicht mehr auf seinem Platz. Alle sangen aus voller Brust mit und der nette Italiener wirbelte Isabelle durch den engen Gesellschaftsraum. Dieses Lied spielte man ihr zu Ehren, dabei war sie keine gebürtige Amerikanerin, sondern nur eine kleine Wienerin, die vor so langer Zeit von einem Räuber aus dem verwunschenen Land entführt worden war, der sich erst nach vielen Jahren als

Prinz offenbart hatte. Sie spürte, dass irgendetwas in ihrem Körper erwachte, etwas, von dem sie geglaubt hatte, es für immer verloren zu haben: Lebenslust.

Vor Schock darüber blieb sie mit einem Mal reglos stehen und löste sich aus den Armen ihres Tanzpartners, denn diese wiedergefundene Lebensfreude mischte sich mit der Angst vor dem Vergessen.

Nein, sie war nicht bereit, ihn loszulassen. Noch nicht. Sie fürchtete sich vor dem Moment, an dem die Erinnerung an ihn verblassen würde. Doch die Gewissheit, dass jener Tag irgendwann kommen würde, drängte sich ihr jetzt an diesem Abend, ja an diesem heiteren Ort erbarmungslos auf.

Isabelle bedankte sich bei Matteo und Allegra, entschwand der Feier und schloss sich wieder in ihrem Hotelzimmer ein, um John nicht zu vergessen. Sie fühlte sich so schuldig.

Nach einer Woche neigte sich ihre Zeit in der ewigen Stadt dem Ende zu. Tatsächlich hatte sie sich am dritten Tag ihrer Reise einem englischen Rentnerpaar angeschlossen, das ebenfalls zu Gast in der Pension der Russos war. Mit ihr im Schlepptau hatte Isabelle eine Sehenswürdigkeit nach der anderen des turbulenten und quirligen Roms beehrt. Sie war mit hunderten weiteren Touristen durch das Kolosseum gewandert, hatte die Sixtinische Kapelle mit Michelangelos Fresken besucht, Tauben auf dem Petersplatz aufgescheucht und voller Ehrfurcht den Vatikan besucht.

An einem Nachmittag saß sie fast zwei Stunden auf einer Stufe der Spanischen Treppe und genoss den herrlichen Blick über die Via Condotti. Doch auch wenn Isabelle sich von Tag zu Tag mehr in diese antike Metropole verliebte, in die engen Gassen der Altstadt und in die Freundlichkeit der Römer, so verspürte sie Heimweh nach ihrem Zuhause am Ende der Welt.

Die milde Frühlingssonne wärmte ihr Gesicht und sie schloss die Augen, hatte das Gefühl, völlig allein zwischen all den anderen Touristen auf dieser Treppe zu sitzen. Sie horchte in sich hinein und spürte, dass eine Veränderung in ihrem Inneren eingetreten war. Ob sie es wollte oder nicht, aber Rom hatte ihr gezeigt, dass ihr Leben nicht vorbei war, es immer noch lebenswert war – auch ohne John, den sie wohl bis zu ihrem Tod vermissen würde.

Die Trauer kam in Wellen, war nicht mehr ihr ständiger Begleiter, doch wenn sie Isabelle erfasste, dann war es kaum zu ertragen.

Aber der Seegang wurde mit jedem Tag ruhiger.

Bislang hatte sich Isabelle eine Sehenswürdigkeit aufgespart. Den Trevi-Brunnen, von dem John geschwärmt hatte, als er ihr diese Reise geschenkt hatte. Matteo gab ihr den Rat, diesen Touristenmagneten in den frühen Morgenstunden zu besuchen.

Die Stadt war noch nicht erwacht und auch die Sonne war noch nicht aufgegangen, doch der Himmel färbte sich bereits in ein atemberaubendes Türkisblau. Noch lag ein Rest der Nacht über den Dächern Roms und die Gassen wirkten wie ausgestorben, als würden sie sich von dem Trubel des vorherigen Tages erholen müssen. Ein Barbetreiber kehrte den Dreck des letzten Abends aus der Tür seines Lokals und eine Frau fuhr klingelnd mit ihrem Fahrrad an Isabelle vorbei. Mehr Menschen sah sie nicht.

Heute war der letzte Tag ihrer Reise und die Müdigkeit der vergangenen Monate war verschwunden. Mit langsamen Schritten spazierte sie über den Piazza di Trevi auf den Palazzo Poli zu. Mit ehrfurchtsvollen Augen besah sie sich die beeindruckende Architektur des Brunnens und die große Figur in der Mitte. Sie zeigte den Meeresgott Neptun, wie er in einem von zwei Meerespferden gezogenen Streitwagen fährt.

Der Legende nach sollte es Glück bringen, eine Münze über die Schulter in den Brunnen zu werfen. Eine Münze führte zu einer Rückkehr nach Rom, zwei weitere Münzen sollten dem Werfenden zusichern, sich in einen Römer oder in eine Römerin zu verlieben, und drei Münzen versprachen eine Hochzeit.

Isabelle bückte sich und tauchte die Hand in das kalte Wasser, dann drehte sie sich um und zog aus ihrer Manteltasche eine italienische Lira.

Für sie gab es nur diesen einen Wunsch, als sie das Münzstück mit geschlossenen Augen über ihre Schulter in das Wasser des Brunnens warf. Sie schloss die Augen.

»Ich wünschte, du wärst jetzt bei mir.«

Isabelle spürte einen leichten Windstoß und auf einmal atmete sie Johns vertrauten Duft und sie fühlte seine Umarmung.

Sie wusste, dass nun der unabwendbare Moment des Abschieds gekommen war.

Ein Abschied, vor dem sie sich so sehr gefürchtet hatte, weil sie glaubte, niemals dafür bereit zu sein. Aber es wurde Zeit. Es wurde Zeit.

»Auf Wiedersehen, John.«

Alles, was blieb, war ein zärtliches Lächeln auf Isabelles Lippen.

An ihrem letzten Abend in der Pension Russo saß Isabelle wieder an dem runden Tisch vor der geöffneten Balkontür und lauschte der lieblichen Melodie der Mandoline. Sie nahm den Stift zur Hand und war bereit, ihren Abschied in Worte zu fassen, bevor sie sich gleich in den Gastraum begeben würde, weil sie sich selbst die Erlaubnis erteilt hatte, das Leben zu genießen.

Mein geliebter John,

ich werde dir niemals verzeihen, dass du mich so plötzlich alleingelassen hast. Von jetzt auf gleich, ohne ein Wort des Abschieds. Oft stand ich neben dir, sah dich an und wollte dir so vieles sagen. Dir beweisen, dass du meine wahre Liebe bist, aber für mich gab es immer ein Morgen, einen anderen Tag. Bis du nicht mehr bei mir warst – einfach so.

Du führtest mich bis ans andere Ende der Welt. Ich dachte, du hättest mir alles genommen, dabei hast du mein Leben um so vieles reicher gemacht, als ich es je verdient hätte.

Du gabst mir ein Zuhause, das wahrhaftige Gefühl von Heimat, schenktest mir die vollkommensten Kinder. Du hast mir gezeigt, was im Leben eines Menschen zählt – Familie. Das Einzige, wofür es sich auf dieser Welt zu kämpfen lohnt.

Wer waren wir, John?

Anfangs glichen wir zwei Sternen, die nicht zueinanderfanden, einsam durch das Universum kreisten. Von Jahr zu Jahr entfernten wir uns Stück für Stück. Du in die eine Richtung, ich in die andere. Wir führten ein Leben voller kleiner Kriege, und nach jeder ausgetragenen Schlacht, liebten wir einander inniger als zuvor. Das waren wir, mein Liebster. Zwei brennende Sterne. Du auf der einen Seite, ich auf der anderen, und dennoch fanden wir zueinander, sodass wir uns gemeinsam drehten.

John, ich wollte dir noch so vieles sagen. Ich wünschte, ich hätte dir noch sagen können, wie dankbar ich Dickie bin, dass er niemals zurückgekehrt ist, um mich zu holen. Mit deiner dickköpfigen Liebe zu mir hast du mein Leben gerettet – auf so viele verschiedene Arten. Das werde ich dir nie vergessen. Wir haben geschafft, was nur wenigen Menschen gelingt: wir verwandelten Hass in Liebe. Liebe muss nicht der Anfang von allem sein. Hauptsache, das Ende ist Liebe.

Du und ich, wir wissen das. John, ich liebe dich. Bis in alle Ewigkeit.

Für immer die Deine,
Isabelle.

Ende

Fortsetzung folgt!

AUSBLICK

MORGAN'S

Hall

SCHICKSALSLAND

(DIE MORGAN-SAGA BAND 5)

Vertigo

New York City, 6. August 1963

Wutentbrannt stürmte Olivia aus dem Büro ihres Anwalts. Sie würde dieser Scheidung niemals zustimmen, das hatte sie sich geschworen, als James vor einigen Monaten das Büro ihres Vaters verlassen hatte. Da konnte dieser Kleinstadtanwalt, dieser Paul Mitchell, mit noch so vielen Bußgeldern und Fristen drohen, wie er wollte. Sie brauchte nur eins: Zeit.

Sie war der festen Überzeugung, James würde eines Tages einsehen, dass er Elizabeth nicht liebte, dass sie ihn langweilte, dass er diesem Leben auf Morgan's Hall irgendwann überdrüssig werden würde, weil seine Welt hier in New York war, bei seiner Musik, an Olivias Seite. Ja, er würde wieder zu ihr zurückkommen. Vielleicht nicht bald, aber der Tag würde kommen. Sie wusste es.

Harte Wochen lagen hinter Olivia. Sie vermisste James so sehr, dass es ihr sogar körperlich wehtat. Unter einer dicken Schicht Make-up verbarg sie einige längliche und dünne Narben, die sich über ihre gesamte rechte Wange zogen, weil sie sich mit den Metallborsten ihrer Haarbürste so lange über die Haut gerieben hatte, bis sie blutig war. Ihre Knöchel waren ebenfalls vernarbt, weil nur das Rasiermesser ihren inneren Schmerz nach außen fördern konnte. Der Gedanke, dass er bei Elizabeth war und nicht bei ihr, war unerträglich.

Oft packte sie ihre Tasche, um sich in ein Flugzeug in Richtung Seattle zu setzen, um ihn aufzusuchen, damit sie ihn von einer Rückkehr überzeugen konnte. Doch irgendetwas hielt sie ewig davon ab, dieses Vorhaben in die Tat umzusetzen.

Olivia überquerte gerade die Straße und wollte von der 7th Avenue in die 42nd Street einbiegen, da blieb sie ganz plötzlich vor einem Ladenlokal stehen. Es war das Vertigo. James war oft Gast gewesen in dieser eher heruntergekommenen Bar und sie konnte sich bis heute nicht erklären, was ihn immerzu hierher verschlagen hatte. Für sie war es ein Treff abgehalfterter Künstler, ein Ort geplatzter Träume und gescheiterter Existenzen.

Olivia wusste nicht, weshalb, aber irgendetwas zog sie magisch in dieses klägliche Etablissement. Als sie eintrat, bimmelte die Glocke über der quietschenden Holztür und zwei Männer sowie der Besitzer blickten kurz auf, kümmerten sich aber nicht weiter um die unbekannte Frau, die sich an einen Tisch in einer Nische setzte und ihre Hände von den weißen Handschuhen befreite. Aus einem alten Grammofon dröhnte die Filmmusik aus dem Streifen, dessen Titel Name des Lokals war: *Vertigo*. Beim Inhaber bestellte sie einen Whisky-Sour, denn sie brauchte etwas, um ihre angespannten Nerven zu beruhigen.

Nachdem er Olivia wortkarg den Drink serviert hatte und sie bereits einen kräftigen Schluck die Kehle hinunterspülte, fragte sie sich jetzt, was sie wirklich hergeführt hatte. Wollte sie James auf diese Art näher sein? Wollte sie verstehen, was ihn ständig ins Vertigo getrieben hatte, wann immer er das gemeinsame Apartment verlassen musste, um ihr zu entfliehen? Warum hatte er es nicht mit ihr ausgehalten? Sie hatte doch alles getan, damit er sie liebte, hatte diese Liebe sogar mit einem Baby gekrönt, das aber nie hatte leben dürfen. Aber das war doch nicht ihr Fehler gewesen. Sie dachte seit seinem Fortgang oft an den kleinen Charlie, der so vieles hätte verändern können.

»Olivia?«, fragte eine Frauenstimme. »Olivia Wulf?«

Sie löste sich aus ihrem Hadern und blickte auf. Innerlich seufzte sie, als sie die Frau wiedererkannte. Es war Gretchen Olsen, eine ehemalige Schulkameradin von Olivia, die ihr Leben lang von einer Karriere als Schauspielerin geträumt hatte. Die sogenannte *Besetzungscouch* hatte ihr allerdings bislang kein Glück gebracht. Sie fragte sich, durch wie viele Betten sich dieses kleine Blondchen durchgequält haben musste, ohne jemals eine Rolle am Broadway ergattert zu haben. Glaubte diese Person wirklich, sie würde ihre Chance auf ein Engagement erhöhen, wenn sie aussah wie die Filmikone Kim Nowak? Das war einfach nur lächerlich.

»Olivia Morgan-Wulf, bitte.« Weiterhin bestand sie auf diesen Doppelnamen, denn noch war sie James' Frau – und das würde sich auch niemals ändern. Dafür würde sie schon sorgen.

Ohne zu fragen, setzte sich der Kim-Nowak-Abklatsch an ihren Tisch und bestellte ebenfalls einen Whisky-Sour. »Ich habe dich ja schon seit der Highschool nicht mehr gesehen. Du hast dich kaum verändert, meine Liebe. Ich hörte, du hättest nach deinem Juilliard-Abschluss eine Zeitlang an der Metropolitan Opera gesungen, doch dann deine Gesangskarriere aufgegeben, um Künstlerin zu werden. Was ist daraus geworden?«

Olivia strich mit der Fingerspitze kreisend über den Glasrand ihres Drinks. »Nichts.«

»Nichts? Was soll das denn heißen?« Gretchen zog überrascht die Luft ein.

»Das, was es heißt: *nichts*. Ich habe geheiratet.«

Gretchen lächelte. »Richtig. Ich habe ein Hochzeitsbild von dir und deinem Mann in irgendeiner New Yorker

Zeitung gesehen.« Nachdenklich legte sie den Zeigefinger auf die Unterlippe. »Hach, welche war das denn noch einmal? Die New York Times oder die New York Post, ich erinnere mich nicht mehr.«

Olivia antwortete nicht, wünschte sich nur, dass diese unangenehme Frau endlich wieder verschwand. »Hör zu, Gretchen, ich will hier einfach nur meine …«

»Da hast du aber wirklich einen gut aussehenden Mann ergattert, aber das war von dir ja nicht anders zu erwarten. Du hast dich ja noch nie mit durchschnittlichen Kerlen abgegeben. Ich habe deinen James oft hier im Vertigo gesehen. Er kam mir irgendwie immer sehr nachdenklich, irgendwie traurig vor. Dabei fällt mir ein, dass ich ihn schon Ewigkeiten nicht mehr angetroffen habe.« Abermals schien sie angestrengt zu überlegen und Olivia kramte ein paar Münzen aus der Handtasche, um schnellstmöglich das Weite zu suchen. »Warte mal, wann war das bloß.«

»Ich werde jetzt gehen, Gretchen.«

Olivia wollte gerade aufstehen, da packte ihre ehemalige Schulkameradin sie am Handgelenk, weil es ihr offenbar wieder eingefallen war.

»Das muss Ende letzten Jahres gewesen sein, so kurz vor Weihnachten. Ich hatte mich ohnehin gewundert, dass er sich hier mit Alexander verabredet hatte. Soweit ich weiß, seid ihr einmal ein Paar gewesen, oder irre ich mich?«

Hatte Olivia richtig gehört? Sie ließ sich auf ihren Stuhl zurückgleiten und lehnte sich zurück. »Was redest du da? James hat sich hier mit Alexander getroffen? Alexander Bloomberg?«

James verabscheute Alex.

»Ja«, antwortete Gretchen ganz unverblümt. »Ich bin mir ganz sicher. Dieses Treffen machte allerdings einen eher geschäftlichen als freundschaftlichen Eindruck, wenn du verstehst.«

»Alexander Bloomberg?«, fragte Olivia noch einmal und ihr ganzer Körper war von der einsetzenden Schockstarre wie gelähmt. Es fiel ihr plötzlich wie Schuppen von den Augen. Nervös fuhr sie sich mit den Fingerspitzen über die rechte Augenbraue. Mit der anderen Hand umklammerte sie den leeren Kaffeebecher, weil sie sich an irgendetwas festhalten musste. »Du bist dir ganz sicher?«

Verwundert blickte Gretchen auf, taxierte sie prüfend. »Ja, das sagte ich doch.«

Und Olivia begriff … o ja, sie begriff.

Herzensland
Die Morgan-Saga Band 1

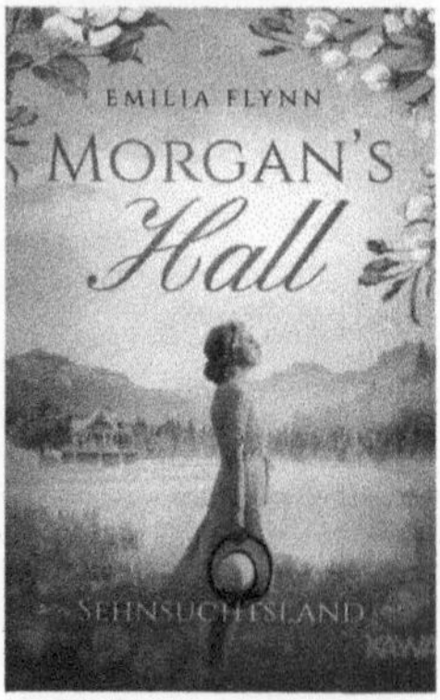

Sehnsuchtsland
Die Morgan-Saga Band 2

Niemandsland
Die Morgan-Saga Band 3

Hat dir das Buch gefallen?

Ich freue mich sehr, dass du mein Buch bis zu dieser Stelle gelesen hast. Wenn es dir gefallen hat, würde ich mich sehr freuen, wenn du ihm bei dem Online-Shop eine Bewertung gibst, bei dem du bestellt hast. Oder du schreibst bei einem deiner Lieblings-Buchportale eine Rezension.

Ich freue mich nicht nur sehr darüber, Meinungen zu meinem Buch zu lesen, es hilft mir auch dabei, weitere Geschichten zu schreiben und neue Leser für meine Bücher zu finden.

Vielen Dank für deine Unterstützung!